Les Bras des autres

Estelle Spendolini

Les Bras des autres

Roman

Thélès

Recevez gratuitement le catalogue de nos dernières parutions
sur simple demande en écrivant aux :
Éditions Thélès – 11, rue Martel – 75010 Paris
ou par téléphone au 01 40 20 09 10
www.theles.fr

Texte intégral

ISBN 978-2-303-00077-2

Luisa était à l'aéroport. Elle embarquait pour le Canada, seule, un gros sac.

Toute sa vie. Du moins, ce qu'elle avait décidé d'en prendre.

Pour retrouver le goût du monde, d'elle-même.

Peut-on se guérir de soi, de son passé ?

D'elle, on disait facilement qu'elle était belle. Un visage singulier pourtant, marqué par un nez qui imposait d'emblée le respect par la grâce qu'il portait à son allure tout entière : de longs cheveux noirs, une peau laiteuse. Un corps souple et élastique, tendu. De ces corps de sportive qui n'accepte aucune défaite. Elle avait fait de ce corps un métronome : il était l'exacte réplique de la perfection qu'elle voulait dans sa vie.

Et pourtant, ses yeux noirs, immenses, laissaient entrevoir, espérer un regard bien plus tendre sur l'existence. Un regard étonné, renouvelé, fiévreux et questionnant. Par ce regard, elle attirait une sympathie, mêlée d'appréhension, chez les autres.

Appréhension, car une fille, trop jolie, fait toujours peur. Et plus si elle se démarque des autres par un mélange de grâce et d'animalité.

Luisa n'avait aucune conscience du pouvoir qu'elle exerçait sur les autres. Aucune conscience de cette absence totale de vulgarité ou de prétention que peut engendrer la connaissance de sa propre séduction. Et elle l'était, belle, pas seulement parce qu'elle ne souffrait d'aucune rivale, mais parce qu'elle ne le savait pas.

À seize ans, après une enfance calme, presque heureuse, au sein d'une famille aimante et aimée, elle émit le désir de partir poursuivre ses études dans le sud de la France. Elle, la Parisienne voulait suivre le chemin inverse de toutes ses congénères de province.

Elle voulait voir la mer. Cliché d'une vie facile, facilitée par l'argent.

Début de vie au goût douceâtre. Début de vie qui n'existe pas, ou seulement dans les beaux livres.

Ou seulement chez les gens riches.

Avec la bénédiction et l'accord de ses parents, elle partit et s'installa à Marseille, l'année du bac. La séparation ne se fit pas sans difficulté. La nature l'avait gâtée, sa famille aussi, mais il fallait désormais accepter ses lois animales. La loi du plus fort allait vite devenir pour elle une manière de vivre, plus gravement, sa fatalité.

Elle arriva un matin de septembre, avec sa belle nonchalance, pourtant antithèse de ce qu'elle était, aux portes d'un grand lycée de la ville phocéenne. Les regards des garçons et des filles prirent rapidement sa direction. « La nouvelle » était épiée, observée, disséquée.

Mais la nouvelle ne s'en rendait pas compte, trop heureuse d'ouvrir ses grands yeux sur un monde qu'elle ne connaissait pas.

Elle souriait aux autres, voulant déjà être intégrée, indifférente aux questions qu'elle suscitait. Les garçons lui rendaient ce sourire, de loin, hésitants. Les filles auraient voulu s'approcher d'elle, mais des sentiments, trop vagues encore, les en empêchaient. Alors, elle s'installa, seule, au fond de la classe, sans se soucier réellement des autres. Ils viendraient vers elle, elle le savait. N'avaient-ils pas toujours fini par venir, tâtonnant d'abord, puis lui offrant leur vie entière ensuite ? Oui, décidément, ce n'était pas très grave. Elle savait ces faveurs qui allaient arriver et l'issue fatale qu'elle donnait à toutes. Car malgré cette ignorance qu'elle avait de l'attraction, à la fois sensuelle et animale qu'elle possédait, elle se savait brillante et surtout décidée à réussir.

À réussir un rêve d'enfant : découvrir le monde. Mais pas un monde d'aquarelle aux photos retouchées, un monde qu'elle savait violent, dur, beau et sans pitié. Elle voulait connaître la réalité des hommes, leur folie, celle dont on parle dans les médias, la folie au nom de la religion, d'une femme ou gratuite. Et pour cela, elle était bien décidée à entrer dans une école de journalisme, à bûcher, à laisser les moments de détente et de jeunesse à sa porte, pour mieux connaître et comprendre ce qui la fascinait : l'Homme, le Monde, son œuvre. Voilà ce à quoi tendait tout son être.

Dès lors, les minauderies des filles de son âge, les amourettes d'un soir, d'une semaine ou plus, n'avaient guère d'intérêt puisqu'elles ne lui apprendraient rien, ne l'aideraient en rien dans cette quête de l'essence, de l'Homme dans sa pluralité.

Et pour mieux approcher cette quête, il lui fallait commencer par apprendre ce qu'était simplement, ou difficilement, la vie.

Elle était consciente qu'elle ne pouvait pas faire l'impasse sur les autres, sur les hommes, sur les femmes. Ils allaient devenir les parfaits jouets de son imagination.

Son choix se porta, dans un premier temps, sur un garçon de sa classe, petit, brun, au visage marqué, souvent solitaire : une belle gueule taillée au couteau, une allure de mauvais garçon. Elle le voulait, elle le désirait, non pas par envie d'une histoire de coucherie de jeunes gens, mais par une volonté, bien plus grande : celle de manipuler, tester sa capacité à régir son entourage. Il était son premier « challenge ».

Réda, c'était son prénom. Une solitude donc, au lycée, tout au moins. Des bribes de vie : il aurait volé, vivrait en foyer. En fait personne ne savait grand-chose de lui. Cela ne faisait qu'aviver cette envie qu'avait Luisa au fond d'elle. Jamais encore, elle n'avait tenté de séduire. Elle essaya.

C'était des tout petits riens, invisibles pour certains, mais qui l'aurait observée, aurait déjà pu s'en rendre compte : les cheveux peignés et disciplinés, l'œil marqué d'un léger trait de khôl, des vêtements plus cintrés, et surtout, ce sourire, au coin des lèvres.

Cela commença à un cours de français. Le professeur l'interrogea sur un texte de Baudelaire, lui demandant la signification d'un vers précis : « C'est pour assouvir ton moindre désir ». Alors, Luisa s'enflamma.

Elle ne voyait là-dedans que le parfait reflet de l'homme aimanté par la femme, la femme, objet de son propre désir, soumise à sa seule volonté de plaisir. La classe était muette, le professeur étonné, surpris par cette audace nouvelle chez cette élève brillante, mais si discrète.

Elle avait vu juste. Elle se tourna vers Réda, lui sourit un instant, bref. Assez long cependant pour qu'ils comprennent tous les deux, pour qu'une sensation chaude, imprécise encore, les envahisse.

Au cours de cette même semaine, les deux adolescents multiplièrent les regards volés, les allusions à l'envie qui brûlait.

C'est Réda qui, contre toute attente, fit le premier pas. Un soir, alors qu'ils sortaient de l'établissement, il l'interpella :

– Dis, Luisa, t'aurais pas une clope ?

Triste tentative, pensa-t-elle. Mais elle ne le laisserait pas s'échapper ainsi. Elle devait saisir cette chance qu'il lui donnait.

– Désolée, non. Je ne fume que rarement. Quand je veux me donner une contenance, alors là, oui, j'en ai envie. On va boire quelque chose ?

– OK, mais pas longtemps… On va où ?

– Cours Julien, si t'as le temps, j'aime bien cet endroit, il me rappelle un peu de chez moi.

Tous deux, côte à côte, montèrent l'abrupte petite rue qui devait les mener sur cette jolie place. Celle où Luisa venait se ressourcer lorsqu'elle avait la nostalgie de sa capitale. Comme un petit Montmartre où elle allait humer l'odeur des vieux livres chez les multiples brocanteurs du Cours. Elle choisit un bar quelconque. Peu importait finalement, sinon la nécessité de se retrouver seule avec lui. Ils s'assirent. Un blanc d'abord. Elle le regarda. Il était beau, c'était certain, mais de cette beauté du diable. Cette beauté qui donne aux démons l'allure d'anges. Une peau mate qui tranchait avec la sienne, des yeux clairs et ces cicatrices. Ces marques de vie déjà posées sur un visage si jeune. Il paraissait jeune et vieux à la fois. Il était la réplique parfaite de ce qui l'attirait. Celui qui avait côtoyé le mal, qui avait dû faire ce qu'elle attendait de voir. L'excès, toucher ce qui fait peur. Peut-être même, pouvait-il l'aider dans sa quête de l'autre monde, du monde de la démesure, du malaise et de la perte ?

Mais cela, elle ne tardera pas à le savoir. Il toussa, prit une cigarette, l'alluma et se décida à parler.

– Et, c'est où chez toi ?

– Paris.

– Rien que ça ! Qu'est-ce que tu fous ici alors ?

– Je voulais voir la mer !

Il rigolait. C'était sûr, il devait la prendre pour une de ces petites bourgeoises, capricieuses, à mille kilomètres de ce qu'il était. Mais les yeux de Luisa lui faisaient comprendre autre chose, elle était mystérieuse ; il aimait le mystère. C'était se mettre en danger ; il aimait le danger.

– Et moi, je voudrais voir New York, c'est pas pour ça que j'y suis !

Elle ne savait que répondre devant ce qu'elle n'avait pas imaginé. Elle le voyait mystérieux, avare de paroles. Il lui parlait pour ne rien dire.

Elle avait trop idéalisé ce moment, trop idéalisé les hommes. Trop lu en y croyant.

Et pourtant elle ne pouvait se résoudre à imaginer cette conversation, cette ébauche se finir. Elle était charmée. Sa raison seule ne voulait pas. Mais tout le reste de son corps appelait ce garçon. La conversation continua sur ce mode approximatif. Les paroles les gênaient plus qu'elles ne les rapprochaient.

C'est Luisa qui paya les consommations.

Dehors le soleil brûlait. Il faisait chaud. Des rires se faisaient entendre.

Réda la plaqua contre le mur et l'embrassa goulûment, comme s'il avait envie de manger cette bouche, d'entrer en elle parfois. Luisa se laissait aller, elle savait depuis le début l'issue de cette rencontre.

Elle se laissa transporter, arriver chez elle. Là, dans un silence religieux, les deux corps avides l'un de l'autre se réunirent. Avec violence, comme si la chair était encore une barrière de trop.

Épuisés tous les deux, ils s'assoupirent. Lorsque Luisa ouvrit les yeux, sa petite chambre de bonne était déjà dans l'obscurité. Réda dormait contre sa poitrine, comme un enfant.

Elle aurait voulu immortaliser cet instant de contradiction : la position fœtale de son « mauvais » garçon. Il bougea, gémit, s'étira, ouvrit les yeux, la regarda. Il s'alluma une cigarette.

Il venait de tomber amoureux. Lui, Réda, le sale gars, le dernier de la classe venait de se faire envoûter par cette élève studieuse, au regard de madone, venue, on ne savait pourquoi, dans sa ville et qui, semblait-il, s'installait déjà dans sa vie. Elle lui demanda s'il voulait rester. Il n'eut qu'à enfiler ses vêtements, lui poser un baiser sur le front pour donner une réponse.

Luisa se retrouvait seule dans cette petite chambre qu'elle aimait déjà tant.

Elle décida d'aller voir la mer.

Les jours qui suivirent se ressemblèrent. La journée au lycée, ensuite la chambre de Luisa. Cette même soif de communion, de fusion.

Personne ne semblait s'en douter. Personne n'aurait pu remarquer. Si, peut-être, Luisa daignait désormais se mettre en danger, faire rire, sympathiser, oublier sa carapace.

Parce qu'elle aimait.

Est-ce que l'on sait ce que cela veut dire à dix-sept ans ? Est-ce que l'on peut comprendre qu'on joue sa vie et que la vie n'est pas un jeu ? Qu'aimer est un danger permanent. Le danger de la chute. Luisa était déjà tombée. Il s'appelait Réda.

Lui, continuait à afficher sa belle insolence au lycée. Il se fichait du regard des autres, il avait au moins cela en commun avec Luisa, et il aimait toujours autant sa solitude.

Tous deux avaient décidé d'être du côté de ceux qui choisissent leur vie et non de ceux qui la subissent. Pour Luisa, depuis le début, il était naturel de suivre son instinct, d'aller vers ses envies. Elles avaient toujours été sages. Mais peu importait la direction qu'elles pouvaient prendre. Seules la peur et la culpabilité empêchent d'avancer. Mais ni Luisa, ni Réda n'étaient assez inhumains pour se laisser sombrer en elles. Ou trop jeunes, certainement.

L'année défilait. Le bac approchait. Luisa s'était fait un groupe d'amis, mais pas par réelle envie. Les autres étaient pour elles ces bêtes curieuses qu'elle s'était mises en tête d'étudier. Et puis, Réda. On croit à l'amour fou. On se croit invincible parce qu'il nous aime. Mais on n'a jamais été aussi faible. Parce que dépendante. Ce n'est qu'une fois totalement libre, prêt à oublier les concessions que l'on peut aimer.

C'est très grave d'aimer. Luisa l'avait compris à partir du moment où une journée d'absence de Réda la rendait folle. Ne pas savoir était l'ultime barbarie. Elle voulait connaître ses moindres faits et gestes. Elle aurait voulu être lui. Sans compromis.

Mais lui gardait cette liberté sauvage, cette volonté, inconscient certainement de ne pas se donner entièrement, de protéger sa part d'ombre, donc de mystère.

Luisa souffrait, mais se taisait. Faisait semblant. Ce n'était qu'un simple amour. Ce n'était Rien, mais c'était Tout.

Pourtant, lorsqu'ils se retrouvaient, ce n'était pas le besoin de se dire qui les dominait, juste celui, incommensurable, de l'autre.

Elle obtint son bac. Mention « très bien ».

Sa famille était heureuse. Cela leur suffisait pour estimer que leur fille était quelqu'un de bien.

Réda le rata de deux points et ne se présenta pas au rattrapage. À quoi bon ? Il n'avait aucune ambition. Sinon de ne pas faire de sa vie un chantier. Et comme il aimait Luisa, son issue de secours était là. Rien d'autre, finalement, n'était important.

Il avait oublié une chose cependant : même dévorée par l'amour, la femme de sa vie n'oubliait pas la raison de sa présence, l'ambition qui l'habitait. Son bac en poche, elle devait partir, rejoindre le tourbillon de la vie, qu'elle avait mis entre parenthèses, le retrouver, le dépasser. Devenir quelqu'un…

Ils étaient assis l'un à côté de l'autre un soir. Fatigués, vidés de cette passion bestiale qui les unissait.

Moment de grâce, ce silence après les caresses. Celui où chacun se retrouve alors qu'il venait de se donner entièrement.

Luisa décida qu'il fallait parler, venir briser ce temps béni.

– Je vais partir Réda, je dois retourner à Paris, travailler, faire des études, continuer encore.

Il le sait. Depuis le début, il le savait.

– Je ne peux pas partir sans toi, Réda. Tu m'as donné vie. Je ne veux pas mourir. Il faut que tu viennes, que tu trouves un petit job, mais que tu restes à mes côtés. Je ne veux pas te laisser là.

– Je viendrai avec toi.

Même, si elle l'espérait, jamais Luisa n'aurait pensé une réponse si rapide.

Jamais Réda n'aurait pensé quitter Marseille, sa ville, la ville de ses galères, la ville de son Amour.

Peu importait comment ! Ils ne se séparaient pas.

Luisa n'avait jamais senti le besoin de s'approprier des biens. Elle n'était pas matérialiste, privilège peut-être de ceux qui ne manquent jamais de rien. Elle ne se souciait pas du confort, des belles choses. Les belles choses, c'est ce qu'elle devait vivre… La beauté qui se voit, alors qu'elle la possédait, ne l'attirait pas. Étaler sa réussite, non plus. Ses parents, bien installés dans la société, n'avaient jamais fait éloge de leur confort. Ils vivaient, heureux, tout simplement, ce qui est la plus grande provocation dans ces temps de strass, de paillettes et d'artifices.

Il est tellement plus facile de montrer ses signes extérieurs de réussite que d'imposer son bien-être, son adéquation au monde, un monde qui semble si dur qu'on préfère l'acheter.

Luisa était de cette race libre, elle voulait réussir, certes, mais pas au prix de se perdre, peu lui importait finalement que Réda ne possède rien, qu'il n'ait pour seule famille qu'une mère malade, à qui il tentait de ramener parfois un peu d'argent, un peu d'amour, qu'il soit passé de foyers en foyers… Elle l'aimait, c'était là le plus beau des cadeaux que la vie puisse lui faire.

Le plus terrible pour d'autres car miser sur l'Autre, c'est miser sur l'inconnu, c'est construire un empire d'hypothèses…

Miser sur la réussite, c'est construire un empire de pavillons, de jardins, d'écoles privées, de télés, de bibelots, si possible rares et coûteux. Luisa ne se situait pas encore par rapport à cette notion de réussite et à ce qu'elle pouvait induire. Et pourquoi devrait-elle choisir ? À elle seule, elle se sentait assez forte pour tenir leur amour, le faire vivre.

Elle et lui voulaient l'absolu. Dans leur animalité, Luisa et Réda, enfants indomptables, s'étaient réunis en silence, comprenant simplement qu'ils ne pouvaient nier ou refuser cette force qui les dépassait. Tout au mieux, l'accepter, prendre le temps de lui donner un sens. Ne jamais se séparer.

C'est ce qu'elle voulait.

Avec sa mention, l'école de journalisme l'accueillait à bras ouverts. Mais, il était hors de question pour elle de revenir chez ses parents. Réda se trouverait un job. Ils s'aimeraient dans une petite chambre.

Elle décida de rester l'été à Marseille, de prolonger cette année de bonheur, de découvertes, de liberté. Réda avait vingt ans ; il venait de les fêter. Il était libre aussi. Tous deux sillonnèrent la ville du mélange, ses alentours, crièrent ensemble au stade Vélodrome. Elle n'avait jamais aimé le foot. Elle ne comprenait pas l'utilité de ce sport, mais était bien obligée de reconnaître la formidable faculté de rassemblement qu'il possédait.

Et si elle était fascinée, c'était bien par ces phénomènes de groupe, moment de communion entre des personnes si différentes. Elle trouvait cela beau à pleurer.

Elle était aussi devenue amie avec son corps, ce corps qui fascinait, ce corps qui l'obsédait, qu'elle maltraitait avant Réda. Qu'elle aimait depuis qu'il était là. Désormais, elle voyait les regards masculins sur elle. Plus marqués maintenant qu'elle devenait femme. Pourtant elle n'en tirait aucune satisfaction, ni contentement. S'en étonnant plus qu'autre chose.

Elle ne voulait que le regard de Réda. Et puis parfois, elle prenait peur, peur de cette vie qui doucement prenait la direction tant redoutée : l'installation, le couple… Elle n'avait que dix-huit ans, ces notions étaient encore trop vagues pour elle. Elle ferait ce qu'elle voulait, elle visiterait le monde.

Un seul facteur avait changé, elle ne le ferait plus seule. Réda était là. Désormais.

C'est à la fin de l'été, parce qu'elle reprenait en octobre les cours, qu'ils quittèrent la ville de l'indolence, du foot, du soleil, pour la frénésie de la vie parisienne.

Lorsque Réda monta dans le métro parisien pour la première fois, ce fut un choc. La confrontation avec un monde qu'il aurait voulu ne pas connaître. Qui le surprenait par sa diversité, par ces regards fermés, par ces visages figés. L'austérité, la pâleur, la froideur. Tout cela l'éloignait de chez lui. Des doutes, que même le goût sucré de Luisa, ne parvenait pas à étouffer. Il allait se faire bouffer.

Sans ses repères, ses amis et parce que Luisa avait déjà une vie ici. Elle connaissait par cœur les trajets du RER, donnait des rendez-vous à des personnes « trop contentes » de la revoir. Il se fichait pas mal de ceux-là. Petits bourgeois préfabriqués, prêts à consommer, à se consumer dans la mégalopole. Imperturbables, cependant, sûrs de leur aplomb. Ridicules marionnettes, qui n'ont pas compris que la vie, ce n'est pas se battre sans cesse, se bouffer. C'est aussi baisser la garde, aimer, gratuitement. Un mot totalement inconnu de leur langage.

Bref, Réda eut cette angoisse au ventre. Ils se trouvèrent une chambre de bonne, hors de prix, que les parents de Luisa financèrent. C'est ici que la torture commençait. Hors des quatre murs : rien, l'inconnu, le vide, la peur.

Comment avait fait Luisa à Marseille ? C'était elle qui était forte, courageuse et volontaire. Pas lui. Lui, qui regrettait déjà.

Il accumula les entretiens d'embauche. Autant de refus. Tous attendent un profil bien précis ; pas lui, mais un garçon lisse, et malléable. Il finit par trouver un job de serveur dans le quartier branché du Marais. On pensait que sa gueule, hors du commun, allait attirer une clientèle avide de sensations et de nouveautés. On ne s'était pas trompé. De la clarté et la blancheur de sa ville natale, il était passé à la noirceur de la vie nocturne, à son ambiance malsaine et glauque. Les plans drague directs, le désir des hommes. Le regard animal, avide de chair fraîche des autres. Et Luisa, prise toute la journée par ses cours. Elle pour qui il était venu. Elle qu'il ne faisait que croiser. C'était donc cela la vie de rêve ?

Elle semblait de plus en plus distante. Prise par son emploi du temps effréné. Elle n'était plus la jeune fille nonchalante, animale, qu'il avait tant aimée. Il la voyait pressée, manipulatrice, dévorée par le désir de passer devant.

Entre eux, en apparence, rien n'avait changé. Les mêmes étreintes, l'économie de parole. Mais il voyait son regard de moins en moins étonné sur la vie. La petite fille « naïve » s'était muée en femme, dans le monde.

Alors, ses moments de détente, il les trouvait dans le bar. Les autres serveurs étaient devenus des copains. Les clients, des proches, mais, ils avaient compris qu'ils n'obtiendraient de Réda rien d'autre que des paroles.

Réda se laissait aller. Découvrait la boisson au quotidien. Il était le « petit dur », celui dont on se disputait les faveurs.

Il ne gagnait pas beaucoup, pas assez pour se sentir libre par rapport à Luisa. Mais il pouvait progresser.

Il se serrait contre elle, en rentrant, seul point d'attache familier dans son nouvel univers. Il ne se sentait plus en sécurité. Ils n'étaient plus seuls au monde. Il venait de faire la violente découverte des autres.

Un soir, au bar, un homme lui proposa un verre après son service. Sans trop savoir pourquoi, Réda accepta, plus par la lassitude répétitive de sa vie, que par véritable envie. Le type était intéressant. Professeur de faculté, cultivé, beau, mais plus âgé. Réda n'avait jamais connu que les amitiés viriles, les compagnons de galère. Là, il se sentait considéré. Il prenait de l'importance. Celle-là même que son intelligence brute, sa beauté du diable, lui conféraient.

Ils passèrent la nuit ensemble. Le rapport cru de deux hommes, la tendresse de l'autre, le dégoût de soi. Trois cents euros. Une nuit pour une dizaine de soirées au bar. C'était ça le monde ? L'amour qui se paie. L'étreinte qui fait mal parce qu'elle ne sait pas se satisfaire d'autre chose que d'elle-même. La vie dans sa cruauté. Le monde, l'absence de scrupules, le pouvoir de l'argent.

Réda rentra, sans envie, vide de tout, chez Luisa. Là, il eut envie de se blottir contre elle. Fort.

Mais elle dormait profondément et semblait avoir retrouvé un monde dont Réda ne faisait pas partie. Il sentit à nouveau cette solitude. Celle qu'il avait ressentie en arrivant à Paris, l'envahir…

On n'était finalement que très seul. Contre tous. Avec le temps, les passions, les fusions, ne restent que de vagues souvenirs. On voudrait lutter contre ce temps destructeur. Garder un peu de ces moments où la présence de l'autre nous faisait oublier cette ignoble solitude.

Nous faisait oublier que chacun ne travaille qu'à son propre intérêt et que ce serait une antithèse de dire que l'on peut se réjouir du bonheur des autres. Au mieux on peut s'en contenter lorsque pour soi-même tout va bien. Au pire, s'en désoler et se demander pourquoi cela arrive aux autres.

Réda se trouvait dans la seconde position. Pourquoi Luisa était-elle si loin là ? Pourquoi ne retrouvaient-ils pas la symbiose de départ, la réunion des deux anges, celle qui donne raison au mythe d'Aristophane ?

Parce qu'il venait de comprendre qu'il serait toujours seul.

Il décida de renouveler ce genre de soirées plus souvent. Se sentir autonome. Avoir un peu de cette suffisance que seuls les riches possèdent. Parce qu'ils peuvent tout envoyer valser, trop conscients du pouvoir que leur donne leur argent.

Dès lors la valse des amours furtives se prolongea, spirale infernale que Réda ne voyait pas encore comme dangereuse.

Luisa, elle, poursuivait avec habilité ses études de journalisme, apprenait les ficelles du métier, écoutait comment manœuvrer les autres. Elle se rendait compte qu'avec Réda c'était différent, mais ils n'étaient plus à Marseille. Ils grandissaient.

Rien de grave.

En somme, la vie rattrapait le rêve.

On ne peut lutter contre l'existence qui vous prend dans son piège. Les purs, ceux qui veulent voir leur rêve se réaliser, finissent souvent par en crever.

Réda était-il un pur ? Tout dans sa vie pouvait prouver le contraire. Gamin des cités, au penchant affirmé pour l'illégalité, homme public désormais. Rien ne semblait le racheter à une quelconque nouvelle virginité.

Pourtant là, bien au fond de lui, le désir d'absolu, volonté de se donner entièrement. Se donner à Luisa, obsession de l'amour unique, dégoût de la chair des autres.

Réda pouvait regarder le monde avec les yeux les plus neufs. Il avait compris que seuls le cul et l'argent étaient la religion, désormais. Et que si l'on se tournait vers un dieu, c'est lorsque l'on perdait l'un ou l'autre, voire les deux.

Un de ses « clients », homme de lettres, très cultivé, avait vite compris le potentiel de Réda.

À l'étreinte rapide, il préférait même parfois monnayer un instant de discussion avec lui. Instant qui se prolongeait parfois tard. Réda prenant goût à ces interrogations sur l'Être, sur le Monde, alors qu'il se croyait incapable de toute réflexion.

Son jugement si dur, si cruel chez un garçon de son jeune âge, avait quelque chose de fascinant pour cet homme blasé de tout, des jérémiades de la vie sociale, de ses étudiantes prêtes à tout, de ce monde qu'il avait pourtant tenté d'acheter un peu en adhérant au non sens de l'amour payant.

Mais il était tombé sur celui qui lui permettait de se réconcilier avec le genre humain.

En vendant son corps, Réda n'avait jamais été aussi libre dans sa tête.

Il n'était qu'une abstraction dans ces moments violents, conscient du pouvoir qu'il exerçait sur les autres, alors là même que ces derniers se croyaient intouchables.

Ils n'avaient pas compris qu'ils offraient à Réda sa liberté. Liberté financière vis-à-vis de Luisa, liberté amoureuse : il n'appartenait à personne. Liberté totale lorsqu'il regardait la vie s'agiter, comme une bulle, dont il ne faisait pas partie.

Luisa aussi travaillait à la trouver. Elle pensait la trouver dans son travail. Elle pensait être libre à partir du moment où son but dans l'existence était de s'intéresser à ceux qui n'en possèdent plus ; à ceux que l'on montre du doigt au journal de vingt heures, en se disant que finalement, on a de la chance.

Elle se documentait à la folie, jusqu'à la perte de soi. Pas de temps morts, apprendre, apprendre, et encore, pour avoir son morceau de monde.

La perte de soi, elle avait cru un temps la connaître, Réda, son abandon.

Mais elle avait compris vite que l'amour ne peut être folie, il faut le rationaliser.

Selon elle, un être aimant et aimé était le meilleur moyen de ne pas s'égarer. Le regard de l'autre oblige à une certaine forme de stabilité qui la rassurait. Quoiqu'il se passe entre eux, elle donnait à Réda toujours la même image d'elle.

L'amour n'était qu'un moyen de plus pour réussir, se rassurer, se normaliser.

L'amour n'était plus qu'un moyen.

Pour Réda, il trouvait sa fin en lui-même. Luisa aurait pu lui suffire si elle ne s'était pas émancipée, vendue à une société mercantile.

Mais il l'aimait. De tout son corps, de toute son âme. Ce qu'il faisait ailleurs, il ne le considérait pas comme une trahison. Non, c'était sa manière à lui de ne pas se crucifier à Luisa. De pouvoir continuer à vivre…

De ces six mois déjà écoulés à Paris, ils n'avaient même pas tiré d'amitiés communes. Rien. Eux deux se résumait à un lit qui les unissait les nuits.

Luisa ne cherchait pas à comprendre les absences prolongées de Réda. C'était un fait ! Elle n'était pas jalouse, si consciente qu'elle était de l'amour de Réda.

Aussi, une sorte de fatalité la menait. Si les choses devaient avoir lieu, elle ne pouvait les empêcher. En même temps, la vie lui avait épargné quelques trahisons et mesquineries. Elle-même les avait si sûrement évitées, qu'elle imaginait difficilement qu'on puisse lui faire du mal.

Un soir, alors que Réda avait son congé, elle lui demanda de l'accompagner à une soirée étudiante, organisée par son École. Il accepta.

Dès l'entrée, dans le hall, le malaise l'envahit. Ce n'était pas ce qu'il connaissait. Mais pour Luisa, pour l'amour aveuglé, presque douloureux désormais qu'il lui portait, il fit un effort. Nombreuses étaient les camarades de Luisa qui le regardaient, étonnées, fascinées aussi par ce garçon en retrait, au visage marqué, aux yeux tristes, absent, et si loin. Luisa, quant à elle, opposait à toutes une assurance que Réda ne lui connaissait pas. Sa beauté altière devenait de plus en plus consciente, mais ne perdait paradoxalement rien en puissance.

Elle en tirait une sorte d'insolence qui forçait encore plus le respect. Elle déambulait, assurée, rassurée par les regards qu'on lui décochait.

Une de ses camarades, Claire, blonde, fine beauté fade, relevée à grands renforts d'artifices et d'accessoires à la dernière mode, ne parvenait pas à quitter Réda du regard. Habitué, par son job au café, à ce jeu trouble et malsain, il décida de déstabiliser cette fille qu'il imaginait futile, sans saveur, sans avis… C'est lui qui menait le jeu, désormais. Lui qui décidait. Lui qui fixait, la déshabillait du regard, la renvoyait à sa condition de petite princesse capricieuse, trop gâtée par la vie, trop habituée à diriger.

Elle se décomposait, rougissait, cherchait à garder la face, à donner l'illusion que c'était elle qui menait la danse.

Lorsque n'en pouvant plus de ce malaise qui l'envahissait, elle s'éclipsa. Il la suivit. Luisa était loin, à virevolter de groupe en groupe, occupée à réjouir ceux qui pensaient avoir de l'importance à ses yeux, alors que personne n'en avait vraiment.

Claire était en train de se passer de l'eau sur la nuque, lorsque Réda entra. Brusquement. La regarda dans le miroir. Puis, le visage fermé, la pressa contre le lavabo. Claire ne savait plus si elle devait continuer le jeu qu'elle avait enclenché.

Réda la poussa contre le mur, la pressa de plus en plus fort, sentit le désir l'envahir.

Elle, consciente de son inconscience sombrait peu à peu dans la spirale infernale du plaisir. Elle se laissait toucher, presser, sentir, mordiller… Elle gémissait un peu sous les mains expertes de ce garçon. Pas un mot n'avait été prononcé depuis son entrée dans ce lieu.

Il entra en elle. Gémit. La brusqua, puis sortit. Il rejoignit Luisa, conscient de l'horreur de ce qu'il venait de faire. Fier d'avoir troué cet univers pathétique des apparences.

Claire sortit quelques minutes plus tard, mal assurée. Dégoûtée d'elle-même. Désireuse de tout dire à Luisa, de punir ce garçon qui venait de la souiller. Désireuse de blesser Luisa qu'elle jalousait autant qu'elle l'admirait. Elle savait qu'elle devait se taire pour le moment. Trouver ce moment, adéquat, pour la mettre en position de faiblesse.

Elle saurait trouver.

Dans ce monde, les amitiés ne sont que de beaux feux de paille, brillants comme de jolies robes, salissantes comme elles, lassantes comme elles.

Réda n'avait éprouvé qu'un plaisir malsain dans ce rapport cru, ce corps à corps imprévu. Il n'aimait que le corps de Luisa et ne cherchait seulement dans ces autres rencontres qu'à oublier son incapacité à la posséder totalement.

En posséder d'autres, c'était se salir, c'était paradoxalement retrouver l'envie renouvelée de Luisa. Sa Luisa. Sa Vie. Alors, il n'accorda à cette histoire que la valeur qu'elle pouvait avoir : la chair, brute, hargneuse.

L'envie froide, insensible, sourde à tout raisonnement cohérent.

C'est à ce moment qu'il prit conscience de son immense pouvoir sur les autres, pouvoir qu'il ne voyait appartenir qu'à Luisa.

Elle, elle séduisait, impressionnait par sa beauté hors norme, fascinait par le regard détaché qu'elle semblait porter sur le monde.

Lui, il intriguait par la rage sourde qui sommeillait en lui. Il faisait peur, presque. Tout en lui transpirait une existence déjà riche. Vite et fort.

Ces deux mots allaient devenir une manière de vivre pour Réda. Il n'avait pas de temps à perdre. Il n'avait pas le temps de perdre son temps.

Alors ses amitiés amoureuses, hommes, femmes se multiplièrent…

Rarement gratuites… Elles lui offraient en plus le luxe de s'offrir le rêve : les objets dont il rêvait étant gosse ! Une montre, grosse, clinquante à son poignet, des fringues siglées par les plus grands. Une autre allure. L'allure de tous ces petits bourges qu'il exécrait en arrivant : l'allure qui lui permettait de choisir des proies. D'avoir le choix. Il n'y a rien de pire pour se construire une prison !

La ronde ne cessait de s'agrandir. Il était devenu un grand prédateur. Les gens le savaient et se passaient le mot.

Réda jouait de cette popularité. D'un côté, il écrasait Luisa. Lui prenait un peu de ce pouvoir qu'elle exerçait sur son entourage. Lui prenait un peu de la fascination qu'il avait pour elle, lui prenait un peu de sa vie.

Leur vie à eux, à deux, continuait sa route, rencontres brèves dans un lieu de vie commun.

Rencontre fusionnelle pourtant, toujours, comme si le temps, le cadre ne pouvait empêcher ce lien indéfectible qui s'était créé un jour à la sortie d'un café, plus au sud, au pays du soleil.

Il était son tout. Elle trouvait sa force par sa présence seule. Elle était sa vie, celle qui l'avait bouleversé, l'avait révélé à lui-même, lui avait fait découvrir le monde.

Sa peau seule, son odeur, sa douceur lui rappelait qu'il n'y aurait qu'elle.

Claire, quant à elle, pion rajouté dans ce duo aimanté savait qu'elle pouvait jouer sa partie.

On trouve de l'intérêt à l'existence bien souvent quand elle devient une sorte de film géant.

Film d'auteur où la noirceur et l'atmosphère lourde donnent enfin l'impression d'exister.

Elle n'oubliait pas la violence avec laquelle Réda l'avait saisie.

Elle n'oubliait pas Réda. Elle avait gardé une sorte de souvenir amer, rageur, mélancolique aussi.

Elle avait été désirée, elle, si lisse, aux aventures si bien ordonnées, gardait comme un secret de gosse ce moment. Secret déjà divulgué, secret déjà dangereux.

Elle se rapprochait de Luisa à l'école, tentait par tous les moyens de s'approprier un peu de l'univers de Réda.

Elle n'était pas amoureuse, non, mais envahie par ce sentiment ambigu qu'elle n'osait pas s'avouer à elle-même.

Le désir de ce corps une nouvelle fois contre le sien. Elle se posait en victime, mais n'avait de cesse de trouver un moyen de retrouver son bourreau.

« Et il fait quoi ton ami ? », elle avait osé demander à Luisa, avoir un indice.

Il travaillait dans un café du marais. Rien de plus, pas de nom. Luisa gardait Réda comme cet objet précieux qui lui permettait d'être plus forte.

Claire trouverait. Elle n'était pas courageuse, elle s'était toujours laissée porter par l'existence. Une existence facile, facilitée par l'abondance. Abondance d'argent, d'amour, d'intérêt.

Mais absence d'exaltation, de désir, de passion.

Elle s'était abandonnée une fois, avait délaissé son armure de petite fille rangée. Elle avait envie de connaître à nouveau cette griserie du danger.

Elle se mit donc à prospecter, à errer dans ce quartier qu'elle ne connaissait pas, à observer ces hommes et ces femmes qui s'aiment autrement, se foutant des autres.

De ces errances, elle constatait qu'elle ne connaissait pas une partie de l'existence, restée secrète jusqu'alors. Elle prenait un plaisir presque malsain à regarder, observer, ce jeu de la drague, du sexe sans amour. On est toujours intrigué par ce que l'on ne connaît pas, qui nous a été caché sous un sceau d'interdit.

Il lui fallut beaucoup de déambulations, de recherches, cocas bus à la va-vite pour trouver enfin ce qu'elle cherchait, celui qu'elle cherchait. Elle tomba nez à nez avec lui en ouvrant la porte d'un bar, elle le fixa, lui de même, se demandant où il avait déjà vu cette fille. Elle pensait qu'il ne l'avait pas oubliée. Son monde à elle était si restreint, qu'elle n'imaginait pas qu'on puisse perdre des visages. Le sien se réduisait désormais à Réda.

Son cœur battait la chamade. Il était aussi beau que la première fois. Peut-être plus encore, parce que dans son élément. C'était donc lui : une gueule d'ange, le diable au corps. Elle sourit, il lui rendit ce signe de reconnaissance. Elle se sentit rassurée. Son cœur, Mon Dieu, moins de bruit, en sourdine s'il te plaît. Aide-moi.

« Salut ». Voilà ce qu'elle avait réussi à lui dire.

« Salut », comme à un vieil ami, comme à une simple connaissance, alors que son temps n'était que pour lui depuis quelques semaines déjà. Il lui demanda alors d'où ils se connaissaient. Coup de poignard. Douleur. Il avait pu oublier, il avait osé.

Elle rassembla le peu de forces qu'il lui restait : « À la soirée de l'école, je suis une amie de Luisa ». Là, tout lui revient en pleine face, la fille au regard insistant, la haine, le désir, la baise, vite, rapide, le dégoût. Et, elle était là, devant lui.

– Assieds-toi, tu bois ?

– Un coca.

Il lui servit, mal assuré, lui aussi. Et pourquoi elle le regardait comme ça ? Cet air de tombée du ciel.

– Tu vas bien ? Tu savais que je bossais ici ?

– Oui, non. Enfin voilà, je te cherchais.

– Pourquoi ?

– J'avais besoin de te revoir après ce qu'il s'est passé… Je ne parviens pas à oublier. Je te déteste pour ton arrogance, mais je n'oublie pas.

Son aplomb lui donnait des ailes.

– Je n'oublie pas ton regard. Notre étreinte, je n'avais jamais connu cela, alors je t'ai cherché. Me voilà prête, prête à être à toi de nouveau.

« Merde, qu'est-ce qu'elle s'imaginait ? Qu'il l'aimait parce qu'il l'avait prise ? ».

Réda se ressaisit :

– Mais tu attends quoi ? Ce n'était qu'un moment. On l'a voulu tous les deux… Non ? Alors voilà, fini, basta.

« Réda ! ». Son patron, il commençait à faire nuit, le café à se peupler.

– En plus, je n'ai pas le temps. Je n'ai pas de temps. Alors oublie, il n'y a rien d'autre à faire.

– Je n'ai pas fait tout cela pour rien. Tu n'as pas le droit, tu me dois un moment. Tu sais, Luisa…

Luisa, non, elle n'a pas le droit d'évoquer ce nom enchanté là, dans cette vie qui ne la concerne pas.

– Oui, OK, un moment, où, quand ?

– Après ton service !

– À trois heures.

– Je t'attends.

– Je ne préfère pas, il y a d'autres cafés. À trois heures.

Voilà, Claire la petite fille bien rangée, épargnée de tout, de la luxure, de la vie la nuit, des garçons dont il ne faut pas tomber amoureuse, venait d'imposer, de choisir ce qu'elle voulait à cet instant précis. Ce garçon aux yeux noirs, perçants, tristes et si beaux à la fois. Son cinéma commençait, elle en était la première actrice et comptait le rester.

Réda était perdu. Pourquoi ? Et si Luisa, son âme, sa vie, son cœur, apprenait, apprenait quel être horrible il pouvait être parfois. Elle ne pourrait pas comprendre que c'est par désespoir, par rage envers lui-même, par envie d'être à elle, par paradoxe, pour cet amour pour lequel il pourrait mourir, qu'il faisait ça.

La destruction pour devancer celle que l'on sent palpable, dans chaque histoire, parce qu'elle en est le moteur. Il n'avait que cela comme moyen de sauver sa peau, il était obligé de se faire du mal quand elle s'éloignait un peu. Plaisir de l'automutilation, et il se croyait alors assez fort pour l'aimer.

Non, Luisa ne pourrait comprendre. Et il ne pourrait supporter son malaise, sa tristesse, si un jour elle apprenait que Réda se perdait, justement parce qu'il croyait la perdre. Alors oui, il la reverrait cette fille. Il lui ferait comprendre. Que rien, ni personne n'avaient le droit de s'immiscer dans leur histoire.

Leur monde, celui qu'ils s'étaient construit. Doucement, malgré l'apparence hasardeuse qu'il pouvait avoir, c'était à la vie, à la mort. Eux deux, l'un contre l'autre, étaient plus forts que les autres. Parce qu'ils étaient l'évidence. L'évidence d'une rencontre, d'une union. L'évidence de deux regards, de deux mondes qui s'étaient unis.

Ce n'était pas une petite conne de parisienne qui mettrait cela en péril, il pouvait le jurer. Et elle restait là, à le regarder. La ronde commençait autour de lui. Elle, spectatrice de son côté obscur. Elle, si proche de Luisa, chaque jour. Il voulait partir. Que tous ces hommes le laissent en paix. Il ne les aimait pas. Il n'aimait rien d'eux, sinon leur argent. Et les voilà qui minaudaient, qui le frôlaient, allusions franches à des moments d'intimité. Claire, interloquée dans un premier temps, commençait à donner du sens à tout ce qu'elle voyait.

Comme un puzzle dont elle rassemblait les pièces. Il aimait les garçons ? Les filles ? Il se vendait ? Son corps ? Toutes ces interrogations ne faisaient que rajouter du piment à ce qu'elle était en train de vivre.

De l'extérieur, une petite fille riche, au milieu d'hommes transpirant la sueur et la lubricité, un autre, perdu au milieu d'eux, vendant un moment de vie aux affamés qui le scrutaient des yeux. Lui, avec qui elle était liée par une étreinte sauvage, dont elle ne se remettait pas. Lui, avec qui elle voulait plus. Lui qui devenait sous ses yeux l'obsession qu'elle ne s'était jamais avouée. Désir d'abandon, d'oubli des règles, des bonnes manières, volonté d'apprendre ce monde inconnu d'elle jusqu'ici. Dans un peu de temps, elle apprendrait ce qu'il faut apprendre. Le clap du début venait seulement de se faire entendre.

Elle avait envie de vivre, son corps et son cœur venaient de se réveiller. Il était encore temps de tout. Elle n'avait plus rien à perdre en somme. Réda la captivait. Plus qu'un barman, il était l'objet de fascination de ce lieu.

Mystère inviolable d'un visage qui ne livre rien. Un corps qui se donne, une vie qui se tait. Le temps passait à une allure folle. Le regarder suffisait à ce que les minutes s'égrènent à la vitesse de la lumière. À trois heures… Vivement trois heures ! Vie nocturne, fatigue palpable mais ignorée. Il fallait aller au-delà. Pour Claire, c'était se surpasser. Jamais vraiment elle n'avait veillé, mais l'excitation intense la rendait nerveuse. Elle appréhendait autant qu'elle l'attendait cette rencontre.

Deux hommes tentèrent encore d'approcher Réda, décidément peu avenant ce soir, pensaient-ils. Réda qui voulait cacher ses activités secrètes.

Cacher aux autres ce qui était si présent à son esprit. L'horreur du marché de la chair. Le mélange des corps. Peu importait le sexe, hommes et femmes se mêlaient dans un gémissement sourd.

Des clichés parfois. Réda devenait l'objet de ces metteurs en scène. Soirées très privées. Ces gens payaient parce que la vie les avait blasés, plus rien vraiment ne leur apportait encore d'exaltation. Un boulot rémunérateur. Trop. Une famille aimante. Trop. Image d'Épinal si parfaite, si ennuyante. Une femme si lisse. Alors où trouver encore du piment ? Plus rien dans le quotidien. Il fallait toujours plus. Engrenage infernal de ceux qui ont trop. Avec cet argent, ils avaient même le luxe de se jouer des autres, de les abuser, même lorsque ces derniers pensaient être les maîtres de la partie. Avec cet argent, ils pouvaient avilir, l'être eux-mêmes, dominer, réaliser leurs fantasmes les plus crus, les plus terribles. Avec cet argent, ils perdaient de leur humanité, Réda ne le savait que trop bien. Réda en faisait régulièrement l'expérience.

Il croyait se foutre du monde, c'est le monde qui se servait de lui pour mieux assouvir ses désirs.

Parties à six où les coups, la douleur faisaient partie de cette transgression sans limite. Les filles qui jouent à s'aimer, les poses dégradantes pour ces hommes qui ne retrouvent que là, le goût perdu de l'existence. Filles lascives, prêtes à tout, à la porte de l'enfer. Mais sans courage, l'argent facile au bout. Que cherchaient-elles vraiment ? Les billets qu'on leur donnait, ou se perdre elles-mêmes ?

Elles n'aiment même pas se caresser, s'embrasser, se presser, se toucher, pénétrer l'une dans l'autre à l'aide de tous ces artifices qui n'existent pas dans l'amour le plus simple, le plus évident.

Ces hommes qui se touchent alors qu'ils ne l'ont jamais fait. Puis tous ces corps qui se rapprochent. Pseudo danse lancinante du plaisir où seuls ceux qui payent y trouvent leur compte. Horreur de la chair pour les autres, perdus dans ce monde noir et glauque. Mais volontaires, acceptant les odeurs, la moiteur de l'autre.

Léchant, suçant, mordillant, violentant. Frappés en retour. Jouissance extatique pour les payeurs. Douleurs inexplicables pour les autres. Autant au corps qu'à l'âme. Douleur à laquelle on ne s'habitue pas. Douleur que Réda tentait d'apprivoiser pour oublier. Douleur qu'on ne pouvait apprivoiser. Douleur que Luisa ne soupçonnera jamais, sinon peut-être, lorsqu'il la serre si fort, geste désespéré de celui qui cherche un moment de sincérité, un point auquel se raccrocher pour ne pas mourir.

Pour se sentir moins seul. Geste désespéré pour qu'elle comprenne peut-être, qu'elle suppose. Qu'elle l'aide.

Trois heures sonnantes. Réda quittait son service.

Claire attendait. Depuis cinq heures déjà.

« On va où ? ». Claire voulut se rendre dans un autre café.

Là, installés l'un face à l'autre. Moment de creux où la conversation se cherche.

– Je voudrais que tu viennes chez moi.

Une invitation. Gratuite celle-là. Réda savait qu'il n'avait pas le choix. Claire était dangereuse. On ne réfléchit plus lorsque c'est le corps qui commande. Poussé par des années de frustration. Lui seul nous pousse à avancer, nous aveugle, nous rend capable du pire.

Luisa au courant de tout, voilà le pire. Alors, oui, il allait aller chez Claire.

Les y voilà, d'ailleurs. Petit appartement dans le seizième. Pas de trace d'Ikea ici. Écran plasma, chambre japonaise, meubles blancs, parquet clair. Ensemble froid, aucune personnalité, appartement anonyme. Ils prirent un verre. Réda commença la bouteille de Bailey, alcool doux et mièvre dans cet univers sucré et écœurant. Il la finit, il préférait ne plus trop savoir. La tendresse de Claire le fatiguait. Gestes calculés, réfléchis, préludes à une tendresse plus brutale. Et elle parlait, racontait des anecdotes de l'école. Qu'est-ce qu'il en avait à faire ? Seul le nom de Luisa… Il apprit qu'elle était la tête de la classe, qu'elle était le pôle d'attraction des gars de la promo. Malaise indescriptible.

– Et que répond-elle à leurs avances ?

Oh, rien, mais elle parvenait à garder sa cour. Reine courtisée, brillante, enviée. Il savait qu'elle commençait à toucher du doigt son but. Qu'était-il alors pour elle ? Son premier émoi dont elle gardait un souvenir ému ? Un beau gosse, mais sans culture sinon celle de la rue. Elle aurait tôt fait de le remplacer par un de ses acolytes à l'apparence bien propre, au niveau d'études respectable. Elle aurait tôt fait de le remplacer tout court. Plus elle parlait, plus Claire lui faisait mal. Plus il avait envie de lui faire payer ses propos. Ce qu'il fit. Violemment.

Réda avait en lui cette violence dès qu'il savait que l'on pouvait atteindre Luisa.

Claire continua son chantage. Étreintes contre silence. Des semaines durant. Jusqu'à ce que le chantage s'inverse. Dans l'appartement parisien de Claire, Réda avait trouvé assez d'adresses, de numéros de téléphone pour la faire chanter, elle. Un soir, il lui expliqua tout simplement que c'était elle désormais qui allait lui rendre des comptes sur le comportement de Luisa. Une fois par semaine, elle lui ferait un rapport détaillé sur les faits et gestes de son amour, sinon, il ne se gênerait pas pour avertir les parents de Claire. Et Claire, petite fille parfaite, riche et rangée ne pouvait imaginer la réaction de ses parents, bourgeois catholiques bien pensants, qui perdraient pied en apprenant que leur fille avait sombré. Était passée de l'autre côté, celui qui n'existait pas pour eux.

Alors, elle acquiesça, voilà, le film était fini. Tout au moins, elle n'en tirait plus les ficelles, c'était elle que l'on manipulait, c'était elle qui obéissait à Réda, nouveau metteur en scène.

Mais lui ne se doutait pas qu'il était en train de mettre en scène son propre calvaire. Luisa était très entourée, toujours.

Un grand journaliste, venu pour une conférence avait clairement fait comprendre qu'elle l'intéressait. Luisa était prête à tout pour réussir.

Mais tout cela finalement, il ne le savait que trop bien. Mariage du jour et de la nuit. Du travail acharné et de la bohème, de la sociabilité et de l'animalité, de l'ordre et du chaos. Et pourtant, cette même droiture. Et pourtant, ce même amour.

Un soir, alors qu'ils étaient seuls l'un contre l'autre, Luisa, blottie contre Réda, lui fit part de son désir de partir, à l'obtention de son diplôme. Loin. De s'inspirer d'autres cultures pour écrire ses articles. Elle lui fit part aussi de son désir qu'il la suive. Jamais elle ne pourrait autant se batailler, sans cet ange protecteur, amoureux, discret et à la présence rassurante. Elle refusait de croire qu'on est seul au monde. Bien sûr, oui, il la suivrait. Parce que finalement, de quoi se constituait son univers ? Luisa. À elle seule, elle était devenue tout.

L'amour n'est jamais un hasard. Existence hasardeuse peut-être pour Réda, mais Luisa en était son point fixe, son point de mire.

Il n'avait jamais pensé à ce qu'il serait devenu sans elle.

Elle, elle aurait suivi le même parcours, fréquenté les mêmes personnes. Elle aurait été la même. Dure. Dureté du regard. Dureté du jugement, parce que trop épargnée par la réalité humaine jusqu'alors. Il lui restait une année d'école. Quatre ans s'étaient écoulés. Quatre années dans cette petite chambre avec Réda, souvent absent, mais si aimant au moment de leurs retrouvailles. Quatre années durant lesquelles les gars n'avaient cessé de lui tourner autour, de lui envoyer des messages plus ou moins directs, mais toujours éconduits.

Parce que quatre années d'amour intense, de confiance aveugle, de promesses sous-entendues, jamais exprimées, c'est de l'or. Quatre années où elle avait vu Réda grandir, s'affirmer, ramener de l'argent contre un travail qu'elle estimait éprouvant. Contre un travail qu'elle ne soupçonnait pas.

Quatre années de mensonges.

Lui, pensait avoir gardé son intégrité. Il n'avait pas saisi qu'en jouant avec lui-même, il avait aussi joué avec Luisa. Que s'il pouvait se permettre cette vie amorale, tout en lui donnant un sceau de moralité, c'est parce qu'il savait que Luisa était là. Il voyait en elle l'origine de son mal. Mal indescriptible. Le mal de la chute. Tomber amoureux…

Il lui en voulait, voulait lui faire payer l'union ; la fusion totale impossible. Il voulait l'Absolu. Elle voulait lui offrir le monde à force de travail, ne jamais rien lui demander, lui laisser la liberté sauvage qui l'avait séduite dès le début.

C'est étrange, l'amour. Comment sous un même terme on peut regrouper une pluralité de sensations…

Réda le voyait comme une perte, moment non désiré, mais inéluctable. Il avait trouvé son ange, voulant parfois lui arracher les ailes, tellement ce sentiment le faisait souffrir. C'est parfois si proche de la haine…

Luisa, elle, avait compris le surplus de vie qu'apportait un tel sentiment. Il permet d'affronter le monde, de choisir une image, avec la certitude de ne jamais vraiment la changer, par la garantie de la présence de l'autre.

De celui qui donne sens.

Visions différentes, visions décalées, vision unique du début, visions douloureuses et endolories, au contact de la vie.

Ils ne savaient pas qu'ils étaient désormais aux antipodes l'un de l'autre.

Que l'indifférence de Luisa n'était que l'apparence qu'elle donnait à son respect démesuré. Que la vie débauchée de Réda n'était que l'excuse qu'il pouvait donner pour supporter la séparation. Que le coup de couteau dans les ailes, la peur, le manque, le faisaient tomber. Il aurait voulu être fort comme elle, ne pas succomber à la facilité. Certains pourraient le plaindre.

Mais on ne peut plaindre la lâcheté.

Lâcheté démesurée, encore plus lorsqu'il apprit que Luisa avait déjeuné avec un de ses professeurs. Il ne pouvait concevoir les rapports humains sous un autre mode que celui sur lequel il les vivait. Il ne pouvait concevoir qu'on puisse rencontrer les gens, les autres, sans haine, violence ou amour. Simplement. Réda avait perdu, mais cela depuis Marseille, depuis toujours peut-être, la simplicité de ses rapports aux autres. Un temps, il leur devait des comptes, ceux du voyou, toujours en quête, même s'il était alors entouré de présences masculines rassurantes, de potes de galère. Aujourd'hui, c'est à lui que l'on devait de l'argent, puisque son temps se négociait, n'était que le prétexte d'autres moments, bien plus dégradants que celui du voyou d'antan. Seule Luisa échappait à ses calculs. Seule Luisa se trouvait simplement, gratuitement là. Et dire qu'il se foutait de ces parisiens pour qui tout s'achète.

Réda avait changé.

Mais personne ne pouvait s'en rendre compte, parce que s'il se livrait à tout le monde, personne ne le connaissait vraiment. Personne, ni lui, ne pouvait comprendre cette force qui le poussait à se déchirer.

Aucune nécessité, aucun plaisir, rien. La seule volonté de la destruction. Pourtant nombreux étaient ceux prêts à l'aider, lui tendre la main, lui ouvrir leur vie.

Claire aurait tout donné pour l'avoir à ses côtés. Elle venait de saisir ce qu'était le manque, le besoin de l'autre. Elle venait de saisir ce qu'était l'amour. Claire, si sage, assommée de médicaments pour trouver le sommeil, parce qu'un diable nommé Réda l'avait prise dans ses filets. Claire, belle jeune femme sans piquant. À la vie intérieure déboussolée. Aux envies décuplées. S'il faisait du mal, Réda avait aussi ce don de redonner le goût de la vie, alors là même que lui le perdait. Un vampire, homme nocturne, vie perdue. Homme perdu.

Seul avec lui-même. Pas d'échappatoire, comme Luisa pouvait en trouver dans son travail. Il aurait fallu qu'il trouve dans la vie quelque chose d'assez fort pour qu'il s'oublie un peu. Qu'il oublie les autres.

Claire décrépissait de jour en jour. Elle n'avait plus d'appétit, plus d'envie, plus de sourire.

Des paroles économisées. Luisa s'étonna que cette fille si quelconque puisse être en proie à des démons intérieurs. Ça l'intéressait, l'intriguait.

Elle tenta de se rapprocher d'elle. Efforts faciles puisqu'elle était pour sa camarade une sorte de métaphore de Réda. Sa part féminine.

Luisa apprit vite qu'elle était triste. Elle avait perdu quelqu'un de cher. Elle avait perdu un être cher. Aucun décès. Non, une perte. Peut-on perdre les gens, s'ils sont encore vivants, près de nous ? Apparemment, et ça fait presque plus mal, horrible à dire. Claire en faisait la cruelle expérience.

Elle taisait le nom de son agresseur, parce que douleur il y avait. Agressée moralement, elle acceptait sans y penser la main que lui tendait Luisa. Elle lui raconta son histoire, changeant les lieux, les personnages. Elle lui raconta ce garçon. Luisa n'avait de cesse de lui répéter qu'elle n'avait rien perdu. Qu'on ne peut s'attacher à quelqu'un qui salit sa vie et la vôtre. Que ce sont des putes, corps faciles, têtes vides. Ce jugement résonnait en Claire. Luisa était à l'origine de son mal. Parce qu'il l'aimait trop, Réda l'avait détruite, elle.

Et, par l'ironie du destin, par son intelligence cartésienne, sa faculté d'analyse, Luisa en venait à détruire par les mots celui qui partageait sa vie.

Plaisir malsain pour Claire, petit bonheur... de la blessure, de l'orgueil atteint. Luisa s'enflammait. En plus, il se vendait. Peut-on à ce point se manquer de respect ? Dans quelle situation faut-il se trouver ? Manque d'argent ? De cul ? De tout ? Manque d'estime de soi avant tout. Comment peut-on perdre le goût de soi ? Elle n'en savait rien, elle, vie exemplaire, façade lisse : un ami, un appart, la réussite au bout du chemin.

Mais son ami, c'était cette « pute ». Parce qu'il se détestait d'avoir un jour accepté ce qu'on ne doit pas. Parce qu'il s'est tellement éloigné de lui-même, de celui qu'il était. Parce qu'il avait perdu le goût de son véritable Moi, il s'était mis tellement à distance de lui-même. Pour elle. De l'amour à la haine de soi.

Certains se suicident, d'autres écrivent, d'autres encore étalent leurs maux, d'autres se balafrent.

Tous ces moyens pour exprimer l'inexprimable, là où parfois les mots ne suffisent plus à cacher les maux. Non, décidément, Luisa, aussi brillante fut-elle ne comprenait rien.

Mettre son corps à distance permet de mieux se détester ensuite. D'en avoir une raison. Paradoxalement, Claire aurait pu le comprendre. Parce qu'elle ne s'était pas créé les idées toutes faites de Luisa, parce qu'elle ne s'était pas obligée à voir la vie comme une ligne pré-tracée. L'incapacité de compassion de Luisa envers celui qu'elle ne soupçonnait pas être l'homme qu'elle aimait, faisait jubiler son amie. Réda n'était qu'un bout de rien, bientôt Luisa s'en rendrait compte.

Bientôt Réda, homme adulé dans son milieu, recherché, entouré ne pourrait que constater son immense solitude. Bientôt les deux nouvelles amies allaient en rire. Claire en était certaine. Mais ça, Réda le savait déjà, et vivait avec ce sentiment. L'appréhension des autres, de lui-même, parce qu'incapable de connaître ses propres limites.

Malgré un instinct de survie incommensurable, il ne savait jusqu'où il pouvait aller pour faire payer son incapacité à accepter les choses, à être lui. Homme vendu peut-être, mais tellement réfléchi.

Si les autres savaient que sa perte venait de sa remise en question permanente... Sa peur de la souffrance, sa peur de l'abandon, sa peur de Luisa. Pourtant, elle était bien là, elle, dans sa vie. Elle le regardait toujours avec ses grands yeux interrogateurs qui ne posaient jamais de questions.

Elle était là, on passe son temps à passer à côté des gens, des choses. À se perdre dans les méandres de son cerveau, alors que l'évidence est souvent là, tout près.

Mais l'impression de vie est bien plus forte lorsqu'on chamboule les choses, les habitudes. Le « trop lisse » peut avoir un goût amer. Alors on tente, on s'éprend, on apprend, finalement que rien ne peut être prévu d'avance.

Claire savait qu'il fallait, pour se ménager, qu'elle retrouve quelqu'un qui lui donne à nouveau confiance en elle, qui l'aime, à défaut de l'aimer. C'est Luisa qui lui avait expliqué, qu'on est plus fort avec le regard de celui qui nous aime... Elle citait son cas. Claire n'était pas mauvaise, elle aurait pu tout détruire, elle en venait à plaindre celle qui l'impressionnait tant au début. Elle ne faisait pas partie de ces filles rapaces, se volant les unes dans les autres, les sales coups, les crasses, les bassesses de nanas. Elle s'en fichait. Parce que finalement la vie des autres, ce qu'ils ressentent, ne change rien à ce que l'on vit soi.

Alors, elle allait écouter Luisa et rencontrer son oiseau rare.

La ronde des présentations. Luisa aurait pu être une agence matrimoniale à elle seule.

Et puis Jean. Il était grand, une allure de bon élève, une éducation qu'il portait sur lui.

Tout le contraire de Réda. Ce garçon si propre sur lui ne la ferait pas chavirer, c'était sûr, mais ne fallait-il pas cette sécurité, cette forme d'aisance, cette force tranquille, la certitude d'un regard amouraché pour mieux renaître, tel le phénix ? C'est donc lui qui l'aiderait à oublier. Sans pourquoi. Elle ne raconterait rien.

Il l'invitait, il la gâtait. Lui offrait tant d'égards, de regards. Leurs étreintes, vastes simulacres de l'amour et l'envie. Mais elle était sa princesse…

Fourvoyée jadis par Réda, sorcier trop puissant, mort quelque part. Déjà. On se trompe tellement, ce n'est pas celui qui semble avoir les pouvoirs qui les possède. Monde de duperie, de jeu et de mascarade.

Mais Claire, comme Luisa, ne voulait pas passer à côté de son bonheur. Jean allait la faire renaître, sous le regard euphorique de Luisa, qui était parvenue à ses fins. À regarder le jeu de la vie, on en prend les rênes parfois.

Luisa, grande prêtresse de l'invisible. Elle voulait les choses. Elle pouvait toujours, avec cette douce assurance les attendre, avec raison, car tout venait à elle. Elle n'était pas Réda qui luttait, forçait contre lui-même. Luisa savait les envoûtements, connaissait les sortilèges magiques pour garder sa cour. Réda avait bu un de ses philtres. Mariage inconscient de la magie et de la sorcellerie. Elle regardait avec bienveillance donc cet amour qui naissait de sa main. Bienveillance mêlée d'envie parfois, envie des cadeaux, de ces attentions de Jean pour Claire. Attentions qu'elle ne connaissait pas.

Et puis, se ressaisissant. « Ce n'est pas d'attentions que je veux vivre ! Réda, c'est le concret, la réalité. »

Il ne l'étouffe pas dans un cocon de mièvreries… Il ne l'étouffe pas. Réda, c'est elle. Parce qu'il est là. Point final.

Réda aussi respirait, son ancien maître à chanter avait disparu, ne l'obligeant plus à ses visites imposées. Angoisse parfois devant ce silence si abrupt. OK, il l'avait voulu, et pourtant cela l'intriguait. Claire ne semblait pas être de celles qui s'effacent si facilement.

Il décida d'en avoir le cœur net. D'être sûr qu'elle l'avait oublié, et n'avait pas échafaudé un plan quelconque, qui mettrait Luisa en péril. Alors, un soir, à la sortie du café, il prit le métro. Direction le seizième, les bourgeois. Direction Claire, il connaissait le code.

Arriva à la porte. Sonna. Un brouhaha lui semblait-il. On finit par lui ouvrir.

Luisa, Luisa… Un verre à la main. Interloquée, les yeux encore plus interrogateurs.

Luisa…

Qu'est-ce qu'elle fichait là, chez son ennemie, savait-elle ? L'autre avait vendu la mèche, c'est pour ça qu'elle se taisait depuis peu, elle voulait sa vengeance, elle l'avait. C'était sa vie qui s'effondrait. Luisa ! Et elle, « Comment sait-il que je suis ici, il devrait encore être au bar, connaît-il Claire ? ». Deux angoisses l'une contre l'autre. L'amour et ses doutes, la confiance qui ne règne pas. Sinon l'amour n'existe pas.

– Ah Réda, salut, je suis contente que tu aies pu venir te joindre à notre petite fête, faire une surprise à Luisa.

Sauvé. Claire venait de sauver Réda, sa douleur. Mais aussi celui qui lui avait donné la force de choisir le côté solaire. Plus de virées nocturnes, d'attentes impatientes.

De perte de soi, de descentes dans un monde aux antipodes de ce que l'on est. De l'envie même de cette vie, parce qu'on croit toucher à la Passion.

Réda, c'était tout ça, la vie en accéléré, en concentré. Celui que l'on aime autant qu'on le déteste. Alors que Luisa, on l'aimait tout simplement.

Et Claire ne voulait pas lui faire de mal, ou pire, plus odieux, ne pas lui faire ce cadeau de lui révéler le monstre qui partageait sa vie. Réda entra donc dans cet appartement bonbon, qu'il connaissait, réminiscence d'une enfance qu'on ne veut pas quitter. Écœurement d'un monde qu'il déteste. Qu'il n'a jamais connu.

La tendresse gratuite, quand on lutte pour la survie, ça devient secondaire. Il ne pouvait pas en vouloir à sa mère. Et quelque part, elle l'avait rendu fort, autonome, du moins le croyait-il.

Et un jour tout s'écroule…

Mascarade. Qui est ce grand type, pseudo intello ? Il drague Luisa. Non, rituel des présentations, le petit ami de Claire. Il se marrait, elle avait voulu se faire peur la petite parisienne, goûter un monde qui lui était interdit, pour vite retourner aux costards standards d'un type insipide, mais si révélateur de cette classe dont il ne faisait pas partie. Il apprit que Luisa était l'instigatrice de cette rencontre, ça ne l'étonnait qu'à moitié. Sa propension à donner un peu d'elle aux autres, sans jamais se mouiller vraiment, un peu par-ci, un peu par-là. Pour qu'on l'aime, la reconnaisse. Jeu. Discussions autour de l'école, d'une méthode journalistique inconnue de lui, d'un livre d'un grand reporter. Le malaise du manque de culture.

Il s'emmerdait, se demandant ce qu'on pouvait faire de tels savoirs. Lui, il lui fallait du concret, pas des théories, pas de conflit d'idées, à quoi ça servait ?

Ça ne changeait rien à ce qu'on pensait vraiment, ou alors c'est que les positions étaient bien fragiles.

Et ces petits mouvements calculés pour bien montrer qu'on est des couples… Univers pathétique du paraître.

Finalement, son monde était plus vrai. On savait pourquoi on se rencontrait. L'amitié, ça, par contre c'est autre chose. Et ça lui manquait, les potes avec qui on fait des conneries, sur lesquels on peut compter, à qui on peut tout dire. Il était bien seul. Et cette soirée ne faisait que confirmer son sentiment. Jean essaya de lui parler, lui demanda ce qu'il faisait dans la vie.

« Voilà, comme si c'était notre carte d'identité, je lui dirais que je suis instituteur, il me regarderait avec égards, que je deale, il me prendrait pour un voyou, que je suis vendeur de livre, ça passerait encore, barman, pas grand-chose dans la tête le garçon, et pute, mon Dieu, le degré zéro de l'humanité. Et pourtant le même Réda, hein ? ».

C'est con, ce « qu'est-ce que tu fais ? ». Alors Réda dit qu'il bossait comme serveur dans une grande brasserie, ça passait, mais limite.

Il voulait rentrer. Le fit comprendre à Luisa. Une fois dehors, explosion insensée, paroles injurieuses. Silences. Visage fermé, parfois il la détestait, sans même savoir pourquoi. Tous ces gens qui gravitaient autour d'elle, des prétendus amis, elle ne le voyait donc pas ? Pourquoi attirait-elle toutes ces figures ? Devenait-elle leur confidente ? Ça l'énervait, il ne la voudrait qu'à lui, et voulait chaque fois lui faire payer. Elle le savait si bien, que la plupart du temps, elle rencontrait ses connaissances seule.

D'ailleurs il n'était pas prévu ce soir. Alors les larmes, pourtant, il le sait qu'il n'y a que lui. Elle avait ça pour elle. Elle se foutait des autres, de leurs doléances, de leurs problèmes. Malgré les apparences. Elle écoutait rêveuse, et savait que si elle pouvait semer un peu de bonheur, c'est parce que la vie l'avait gâtée justement.

Et qu'elle le veuille ou non, elle avait besoin de ça aussi. Assez au moins pour être heureuse quand elle avait donné un peu de joie. Attitude égoïste.

Attitude généreuse, où est le vrai ? Toujours est-il que les gens se livraient facilement à elle.

Et Réda les tuerait, ces autres. Peut-on à ce point vouloir une personne pour soi seul, alors que la vie montre qu'on ne la mérite pas ? Réda l'aimait pourtant, il ne vendait que sa chair. Son âme s'appelait Luisa. Réconciliation donc, comme d'habitude. Elle ne pouvait supporter les tensions entre eux. Elle ne pouvait supporter les tensions tout court, c'était sa fragilité, elle se taisait pour ne pas sortir de ses gonds, pour ne pas ressembler à ses gens qui perdent toute pudeur, toute mesure. Les mots trop forts, ça lui faisait mal. Alors, elle pardonnait, ce n'était rien.

Elle préférait ça à la colère froide. Elle avait besoin d'un Réda calme et protecteur. Parfois, elle trouvait ses silences pesants, elle aurait aimé en savoir plus de sa vie, visiblement, il n'aimait pas en parler. Elle avait peur, en l'interrogeant, de l'abaisser, de se trouver dans la position de celle qui réussit. Mais il ramenait quand même beaucoup d'argent.

« Ils peuvent », disait-il, les pourboires, elle n'imaginait pas ce qu'ils pouvaient cracher en une soirée. Et leur danse de vautours, leur désir non camouflé, mais ça, il ne le disait pas. Il décrivait par tableaux flous. Ça lui faisait du bien, c'était se livrer un peu. Et il espérait même parfois que Luisa, avec son intelligence intuitive pourrait lire en filigrane.

Lire sa souffrance.

Mais il continuait quand même. Il fallait de l'argent, il n'avait pas de futur, Luisa construisait le sien. Le temps n'arrangea rien. Elle obtint son diplôme. Il savait déjà le brillant avenir qui se dessinait pour elle. Lui, c'est de son passé déjà bien composé, qu'il tirait les fruits du présent.

Elle avait terminé un stage pour une chaîne câblée. On lui donnait la chance de faire ses preuves. Mais il fallait partir. Rapidement. Elle avait vingt-cinq ans, Réda deux ans de plus.

Dans deux semaines, la Tanzanie serait leur terre d'accueil, l'endroit où Luisa ferait ses premières armes, un reportage sur les vestiges culturels du protectorat britannique. Elle allait enfin se confronter à la différence, à l'altérité, au Monde ! Réda était du voyage, comme il lui avait toujours promis. Elle n'avait pas peur alors. Ses parents ne cachaient pas leur fierté d'avoir une fille si brillante. Ils appréciaient Réda, enfin, du peu qu'ils le connaissaient, le trouvaient calme et posé, à l'inverse de la première idée qu'ils s'étaient faite de lui, et il rendait Luisa heureuse, ça n'avait pas de prix. Elle leur offrait en cadeau sa réussite, à en voir leurs larmes de joie à l'annonce du départ.

Le temps manquait ; Réda accumulait l'argent, il voulait partir les poches pleines, sans trop savoir pourquoi. Pour prouver à Luisa, quoi ? Qu'il méritait sa place d'homme ? Deux semaines à anesthésier son esprit pour mieux vendre le reste. Ses amants, accrochés, amoureux parfois même, ne lésinaient pas sur les « primes d'adieu ». Ils voyaient partir celui qui leur donnait tant de plaisir, celui qu'ils utilisaient. Réda méritait mieux.

Il ne s'était jamais posé la question de savoir que ce qu'il offrait n'avait pas de prix.

Qu'il était déjà vieux. Abîmé par l'existence. Son amant ami, l'universitaire, lui avait fait comprendre que ce départ devait être sa chance de s'offrir une autre vie, il savait qu'il pouvait plus. Qu'il avait choisi la facilité. Réda lui promit de ne pas tout gâcher.

Là-bas au soleil, il redeviendrait le Réda du lycée. Aimant, aimé, attentif à cette fille qui le bouleversait. Il redeviendrait son chevalier servant, son protecteur. Les yeux toujours sur elle, son diamant noir, valeur inestimable.

C'est ce qu'il croyait, intensément. Il se jurait de trouver un « vrai » travail. De s'intéresser, et de participer à la vie de Luisa, dont il était si absent.

À deux, ils recommençaient. Une page se tournait.

Malgré son angoisse, il attendait fébrilement le départ. Un « au revoir » hâtif à sa mère, un peu d'argent. Sa mère, il l'aimait de toutes ses forces, mais il n'avait jamais su lui dire correctement. Par cette vie qu'elle voyait comme réussie, il savait qu'il la rendait un peu heureuse, alors ça l'apaisait.

Enfin l'aéroport. Luisa et sa famille, des amis, embrassades et larmes. Dix heures de voyage, les yeux fermés, main dans la main. Atterrissage en douceur sous un soleil de plomb. Dar es Salam. Tanzanie. La renaissance.

Personne pour les attendre, Luisa n'avait qu'un numéro en poche. L'agence était prévenue.

On les mena jusqu'à leur hôtel, en leur expliquant qu'on les amènerait le lendemain dans leur résidence temporaire, puisque Luisa n'était là que pour un article, qu'on leur expliquerait un peu la ville, qu'on situerait le port pour Luisa, pour se rendre à Zanzibar où elle devrait passer une partie de son temps pour son reportage. Là où elle devrait rédiger ses premiers papiers. Bonheur total. Luisa réalisait qu'elle vivait sa vie en rêve éveillé.

Réda à ses côtés, jamais ils ne se sépareraient. C'est trop violent une séparation. On donne sa vie, on ouvre son être, et puis l'autre repart avec ce petit bout, qu'il sera à nouveau difficile de redonner. On garde l'autre en soi pour l'éternité. Sept ans que Réda était là, toujours. Toujours.

Elle savait qu'elle plaisait, que toutes ces portes qu'on lui ouvrait, c'était aussi son charisme qui les ouvrait. Beaucoup d'invitations, de regards, de numéros. Elle n'en avait jamais rien dit à Réda, à quoi bon ? Il savait qu'il n'y avait que lui. Cela était bien suffisant. Pourquoi rajouter des angoisses inutiles ? Il y a qui s'en réjouissent et pensent même s'accrocher un peu plus l'autre encore, comme s'il voulait souligner leur valeur, en montrant que d'autres étaient intéressés aussi… Alors, elle l'avait protégé de ces loups qui gravitaient autour d'elle et à qui elle n'accordait qu'un sourire. Mais qui aurait été pourtant de trop pour Réda.

Belle réussite donc, elle les avait menés tous les deux dans son rêve. Première nuit, chaleur humide, moite. Réda contre elle. Mon Dieu, comme un être peut être un univers à lui seul ! Réveil désorienté, dans ce pays inconnu.

Elle voulait visiter un peu la ville et passer à l'agence, récolter les infos sur les recherches qui l'attendaient à Zanzibar. Découverte violente des rues grouillantes, de maisons basses et d'habitants radieux. Un paradis, pauvre certes, mais essayant quand même de tenir debout. La Tanzanie, nom exotique pour une réalité bien plus dure. Et en point de chute, la mer.

L'Océan, l'infini, image rassurante. Reposante. Ils goûtèrent l'ugali, une sorte de polenta. Ça passait. Et Luisa dut se rendre à l'agence. Beaucoup de travail l'attendait.

Mais il lui tardait de rejoindre ce qui allait être pour un temps leur chez eux. Dépaysement de courte durée. On les conduisit dans une réplique de quartier résidentiel européen. Parce que c'est là que se retrouvaient les autres. Les étrangers, diplomates, journalistes, profs, ingénieurs ou autre. Trop bien pour s'intégrer aux locaux ? La vérité doit être ailleurs. Réda l'espérait. Un pavillon donc. Avec jardin. Piscine commune. Première visite dans un quartier blanc.

L'antenne de l'agence de presse organisa un petit pot pour lui souhaiter la bienvenue. Une dizaine de personnes, de toutes nationalités bossaient ici pour tenir le monde au courant de ce qui pouvait se passer dans ce pays si calme en apparence, en réalité si peu intéressant, dans les enjeux économiques à l'échelle mondiale. Soirée froufrou dans une terre de latérite. Il fallait jouer le jeu, elle ne connaissait même pas ces gens, ils essayaient visiblement de tuer le temps par tous les moyens. Journalistes de tous pays, donc ; avec leurs dames. Réda, perdu encore. Il ne maîtrisait que peu l'anglais et il semblait que la langue soit officielle dans ce microcosme professionnel.

Les regards encore, toutes ces femmes sur ce gosse. Trop beau. Si discret, toujours, en retrait derrière Luisa.

Elles auraient pu être sa mère. Mais la lubricité de certains échanges enlevait toute ambiguïté quant à leur désir. Il savait désormais qu'il avait ce pouvoir. Cette gueule, cette beauté démoniaque qui ne laissait personne indifférent. Il s'en passerait parfois. Pourtant cadeau inestimable, et tellement enviable pour ceux que l'on ne voit même pas.

Le même pouvoir que Luisa, pour un usage différent. Il comprit ce soir-là que sa volonté de rédemption n'était qu'illusion. Qu'il ne résisterait pas longtemps aux chants des sirènes. Aux chants des femmes trop riches. Oisives. Délaissées par des maris occupés et cherchant à passer le temps. Plusieurs tentèrent de lui parler par l'intermédiaire de Luisa. Elle riait, fière de cet homme qui plaisait, mais qui était le sien, champagne, grands vins. Euphorie passagère, euphorie artificielle… On paie le bonheur de vivre. Toujours. Au moins, déjà par la peur de mourir.

Alors, on oublie l'essentiel. Que cette vie pourrait être droite, pure, se résumer à quelques verbes. Travailler, aimer, rire. Mais on en veut toujours plus. Luisa voulait beaucoup. Ainsi, cette longue robe noire sur son corps parfait. Du fard, du rouge. Tout cet attirail qu'il détestait sur elle, parce qu'elle n'en était que mieux mise en valeur. Il se rendait compte qu'il détestait qu'on l'aime. Soirée factice donc, retour apaisé des deux amants. Journée reposante le lendemain. Découverte.

Réda n'avait que quelques clichés à apposer à la réalité. Bien plus triviale. Un bel endroit, il apprendrait à le connaître.

Le port, les odeurs, les couleurs. Enchantement des sens et de l'esprit. Il se parlait une langue étrange, non pas l'anglais qu'il attendait, une langue plus surprenante. Il apprendrait que c'est le swahili, langue millénaire de l'Afrique de l'Est. Les contrastes entre les quartiers de Dar es Salam étaient saisissants, mais cette « Porte de la paix » portait bien son nom, on s'y sentait bien. Luisa était armée de son appareil photo.

Il se demandait parfois si elle regardait le monde avec les mêmes yeux que lui, ou si tout n'était que prétexte à une exploration cartésienne ? Découpage, clichés, diapos ? Mais il ne lui demanda pas, il ne lui demandait jamais.

Elle, absorbée par le travail qui l'attendait ici. Le reste du protectorat britannique à Zanzibar. Coutumes et traditions. Qu'avait laissé la monarchie britannique sur cette Île si éloignée d'elle ?

Elle aurait une certaine marge de manœuvre, dans ce pays où la presse ne disposait pas d'une grande liberté. Son sujet ne gênait pas. Réda était indifférent.

Il se demandait de temps en temps à quoi aurait ressemblé sa vie sans Luisa, elle en avait pris les rênes.

Il se sentait si vide parfois, alors qu'elle était pleine de désirs, envahie par la soif de vivre… Leur première nuit dans la résidence fut bercée par le bruit des moustiques, malgré les protections. Ils fusionnèrent et rirent comme au début. L'endroit était luxueux, très épuré encore, mais Luisa aurait vite fait d'en faire un nid. Première semaine. Prise de contact avec les voisins. Des occidentaux. Tu parles d'un dépaysement…

Il allait devoir se mettre à l'anglais. Le patron de Luisa vivait dans cet enclos coupé du monde, cadre dynamique dévoré par l'ambition. Teint hâlé, dents blanches, accompagné d'une femme qui semblait s'ennuyer, et n'avoir d'autre passe-temps que cet ennui. Elle aussi avait suivi, vivait à travers son mari, son charisme, son envergure, sa paye. Réda ne voulait pas être son pendant masculin.

Première semaine à s'installer aussi, à prendre ses marques, à décorer. Deux gamins foufous, voilà à quoi ils ressemblaient. Peut-on être si loin du reflet qu'on donne au miroir ? Parce que Réda, une fois encore, se sentait perdu. Luisa, encore, son seul repère. Comment faisait-elle, bordel ?

Soirée chez Marc, le patron, donc. Dîner préparé par un personnel à leur service. Des paillettes aux yeux, Luisa parlait beaucoup boulot, elle ne mélangeait pas les genres. Il se sentait un peu à côté de la plaque. Alors alcool… Et l'ivresse recherchée, l'ivresse refuge. Voilà maintenant Réda l'orateur.

Des bribes, peu de cohérence. Il le sait, et les autres rient, alors… Et la femme qui se met à faire sa belle. Déjà fanée. S'il la charme, il aura au moins fait quelque chose de sa soirée, et c'est un défi, comme il aime en lancer à sa propre personne pour avoir un peu plus confiance en lui.

– Réda, vous êtes si drôle, elle lui dit. On ne croirait pas au premier abord, vous paraissez presque hautain…

Eh non, Madame, je suis cela et tout son contraire, pensait-il. Hautain, parce que contrairement à vous, je me fous de tout, je n'ai pas peur. Vous mourez d'ennui ici, votre mari s'en tape d'autres, et une aventure avec moi vous ferait du bien… C'était clair ça. Mais il n'en dit rien. Et continua son numéro. Ne voyant même pas que Luisa, elle, était subjuguée par les propos de Marc, par son professionnalisme, par ses errances journalistiques. Beau parleur. La réussite au sourire. Il sentait « la petite » impressionnée et remerciait Paris de lui avoir envoyé cette si jolie fille, brillante était secondaire pour lui.

Il se réveillait tout doucement d'une léthargie qui durait. C'était quoi, une envie de nouveauté ?

La lassitude des filles du pays, parfois trop faciles, contre quelques shillings, elles étaient à toi le temps d'une étreinte. Du nouveau sang. Enfin, un intérêt autre que financier.

Étrange soirée où les couples semblaient s'être échangés. Sans s'en rendre compte.

Alcool, musique, douce ivresse dans une nuit chaude. Le temps passait, les deux nouveaux expatriés n'avaient pas envie de briser le charme.

« Mais oui, Réda, je vous montrerai, on pourrait peut-être même se dire tu ? Je te montrerai la ville. Le marché Kariakoo si tu veux t'occuper des courses pendant que Luisa travaille, surtout les journées où ils devront être à Zanzibar, elles sont longues, je t'expliquerai un peu aussi les coutumes, que tu sois moins perdu, et je te présenterai les autres, si tu es d'accord ? ».

Et de l'autre côté : « Luisa, demain à l'agence, je t'expliquerai le rythme de travail. Comment on s'organise ici. Je te laisserai un bureau ! »

Celui de la pièce contiguë au mien, mais ça, Marc ne le dit pas. La fatigue remplaçait la légèreté de l'ivresse. Ils s'apprêtèrent à partir, Marc avait les yeux pleins d'espoir, tout comme Hilda sa femme. Réda savait qu'on ne peut jamais lutter contre soi, en tous cas la maxime devenait juste pour lui.

Ils rentrèrent. Tous deux heureux de leur soirée, sans avoir conscience qu'ils ne l'avaient pas partagée.

« Je t'aime Luisa. » Eh oui, il l'aime, il sait qu'il dérapera, mais avec elle, il reprend son souffle. Sans elle, c'est l'apnée.

Dans le lit, il se souvenait de cette histoire qu'il avait lue d'un chanteur, qui voulait, de Suisse, rejoindre Palerme en taxi. À chaque étape du voyage, le contenu de café qu'il commandait rapetissait.

Au départ, belle tasse triomphante, deux sucres, un chocolat, gâteau, petite cuillère. À l'arrivée, Palerme, une gorgée, rien de plus. Et c'est là que ce chanteur s'était rendu compte qu'il avait trouvé ce qu'il cherchait, l'essence.

Et Réda se disait qu'il la possédait en Luisa, mix de toutes les femmes, l'état brut de la beauté.

En même temps, il savait que ce qui lui plaisait dans ses rencontres furtives, ses numéros de charme incertains, c'était aussi toutes ces fioritures, couche sociale, d'arrogance, de certitudes, de peinture, de vêtements… Couche tout court. Toujours en trop. De l'élémentaire, l'évidence que lui donnait Luisa, il aimait voir jusqu'où on pouvait en rajouter, pour finalement se perdre soi-même.

Comme Hilda. Il devait d'ailleurs aller au marché avec elle le lendemain matin. Ils se levèrent au son du réveil, il observa Luisa s'étirer comme un chat.

Il se sentait mieux ici, à l'étranger. Doucement. Il se sentait apprivoisé, paradoxalement par lui-même. La vie à Dar es Salam ressemblait plus à des vacances. Il embrassa Luisa, se prépara doucement.

Un coup de sonnette. Hilda. Le marché.

– Deux minutes, je finis de m'habiller ! Entrez, enfin, entre ! Il me tarde de découvrir un peu la ville et non cette reproduction européenne ! Et puis, j'aimerais bien trouver un petit boulot, histoire de m'occuper…

– J'ai tout mon temps, Réda, tu sais les journées de Marc sont longues, et maintenant celles de Luisa le seront, faudra te faire à l'oisiveté !

– Jamais, je ne veux pas être dépendant.

– Je n'ai pas dit cela, je la paye, moi, ma dépendance. Je t'envie d'en avoir le courage, moi je n'ai plus d'envie. On passe par la piscine d'abord ?

Piscine privée pour riches expatriés, piscine occupée par toutes ces femmes en manque d'occupation.

Femmes d'entrepreneurs, de diplomates, d'ingénieurs, de professeurs. Cramées à coup d'un soleil trop présent. Ternies, ruinées par l'ennui. Réda se mit en caleçon, plongea sous leurs regards.

Un corps parfait, des muscles saillants, sa jeunesse, sa peau toujours mate sous un soleil ami. Son sourire. Il était le tentateur, celui qui allait peut-être, dans les rêves de ces femmes flétries, leur redonner une lueur d'espoir, un but. Voilà ce qu'était son marché. Il le savait, mais tentait d'être loin de ces préoccupations. L'eau l'éveillait à lui-même, la chaleur devenait supportable. La conscience de son corps, comme lorsqu'il aime Luisa. Après plusieurs longueurs, il sortit du bassin, se sécha, s'habilla, appela une Hilda triomphante, fière de ce qui pouvait vite devenir son trophée dans les conversations futiles de ces dames.

La sortie dans la ville fut abrupte. Des visages abîmés, marqués, une population multicolore pourtant, à première vue pauvre. Le marché était plus animé, il baragouina en anglais, faisant sourire les vendeurs, laissa alors Hilda s'en sortir, et… payer.

À l'arrivée, il n'était pas mécontent. Fruits et légumes à foison.

De la viande, des bouteilles d'eau et d'alcool, hors de prix ce luxe dans ce pays qui survit difficilement. Luisa serait heureuse. Il l'attendit à midi. Elle ne rentrait pas, inquiet, il rejoignit Hilda au bord de la piscine qui lui assura que c'était normal. Qu'entre midi et deux heures, c'était l'heure des coups de fil importants du matin. Décalage horaire oblige. On était en hiver, il y avait deux heures d'avance en Tanzanie sur l'horaire français.

Il échangea quelques mots avec les autres femmes.

« Oui, je suis le fiancé de Luisa, la collaboratrice de Marc, Oui, nous venons d'arriver. »

Beaucoup d'entre elles parlaient français. Il fit aussi la connaissance d'un prof de français de l'école anglaise de Dar es Salam. Grand jeune, élégant. Bon vivant semblait-il. Il lui vanta la fougue des jeunes gens du coin. Lui avouant d'emblée ses préférences sexuelles, pourtant incompatibles avec les lois du pays. Il mettait à l'aise. John – son prénom – lui demanda s'il avait un peu de temps pour devenir lecteur dans son école. Réda, avec son accent français parfait pourrait venir lire des passages de littérature française au lycée. Travailler dans une école, même dans ses rêves les plus fous, c'était inconcevable, lui, le mauvais élève. Luisa serait fière de lui, alors il accepta.

Il invita le jeune professeur à venir prendre l'apéritif, histoire de savoir un peu ce qu'il attendait de lui, et de le présenter à Luisa. À vingt et une heures, ils étaient passablement éméchés. Luisa toujours pas rentrée. Réda se laissait aller à des confidences éthyliques, en abîme sous-entendit certains épisodes de sa vie parisienne.

John était conquis. Une vie comme il en avait parfois rêvé, à fond, sans demi-mesure. Mais la trop bonne éducation d'une famille fortunée anglaise peut faire barrage. Il n'avait jamais osé l'excès, et son homosexualité faisait déjà de lui quelqu'un en marge, presque en rébellion dans sa famille.

Enfin on entendit la porte, Luisa arrivait. Elle posa ses affaires, s'effondra dans un fauteuil, sans porter grand intérêt au visiteur. Réda fit les présentations. Elle garda un sourire de circonstance, félicita Réda pour son poste de lecteur. Expliqua qu'elle était épuisée par un travail qu'elle n'aurait jamais imaginé si harassant, qu'elle tentait de trouver ses marques. Sirota un soda, mangea un bout, puis partit se coucher.

Sans Réda. Réda, trop occupé à raconter sa vie, à lui donner de l'importance, devant son spectateur silencieux, fébrile et attentionné. C'est ça la force des petites frappes ou autres galériens de la vie. Faire croire que leurs galères justement sont devenues leur force. Alors que non, elles ne resteront que des étapes que l'on n'a pas reniées, en dépit de tout. La force de Réda, orateur, était de faire croire que ces passages étaient obligés, non voulus, mais déterminants dans sa propre construction.

Pourtant, on décide de tout, sinon de l'imposé, sinon de l'imprévu. La vie est ce que l'on décide d'en faire, même si c'est pour la brûler par les deux bouts. Alors voilà, Réda avait conquis un professeur, dandy anglais, avec brio, car lorsqu'il le voulait, il savait convaincre, donner à sa vie le caractère romanesque qu'elle ne possédait pas. Il allait devenir lecteur, il allait continuer ses conneries, parce que, même s'il refusait de se l'avouer, il ne pouvait s'en passer. John était peu loquace, pris par un désir violent pour ce trop beau garçon. Qui ne le voyait pas. Qui voulait une amitié virile, en avait besoin. L'espérait.

Quelques verres encore, ils rirent, se tapèrent l'épaule, amitié masculine naissante. Pourvu juste que le sexe ne vienne rien gâcher, mais Réda y était résolu. John prit congé, il était très tard.

Réda monta, réveilla Luisa, l'haleine chargée d'alcool, il lui expliqua la nouvelle vie qui l'attendait lui aussi. Son bonheur.

Elle était crevée, pour la première fois de sa vie, il l'exaspéra. Monsieur sans ambition s'en découvre, ignore le respect et ne pense qu'à lui. Elle lui en voulait, elle devait finir un article dès le lendemain. Marc lui mettait la barre haute, mais il était brillant, voulait l'excellence. Et voulait la tester. Elle lui donnerait le meilleur parce qu'il avait su la mettre parfaitement à l'aise, lui laisser ses marques. Répondre à ses moindres interrogations. À vrai dire, il ne l'avait pas lâchée de la journée. À vrai dire, il était charmé par cette fille de vingt ans sa cadette.

Petit déjeuner rapide, bise encore plus rapide, Luisa partit à toute allure vers son nouveau lieu de travail. Réda craignait que la vie ne ressemble à nouveau à celle de Paris, où ils n'étaient guère ensemble que lorsqu'ils dormaient. Il le craignait tout autant qu'il pouvait apprécier sa liberté. Il devait revoir John pour mettre certaines choses au point, et le lendemain, il serait présenté aux lycéens anglais de la Tanzanian School, qui avaient choisi le module de littérature française.

Il passa par la piscine, salua les femmes. Ses futures proies. Réda sentait le danger, mais il aimait ça. Elles, bavaient devant la jeunesse et l'insouciance qu'il leur exposait. Il échangea quelques mots avec Hilda, lui raconta la proposition de John, et lui promit de venir la voir dans l'après-midi. Il l'aimait bien, il sentait que cette femme à la quarantaine bien entamée pourrait devenir une amie, quelqu'un de sûr.

Là, il devait voir le professeur.

Son appartement était étrangement vide, minimaliste, froid, impersonnel, mobilier de prix, aseptisé, comme un appartement d'exposition.

Il n'aimait pas ces lieux sans âme, où les habitants, esthètes, partisans des belles choses, veulent révéler leur argent. Comme beaucoup de ces gars qu'il avait rencontrés dans le Marais. Ils étaient tous deux un peu gênés de la soirée de la veille, des confidences nocturnes, facilitées par l'alcool, de cette intimité trop rapide. Mais John était professionnel, chassa le trouble en évoquant sa tâche. Il lui expliqua qu'à chaque thème littéraire qu'il aborderait, Réda devrait lire des passages les illustrant. Il étudiait actuellement le dix-neuvième siècle. Réda avait tout loisir de choisir parmi des auteurs tels que Rimbaud, Verlaine ou Baudelaire…

Il se souvint de Luisa et de son analyse insolente d'un des poèmes de ce dernier. C'est là qu'elle l'avait eu. Pendant que John corrigeait des copies, il choisit ses passages. « Le Léthé » et « La vampire ». Sans trop savoir. Et un extrait de *Bel ami.* Georges Duroy et la marchande, l'incipit. « Quand la caissière lui eut rendu la monnaie de sa pièce de cent sous, Georges Duroy sortit du restaurant. »

Tout un symbole, la réussite par le charme, la manipulation, les femmes à sa merci. John approuva son choix. Ils se donnèrent rendez-vous pour quatorze heures le lendemain. Une heure avant le début du cours. John, une référence dans le lycée anglais, était très proche du doyen et avait réglé cette affaire de choix de lecteur en un temps record. Il avait envie de cette présence, de Réda, peut-être plus qu'il n'était nécessaire.

Réda qui devait passer voir Hilda. Hilda, sexy, décolleté, jambes nues, cheveux lâchés. Un scotch à la main, en plein après-midi, comme dans toutes ces séries américaines devant lesquelles il passait des heures à comater avant de prendre son service au bar. Elle lui en servit un. Lui demanda s'il la trouvait belle ? Parce que Marc, cette enflure, ne s'intéressait plus à elle depuis longtemps.

Son truc à lui, ce sont les jeunes. La Tanzanie est un repère pour ça. De fières princesses sculpturales. Mais ce qu'il aime c'est la pertinence, l'impertinence de la jeunesse.

Et depuis que Luisa était là, il est tellement différent, expliquait-elle. Tout était prétexte à sa présence au boulot, il mettait des heures à se préparer, ce vieux beau. Le sang de Réda s'était figé. Luisa, elle n'en a rien à foutre, sa vie c'est lui… Mais le doute quand même. La douleur.

– Tu as bien remarqué le premier soir Réda, c'était flagrant. Tu en reviendras, toutes lui tombent dans les bras ! J'ai été la première, c'est mon seul tort.

Plus rien. Elle devait se taire, Réda venait de se prendre une claque. Vue floue, jambes flageolantes, cœur prêt à exploser. Sa Luisa. Il détesta Hilda, violemment.

Elle allait payer. Elle croyait qu'en lui disant tout cela il voudrait d'elle ? Drôle de manière de se vendre.

Il la prit brutalement, sans manière. C'est ce qu'elle voulait, voilà, et elle comprit qu'elle avait été trop loin, il lui avait fait mal, l'avait salie en la traitant comme une vulgaire chose. L'engrenage venait de se remettre en route. Réda ne réalisa pas. Il ajouta avant de sortir :

– Luisa et ton mari, je crois que tu ne comprends pas. Jamais il ne la touchera, tu entends ? Jamais.

Et il ne se trompait pas.

Dans la chaleur lourde de leurs bureaux de l'agence de presse africaine, Luisa et Marc travaillaient d'arrache-pied. Enfin, Luisa surtout, Marc trop occupé à la regarder faire. Trop occupé à échafauder des plans, trop occupé, car trop excité par cette jeune journaliste ambitieuse, envoûtante, déroutante.

– Luisa, je voulais te proposer un repas, nous quatre, avec Hilda et Réda ?

– Oui, mais je suis si fatiguée ici, la chaleur, le travail, la nouveauté, et Réda, on ne fait que se croiser…

– Ce serait l'occasion alors, l'occasion de prendre son temps…

– Oui, c'est vrai, faut que je décompresse…

– Demain, vingt heures ?

Voilà, ils allaient se retrouver, se connaissant mieux déjà, hors contexte. Et Hilda était souvent trop absente, dans son monde croyait-il, trop confiante pour le croire capable d'avoir d'autres envies que son boulot. Même s'il ne l'honorait qu'à de rares occasions, lorsqu'il n'avait pas pu chasser ailleurs.

Luisa rentra un peu plus tôt, retrouva son homme pensif, fatigué. Elle pensait qu'il mettait beaucoup de bonne volonté, d'ardeur dans son job de lecteur. Il la serra fort. Très. Comme il le faisait à Paris, parfois la nuit, lorsqu'il rentrait. Ça lui fit un bien fou. Elle lui parla de l'invitation de Marc. Il ne montra aucun enchantement, les choses étaient déjà allées trop vite à son goût, mais il accepta. Il voulait observer ce Marc, la pourriture que lui avait décrite Hilda, voir comment il se comportait avec sa Luisa. Le lendemain donc. Il profita de Luisa toute la soirée, savourant son corps, sucré, sec et fin. Retrouvant ses sensations d'avant, du début. D'avant tout.

Et il lui expliqua le choix de ses textes, ses appréhensions mêlées d'excitation. Elle crut le sentir heureux, c'est apaisée qu'elle s'endormit.

Soleil blanc d'hiver, violent, le lendemain.

Ils se levèrent ensemble. Réda voulait s'entraîner à sa lecture. Luisa partit à l'agence, lui souhaitant bonne chance. Ils se retrouveraient plus tard chez leurs voisins.

À deux heures, il se rendit chez John. Stressé. Les deux hommes partirent à l'école anglaise. Belle bâtisse coloniale, réminiscence de la Couronne. Des élèves en uniformes, à la discipline organisée. Loin du chaos qu'il avait connu.

John le présenta à ses collègues. Étrange lieu, où les professeurs semblaient savourer leur présence. Aucune pression, on aurait cru un lieu hors du temps, tant la douceur régnait ici.

Peut-être se demanda Réda, les voyant ainsi, que ce métier est une passion avant tout ? Il aurait misé sur la souffrance autrefois, lorsqu'il voyait ses professeurs se battre pour pouvoir travailler. La bienveillance était omniprésente, et John l'aidait à se mettre à l'aise en le considérant comme un des leurs. Il rejoignit sa classe à la sonnerie et lui présenta Réda.

Réda lut les passages qu'ils avaient choisis ensemble. Les regards brillaient. Là, il eut la certitude que ce n'était plus son charme de vaurien qui opérait, mais la magie des mots. La poésie qui émanait de ce qu'il lisait. Le sens que chacun lui attribuait. Il se prenait au jeu. Dans cet endroit hors temps, même les élèves se laissaient aller à la douceur et à la poésie.

La lecture devenait plaisir, la timidité s'effaçait pour le partage au sein d'une même langue, qui chantait désormais différents sons selon les appréciations. Le temps passa à une vitesse folle.

Jamais Réda n'avait connu cela. Il ne pouvait concevoir que ce fut le même métier que celui des professeurs qui l'avaient toujours sous-estimé, n'avaient jamais pris le temps de savoir ce qu'il valait, trop occupés à en tenir une trentaine d'autres comme lui.

Il venait de passer les deux heures les plus troublantes de son existence.

Il enviait ceux qu'il avait détestés. S'ils ne détenaient pas le pouvoir, ces professeurs pouvaient être de formidables magiciens. Des machines à fantasmes. Des portiers de l'imaginaire.

John fut ravi de l'effet de la lecture de Réda. Ils se mirent d'accord pour un emploi du temps. Réda signait des papiers, il obtenait pour la première fois de sa vie un statut. Et dire qu'il n'y avait pas si longtemps, il n'était que le putain de ces universitaires. Il croyait tenir sa revanche. C'est bienheureux qu'il regagna leur chez eux. Bien décidé à faire profiter Luisa de sa belle expérience, il voulait qu'elle soit fière de lui. Il gagna la piscine pour se détendre. Parler un peu. Hilda s'en allait. Réda lui proposa de l'aider à préparer le repas. Elle accepta.

Ils étaient tous les deux, dans cette immense cuisine. Malgré le malaise qu'avait laissé leur dernière entrevue, il fut heureux de relater son expérience à l'école. Hilda montrait un tel intérêt, le questionnait. Il se sentait bien avec cette femme.

Pas du tout son genre. Mais douce, attentionnée. Une mère, presque. Dans une psychologie de comptoir. Mais, on ne couche pas avec sa mère. Sinon pour tuer le père. Et il n'en avait pas.

Peut-être voyait-il en John un simulacre de ce tuteur qui vous guide dans la vie, ou plutôt un mentor ? Il venait de le guider dans une de ses plus belles expériences. Peut-être était-il en train de se créer une véritable famille ? Sans faux semblants, ni mensonges.

Alors il demanda à Hilda de l'excuser pour la dernière fois, et d'un revers de la main, elle lui fit comprendre que c'était oublié, secret caché. Il n'en éprouva que plus de sympathie pour elle. Ils préparèrent un plat de légumes et d'agneau, à base d'épices. Clous de girofle aussi, la réputation de l'Île de Zanzibar toute proche. Puis il s'éclipsa, il voulait se doucher et être là quand Luisa rentrerait. Hilda avait compris l'amour immense qu'il lui portait, elle le plaignait. Elle plaignait l'amour prison. Elle aussi avait aimé Marc, lui avait tout donné. Lui était là, juste là, et ça lui suffisait.

Il en avait pourtant fait une femme trompée, mais qui avait toujours su rester digne. Ne rien dire, de peur de le perdre. Complice secrète de l'inacceptable. Car, elle n'acceptait pas.

Elle prenait la fatalité avec la sagesse qu'elle avait. Elle voyait dans la brutalité des regards, des gestes, des mots de Réda, l'expression de sa passion inconditionnelle. Elle se sentait de plus en plus proche de lui. Elle avait trouvé en lui sa face cachée, plus sombre, son double jumeau. Elle s'affaira encore pour le repas, puis décida de faire attention à elle. De se sentir belle. Une fois, enfin.

Luisa ne pouvait être sa rivale, elle ne jouait pas la même génération. Mais une femme pouvait encore être belle à quarante ans. Elle voulait qu'on la remarque. Oui, être un peu regardée, phénomène si rare depuis son mariage. Alors les couleurs jaillirent. Elle rehaussa son teint déjà hâlé, maquilla son regard, souligna ses lèvres. Elle osa même une robe très cintrée, mettant en valeur son corps encore ferme. Le miroir lui renvoya une image rassurante d'elle-même. Elle était prête à rire, boire, oublier un train-train pourtant exotique, pour retrouver la chaleur des conversations arrosées et animées. Elle commençait à siroter une coupe de champagne, un luxe dans ce pays, lorsque Marc entra.

De très mauvaise humeur semblait-il. Il la complimenta pourtant sur sa tenue, et fut lui aussi très pressé de s'apprêter avant l'arrivée de Luisa, déesse de ses pensées, fantasme de son corps. Réda était bien secondaire pour lui.

D'ailleurs il ne voyait pas très bien ce qu'elle faisait avec ce gars qu'il considérait comme inculte. Lorsque la sonnette retentit, Marc et Hilda ressemblaient à une caricature de mode. Trop de tout.

Luisa et Réda étaient devant eux, simplement vêtus, jeunes, souriants. Luisa avait décidé de s'intéresser un peu plus à Hilda. Elle qui avait tant aidé Réda depuis leur arrivée. Elle l'embrassa, lui tendit un paquet. Un livre, carnet de voyage sur Marseille. C'était l'intégrer un peu plus dans leur intimité. Hilda en fut touchée.

C'est Réda qui enflamma dans un premier temps l'auditoire. Il raconta ses premières heures en tant que lecteur, métamorphosé par le bonheur que lui procurait ce travail, les autres ne pouvaient que l'écouter. Il proposa même de convier John à leur petite soirée. Celui-ci fit vite son apparition.

Ils étaient cinq désormais. Chiffre impair, c'est le désordre. Chacun, pleins de désirs et d'ambitions cachés.

Hilda voulait, en séduisant Réda, retrouver un peu de son éclat passé. Et combler l'ennui. Oui, finalement c'est l'ennui qui nous pousse à tout…

Marc rêvait de posséder Luisa, cette fille si belle et si intelligente. Elle était sa dernière obsession.

John avait bien caché son jeu. Cet homme lettré, amateur de belles choses, l'était aussi de beaux hommes.

Réda, même s'il feignait de l'ignorer, était sa proie.

Réda, lui, ne voulait que garder Luisa, chose qui lui semblait parfois impossible, tant il doutait de lui, d'elle, quand elle s'animait, et animait par là même son entourage. Seule Luisa, peut-être, semblait savourer la gratuité de cette soirée. Elle avait tout.

Elle n'était pas de ceux qui vivent dans une surenchère permanente, oubliant en même temps le moment présent. Elle aspirait à une certaine quiétude. Malgré le rythme effréné apparent de sa vie, elle était sereine, incapable encore d'imaginer qu'il n'y a aucune gratuité dans les rapports humains. Elle fut charmante avec Hilda, s'intéressant à son quotidien pourtant si répétitif.

Hilda pouvait comprendre d'où venait le charisme de cette fille. Outre sa beauté discrète, mais si criante, elle faisait de vous un roi. Un objet, un pion intéressant. Elle donnait vie.

Dès lors, le dîner se constitua de deux clans, les hommes et les femmes.

John, passablement éméché devenait de plus en plus tactile avec son jeune protégé. Mais celui-ci n'était pas dupe. Il reconnaissait dans ces gestes dépourvus de virilité l'appel de l'homme qui aime les hommes. Un instant, il se retrouva là, perdu, dans son bar du Marais.

Mais, non, tout cela était loin désormais. Il était ici à Dar es Salam, loin de tout, loin de la superficialité des rapports humains croyait-il. John était simplement heureux du travail qu'il fournissait à l'école !

Et ce Marc, aucun intérêt, obnubilé par la réussite et l'argent. Quel ennui ce gars. L'ennui, justement. Alors, l'alcool et cadeau de John, les joints de marijuana, chose courante dans ce pays, même si interdite. Il y était habitué, les autres, non. Le dîner guindé prenait de plus en plus l'apparence d'une fête étudiante, qui à tout moment pouvait basculer… Mais personne ne semblait en avoir conscience. Réda était de plus en plus ivre, retrouvant les sensations de ses nuits parisiennes. Il voulait du contact, être désiré.

L'alcool réveillait en lui les instincts les plus primaires, et l'herbe son imagination. Il demanda le silence à son auditoire bien dissipé et proposa un jeu.

« Quel jeu ? » lui demandèrent en chœur les autres. Il n'en avait à vrai dire strictement aucune idée. Il voulait seulement s'amuser.

– Le jeu de la vérité continua-t-il avec aplomb.

– Mais qu'est-ce que c'est ?

– Tout simplement un jeu où l'on répond par oui ou par non aux questions des autres. Et sans mentir !

Voilà, il venait d'inventer les règles, de trouver un passe-temps à cette petite communauté. Cette dernière acquiesça, trop contente de trouver un moyen de prolonger le plaisir de cette veillée, moment d'oubli de l'exil.

– Qui commence ? Quoi comme questions ?

Comme des enfants, ils étaient excités par l'idée. Réda expliqua qu'on devait simplement poser une question à une personne précise, celle-ci continuant et ainsi de suite. Il décida de commencer pour montrer l'exemple.

– Luisa, es-tu toujours heureuse avec moi ?

– Oui.

Voilà l'interrompit-il. C'est le jeu, oui ou non ! À toi Luisa, alors.

– Euh, Marc, es-tu content de mon travail ?

– Oui ! Cri du cœur.

Et merde, pensa Réda, pourquoi une question à Marc ? Est-ce un signe ?

Marc s'élançait à son tour, il fallait faire tourner le jeu plus rapidement.

– John as-tu des préférences sexuelles différentes des miennes ?

Premier blanc, Marc était fier de son effet.

– Oui.

Première stupeur aussi. Mais pas pour Réda. John, encore sous le coup de sa réponse allait se lancer dans une explication, mais Réda l'en empêcha, cela ne faisait pas partie du jeu. À John de questionner.

– Hilda, as-tu déjà trompé Marc ?

Le sang de Réda se glaça. Cet abruti savait-il quelque chose ? Merde, le jeu dérapait.

Et Hilda, imperturbable :

– Oui.

Elle but une gorgée de champagne. Pas de temps mort malgré l'humiliation publique qu'elle venait d'infliger à son époux.

– Réda, est-ce que tu me trouves belle ?

Elle lui avait déjà posé cette question. Avec un verre à chaque main, elle ne s'en souvenait plus, ou était-elle trop consciente du pouvoir qu'elle prenait tout à coup ?

– Non.

Elle ne se défit pas. Réda à Marc :

– Tu trompes ta femme, n'est-ce pas ?

Hésitation. Le jeu devenait malsain. Hilda savait pourtant, mais la vérité, devant tant de monde, son orgueil…

– Non.

Son mari, Marc venait de lui redonner un peu de la dignité qu'il lui volait toujours un peu plus, en couchant avec d'autres femmes, plus jeunes, plus belles. Et il ne se mouillerait pas dans ce jeu, il préférait ridiculiser les autres, car il pensait que certains choix pouvaient l'être, ridicules, ou honteux.

– John, as-tu un ami ici, un mec, quoi !

– Non.

À John de parler.

– Réda tu les aimes, toi, les hommes ?

– Non.

– Luisa, as-tu peur de ce jeu ?

– Non.

C'était à elle :

– John, Réda te fait-il de l'effet ?

– Oui.

Dans sa griserie, elle voyait cela comme un compliment, c'est vrai Réda était beau.

Puis ce fut à John :

– Réda, est-ce que tu accepterais de m'accompagner en simple ami, je précise, à Zanzibar, enfin Nungwi, là où se trouvent les plus belles plages de l'Île ?

– Oui.

– Luisa, tu ne serais pas vexée ?

– Non.

Encore à Luisa de parler :

– Hilda, mon homme te plaît ?

– Oui.

C'était même les yeux qui venaient de crier. Mais il ne la trouvait pas belle. Avait-elle oublié ? Et pourtant, Hilda, sourire aux lèvres, l'air détaché :

– Réda, tu pourrais aller très loin pour de l'argent.

Et elle était censée être son amie…

Il répondit oui, trouvant finalement que ça ne l'engageait à pas grand-chose, et Luisa semblait être ailleurs. Il osa :

– Marc, tu fonds pour Luisa ?

Ça devenait costaud, il devait retirer une latte sur le joint à moitié éteint.

Et puis ça faisait des jours que ce gars tournait autour de sa jeune collègue, sans qu'elle ne semble s'en rendre compte, et puis sa femme l'avait publiquement humilié, il réglerait cela plus tard d'ailleurs.

– Oui.

Autant le dire, ça accélérerait peut-être les choses avec la jeune femme, et puis, cette réponse pouvait passer pour de la courtoisie.

– Et toi, Luisa, tu me trouves attirant ?

Autant en avoir le cœur net aussi.

– Non, cri du cœur.

« Luisa, ma Luisa » se dit Réda.

Tu ne seras jamais la fille d'un autre, d'une nuit, ou d'une beuverie. T'es trop bien pour ça, loin des images d'Épinal floues d'aujourd'hui, où les filles poussent le féminisme à s'envoyer en l'air, comme les gars qu'elles ne sont pas, qui n'existent pas toujours, mais qu'elles se sont fabriqués dans leur inconscient collectif, fantasmant les pires horreurs sur le sexe opposé. Pour mieux assumer les leurs ensuite. Luisa, c'est ça ta force. Tu es différente, et il n'y a rien de plus terrible que d'être ordinaire.

C'était justement à Luisa de poursuivre.

– Hilda, es-tu heureuse ?

– Non !

Elle l'avait bien vu, façade sociale, beauté déjà fanée.

– Luisa, est-ce que tu connais ton pouvoir ?

– Oui.

Réda fut perturbé par cette réponse. De quoi parlait-elle au juste ? Elle et Hilda ? Il lui demanderait… Une autre coupe.

À Luisa de parler, encore.

Elle était perdue dans ses pensées lorsque la voix hésitante, éthylisée d'Hilda l'interrompit :

– Quel jeu de cons. Vous voulez que je vous dise, moi ? Oui, ma vie m'emmerde, avec ce mari qui ne s'intéresse qu'au cul des petites jeunes. Oui, je rêve d'attentions, c'est pour ça que je t'envie Luisa, petite fille gâtée. Mais fais attention à mon mari, tu pourrais bien y perdre ta place. Si t'es pas assez sage…

Elle mugissait, aveuglée par la haine et l'ivresse. Son mari lui passa la main sur la bouche, s'excusa et la fit monter dans leur chambre, où elle s'écroula ivre morte sur le lit.

Restés seuls tous les trois, ce fut John qui tenta de percer le malaise :

– Ce jeu n'était pas une bonne idée, on a trop bu et dit n'importe quoi.

Marc arrivait, il avait entendu :

– Oui, c'est vrai, n'importe quoi !

Ils essayaient de cette manière de calmer les esprits qui s'étaient mis en marche, tentant de découvrir ce qui se cachait sous ces réponses beaucoup trop allusives. Un pansement pour faire croire que tout était comme avant. Mais personne n'était dupe. Le malaise était tangible.

Ils prirent congé. Dehors John demanda à Réda si ça tenait toujours pour Nungwi. Tous les trois cette fois. Il se sentait bien avec Luisa et elle savait comment joindre l'Île, par hydroglisseur. Un peu de repos et d'infini bleu leur reposeraient la tête et les yeux. Ils étaient d'accord. Le lendemain, c'était samedi, ils iraient se reposer au soleil. Et oublier cette soirée.

Réda et Luisa dormirent d'un sommeil de plomb. L'alcool pour l'un, la fatigue pour l'autre. Lorsqu'ils ouvrirent les yeux, le soleil était déjà à son zénith. Ils s'habillèrent rapidement, allèrent retrouver John, déjà prêt. Ils montèrent sur un hydroglisseur, une heure trente de mer, puis Zanzibar, ils louèrent un 4x4, direction Nungwi, la station touristique aux plages azurées. Une heure de route relativement bonne.

Arrivés sur place, ce fut l'émerveillement. De l'eau, du bleu, à perte de vue. Luisa fut en maillot en quelques secondes. Puis dans l'eau, son corps à la recherche de lui-même, s'allongeant, se courbant dans cette eau régénératrice. John et Réda furent plus longs. Ils observaient d'abord. Réda fut étonné par le nombre d'hôtels, lui qui pensait l'Île totalement isolée. Avec Freddie Mercury comme seul triomphe. Tous ces touristes qui venaient rêver de sable infini, sans même connaître le pays dans lequel ils atterrissaient pour quelques jours. Il voyait déjà ici un vivier de rencontres. Il en parla à John. Celui-ci acquiesça, c'est ici qu'il rencontrait ses amants, alors qu'à Zanzibar, île musulmane aux femmes voilées, la loi prévoyait des années de prison, pour des rapports amoureux hors la loi.

Mais il savait la contourner. À Zanzibar se retrouvaient tellement de gens errants, à la recherche d'une nouvelle vie, à la fuite de la leur. Il n'était pas difficile de se frotter aux bras des autres pour un soir.

Ils passèrent l'après-midi à se baigner, à revivre au contact de l'eau revigorante. Ils se firent également dorer. Joliment pour Luisa, très foncé pour Réda, écrevisse pour John.

L'ambiance était légère, à l'insouciance d'une journée de vacances. Les tensions de la veille étaient déjà oubliées, on n'y fit même pas allusion. Ils commandèrent plusieurs fois un rafraîchissement sur la plage d'un hôtel. Deux hommes, une femme. Ils poussaient au questionnement les autres touristes.

Mais bientôt Luisa émit le désir de rentrer. Il était encore tôt, mais elle voulait se reposer, elle avait passé un bon moment, quelques heures de plage lui suffisaient. John lui laissa les clés de la voiture, lui expliqua qu'ils trouveraient facilement un taxi qui les ramènerait sur Zanzibar Town pour reprendre le bateau.

Luisa ne posa pas de problème, pour cela déjà, John l'aimait beaucoup. Elle les embrassa puis partit.

– Tu as une femme en or, Réda, autonome, bosseuse, douce…

– Je sais, le coupa-t-il.

Il n'aimait pas les compliments que l'on pouvait faire sur Luisa, pensant toujours qu'on le plaçait en position d'infériorité, pour que son éclat à elle rejaillisse encore plus. Il ne savait que trop bien, combien elle était intègre. Combien il ne l'était pas. Il voulait l'oublier, ce soir, au moins…

Luisa partie, les deux garçons espéraient retrouver une liberté qu'ils n'avaient, en vérité, jamais perdue. Ils se décidèrent pour le bar d'un hôtel grand luxe. L'ambiance était tamisée. Un piano pour le style… De jolies touristes européennes. Des jeunes gens halés. Bref, il y en avait pour les goûts des deux hommes. Ils s'installèrent au fond du bar, là où l'œil était attiré pour voir qui voulait se mettre à l'abri des regards, et en même temps les appeler un peu plus. D'emblée ils choisirent un cocktail bien alcoolisé, une spécialité que Réda servait souvent il y avait peu encore, à des kilomètres de là. Chacun payait sa tournée, les verres défilaient, John avait déjà repéré un jeune homme accoudé au bar, un grand blond au type scandinave, seul.

Il fit part de son désir à Réda, ce dernier le poussa à passer à l'action. Mais pour cela, il fallait un peu plus d'alcool dans le sang de John. Un peu moins d'inhibition. L'ivresse du vin pour celle des sens. La conversation n'était pas bien élevée, mais animée. John, dans un flot de paroles racontait ses diverses expériences, le vocabulaire châtié et imagé de l'universitaire avait fait place à un langage bien plus cru. Ça ne choquait pas Réda. Qui lui racontait ses expériences passées, sous l'oreille ahurie de John, se disant qu'il pouvait alors peut-être espérer…

– Tu ne peux pas faire l'amour avec les hommes Réda, sans au moins les aimer un peu. Et je pense qu'à travers toutes ces conquêtes, tu n'as jamais cherché autre chose que ta satisfaction personnelle, que ta garantie de plaire, qu'un miroir déformant qui renverrait de toi une image à la fois rassurante et écœurante. Et facile de t'apitoyer sur toi-même ensuite…

– Je ne te permets pas, tu ne sais rien des raisons qui m'ont poussé à faire ça ! Il fallait que je puisse subvenir aux désirs de Luisa, on n'avait pas de revenu, seulement ses parents. Et moi, je devais m'occuper d'elle et de ma mère à Marseille.

– Et tu ne pouvais pas trouver un autre moyen ? Je pense que quelque part, il te satisfaisait ce moyen-là ! Parce que tu n'aimes que toi, tu ne percevais pas le mal que tu faisais à Luisa, elle, la preuve vivante que tu vaux quelque chose, ni le mal que tu faisais à ta dignité.

– Tu n'as pas le droit de me juger, je ne te juge pas.

– Non, parce que, moi, je les aime les hommes, je ne joue pas de jeu. Toi, tu as su retourner ta veste, n'en devenir que plus attrayant, tout ça pour de l'argent.

– Alors si je suis aussi pourri que tu le sous-entends, que fais-tu là ? Et pourquoi me désires-tu avec ce tel aplomb ?

– Justement pour tout ce que j'ai dit. Tu es intrigant. Comment comprendre l'incompréhensible, même toi tu ne te comprends pas Réda. Même si tu dois avoir des circonstances atténuantes. Et je ne pense pas que tu sois un pourri, juste perdu.

– Tu as peut-être raison.

Réda voulait clore cette discussion, tout en gardant la face, en passant pour celui que l'on pourrait presque plaindre. Allez, cocktails, il fallait s'amuser ! Déjà quelques jolies touristes lui faisaient de plus en plus comprendre qu'il ne les laissait pas indifférentes. Il n'avait que l'embarras du choix, un vrai marché. Réda sentait John assez alcoolisé pour tenter d'approcher son bel inconnu. Il le poussa à l'accoster. John tituba jusqu'à lui, Réda le vit murmurer sans comprendre, ils se parlaient anglais. Le serveur leur servit deux verres. L'affaire se concluait.

Réda, lui, renvoyait leurs sourires aux deux jeunes blondes, installées à deux tables de lui. Il savait qu'elles viendraient. Partout où il passait, tous les lieux où il décidait de mettre en marche sa mascarade, se transformaient en temple de la drague. Il aimait cela et ne pouvait le nier. Il pensa à Luisa, un instant, se demandant si un jour il aurait assez confiance en lui pour l'aimer elle seule, toute entière. Il était perdu dans ses pensées, lorsque les deux grandes blondes s'approchèrent. Elles étaient allemandes, mais maîtrisaient le français, ce qui ne changeait rien en soi. Trop fardées, trop peu habillées, trop blondes, trop ! Elles parlaient, riaient fort, buvaient, fumaient.

Aucune discrétion, la vulgarité des deux touristes étalée devant lui. Elles étaient femelles, au sens trivial du terme. On avait pourtant envie d'elles, elles étaient un appel.

La discussion importait peu, Réda se foutait de ce qu'elles faisaient dans la vie. Il voulait savoir combien elles étaient prêtes à mettre.

La gratuité ne l'aurait pas protégé de lui-même. Cet échange le rassurait, lui donnait presque une légitimité. Elles proposèrent beaucoup, bien plus qu'il n'avait eu à Paris. Elles prenaient ça sur le mode du jeu, du challenge dont elles se souviendraient toute leur vie. Souvenir de vacances. Ils se levèrent. John s'était volatilisé. Chacun accomplissait sa « mission ». Ces espèces de défi qui les faisaient s'avilir un peu plus à chaque fois. Ils prirent une chambre.

C'était de très jeunes femmes, aucune expérience, elles voulaient juste se donner le grand frisson. Réda se fit plaisir, les combla suffisamment à leur goût. Il prit l'argent, en les laissant endormies, telles des groupies consommées, sans plus aucun intérêt. Aucun sentiment, la jouissance brute, sans émotion. Réda se sentit comme sali, retrouvant les émotions qu'il s'était pourtant promis d'oublier, une fois monté dans l'avion, quelques mois en arrière.

Dans le bar, une ombre accoudée : John. Il le savait, il reconnaissait ces gueules de bois dégoûtées d'elles-mêmes.

Il l'appela, sans un mot ils sortirent, hélèrent un taxi. L'air était doux, l'aube encore lointaine. John murmura « fini », tout ça devait se finir.

Réda savait de quoi il parlait, et savait aussi que ce n'était pas fini. Ils ne firent pas allusion à leurs expériences respectives. Ils étaient fatigués, ils se sentaient souillés et honteux. Mais soulagés aussi, ils avaient tous les deux trouvé ce qu'ils étaient venus chercher.

Ils arrivèrent tôt le matin, Réda se serra contre Luisa et se leva en fin d'après-midi. Luisa était alors déjà rentrée de l'agence. Il la rejoignit à la piscine, où elle était en grande conversation avec Marc. Professionnelle bien sûr.

Elle le savait pourtant ce qu'il voulait, était-ce de la naïveté ou de la provocation ?

– Ah Réda, le salua Marc.

Ah, connard, pensa-t-il.

– Je disais à Luisa que vous étiez conviés à l'ambassade des Etats-Unis dans quinze jours, toute la communauté étrangère sera là. Un splendide nouvel an.

C'est vrai que sous ces tropiques, les saisons n'indiquaient pas les moments de l'année. Le temps passait vite. Voilà six mois qu'ils étaient arrivés, Luisa et lui, en Tanzanie, il pleuvait alors beaucoup, mais désormais et depuis une éternité semblait-il, la saison sèche avait pris le pas. On était en décembre, l'été équatorial, chaleur moite. Dans une semaine, Réda finissait son travail à l'école pour les deux semaines de vacances scolaires. Il profiterait de Luisa, promesse si peu tenue. Le temps s'écoula paisiblement. Il n'avait aucune rancune envers Hilda, continuait à passer de beaux moments avec elle. À se raconter sans censure. Il aimait son absence de jugement. Celle de ses amies aussi. De vieilles femmes argentées, désorientées, desséchées.

De vieilles femmes à qui il ferait la nique. Il les plumerait. Hilda l'aidait presque, s'amusant de la crédulité de ses « copines ». Elle préférait être son amie qu'une de ses conquêtes. Étoile filante, chacune cherchant à faire un vœu d'éternité auprès de Réda. Mais il fallait payer pour ça, et seule Luisa était dans son avenir, dans sa gratuité.

Réda passa donc le temps, oubliant le pacte qu'il avait fait avec lui-même, à nouveau, de retour de Nungwi.

Avait-il au moins une parole ? On ne bafoue pas celle que l'on aime. On la couvre d'attentions, d'égards, sans jamais la brusquer. N'était-ce pas ce qu'il faisait ? On se trompe parfois. L'amour n'est pas toujours où on le croit. Certains pensent que la souffrance indique l'intensité, d'autres ont compris que ce n'était pas cela. L'amour, c'est être paisible. Journées tranquilles et nuits sereines, parce que la souffrance ne doit pas être positivée. Ça, Luisa pensait le vivre. Mais elle vivait dans un mensonge qu'elle ne connaissait pas.

Sa froideur des dernières semaines depuis leur petite fête avait remis Marc à sa place, sans explications nécessaires. Il se trouverait d'autres nymphettes. Elle continuait à être brillante, son article se peaufinait, se précisait. On lui proposa un poste à Montréal, une fois cet exercice terminé, elle en rêvait, et commençait à s'ennuyer un peu de la vie au soleil. Elle accepta. Avec la bénédiction de Réda, toujours. Le soir du nouvel an devait également fêter leur départ, clore leur passage tanzanien.

Elle s'affaira pour finir son papier. Une brillante enquête sur le métissage culturel et religieux de l'Île de Zanzibar. Elle était sur le point d'être enfin publiée en son propre nom.

Réda était en vacances. Il passait son temps avec Hilda, à lui parler, à se dire, à s'alléger du poids de sa vie. À l'alourdir en même temps du poids des billets des autres. La femme d'un riche industriel s'était entichée de lui, le couvrant de cadeaux. Il ne savait plus quoi en faire, les offrait à John.

Ils n'avaient plus jamais fait allusion à leur virée. Luisa n'avait rien demandé, sinon s'ils s'étaient bien amusés. Ils savaient, cela suffisait pour les lier. John savait qu'il ne le posséderait jamais, mais Réda restait une de ses plus belles rencontres, il ne s'était jamais senti aussi libre avec quelqu'un.

Le temps était en suspens. Comme en attente de cette soirée de départ. Soirée où tous allaient se retrouver, soirée que Luisa et Réda quitteraient pour une nouvelle destination. De nouveaux amis, de nouveaux articles, un nouveau challenge. Pas de nouveau départ, Luisa était satisfaite de son existence, elle ne partait pas pour fuir, mais pour continuer à approfondir ses connaissances, les rencontres. Et peut-être se lancer, faire avec Réda l'enfant dont elle rêvait, mais qu'elle ne pouvait concevoir dans son esprit sans une situation stable. Celle qu'elle avait désormais. Et le Québec offrait plus de sécurité sanitaire pour un enfant. Luisa traversait le monde sans attache, elle avait des amis, beaucoup, mais son point fixe était Réda. Certains avaient tenté de garder le contact, mais rien n'y faisait, Luisa nouait et dénouait ses amitiés au gré de ses pérégrinations. Ce n'était pas un manque de fidélité, loin de là, mais depuis petite, Luisa avait compris ce qu'étaient les rapports humains. On attend toujours quelque chose de l'autre. Et vice versa.

Elle se fichait des amourettes, histoires de cœur, de cul, de fric, de ses copines. Ce qu'elle attendait, elle, c'était simplement une présence amie, la simple idée de se sentir bien, sans autre préoccupation. Bien sûr, elle pouvait se confier, mais ça Luisa aimait peu. Elle n'aimait pas entrer dans la vie des gens, et pourtant le paradoxe était là, on se confiait souvent à elle. Peut-être attirait-elle la sympathie, la confidence ?

Certainement, et pourtant elle se fichait de leur pauvre petit Moi. Sans méchanceté, sans malveillance. C'était un fait. Luisa avait donc lié des amitiés surtout professionnelles à Dar es Salam, mais elle était heureuse de partir.

La présence de Marc devenait de plus en plus lourde, ses regards surtout. Elle faisait comme si elle ne les voyait pas, mais elle les sentait, elle sentait la lubricité qui en émanait. Depuis longtemps, désormais, elle savait qu'elle attirait les convoitises, baissait les yeux dans la rue pour ne pas les attiser, et pour éviter la prétention de celle qui sait. Et pourtant les regards convergeaient bien souvent vers ce point qu'elle représentait. À Dar es Salam, dans cette ville à la peau noire, elle passait plus inaperçue, bien que plus dissonante. Mais elle n'était pas le type local. Ça l'avait apaisée en arrivant. Elle restait le type des expatriés de la communauté occidentale, plus réduite, et friande de toute nouvelle recrue. Car finalement l'altérité ne les intéressait que peu. Après avoir goûté la saveur d'une peau foncée, ils voulaient retrouver les sensations d'avant, celles qui les ramenaient chez eux.

Tout comme l'habitation, le mode de vie, les amitiés… C'est pour cela que le quartier des exilés semblait n'être qu'une ville européenne reconstituée pour éviter le malaise du dépaysement. Exil hypocrite.

Luisa espérait qu'au Canada son travail lui permettrait de mieux se mêler aux autochtones. Finalement que savait-elle de la Tanzanie ? Après sa brillante étude, fort bien documentée, à grand renfort d'Internet ou de dossiers locaux, elle n'avait guère approché l'authenticité du pays.

Elle avait honte de ressembler à ces expatriés, lassés de la vie sous la pluie, ils avaient tout plaqué pour plus d'argent, plus de soleil, plus de responsabilités, mais surtout pour ce frisson du « tout lâcher ». Partir n'est jamais un hasard. Belle tournure, il était alors temps pour elle de partir à nouveau.

Pour Réda, fuir était le verbe exact. Elle le sentait fébrile dans cet univers qui lui correspondait pourtant. Elle ne savait pas d'où venait son excitation perpétuelle, comme s'il était en attente, toujours. Son poste à l'école peut-être ? Il en trouverait un autre à Montréal. Dans tous les cas, il semblait heureux de partir, presque soulagé.

Ça la rassurait. Il espérait en quittant l'Afrique tenir les mêmes promesses qu'il s'était faites en y arrivant. Celles-ci s'effaçant de plus en plus au fil de son séjour. Il fallait que celui-ci cesse. Qu'il retrouve enfin le sens réfléchi des choses, qu'il reprenne le pouvoir de lui-même. Qu'il n'agisse plus dans l'urgence de ses désirs. Qu'il s'ouvre à Luisa seule. Qu'il oublie la part de pourriture qu'il avait en lui.

Le Canada était une bonne alternative. Il s'imaginait le froid l'anesthésiant, figeant ses délires. La couette, Luisa, lui, une cheminée, un bébé ? Autant d'images préfabriquées, stéréotypées, mais rassurantes. Autant de clichés auxquels il se rattachait et qui légitimaient, dans son esprit, ses dernières conquêtes. Ses dernières proies. Ses dernières femmes. Ses dernières pertes de soi. Voilà, il pouvait les accumuler, puisque tout cela allait se terminer.

La femme du riche industriel l'adulait telle une Bovary, elle voyait en Réda celui qui donnait du piment à sa vie. Un goût de romanesque. Anglaise raffinée, refaite.

Angie. Ce n'était pas un slow envoûtant, mais plutôt une crise d'hystérie. Angie voulait posséder Réda, voulait ses égards. Elle détestait la jolie jeune femme brune qui était souvent à ses côtés. D'ailleurs avec les miroirs déformants de sa folie et les propos bien payés de ses serviteurs, elle se voyait plus belle qu'elle.

Et puis elle couvrait Réda de cadeaux. Elle y voyait l'Essentiel. Posséder, c'est acheter. Cadeaux que Réda s'empressait de dissimuler. John les appréciait, lui, et Luisa s'étonnait de toutes ces nouveautés dans son apparence : cravates, parfums, vestes sous une chaleur étouffante. Il ne vendait pas la mèche. Il tenait beaucoup à Réda. Luisa se désolait que l'amitié entre les deux hommes dût prendre fin par sa faute. Elle appréciait John. Malgré les artifices, elle le savait simple. Elle l'invita souvent. Soirées longues à refaire le monde. John ne se censurait pas. Luisa n'était pas choquée, elle le plaignait.

Elle plaignait donc, sans le savoir, celui qui partageait sa vie. John l'aimait sincèrement et se demandait parfois ce qu'elle avait pu trouver à Réda, ou plutôt comment n'avait-elle pas vu ?

Elle, si droite, si pure, si juste. Mais peut-être avait-elle saisi la richesse de son compagnon ? Et l'aimait-elle passionnément ? Car la passion n'est autre chose que la perte de soi. Sa crucifixion à l'autre.

En tout cas, les douces soirées étaient agréables. John charmant et captivant, et Réda, son bel amour. Ils parlaient de plus en plus de la nouvelle année qui se profilait. John avait décidé de charmer un nouvel arrivant, un italien, anthropologue pour quelques mois à Dar es Salam. Il l'imaginait bien aimant les hommes. Luisa ne pouvait le contredire, il n'avait pas essayé de lui faire du charme, c'était un signe.

Alors tout y passait. Luisa devait aider John à choisir un costume, une nouvelle coupe de cheveux…

Ces occupations l'empêchaient de penser au départ prochain de ses amis. Luisa se fichait de la fête de nouvelle année. C'était juste l'occasion de n'oublier personne pour les adieux. Réda était nerveux, il savait qu'Angie serait là. Elle était un peu trop pesante, limite à faire peur.

Plus qu'une semaine avant la grande fête. Son temps se partageait en deux occupations, nager, et voir Angie. Il ne l'aimait pas bien sûr, mais la contrepartie financière était tellement intéressante. Une heure passée avec cette femme lui rapportait trois mois de lecture au lycée. Aucune reconnaissance pourtant. Celle dont il avait pris goût en voyant les lueurs de certains regards de lycéens. La joie de John aussi. Mais les vacances n'étaient pas finies, il avait le temps, et avec tout cet argent, il gâterait Luisa. Il ferait de leur chez eux canadien, un vrai palace.

Peu importait qu'Angie soit vieille et fripée. Il ne réfléchissait plus pendant ces moments, il anesthésiait son cœur, pour n'être plus qu'un corps. John était au courant, et n'avait de cesse de mettre en garde Réda, car il connaissait Angie. Celle-ci ne se privait pas de parler de sa liaison. De ce jeune homme fou d'elle. Elle était si fière de l'avoir pris dans ses filets. Son mari, vieil industriel usé à force de compter ses millions, lui laissait une totale liberté. Bref, une vieille anglaise liftée, persuadée de l'amour de Réda, de son désir au moins. Et qui se demandait bien comment l'empêcher de partir avec cette jolie brune… Bien sûr, lorsque l'on possède tout, on s'imagine pouvoir posséder l'Humain, ce qui par définition, ne s'achète pas.

Réda, belle exception.

C'était donc une surenchère permanente. Des costumes, des montres, de l'argent. Où trouvait-elle tout ça d'ailleurs ?

John s'inquiétait, le quartier occidental était chaque jour un peu plus au courant.

– Tu vas t'attirer des ennuis ! Imagine que Luisa l'apprenne…

– Ne t'inquiète pas, ce sont mes histoires, Luisa est loin de ce monde. Elle ne saura rien.

L'argent, la luxure, la duperie… le quotidien de Réda. Il pensait repartir de zéro. Combien de déplacements géographiques faudrait-il pour que ceux-ci soient le reflet de son apaisement ?

C'était bien Paris, sans transition qui l'avait mené à sa perte. Quelques kilomètres et l'entrée fracassante dans le monde des adultes. La perte de la pureté. La perte de la grâce.

Depuis Paris, Réda avait compris le monde cruel des adultes, tout le monde bouffe tout le monde, celui qui échappe à la règle se fait bouffer.

C'était ce qu'il fallait comprendre ? Luisa était comme tous ces autres, elle voulait tracer un chemin droit, elle était ambitieuse. Alors il ne pouvait pas, ne voulait pas être en reste. Il n'avait pas le bagage intellectuel suffisant, il n'avait pas l'argent. Il lui restait sa gueule, passeport éphémère. Alors, il en profitait.

Un jour, en sortant de chez Angie, il croisa l'époux de celle-ci qui le regarda avec mépris.

Il savait. Mais il ne voulait pas briser cette belle illusion dans laquelle vivait sa femme. Il avait assez bossé pour pouvoir afficher sa réussite. Ce n'était pas un coup de tête, de corps, de cœur qui allait tout réduire à néant.

Alors il acquiesçait mollement, tant que cela restait discret. Et personne ne prendrait le risque de lui dire qu'il était cocu. Il n'avait pas d'amis.

Son seul but dans la vie était de gagner de l'argent. Un bras de machine à sous, voilà ce qu'il était, froid et mécanique. Alors les sentiments là-dedans…

Nouvel an se profilait et les expatriés le préparaient avec fébrilité. Luisa semblait loin, elle en avait assez de cet endroit. Le soleil omniprésent, une population muette, des voisins trop bavards, le culte de la réussite dans un microcosme en totale inadéquation avec le reste du pays. Elle était presque fatiguée par ces images de cartes postales, aucun relief. Le plat du beau. Elle avait hâte de partir, avec Réda. Ils avaient grandi ensemble. Ils avaient mûri ensemble. Ils s'embarquaient à nouveau dans l'inconnu, ensemble.

Réda, compagnon de l'Invisible, double discret, héros de sa vie.

Avec les années, Luisa s'était rendue compte que le processus s'inversait. Elle se sentait vénérée au début, c'est elle qui avait mis Réda sur un piédestal, désormais. Elle ne se sentait capable de cette vie que par cette présence. Il ne lui dictait rien, mais elle savait qu'elle n'était plus grand-chose sans lui. Elle avait tout, certes, mais il faut être forte pour avancer seule.

Elle puisait sa force en Réda. Aussi, cette fête n'avait que peu d'importance, elle savait que ce n'était que prétexte aux adieux. Et elle aimait le regard aimant de Réda.

Elle savait qu'elle pouvait être au centre de la soirée si elle le souhaitait, cela énervait toujours un peu Réda. Mais il était flatté autant que blessé quand d'autres la regardaient. Union étrange d'amour et d'orgueil. Pour sa dernière soirée sur le continent africain, elle savait donc qu'elle brillerait de mille feux. Elle finissait son dernier article, une deuxième demande de Marc, sur l'émergence du tourisme à Zanzibar.

Marc la gonflait, sourires tendus, sous-entendus. Un pauvre type, une femme douce, mais il pensait prendre de la valeur au fur et à mesure que le nombre de ses conquêtes enflait.

Elle devait se rendre sur le terrain encore. Se rendre à Nungwi pour rencontrer le directeur d'un hôtel, devenu véritable phénomène de mode, « l'endroit » de l'Île de Zanzibar. Rendez-vous des amateurs de plongée. Appareil photo au cou, la Jeep de location, Luisa arrive donc à Nungwi, au « New palace hôtel ». Le directeur était bel homme, un iranien. La voilà prête à écouter son histoire. Famille exilée, une volonté de fer. Il faut peu de choses pour créer son destin. Beaucoup d'embûches, toutes surmontées. Des aides, la séduction facile.

Monde difficile pour ceux qui sont moins beaux. Luisa tombait sous le charme de cet homme typé, aux yeux noircis de khôl, et qui acceptait pour le bien de son business beaucoup de choses que sa religion interdisait. Mais l'argent était sa revanche.

Luisa n'y prêtait pas vraiment attention, même si elle n'aimait pas tous ces gens qui vendent leur âme au diable pour quelques dollars de plus. Beaucoup de belles phrases, un grand orateur, ce monsieur Pultara.

Autant Réda était avare de paroles, autant elle avait toujours été charmée par ceux qui maîtrisaient la langue, et son hôte parlait un français parfait, aux mots les plus subtils. Chez Réda, elle savait la parole inutile. Il existait un lien presque animal entre eux. Une union qui relèverait du sacré. Mais elle continuait à écouter l'homme en face d'elle, à prendre des notes. Finalement

Zanzibar n'était pas une exception, corruption et mauvais coups y étaient courants. Chacun essayait de trouver sa perle rare dans ce paradis perdu. Monsieur Pultara n'échappait pas à la règle.

Mais paradoxalement, ça lui plaisait. L'ambition brute, ici, la fascinait, pas l'ambition nonchalante des petits ménages. Une ambition à échelle internationale. Une ambition solitaire dont ne faisait apparemment partie aucune femme, ni enfant. Une grande solitude.

L'enchantement était là, tangible et si dangereux. Mais Luisa était sérieuse, elle reviendrait le lendemain finir son document. Une poignée de main. La voilà chamboulée. Trajet retour rêveur pour celle qui n'avait jamais flanché. Ça lui faisait bizarre ce mélange d'excitation et de déception. Déception de connaître cet étrange sentiment. Retour à la maison. Réda est là, John également. « Tu restes dîner ? ».

Affaire réglée. Belle soirée, beaucoup de souvenirs, on rit. Réda était câlin, John caustique et Luisa radieuse. John flairait l'embrouille.

Quelque chose lui disait, depuis le début que ce couple, si beau, si uni, si passionné se brûlerait les ailes. Trop de tout mène à l'erreur. À la suffocation. À la mort.

Simple présage. Dommage si ça devait arriver. Il les aimait beaucoup. Autant l'un que l'autre.

Peut-être même plus Luisa, doucement avec le temps, Luisa enfermée dans le film de son existence. La vie rêvée. Réda, hors de cette pellicule, Réda trop fier. Mauvais présage, oui. Il se faisait tard. John les laissa.

Luisa semblait tellement heureuse. L'imminence de leur départ, pensait Réda. Elle le faisait valser, essayait des tenues en lui demandant son avis. Oui, elle est bizarre, pensait Réda devant cette coquetterie inhabituelle.

Oui, elle était impatiente de revoir cet homme. Elle ne voyait pas le mal. En même temps, cette boule au ventre. « Allez viens Réda, on se couche ». Elle était pressée.

Le lendemain, réveil sonore, plus tôt que d'habitude. Le temps de se farder. Le temps de se trouver jolie. Réda ne remarqua rien, sommeil de plomb. La voici prête, elle passa chez John avec cette bonne humeur encore. Elle lui demanda de passer la soirée avec Réda si son travail devait la faire rentrer tard.

« Ah, elle retournait à Nungwi ! Mauvais souvenirs, notre soirée débauche avec Réda, pourvu qu'elle ne manigance rien ».

Mais Luisa, adolescente si sage, femme fidèle, au même seul homme. Vie peut-être trop programmée, manque de fantaisie, ne serait jamais celle qui ferait passer ses désirs avant la réalité de son unique amour.

Toujours était-il que là, tôt le matin, dans ce 4x4 en direction de Nungwi, elle sentait monter en elle des émois d'adolescente, se regardait sans cesse dans le rétroviseur, se trouvait pas mal, anxieuse, impatiente, fébrile, mal à l'aise. Tous ces troubles du désir naissant. Sentiment qu'elle n'avait connu qu'une fois. Finalement que faisait-elle de mal ? Elle s'en voulait en même temps, avait le sentiment de trahir Réda. Parce qu'elle ne voulait pas tout gâcher pour un coup de cœur. Il ne deviendrait jamais plus, mais c'était déjà trop.

Une fois devant l'hôtel, tout était oublié. Ces méandres de la culpabilité. Elle vérifia son aspect. Rassurée, elle rejoignit Monsieur Pultara. Miyan de son prénom. Poignée de mains, moites des deux côtés. Elle commença ses questions, le développement du tourisme, l'avenir de l'île. La discussion dévia. Ils en vinrent à parler de leur destin respectif. L'exil, le travail, la barrière de la culture, leur découverte. Pour une fois, elle omit volontairement de mentionner Réda. Miyan l'invita à boire un verre. Elle téléphona à Réda pour lui dire qu'elle rentrerait tard. Personne à la maison, elle prit le parti d'accepter. Un tête à tête, quelques cocktails.

Luisa avait la tête qui tournait, des papillons dans le ventre. Cet homme l'envoûtait, elle n'aurait pu dire pourquoi. Peut-être se retrouvait-elle en lui ? Dans cette ambition, son refus des attaches. Ce respect. Il était l'antithèse de Réda. Miyan aurait été celui qu'on suit, comme elle.

Tant de questions dans sa tête. Tant de désir étouffé. Elle se voulait droite. La discussion était passionnante, le temps n'existait plus.

Aucune approche du côté de Miyan. Pudeur qu'elle appréciait. Elle en fit tout autant. Elle allait partir de cette Île et ne voulait pas en emporter un trop lourd secret. Elle n'avait jamais connu d'autre homme que Réda. Elle en avait envie ce soir. Malaise de la trahison. On peut aimer et tromper ? Faire l'amalgame du corps et de l'âme ? Car c'était bien cet homme, son corps qu'elle désirait. Mais elle était forte, oui, elle le savait. Elle choisirait ce qui est le plus difficile, elle résisterait.

Oui.

Réda était dans les bras d'Angie. À négocier une dernière nuit. Il se foutait d'elle. Luisa désirait un homme qui la charmait. Elle allait partir. Fuir. Mais elle n'y parvenait pas, la soirée s'éternisait, tous deux savaient où ils voulaient en arriver. À une mélodie d'amour. Douce ou bestiale, peu importait, l'assouvissement de leur pulsion. Luisa doucement éméchée pour se donner la contenance qu'elle n'aurait pas sans ça. Pour oser. Réda de retour de chez Angie, vieille peau. En attente de sa Luisa. De toute façon, c'était la dernière fois. Si facile à dire, « une dernière nuit », « un dernier baiser », « une dernière cigarette », et le mal, l'envie qui continuent à ronger.

Mais il y croyait à ses promesses. Il se pensait fort, marionnettiste de sa vie, alors que les ficelles lâchaient sous ses doigts. Il attendait celle qui lui avait fait croire que tout n'est finalement pas si moche. Qu'on apprend toujours. Qu'on peut aimer à sa manière. Le temps était passé, finalement, que lui restait-il à prouver en se vendant ainsi ? Il ne le savait plus lui-même. Il savait juste qu'il était libre, il le croyait. Il savait que ce n'était pas tromper. Oh non, aucun sentiment. Mais Luisa, à quelques kilomètres de là, que faisait-elle ? Elle était avec un homme brillant, cultivé, riche.

Et qui pourrait l'aimer peut-être de tout son cœur, en ferait sa princesse. Il faut toujours, pourtant, qu'on s'attache à ceux qui nous filent entre les doigts.

Et c'est Réda qui filait. Sans qu'elle le sache, puisqu'il n'avait jamais été seulement dans ses filets à elle. Depuis si longtemps. Indomptable, frivole peut-être, mais elle l'aimait. Mot si galvaudé. Pourtant ce n'est qu'à lui qu'elle osait raconter ses obsessions, son ambition, mot qu'elle détestait pour les autres, mais qu'elle appliquait si bien à sa vie. Parce qu'elle l'était ambitieuse ! Et cet homme en face d'elle aurait pu l'aider à développer son envie de plus. Mais elle préférait le silence et la nonchalance de Réda. Elle pouvait les porter à bout de bras. Lui offrir son oisiveté.

Alors, un instant, elle s'en voulut d'être là à charmer, à espérer que son maquillage tienne, à attendre d'être dans une chambre. Comme un flash le visage de Réda lui apparut. Non, elle ne serait jamais de celles-là. De ses pseudo amies qui couchent ici et là pour se donner l'impression d'exister. Elle existait déjà. Elle refusa un énième verre. Monsieur Pultara comprit que la soirée ne se finirait pas comme elle le promettait, mais il n'en voulait pas à Luisa. Cette attitude ne lui donnait que plus de valeur.

Car cette femme, il aurait pu l'aimer, oui, mais on lui avait appris qu'il fallait aimer sa semblable. Celle qui connaît son Dieu, sa manière de vivre, ses principes. Pour que tout soit moins difficile. Alors il ne l'empêcherait pas de partir Monsieur Pultara.

Non, il disait aux siens qu'il bossait dans les affaires. Il ne leur mentait qu'à moitié. La luxure occidentale n'était pas pour lui. Idée surfaite d'un Occident en pleine interrogation.

La recherche de la liberté absolue comme signe de réussite ultime, alors que son voisin préfère une vie ascétique, jugée par le Tout Puissant. Une même aliénation quelque part. À l'outrance ou au trop peu. Laquelle fallait-il préférer lorsqu'on sait que les deux croyances ne se comprennent pas ? Pourtant si proches.

Réda était entre deux rêves, sommeil fragile de l'angoisse. Il avait refusé la compagnie de John, désirant être un peu seul. Il ne savait pas ce que faisait Luisa.

Il avait peur. Parce qu'il savait qu'elle ne faisait rien en dilettante, la notion d'absolu était inscrite en elle. Alors quel soulagement à quatre heures du matin en entendant la porte qui s'ouvre. Des vêtements qui tombent. Une présence dans ce lit. Mais elle sentait l'alcool ! C'en était trop. Pour qui se prenait-elle ?

Elle croyait qu'elle pouvait boire impunément et rentrer comme une fleur. Ce n'était pas l'idée qu'il avait de sa femme.

– Luisa, dégage, tu as bu, je le sens, j'ai honte pour toi. Si au moins ça s'arrêtait à ça…

– Attends, je t'explique…

Elle, prête à tout raconter pour soulager sa culpabilité, mais lui démesuré, la croyant capable d'être… lui.

– La ferme, je te déteste comme tu es, là. Et tu étais avec cet homme d'affaires, je suppose ?

– Réda, je n'ai rien fait de mal.

– C'est toujours ce qu'on dit.

Il prit sa couverture et se dirigea vers le salon. Cette nuit était finie. Rien de grave, rien de cassé pensa Luisa. Tout allait rentrer dans l'ordre.

Nuit courte aussi. Elle devait se lever quelques heures plus tard pour finir son article et le présenter à Marc. Régler des affaires au consulat, puis se réserver quelques jours pour profiter du soleil et de l'océan, de Réda. La fête de nouvel an. Puis le départ. Réda dormait encore quand elle partit. En fait, il somnolait. Il le savait, il en était sûr, elle allait retrouver son amant. Voilà l'idée avait fait son chemin. Il la détestait.

Il alla trouver John pour se confier. Lui-même l'avait trouvée étrange quand elle lui avait demandé de passer voir Réda. Il n'en dit rien. Quelque part, John savait qui était l'ordure des deux. Mais Réda voulait se venger. Terme vain, la vengeance pour quoi faire ? Se dire que l'on a rétabli un équilibre branlant ? Cela faisait longtemps que c'était lui qui l'avait détruit. Alors John lui expliqua simplement que Luisa l'aimait, qu'elle n'avait pas fauté, et que, quand bien même, si cela devait arriver un jour, elle l'aimerait toujours. Il trouva les mots, apaisa Réda.

Déterminé quand même à retrouver son amante, ses cadeaux surtout. C'était sa petite vengeance.

Il y passa un bref moment, puis retrouva Hilda à la piscine.

– Tu sais Réda, c'est moche ce que tu fais, la vie n'est pas faite d'égards, mais tu pourrais éviter ça à Luisa !

– C'est toi, une cocue consentante qui me dit ça ?

– Justement, peut-être parce que je le suis ! Et encore, Marc a la décence de les choisir jeunes, juste pour le cul. Toi, tu veux en plus l'argent. Tous les vices de la société, tu ne la mérites pas Luisa !

– Et toi, tu mérites tout ça ?

– Tu sais Réda, je l'ai choisi. J'ai choisi d'avoir une vie aisée, confortable. De partir avec un homme infidèle, parce que je ne me voyais pas travailler. Parce que je rêvais d'une vie de bohème arrosée de champagne. Je le paye cher, mais je le voulais. Luisa ne veut que toi, tu as ce cadeau.

Réda s'assoupit. Il avait de la chance de l'avoir pour amie, Hilda. Oui, elle trouvait toujours les mots. Il n'en voulait plus à Luisa. De quoi donc même ? Il s'en voulait à lui.

Schéma trop récurrent. À son réveil, Hilda lui dit combien elle l'enviait. Ce départ, cette renaissance. Le froid, oui…

Parce que cette moiteur incessante, ce soleil qui abrutissait, le manque d'activité, tout cela la lassait. Elle était fatiguée de cette vie. Vie qu'elle avait pourtant choisie. Et lui qui se flinguait. Elle avait compris son histoire, son désir de liberté du début, l'Absolu, la perte de soi pour ne pas se perdre dans l'autre. Mais là, elle ne comprenait plus. À quoi tout cela rimait ? Il ne pouvait lui répondre. Réda était totalement incapable de justifier ses actes, de leur apporter une cohérence. Il était devenu cet autre. Ça avait été si facile.

Si facile de se laisser plonger. Il savait intuitivement qu'on ne peut aimer passionnément, il faut enlever cet adverbe en trop. C'est se mener à des sentiments haïssables : la jalousie, le désir de possession, la folie peut-être.

Refuser le monde de l'autre, les regards qu'on lui porte, les yeux qu'il pose sur la vie, son entourage, sa famille, son travail. Tout. Pour l'emprisonner. Il ne voulait pas emprisonner Luisa. C'est donc lui qui s'était enchaîné. Enchaîné à cette double vie en pointillés, aux blancs incorrigibles.

– Je ne sais plus Hilda. Je ne peux plus vivre autrement. Vivre autrement équivaudrait à faire du mal à Luisa. Vois ça comme un instinct de protection, c'est tout.

Oui, c'était tout. Mais si Hilda pouvait envier Luisa, sa jeunesse, son parcours, sa beauté, elle ne pouvait en même temps que la plaindre. Oui, ce qu'elle endurait était bien pire que sa propre vie à elle, puisque Luisa ne savait rien. Mais ne rien savoir lui permettait de vivre. On avance à tâtons, les yeux bandés. Le leurre devient alors la réalité, la vie est plus belle. Pourtant, pour Luisa, elle s'assombrissait. Sa rencontre troublante, les soupçons qu'elle avait sur Réda. Oh rien de concret, des pressentiments parfois, des interrogations surtout, sur ce temps libre dont il disposait, et dont il ne disait rien. Toutes ces choses lui donnaient envie de partir au plus vite. Ici, sous le soleil de plomb, elle avait mal aux autres, Hilda la femme trompée, Marc, le dandy flétri, John, le gay désabusé et tous ces gens en quête d'eux-mêmes. Elle ne savait pas que c'était elle que l'on plaignait.

Elle voulait des personnes fortes, aux rênes de leur destin et comptait bien sur Montréal pour revivifier ses ambitions. La chaleur l'avait assommée, tout comme Réda, toujours plus nonchalant, errant d'âme en âme, essayant de passer le temps dans des conversations futiles. Temps en suspens.

On fêtait la nouvelle année dans deux jours. À l'ambassade. Elle se foutait de tous ces tralalas, robes et taffetas destinés à cacher la médiocrité ambiante.

Luisa se sentit singulièrement étrangère. Comme si elle n'avait comblé son temps qu'en travaillant, comme si le reste n'avait été que l'arrière-plan du tableau. Elle avait fini son deuxième article. Il était remarquable de style et de tact.

Un compromis entre son admiration pour ceux qui voulaient faire de Zanzibar un paradis bien rare, et son mépris pour ceux qui violaient une culture unique, qui faisaient de cette Île le paradis des exclus, des âmes errantes, des destins qui se cherchent. Marc exultait. Il connaissait la valeur des mots, leur choc.

Luisa pouvait enfin partir errer en touriste sur l'Île, s'arrêtait à Stone Town, Byzance perdue. Regarder les portes, symboles du pouvoir. Quel était le symbole du pouvoir pour un européen ? Une belle voiture, une grosse montre, une femme qui attire l'œil… Ici, c'était la porte. Oui, la transition entre dehors et dedans. Un dedans que l'on ne verrait jamais. Bien plus de pudeur.

Elle achetait des petits souvenirs. Elle n'avait jamais coupé le contact avec Claire, son amie de l'école. Elle avait stoppé ses études, s'était mariée avec sagesse, élevait ses deux enfants dans le luxe et le calme. Une fois seulement, elle s'était laissée aller, Luisa s'en souvenait, et n'avait jamais compris, mais elle la sentait heureuse désormais. Elle lui acheta un bracelet avec son prénom gravé en lettres arabes, rien de bien original à trouver sur l'Île. Réda n'aimait pas cette amitié épistolaire. Elle savait qu'il voyait en Claire son exacte antithèse.

La fille qu'il n'aurait même pas remarquée, mais elle ne comprenait parfois pas son animosité. Plus qu'une journée. Elle la passa sur le sable avec son compagnon.

Il était heureux lui aussi de partir, de laisser ces femmes sans intérêt, et à qui il avait bien trop donné, derrière lui. Il lui tardait de retrouver un mode de vie à l'occidental, de trouver un travail, de fonder une famille. D'oublier. C'était le moment des bonnes résolutions.

Dans quelques heures, c'était les strass et les paillettes, les sourires forcés, les flots de paroles sous champagne, le faux, ou le vrai.

Ils rentrèrent de Zanzibar, reposés de leur après-midi à la plage. Luisa voulait marquer le coup ce soir. Rendre pâles de jalousie toutes ces femmes qui en avaient trop dit sur elle. Une simple robe noire, un peu courte suffirait. Un peu de fard, ses jambes légèrement hâlées perchées sur des talons hauts. Aucun bijou. Mais c'était déjà trop pour Réda :

– Tu t'es regardée ? On dirait une pute !

Jamais il ne lui avait parlé avec autant de mépris, le regard haineux, la bouche crachant ses propos :

– Tu ne peux pas t'habiller ? T'es à moitié à poil, là ! Tu veux quoi ce soir ?

Il la tenait fermement par le bras. Trop fermement.

– Réda, lâche-moi, tu me fais mal, là !

– Et toi, habillée comme ça !

– Mais qu'est-ce qui te prend ? C'est Nouvel an, c'est tout. Je pensais que tu me trouverais jolie.

– T'as besoin de tout ça maintenant ?

Et il la projeta violemment contre le mur.

– Réda, tu me fais mal. Arrête !

– Il me prend que je ne supporte plus tes regards aux autres, ton cœur plein de sans gêne. Tu fais quoi de moi ? Pourriture.

– Je ne te permets pas.

– Répète !

Il la tenait plus violemment que tout à l'heure maintenant, elle le suppliait de la lâcher, de redevenir comme avant, effrayée par ce nouveau visage qu'elle ne connaissait pas. Qu'elle aurait pu deviner parfois, cependant…

– S'il te plaît, dans un souffle.

Il la regarda, le regard dur. La toisa. La lâcha.

– Va te changer ! ordonna-t-il.

Elle courut se réfugier dans sa chambre, jamais elle ne l'avait connu comme cela. Parce que sa violence, il la gardait pour les autres. Sans ça, il devenait un monstre. Mais ça, elle ne le savait pas. Elle ne savait pas qu'elle pouvait remercier ces dizaines de corps anonymes qui l'avaient sauvée de la folie de Réda. Alors elle se blottit dans leur lit et pleura. Encore et encore, attendant les pas rassurants d'un Réda qui viendrait s'excuser.

Lui, devenait fou en bas, faisait les mille pas, bouillonnant. Pourquoi ses mots, pourquoi ses gestes ? Il l'aimait pourtant. Mais elle lui faisait tellement peur. Il avait tellement peur qu'un autre, plus brillant, plus cultivé, plus beau, vienne la lui voler.

Mais non, elle était à lui. Il n'avait pas encore compris que s'il y en avait un qui pouvait tout détruire, c'était lui, et non elle, amante docile. Cœur offert, sans filet ni armure. Sans calcul. L'amour, le vrai. Le fou.

Alors il monta, la prit dans ses bras, la rassura, s'excusa. Il lui sécha ses larmes.

– Excuse-moi Luisa, je ne sais pas ce qui m'a pris. Je te voyais là, tellement belle, que j'ai eu peur de te perdre.

– Tu sais bien qu'il n'y a que toi, idiot.

Mots mièvres sur une réalité bien plus cruelle.

– Allez, reste comme tu es, tu es magnifique…

– Ouais, les yeux bouffis, aucune envie d'y aller.

– Allez, dernière soirée, un petit effort et une autre vie s'offre à nous.

C'est dingue la capacité qu'ont les rôles à s'échanger. C'était elle qui avait été brusquée il y a peu. Désormais elle s'en voulait de lui avoir offert ce spectacle. Elle ne pleurait jamais d'habitude. Alors, elle se leva, se passa de l'eau sur le visage. Puis se changea, il avait gagné. De tous leurs rapports de force, il sortait toujours vainqueur. Elle pensait simplement qu'elle était plus fragile, car elle aimait plus. Aimer plus. Est-ce possible de donner un ordre de mesure à ce verbe ? Quantifier ? Alors que sous ce même mot se trouve une multiplicité de sentiments. Le désir, la convoitise, l'envie, la peur de la solitude. Toutes ces mauvaises raisons qui nous font croire parfois que l'on aime.

Elle passa une robe longue. Ses yeux brillaient. Une souffrance sourde s'y lisait. Elle avait eu peur. Mais elle n'en était que plus belle. Réda redoublait d'attention.

Il se sentait fébrile. Dans une sorte d'urgence. Montrer que ce n'était qu'un geste fou, malheureux. Plus jamais. Ils arrivèrent à l'ambassade enlacés, plus beaux que jamais. Les regards s'attardèrent. Toute la petite communauté était là. La fête pouvait commencer.

Ils s'approchèrent dans un premier temps de Marc, Hilda et John. Leurs « meilleures » connaissances. Du champagne, des petits fours. Conversation superflue.

Luisa était ailleurs, Réda la pressait contre lui, sentant sa solitude. Du coup, les regards alentours voyaient un couple amoureux. Très. Angie, un peu plus loin, les regardait, l'œil noir. Mais bon, l'alcool faisait déjà son effet. Boire, boire, pour oublier qui l'on est, où l'on est, et surtout, où l'on va. Alors des rires, des voix fortes, de la musique. Toute l'apparence de cette fête obligée. John voyait bien que Luisa était différente, comme touchée par la grâce.

Les gens qui souffrent, qui ont souffert ont toujours cet attrait de l'inconnu, du mystère qui les entoure. Un visage qui souffre est toujours plus intéressant qu'un visage lisse. On y lit la vie dessus. Alors John invita Luisa à danser. On pouvait voir de loin leurs lèvres bouger à une allure folle. Luisa se confiait. John ne voulait rien briser, mais il savait qu'elle était en train de se perdre dans cet amour trop fort. Il lui conseilla de prendre du recul par rapport à tout cela. D'oublier Réda un peu, pour penser à elle. C'est juste une question de survie de penser à soi, lui disait-il. Il lui redonna le sourire. Elle lui promit de lui donner de leurs nouvelles, de là-haut, du Canada.

Elle l'aimait beaucoup. Lui n'avait jamais vraiment aimé, ou la réciproque, proie trop facile alors. La carapace vient de l'échec, de la souffrance. Quand on ne veut plus revivre ça. Pour se protéger. Alors que tout le cœur crie le contraire. Mais la raison est là, au-dessus. Force toute puissante, force de survie. John avait la souffrance de celui qui n'a jamais été aimé, et qui se demande si ce sera possible un jour. Si on peut vivre toute une vie comme ça ? Luisa portait quand à elle les stigmates de l'Amour souffrance ce soir. Elle apprenait.

On devrait toujours chérir celui qui nous a fait, d'un coup, devenir cet autre, plus cynique, plus dur, moins innocent. Le chérir pour cette impression de vie en concentré qu'il nous a offert. Il n'y a pas de panacée, l'existence n'est faite que de choix. Il s'est appelé Réda pour Luisa.

John avait envie de lui dire, de confier. Mais il n'en fit rien. Il savait que ça pourrait être grave. Trop. Alors, il la protégea sous un flot de paroles censées, trop entendues. Mais que pouvait-il faire d'autre ? Marc lui succéda sur la route des valses, ce ne fut qu'un flot de compliments, un corps trop pressé contre le sien. Elle avait peur de Réda qui devait la regarder. Il était un peu plus loin, avec un groupe de femmes d'âge mur. Oh, ça la faisait rire, il avait toujours été leur attraction ici. Puis Marc la laissa danser avec un collègue anglais. Réda ne bougeait pas, coq parmi sa cour. Elle trouvait ça étrange en même temps l'intérêt qu'il suscitait. Elle se doutait que la conversation de ces femmes n'était pas des plus passionnantes pour lui. Pourquoi alors cet intérêt réciproque ?

Une autre coupe au passage.

Elle devenait ivre, dansait à tout va. Avait oublié l'épisode douloureux. Anesthésié du moins. Elle riait, et troublait les hommes, gênait les femmes. Réda avait l'œil de plus en plus sombre.

Comme dans un film, il brisa de colère le verre qu'il tenait dans sa main. Puis s'excusa. Tension sourde. John crut bon d'aller lui parler, de lui faire comprendre que Luisa lâchait la pression, qu'elle se sentait bien.

Alors elle poursuivit ses pas gracieux, démarche chaloupée, inconsciente de son charme. Un mot à chacun. C'était à nouveau la Luisa du lycée, celle pour qui on se serait damné afin d'avoir une attention. Minuit, rituel étrange. Pourquoi est-on heureux d'avancer dans le temps ? Les accolades, les embrassades, elle passait de bras en bras. Jusqu'à ceux de Réda.

– Fais attention Luisa, tu me cherches !

Ivresse perdue d'un coup, quoique propos flous.

– Je ne suis pas ta chose.

La colère, tout doucement. Elle continua :

– Je ne suis pas ton trophée. Je ne suis pas censée fermer les yeux, boucher les oreilles quand on évoque ton nom parce que j'ai peur d'une vérité que je ne connais pas. Merde ! Tout le monde ici me protège, mais de quoi ? Bordel !!! Hilda tu le sais toi ? John ?

Aucune réponse, la gêne. Ils avaient aimé un temps savoir, se réconforter en pensant que leur façade était bien fragile, même si elle était belle. Les jalouser, puis rire, mais là, ils auraient préféré ne rien savoir.

– John, hurla Luisa. Dis-moi, dis-le-moi ce qui se passe. Tu crois que je suis trop conne pour ne rien comprendre ? Que vous me mentez tous !

Réda sentait le danger, il lui serrait la main.

– Et toi, lâche-moi.

Angie se réjouissait du petit spectacle que donnait cette Française habituellement si discrète.

– Tous, tous, vous formez un microcosme puant d'argent et de mensonges, vous vivez de ragots tellement vous vous emmerdez ici !

– Calme-toi Luisa, la pressa John, je te raccompagne, tu as trop bu, tu es fatiguée.

– Oh, mais tu es comme moi, ne ferme pas les yeux, tu crois qu'ils ne se réjouissent pas tous de savoir que tu es le pédé ici ?

Hilda intervint :

– Luisa, calme-toi, il ne se passe rien de plus que tous les jours. C'est la vie !

– Et toi, aboya Luisa, pourquoi tu acceptes ça ? Ton mari, ses putes, toi aussi, on se fout de toi. On est une belle brochette tous les trois.

Hilda se tut, les mots faisaient mal, parfois plus que les actes.

– Ça te fait sourire tout ça ? demanda Luisa, en s'adressant à Angie. Ta vie est si morne, pour que tu puisses t'amuser de ça ?

– Alors là, ma fille tu ne m'auras pas. Si je ris, c'est de ta crédulité.

– La ferme ! hurla Réda.

On ne l'avait pas entendu jusqu'alors.

– Luisa, qu'est-ce qui te prend ? C'est quoi ce spectacle ? Tu veux quoi ?

– Je me donne en spectacle Réda, c'est ce que tu veux me dire ? Tu oses. Qui de nous deux, dis-moi, qui de nous deux se donne en spectacle ?

Elle quitta le groupe, les laissant sur leur faim. Groupe avide de mouvements dans un calme étouffant. Luisa était sortie, elle était dans l'immense jardin de l'ambassade. Elle suffoquait. Jamais elle ne s'énervait. Une image docile. Trop, elle comprenait enfin, elle avançait. Jamais encore dans sa vie elle ne s'était arrêtée pour regarder en arrière. Jamais. Et là, comme une baffe, d'une telle violence. Elle ne savait plus qui elle était. Et Réda, cet inconnu. Il faisait partie intégrante d'elle, et pourtant elle ne se posait pas la question du pourquoi. L'évidence avait eu la part belle depuis longtemps.

Elle l'avait trimballé ce garçon, l'avait gardé comme son joyau, n'avait jamais connu la solitude. Elle, friande de réussite, d'espaces lointains, l'avait sacrifié sur l'autel de son petit moi. Elle se rendait compte quelle égoïste elle avait été. Il le lui fallait, c'était tout. Peu de paroles, juste sa présence. Peut-on gérer ainsi la vie de l'Autre ? Et ses désirs ? Elle ne les connaissait pas. Ses occupations ? Très peu. Elle le voyait à cet instant précis comme son martyr. Elle avançait dans la vie, il était son ombre. Elle voyait bien qu'il n'était pas heureux, ni malheureux du reste. Il était. Point final. Et les enfants, en avaient-ils parlé ? Elle en voulait. Symbole concret d'une alchimie spirituelle. Métaphore vivante de cet Amour. Mais lui, en voulait-il ?

Elle se détestait. Longtemps jusqu'à cette rencontre à Nungwy, elle s'était crue incapable d'émotions qui la fragiliseraient. Tout convergeait vers ce qu'elle devait être. Le vent se levait, elle avait froid, sa tête tournait.

Elle décida un effort, des excuses. Elle rentra. Pièce silencieuse. Réda parmi quelques femmes, John à ses côtés.

– Toutes, tu nous as eues, nous nous sommes amusées avec toi, mais on ne te regrettera pas. Petite ordure. Tu crois que ta beauté est un passeport. On est toutes tombées ici dans le même panneau, toutes.

– Pour votre plaisir mesdames ! ironisa Réda.

– Tu crois pouvoir faire le malin, Luisa à ton bras. Entretenu, c'est ça ta vie ? Tu crois que tu trouveras toujours des bras assez accueillants et généreux pour te donner la liberté et l'argent que ton autre ne te donne pas ?

– Quelle autre ? Luisa s'était avancée. Vous parlez de moi, sans doute ?

– Oui, de toi, pauvre petite fille. Ici, tout le monde le sait, même nos maris, ils ferment les yeux, passent sur nos dérapages, parce qu'ils font la même chose et qu'il n'y a rien à faire dans cette ville.

– Tout le monde sait quoi ?

Réda était décomposé, jamais il n'aurait pensé qu'un jour Luisa saurait. Le séjour avait trop duré, l'oisiveté avait tout fait déraper. Et tous ces hommes trompés par lui qui se taisaient, blessés dans leur orgueil de mâle. Mais qui, quelque part, s'en foutaient. Tout pour leur business. Pas de concession, pas même une femme qui a sacrifié sa vie pour la leur. Il régnait une odeur amère. Le brouhaha des âmes aidait à mieux y voir. Réda aurait voulu disparaître. Oublier. Appuyer sur une touche retour. N'avoir jamais été ce monstre.

Mais Luisa voulait le fin mot, elle était différente ce soir, plus cette femme amoureuse aveuglée, elle était prête enfin à voir la vie, les hommes, son homme, tels qu'ils étaient. Elle n'avait plus peur, elle était sortie de son cocon. Cocon qu'elle s'était égoïstement construit pour ne pas voir l'extérieur. Égoïstement. Son leitmotiv. Se protéger. Là, elle jouait sans armure.

– J'attends un peu de courage ! Que c'est beau cette fraternité. Vous vous rendez tous compte des bouts de néants humains que vous êtes ? De votre lâcheté !

– Luisa, attends, intervint John, ne te braque pas, ça n'en vaut pas la peine.

– On rentre, décida Réda, la pressant par le bras.

– Toi, tu me lâches, je suis assez grande pour décider.

Angie souriait dans son coin, fière de faire partie de ce huis clos, d'en être un protagoniste. Fière de se sentir sous les feux des projecteurs.

Luisa la toisa :

– Ça y est, c'est le plus beau jour de votre vie ! Enfin de l'animation !

– Tu l'as dit ma fille, ça me fait plaisir de te regarder : ta jeunesse et ta beauté, de leur dire que ce n'est pas ce qui a gardé ton homme. Quand il n'était pas avec toi, il était dans mes bras.

– Ça m'étonnerait, regarde-toi…

Elle devenait méchante. Mais elle avait mal. Lui, son jumeau. Ses réflexions un peu plus tôt l'avaient paradoxalement préparée à cela. Elle savait qu'elle n'était pas épargnée, qu'elle s'était épargnée. Grande différence.

Elle chercha le regard de John, qui lui fit comprendre que cette femme disait vrai.

Alors là, sous les propos éthylisés de cette femme fanée, elle venait de prendre un coup de poignard. Elle venait de comprendre. Tout, Réda et les femmes, l'argent facile, lui…

Elle était dans un mauvais cauchemar. Elle allait se réveiller. De quoi ? De la réalité. Elle regardait celui qu'elle avait tant aimé. Tendrement. Lui, fou furieux s'en prenait à Angie. L'insultait. Ça ne servait à rien. Luisa avait perdu son innocence, voilà tout. Elle n'appartenait plus au doux paradis des amours enfantines. Monde cruel et sans pudeur.

Elle le regardait, elle souriait. Il avait oublié le principal : venir la serrer. Trop occupé à essayer de rétablir le mensonge. Elle riait même. John décida de la raccompagner. Elle lui expliqua qu'il n'avait rien à craindre, que le mal était anesthésié. Douleur sourde. Elle l'embrassa fort. Puis monta les escaliers, se passa le visage sous l'eau comme pour se purifier. Il était toujours pourtant pareil ce visage, dur et tendre à la fois.

Elle s'était leurrée depuis le début, mais s'était aliénée à son leurre. Elle avait cru vivre mais n'avait fait que tracer un chemin, chemin flou qu'elle s'était dessiné au lycée. Elle avait cru en trop de choses. Réda, c'était son œuvre. Elle se culpabilisait maintenant. Elle ne lui avait rien offert. Même son amour était muet. Elle ne savait plus qui était bon ou mauvais. Le trou blanc, le vide, la solitude.

À cet instant précis, Luisa savait qu'elle ne reverrait plus jamais Réda. Que les explications seraient inutiles et de trop. Qu'elles briseraient un peu plus ce qui pourrait rester de beau.

Elle savait désormais, bien qu'en partie, mais assez pour comprendre, qu'ils ne s'étaient pas aimés de la même manière. Qu'il ne fallait jeter la pierre sur aucun des deux, juste continuer à avancer, un peu plus fragile désormais. Réda ne saurait que la tromper encore plus, ou alors lui dirait tout et ça, elle n'était pas capable de l'entendre.

Il fallait partir.

Pour le laisser vivre enfin. Pour qu'elle réapprenne aussi. Elle fit sa valise, appela un taxi. Réda n'avait toujours pas pris la peine de rentrer, mais ça lui facilitait la tâche. Elle laissa presque toutes ses affaires. Elle avait mis tant d'espoir dans ce pays. Mais elle venait de comprendre que la vie n'est pas ce que l'on décide.

C'est drôle, elle en était presque heureuse. Ça lui enlevait un poids de se dire qu'on pouvait se laisser aller.

Réda n'avait pas tenté de la trouver, après son départ. Trop occupé à faire ressortir sa violence, sa rage. À faire payer cette femme qui n'avait fait qu'éclairer leur existence, montrer ses limites. On ne fonde pas sa vie sur le mensonge et l'aliénation. Qui était le bourreau ?

Luisa se sentait tellement bien qu'elle se croyait coupable. Elle ne savait même plus. Elle arrivait à l'aéroport, elle ne parlait plus de renaissance. Tous ces mots qu'ils avaient trop utilisés. Mais de continuité encore, la vie continuait. Réda arrivait chez eux, seulement. Il avait craché sa haine. Puis beaucoup bu.

Maintenant il devait s'expliquer, lui expliquer. Se livrer enfin, il se sentait prêt. Il entra, l'appela. Aucune réponse. Luisa n'était pas là. Nulle part.

Un billet sur la table : « Je pars Réda, nous nous sommes trompés. »

La fin. Le non-sens. Il était trop tard, le masque était tombé sans qu'il puisse lui dire pourquoi il le portait.

La touche retour n'existait pas. Il connaissait Luisa et sa force. Il savait son orgueil. Il savait ses limites. Depuis le début, il les avait franchies. Il avait fait en sorte, inconsciemment du moins, de ne jamais ressembler à celui qu'elle croyait aimer. Dans les actes. Il voulait lui expliquer tout cela. Lui dire que s'il se faisait du mal, sorte d'automutilation, c'était pour étouffer, au moins un peu l'amour incommensurable qu'il lui portait. Mettre en sourdine la peur de la perte. Éviter de s'aliéner totalement à elle. Elle qui était sa vie. Il pourrait lui dire. Sept ans à ses côtés.

Taxi, puis l'aéroport. Une jeune femme venait de partir effectivement. Effectivement elle partait pour le Canada. C'était plus simple qu'il n'y pensait. Il allait faire le même trajet. Il était plein de vie parce qu'il savait qu'elle comprendrait. Il en était sûr là, de reprendre tout à zéro. Comme tant de fois.

Mais son vol pour Montréal, via Londres Heathrow avait décollé il y a une heure.

Condamnation à mort. Première et ultime séparation. Les amants d'Aristophane n'existent pas. Il y avait tant cru. Il avait tout sali, démoli, anéanti.

Il avait voulu, cru, vivre, il n'avait fait qu'utiliser les autres pour se poser en martyr, en victime. Alors qu'il était à l'origine de la perte. Les rôles s'inversaient. C'est Adam qui avait croqué la pomme.

Réda se sentait mal, titubant, transpirant, il chercha l'air. Il tomba. Il était seul dans un pays inconnu. Seul car handicapé de sa moitié. Retour à la case départ : Marseille.

Les recherches, inutiles. Luisa avait pris soin de ne laisser aucune trace. Il n'en saurait pas plus. Il n'avait pas de diplôme, pas d'expérience professionnelle. Sinon sa belle gueule. Un peu plus abîmée qu'il y a dix ans. Alors que lui restait-il à faire ?

Quand on se laisse vivre parce que trop malade ? Malade d'avoir aimé. Quand on se fout de tout. Du monde, des hommes, de sa propre vie ?

Se résoudre à la facilité et à la destruction.

Retour à la case précédente.

Marseille Saint Charles.

Dans trois heures, Réda arriverait à Paris.

Ce livre a été édité par les Éditions Thélès
11, rue Martel – 75010 Paris
Téléphone : +33 (0)1 40 20 09 10
Télécopie : +33 (0)1 40 20 05 12
e-mail : info@theles.fr
www.theles.fr

Imprimé en France

Dépôt légal 2e trimestre 2008.

ISBN 978-2-303-00077-2

Ein Lächeln der Liebe

Johanna Lindsey

Ein Lächeln der Liebe

Aus dem Amerikanischen
von Usch Pilz

RONDO

Die Originalausgabe erschien unter dem Titel
The Heir
bei William Morrow and Company, New York.

Besuchen Sie uns im Internet:
http://www.heyne.de

Umwelthinweis:
Dieses Buch wurde auf chlor- und säurefreiem Papier gedruckt.

Published by Arrangement with Harper Collins Publishers, Inc.
Dieses Werk wurde vermittelt durch die Literarische Agentur Thomas Schlück GmbH, 30827 Garbsen.
Redaktion: Lüra-Klemt & Mues GbR, Wuppertal

Rondo ist ein Unternehmen der Heyne Verlagsgruppe, München
Satz: Leingärtner, Nabburg
Druck und Bindung: Wiener Verlag Himberg
Printed in Austria

ISBN 3-453-18188-3

Für Alex
und ein Lächeln, das das Herz schmelzen läßt

1

Die beiden Schwestern sahen durch das Fenster hinter dem Mädchen her, das in dem kahlen, winterlichen Garten umherging. Der war ziemlich klein, obwohl das Stadthaus großzügig gebaut und in einer feinen Londoner Gegend gelegen war. Keines der Anwesen im Viertel hatte genug Grundfläche, um einen modischen »Country Look« zu pflegen.

Anders als die meisten ihrer Nachbarn, deren Gärten gerade einmal aus einem Stück bestanden, hatte ihre Gastgeberin, Lady Mary Reid, ihre Parzelle in ein kleines Schmuckstück verwandelt. Und natürlich hatte ihre Nichte Sabrina, die sich zu jeder Jahreszeit gerne im Freien aufhielt, dieses grüne Fleckchen sofort zu ihrem Lieblingsplatz erkoren.

Die beiden Frauen beobachteten das Mädchen nachdenklich und schweigend. Alice Lambert hatte die Stirn in Falten gelegt und ihre um ein Jahr ältere Schwester Hilary wirkte geradezu niedergeschlagen.

»Ich glaube, so nervös war ich in meinem ganzen Leben noch nie, Hilary«, flüsterte Alice ihrer Schwester zu.

»Ich auch nicht, ehrlich gesagt«, antwortete Hilary mit einem gedehnten Seufzer.

Wenn man sie sah, hätte man sie kaum für Schwestern gehalten. Hilary glich ihrem Vater, war groß und schlank, ja beinahe hager, hatte unauffälliges braunes Haar und hellblaue Augen. Alice dagegen galt als nahezu vollkommenes Ebenbild ihrer Mutter, klein und ziemlich rundlich, mit vollem, dunkelbraun glänzendem Haar und tiefblauen Augen, die manchmal einen eigenartig violetten Schimmer annehmen konnten.

Doch die Schwestern vertrugen sich nicht besonders gut. Sie stritten sich immer wieder mit Hingabe um Nichtigkeiten. Jetzt aber waren sie sich ausnahmsweise einmal einig. Ihre geliebte Nichte, die sie gemeinsam aufgezogen hatten, sollte am Abend ihr Debüt in der Londoner Gesellschaft haben. Diesem bevorstehenden großen Ereignis sahen die Lambert-Schwestern nun mit Sorge entgegen. Und leider hatten sie auch Grund für ihre Besorgnis.

Das Problem war nicht etwa Sabrinas äußere Erscheinung. Sie mochte vielleicht keine so auffallende Schönheit wie Lady Marys Tochter Ophelia sein, die in dieser Saison ebenfalls debütierte, doch auch Sabrina konnte sich sehen lassen. Nicht einmal an ihrer Herkunft gab es etwas auszusetzen. Sabrinas Großvater trug den Titel eines Grafen, ja ihr Urgroßvater war sogar ein Herzog gewesen. Sie selbst war zwar nur von niederem Adel, doch auf einen vornehmen Adelstitel oder große Reichtümer richteten sich die Hoffnungen der Tanten für Sabrina ohnehin nicht. Jeder Gentleman von Stand war den Lambert-Schwestern als zukünftiger Ehemann für ihre Nichte willkommen.

Alice und Hilary fürchteten auch keine der Schwierigkeiten, die normalerweise zu erwarten waren, wenn ein Mädchen aus dem Landadel in die bessere Londoner Gesellschaft einheiraten sollte. Nein, ihre Ängste hatten einen viel ernsteren Hintergrund. Hier lag auch die Erklärung dafür, warum die Schwestern selbst niemals geheiratet hatten. Beide fürchteten, dass der alte Skandal, der ihre Familie schon seit drei Generationen nicht mehr zur Ruhe kommen ließ, nun nach all den Jahren wieder zum Gespräch werden könnte.

Indes sprach keine der Frauen aus, dass die finsteren Ereignisse in ihrer Familiengeschichte sie so nervös machten. Einem ungeschriebenen Gesetz folgend, bewahrten sie über die lange zurückliegende Tragödie eisernes Stillschweigen.

»Glaubst du, dass ihr Wollmantel warm genug ist?«, fragte Alice. Noch immer lag ihre Stirn in sorgenvollen Falten.

»Meinst du, dass sie daran auch nur den winzigsten Gedanken verschwendet?«

»Aber der Wind wird ihre Wangen röten. Sie wird aussehen wie ein Bauernmädchen, wenn sie heute Abend zu ihrem ersten Ball geht!«

In diesem Augenblick beobachteten die beiden Frauen, wie ein welkes Blatt, das Lady Marys Gärtner wohl übersehen haben musste, einem verspäteten Schmetterling gleich vor die Füße ihrer Nichte schaukelte. Sofort nahm das Mädchen Fechthaltung ein, und ganz als hätte sie einen echten Degen in der Hand, führte sie einen Stoß nach dem Blatt. Gleich darauf lachte sie fröhlich über ihre Spielerei und warf das Blatt hoch in die Luft, wo der scharfe Winterwind es erfasste und davontrug.

»Sie denkt überhaupt nicht ernsthaft ans Heiraten«, bemerkte Hilary jetzt.

Sabrina hätte mindestens so nervös sein sollen wie ihre Tanten, wenn vielleicht auch aus anderen Gründen. Doch sie gab sich völlig unbeschwert.

»Wie soll sie denn ernsthaft daran denken, wo wir auch nicht geheiratet haben? Sie kann schließlich ständig mit eigenen Augen sehen, dass uns das nicht geschadet hat.«

»Ich fürchte, wir haben bei ihr einen ganz falschen Eindruck erweckt. Immerhin hatten wir in ihrem Alter durchaus den Wunsch oder die Hoffnung, uns zu vermählen. Nur sind wir inzwischen doch recht froh, dass wir es nicht getan haben.«

Das war beileibe nicht nur so dahingesagt. Keine der beiden Frauen bedauerte es wirklich, ohne Ehegatte zu sein. Vielleicht schmerzte es sie in ihrem Inneren, selbst keine eigenen Kinder in die Welt gesetzt zu haben. Doch Sabrina war bereits im Alter von knapp drei Jahren ihrer Obhut anvertraut worden. Auf diese Weise hatten sie all ihre Muttergefühle ausleben können, hatten ihre ganze Zärtlichkeit und Aufmerksamkeit diesem hilflosen kleinen Mädchen geschenkt. Manch einer mochte die Lambert-Schwestern als sauertöpfische, verbitterte alte Jungfern bezeichnen, doch das entsprach eigentlich nicht der Wahrheit. Schon als kleine Mädchen hatten sie oft gestritten und gezankt. Dieses Verhalten schien ihnen schlichtweg in die Wiege gelegt worden zu sein.

Als hätte Hilary jetzt erst gemerkt, dass sie sich in stillem Einvernehmen auf eine Art Waffenstillstand mit ihrer Schwester eingelassen hatte, sagte sie streng: »Ruf sie herein. Es ist Zeit, dass wir sie zurechtmachen.«

»Jetzt schon?«, fragte Alice verwundert. »Wir haben doch noch stundenlang Zeit, bis –«

»So lange wird es auch dauern, bis wir sie angekleidet und frisiert haben«, fiel Hilary ihr ins Wort.

»Ach papperlapapp, vielleicht würdest *du* so lange brauchen, aber –«

»Also, was weißt du denn schon von solchen Dingen? Ich kann mich nicht erinnern, dass du jemals selbst in die Gesellschaft eingeführt wurdest«, unterbrach Hilary erneut.

»Ach, aber du vielleicht?«, konterte Alice.

»Das tut nichts zur Sache. Lady Mary hat in ihren Briefen nur allzu oft geschrieben, dass sie gleich nach dem Aufstehen mit der Toilette beginnt.«

»Sie wird ja auch den ganzen Tag brauchen, bis sie sich in ihr Korsett gezwängt hat.«

Hilary errötete. Das konnte sie nicht bestreiten. Ihre Jugendfreundin, die sie liebenswürdigerweise für die Dauer der Ballsaison bei sich aufgenommen hatte, weil sie selbst kein Stadthaus in London besaßen, war tatsächlich mit den Jahren etwas füllig geworden. Hilary selbst hatte sie kaum wieder erkannt, als sie gestern in London angekommen waren.

Also gab sie zurück: »Sogar ihre Tochter beginnt stets schon zur Mittagszeit damit, sich herzurichten.«

»Das wundert mich nicht. Diese Ophelia scheint geradezu in ihr Spiegelbild verliebt zu sein«, schnaubte Alice.

»Damit du es nur weißt…«

Heftig zankend verließen die Schwestern das Zimmer. Damit war zwischen ihnen wieder alles beim Alten. Es hätte ohnehin kein Mensch seinen Augen getraut, wäre er zufällig Zeuge ihrer geflüsterten Unterhaltung und ihrer minutenlangen Eintracht geworden, am allerwenigsten ihre Nichte.

2

Sabrina Lambert war von Nervosität ergriffen. Fast glaubte sie, ein kleiner, flatternder Vogel habe sich in ihrer Magengrube eingenistet. Ihren Tanten zuliebe verbarg sie ihre Gefühle. Ein ganzes Jahr lang war ihr Debüt nun vorbereitet worden. Sie hatte mehrere Male nach Manchester fahren müssen, um ihre neue Garderobe anzuprobieren, und sie wusste, dass ihre Tanten große Hoffnungen in sie setzten. Darum war sie auch so aufgeregt. Nach all der Mühe, die sich die beiden gegeben hatten, wollte sie sie nicht enttäuschen.

Im Gegensatz zu ihnen betrachtete sie ihre Lage sehr realistisch. Sie erwartete nicht, bei ihrem Aufenthalt in London einen Ehemann zu finden. Hier gaben sich alle Leute ungeheuer vornehm und geziert. Wer scherte sich da um ein unscheinbares Mädchen vom Lande? Bei ihr zu Hause sprach man vor allem über die Ernte, die Pachtbauern und das Wetter. In London dagegen gehörten Klatsch, ja selbst übelste Gerüchte – vor allem über zufällig gerade Abwesende – zum guten Ton. Überdies gab es Dutzende anderer hoffnungsvoller junger Damen, die genau wie sie für die Dauer der Saison in London einfielen. Schließlich galt diese Stadt als idealer Ort, um einen Mann fürs Leben zu finden.

Im Laufe des Abends löste Sabrinas Anspannung sich nach und nach. Sie war froh, die überaus beliebte Ophelia an ihrer Seite zu haben. Ophelia war in London geboren und aufgewachsen. Sie kannte einfach jeden und wusste, was der jeweiligen Mode entsprechend zu tun und zu lassen war, worüber man sprach, sich ereiferte oder amüsierte. Sie half auch nach Kräften dabei mit, den neuesten Klatsch zu verbreiten – selbst wenn die Gerüchte sie selbst betrafen. Als waschechte Londonerin war sie dabei ganz in ihrem Element. Bereits vor drei Wochen, ganz am Anfang der Ballsaison, hatte sie ihren ersten, aufsehenerregenden Auftritt gehabt.

Sabrina wusste, dass sie bisher kaum etwas verpasst hatte. *Die* Entdeckung der Saison war und blieb nun einmal Ophelia in all ihrer Schönheit und Anmut. Seltsamerweise musste sich Ophelia gar nicht nach dem Mann fürs Leben umtun, wartete doch bereits ein Bräutigam auf sie, wenn sie ihn auch noch nie gesehen hatte. Ihr gesellschaftliches Debüt fand nur noch statt, weil sich das in London so schickte. Das hatte Sabrina zumindest so lange geglaubt, bis sie erfahren hatte, dass Ophelia über die Wahl, die ihre Eltern für sie getroffen hatten, nicht gerade beglückt war. Sie schien fest entschlossen zu sein, eine bessere Partie zu machen.

Im Augenblick übte die junge Londonerin sich allerdings vor allem darin, ihren Bräutigam bei jeder sich bietenden Gelegenheit zu verspotten und zu verleumden. Jeder, der es hören wollte, bekam über diesen jungen Mann die schaurigsten Geschichten erzählt. Sabrina fand das ganz und gar geschmacklos. Aber das war wohl die in London übliche Art, einen unerwünschten Heiratskandidaten loszuwerden.

Der ahnungslose Bräutigam tat Sabrina schon fast Leid. Offensichtlich hielt er sich im Augenblick nicht einmal in England auf und konnte sich deshalb auch nicht gegen die Gerüchte, die Ophelia über ihn in Umlauf brachte, wehren. Aber es stand Sabrina nicht zu, für ihn zu sprechen. Vielleicht stimmten ja all die schrecklichen Dinge, die man sich über ihn zuraunte? Schließlich kannte sie ihn überhaupt nicht.

Außerdem war Ophelias Mutter ihre großzügige Gastgeberin und eine gute Freundin von Sabrinas Tante Hilary. Bestimmt hätte Lady Mary gerne gewusst, was ihre Tochter im Schilde führte, damit sie notfalls eingreifen konnte. Doch

Ophelias Mutter einzuweihen brachte Sabrina nicht über sich. Immerhin kümmerte sich Ophelia um sie und stellte sie all ihren Bekannten vor – wie konnte sie ihr da in den Rücken fallen? Ganz abgesehen davon mochten selbst Sabrinas Tanten den Großvater von Ophelias ungeliebtem Bräutigam nicht …

Das kam Sabrina merkwürdig vor. Bei so viel Abneigung gegen ihn und seine Verwandtschaft musste einem der junge Mann ja Leid tun. Eigentlich war er, oder vielmehr sein Großvater, der Nachbar der Lamberts. Einen »komischen Kauz« oder »den Einsiedler« nannten ihn ihre Tanten. Und wenn sie glaubten, ihre Nichte höre es nicht, auch den »alten Mistkerl«. Sabrina war dem geheimnisvollen Alten nie selbst begegnet. Er musste wohl tatsächlich ein Einsiedler sein, der kaum jemals sein Anwesen verließ. Dass er einen Enkelsohn hatte, war für alle eine Überraschung. Ihre Tanten hatten sich sogar darüber lustig gemacht, als sie erfahren hatten, dass Ophelia die Braut dieses bislang unbekannten Nachkommen werden sollte. Der alte Thackeray und ein leibhaftiger Enkel? Nie hatten sie ihn zu Gesicht bekommen oder auch nur von ihm gehört.

Lady Mary behauptete jedoch, der sonst so verschlossene Marquis selbst habe sich an ihren Gatten gewandt und für seinen Erben um Ophelias Hand angehalten. Natürlich hatten die Reids diese großartige Gelegenheit, für ihre Tochter einen so wohltönenden Adelstitel zu ergattern, beherzt beim Schopfe gepackt. Schließlich würde der Enkelsohn auch den Adelstitel einmal erben. Dass der Marquis recht wohlhabend war und dieser Reichtum auf seinen Nachkommen übergehen würde, ließ Lord und Lady Reid ebenfalls heimlich frohlocken. Eigentlich war nur Ophelia mit diesem Arrangement nicht glücklich. Sie nicht und noch viel weniger ihre glühenden Verehrer.

Davon hatte sie gleich ganze Heerscharen. Die jungen Männer umschwärmten sie, hingerissen von ihrer Schönheit.

Bei jedem Ball und auf jedem Empfang stand Ophelia sofort im Mittelpunkt. Wie sollte es auch anders sein? Sie war blond und blauäugig. Schicker ging es nicht. Zudem hatte sie wunderbar anmutige Züge und war – im Gegensatz zu ihrer Mutter – gertenschlank.

Sabrina dagegen konnte keine dieser attraktiven Eigenschaften vorweisen. Sie war etwas kurz geraten, was an sich noch nicht schlimm gewesen wäre, wenn sie dazu nicht auch noch einen vollen Busen und vielleicht etwas zu kräftig geschwungene Hüften gehabt hätte. All diese Rundungen wurden durch ihre schmale Taille auch noch betont.

Zu allem Überfluss entsprachen auch ihre natürlichen Farben nicht im Geringsten den Vorstellungen der derzeitigen Mode. Ja, ganz im Gegenteil. Ihr Haar würde jedenfalls keine bewundernden Blicke auf sich ziehen. Nicht einmal mit einer schimmernden dunkelbraunen Lockenpracht konnte sie aufwarten; ihr hellbrauner Schopf war eher unscheinbar. Ihre Augen, die sie immer für ihr größtes Kapital gehalten hatte, erinnerten in der Farbe an prächtigen lilafarbenen Flieder, der jedes Jahr den Frühling verkündete, mit einem äußeren Ring von noch dunklerem Violett. Von zartem, modischem Himmelblau waren Sabrinas Augen also weit entfernt. Dennoch schienen sie jedem gleich aufzufallen.

Wie auffallend sie tatsächlich waren, merkte Sabrina nur allzu schnell. Jeder, dem sie vorgestellt wurde, egal ob Mann oder Frau, starrte ihr peinlich lange in die Augen. Niemand schien glauben zu können, dass es diese Augenfarbe wirklich gab. Und als wäre das alles nicht genug, konnte man ihre Gesichtszüge weder hübsch noch hässlich nennen. »Unscheinbar« war wohl wie bei ihrem Haar auch hier das richtige Wort.

Eigentlich war Sabrina mit ihrem Aussehen ganz zufrieden gewesen – bis sie Ophelia begegnet war. Seither wusste sie, wie eine wahre Schönheit aussah. Man konnte sie beide so wenig vergleichen wie Tag und Nacht. Diese Tatsache trug anscheinend dazu bei, dass Sabrinas Anspannung schon bald nach ihrer Ankunft auf ihrem ersten Ball von ihr abfiel. Verflogen war all ihre Nervosität. Sie wusste, dass sie mit Ophelia unmöglich um die Aufmerksamkeit der jungen Männer konkurrieren konnte. Also unternahm sie erst gar keinen Versuch in dieser Richtung. Sie gab sich einfach ganz natürlich und ungekünstelt. Schon nach kurzer Zeit war sie wieder ganz sie selbst und nicht die verschüchterte graue Maus, als die sie sich in den ersten Minuten des Abends gefühlt hatte.

Sabrina hatte ein fröhliches Naturell und brachte andere auch gern zum Lachen. Sie konnte sehr freimütig sein, war aber ebenso darauf aus, andere zu necken. Damit gelang es ihr mühelos, ursprünglich missgelaunte Menschen aufzuheitern. Das hatte sie schließlich jahrelang an ihren beiden misslaunigen, zänkischen Tanten üben können. Sie konnte deren belanglose Streitereien inzwischen jederzeit mit einem kleinen Scherz oder einer schelmischen Bemerkung beenden.

Die Herren, die Sabrina an diesem Abend zum Tanzen aufforderten, hatten dies anfangs wohl nur getan, um sie über Ophelia und deren Bräutigam ausfragen zu können. Doch da sie Ophelia noch nicht sehr gut und deren sagenumwobenen Bräutigam überhaupt nicht kannte, war es Sabrina unmöglich, die erhofften Auskünfte zu geben. Dafür brachte sie ihre Tänzer zum Lachen. Einige baten sie sogar allein aus diesem Grund um einen weiteren Tanz. Sie war einfach amüsant und lustig. Einmal wollten sie sogar drei junge Männer gleichzeitig auffordern und lieferten sich einen scherzhaften Streit um ihre Gunst.

Das blieb auch Ophelia nicht verborgen …

3

Ophelia stand mit drei ihrer engsten Freundinnen auf der anderen Seite des Ballsaals. In Wirklichkeit mochten nur zwei der Mädchen Ophelia tatsächlich, wogegen die dritte sie eigentlich nicht leiden konnte, sich aber dennoch gerne im Glanz ihrer Beliebtheit sonnte. Jede der jungen Damen war auf ihre Art hübsch, wenn es auch keine wirklich mit Ophelia aufnehmen konnte. Auch ihr Stand reichte nicht an Ophelias heran. Sie allein hatte einen Anspruch darauf, mit Lady angesprochen zu werden, weil ihr Vater ein Earl war. Die Väter der anderen Mädchen hingegen waren von weniger hoch angesehenem Rang. Ophelia zeigte sich gerne im Kreise dieser Freundinnen, denn nichts war ihr mehr zuwider, als wenn eine andere junge Dame in ihrem Umfeld sie in Rang oder Schönheit übertraf.

Von Mavis Newbolts Abneigung gegen sie wusste Ophelia nichts. Zwar fielen ihr Mavis' spitze und gelegentlich sogar abfällige Bemerkungen manchmal auf, doch wäre sie nie auf die Idee gekommen, dass das Mädchen sie nicht ausstehen könnte. So beliebt, wie sie war, erschien es ihr einfach undenkbar, jemand könnte sich ihrem Charme entziehen.

An ihrer faszinierenden Wirkung auf andere hatte Ophelia nie den geringsten Zweifel gehabt. Von Anfang an war sie davon überzeugt gewesen, dass sie allein die Königin der Saison werden würde. Jeder heiratsfähige Junggeselle nah und fern lag ihr zu Füßen. Sie hatte die Wahl. Die jungen Männer beteten sie an. Ihre Freude darüber war allerdings getrübt. Wie hatten sich ihre Eltern nur durch den Marquis von Birmingdale mit seinem vermaledeiten Adelstitel blenden lassen können?

Sie hasste den alten Neville Thackeray dafür, dass er auf sie verfallen war. Warum wollte er für seinen Enkel gerade sie haben? Nur weil ihre Mutter einmal in seiner Nähe gelebt hatte und er sich einbildete, sie persönlich zu kennen? Hätte er sich nicht für die unansehnliche Sabrina entscheiden können, die schließlich gleich in seiner Nachbarschaft lebte? Natürlich wusste Ophelia, warum Sabrina für den zukünftigen Marquis von Birmingdale auf keinen Fall in Frage kam.

Sie kannte die dunkle Familiengeschichte der Lamberts aus den Erzählungen ihrer Mutter. Wahrscheinlich hatte in Yorkshire jeder schon einmal davon gehört, doch der Skandal lag inzwischen lange zurück und war dadurch wohl etwas in Vergessenheit geraten.

Wie einfältig ihre Eltern doch waren. Ophelia hätte sich mühelos einen Herzog angeln können, denn eine Schönheit wie die ihre sah man selbst in London selten genug. Ihre Eltern indes waren schon mit einem armseligen Marquis mehr als zufrieden. Nun, da hatten sie sich verrechnet! Es würde keine Heirat zwischen ihr und dem Birmingdale-Erben geben. Du lieber Himmel, er war noch nicht einmal Engländer! Zumindest kein richtiger. Kein Wunder, dass der Marquis selbst auf Brautschau für ihn gehen musste. Und das zu einer Zeit, in der arrangierte Ehen längst aus der Mode gekommen waren. Sein Enkelsohn, so hieß es, sei im hohen Norden des Landes unter Wilden aufgewachsen!

Ophelia erschauerte bei diesem Gedanken. Wenn es nicht ausreichte, dass sie ihn schlecht machte, und wenn er sich selbst gegen ihre tiefe Verachtung als immun erweisen sollte, musste sie sich eben etwas anderes einfallen lassen, um ihn loszuwerden. Und bis zum Ende der Saison würde sie einen neuen Bräutigam vorweisen können. Einen, den sie sich selbst ausgesucht hatte. Sie hegte nicht den geringsten Zweifel daran, dass ihr das gelingen würde.

Bei diesen Überlegungen fiel Ophelias Blick auf das Mädchen vom Lande, das in ihrem Hause Gastfreundschaft genoss. Einen Moment lang war sie überrascht und irritiert, denn eine ganze Gruppe junger Männer, die sich eigentlich um sie hätten bemühen sollen, scharte sich um Sabrina. Da zufällig gerade alle männlichen Wesen außer Hörweite waren, konnte sie ihren Gedanken Luft machen, ohne darüber nachdenken zu müssen, welchen Eindruck sie damit hinterließ. Sie konnte und wollte sich eine bissige Bemerkung nicht verkneifen.

»Nun schaut euch das an!« Ophelia lenkte die Aufmerksamkeit der anderen Mädchen auf Sabrina und die drei jungen Männer, die gerade angeregt mit ihr sprachen. »Was sie ihnen wohl erzählt, um sie so in ihren Bann zu ziehen?«

»Sie ist euer Hausgast, Ophelia«, gab Edith Ward in besänftigendem Ton zu bedenken. Sie wusste, wie unangenehm Ophelia werden konnte, wenn sie eifersüchtig wurde, und bemühte sich nach Kräften, sie zu beruhigen. Alle ihre Freundinnen hatten mit Ophelias jäh aufwallender, meist unbegründeter Eifersucht gelegentlich schon schmerzliche Erfahrungen gemacht. »Wahrscheinlich wollen sie nur mit ihr über dich reden.«

Ophelia ließ sich durch diese Bemerkung etwas besänftigen, bis Mavis mit gespielter Unschuld einwarf: »Mir scheint, Sabrina hat tatsächlich ein paar Verehrer gefunden. Das überrascht mich allerdings überhaupt nicht, denn ihre Augen sind wirklich auffallend schön.«

»Diese angeblich besonderen Augen können wohl kaum ein Ausgleich für ihre ansonsten so armselige Erscheinung sein«, erwiderte Ophelia gereizt. Sofort bereute sie ihren giftigen Ton. Man hätte ja annehmen können, sie sei eifersüchtig!

Schnell fügte sie mit einem Seufzen, das teilnahmsvoll klingen sollte, hinzu: »Im Grunde tut mir das arme Kind herzlich leid.«

»Warum denn? Etwa nur, weil sie nicht besonders hübsch ist?«

»Ach, das allein wäre ja noch nicht einmal so schlimm«, raunte Ophelia verschwörerisch. »Aber in ihren Adern fließt schlechtes Blut.« Dann rief sie scheinbar erschreckt aus: »Oh, mein Gott, das hätte ich nicht sagen sollen! Das muss unbedingt unter uns bleiben. Meine Mutter würde sicher einen Schwächeanfall erleiden, wenn ihr zu Ohren käme, dass ich mich verplappert habe. Schließlich ist Lady Hilary Lambert eine alte Freundin meiner Frau Mama.«

Weil alle Mädchen nur allzu gut wussten, dass Ophelia im Moment auf ihre Mutter gar nicht gut zu sprechen war, konnte man ihre letzten Sätze getrost als ungesagt betrachten. Das Befinden ihrer Mutter war Ophelia derzeit herzlich gleichgültig. Und die Ermahnung, dass ihre Freundinnen mit niemandem über das Gehörte reden sollten, war genauso überflüssig. Schließlich genossen Edith und Jane genau wie ihre Mütter den Tratsch und kosteten jede Möglichkeit dazu weidlich aus. Ganz sicher würden sie zu Hause jede kleinste Einzelheit genauestens berichten. Mavis verurteilte solchen Klatsch zwar im Grunde ihres Herzens, musste sich aber ebenfalls den Gepflogenheiten der Londoner Gesellschaft beugen, um nicht unversehens selbst ins Abseits zu geraten.

»Was heißt denn schlechtes Blut?«, fragte Jane Sanderson auch sofort mit wohligem Entsetzen. »Du sprichst doch nicht etwa von Blutschande?«

Ophelia tat, als müsse sie nachdenken. Der Skandal schien allerdings andere Wurzeln zu haben, denn sie antwortete scheinbar zögernd: »Nein, es ist eher noch schlimmer.«

Die Mädchen machten große Augen.

»Was kann denn noch schlimmer sein?«

»Bitte, wirklich. Ich habe schon viel zu viel gesagt«, protestierte Ophelia lahm.

»Ach, liebste Ophelia!«, rief Edith, die Älteste der vier, ungeduldig. »Wie kannst du uns nur so auf die Folter spannen?«

»Also schön. Wenn ihr nun partout darauf besteht«, seufzte Ophelia. Sie gab sich den Anschein, als würde sie sich nur widerwillig dem Drängen der anderen beugen. In Wirklichkeit jedoch hätte sie sich durch nichts in der Welt mehr davon abbringen lassen, ihnen alles, was sie wusste oder vorgab zu wissen, haarklein zu erzählen. »Was ich euch jetzt sage, kann ich euch nur unter dem Siegel äußerster Verschwiegenheit anvertrauen und weil ihr meine besten Freundinnen seid und ich sicher weiß, dass ihr nichts davon weitererzählen werdet.«

Im Flüsterton weihte sie ihre Kameradinnen in die schauerlichen Einzelheiten von Sabrinas schlechtem Blut ein. Die beiden Mädchen, die sich wirklich ihre Freundinnen nennen konnten, lauschten mit offenen Mündern. Mavis, die ihre eigene Meinung über Ophelia hatte, war nicht sicher, ob sie ihr glauben sollte. Sie wusste, dass Ophelia auch vor Lügen nicht zurückschreckte, wenn sie daraus irgendwelche Vorteile für sich zu ziehen hoffte. Und im Augenblick schien es ihr vorrangiges Ziel zu sein, Sabrina zu schaden. Kam deren Familiengeschichte nämlich irgendwie ans Tageslicht, dann würde das Mädchen in London niemals einen Ehemann finden.

So nahm an diesem Abend der Ruf von gleich zwei Menschen durch Ophelias boshaften Klatsch großen Schaden. Mavis taten beide ehrlich Leid, deren einziges Vergehen darin bestand, dass Ophelia nicht gut auf sie zu sprechen war. Der Birmingdale-Erbe würde den Sturm wahrscheinlich überstehen. Vielleicht machte Ophelias Geschichte ihn für eine Weile zum Gespött der Gesellschaft. Ganz sicher würde diese Peinlichkeit dazu führen, dass Ophelias Eltern die Verlobung, um die sie sich so sehr bemüht hatten, schnellstens wieder auflösten. Doch mit einem überaus begehrten Adelstitel und dem riesigen Landsitz, den er einmal sein Eigen nennen würde, ausgestattet, fand der zukünftige Marquis nach einer gewissen Wartezeit sicher eine andere Braut.

Ganz anders verhielt es sich da schon mit der kleinen Lambert. Schlechtes Blut war eine ernst zu nehmende Sache, denn es konnte doch an die Nachkommen weitergegeben werden. Und welcher vernünftige Mann wollte bei einer Heirat schon wissentlich ein solches Risiko eingehen? Es war wirklich zu traurig. Mavis hatte gerade begonnen, das Mädchen aus Yorkshire sympathisch zu finden. Es war liebenswert, natürlich und offen. Diese Qualitäten hatten in London Seltenheitswert. Zudem konnte Sabrina sehr lustig sein, wenn man sie erst etwas näher kannte. Und zu guter Letzt fühlte sich Mavis für ihre unglückliche Lage auch ein klein wenig mitverantwortlich. Hatte nicht ihre Bemerkung über Sabrinas schöne Augen Ophelias Eifersucht gegen Sabrina erst richtig angestachelt?

In Gedanken schüttelte Mavis angewidert den Kopf. Sie musste sich unbedingt nach anderen Freundinnen umtun. Ophelia Reids Gesellschaft verursachte ihr in letzter Zeit schon beinahe so etwas wie Übelkeit. Welch eine gemeine, eitle Hexe sie doch war! Mavis hoffte inständig, dass Ophelia am Ende doch den Birmingdale-Erben würde heiraten müssen. Es geschah ihr ganz recht, wenn sie dann einen Mann am Hals hatte, den sie selbst aus lauter Bosheit vor der ganzen Londoner Gesellschaft verhöhnt hatte.

4

Die stürmische Nacht lud nicht gerade zu einem Aufenthalt im Freien ein. Wahrscheinlich war es sogar die schlimmste Nacht des ganzen Jahres. Der Wind trieb die wild tanzenden Schneeflocken erbarmungslos vor sich her. Nicht einmal die hoch gehaltene Laterne verbesserte die Sicht. Und es war kalt, bitter kalt. Noch nie in seinem Leben hatte Sir Henry Myron eine so durchdringende Kälte verspürt.

In England wäre ein solches Wetter längst nicht so bedrohlich gewesen. Wenn es dort einmal schneite, war das kaum der Rede wert. Aber hier, weit nördlich im schottischen Hochland, bestand die Gefahr, in einer derart sturmgepeitschten Nacht sogar ohne jedes Schneetreiben zu erfrieren. Wie man nur in einer Gegend mit einem so menschenfeindlichen Wetter leben konnte, war Sir Henry ein Rätsel. Es sollte sogar einige seltsame Menschen geben, die das Hochland liebten. Er selbst wäre allerdings ohne Auftrag nie freiwillig hierher gekommen.

Er konnte nur hoffen, dass sein Führer Recht hatte und der schlimmste Teil des Weges tatsächlich hinter ihm lag. Nur ein schmaler, kaum sichtbarer Pfad führte über einen flachen Bergrücken. Berg war aber eigentlich die falsche Bezeichnung für diese Erhebung. Sir Henry hatte eher das Gefühl, auf einem gewaltigen Felsen, der sich unversehens durch den Erdboden gebohrt hatte, zu stehen. Es gab hier keine Bäume, ja noch nicht einmal das kleinste Fleckchen Gras, so wenig Leben spendendes Erdreich hielt sich hier. Das felsige Gebilde glich vielmehr einer Barriere aus reinem

Granit, die man wohl oder übel übersteigen musste – sei es zu Fuß oder zu Pferd.

Seine Kutsche hatte Sir Henry bei einer nahe gelegenen Kirche zurücklassen müssen. Doch das war ihm von seinem Führer dringend angeraten worden. Also hatte er für den letzten Teil der Strecke ein Pferd gemietet, das den schmalen Pfaden eher gewachsen war.

Jetzt wusste er, dass es besser gewesen wäre, in der kleinen Ansammlung von Häusern, die man kaum als Dorf bezeichnen konnte, zu übernachten. Der Kirchenvorsteher des Örtchens hatte ihnen Schlafplätze an seinem bescheidenen Herdfeuer angeboten, doch Henry hatte ungeduldig zum Aufbruch gedrängt. Eine Stunde vor dem Ziel bestand er auf der Weiterreise. Allerdings schneite es da noch nicht. Wie hätte er auch ahnen sollen, dass sie plötzlich Schnee überraschen würde? Er war von der anderen Seite des riesigen Felsens oder des flachen Berges her aufgekommen und peitschte, seit sie die Anhöhe erklommen hatten, gnadenlos auf sie ein. Wie eisige Nadeln stachen die Schneeflocken Sir Henry und seinem Führer ins Gesicht.

Langsam machte der Engländer sich Sorgen, dass sie sich verlaufen und in dieser frostigen Wildnis erfrieren könnten. Dann würde der Schnee zu ihrem eisigen Leichentuch werden und man würde die elend Erfrorenen in dieser bedrohlichen Einsamkeit erst nach der Schneeschmelze entdecken. Kein normaler Mensch konnte in diesem Schneesturm die Hand vor Augen sehen, doch Sir Henrys schottischer Führer ging weiter, als läge der Pfad, der inzwischen völlig vom Schnee verdeckt war, deutlich vor ihm. Er schien seinen Weg genau zu kennen. Und so war es tatsächlich …

Das große steinerne Herrenhaus erhob sich so plötzlich aus den weißen Schneewirbeln, dass Sir Henry erst kurz vor der Haustür merkte, dass sie am Ziel ihrer Reise angelangt waren. Er hörte kaum, wie sein Führer an diese Tür hämmerte, so laut heulte der Wind in seinen Ohren. Die Tür öffnete sich, und dann strömte den beiden durchgefrorenen Männern endlich die ersehnte Leben spendende Wärme entgegen. Sofort führte man sie an ein großes, knisterndes Feuer.

Sir Henry war wie betäubt. Nach und nach schien sein eissteifer Körper aufzutauen, und er begann zu zittern. Eine Frau kümmerte sich um sie und murmelte dabei kopfschüttelnd nur halb verständliche Sätze vor sich hin. Für die unsägliche Dummheit der beiden Reisenden, sich in einen solchen Sturm hinauszuwagen, hatte sie wohl keinerlei Verständnis. Zumindest glaubte Henry, das aus ihren Worten herauszuhören. Ganz sicher konnte er sich dessen allerdings nicht sein. Ihr schottischer Akzent war für seine Ohren einfach zu ungewohnt. Als die Frau dann schwere Wolldecken um seine Schultern und seine kältesteifen Finger um einen Becher mit heißem Whisky schloss, erschien sie ihm fast wie ein lieblicher Engel und nicht wie eine stämmige, knurrende Weibsperson. Sie bestand darauf, dass er den Whisky bis zum letzten Tropfen austrank. Unter den gegebenen Umständen brauchte Henry dazu keine weitere Aufforderung.

Nach einiger Zeit hielt er es für möglich, dass er samt seinen armen, vor Kälte gefühllosen Zehen diese Nacht doch noch überleben würde. Schmerzvoll kehrte das Gefühl in seine Zehen zurück. Sir Henry erfuhr den bohrenden Schmerz mit Erleichterung. Nun endlich begann er, seine Umgebung genauer anzusehen.

Was er sah, versetzte ihn in Erstaunen. Henry wusste selbst nicht so recht, wie er sich das Heim eines wohlhabenden Hochland-Lords vorgestellt hatte. Noch dazu, wenn es so abgelegen war wie dieses hier. Er musste zugeben, dass er an etwas Mittelalterliches gedacht hatte. An eine alte, halb verfallene Burg vielleicht. Oder an ein besseres Gehöft. Schließlich waren die MacTavishs erfolgreiche Schafzüchter. Zumindest hatte man ihm das erzählt.

Das Haus, in dem er sich befand, entsprach keiner seiner Erwartungen. Es ähnelte den Herrenhäusern, die er in den

Grafschaften Englands gesehen hatte, unterschied sich aber gleichzeitig auch gehörig von ihnen. Wie englische Landsitze auch, war das Haus ganz aus Stein gebaut – Schottland war ja nicht gerade bekannt für seinen Holzreichtum. Bei diesem urenglischen Baustil erwartete man dann auch eine Innenausstattung nach demselben Vorbild. Doch was ein großer Salon hätte sein können, glich eher einem mittelalterlichen Festsaal.

Das Haus mochte von der Bauweise her recht modern wirken, seine Bewohner waren das aber offensichtlich nicht. Es schien, als wäre der Erbauer des Hauses auf einer alten Burg aufgewachsen und an den Lebensstil dort so gewöhnt, dass er ihn auch in einem viel zeitgemäßeren Gebäude unbedingt weiter pflegen wollte.

Lange Tafeln, wie man sie sonst fast nirgendwo mehr kannte, und Holzbänke standen an den mit blumigen Teppichen bedeckten Wänden. Sicher wurde das Mobiliar zu den Mahlzeiten in den Raum hinein gerückt, damit – wie in längst vergangenen alten Zeiten – alle Mitglieder des Hausstandes gleichzeitig daran zur Mahlzeit Platz finden konnten. Und vor den Fenstern hingen keine Stoffe, sondern – Sir Henry blieb der Mund offen stehen – Schaffelle. Zugegeben, sie hielten die Kälte wahrscheinlich besser ab, als es selbst dicke Stoffe vermocht hätten. Aber Schaffelle? Wo hatte man so etwas je gesehen? Ein Sofa oder auch nur ein bequemer Lehnstuhl fehlten gänzlich. Lediglich in der Nähe des Feuers standen noch ein paar harte Bänke. Und auf dem Boden lag eine Schicht Stroh.

Sir Henry gingen fast die Augen über. Schließlich schüttelte er ungläubig den Kopf. All seine heimlichen Befürchtungen hatten sich bewahrheitet. Der Hochland-Clan der MacTavishs lebte noch wie im Mittelalter.

Nur war ihm bislang noch kein MacTavish begegnet. Überhaupt wunderte es ihn, dass sich so früh am Abend niemand in dem großen Raum aufhielt. Die Frau, die gerade mit zwei frisch gefüllten Bechern voll dampfend heißem Whisky zurückkehrte, war die einzige Hausbewohnerin, die er bisher gesehen hatte. Dieses Mal brachte sie noch jemanden mit. Ein großer, junger Mann war ihr gefolgt und blieb nun unter der Tür stehen. Forschend betrachtete er Sir Henry und seinen Begleiter. Die beiden Schotten kannten einander anscheinend, sie tauschten einen kurzen Gruß aus. Dann richtete der Mann seine bohrenden Blicke wieder auf Sir Henry.

So wie der Salon des Hauses, der eigentlich gar keiner war, aussah, hätte es Henry nicht weiter überrascht, wenn die Hausbewohner Bärenfelle oder vielleicht eher noch Schaffelle getragen hätten. Aber nein, der Schotte war mit langen Hosen und einem Gehrock bekleidet, in dem er auch im modebewussten London eine gute Figur abgegeben hätte. Nur durch seine ungewöhnliche Größe wäre er vielleicht aufgefallen, denn von den Schultern abwärts maß er bestimmt sechs Fuß.

Schweigend musterte der Schotte den Neuankömmling. Besonders erfreut schien er über den unverhofften Besucher nicht zu sein. Vielleicht – so versuchte Sir Henry sich einzureden – lag ja sein unfreundlicher Gesichtsausdruck auch einfach in seiner schottischen Natur.

Henry fühlte sich nicht besonders wohl in seiner Haut. Obwohl er bestimmt doppelt so alt war wie dieser junge Mann, schüchterte dessen Erscheinung ihn ein … Kein Wunder. Hochlandschotten waren nun einmal anders als die umgänglichen und geselligen schottischen Tieflandbewohner weiter im Süden, mit denen die Engländer schon seit Jahrhunderten Handel trieben. Der soziale Fortschritt kam in diesem abgelegenen Winkel im hohen Norden des Landes nicht recht voran. Dafür war die Gegend hier viel zu abgeschieden und zu rau, das Wetter viel zu menschenfeindlich. Viele der nordschottischen Clans lebten noch so wie in den alten Zeiten in Kargheit und strenger Bindung an das Oberhaupt ihres Clans.

Lord Archibald MacTavish war zwar keines dieser mächtigen Oberhäupter, doch er galt immerhin als Anführer eines kleinen Seitenzweiges seines Clans. Auf jeden Fall aber war er das Oberhaupt seiner Familie. So recht konnte er sich daran jedoch nicht erfreuen, denn obwohl er anscheinend zahllose Verwandte hatte, die seinen Namen trugen, fehlte ihm ein direkter Nachkomme. Er hatte alle seine vier Söhne überlebt. Henry wusste, dass sich gerade deshalb hier niemand besonders über seinen Besuch freuen würde. Er konnte sich schon glücklich schätzen, wenn man ihn, nachdem er sein Anliegen vorgebracht hatte, nicht sofort wieder in den Sturm hinaus jagte.

Der junge Hüne an der Tür hatte sicher keine Ahnung, warum Henry die weite Reise unternommen hatte. Sein abweisendes Verhalten war wohl einfach einer der landestypischen Charakterzüge. Vielleicht reservierte er diese finstere Miene aber auch speziell für Engländer. Dass Henry Engländer war, wusste der junge Mann inzwischen bestimmt. Sicher hatte die Frau, die ihn herbeigeholt hatte, ihm das berichtet.

Dann trat der Riese urplötzlich in die Mitte des Raumes. Das Feuer und die beiden Fackeln, die links und rechts des Kamins unruhig flackerten, die einzigen Lichtquellen weit und breit, erhellten sein Gesicht. Jetzt sah Henry, dass der junge Schotte doch etwas älter war, als er zunächst geglaubt hatte. Er musste Mitte zwanzig sein und wirkte nur aus der Ferne deutlich jünger.

»Wenn der Junge hier nicht bei Ihnen gewesen wäre, Mann« – dabei nickte der Schotte zu Henrys Führer hinüber – »hätten Sie in diesem Sturm wahrscheinlich Ihr Leben gelassen. Also, was will ein Engländer von Archie MacTavish?«

Schnell stellte Henry sich vor und formulierte dann die Antwort auf diese Frage in einem dem Zweck seines Besuches angemessenen ernsten Ton. »Ich bin in einer eiligen und überaus wichtigen Sache als Anwalt von Lord Neville Thackeray hier. Er ist der –«

»Ich weiß, wer Thackeray ist«, unterbrach der junge Mann ihn ungeduldig. »Der Alte lebt also noch?«

»Nun ja, zumindest als ich England verlassen habe, war das noch der Fall. Aber niemand kann sagen, wie lange das noch sein wird. Er ist nicht gerade bei bester Gesundheit.

Und in seinem hohen Alter weiß man nie, wann man mit dem Schlimmsten rechnen muss.«

Der junge Schotte nickte kurz und sagte dann in seinem eigenartig melodiösen Akzent: »Kommen Sie in mein Arbeitszimmer. Dort ist es wärmer und nicht so verdammt zugig wie hier.«

»*Ihr* Arbeitszimmer?«

Henrys Stimme war die Überraschung deutlich anzuhören. Der Schotte hob auf seine Frage hin verwundert die Augenbrauen, um gleich darauf plötzlich in schallendes Gelächter auszubrechen. »Sie sind tatsächlich auf Archies alte Spinnerei hereingefallen!«

Etwas steif – schließlich war er es nicht gewohnt, dass auf seine Kosten Witze gemacht wurden – wagte Henry eine weitere Frage. »Und was darf man sich unter dieser, nun, ähm, *Spinnerei* vorstellen?«

»Diesen Saal hier, natürlich«, antwortete der Mann noch immer grinsend. »Er hat angeordnet, dass alle fremden Besucher anstatt in den eigentlichen Wohnbereich des Hauses zuerst hier hereingeführt werden. Es bereitet ihm eine diebische Freude, sich auszumalen, was die Leute dann über ihn denken.«

Henry errötete bis unter die Haarwurzeln. In seinem Fall war MacTavishs Verwirrspiel überaus erfolgreich gewesen. »Dann benutzen Sie diesen Raum wohl nur, wenn Besucher kommen«, bemerkte er, um seine Verlegenheit zu überspielen.

»O nein. Wir brauchen den Saal recht häufig. Wenn die Lämmer zur Welt kommen und es schneit, haben wir im Schafstall oft nicht genug Platz für alle. Und später im Jahr, wenn die MacTavishs aus der ganzen Gegend bei der Schafschur mithelfen, ist ein so großer Raum, in dem alle miteinander essen können, schon recht brauchbar.«

Henry war sich nicht sicher, ob er das, was er gerade gehört hatte, nun glauben sollte oder nicht. Im Grunde war es auch einerlei. Die Aussicht, den zugigen, dunklen Saal mit einem warmen, gemütlichen Arbeitszimmer vertauschen zu können, klang verlockend. Also folgte er bereitwillig dem jungen Schotten, der ihm den Weg wies.

Der andere Teil des Hauses war tatsächlich komfortabel und herrschaftlich eingerichtet. Bei seiner Ankunft hatte Harry es viel zu eilig gehabt, ans warme Feuer zu kommen, um sich in dem nur schummrig beleuchteten Eingangsbereich richtig umzusehen. Sonst wäre ihm das schon aufgefallen, bevor man ihn in den seltsamen Salon oder Stall gebracht hatte. Inzwischen brannte eine Lampe auf dem Tisch in der Empfangshalle. Ihr Licht erlaubte dem verdutzten Engländer einen Blick auf die Durchgänge zu den anderen Räumen und auf Teile des feinen Mobiliars, mit dem sie ausgestattet waren.

Das Arbeitszimmer, in das er nun trat, war nicht besonders groß, aber klar und übersichtlich. In einer Ecke strahlte ein Kohlenbecken behagliche Wärme aus, was bedeuten musste, dass der junge Mann schon vor Sir Henrys Ankunft hier gesessen hatte. Henry nahm an, dass der Schotte Archibalds Verwalter oder Sekretär war, doch er hatte für diesen Abend schon mehr als genug falsche Vermutungen angestellt. Daher fragte er, nachdem er es sich auf einem dick gepolsterten, mit Leder bezogenen Stuhl gegenüber dem Schreibtisch bequem gemacht hatte, lieber gleich, in welcher Eigenschaft ihn der Hochländer hier im Hause begrüßte.

Die Antwort: »natürlich als ein MacTavish« brachte Sir Henry nicht viel weiter. Wahrscheinlich trug hier in der Gegend jeder auf dem Besitz diesen Namen. Doch seine Reise und vor allem Wind und Wetter hatten ihn so ermüdet, dass er nicht die Kraft hatte, seinem Gegenüber noch weitere Erklärungen abzuringen.

Stattdessen fragte er: »Weiß denn Lord Archibald, dass ich hier bin?«

»Der alte Mann hat sich schon zur Ruhe gelegt, denn er steht immer mit den Hühnern auf«, antwortete ihm der junge MacTavish. »Aber Sie können mir genauso gut sagen, was Sie von ihm wollen.«

Ob nun Verwalter oder Sekretär, anscheinend erledigte der Mann tatsächlich Archibalds Geschäfte. Er hatte ja sogar ein Arbeitszimmer in seinem Haus. Also konnte Henry ihm auch erklären, worum es ging. »Ich bin gekommen, um Lord Nevilles Enkelsohn abzuholen.«

Eigenartigerweise schien diese Auskunft den Mann aus dem MacTavish-Clan zu amüsieren. Seine Mundwinkel bewegten sich jedenfalls fast unmerklich nach oben. Seine Stimme verriet seine Belustigung noch deutlicher.

»Ach, tatsächlich?«, entgegnete er langsam. »Und was ist, wenn dieser Enkelsohn gar nicht abgeholt werden möchte?«

Henry konnte in Gedanken ein Seufzen nicht unterdrücken. Er hätte sich denken können, dass es zwecklos war, mit irgendwelchen Angestellten zu verhandeln.

»Das würde ich eigentlich gerne mit Lord Archibald persönlich besprechen«, erwiderte er.

»Ach, tatsächlich? Wenn nun aber der Enkel durchaus alt genug ist, um seine eigenen Entscheidungen zu treffen?«

Henry war nun wirklich müde und wurde ärgerlich. »Da gibt es gar nichts zu entscheiden, junger Mann«, antwortete er gereizt. »Lord Neville verlangt, dass ein Versprechen eingelöst wird.«

Bei diesen Worten beugte der junge Mann sich plötzlich gespannt nach vorne. Die Falten, die sich auf seiner Stirn gebildet hatten, beunruhigten Sir Henry. »Welches Versprechen denn?«

»Lord Archibald weiß, worum es geht, und er weiß auch, dass jetzt die Zeit gekommen ist –«

»Welches ... verdammte ... Versprechen? Ich bin der Enkelsohn von Archibald und leider auch von Neville und ich werde selbst entscheiden, ob irgendein Versprechen erfüllt werden muss, das mich betrifft.«

»*Sie* sind Duncan MacTavish?«

»Ganz recht, und Sie werden mir jetzt erklären, was es mit diesem vermaledeiten Versprechen auf sich hat.«

5

»Gütiger Himmel, Sie wissen also von nichts?«

Duncan MacTavish war abrupt aufgesprungen. Er stützte die Hände auf die Platte seines Schreibtisches und beugte seinen Oberkörper gefährlich nahe zu Sir Henry hinüber. Seine Erregung war ihm deutlich anzusehen, als er lospolterte: »Haben Sie vielleicht den Eindruck, ich wüsste, wovon Sie da reden?«

Henry suchte verzweifelt nach den richtigen Worten. Duncan war nun einundzwanzig Jahre alt. Das wusste er aus seinen Unterlagen. Und in all den Jahren sollte ihm niemand etwas gesagt haben, noch nicht einmal seine eigenen Eltern? Lord Neville hatte Sir Henry, seinen Anwalt, genauso wenig vorgewarnt, dass er seinen Enkel ganz und gar ahnungslos vorfinden würde. Henry fragte sich inzwischen ernsthaft, ob Neville Thackeray ihn vielleicht absichtlich in diese peinliche Situation gebracht hatte.

Warum war er denn nicht gleich darauf gekommen, dass dieser junge Schotte Duncan MacTavish sein musste? Immerhin hatte er dieselben tiefblauen Augen wie Neville. Seine Nase zeigte den energischen Schwung, der für die Thackerays charakteristisch war. Auf allen Porträts der Thackeray'schen Ahnengalerie konnte man solche Nasen wieder finden. Henry dachte an ein ganz bestimmtes Bild, das Neville in seinen Jugendjahren zeigte. Er hatte es oft genug betrachtet. Mit den Augen und dieser charakteristischen Nase waren die Ähnlichkeiten zwischen dem jungen Duncan und dem Marquis allerdings zu Ende.

Die äußere Erscheinung Neville Thackerays, des vierten

Marquis von Birmingdale, erregte keine besondere Aufmerksamkeit. Schon in seiner Jugend ein Aristokrat von bestenfalls unauffälligem Aussehen, hatte er mit der Zeit – inzwischen musste er bald achtzig Jahre zählen – nicht eben an Schönheit gewonnen. Mit seinem Enkel schien es die Natur hingegen deutlich besser zu meinen.

Duncan musste seinen athletischen Körperbau und seine Größe von den MacTavishs geerbt haben. Genau wie sein kräftiges, braunrot schimmerndes Haar. Er war auf ganz eigene, ungeschliffene Art sehr gut aussehend. Zudem strahlte er eine gewisse Wildheit und herbe Männlichkeit aus, die, gepaart mit seiner Körpergröße, im Kontrast zu seinem jugendlichen Alter stand.

Henry kannte das Alter des Jungen. Sonst hätte er geschworen, dass er deutlich älter sein müsste. Vielleicht war es das Hochland, das die Menschen schneller reifen ließ, das rauhe Klima und das harte Leben an einem so abgelegenen Ort.

Henry wünschte sich in diesem Augenblick inbrünstig, dass Archibald MacTavish jetzt hier wäre. Der kannte das Versprechen und die vielen anderen Vereinbarungen, die getroffen worden waren. Nach einem langen, hitzigen Briefwechsel hatten sich die beiden alten Männer letztendlich zähneknirschend geeinigt. Aber warum wusste Duncan nichts von alledem?

»Es geht um ein Versprechen, das Ihre Mutter ablegte, lange bevor Sie das Licht der Welt erblickten«, erklärte Sir Henry schließlich. »Dieses Versprechen war der Preis dafür, dass sie Ihren Vater heiraten durfte. Sie gab es gerne, denn er war die Liebe ihres Lebens. Und damals hatte niemand etwas dagegen einzuwenden. Ihr Vater nicht, der sie unbedingt zur Frau haben wollte. Und auch nicht dessen Vater, Archibald.«

»Sir Henry, wenn Sie nicht sofort damit herausrücken, was genau meine Mutter damals versprochen hat, werde ich nicht umhin können, Sie noch in dieser Minute vor die Tür zu befördern und in den Sturm hinauszujagen. Das verspreche *ich* Ihnen.«

Duncan hatte ganz ruhig gesprochen. Seine Gesichtszüge waren dabei geradezu maskenhaft erstarrt. Henry zweifelte keinen Augenblick daran, dass der Junge seine Drohung in die Tat umsetzen würde. Und wer wollte ihm seine Verwirrung und Wut vorwerfen? Warum hatte ihm bis jetzt nie jemand etwas gesagt?

»Sie, oder eigentlich der erstgeborene Sohn Ihrer Mutter, der Sie nun einmal sind, wurden Lord Neville als Erbe versprochen. Es sei denn, er hätte selbst noch einmal einen Nachkommen gezeugt. Das ist aber nicht der Fall.«

Duncan setzte sich wieder. »Und das ist alles?«

Henry wusste nicht recht, woran er mit dem Jungen war. Jeder andere an dessen Stelle hätte diesen Tag als größten Glückstag seines Lebens gefeiert. Dass jemand ganz überraschend erfuhr, dass er einen Marquis beerben sollte, kam schließlich nicht allzu häufig vor. Andererseits wusste Henry, wie wenig die Hochlandschotten von ihren südlichen Nachbarn, den Engländern, hielten, und Duncan MacTavish war nun einmal im Hochland aufgewachsen. Seinen englischen Großvater hatte er nie gesehen und er hatte noch nie einen Fuß auf englischen Boden gesetzt.

»Denken Sie nur, welche Ehre das für Sie ist, Lord Duncan.« Wie konnte Henry dem Schotten sein Glück nur erklären?

»Ich bin kein Lord, also nennen Sie mich nicht –«

»Doch, doch, das sind Sie in der Tat«, unterbrach Henry hastig. »Dieser Titel, den Lord Neville ebenfalls trägt, ist bereits auf Sie übergegangen. Und auch sein Besitz –«

»Ich will verdammt sein, wenn dem so ist!« Duncan war wieder aufgesprungen.

»Sie werden mich nicht zu einem Engländer machen, nur weil der Alte das so will!«

»Aber Sie *sind* zur Hälfte Engländer!«

Die Blicke, die Duncan Henry auf diesen Einwand hin zuwarf, offenbarten seinen ganzen Abscheu. Henry fühlte sich überhaupt nicht wohl in seiner Haut. Es war ihm unheimlich, wie schnell die Wut des Schotten in scheinbare Gelassenheit und dann plötzlich wieder aufbrausenden Zorn umschlagen konnte.

»Sie wissen, dass ich diesen englischen Titel nicht annehmen muss«, warf Duncan wieder etwas ruhiger ein.

»Mag sein, aber ›Marquis von Birmingdale‹ werden Sie eines Tages genannt werden, ob Sie nun wollen oder nicht.«

Eine spannungsgeladene Stille, die an Henrys Nerven zerrte, breitete sich nach diesen Worten zwischen den beiden Männern aus. Schließlich presste Duncan zähneknirschend hervor: »Und warum sind Sie hier, um mich zu holen, wo der Marquis doch noch nicht einmal von uns gegangen ist?«

»Sie sind jetzt einundzwanzig Jahre alt und damit ein erwachsener Mann. Ein Teil des Versprechens Ihrer Mutter lautete, dass Sie in diesem Alter zu Lord Neville gebracht werden sollten, falls er bis dahin noch am Leben wäre – was der Fall ist. Auf diese Weise kann er Sie selbst auf die verantwortungsvollen Aufgaben, die Ihr Adelstitel mit sich bringt, vorbereiten und Ihnen zur Seite stehen. Jedenfalls solange er noch lebt und bis Sie sich eingelebt und richtig niedergelassen haben, bevor er das Zeitliche segnet.«

»Niedergelassen?«

»Ja, Sie werden heiraten.«

»Und sicher wird Neville mir auch eigenhändig eine Braut aussuchen wollen«, bemerkte Duncan sarkastisch.

»Nun ja, in gewissem Sinne hat er das schon«, räumte Henry widerstrebend ein.

Hierauf brach Duncan MacTavish in schallendes Gelächter aus.

6

Duncans Heiterkeitsausbruch rührte daher, dass er sich nicht vorstellen konnte, die Spinnereien seines englischen Großvaters könnten ihn zu irgendetwas verpflichten. Ja, selbst wenn Neville Thackeray ihm ein ganzes Dutzend Bräute gesucht hätte, wer wollte ihn zwingen, eine von ihnen zu heiraten? Wenn der Marquis tatsächlich über ihn und sein Leben bestimmen wollte, so hätte er ihn früher holen lassen sollen. Jetzt war er selbst Manns genug, um seine eigenen Entscheidungen zu treffen.

Die ganze Situation erschien ihm lächerlich und grotesk. Archibald hatte die Farm, die Minen und alle anderen Geschäfte der MacTavishs in Duncans Hände gelegt, als dieser achtzehn geworden war. Aus welchem Grund hätte er das tun sollen, wenn er wusste, dass Duncan sein weiteres Leben nicht in Schottland verbringen würde? Ein Versprechen, das vor seiner Geburt gegeben worden war und von dem jeder wusste – außer ihm. Einfach unvorstellbar.

Im Grunde hatte er persönlich nichts gegen die Engländer. Schließlich war seine Mutter Engländerin gewesen, doch nachdem sie eine MacTavish geworden war, hatte man das geflissentlich übersehen. Hier im Hochland gehörten Misstrauen und Abneigung gegen alles Englische zum Leben wie der eiskalte Wind und die heftigen Regenschauer. Jetzt erwartete man von ihm, dass er sein Leben fortan in England verbrachte, um dort unter lauter Engländern zu leben. Und dann sollte er zu allem Überfluss auch noch eine Engländerin heiraten! Den Teufel würde er tun!

Duncans Heiterkeit verflog schon bald, nachdem er Sir

Henry in die Obhut von Archibalds Haushälterin gegeben hatte, damit sie ihm eine Kammer anwies. Unruhig warf der junge Schotte sich in dieser Nacht auf seinem Bett hin und her. An Schlaf war nicht zu denken. Die Ungeheuerlichkeit dessen, was man ihm bislang verheimlicht hatte, versetzte ihn abwechselnd in Staunen und Wut. Er kam zu dem Schluss, dass Archibald einen heimlichen Plan haben musste, wie er seinen Enkelsohn von der Erfüllung des vor langer Zeit gegebenen Versprechen entbinden könnte. Ja, genauso musste es sein. Darüber galt es, sich gleich am nächsten Morgen Klarheit zu verschaffen.

Seiner Gewohnheit entsprechend erschien Archibald schon bei Tagesanbruch in der Küche. Wie jeden Morgen gesellte Duncan sich zu ihm. Das Tagewerk begann für beide immer schon im Morgengrauen. In der Küche, zu dieser frühen Stunde der einzig warme Ort im ganzen Haus, nahmen sie ihre Mahlzeiten zu sich. Das elegante Speisezimmer erschien ihnen zu groß und zu zugig, wenn nur sie beide sich im Haus befanden.

So hielten sie es schon, seit Archibalds vier Söhne vor vierzehn Jahren aus dem Leben gerissen worden waren. Duncans Vater hatte dieses Schicksal als Letzten ereilt. Zwei der MacTavish-Söhne hatten aus bloßer Unachtsamkeit den Tod gefunden, die beiden anderen waren den unbarmherzigen Naturgewalten zum Opfer gefallen. Duncans Eltern waren gemeinsam verunglückt. Sie waren auf einem Schiff nach Frankreich unterwegs gewesen, um dort die Wollgeschäfte für die MacTavishs zu regeln. Die verhältnismäßig kurze Seereise hatte in einer Katastrophe geendet: Das Schiff war nie in den französischen Hafen eingelaufen. Ein plötzlich aufkommender heftiger Sturm hatte es verschlungen.

Ursprünglich sollte auch der kleine Duncan mit an Bord sein, doch schon im Hafen hatte den Knaben Seekrankheit befallen. Archie, der die junge Familie verabschieden wollte, bevor das Schiff in See stach, hatte das Kind schließlich wieder mit von Bord genommen. Duncan war unsagbar enttäuscht gewesen. Er hatte sich so sehr auf dieses Abenteuer gefreut. Für den Siebenjährigen wäre die Schiffsreise seine erste große Fahrt gewesen – und seine letzte.

Archibald hatte ihn von Stund an als seinen einzigen noch lebenden Nachkommen gehütet wie seinen Augapfel und vielleicht auch ein wenig verwöhnt. Seine übertriebene Fürsorge drohte bis zum heutigen Tage Duncan zuweilen zu ersticken. Aber wer wollte Archie deswegen Vorwürfe machen? Wer konnte ermessen, was es bedeutete, all seine Kinder zu überleben? Schließlich war Duncan sein einziger Enkel.

Zwei von Archibalds drei anderen Söhnen waren auch verheiratet gewesen, doch die Schwangerschaften ihrer Frauen endeten in Fehlgeburten. So kam es, dass die jungen Witwen nach dem Tod ihrer Männer zu ihren eigenen Familien zurückkehrten. Dem vierten Sohn, der als Priester sein Leben in den Dienst der Kirche hatte stellen wollen, war ein Sturz vom Kirchendach zum Verhängnis geworden. Er hatte dieses selbst reparieren wollen, um nicht das wenige Geld seiner armen Gemeinde ausgeben zu müssen.

Archies Leben war also von Schicksalsschlägen geprägt, was auch für Duncan traurig war, denn zwei seiner Onkel hatte er gut gekannt und mit kindlicher Bewunderung geliebt. Es war erstaunlich, dass Archibald unter diesen Umständen kein bitterer alter Mann geworden war. Jeder in der Gegend nannte ihn respektvoll »den Alten«, wiewohl er weitaus jünger war als Neville. Er hatte jung geheiratet, und seine vier Söhne waren einer nach dem anderen gleich in den ersten vier Jahren nach seiner Heirat zur Welt gekommen. Sicher hätte seine Frau ihm noch viele weitere Kinder geschenkt, wenn sie nicht bei der Geburt des jüngsten Sohnes ihr Leben gelassen hätte.

Archie hatte nicht wieder geheiratet, obwohl er durchaus eine neue Verbindung hätte eingehen können. Noch heute galt er als gute Partie. Er war erst zweiundsechzig Jahre alt, und sein Haar leuchtete noch beinahe so flammend rot wie in seiner Jugend. Das silberne Grau an den Schläfen und im Bart verlieh ihm etwas Vornehmes, vorausgesetzt, er machte sich die Mühe, sich auch entsprechend zu kleiden. Seit der Übergabe seiner Geschäfte an Duncan lebte er zurückgezogen und verließ selten das Anwesen. Seither sah er zu Hause oft etwas verwildert aus.

Außer der Köchin gab es niemanden, auf den er einen guten Eindruck machen musste. Diese resolute Dame wiederum nahm Archies langjährige Flirtversuche leider nicht ernst. So traf man ihn oft noch am Mittag im Morgenrock an.

An diesem Tag jedoch war er bereits sorgfältig gekleidet, gebürstet und geschniegelt und sah nicht allzu erfreut aus, als Duncan die Küche betrat. Demnach wusste er also, dass der englische Anwalt eingetroffen war. Gut so. Dann konnte Duncan gleich zur Sache kommen.

»Warum hast du mir nie etwas davon gesagt, Archie?«

Archie verzog das Gesicht zu einer Grimasse, was keinesfalls daran lag, dass Duncan ihn beim Vornahmen genannt hatte. Das war nicht etwa aus Respektlosigkeit geschehen, sondern weil der alte MacTavish es so wünschte. So zu tun, als habe er Duncans Frage nicht verstanden, erschien Archibald zwecklos. Also antwortete er seinem Enkel ohne Umschweife.

»Ich wollte nicht, dass du dein Herz in Stücke reißt, bevor es nicht wirklich sein muss.«

»Was heißt denn in Stücke reißen? Mein Herz schlägt hier und wird immer hierher gehören.«

Archie lächelte über diese Beteuerung. Einen Augenblick lang konnte man ihm seine Freude darüber ansehen. Doch dann seufzte er.

»Ich will versuchen, dir zu sagen, wie die Dinge damals lagen, Junge. Mein Donald war verrückt nach deiner Mutter. Er musste sie einfach haben, Engländerin hin oder her. Aber sie war noch ein ganz junges Ding. Noch nicht einmal achtzehn. Und ihrem Vater gefiel es gar nicht, dass sie ihr Herz an einen Schotten hängte. Außerdem wollte er nicht, dass sie so weit entfernt von zu Hause lebte. Also verweigerte er seine Einwilligung zur Heirat. Ein ganzes Jahr lang blieb er hart. Doch er liebte seine Tochter und konnte nicht ertragen, wie sie sich vor Kummer fast verzehrte. Nach zwölf langen Monaten war er bereit, sie herzugeben. Er verlangte allerdings im Gegenzug, dass Donalds Erbe, *mein* Erbe, zu ihm gebracht würde, wenn er – also du – sein einundzwanzigstes Lebensjahr vollendet hat. Nur weil seine Tochter ihm das hoch und heilig versprach, durfte sie Donald heiraten.«

»Das Versprechen, das sie gegeben hat, kenne ich inzwischen. Was ich nicht weiß, ist, warum ausgerechnet ich der Letzte sein musste, der davon erfährt.«

»Ehrlich gesagt, mein Junge – ich hatte gehofft, dass der alte Halunke lange vorher unter der Erde wäre und dass seine Nachlassverwalter dann nichts von dir wüssten. Ich nahm an, man würde dann bestimmt irgendwo noch ein paar andere Nachkommen auftreiben, denen man Nevilles verdammten Titel anhängen konnte. Aber nein, dieser Trottel muss schon aus reiner Niedertracht uralt werden!«

Die letzten Worte hatte Archie mit solchem Abscheu hervorgeschleudert, dass Duncan darüber gelacht hätte, wenn er nicht der eigentlich Betroffene in diesem ganzen Dilemma gewesen wäre. Noch wusste er nicht, wie Archies Schlachtplan aussah, seine geniale List, die ihn von diesem unsäglichen Versprechen entbinden würde. Zudem hatte Archie seine Frage auch noch nicht vollständig beantwortet.

»Und meine Mutter?«, hakte Duncan nach. »Warum hat sie denn überhaupt ein Geheimnis aus dieser Vereinbarung gemacht?«

»Das war keine Absicht. Als sie starb, warst du einfach noch zu jung. Sie hätte es dir schon noch gesagt. Und sie stand zu ihrem Versprechen. Schließlich war und blieb sie doch eine Engländerin und sie war sehr stolz darauf, dass du einmal der Marquis von Birmingdale werden würdest. Sie hatte eine Schwäche für Adelstitel. Wie die meisten Engländer.«

»Aber *du* hättest es mir sagen sollen, Archie. Damit ich es nicht erst an dem Tag erfahre, wo sie mich abholen kommen. Was sollen wir jetzt mit dem englischen Wicht anstellen? Er liegt oben in seinem Bett und glaubt tatsächlich, dass ich mit ihm nach England reisen werde.«

»Das wirst du ja auch.«

»Den Teufel werde ich tun!«

Duncan war so schnell aufgesprungen, dass sein Stuhl umstürzte und krachend zu Boden fiel. Der Köchin, die sonst nicht so leicht aus der Ruhe zu bringen war, fiel vor Schreck ein langes Küchenmesser aus der Hand. Sie stieß einen spitzen Schrei aus, weil es ihre Zehen nur um Haaresbreite verfehlte, und starrte Duncan an. Der konnte ihr wütendes Funkeln allerdings nicht sehen, weil er gerade seinen Großvater zornig anstarrte. Archibald wiederum heftete seinen Blick auf die Tischplatte, um weiterem Ärger aus dem Weg zu gehen.

»Du willst doch nicht etwa behaupten, dass du noch nicht einmal darüber nachgedacht hast, wie ich aus dieser Sache wieder herauskomme?«, warf Duncan ihm hitzig an den Kopf. »Das glaube ich einfach nicht! Und wer soll die Geschäfte hier am Laufen halten, wenn ich weg bin?«

»Das habe ich vor deiner Zeit auch selbst ganz gut gekonnt. Und so alt bin ich nicht –«

»Du wirst dich damit nur früh ins Grab bringen –«

Archies unterdrücktes Glucksen ließ Duncan innehalten.

»Glaub bloß nicht, dass ich reif bin fürs Altenteil, nur weil ich dir für eine Weile die Zügel überlassen habe! Nein, ich wollte, dass du etwas lernst, Junge. Und dich hier ein paar Jahre lang nach deinem Gutdünken schalten und walten zu lassen, erschien mir die beste Möglichkeit dazu.«

»Und wofür sollte ich all das dann lernen? Um eines Tages Knall auf Fall von hier zu verschwinden, damit ich für den verdammten Engländer den Marquis spielen kann?«

»Nein. Damit du deinem Sohn einmal etwas aus eigenen Erfahrungen beibringen kannst.«

»*Welchem* Sohn?«

7

In unzähligen Briefen hatten die beiden alten Männer einander regelrechte Schreibschlachten geliefert. Das erfuhr Duncan, während die Köchin sein sorgsam bereitetes Frühstück vor ihm auf den Tisch stellte. Er schob den dampfenden Teller weg und verlangte nach einem Becher Whisky. Die strengen Blicke, die ihm dieses zu der frühen Tageszeit ungeheuerliche Ansinnen von der holden Weiblichkeit eintrug, übersah er geflissentlich. Schon längst drehte sich der Streit seiner Großväter nicht mehr darum, ob Duncan nun nach England gehen sollte oder nicht. Vielmehr kämpften sie inzwischen erbittert um Duncans erstgeborenen Sohn.

»Er wird eines Tages alles hier übernehmen«, erklärte Archie, als gäbe es dieses Kind bereits. »Duncan, mein Junge, niemand verlangt, dass du dich in Stücke reißt. Es gibt viel Arbeit hier, und in England warten jede Menge neue Verpflichtungen auf dich. Kein einzelner Mann kann all das bewältigen. Und dazu käme noch das ständige Reisen zwischen beiden Besitztümern.«

Die beiden Alten hatten entschieden, dass Duncan umgehend heiraten und am besten noch vor Jahresablauf Vater eines Sohnes werden sollte. Über diesen wollten sie dann genauso verfügen wie über ihren Enkel. Dass sie damit Duncans Leben verplanten, kümmerte seine Großväter kaum. Es erschien ihnen nur gerecht, dass Duncans Erstgeborener Archie zugesprochen wurde, wo Neville doch nun bald Duncan selbst übernahm.

Der junge Schotte hatte gute Lust, ein Schiff zu besteigen, um auf Nimmerwiedersehen zu verschwinden und in irgendeinem entlegenen Winkel dieser Welt sein eigenes Leben in die Hand zu nehmen. Sollten seine beiden verrückt gewordenen Großväter mit ihren unsäglichen Plänen doch zur Hölle fahren! Doch er war Archie viel zu innig zugetan. Seine Liebe zu ihm wog stärker als seine derzeitige Wut auf ihn. Niemals würde er ihn tief enttäuschen und ihm vielleicht das Herz brechen.

Es schien, als hätte sein Leben ihm nie wirklich selbst gehört. Schon vor langer Zeit hatten seine Großväter ihre Entscheidungen für ihn getroffen und niemals auch nur den geringsten Zweifel daran gehegt, dass er sich ihren Abmachungen unterwerfen würde. Vielleicht hätte ihn das gar nicht weiter bekümmert, wenn er unter anderen Umständen aufgewachsen wäre. Doch Schotten liebten ihre Freiheit nun einmal über alles und die Bewohner des stürmischen Hochlandes wohl am allermeisten. Darum konnte er auch nicht glauben, dass Archie stur auf der Erfüllung dieses verdammten Versprechens bestand. Er hätte sich, um des lieben Friedens willen und damit Donald seine Braut bekam, darauf einlassen und es dann einfach vergessen sollen.

Den Grund, warum Archie dieses Versprechen so wichtig war, fand Duncan jedoch schnell heraus: »Und was ist, wenn ich mich weigere wegzugehen?«

Archie seufzte und antwortete leise: »Deine Mutter war wie eine Tochter für mich. Anfangs hätte ich nie geglaubt, dass sie mir je etwas bedeuten könnte. Schließlich kam sie aus England. Aber sie war ein wunderbares Mädchen, und ich habe sie ins Herz geschlossen. Schon lange bevor sie starb, wusste ich, dass ich ihre Ehre nie verletzen könnte. Ihr Versprechen wurde mir so heilig, wie es ihr selbst gewesen ist. Und nach ihrem Tod, als die Entscheidung darüber letztlich bei mir lag, brachte ich es erst recht nicht fertig, ihr Andenken zu entehren.«

»Die Entscheidung über mein Leben steht nur mir allein zu, Archie. Du kannst nicht einfach über mich bestimmen!«

»Du irrst. Du hast genauso wenig die Wahl wie ich, denn auch du hast deine Mutter geliebt. Auch du würdest ihr Andenken nie beschmutzen. So ist es doch, oder?«

Duncan blieb ihm die Antwort schuldig. Was er am liebsten gesagt hätte, blieb ihm in der Kehle stecken. Natürlich wollte er das Andenken seiner Mutter in Ehren halten. Aber in diesem Augenblick hasste er sie dafür, dass sie ihn in diese unselige Situation gebracht hatte. Fast glaubte er, an seinen widerstreitenden Gefühlen ersticken zu müssen.

Archie deutete Duncans Schweigen und den inneren Konflikt richtig und fuhr beschwörend fort: »Du kannst jetzt noch nicht ermessen, wie gut es für dich war, dass ich deine Abreise hinausgezögert habe. Wenn der alte Neville seinen Willen gehabt und dich schon vor drei Jahren bekommen hätte, wärst du ihm mit Haut und Haaren ausgeliefert gewesen. Jetzt wird er merken, dass du ein Mann bist, mit dem er rechnen muss und der seinen eigenen Kopf hat. Deiner Mutter zuliebe wirst du die Pflichten übernehmen, die sie dir so bereitwillig auferlegt hat. Aber du wirst das, was getan werden muss, auf deine Weise tun und nicht, wie Neville es gerne hätte.«

Dieser Beschwichtigungsversuch hatte allerdings nicht die erhoffte Wirkung auf Duncan. Sein größtes Bedürfnis in diesem Moment war, Sir Henry Myron mit einem gewaltigen Fußtritt auf den Rückweg in Richtung England zu befördern – aber allein. Die Versuchung, genau das zu tun, war so groß, dass es Duncan nur mit Mühe in der Küche hielt. Keiner – seine Mutter nicht und noch viel weniger seine Großväter – hatte ihn je gefragt, was er selbst wollte. Er hatte sein ganzes bisheriges Leben im rauen schottischen Hochland verbracht und liebte seine Heimat aus ganzem Herzen. Wie konnten seine nächsten Verwandten da annehmen, dass er seine Heimat je verlassen würde? Titel und Reichtum hin oder her – in England wollte er um keinen Preis leben.

Aber wenn es eine Möglichkeit gab, Neville Thackeray zu beeinflussen, so wie Archie das getan haben musste, dann wollte er mehr darüber wissen. Deshalb hob er seinen Stuhl auf und setzte sich wieder. In etwas ruhigerem Ton fragte er Archie: »Und wie hast du das angestellt? Die Verzögerung meiner Abreise, meine ich.«

Archie lächelte stolz. Dass seine Taktik von Erfolg gekrönt worden war, erfüllte ihn mit diebischer Freude. »Als Erstes habe ich ihn wissen lassen, dass du auch mein Erbe bist und dass ich dich ja schon hier bei mir habe. Dann malte ich ihm in den schönsten Farben aus, wie schwierig es für ihn sein würde, dich zu bekommen.«

»Obwohl du schon genau wusstest, dass du mich am Ende doch hergeben würdest«, warf Duncan bitter ein.

»Ach, Junge! Nimm dir das doch nicht so zu Herzen. Ich habe geblufft. Aber das konnte der alte Trottel ja nicht wissen. Sechs Monate lang haben wir uns die schlimmsten Drohungen an die Köpfe geworfen und dann noch einmal neun Monate lang um jede Einzelheit gestritten. Damit habe ich ihn weich gekocht. Dann lenkte ich ein und teilte ihm mit, dass du nach England kommen würdest. Aber nur im Tausch gegen deinen Erstgeborenen. Dieses Angebot konnte er nicht ablehnen. Ich weiß, er glaubt, dass er deinen Sohn behalten und nach seinem Willen formen kann, wenn du es in England nicht aushältst. Aber das zeigt nur, wie verbohrt er ist. Er wird doch nicht im Ernst glauben, dass er noch lange genug lebt, um irgendjemanden aufziehen zu können.«

»Ach, aber du vielleicht?«

Archie kicherte. »Denk doch mal nach, Duncan! Natürlich wirst du ein paar Söhne haben wollen, denen du einmal all das, was wir dir hinterlassen, vererben kannst. Wenn du deinen Erstgeborenen nur früh genug zu mir heraufschickst, wird das nicht zu deinem Schaden sein. Jawohl, und außerdem werde ich Neville, den alten Halunken, um viele Jahre überleben. Und das weiß er auch.«

»Nach meiner Rechnung ergeben sich bisher nur fünfzehn Monate Verzögerung«, murmelte Duncan. »Was ist mit den restlichen knapp zwei Jahren bis zu meinem einundzwanzigsten Geburtstag? Warum hat er mich in der Zwischenzeit nicht längst nach England holen lassen?«

»Nun ja, wenn man viele Nachkommen haben möchte, braucht man dazu auch eine Frau. Natürlich bestand Neville darauf, dass du ein englisches Mädchen heiratest. Davon hat er sich nicht abbringen lassen, obwohl wir darüber auch noch einmal fünf Monate lang … ehm, ›diskutiert‹ haben. Dann machte ich zur Bedingung, dass deine Braut das schönste englische Mädchen weit und breit sein muss. Von da an dauerte es noch eine geraume Zeit, bis er etwas Passendes gefunden hatte.«

»Eine englische Lady, nehme ich an.«

Archie grinste. »Genau, und es hat den Alten einige Monate gekostet, sie aufzustöbern. Eine, die einen wohlklingenden Adelstitel hat und gleichzeitig wunderschön ist, findet man nicht an jeder Ecke.«

»Reine Zeitverschwendung«, winkte Duncan ab und fügte hinzu: »Vielleicht gehe ich ja eine Zeitlang nach England. Aber ich werde bestimmt kein Mädchen heiraten, das mein Großvater für mich ausgesucht hat und dem ich noch nie im Leben begegnet bin.«

»Mach dir darüber keine Gedanken, mein Junge. Mit dieser ganzen Brautschau wollte ich doch nur Zeit gewinnen. Wenn du also aus reiner Sturheit das schönste Mädchen von ganz England absolut nicht heiraten möchtest – bitte schön. Das ist allein deine Sache. Neville sieht das vielleicht etwas anders. Aber du bist inzwischen alt genug, um dich ihm gegenüber selbst zu vertreten.«

»Das hat mit Sturheit gar nichts zu tun!«, brauste Duncan auf. Seine Stimme bebte vor mühsam unterdrücktem Zorn.

»Aber natürlich nicht«, gab Archie sarkastisch grinsend zurück.

Wütend starrte sein Enkelsohn ihn an. »Ich werde selbst bestimmen, wen ich heirate und wann. Ganz so, wie das heutzutage jedem erwachsenen Mann zusteht. Du selbst hast es auch nicht anders gehalten.«

»Freut mich, das zu hören. Aber warum die Brücke zerstören, bevor du sie überquert hast? Schau dir das Mädchen, das Neville für dich ausgesucht hat, doch erst einmal an. Vielleicht gefällt dir die Lady ja. Und wenn nicht, dann sieh dich nach 'ner anderen um.«

Duncan schnaubte. »Nichts gegen das Heiraten an sich, Archie. Aber ich glaube, ich bin noch ein wenig zu jung, um daran zu denken.«

»Und ich bin ein wenig zu alt für solche Bedenken. Ich werde Neville überleben und auch jemanden finden, der mir hier zur Hand geht, solange du in England sein musst. Aber ich werde mich erst dann zur Ruhe setzen, wenn dein Sohn alt genug ist, um hier alles zu übernehmen.«

Das hieß wohl, dass Archie und Neville sich zumindest in einem Punkt einig waren. Beide erwarteten, dass Duncan unverzüglich heiratete. Hier ging es um eine der wichtigsten Entscheidungen seines Lebens und die beiden Alten drängten zur Eile.

Empört stürmte Duncan aus der Küche. O ja, er würde nach England reisen. Die Frage war nur, ob sein Großvater Neville sich wirklich über sein Kommen freuen würde.

8

Es war so ziemlich der ödeste, trostloseste Ort, den Duncan jemals gesehen hatte. Vielleicht lag es an den dicken Nebelschwaden, die dicht über dem Boden hingen, oder an den kahlen Bäumen, die wie vom Frost erstarrte Krallen in den bleigrauen Himmel ragten. Vielleicht war es auch der fahle frühe Morgen, der alles so verlassen aussehen ließ.

Nach der üppigen Pracht von Büschen und Bäumen der großzügigen Gärten eines Herrenhauses suchte man zu dieser Jahreszeit ohnehin vergeblich. Aber weder strahlender Sonnenschein noch Vogelgesang hätten Duncans Laune an diesem Morgen aufhellen können. Er war fest entschlossen, Summers Glade zu hassen und sich davon durch nichts auf der Welt abbringen zu lassen.

Nach Sir Henrys Reiseplanung hätten sie schon am Vorabend ankommen sollen. Das wäre auch ohne weiteres möglich gewesen, denn das Gasthaus, in dem sie übernachtet hatten, lag ganz in der Nähe. Nur noch eine halbe Stunde Kutschfahrt in flottem Trab und sie wären am Ziel ihrer Reise gewesen. Doch Duncan hatte seinem englischen Großvater nicht nach einem beschwerlichen Tag auf den holprigen, matschigen Straßen gegenübertreten wollen. Ausgeschlafen und hellwach wollte er sein, nicht erschöpft und von sehnsüchtigen Gedanken an ein warmes Bad und ein weiches Bett erfüllt.

Doch nun war er zu einer Zeit angekommen, zu der Lord Neville Thackeray und sein Gefolge anscheinend noch in den Federn lagen. Ungeduld und Enttäuschung nagten an Duncan. Es drängte ihn, seinem Großvater gleich vom ersten Moment seiner Ankunft an die Stirn zu bieten.

Bald darauf musste Duncan fast schon mit Bedauern feststellen, dass sein erster Eindruck ihn getäuscht hatte. Das Herrenhaus war keinesfalls verlassen und leer. Einmal eingetreten, sah er bald unzählige dienstbare Geister durch die Gänge eilen. Das vorhandene Personal hätte mit Leichtigkeit mehrere wohlhabende schottische Adelsfamilien versorgen können.

Der Gerechtigkeit halber musste Duncan zugeben, dass das Anwesen des Marquis wirklich ungeheuer groß war. Ohne all diese Dienstboten konnte es unmöglich in Stand gehalten und bewirtschaftet werden. Er räumte ein, dass die Engländer im Allgemeinen und vornehme Herrschaften wie sein Großvater im Besonderen als ein wenig verweichlicht und verhätschelt galten. Darum beschäftigten sie wohl gerne etwas mehr Personal, als unbedingt nötig gewesen wäre.

Im Gegensatz zu dem tristen Anblick, den das Herrenhaus von außen bot, erwies sich die Innenausstattung als überaus üppig und farbenfroh. Fast alle Räume, in die Duncan flüchtige Blicke hatte erhaschen können, waren im alten französischen Stil möbliert. Überall gab es feine Schnitzereien voller verspielter Schnörkel und Ornamente. Alle Stücke waren für ihr Alter gut erhalten und sorgten für eine heitere, ja ausgelassene Atmosphäre.

Ungewöhnlich breite, mit Blattgold belegte Rahmen setzten Bilder und Spiegel ins rechte Licht. Gewaltige Kronleuchter hingen von den hohen Decken. Sie waren überreich mit feinstem geschliffenem Kristall behängt. Wehe dem Unglücklichen, der nichtsahnend zu ihnen aufblickte, wenn sie voll erleuchtet waren. Er musste um sein Augenlicht bangen! Prächtige Blumenarrangements schmückten ungeachtet der Jahreszeit jeden Raum. Bestimmt gab es irgendwo auf dem Anwesen ein Gewächshaus.

Alles in allem war Summers Glade zumindest von innen ganz anders, als Duncan das vom Rückzugsort eines alten englischen Marquis erwartet hatte. Die nüchterne Außenfassade des Herrenhauses hatte ihn solide, schnörkellose und vielleicht etwas schwere Einrichtungsgegenstände erwarten lassen. Umso überraschter war Duncan von der verspielten Extravaganz aus dem vorigen Jahrhundert.

Nun, Neville hatte ja auch größtenteils im vergangenen Jahrhundert gelebt. Bei genauerer Überlegung wunderte es Duncan daher kaum, dass er sich noch immer gerne mit den kräftigen Farben und den verspielten Schnitzereien umgab, die in seiner Jugendzeit modern gewesen waren. Duncan erwartete beinahe, dass ihm sein Großvater mit einer jener albernen weißen Perücken auf seinem greisen Haupt entgegentreten würde, die damals in Mode waren, als solche Einrichtungen hoch geschätzt waren.

Doch noch musste der Enkel sich gedulden. Zunächst wurden vier Dienstboten aufgeboten, ihn zu seinem Zimmer im oberen Stockwerk des Gebäudes zu geleiten. Als Erstes erschien der hochnäsige Butler, der ihn an das verantwortliche Dienstmädchen für die unteren Räumlichkeiten verwies. Dieses begleitete ihn zu ihrer Kollegin, die das obere Stockwerk betreute. Duncan musste sich das Lachen verkneifen, als ihn schließlich die von ihr herbeigerufene gestrenge Haushälterin willkommen hieß und ihm die Tür zu seinem Zimmer im oberen Stockwerk öffnete. Indessen sollte die Prozession immer noch nicht abreißen.

Ein weiteres Dienstmädchen trat ein. Geschickt entfachte es im offenen Kamin des Zimmers ein Feuer. Das nächste Mädchen brachte heißes Wasser und Handtücher. Ein drittes folgte nach wenigen Minuten mit einem großen Tablett. Diensteifrig stellte es ein hübsch angerichtetes Frühstück mit Würstchen, verschiedenem Gebäck, Tee und heißer Schokolade vor Duncan ab. Kaum hatte es die Tür hinter sich geschlossen, erschien auch schon eine andere junge Dame, die sich erkundigte, ob er sonst noch etwas wünsche.

Mit Willis schließlich endete vorläufig die lange Reihe von freundlich distanzierten Menschen, deren wichtigste Aufgabe es zu sein schien, sich um den Besucher zu bemühen.

Willis war ein nicht mehr ganz junger, dürrer kleiner Mann, der sich stolz als Duncans Kammerdiener vorstellte. Er hatte spärliches braunes Haar und braune Augen. Duncan hätte es nicht für möglich gehalten, dass jemand noch hochnäsiger dreinblicken könnte als zuvor der Butler. Doch Willis überbot mit seiner demonstrativ zur Schau getragenen Arroganz dessen Hochmut mit Leichtigkeit.

Ein Kammerdiener, der jederzeit zu seinen Diensten stand? Der junge Schotte war sprachlos. Schon packte Willis wie selbstverständlich Duncans Reisekiste aus. Zuvor hatte der kleine Mann sich noch mit einem Laufburschen darum streiten müssen, wer von ihnen das gute Stück nun die Treppe hinaufschleppen durfte. Duncan konnte nur sprachlos dabei zusehen, wie der Diener ein Stück nach dem anderen aus seiner Kiste nahm. Er musste Willis unbedingt sagen, dass er gar keinen Kammerdiener brauchte. Doch der kam ihm mit einer erstaunten Frage zuvor.

»Ein Rock, Mylord?«

»Das ist ein Kilt, Mann!«, widersprach Duncan, empört über diese Beleidigung. Der Zorn, der in ihm aufwallte, färbte seine Wangen rot.

Willis gab sich unbeeindruckt. Mit einem leichten Kopfschütteln entfernte er sich und brachte dieses Kleidungsstück in der Kommode unter. Duncan starrte ihn ungläubig an. Als ob die Beleidigung allein nicht schon schlimm genug gewesen wäre, schien dieser kleine Mann noch nicht einmal seine Wut darüber zu beachten.

»Verschwinden Sie auf der Stelle«, presste Duncan zwischen zusammengebissenen Zähnen hervor.

Damit gewann er zwar Willis' Aufmerksamkeit, doch der antwortete lediglich mit einem fragenden: »Mylord?«

Dabei sah er Duncan so erstaunt an, dass dieser nun beschloss, es erst einmal mit Geduld zu versuchen. Betont langsam erklärte er: »Ich hatte noch nie in meinem Leben einen Kammerdiener und brauche auch jetzt keinen.«

Anstatt beleidigt den Raum zu verlassen, schüttelte Willis nur erneut den Kopf. »Sie können ja nichts dafür, dass Sie in Schottland aufgewachsen sind. Doch nun, wo Sie in England leben werden, wollen Sie doch bestimmt die hiesigen Gepflogenheiten übernehmen.«

»So ... will ich das?«, gab Duncan nur mühsam beherrscht zurück. Willis' Worte hatten seine Wut aufs Neue angefacht.

»Aber natürlich, Mylord. Und selbstverständlich können Sie dann auch auf keinen Fall auf meine Dienste verzichten. Kein achtbarer englischer Gentleman würde auch nur im Entferntesten daran denken, sich selbst anzukleiden.«

»Ich bin weder ein englischer Gentleman noch ein ›Mylord‹. Und anziehen werde ich mich verdammt noch mal selbst. Und nun gehen Sie mir endlich aus den Augen, bevor ich Sie eigenhändig hinauswerfe!«

Willis, der nun langsam den Ernst seiner Lage begriff, blickte wie ein erschrecktes Kaninchen zu Duncan auf. »Sie wollen mich doch nicht etwa tatsächlich aus Ihrem Dienst entlassen? Das würde ein ganz übles Licht auf mich werfen.«

»Nur weil ich Sie nicht brauchen kann?«

»Nun, das wird eben niemand glauben wollen«, versuchte Willis ihn zu überzeugen. »Nein, man wird den Fehler allein bei mir suchen und mich nie wieder in einer so begehrten Position arbeiten lassen. Wenn man mich dann nach London zurückschickt, bin ich ruiniert, Mylord.«

Duncan hätte schwören können, dass Willis' Unterlippe bei seinen letzten Worten gezittert hatte. Er seufzte. Der Mann meinte es bestimmt nur gut, war vielleicht nur ein wenig eingefahren in seinen Gewohnheiten. Er wollte jedenfalls nicht für den beruflichen Ruin dieses bedauernswerten

Menschen verantwortlich sein. Um Gottes willen, er wollte niemanden kompromittieren!

»Also gut. Sie können meine Kleider in Ordnung halten. Aber anziehen werde ich mich selbst. Ist das klar?«

»Sehr wohl, Mylord«, antwortete Willis bereits wieder in seinem gewohnten herablassenden Tonfall. »Darf ich dann gleich den Schneider des Marquis holen lassen, damit wir mit einigen Anproben beginnen können? Oder erwarten Sie noch weiteres Gepäck?«

Duncan konnte den Mann nur ungläubig anstarren. Kaum reichte man einem Engländer den kleinen Finger …

9

Sabrina nahm es recht gelassen, als sie von den dunklen Abgründen ihrer Familiengeschichte erfuhr. Dafür fand sie die übertriebenen Reaktionen der Londoner Gesellschaft recht amüsant. Bisher hatte man sie auf den Festen und Empfängen nur mit einer gewissen Neugier betrachtet – schließlich war sie für die meisten Londoner ein neues Gesicht. Doch nun sahen die festlich gekleideten Menschen sie plötzlich mit ganz anderen Augen an. Ihre viel sagenden Blicke verrieten ihre Gedanken. *Sieh an, sie lebt noch. Aber bestimmt nicht mehr lange!*, dachten sie sich wohl. Eine besonders einfältige Dame erlitt sogar hysterisch kreischend einen Schwächeanfall, weil sie Sabrina für ein Gespenst hielt. Sabrina konnte sich gut vorstellen, wie aufgebauscht und verdreht ihre Geschichte inzwischen geworden war, als man sie nach vielen Zwischenstationen schließlich auch dieser Dame – die inzwischen ohnmächtig niedergesunken war – zugeflüstert hatte.

Sabrinas Chancen auf dem viel gepriesenen Londoner Heiratsmarkt hatten sich dadurch geradezu über Nacht in Luft aufgelöst. Schließlich heirateten die meisten Gentlemen allein deshalb, weil sie einen Erben zu zeugen gedachten. Und wer wollte schon eine Ehefrau, die vielleicht nicht einmal lange genug lebte, um diesen Erben in die Welt zu setzen? Niemand schien sich darum zu scheren, dass Sabrinas Tanten noch am Leben waren und die Kette der tragischen Vorfälle in ihrer Familie offensichtlich durchbrochen hatten. Nein, davon wollte die vornehme Londoner Gesellschaft nichts wissen.

Es war auch völlig gleichgültig, ob sie jemandem die wahren Hintergründe ihres Familienschicksals erklärte oder nicht. In London glaubte man halt nur, was man glauben wollte. Und gab es denn nicht hinreichend Beweise für das, was man sich inzwischen mit wohligem Entsetzen ganz offen erzählte? Wohl kaum. Doch die Wahrheit wäre bei weitem nicht so unterhaltsam gewesen. Es war viel interessanter, sich auszumalen, dass bestimmte Neigungen innerhalb einer Familie weitervererbt wurden, um bei der jüngsten Generation wieder aufzutreten. Mit wachsender Begeisterung diskutierte man den morbiden Drang der Lambertschen Blutlinie, ihr Leben vorzeitig zu beenden.

Unglücklicherweise hatte Sabrinas Urgroßvater Richard genau das getan. Seine wenig charakterfeste Witwe war alsbald seinem Beispiel gefolgt und hatte ebenfalls den Freitod gewählt. Leider hatte die tragische Geschichte damit noch kein Ende. Lucinda, die Tochter der beiden, war die Ehefrau von William Lambert, einem gesundheitsstrotzenden Earl, geworden. Dieses Paar brachte zwei kleine Töchter, nämlich Hilary und Alice hervor. Deren kleiner Bruder John, später einmal Sabrinas Vater, sollte erst noch das Licht der Welt erblicken. Daher wurde der Herzogtitel seines verstorbenen Großvaters Richard an einen anderen männlichen Spross der Familie weitervererbt. Mit diesem Mann verband die Lamberts jedoch ein so entfernter Verwandtschaftsgrad, dass sie den Erben des Titels nicht einmal persönlich kannten.

Kein Mensch, schon gar nicht eins der Familienmitglieder, hätte mit Sicherheit sagen können, ob Lucinda einige Jahre später vom Balkon des oberen Stockwerks ihres Hauses gestürzt oder gesprungen war. Nachdem sie ihrem Mann einen Sohn geschenkt hatte, war sie nicht mehr recht auf die Beine gekommen. Nach Johns Geburt war sie monatelang in Schwermut verfallen. Es galt daher als durchaus möglich, dass sie ihren unglücklichen Eltern freiwillig früh ins Grab gefolgt war. Ob dem nun tatsächlich so war oder nicht –

jeder Außenstehende gab sich überzeugt, dass die vom Schicksal geschlagene Familie damit einen weiteren Selbstmord zu tragen hatte. Monatelang hatte die ganze Nachbarschaft über nichts anderes geredet. Der Skandal hatte Hilarys und Alices Leben jahrzehntelang überschattet. Undenkbar, dass eine der beiden nach diesem dritten tragischen Todesfall noch einen Ehemann hätte finden können. Um sich die Schmach einer trübseligen und erfolglosen Londoner Ballsaison zu ersparen, hatten beide auf ihre glanzvolle Einführung in die bessere Gesellschaft verzichtet.

So hätte dieses traurige Kapitel der Lambert'schen Familiengeschichte eigentlich enden müssen. Schließlich war durch den Earl, gleich einem Lebenselixier, frisches Blut in diese alte Adelsfamilie gekommen. Irgendwann versiegten denn auch alle Gerüchte, und niemand sprach mehr von »schlechtem Blut«. John wuchs beinahe unbehelligt davon heran und heiratete eines Tages Elizabeth. Sabrina blieb das einzige Kind der beiden.

Doch das Unglück verfolgte die Familie, als laste ein böser Fluch auf ihr: Sabrinas Eltern vergifteten sich an verdorbenem Essen, und jede Rettung kam zu spät. Sogar der Hund, dem die beiden kleine Bröckchen vom Tisch hingeworfen hatten, war damals eingegangen. Zwei Küchenhilfen, die etwas von der Mahlzeit gekostet hatten, waren tagelang von Krämpfen geschüttelt worden. Doch die beiden Hausangestellten überlebten die Vergiftung schließlich um Haaresbreite. Der eilends herbeigerufene Arzt der Lambert-Familie hatte eindeutig dem verdorbenen Essen die Schuld für den qualvollen Tod des jungen Ehepaares gegeben. Doch ungeachtet dessen war durch dieses Unglück der Nährboden für ein neues Gerücht entstanden: Man munkelte von Gift. Gift, das sich die beiden Verstorbenen absichtlich ins Essen gemischt haben sollten.

Hilary und Alice hielten das für völlig ausgeschlossen. Ihr Bruder und seine Frau hatten einander geliebt. Zumindest der Tod *dieser* beiden war in ihren Augen wirklich ein Unfall gewesen. Doch wieder einmal fand dies keinen Glauben bei Außenstehenden.

Die Auswirkungen des Skandals waren damit so übermächtig geworden, dass sie drohten, jedes noch so kleine Glück der verbliebenen Lamberts zu zerstören. Doch mit den Jahren war es wieder stiller um die Familie geworden, und in Sabrinas Tanten keimten zarte Hoffnungen auf, wenigstens ihre Nichte könne eines Tages heiraten und ein normales Leben führen. Diese Hoffnungen waren jetzt unwiderruflich zerstört worden. Hilary und Alice konnten sich nicht vorstellen, wer so gemein und hinterhältig gewesen war, den Londoner Klatschtanten das alte Schauermärchen aufzutischen. Nun lag das Kind im Brunnen, und der Schaden war nicht wieder gutzumachen. Unter diesen Umständen wollten die Lambert-Schwestern nicht länger in London bleiben.

Sabrina freute sich sogar ein wenig über ihre verfrühte Abreise. London mit all seiner Hektik und seinem schönen Schein hatte ihr sowieso nicht recht gefallen wollen. Viel zu viele Menschen drängten sich hier auf engstem Raum. Die Straßen lagen voller Unrat, und in der schmutzigen Luft hingen stets dunkle Schwaden von Rauch und Ruß. Sabrina vermisste die klare Reinheit und die Stille der schneebedeckten Felder Yorkshires. Die Gerüche der Tiere und Pflanzen, die bei ihr zu Hause in der wärmeren Jahreszeit in der Luft lagen, waren ihr lieber als die Ausdünstungen der Menschenmassen und des Abfalls in London.

Sie war froh, dass sie wenigstens einen Ball und einige kleinere Feste erlebt hatte, bevor der Klatsch über sie unerträgliche Ausmaße angenommen hatte. Mit größter Wahrscheinlichkeit würde sie keine weiteren Bälle mehr besuchen können. In dem kleinen, beschaulichen Ort, in dem sie lebte, gab es nur viel bescheidenere, kleine Feste. Und immerhin hatte sie in den wenigen Tagen ihres Aufenthaltes einen kleinen Einblick in das Londoner Gesellschaftsleben gewonnen. So war ihre Fahrt in die Großstadt zumindest keine reine Zeitverschwendung gewesen.

Anders als ihre Tanten glaubte Sabrina auch nicht, dass sie nun unweigerlich ihre Tage als alte Jungfer beschließen musste. Ganz im Gegenteil: Eines Tages würde sie einen netten Mann finden. Einen, der im Stande war, die Wahrheit hinter all den Gerüchten und Gruselgeschichten zu sehen. Es war schon möglich, dass sich einige ihrer Vorfahren das Leben genommen hatten. Das musste nicht bedeuten, dass deshalb die ganze Familie über Generationen hinweg dazu verdammt war, es ihnen gleichzutun. Und wenn sie keinen Mann zum Heiraten fand, nun, dann ging die Welt auch nicht unter. Waren ihre Tanten nicht der beste Beweis dafür, dass es durchaus möglich war, als allein stehende Frau ein glückliches Leben zu führen?

Der Zufall wollte es, dass die Gastgeber der Lamberts, die Familie Reid, London ebenfalls verlassen mussten und genau wie Sabrina und ihre Tanten nach Yorkshire reisten. Sie hatten die Nachricht erhalten, dass die Ankunft von Neville Thackerays Enkelsohn auf Summers Glade nun kurz bevorstand. Endlich war es so weit. Ophelia sollte ihren Bräutigam kennen lernen. So bildeten die Lamberts und die Reids schließlich eine kleine Reisegesellschaft und brachen zusammen auf. Die gemeinsame Fahrt war eigentlich Lady Marys Idee gewesen. Doch ihre Tochter Ophelia war noch einen Schritt weiter gegangen und hatte die Lamberts gedrängt, doch auch gleich mit nach Summers Glade zu kommen.

Normalerweise hätten Alice und Hilary eine solche Einladung abgelehnt. Schließlich konnten sie den Marquis nicht ausstehen. Doch die Umstände ihrer verfrühten Abreise aus London waren ihnen aufs Gemüt geschlagen. Schlimmer konnte es kaum noch kommen. Außerdem schien Ophelia entschlossen, den größten Teil ihres weitläufigen Bekanntenkreises mit nach Summers Glade zu bringen. Es war, als unternehme die ganze feine Londoner Gesellschaft eine Landpartie.

Die Lambert-Schwestern witterten darin eine letzte Chance für Sabrina, doch noch einen heiratswilligen jungen Gentleman für sich zu ergattern. Nachdem sie sich nur kurz darüber gezankt hatten, willigten sie schließlich ein, mit nach Summers Glade zu kommen. Sicher würde Ophelia auf dem Anwesen auch nach ihrer Hochzeit noch viele Feste geben. Alice und Hilary begannen wieder etwas Hoffnung für ihre Nichte zu schöpfen. Die beiden taten Sabrina herzlich Leid. Sie brachte es deshalb auch nicht übers Herz, Ophelias Vorschlag abzulehnen. Gleichzeitig empfand sie es jedoch als überaus peinlich, sich dem Marquis ohne jede persönliche Einladung einfach aufzudrängen.

Sabrina ahnte wohl auch, welche wahren Motive dahinter steckten, dass Ophelia sie und noch einen ganzen Tross anderer junger Leute mit nach Summers Glade bringen wollte. Aus ihrem Ärger darüber, London gerade jetzt, mitten in der Ballsaison, verlassen zu müssen, hatte sie jedenfalls keinen Hehl gemacht. Und wenn sie selbst schon nicht in London sein konnte, dann musste London eben mit ihr kommen. Vielleicht brauchte sie auch die Unterstützung ihre Freunde, um den Mut nicht zu verlieren. Sie hatte jedem, der es hören wollte, erzählt, wie sehr sie sich vor dem Wilden aus dem schottischen Hochland, der ihr Mann werden sollte, fürchtete. Wie konnten ihre Eltern sie nur zu einer solchen Verbindung zwingen?

Obwohl Sabrina Ophelias Art, sich über ihren Zukünftigen zu äußern, abstieß, hatte sie doch auch Verständnis für sie. Schließlich war es schon lange nicht mehr üblich, dass Eltern für ihre Kinder Verlobungen mit völlig Fremden arrangierten. Da war Ophelias Angst doch nur verständlich.

Sabrina hätte noch viel mehr Verständnis für Ophelia aufbringen können, wenn sie den Wunsch geäußert hätte, dass sie aus Liebe heiraten wolle. Doch Liebe schien ihr als Heiratsgrund nicht besonders wichtig zu sein. Sie wollte vor allem einen höheren Adelstitel haben als den, den der Enkel des Marquis ihr bieten konnte. Dass es nicht allzu viele Männer im heiratsfähigen Alter gab, die diese Bedingung erfüllten, betrachtete Ophelia nicht als Hindernis. Sie war sich ganz sicher, dass sie einen angemessenen Kandidaten finden würde. Vielleicht gar einen Prinzen. Selbst ein König erschien ihr nicht zu hoch gegriffen, wenn sie es nur richtig anstellte. Und das traute sie sich ohne weiteres zu.

Sabrina wäre am liebsten im Erdboden versunken, als sie am Ende ihrer Reise dem Butler von Summers Glade gegenüber standen. Dieser erlegte sich keine Zurückhaltung auf und gab mit strenger Miene seiner Überraschung über den unverhofften Besucherandrang Ausdruck. Statt der erwarteten drei Gäste drängten sich nun bereits acht vor der Eingangstür. Zwei von Ophelias Bewunderern hatten sich ihnen unterwegs noch angeschlossen. Und das sollte erst der Anfang sein. Ophelia selbst war jedoch keine Spur von Verlegenheit anzumerken. Schließlich handelte es sich bei dem Butler nur um einen Hausangestellten.

»Wenn ich hier wohnen soll, bleiben meine Freunde auch hier«, verkündete sie. »Ich empfange immer viele Besucher. Sie sollten sich besser gleich daran gewöhnen.«

Zu Ophelias Glück standen ihre Eltern in diesem Moment noch außer Hörweite bei der Kutsche. Sonst hätte sie mit diesen herablassenden Worten den Zorn von Lord und Lady Reid auf sich gezogen. Doch zweifellos würde der treue Butler dem Marquis detailliert Bericht erstatten. Davon ging im Übrigen auch Ophelia aus. Sie wollte gar nicht, dass der alte Thackeray sie mochte. Je schneller er oder sein Enkel die Verlobung auflöste, desto besser.

Falls der Marquis sie vor die Tür setzte, hatten Sabrina und ihre Tanten wenigstens keinen weiten Nachhauseweg. Ihr eigenes Haus lag nur etwa zwanzig Minuten von Summers Glade entfernt am Rande eines kleinen Marktfleckens namens Oxbow. Notfalls konnten sie sogar noch mitten in der Nacht dorthin aufbrechen. Im Moment blieb ihnen nur abzuwarten, ob Lord Neville die Eskapaden der Zukünftigen seines Enkelsohnes hinnehmen würde.

10

Im oberen Stockwerk wusste man noch nichts von den Gästen aus London. Dort standen sich in diesem Augenblick Duncan und sein Großvater zum ersten Mal gegenüber. Duncan hatte darauf bestanden, in Nevilles Wohnzimmer auf den alten Lord zu warten, während dessen Kammerdiener sich beharrlich geweigert hatte, den Marquis auch nur eine Minute früher zu wecken als sonst. So war Duncans Geduld über zwei Stunden lang auf eine harte Probe gestellt worden.

Endlich war der Alte erschienen. Sein Kammerdiener hatte mit hochrotem Kopf das Weite gesucht. Der Marquis war wohl doch recht ungehalten darüber gewesen, dass ihm die Ankunft seines Enkels nicht unverzüglich gemeldet worden war. Duncan hatte die lange Wartezeit genutzt, um einen Eindruck von seinem Großvater zu bekommen. Eingehend hatte er die Gegenstände betrachtet, die Neville wichtig zu sein schienen. Wozu sollte der Alte sonst sein kleines privates Wohnzimmer mit ihnen füllen?

Fremdartig blickende Masken aus Afrika an einer Seite deuteten darauf hin, dass Neville diesen Erdteil bereist hatte – oder zumindest davon träumte. Eine andere Ecke des Raumes war ganz den verschiedensten chinesischen Kunstgegenständen gewidmet und rund um den offenen Kamin gab es ägyptische Ausgrabungsstücke zu bewundern. Neville musste entweder ein weit gereister Mann oder ein Sammler ungewöhnlicher Kunstgegenstände sein.

Das Mobiliar des Zimmers war allerdings im selben preziösen französischen Stil gehalten, der auch überall sonst im

Haus vorherrschte. Schon der Schreibtisch wirkte so zierlich, dass Duncan es nicht gewagt hätte, ihn zu benutzen. Er sah aus, als ob er schon unter der Last seines Ellbogens zusammenbrechen würde. Auf der Tischplatte standen zwei kunstvoll gemalte Miniaturporträts. Aus einem der beiden blickte ihm seine Mutter als junges Mädchen entgegen. Das Bildnis zeigte sie offenbar, ehe sie nach Schottland gegangen war, um ihren Donald zu heiraten. Auf dem anderen Bild war ein Kind mit auffallend rotem Haar zu sehen.

Duncan starrte es verwundert an. War es möglich, dass das Gemälde ihn selbst in Kindertagen zeigte? Er konnte sich indes nicht erinnern, jemals gemalt worden zu sein. Dem entsprach auch, dass der Knabe auf dem Bild nicht in einer für Familienporträts üblichen starren Pose verharrte; vielmehr spielte er fröhlich und selbstvergessen im Freien. Duncans Haar war in seiner frühen Jugend tatsächlich so flammend rot gewesen. Erst mit der Zeit hatte es einen dunkleren Ton angenommen. Das leuchtende Fuchsrot war einem ruhigeren Braunrot gewichen, das an herbstlich glänzende Kastanien erinnerte. Außer dem Haar hatte der Knabe nicht allzu viel Ähnlichkeit mit ihm. Oder vielleicht doch? Vielleicht war der Maler nicht besonders geschickt gewesen. Duncan suchte verbissen nach Erklärungen, warum das Kind auf dem Bild unmöglich er selbst sein konnte. Doch im Grunde seines Herzens wusste er längst, dass es tatsächlich niemand anders darstellte.

Warum wohl hatte Neville ein Bild von ihm auf seinem Schreibtisch stehen, wo er doch noch nie den persönlichen Kontakt zu Duncan gesucht hatte? Seine Briefe waren ausnahmslos an Archie gerichtet gewesen, nicht an seinen Enkel. Schon allein diese Tatsache zeigte doch eindeutig, wie der alte Thackeray zu seinem Nachkommen stand. Er betrachtete ihn als einen Besitz, der ihm versprochen worden war und auf den er deshalb einen rechtmäßigen Anspruch hatte. Duncan fühlte sich fast, als sei er einer der vielen exotischen Kunstgegenstände, die in diesem Zimmer versammelt waren. Einzigartig und wertvoll, aber doch nur ein Gegenstand, an den man weder sein Herz noch seine Seele hängte.

Endlich hatte das Warten eine Ende. Neville stand wie angewurzelt im Durchgang zwischen seinem Schlafzimmer und dem angrenzenden Wohnzimmer. Überrascht musterten Großvater und Enkel einander. Keiner von beiden sah genau so aus, wie der andere es erwartet hatte.

Nevilles Haar mochte schneeweiß sein, doch war es voll und glänzend. Der neuesten Mode entsprechend trug er es gerade so lang, dass es seine Ohren bedeckte. Die Jahre hatten es gut mit ihm gemeint. Nur einige wenige Falten hatten sich in sein Gesicht gegraben, und seine Augen blickten ihr Gegenüber so scharf und wach an wie die eines viel jüngeren Mannes. Sein gepflegter silbergrauer Kinnbart verfehlte nicht seine vornehme Wirkung. Dieser Eindruck von gediegenem alten Adel wurde durch seine Zierlichkeit, ja vielleicht sogar Zerbrechlichkeit noch verstärkt. Er war eher klein, hielt sich jedoch sehr aufrecht. Hier stand kein vom Tode gezeichneter Greis, wie Sir Henry ihn beschrieben hatte. Nein, ganz und gar nicht. Neville Thackeray schien bei bester Gesundheit.

»Du bist viel größer … als ich gedacht habe«, waren die ersten Worte, die ihm über die Lippen kamen.

Auch Duncan konnte seine Überraschung nicht verbergen. »Du siehst nicht so alt aus, wie ich erwartet habe. Und auch nicht so gebrechlich.«

Durch diese Worte war das Schweigen der ersten Überraschung gebrochen. Mit lebhafter Bewegung trat Neville nun vollends ins Zimmer. Doch als er sich hinter seinem schmalen Schreibtisch niederließ, seufzte er kaum hörbar auf. Duncan fand im ganzen Zimmer keinen Stuhl, der aussah, als könne er seinem Gewicht standhalten. Schließlich trat er an den Kamin. Dort angekommen, merkte er allerdings schnell, dass er einen ungünstigen Standort gewählt hatte, denn das kräftig lodernde Feuer darin heizte die unmittelbare Umgebung beinahe unerträglich auf.

Diese erstickende Wärme ließ ihn zu einem der drei fest verschlossenen Fenster streben. Er hatte plötzlich das dringende Bedürfnis, es aufzureißen und frische Luft in den Raum strömen zu lassen.

»Bitte lass das«, sagte Neville schnell und schien seine Gedanken zu erraten. Duncan sah ihn fragend an. Sichtlich verlegen erklärte der Alte: »Meine Ärzte sagen, ich muss mich vor Zugluft in Acht nehmen. Sie behaupten, dass meine Lunge inzwischen zu schwach sei, um auch nur noch dem kleinsten Fieberschub Stand zu halten. Bedauerlich, aber darum werden alle Räume, in denen ich mich aufhalte, so übermäßig beheizt.«

»Du warst also krank?«

»Voriges Jahr musste ich beinahe den ganzen Winter lang das Bett hüten. Dieses Jahr ist es etwas besser.«

Duncan nickte. Neville hatte nicht über seine schlechte Gesundheit geklagt, sondern nur sachlich erklärt, wie es um ihn stand. Duncan blieb an seinem Platz am Fenster, wo die Luft ihm wenigstens ein klein wenig kühler erschien. Doch sein Aufenthalt am Feuer, so kurz er auch gewesen sein mochte, hatte ihm den Schweiß auf die Stirn getrieben. Unwirsch streifte er seine Jacke ab, um sich etwas Erleichterung zu verschaffen.

»Ich nehme an, deine Körpergröße hast du von deinem Vater geerbt. Und auch dein Haar«, bemerkte Neville. Dabei musterte er seinen Enkel unablässig.

»Man sagt, ich hätte deine Augen.«

»Würdest du – könntest du etwas näher kommen, damit ich sie besser sehen kann?« Nevilles Frage klang beinahe flehentlich.

Duncan war verwirrt. »Mit deiner Sehkraft ist es wohl nicht zum Besten bestellt?«

»Ich habe Augengläser. Mit denen sehe ich etwas schärfer«, murmelte Neville grantig. »Aber ich verlege die verflixten Dinger andauernd.«

Dieser neue Ton erinnerte Duncan so sehr an Archie, dass er beinahe gelächelt hätte. Doch gerade noch rechtzeitig erinnerte er sich daran, dass dieser alte Mann nicht der Großvater war, der ihn aufgezogen und sich seine Liebe und Zuneigung verdient hatte. Dieser Mensch hier war, obwohl blutsverwandt, nie Teil seines Lebens gewesen. Er bedeutete ihm nichts.

Dennoch trat er nahe an Nevilles Schreibtisch heran. Am liebsten wäre er den durchdringenden Blicken des Alten ausgewichen. Er fühlte Verlegenheit in sich aufsteigen, doch zwang er sich, still zu stehen.

»Elizabeth wäre stolz, wenn sie dich heute sehen könnte.«

Diese Art Kompliment ärgerte Duncan mehr, als es ihm schmeichelte.

»Woher nimmst du denn diese Gewissheit?«, fragte er gereizt. »Ich denke, du hast sie seit ihrer Hochzeit mit meinem Vater nie wieder gesehen?«

Aus Duncans Tonfall sprach Bitterkeit und Ablehnung. Nun mochten manche seiner Sinne Neville im hohen Alter nach und nach den Dienst versagen – aber taub war er nicht. Er straffte sich und nahm eine noch aufrechtere Haltung an. Vielleicht wäre er ein paar Minuten zuvor noch bereit gewesen, mit seinem Enkel über die Vergangenheit zu sprechen. Doch Duncans anklagend hingeschleuderte Worte trafen ihn mehr, als er es wahrhaben wollte. Und auch er konnte stur sein.

Abrupt wechselte er das Thema. »Lady Ophelia und ihre Eltern werden nun jeden Moment hier eintreffen. Es wäre in unser aller bestem Interesse, wenn du bei der jungen Dame einen guten Eindruck hinterlassen würdest. Sie ist in der Londoner Gesellschaft sehr beliebt und hat bereits unzählige andere Angebote ausgeschlagen. Zwar wird sie aus der Verbindung mit dir mehr Nutzen ziehen als wir, doch müssen wir sie zumindest bis zu eurer Hochzeit bei Laune halten.« Kopfschüttelnd fügte er hinzu: »Versteh einer die jungen Leute heutzutage. Beim geringsten Anlass verlieren sie den Respekt und vergessen ihre Pflichten.«

Duncan hatte das sichere Gefühl, dass Nevilles letzter Satz vor allem ihm gegolten hatte. Sie mochten zwar Blutsverwandte sein, doch es stand dem Alten nicht zu, den Charakter seines Enkels zu beurteilen. Schließlich hatte er ihn nie persönlich kennen gelernt. Duncan fragte sich allerdings, was Archie in seinen Briefen an Neville über ihn geschrieben hatte.

»Wenn ich eine Verpflichtung eingehe, dann erfülle ich sie auch. Doch bisher ist mir nicht bewusst, dass ich mich zu irgendetwas verpflichtet fühlen müsste.«

Überrascht sah Neville seinen Enkel an. »Aber Sir Henry hat dir doch sicherlich von deiner Verlobung erzählt?«

»Er hat mir von einer Verlobung erzählt, die du eingefädelt hast. Mit mir hat das nichts zu tun. Du hast keinen dummen kleinen Jungen vor dir, Lord Neville, über den du nach Gutdünken verfügen kannst, sondern einen erwachsenen Mann. Ich bin hergekommen, weil meine Mutter es nun einmal so versprochen hat. Und weil es Archies sehnlichster Wunsch ist, werde ich auch so bald wie möglich heiraten. Aber meine Braut werde ich mir selbst aussuchen. Wenn deine Lady Ophelia mir zusagt, nehme ich sie vielleicht sogar. Aber eine Verpflichtung habe ich erst, wenn ich selbst mich dafür entscheide.«

»So ist das also«, entgegnete Neville betont langsam und beherrscht. »Man hat mir einen dickköpfigen, jungen Mann gebracht, der nichts als Flausen im Kopf hat.«

»Es tut mir Leid, aber ich glaube, da irrst du. Ich würde eher sagen, man hat dir einen Mann gebracht, der aus freien Stücken niemals hierher gekommen wäre. Irgendeiner von euch – du selbst, Archie, meine Mutter –, irgendwer hätte mir verdammt noch mal von diesem Versprechen erzählen sollen, bevor Sir Henry plötzlich aufgetaucht ist.«

Nach diesen Worten stürzte Duncan hastig aus dem Zimmer. Er wollte nicht noch mehr Dinge sagen, die er später vielleicht bereuen würde. Eigentlich hatte er seine innersten Gefühle gar nicht preisgeben wollen – jedenfalls nicht so schnell.

11

Sabrina nutzte die erste Gelegenheit, die sich ihr bot, zu einem Spaziergang ins Freie. Es ging doch nichts über einen erfrischenden Gang durch die vom Winter verzauberte Landschaft. Ihre Liebe zur Natur war nicht an eine bestimmte Jahreszeit gebunden. Wann immer sie konnte, hielt sie sich draußen auf. Ob klirrende Kälte oder wärmende Sonnenstrahlen – sie wollte alles auskosten, was die Natur ihr bot. Nicht selten hob sie ihr Gesicht dem prasselnden Regen entgegen, anstatt sich wie andere Menschen in den Schutz einer trockenen Behausung zu flüchten. Gerne ließ sie den Wind – ob sanft oder wild – mit ihrem Haar spielen, und wenn die Sonne ihr die Wangen wärmte, wollte sie singen vor Glück. Ihre Tanten hatten sie als Kind oft zärtlich geneckt, indem sie behaupteten, sie müsse eine Elfe sein, deren Flügel der Wind weggeweht hätte.

Sabrina stieg sicheren Schrittes den Hügel hinauf, den sie bereits von ihren weiten Spaziergängen her kannte. Bisher hatte sie Lord Nevilles ausgedehntes Anwesen immer nur von der Höhe dieser Erhebung aus betrachten können. Sie kannte die Veränderungen, die der Wechsel der Jahreszeiten dort bewirkte. Im Frühjahr, wenn das erste zarte Grün die mächtigen alten Bäume wie ein feines Festgewand einhüllte, würde es hier längst nicht mehr so trostlos aussehen wie jetzt im Winter.

Wie verwunschen lag Summers Glade nun im Tal unter Sabrina. Dabei wusste sie, dass der erste warme Frühlingsregen es aus der winterlichen Erstarrung wecken und zum Erblühen bringen würde. Überrascht gewesen war Sabrina allerdings von der luxuriösen, wenn auch etwas altmodischen Innenausstattung des Herrenhauses. Eigentlich schade, dass der Marquis so selten Gäste einlud und die Türen des Hauses seinen Nachbarn öffnete. Nicht nur die Lamberts waren neugierig auf den Alten und auf dessen Lebensstil.

Genau genommen hatte er nur einen Teil ihrer Reisegesellschaft direkt eingeladen. Nur Ophelia und ihre Eltern waren Nevilles persönliche Gäste. Die Lamberts und die anderen Begleiter der Reids fielen wohl eher unter die wenig geliebte Kategorie »überraschender unangemeldeter Besuch«. Wie der Hausherr auf diesen plötzlichen Ansturm reagieren würde, stand noch offen. Sabrina konnte sich durchaus vorstellen, dass ihre Tanten die gerade erst ausgepackten Taschen bei ihrer Rückkehr bereits wieder einpacken mussten. Doch selbst wenn dem so war, würde sie auf diese Art wenigstens einmal den geheimnisvollen Lord Neville zu Gesicht bekommen. In all den Jahren, in denen sie nun schon ihre ausgedehnten Streifzüge durch diesen entlegenen Teil Yorkshires unternahm, war es ihr noch nie gelungen, ihn selbst zu sehen, und sei es nur aus der Ferne.

Sabrina hatte keine Eile, zum Haus zurückzukehren. Die Aussicht, die die Anhöhe bot, verdiente, dass man einige Zeit dort oben verbrachte. Ohne einen Gedanken daran zu verlieren, was Schmutz oder Grasflecken mit ihren Kleidern anrichten konnten, ließ sie sich in einer sonnigen Kuhle nieder. Zu dieser Jahreszeit war Sonnenschein ein kostbares Geschenk, und Sabrina wollte ihn ein paar Minuten lang genießen. In ihrer Kindheit hatten ihre Tanten sich ständig beklagt, dass ihre abenteuerlustige kleine Nichte nie aus ihren Kleidern herausgewachsen war. Denn lange vorher hatte sie sie stets zerrissen, wenn sie wieder einmal eine dornige Hecke erkunden musste, oder aber so beschmutzt, dass es nicht mehr zu retten gewesen war.

Solche unwichtigen Äußerlichkeiten hatten Sabrina eigentlich nie sonderlich gekümmert. Noch heute war ihr einerlei, was andere Menschen über ihr Aussehen dachten. Bei dem wenigen, was die Natur ihr an Schönheit geschenkt hatte, empfand sie es als reine Zeitverschwendung, sich herauszuputzen oder zu schmücken.

Sie nahm ihre Haube ab und legte sie neben sich in das borstige braune Gras. Der Wind spielte mit dem zarten Gebilde und hätte es weggetragen, doch Sabrina hielt die Bänder fest in der Hand. Sie schloss die Augen und schmunzelte über das Kribbeln auf ihrer Kopfhaut, als ein Windstoß ihr Haar erfasste, Teile aus ihrer Frisur löste und ihr wild um das Gesicht wehen ließ. Eine Haarsträhne kitzelte ihre Nase und brachte sie zum Kichern.

Weil sie so selbstvergessen mit geschlossenen Augen im pfeifenden Wind saß, bemerkte sie auch erst im letzten Augenblick den Reiter, der wie aus dem Nichts herangeprescht kam. Fast wäre sie unter die stampfenden Hufe des Pferdes geraten, so ganz und gar unerwartet galoppierte er von der anderen Seite her den Hügel hinauf.

Die unverhofft am Boden sitzende Gestalt flößte dem Pferd einen gewaltigen Schrecken ein. Wiehernd und schnaubend stieg es auf die Hinterbeine. Nur weil sein Reiter es geistesgegenwärtig herumriss, entkam Sabrina den wild schlagenden Vorderhufen um Haaresbreite. So war es glücklicher Weise nur ihre Haube, die unter die aufstampfenden Hufe des verängstigten Tieres geriet. Doch noch war Sabrina zu sehr mit sich selbst beschäftigt, um diesen Verlust überhaupt zu bemerken. Instinktiv hatte sie sich zur Seite geworfen. Es war bei weitem schneller und sicherer, wenn auch ganz und gar undamenhaft, über den Boden wegzurollen, als erst umständlich die hinderlichen Röcke zu raffen, damit sie aufspringen konnte.

Eine zweite Gestalt rollte ebenfalls durch das struppige braune Gras den Hügel hinab. Der Reiter hatte das Gleichgewicht verloren, als er das sich aufbäumende Pferd herumgerissen hatte. Zwar dämpfte der weiche Boden seinen Aufprall, doch der Schwung seines Sturzes reichte aus, um ihn ein ganzes Stück weit den Hügel hinunterpurzeln zu lassen.

Sabrina fing sich zuerst. Sie rappelte sich auf und schüttelte ihre Röcke aus. Der Mann saß mit gespreizten Beinen etwas von ihr entfernt im Gras und schaute sich verwirrt um. Sein Pferd schien inzwischen entschieden zu haben, dass ihm wohl doch keine Gefahr drohte. Leise schnaubend bewegte sich das prächtige Tier ein paar Schritte weiter. Sabrinas Haube haftete noch an einem Huf, und es knabberte vorsichtig an den Seidenblumen, die den inzwischen völlig lädierten Kopfputz einmal geziert hatten.

Sabrina konnte nicht umhin zu bemerken, wie athletisch und kraftvoll der Mann aussah, der noch immer benommen auf der Erde saß. Ein grober, kurzer Wintermantel spannte sich über seine sehr breiten Schultern. Doch es waren seine Beine, an denen Sabrinas Blick hängen blieb. Sie staunte über die kräftigen nackten Knie, die zwischen seinem Kilt und dem Rand seiner hohen Schuhe hervorlugten.

Ein Kilt mitten im Winter! Wie ungewöhnlich! Im Sommer hatte Sabrina in Oxbow schon manchmal durchreisende Schotten in dieser für einen Mann doch recht eigenartigen Bekleidung gesehen, doch in der kalten Jahreszeit zogen sich die meisten schottischen Reisenden lieber etwas wärmer an. Spürte dieser Mann denn die Kälte nicht?

Sie konnte sich schon denken, wen sie vor sich hatte – Ophelias Zukünftigen. Der Kilt und seine Haarfarbe ließen keinen Zweifel daran, dass er Schotte war. Und vor seinem Sturz war er in Richtung Summers Glade geritten, wo man einen Schotten erwartete. Was für eine wunderbare Überraschung für Ophelia! Ganz sicher würde sie ihre Meinung über ihren Bräutigam sofort ändern, wenn sie ihn erst zu Gesicht bekam. Wie sollte sie auch einen so gut aussehenden Heiratskandidaten verschmähen? Selbst Sabrina musste sich eingestehen, dass ihr der junge Mann gefiel.

Als er aufstand, sah sie, dass er nicht nur kräftig, sondern auch ungewöhnlich groß war. Energisch klopfte er Schmutz und Pflanzenreste von seinem Kilt. Dass Sabrina dabei ganz unverhofft auch seine muskulösen Schenkel zu sehen bekam, trieb ihr die Röte ins Gesicht. Er hatte sie wohl noch gar nicht bemerkt. Zum Glück blies der Wind so kräftig, dass ihre Wangen ohnehin schon ziemlich rosig sein mussten. So würde ihre Verlegenheit wenigstens nicht allzu sehr auffallen.

»Ist Ihnen etwas passiert?«

Er fuhr zu ihr herum. »Ach, da sind Sie ja. Eigentlich sollte ich Sie das fragen. Ich habe Sie erst im letzten Augenblick in der Kuhle sitzen sehen.«

Sabrina lächelte. Sein schottischer Akzent war nicht zu überhören, und er sprach mit einer angenehm tiefen Stimme. Wie er redete, gefiel ihr. Es klang zwar etwas fremd, aber doch auf ganz eigene Weise melodiös. Und das tiefe Blau seiner Augen! Sabrina verwirrte diese Farbe fast ebenso wie sein direkter Blick.

»Das habe ich mir fast gedacht.«

»Ich muss mich entschuldigen. Dieses Untier da und ich sind uns manchmal nicht ganz einig«, erklärte er mit einem finsteren Blick auf sein Pferd. »Aber wenn der Weg nicht gar zu weit ist, gehe ich ohnehin lieber zu Fuß.«

Welch ein eigenartiger Zufall. Auch Sabrina bewegte sich lieber auf Schusters Rappen, obwohl sie eine recht gute Reiterin war. Hier auf dem Land wurde man schon, beinahe bevor man recht laufen konnte, zum ersten Mal auf ein Pferd gesetzt. Doch die Art, wie der umständliche Damensattel ihre Bewegungsfreiheit einschränkte, war ihr zuwider. Und wozu hatte der liebe Gott ihr zwei kräftige Beine geschenkt, wenn nicht, um sie zum Marschieren zu benutzen?

Der Schotte hatte von weiten Entfernungen gesprochen. Das bewegte Sabrina zu der Frage: »Sie sind wohl gerade erst auf dem Weg nach Summers Glade?«

Einer seiner finsteren Blicke traf das Anwesen am Fuße des Hügels, bevor er antwortete: »Nein, ich brauchte nur dringend etwas frische Luft. Und ich dachte, dass ein Ausritt mit dem Hengst genau das Richtige wäre. Dumme Idee! Ich hätte wissen müssen, dass Reiten mir mehr Ärger als Entspannung bringen würde.«

Sabrina kicherte über seine grimmigen Worte. Duncan blickte überrascht auf. Ein Mädchen, das angesichts seiner mörderischen Laune nicht eingeschüchtert verstummte, sondern fröhlich gluckste, war schon einen näheren Blick wert.

Vor ihm stand ein zerzaustes kleines Wesen, dem der Wind die langen braunen Haare um den Kopf wirbelte. Im Grunde gefiel ihm das besser als die oft künstlich wirkende Eleganz, die für junge Damen wohl heutzutage schicklich war. Das Mädchen mochte etwas klein geraten sein, aber nicht einmal der dicke lange Mantel, der es vom Hals bis zu den Knöcheln einhüllte, konnte ihre vollen, runden Brüste verbergen. Was machte es da schon, dass an dem Kleidungsstück ein, zwei Knöpfe fehlten? Und dann blickte Duncan in die ungewöhnlichsten Augen, die er je gesehen hatte: atemberaubend schön und – lilafarben.

Eine plötzliche Eingebung ließ ihn fragen: »Sind Sie etwa Lady Ophelia?«

»Nein, um Himmels willen, die bin ich nicht. Aber Sie müssen der Wilde aus dem schottischen Hochland sein, von dem alle reden.«

Sonderbarerweise versetzten die Worte des Mädchens Duncan nicht in Wut. Vielleicht lag das an dem Zwinkern seiner bezaubernden Augen, mit dem es seine freche Rede begleitet hatte. Dass man ihn in gewissen Kreisen einen Wilden nannte, schien es zu belustigen. Das belustigte nun wiederum ihn.

Schließlich trug er ja seinen Kilt mit voller Absicht, obwohl er ihm für den Winter eigentlich nicht warm genug war. Aber Neville sollte ruhig wissen, dass ihm alles Schottische tausendmal lieber war als jegliches Englische. Außenstehenden mochte sein Schottenrock zu dieser Jahreszeit wohl wirklich etwas unzivilisiert erscheinen, obwohl das bisschen englische Kälte im Vergleich zum schottischen Hochlandwinter ein laues Lüftchen war. Duncan konnte sich ein Grinsen nicht verkneifen.

»Ganz recht, genau der bin ich wohl«, antwortete er.

»Sie sind übrigens gar nicht so alt, wie ich dachte«, bemerkte Sabrina.

Fragend hob Duncan eine braunrote Augenbraue. »Wie alt sollte ich denn Ihrer Meinung nach sein?«

»Mindestens vierzig.«

»Vierzig?«, stieß er hervor.

Das Lachen dieser zerzausten Maid war ansteckend. Duncan musste seine ganze Selbstbeherrschung aufbieten, um nicht einfach darin einzustimmen. Vielmehr versuchte er, ihr einen strengen Blick zuzuwerfen.

»Sie halten mich zum Narren, nicht wahr?«, fragte er.

»Wie schnell Sie das bemerkt haben!«

»Ich kenne nicht viele Menschen, die sich das getrauen würden.«

Sie lächelte zu ihm hinauf. »Ich kann mir einfach nicht vorstellen, dass Sie so unzivilisiert und verwildert sind, wie die Leute sich erzählen. Schließlich bin ich auch keine lebende Tote, wie manche Zeitgenossen glauben. Das ist ja das Eigenartige an Tratsch und Gerüchten. Das wenigste davon ist wahr, aber die meisten Menschen glauben nur zu gerne alles, was man ihnen vertraulich zuträgt.«

»Das heißt dann wohl, mein Großvater Neville hat einen Barbaren erwartet«, bemerkte Duncan.

Lachend schüttelte Sabrina den Kopf. »O nein, ganz sicher nicht. Immerhin ist er ja mit Ihnen verwandt. Nein, nein, nur die Leute, die Sie noch nicht kennen und sich fragen, wie so ein Hochlandschotte wohl sein mag, munkeln von einem Wilden. Man sieht einfach nicht sehr viele Schotten aus dem Norden unten in England und kann sich kaum vorstellen, dass die Zivilisation schon bis ins schottische Hochland hinauf vorgedrungen ist. Oh, Himmel, was plappere ich da nur?«

Duncan hatte sie schon anknurren wollen. Mit ihrer indirekt geäußerten Vermutung, dass sein Großvater ihn kenne, hatte sie, wenn auch ohne es zu ahnen, seinen wundesten Punkt getroffen. Doch der Rest ihrer Rede hatte ihn wieder besänftigt. Er hatte gute Lust, ihre Neckerei zu erwidern, anstatt sie ernsthaft über die durchaus zivilisierten Zustände in seiner Heimat aufzuklären.

»Muss sie denn wirklich überall sein?«, fragte er sie.

»Was denn?«

»Die Zivilisation.«

Sie schien eingehend über diese Frage nachzudenken und antwortete dann mit ernster Miene: »Nun, wahrscheinlich ist das Hochland nicht ganz so fortschrittlich wie England. Das wäre ja auch beinahe unmöglich. Aber sicherlich gibt es dort keine Barbaren von der ganz wilden Sorte mehr. Sie selbst sind der beste Beweis dafür. Oder haben Sie Ihre Kriegsbemalung nur vergessen?«

Nun war es um Duncans Beherrschung geschehen. Er lachte schallend und wollte sich gar nicht wieder fangen, sogar Lachtränen wischte er sich aus den Augen.

Als er sich wieder etwas beruhigt hatte, merkte er, dass das Mädchen ihn mit gerunzelter Stirn musterte. Seine wunderschönen Augen blickten groß und rund, als es schließlich fast ehrfürchtig flüsterte: »Es ist tatsächlich so, nicht wahr? Sie haben sie nur vergessen.«

Duncan wollte sich ausschütten vor Lachen. Prustend warf er sich ins Gras. Es dauerte eine ganze Weile, bis er sich wieder beruhigt hatte. Zu seiner Verwunderung fühlte er sich ... nun, beinahe so unbefangen wie zu Hause in seinem geliebten Hochland. In diesem Augenblick spürte er weder

Wut noch Bitterkeit. Sabrinas verschmitztes Grinsen sagte ihm, dass sie ihn wieder nur aufgezogen hatte.

Welch eine angenehme Überraschung, solch einer jungen Dame zu begegnen! So hatte Duncan sich die englischen Ladys nicht vorgestellt. Wenn es noch mehr von ihrer Sorte gab, konnte er sich vielleicht doch noch mit dem Gedanken anfreunden, eine von ihnen zu heiraten.

12

Die Zahl der unverhofften Gäste auf Summers Glade stieg im Laufe des Tages noch beträchtlich an. Am Ende ließ Neville Thackeray sie nur deshalb nicht allesamt aus dem Haus werfen, weil er auf keinen Fall allein mit seinem Enkel zurückbleiben wollte. Der unglückselige Ausgang seines ersten Zusammentreffens mit Duncan machte ihm zu schaffen. Nun war seine einzige Hoffnung, dass all die jungen Leute, die ihm Lady Ophelia Reid unverschämterweise ins Haus geschleppt hatte, Duncan auf andere Gedanken bringen würden. Vielleicht konnte er sich dann mit seinem neuen Zuhause etwas anfreunden.

Bisher war offensichtlich eher das Gegenteil der Fall. Duncan war die Reise nach England höchst zuwider gewesen. Neville war es seltsamerweise zuvor nie in den Sinn gekommen, dass sein jahrzehntelang herbeigesehnter Erbe vielleicht gar nicht sein Erbe sein wollte. Nun wusste er nicht recht, was er mit diesem störrischen jungen Mann anfangen sollte. Und es war ihm ein Rätsel, wie er seinem Enkel die Verantwortung, die sein umfangreiches Erbe nun einmal mit sich brachte, schmackhaft machen konnte.

Duncan hatte noch viel zu lernen, um einmal die Geschicke von Summers Glade lenken zu können. Vielleicht war es besser, den Jungen nicht gleich mit Erklärungen und Einweisungen in seine neuen Pflichten zu überfallen. Man musste wohl eher behutsam und schrittweise vorgehen. Im Moment war das Wichtigste, ihn unter die Haube zu bringen. Darauf wollte Neville sich zunächst konzentrieren. Immerhin hatte

Duncan sich damit einverstanden erklärt – wenn auch nur Archie zuliebe.

Die Tatsache, dass der Junge bereit war, sich den Wünschen seines schottischen Großvaters zu beugen, während er von den Sorgen und Nöten seines englischen Großpapas überhaupt nichts wissen wollte, erregte Nevilles Zorn. Nach all den Jahren, die Duncan bei dem alten Sturkopf in Schottland verbracht hatte, wunderte sich Neville zwar nicht über Duncans Dickköpfigkeit, aber sie ärgerte ihn durchaus. Wahrscheinlich konnte er sich schon glücklich schätzen, dass Archibald Duncan überhaupt zum Heiraten überredet hatte. Doch erst wenn der Junge endlich verheiratet und Vater eines Sohnes geworden war, würde Neville erleichtert aufatmen können. Der Marquis traute seinem langjährigen schottischen Widersacher ohne weiteres zu, dass der nur darauf wartete, bis Neville das Zeitliche segnete, um Duncan wieder zurück ins Hochland holen zu können. Wenn er nicht vorher einen neuen Erben bekam.

Nevilles diesbezügliche Sorgen waren keineswegs übertrieben. Seine jahrelangen Streitereien mit Archibald MacTavish hatten ihn gelehrt, dass der knauserige Schotte nichts so leicht aus der Hand gab, was er als seinen persönlichen Besitz betrachtete. Der Mann war die Sturheit in Person. Der ganze Kuhhandel, den der Schotte um ihre gemeinsamen Erben angezettelt hatte, ging Neville gegen den Strich. Duncan *war* nun einmal sein einziger Nachkomme. Und deshalb hätte er auch ohne Elizabeths Versprechen Nevilles Titel und seinen gesamten Besitz in England geerbt.

Dass Duncan auch Archibalds einziger Nachkomme war, betrachtete Neville nicht als Problem. Wozu gab es schließlich Verwalter? Mit deren Hilfe hätte der Junge seine Zeit ohne weiteres zwischen den beiden großväterlichen Anwesen in Schottland und Yorkshire teilen können. Natürlich war es Nevilles Herzenswunsch, dass sein Enkel sich ganz seinem englischen Erbteil widmete. Doch solche Träume gestattete der Alte sich nur in wenigen schwachen Momenten. Als vermögender Engländer hatte man in diesen Zeiten ohnehin keine andere Wahl, als seine auf dem gesamten Erdball verstreuten Besitztümer von Verwaltern bewirtschaften zu lassen. Hin und wieder sah man wohl persönlich nach dem Rechten. Zuweilen waren die Ländereien, die dem englischen Adel an fernen Ufern zugesprochen wurden, so weit entfernt, dass ihr Besitzer sie nie in seinem Leben persönlich aufsuchen konnte.

Der Schotte sah die Dinge natürlich ganz anders. Er bildete sich ein, Duncan sei ihm durch Elizabeths Versprechen entrissen worden, und forderte nun die baldige Fortführung der Blutlinie, damit auch er noch zu seinem Erben kam. Natürlich lag es auch in Nevilles Interesse, dass die Familie weitergeführt wurde und vielleicht sogar wieder wie in alten Zeiten aufblühte, wuchs und gedieh. Welcher Mann wünschte sich das nicht? Duncan musste mit seinen Nachkommen gleich den Fortbestand von zwei alten, hoch angesehenen Familien sichern: den der englischen Thackerays und der schottischen MacTavishs. Mit dieser verantwortungsvollen Aufgabe konnte er gar nicht früh genug beginnen.

Neville war ganz zufrieden mit der Wahl, die er für seinen Enkel getroffen hatte, wiewohl er Duncans zukünftige Braut im Grunde gar nicht selbst ausgesucht hatte. Archies unsägliche Forderung, dass nur die Schönste der heiratsfähigen jungen Engländerinnen für seinen Enkel in Frage kam, hatte zu einem ungeheuren Aufwand bei der Suche nach der passenden Braut geführt. Neville waren hierbei seine Beziehungen zu den höchsten Londoner Gesellschaftskreisen zugute gekommen. Als man dort Ophelia zur weitaus schönsten Debütantin der bevorstehenden Saison erklärt hatte, war er unverzüglich an deren Eltern herangetreten.

An diesem Nachmittag hatte er Ophelia nun endlich selbst zu Gesicht bekommen. Ihre Schönheit war tatsächlich so überwältigend, wie man ihm versichert hatte. Und wenn sie sich ein wenig steif und hochnäsig gegeben hatte, so konnte man das mit der in ihrer Situation durchaus verständlichen Nervosität eines jungen, unerfahrenen Mädchens entschuldigen. Bestimmt war es für das gute Kind sehr aufregend gewesen, endlich den Mann kennenzulernen, der für sie so etwas wie ihr Schwiegervater sein würde.

Im Übrigen empfand Neville einen gewissen Stolz bei Personen seines Standes als durchaus wünschenswerte Eigenschaft. Ihm selbst wurde diese Haltung ebenfalls gerne nachgesagt. Ein wenig Arroganz und überlegene Haltung an der richtigen Stelle und gegenüber den richtigen Leuten eingesetzt, konnte manchmal ganz nützlich sein. Und wenn sein Enkel das Mädchen erst einmal mit eigenen Augen sah, war er sicher sofort überwältigt von ihrer Schönheit und würde über ihre anderen Eigenschaften großzügig hinwegsehen. Das Wichtigste war doch, dass dem Jungen die für ihn auserwählte Braut gefiel.

Sabrinas Vermutung, dass Ophelia ihren Widerstand gegen eine Heirat mit Duncan aufgeben würde, wenn sie ihn erst einmal persönlich in Augenschein genommen hatte, war im Grunde gar nicht so abwegig. Doch dazu hätten die beiden zukünftigen Ehegatten einander zunächst allein und unter ganz anderen Umständen begegnen müssen.

Das Schicksal wollte es, dass Ophelia gerade von all ihren Freundinnen und Bewunderern umringt im Salon Hof hielt, als Duncan unvermittelt in diese Versammlung eleganter junger Menschen platzte. Gerade erst von seinem Ausritt zurückgekehrt, trug er noch immer den auffälligen Kilt, den er eigentlich nur anlegt hatte, um Neville zu ärgern. Ophelia jedoch sah in seinem Aufzug die Bestätigung all der haltlosen Gerüchte, die sie über ihn in Umlauf gebracht hatte. Auch auf ihre Freunde verfehlte Duncans von seinem Sturz noch etwas ramponierte Kleidung nicht ihre Wirkung.

»Gütiger Himmel! Er trägt einen Rock«, flüsterte eine der jungen Damen entsetzt.

»In Schottland ist das für Männer ganz normal«, versuchte eine andere zu beschwichtigen. »Das ist kein Rock, sondern ein –«

»Es ist ein Rock, so wahr ich hier stehe. Und ich dachte schon, das ganze Gerede über den Wilden sei nur ein Gerücht. Aber anscheinend stimmt doch alles haargenau.«

Ophelia empfand die Situation als überaus peinlich. Dabei hasste sie fast nichts so sehr wie dieses Gefühl. Sie war darauf vorbereitet gewesen, Duncan MacTavish auf jede nur erdenkliche Art lächerlich zu machen. Und jetzt stand er vor ihr und bestätigte allein durch seine Erscheinung mühelos all ihre bisherigen Sticheleien und intriganten Geschichten über den Barbaren aus dem Hochland. Ihn selbst nahm sie eigentlich kaum wahr. Sie sah nur den Kilt und den kräftigen Rotstich in seinem vom Wind zerwühlten kastanienbraunen Haar. Ein leibhaftiger schottischer Wilder war in ihre elegante kleine Gesellschaft geplatzt.

In gewisser Weise war Ophelia auch erleichtert. Ihre Eltern würden auf der Stelle einsehen, dass ein so durch und durch barbarischer Hochlandschotte unmöglich ihre einzige Tochter heiraten konnte. Sie kannten die Gerüchte, die es über ihn gab. Dafür hatte Ophelia natürlich gesorgt. Doch die Reids waren all ihren Einwänden und Bedenken gegenüber taub gewesen. Nun mussten sie ihre Meinung ändern. Ophelia hätte sich also freuen können.

Dennoch wollte sie trotz ihrer Erleichterung vor Wut beinahe platzen. Da hatte sie nun unter Aufbietung ihrer ganzen Geschicklichkeit, mit exakter Berechnung und unter größten Mühen die Legende über den unberechenbaren Wilden aus dem Norden aufgebaut, und nun kam dieser Mensch daher und bewies allein durch sein Aussehen, dass jedes Wort davon wahr war. Wie konnte er es wagen, sie so in Verlegenheit zu bringen? Ihre Wangen glühten vor Zorn. Und das, obwohl Dunkelrot ihr doch gar nicht stand.

Ophelias Zorn steigerte sich ins Unermessliche, als Duncan auf sie zutrat. Mit einer Verbeugung, die sie als völlig übertrieben abtat, begrüßte er sie. »Da es auf der ganzen Welt kaum eine schönere Frau geben kann, müssen Sie Lady Ophelia sein«, sagte er dabei in seinem melodischen schottischen Akzent.

Ophelia hatte ihn auch gut verstanden. Dennoch versetzte sie kalt: »Wenn Sie Ihre Komplimente auf Englisch vorbringen würden, könnten sie mich vielleicht beeindrucken. Es wäre jedoch zunächst angebracht, dass Sie sich um einen passenderen Aufzug bemühen. Oder gefallen Schotten sich in Frauenkleidern?«

Mit dieser Antwort hatte sie die schlimmste Beleidigung ausgesprochen, die für einen Mann aus dem Hochland überhaupt denkbar war. Doch Duncan wäre vielleicht sogar bereit gewesen, ihr einen solch schweren Angriff auf seine schottische Mannesehre zu verzeihen. Schließlich war sie nie aus England herausgekommen und wusste es vielleicht nicht besser. Aber er spürte, dass diese Frau ihre verletzenden Worte mit purer Absicht und Berechnung gewählt hatte. Das Zischeln und Kichern der Umstehenden, das ihrer Rede folgte, bestätigte sein Gefühl. Beifallheischend wandte Ophelia sich ihren eleganten Freunden zu, die ein dankbares Publikum für ihre Unverschämtheiten abgaben.

Duncan fühlte sich tief verletzt und völlig unverdient der Lächerlichkeit preisgegeben – aber genau das hatte die junge Dame wohl beabsichtigt. Warum sie ihn so behandelte, war ihm ein Rätsel. Er konnte sich ihre Boshaftigkeit nicht erklären. Grenzenlose Enttäuschung überfiel ihn. Im ersten Moment war er von ihrer unglaublichen Schönheit ganz hingerissen gewesen. Fast hatte er schon im Stillen seinem Großvater danken wollen, dass er eine so überwältigend schöne Frau für ihn ausgesucht hatte. Umso heftiger traf ihn ihre Gemeinheit.

In Duncans Augen fiel in diesem Augenblick alle Schönheit von Ophelia ab. Sie hatte sich durch ihre verletzenden Worte in eine Kreatur verwandelt, wie sie hässlicher gar nicht sein konnte.

Er machte auf dem Absatz kehrt und verließ ohne ein weiteres Wort den Salon. Kaum aus der Tür, fand er sich auch schon seinem Großvater gegenüber, der gerade nach seinen Gästen sehen wollte.

Duncan stürmte, ohne innezuhalten, an ihm vorbei und eilte fast die Treppe zum oberen Stockwerk hinauf. Nur drei Worte presste er im Vorübergehen hervor. »Die nicht – niemals!«

Neville war schockiert von der absoluten Bestimmtheit, die er aus der Stimme seines Enkels heraushörte. Einen Moment lang wollte er dem Impuls nachgeben, ihm zu folgen, um herauszufinden, was vorgefallen war. Doch dann dachte er an das gespannte, ja fast feindselige Verhältnis, das bisher zwischen ihnen bestand. Er musste eben selbst herausfinden, wie der Junge so schnell zu einer so harten Entscheidung gelangt war.

Noch wenige Minuten zuvor hatte der Alte sich zu seinem Erfolg bei der Brautschau für seinen Enkel gratulieren wollen. Ophelia Reid war ihm als nahezu perfekte Kandidatin erschienen. Ein Jahr Arbeit und Mühen hatte es ihn gekostet, sie aufspüren zu lassen. Und jetzt das! Neville war mehr als verstimmt. Er winkte seinen Butler heran, der in der großen Eingangshalle die Anweisungen seines Herrn erwartete. Schon seit jeher konnte der Marquis sich darauf verlassen, dass diesem ihm ergebenen Mann nichts entging, was sich im Herrenhaus zutrug. Sofort nach dem Eklat im Salon hatte der Butler ein Hausmädchen, das dort wie zufällig mit dem Verteilen von kleinen Erfrischungen beauftragt gewesen war, zu sich zitiert. Von ihr hatte er erfahren, was er nun an den Hausherrn weitergeben konnte.

Neville hörte mit zunehmend finsterer Miene, was sein Butler ihm erzählte. Wie hatte diese dumme Gans sich nur so unsäglich danebenbenehmen können? Schönheit an sich war vielleicht etwas Begehrenswertes. Aber nicht, wenn sie mit so viel Dummheit und Niedertracht gepaart war. Duncan hatte Recht. Ophelia war nie und nimmer die Richtige für ihn.

13

Sabrina blieb allein auf dem Hügel zurück, während Duncan wieder nach Summers Glade hinunterritt. Schließlich konnte er nicht wissen, dass auch ihr Weg sie wieder dorthin zurückführen würde. Sie ließ sich viel Zeit, bevor sie den Hügel wieder hinabging. Noch einmal setzte sie sich für eine Weile ins borstige Gras der sonnigen Kuhle, um über ihr denkwürdiges Zusammentreffen mit dem Schotten nachzusinnen. Sabrina rief sich jeden einzelnen Moment, jedes einzelne Wort, das sie gesprochen hatten, noch einmal in ihre Erinnerung zurück. Sie wollte das eben Erlebte und die völlig neuen und eigenartig verwirrenden Gefühlsregungen, die sie in ihr hervorgerufen hatte, festhalten und sie nie mehr in ihrem Leben vergessen.

Nie hätte sie gedacht, dass ein harmloser Spaziergang eine so aufregende Wendung nehmen könnte. Und noch nie hatte sie einen so gut aussehenden Mann getroffen. Wie ungewöhnlich er war! Ihr Gefühl sagte ihr, dass er mit ihr hatte lachen und scherzen *wollen*. Und doch hatte es sie einige Mühe gekostet, ihn dann tatsächlich so weit zu bringen! Sie fragte sich, was ihn in eine so finstere, verdrossene Stimmung versetzt haben mochte.

Aber am Ende hatte er dann doch sein Lachen nicht mehr unterdrücken können. Sabrinas Herz erwärmte sich bei dem Gedanken, dass es ihr gelungen war, den jungen Schotten aufzuheitern, denn sie hatte ihn spontan gemocht. Normalerweise dauerte es viel länger, bis sie sich in der Gesellschaft eines Fremden so wohl fühlte wie eben mit ihm. Doch wem wäre es an ihrer Stelle anders ergangen? Seine Augen, seine

Stimme, sein Lächeln, sein Sinn für Humor, wenn er ihm gestattete, seine düstere Maske zu durchbrechen, und natürlich auch sein gutes Aussehen – wer konnte sich dem entziehen? Sabrina staunte ein wenig über den Tumult, den Duncan innerhalb weniger Minuten in ihrem Gefühlsleben ausgelöst hatte. Aber sie musste zugeben: Sie hatte jeden Augenblick, den sie mit ihm verbracht hatte, genossen.

Doch dann schüttelte sie ihre Tagträume ab, als seien es Wassertropfen. Sie durfte sich keine falschen Hoffnungen auf einen solchen Mann gestatten. Jemand wie er war ganz allein für die Ophelias dieser Welt bestimmt. Das mochte bedauerlich, ja sogar traurig sein, doch ändern ließ sich daran nichts. Nur überwältigend schönen Menschen war es vergönnt, andere gleichfalls schöne Menschen in ihren Bann zu ziehen. Mädchen wie sie selbst wurden dagegen von weniger ansehnlichen, aber dafür netten, intelligenten und vielseitig veranlagten Männern umworben. Sie würde jemanden heiraten, der gemeinsam mit ihr über die Hügel wanderte, mit ihr lachte und den Sonnenuntergang betrachtete …

Erschrocken merkte Sabrina, dass die Sonne wirklich schon beinahe hinter dem Horizont verschwunden war. Wie hatte sie nur so die Zeit vergessen können?

Behände sprang sie auf und rannte fast den ganzen Weg nach Summers Glade zurück. Sie betrat das Haus durch einen der Seiteneingänge, damit sie, zerzaust und schmutzig wie sie war, nicht allzu vielen Menschen begegnete. Über eine schmale Hintertreppe, die sonst der Dienerschaft vorbehalten war, gelangte sie schließlich zu ihrem Zimmer. Dort wurde sie schon ungeduldig erwartet. Ihre Tante Alice war gerade dabei, ihre Kleider wieder einzupacken.

»Wo bist du nur so lange gewesen?«, fragte Alice murrend, als ihre Nichte endlich durch die Tür trat. »Die anderen Gäste sind längst abgefahren.«

»Die anderen sind weg? Es hat Lord Neville also doch gestört, dass gleich halb London bei ihm eingefallen ist?«

Alice schüttelte unwillig den Kopf. »Wer kann schon sagen, was in den Alten gefahren ist? Zuerst war ihm die ganze Gesellschaft gerade recht, und dann konnte er die Besucher plötzlich nicht schnell genug loswerden. Nicht dass mich das bei diesem senilen alten Spinner wundern würde. Wir hatten uns gerade erst etwas frisch gemacht, als seine Haushälterin an unsere Tür klopfte und uns aufforderte zu gehen. Die arme Frau! Man sah ihr an, wie schrecklich peinlich ihr das Ganze war.«

Sabrina begann ihrer Tante beim Packen zu helfen. »Eigentlich kann ich Lord Thackeray ja verstehen. Schließlich hatte er ja außer den Reids niemanden eingeladen. Wahrscheinlich möchte er, dass Ophelia und ihr Bräutigam sich erst einmal in Ruhe kennenlernen –«

»Wohl kaum, meine Liebe. Die Reids sind bereits auf dem Weg zurück nach London.«

»Sie sind abgereist?«, fragte Sabrina verdutzt. »Nur weil der Marquis nicht gleich zu Ehren Ophelias ein rauschendes Fest veranstalten wollte? Hat sie etwa deshalb eine Szene gemacht und ihre Taschen gepackt?«

»Das kann ich dir nicht sagen. Mit mir haben die Reids vor ihrem überraschenden Aufbruch jedenfalls nicht mehr gesprochen. Du kannst ja deine Tante Hilary fragen. Vielleicht weiß die etwas Genaueres.«

Genau das tat Sabrina, während die Lamberts mit ihrem Gepäck auf ihre Abreise warteten. Sie würden eine von Lord Nevilles prächtigen Kutschen borgen müssen, da sie ja gemeinsam mit den Reids gekommen waren und nun plötzlich ohne eigenes Gefährt dastanden.

»Mary hat versprochen, mir bald zu schreiben«, beantwortete Hilary Sabrinas Frage. »Sie sagte, sie sei viel zu schockiert, um jetzt darüber zu reden. Und so sah die Ärmste auch aus.«

»Aber was ist mit Ophelia? Hast du auch sie gesehen?«

»Ja«, fuhr Hilary flüsternd fort. »Und ich glaube, ihr

Vater hat ihrem aufgeplusterten Getue endlich einmal wirkungsvoll Einhalt geboten. Eine ihrer Wangen war ziemlich gerötet. Eigentlich halte ich ja nichts von körperlicher Züchtigung. Aber Marys Tochter hat sich ein paar unschöne Gewohnheiten zugelegt, die man ihr längst hätte austreiben müssen.«

Sabrina staunte. »Ihr Vater hat sie tatsächlich geohrfeigt?«

Hilary nickte. »Wenn man genau hinsah, konnte man sogar noch die Abdrücke seiner Finger erkennen.«

»Aber als Ophelia uns bat, mit hierher zu kommen, hatten ihre Eltern doch gar nichts dagegen einzuwenden«, gab Sabrina zu bedenken.

»Wir wären ja auch kaum aufgefallen, wenn wir die Einzigen geblieben wären. Doch heute sind hier im Laufe des Nachmittags auf Ophelias Einladung hin sechsundfünfzig Leute angekommen. Man hätte meinen können, sie sei bereits die Marquise von Birmingdale und hätte jedes Recht, sich als Gastgeberin aufzuspielen. Kein Wunder, dass Neville ein Machtwort gesprochen hat, als er erst einmal erfuhr, wie viele ungebetene Gäste sich in seinem Haus tummelten. Ich hätte an seiner Stelle auch nicht anders gehandelt. Es gehört sich einfach nicht, gleich ein halbes Hundert eigener Gäste mit zu einer privaten Einladung zu bringen.«

Dass sich so etwas nicht gehörte, wusste Ophelia zweifellos selbst. Aber schließlich war es ihr erklärtes Ziel, dass ihr unerwünschter Bräutigam, notfalls auch dessen Großvater, die lästige Verlobung so schnell wie möglich löste. Ihren Tanten hatte Sabrina von den Plänen der schönen Londonerin nie etwas erzählt. Das war schließlich einzig und allein Ophelias Angelegenheit.

Nun, der unverhoffte Aufmarsch der Londoner Gesellschaft auf Summers Glade brachte die Verlobung vielleicht tatsächlich ins Wanken. Schließlich hatte der Marquis ja die ganze Bagage umgehend wieder aus seinem Haus entfernen lassen und die Reids gleich mit auf die Heimreise geschickt.

Doch Sabrina glaubte, dass Ophelia es sich inzwischen bestimmt anders überlegt haben musste. Zumindest wenn sie Gelegenheit gehabt hatte, ihren Verlobten vorher noch kennenzulernen, war sie über ihre erzwungene Abreise sicher alles andere als glücklich.

Sabrina empfand auch eine gewisse Erleichterung darüber, jetzt mit Ophelias eigennützigen Plänen und Intrigen nichts mehr zu tun zu haben. Man hatte sie zu Offenheit und Ehrlichkeit erzogen. Berechnung, Tratsch und Verschwörungen waren ihr zuwider. Solche Dinge waren mit ihrem Charakter einfach unvereinbar. Sie musste einerseits zugeben, dass sie sich in Ophelias Gesellschaft und in den vornehmen Kreisen, in denen sich diese Schönheit mit größter Leichtigkeit bewegte, nie gelangweilt hatte. Aber inzwischen freute sie sich beinahe schon auf ein wenig friedvolle Eintönigkeit.

Insgeheim hoffte Sabrina allerdings auch, dass sie vor ihrer Abfahrt wenigstens noch einen Blick auf Duncan MacTavish erhaschen konnte. Das nächste Mal würde sie ihn wahrscheinlich erst am Tag seiner Hochzeit wieder sehen. Sabrina war sich ganz sicher, dass dieses Fest trotz aller Widrigkeiten innerhalb weniger Wochen einfach stattfinden musste. Bestimmt fuhr er nun bald nach London, um in Ophelias Nähe sein zu können.

Sabrinas Wunsch erfüllte sich nicht. Ohne Duncan noch einmal gesehen zu haben, bestieg sie die Kutsche, und alsbald waren sie auf der Heimfahrt.

14

»Wo ist sie denn nun? Ich bin ja so gespannt auf die englische Schönheit, die du für meinen Enkel ausgesucht hast.«

Neville, der gerade einsam in seinem Essen stocherte, traute seinen Augen nicht, als der riesige Schotte zu ihm ins Speisezimmer stürzte. Sekunden später kam auch der Butler in den Raum gehastet. Händeringend entschuldigte er sich dafür, dass er den Eindringling nicht hatte anmelden können.

»Archibald MacTavish, nehme ich an?«, fragte Neville ungnädig.

»Stimmt. Oder erwartest du sonst noch jemanden?«

»Mit dir habe ich überhaupt nicht gerechnet«, antwortete Neville verärgert. »Was, zum Teufel, suchst du hier?«

Der Schotte wartete nicht darauf, dass Neville ihn einlud, sich zu ihm zu setzen. Als sei es das Selbstverständlichste auf der Welt, zog er einen Stuhl zu sich heran, ließ sich Neville gegenüber am Esstisch nieder und starrte dessen Butler herausfordernd an. Wo er nun schon einmal da war, konnte er doch auch gleich ein zweites Gedeck auflegen lassen. Zu Neville gewandt sagte er: »Ich möchte nur ganz sicher sein, dass die Hochzeit so schnell wie möglich stattfindet. Du glaubst doch nicht, dass ich diese lebenswichtige Sache dir allein überlasse.«

»Duncan hat mir nichts davon gesagt, dass du auch noch kommst«, erwiderte Neville, der nicht die geringste Lust verspürte, sich mit Archibald über die Hochzeit ihres gemeinsamen Enkels zu unterhalten.

Archie lachte leise vor sich hin. »Das muss daran liegen, dass er gar nichts davon weiß. Der Junge ist ein Dickschädel.

Als er sich einmal entschlossen hatte, nach England zu fahren, konnte ihn nichts mehr aufhalten. Ich musste aber zuerst noch zu Hause nach dem Rechten sehen, bevor ich mich auch auf den Weg machen konnte. Und ich wollte nicht, dass Duncan auf mich warten muss und dann schon voller Ungeduld und Wut hier ankommt. Er war bei seiner Abreise ohnehin schon zornig genug.«

Bei diesen Worten stand Archibald die Schadenfreude deutlich ins Gesicht geschrieben. Zähneknirschend versuchte Neville seinen Ärger unter Kontrolle zu halten.

»Ganz recht. Er kam hier an und hatte nichts als Flausen im Kopf. Ich frage mich nur, wer dafür verantwortlich ist.«

Archibald schnaubte verächtlich. »Dafür kannst du mir nicht die Schuld geben, Mann. Seine Mutter wollte, dass er an einem festen Ort aufwächst. Und mir konnte das nur recht sein. Aber niemand hat dich davon abgehalten, ihn zu besuchen und ihn kennen zu lernen, bevor ein erwachsener Mann aus ihm geworden ist.«

»Ich darf dich daran erinnern, dass der Versuch einer Reise zu euch in den Norden mich damals beinahe das Leben gekostet hätte.«

»Ihr Engländer seid und bleibt nun einmal Schwächlinge. Ein kleines bisschen schottische Kälte und ihr geht ein wie die Primeln«, versetzte Archie herablassend. »Aber für den Jungen ist es meiner Meinung nach gar nicht das Schlimmste, dass er dich noch nie im Leben gesehen hat. Es macht ihm viel mehr zu schaffen, dass er seine Heimat verlassen musste, um hier in England unter Fremden zu leben.«

»Wir werden nicht lange Fremde für ihn bleiben.«

»Und dass er ohne jede Vorwarnung einfach abgeholt wurde.«

Neville senkte verlegen den Blick. Hier hatte Archibald vielleicht sogar Recht. »Elizabeth wollte es ihm sagen«, verteidigte er sich schwach.

»Tja, und das hätte sie auch, wenn die Arme – Friede ihrer Seele – nicht so früh aus dem Leben gerissen worden wäre.«

»Und warum hast du nie mit ihm darüber gesprochen?«, gab Neville herausfordernd zurück.

Archie kniff die Augen zu dünnen Schlitzen zusammen, als er antwortete: »Vielleicht habe ich ja gehofft, dass du, lange bevor er erwachsen geworden ist, ins Gras beißt. Und dann hätte er nie etwas von dem Versprechen erfahren müssen.«

Diese Worte trieben Neville die Zornesröte ins Gesicht. »Es tut mir Leid, dich so enttäuscht zu haben. Aber meinen Titel hätte der Junge auf jeden Fall bekommen, ob es dir nun passt oder nicht.«

»Hast du denn tatsächlich keine anderen Verwandten, die scharf darauf sind? Irgendeinen entfernten oder lange verschollenen Vetter vielleicht?«

»Ich war das einzige Kind meiner Eltern«, antwortete Neville steif. »Mein Vater hatte ebenfalls keine Geschwister. Und die beiden Schwestern meines Großvaters sind schon als kleine Kinder gestorben. Das war damals schließlich leider keine Seltenheit. Auch von den vorangegangenen Generationen existieren keine Seitenzweige mehr. Duncan ist mein einziger Erbe, und ich verstehe noch immer nicht, warum er nicht auch deiner sein kann.«

»Du hättest also nichts dagegen, wenn er das ganze Jahr über im schottischen Hochland wäre?«, fragte Archie mit gespielter Überraschung. »Ja, guter Mann, warum hast du das nicht schon früher –«

»Natürlich kann er nicht dauernd in Schottland leben«, fiel Neville ihm ungeduldig ins Wort. »Auch hier wird er Verpflichtungen haben, die –«

»Genau wie ich dachte«, unterbrach Archie nun seinerseits sein Gegenüber. »Aber du weißt ja selbst am besten, dass es die meiste Zeit des Jahres über nicht besonders angenehm ist, bei uns im Hochland herumzureisen. Das tun nicht einmal die Leute, die dort oben geboren und an die Launen unseres Wetters gewöhnt sind. Aber dem Jungen würdest du diese beschwerliche Reise zumuten. Oder willst du etwa behaupten, dass seine Verpflichtungen hier in England wichtiger sind als die, die er in Schottland hätte? Am Ende glaubst du vielleicht noch, es würde genügen, wenn er während unseres kurzen schottischen Sommers ein paar lumpige Wochen in seiner alten Heimat verbringt?«

»Nein, ich denke einfach, du traust ihm gar nicht zu, die beiden Anwesen allein zu verwalten. Schließlich ist er ein halber MacTavish. Aber er hat auch Thackeray-Blut in den Adern. Und im Gegensatz zu dir habe ich größtes Vertrauen in die Fähigkeiten des Jungen.«

»Und ihm gelingt auch alles, was er sich einmal in den Kopf gesetzt hat«, brüllte Archie erbost zurück. »Ich werde nur nicht zulassen, dass er bei dem Versuch, diese übermenschliche Aufgabe zu bewältigen, vor die Hunde geht. Aber dir wäre das wohl völlig gleichgültig!«

»Es scheint, als könnten wir uns nicht darüber einigen, was der Junge alles leisten kann. Oder was er mit deiner gütigen Erlaubnis möglicherweise leisten darf. Das erinnert mich geradezu fatal an unseren unsäglichen Briefwechsel. Es würde mich nicht wundern, wenn du nun anfängst, dir selbst zu widersprechen, nur damit wir nicht Gefahr laufen, jemals einer Meinung sein zu müssen.«

Archie lachte auf. »Man erzieht die Kinder im Hochland nicht zu albernen Dummköpfen. Das können wir uns dort im Gegensatz zu euch hier unten in England gar nicht leisten.«

»Gestatte, dass ich dir widerspreche. Dummköpfe werden nicht erzogen, sondern geboren. Und zwar überall auf der Welt. Allein dass du hier in meinem eigenen Haus mit mir streitest, ist Beweis genug dafür.«

»Klingt fast, als würdest du mich für einen dieser Dummköpfe halten«, kicherte Archie. »Aber vielleicht meinst du ja auch dich selbst damit.«

Nevilles Antwort kam mit schneidender Schärfe: »Scher dich auf der Stelle von meinem Grund und Boden, MacTavish!«

»Ich bleibe so lange hier, bis der Junge verheiratet ist. Wenn wir das hinter uns haben, halten mich ohnehin keine zehn Pferde mehr hier im Haus. Also, wann findet die Hochzeit nun statt?«

Neville ergab sich in sein Schicksal. So schnell würde er diese Heimsuchung aus dem schottischen Hochland wohl doch nicht loswerden. Außerdem musste er an Duncan denken. Nicht auszudenken, was passieren konnte, wenn er erfuhr, dass man seinen geliebten Großvater auf Summers Glade nicht mit offenen Armen aufgenommen hatte. »Hochzeit? Das wüsste ich selbst gerne. Im Moment fehlt es unserem Enkel noch an der passenden Frau dazu.«

Archie hielt es nicht länger auf seinem Stuhl. »Er wollte deine Engländerin nicht? Ich könnte schwören, dass er bereit war, sie wenigstens einmal in Augenschein zu nehmen –«

»Das hat er getan.«

Archies braune Augen sprühten wütende Funken. Er konnte sich nur einen Grund für Duncans Ablehnung denken. »Dann war das Weibsstück also gar nicht so schön, wie du behauptet hast.«

»Ganz im Gegenteil. Ich kann mich nicht erinnern, je eine hübschere junge Dame gesehen zu haben«, erwiderte Neville.

Seufzend ließ Archie sich zurück auf seinen Stuhl fallen. Er war tief enttäuscht. »Ich habe schon befürchtet, dass der Junge sich stur stellt und dann seinem eigenen Glück im Wege steht. Aber vielleicht braucht er auch nur noch ein bisschen Zeit, um sich an all die Veränderungen, die in den letzten Tagen auf ihn eingestürmt sind, zu gewöhnen.«

»Mag sein. Aber er hat schon seine Gründe, warum er das Mädchen nicht will. Ich an seiner Stelle wäre genauso verärgert, wenn mich jemand derart beleidigt hätte. Was nützt die schönste Verpackung, wenn darin kein Funke Verstand steckt? So eine passt nicht zu dem Jungen.«

Archies Brummen klang beinahe zustimmend. Doch so schnell gab er sich nicht geschlagen. »Also gut. Was ist mit der Nächsten auf deiner Liste? Oder hast du dich bei deinen Nachforschungen etwa ganz auf dieses eine Mädchen versteift?«

»Es gibt schon noch ein paar andere mögliche Kandidatinnen. Aber ich werde mich hüten, denselben Fehler noch einmal zu begehen. Diesmal möchte ich sie erst einmal selbst kennen lernen, bevor ich ein ernsthaftes Angebot in Erwägung ziehe.«

»Du hast also bereits ein paar von ihnen eingeladen, um sie dir anzusehen?«

Neville richtete seine Augen flehend zur Zimmerdecke. Womit hatte er nun auch noch diesen Schotten verdient?

Langsam und ruhig, so als spräche er mit einem kranken Kind, erklärte er: »Der Vorfall mit Ophelia hat sich erst gestern zugetragen. Ich bin noch nicht einmal dazu gekommen, mich über die Zeitverschwendung, als die sich die langwierige Suche nach ihr nun letztendlich herausgestellt hat, zu ärgern. Und ich überlege noch, wie ich die anderen Damen hierher einladen soll, ohne dass sie gleich wissen, warum –«

»Du bist viel zu umständlich, Mann. Die einfachste Art, junge Leute zusammenzubringen, ist ein verdammtes Fest. Gib einen Ball! Aber einen großen. Und sorg dafür, dass die möglichen Kandidatinnen auch alle kommen. Dann kann der Junge endlich das tun, was wir von ihm erwarten, und sich eine von ihnen aussuchen.«

Neville wollte lauthals auflachen. Ein Fest? Nachdem er gerade einen Großteil der vornehmen Londoner Gesellschaft aus dem Haus hatte werfen lassen? Sollte er diesen Herrschaften jetzt etwa eine Einladung zu einem Ball nachschicken?

»Ich glaube nicht, dass ein Fest eine so gute Idee –«

»Du willst einfach nicht einer Meinung mit mir sein! Das kenne ich doch schon. Auf so einem Ball hätte Duncan die beste Auswahl. Oder weißt du nicht mehr, wie man ein Fest gibt?«

»So lange sind meine großen Einladungen nun auch noch nicht her«, zischte Neville verärgert.

Archie lachte hemmungslos. Neville blieb nichts anderes übrig, als zähneknirschend zu warten, bis der Schotte seinen unerklärlichen Anfall von Heiterkeit hinter sich gebracht hatte. Sehnsüchtig dachte er dabei an die Zeit zurück, als man sich mit einem Duell im Morgengrauen ein für alle Mal von solch unverfrorenen Eindringlingen befreit hatte.

»Schön, dass du dich so freuen kannst, aber ich weiß tatsächlich noch, wie man ein Fest gibt«, versetzte er steif.

»Also dann hurtig, hurtig! Lass uns keine Zeit mehr vergeuden. Fang am besten gleich an, die Einladungen zu verschicken. Du weißt ja, wie man sagt: Verschiebe nichts auf morgen, was du heute kannst besorgen.«

»Gestatte, dass ich erst zu Ende esse«, presste Neville mühsam beherrscht hervor. Das Gerede des Schotten drohte ihn um den Verstand zu bringen.

»Essen? Mann, was für ein schlechter Gastgeber du doch bist. Du hättest mir eigentlich schon lange etwas von deinem duftenden Braten anbieten können«, sagte Archie seufzend. Dabei warf er verlangende Blicke auf Nevilles Teller. »Ich hoffe, dass du zu deinen anderen Gästen etwas höflicher bist.«

Archies Sticheleien führten genauso wenig zum Erfolg wie seine hungrigen Blicke. Neville zeigte unerbittlich zur Tür und erklärte steif: »Die Küche befindet sich am Ende des Korridors.« Dabei verzog er den Mund zu einem eisigen Lächeln.

Archie schlug sich lachend auf die Schenkel. »Vielleicht bist du ja doch ein würdiger Gegner, Thackeray. Die Zeit wird es noch zeigen. Und Zeit haben wir ja jetzt, nachdem deine erste Heiratskandidatin ein solcher Reinfall war. So, und nun sag mir, wo du meinen Enkel versteckt hältst. Oder muss der auch in der Küche essen?«

»Ich nehme an, er leckt in irgendeinem stillen Winkel seine Wunden. Soweit ich in Erfahrung bringen konnte, hat das Mädchen ihm wirklich übel zugesetzt. Aber bitte befreie mich jetzt von deiner Gegenwart und geh ihn suchen. Wahrscheinlich wird es ihn aufheitern, wenn er dich sieht. Obwohl ich mir persönlich kaum eine schlimmere Strafe vorstellen kann.«

»Du wirst dich schon noch an mich gewöhnen, Engländer! Es bleibt dir auch gar nichts anderes übrig«, entgegnete Archibald grinsend und begab sich zur Tür.

15

Bei Ophelias Ankunft befand sich Sabrina gerade auf einem ihrer langen Spaziergänge. Als sie zurückkehrte, packte ihre unerwartete Besucherin bereits ihre teuren Kleider aus und begann ohne weitere Umstände damit, sich häuslich einzurichten. Ophelia war völlig überraschend und ohne die sonst übliche Begleitung durch ihre Eltern erschienen.

Erst vor einer Woche waren die Reids unter bisher noch ungeklärten Umständen nach London zurückgekehrt. Hilary hatte bislang auch noch keine Nachricht von Lady Mary erhalten. So wussten die Lamberts noch immer nicht genau, was auf Summers Glade geschehen war, bevor man dort die Reids und sämtliche anderen Gäste vor die Tür gesetzt hatte.

Den Nachbarn des alten Thackeray ging es nicht anders. Allerorts stellte man nur wilde Vermutungen darüber an, was Lord Neville dazu bewogen haben mochte, Ophelia samt ihrem ganzen vornehmen Tross aus dem Haus jagen zu lassen. Und nun hieß es plötzlich, dass der Marquis von Birmingdale es sich anders überlegt habe und doch bald ein großes Fest geben wolle. Das Dienstpersonal sämtlicher der angesehensten Familien der Gegend tratschte mindestens genauso gerne und ausgiebig wie die Londoner Gesellschaft. Doch im Gegensatz zu den Gerüchten, die die feinen Herrschaften in Umlauf setzten, gab es in den Geschichten der Hausangestellten meist einen Funken Wahrheit. Darum wusste inzwischen auch fast jeder, dass das große Fest, das man auf Summers Glade plante, vor allem dazu dienen sollte, dem Erben des alten Neville Thackeray die Brautschau zu erleichtern.

Diese Nachricht hatte Sabrina überrascht, ja vielleicht sogar ein wenig schockiert. Noch immer wollte sie nicht recht glauben, was die Leute einander erzählten. Man behauptete, dass der junge Schotte eine Heirat mit Ophelia gleich nach einem ersten kurzen Gespräch mit dem Mädchen aus London rigoros abgelehnt habe. Ophelias sehnlichster Wunsch war somit wohl erfüllt worden. Sabrina hingegen glaubte noch immer fest daran, dass die beiden jungen Leute glücklich über ihre Verlobung sein müssten, wenn sie nur ihre Augen richtig aufmachten. Plötzlich nun sah es ganz so aus, als wäre Duncan auf der Suche nach einer neuen Braut. Bei der großen Anzahl junger Damen im heiratsfähigen Alter, die man inzwischen nach Summers Glade eingeladen hatte, standen seine Chancen, die Richtige zu finden, nicht schlecht.

Wie selbstverständlich blieben Sabrina und ihre Tanten von der Einladung ausgeschlossen. Wahrscheinlich hatte sich inzwischen auch der Marquis wieder an den schweren Makel erinnert, der den Lamberts anhaftete. Wenn es ans Heiraten ging, ließ man sich nicht gerne in Gesellschaft von skandalumwitterten Nachbarinnen sehen. Abgesehen davon war es natürlich völlig undenkbar, in eine derart belastete Familie einzuheiraten. Wozu sollte man Sabrina also einladen?

Schon den ganzen Tag lang fuhren nun die prächtigsten Kutschen nach Summers Glade hinaus. Mehr als hundert Gäste aus den besten Familien Englands waren bereits angekommen. Darunter befanden sich nicht wenige, die erst einige Tage zuvor des Hauses verwiesen worden waren. Doch wer wollte sich schon den aufsehenerregendsten Ball der Saison entgehen lassen?

Zudem war inzwischen die Neugier der Londoner auf Lord Neville, den geheimnisvollen Einsiedler, ebenso groß wie die seiner nächsten Nachbarn. Im Übrigen war man allgemein der Ansicht, dass man die Einladung eines Marquis, noch dazu eines so begüterten, unter keinen Umständen ausschlagen durfte. Eine leibhaftige Gräfin sollte sogar ihren eigenen Ball abgesagt haben, um das festliche Großereignis in Yorkshire nur ja nicht zu verpassen. So machte sich jeder, der eines der begehrten Einladungsschreiben ergattert hatte, unverzüglich auf den nicht unbeschwerlichen Weg nach Summers Glade.

Aus Enttäuschung darüber, dass Sabrina nicht eingeladen worden war, stritten und zankten sich ihre Tanten noch häufiger und heftiger als sonst. Zwar hatten sie sich keinerlei Hoffnungen auf den zukünftigen Marquis aus dem fernen Schottland gemacht, doch durfte man auf einem so großen Fest mit Sicherheit noch einige andere akzeptable junge Männer vermuten. Auch Sabrina war niedergeschlagen, wenn auch nicht aus demselben Grund. Sie musste sich eingestehen, dass sie nur deshalb so traurig und lustlos war, weil sie nun Duncan MacTavish mit größter Wahrscheinlichkeit nicht wieder sehen würde. Dabei dachte sie nur allzu gerne an ihre kurze Begegnung mit ihm auf dem windgepeitschten Hügel zurück.

Und jetzt saß plötzlich Ophelia hier bei ihr in Yorkshire, als hätte gerade ein solcher Wind sie hergeweht. Anscheinend hatte sie auch keine Einladung zu dem rauschenden Fest auf Summers Glade erhalten. Den Grund dafür wollte Sabrina unbedingt schnellstens herausfinden. Es fiel ihr deshalb unendlich schwer, nach der etwas zurückhaltend ausgefallenen Begrüßung nicht gleich mit der Tür ins Haus zu fallen.

»Eigentlich dachte ich, du wärst ganz froh, wieder in deinem geliebten, aufregenden London zu sein«, begann sie vorsichtig.

»Wenn fast ganz London sich derzeit in Yorkshire vergnügt?«, fauchte Ophelia zurück.

Sabrina hob erstaunt die Augenbrauen. Ophelia war wieder da, doch sie schien nicht sehr froh darüber zu sein. Was wohl hinter ihrem rätselhaften Erscheinen stecken mochte? Sabrina konnte nur raten.

»Dann bist du wohl auch auf dem Weg nach Summers Glade und wohnst nur bei uns –?«

»Stell dich doch nicht dümmer, als du bist«, unterbrach Ophelia sie gereizt. »Natürlich bin ich nicht dorthin eingeladen. Ich werde mich hier bei euch für eine Weile verstecken, wenn du es unbedingt wissen musst. Außerdem versuche ich herauszufinden, wie ich die Situation noch irgendwie retten kann.«

Sabrina verstand immer weniger. »Du versteckst dich bei uns? Aber vor wem denn? Etwa vor deinen Eltern? Dann wissen sie also gar nicht, dass du hier bist?«

»Gott, Sabrina! Deine Fragen sind aber auch zu naiv«, gab Ophelia entnervt zurück. »Meinen Eltern ist es im Moment völlig gleichgültig, wo ich bin. Ich glaube, sie wollen mich am liebsten gar nicht mehr sehen. Mein Vater hat mich sogar geohrfeigt. Kannst du diese Ungeheuerlichkeit überhaupt ermessen? Geohrfeigt! Mich! Das werde ich ihm nie verzeihen. Niemals!«

»Dann versteckst du dich also tatsächlich vor deinen Eltern.«

Ophelia warf sich laut seufzend auf ihr Bett. Sabrina sollte sehen, wie unendlich mühsam es für sie war, einer so einfältigen Person wie ihr erst haarklein erklären zu müssen, was doch für jeden offensichtlich auf der Hand lag. Doch Sabrina hatte sich an Ophelias dramatische Gesten bereits in London gewöhnt. Sie übersah ganz einfach deren theatralisch übertriebene Anwandlungen. Doch Ophelia schien sich tatsächlich in Schwierigkeiten zu befinden. Sie wirkte auf Sabrina nicht ganz so selbstsicher wie sonst.

Eisern verkniff sich Sabrina alle weiteren Fragen und schwieg. Stille Zurückhaltung hatte oft eine ungeahnte Wirkung auf Ophelia. Häufig drängte sie ihrem Gegenüber nach kurzer Zeit geradezu auf, was sie dachte oder tun wollte, wenn man sie einfach ignorierte. Bedrängte man sie hingegen mit Fragen, gab sie gern ausweichende Antworten und genoss es, ihre Zuhörer unendlich lange im Ungewissen zu lassen.

Auch diesmal erreichte Sabrina mit dieser kleinen List schnell ihr Ziel. Ophelia murmelte eine Zeitlang leise vor sich hin, richtete sich dann auf und starrte Sabrina so vorwurfsvoll an, als wäre sie an allem schuld.

»Ich bin in Ungnade gefallen«, jammerte sie schließlich laut. »Und man bemitleidet mich. Mitleid! Mit Ophelia Reid! Kannst du dir das vorstellen? Nein, kannst du nicht! So etwas ist einfach ganz und gar unvorstellbar.«

Sabrina war klug genug, genau die Antwort zu geben, die Ophelias Erwartung entsprach. »Stimmt. Das ist wirklich völlig undenkbar.«

Ophelia nickte. »Aber dennoch ist es wahr. Sogar meine besten Freundinnen haben mich nur noch die ›ärmste Ophelia‹ genannt. Dabei konnten sie es kaum erwarten, mit ihren Einladungen in der Hand auf dem schnellsten Weg nach Summers Glade zurückzufahren.«

»Ärmste Ophelia« klang tatsächlich nach Mitleid. Vorsichtig hakte Sabrina nach: »Aber warum sagen die Leute denn so etwas?«

Sabrinas Frage schien Ophelias Selbstmitleid in Wut zu verwandeln. Sie sprang auf und lief erst eine ganze Weile mit geballten Fäusten im Zimmer auf und ab, bevor sie zornig hervorpresste: »Dieser Wilde, dieser unzivilisierte Hochlandschotte, der ist an allem schuld! Dieser hirnlose Barbar hätte nur schlicht und ergreifend zu der Einsicht kommen sollen, dass wir nun einmal nicht zusammenpassen. Mein Wunsch war, der Welt in schönstem Einvernehmen zu erklären, dass wir unsere Verlobung lösen. Dabei hätte keiner von uns beiden das Gesicht verloren. Stattdessen spielt Duncan MacTavish in aller Öffentlichkeit den Beleidigten, nur weil ich ihn ein bisschen kritisiert habe. Und dann gibt er mir auch noch vor all meinen Freundinnen und Bekannten deutlich zu verstehen, dass er mich verschmäht. Natürlich glaubt nun alle Welt, er habe mich praktisch vor dem Traualtar versetzt.«

»Nun, auf dem Weg zur Kirche werdet ihr ja noch nicht gerade gewesen sein«, wandte Sabrina nüchtern ein.

Dafür warf Ophelia ihr einen beredten Blick zu. *Blöde Kuh, als ob es auf solche Kleinigkeiten ankäme!*, schien er zu sagen. Ungnädig fuhr sie fort: »Du hast noch immer nicht verstanden, was ich dir mühsam zu erklären versuche? Also pass auf: Man hätte mich beglückwünschen sollen, dass ich dem grauenhaften Schicksal als MacTavishs Verlobte um Haaresbreite entkommen bin. Stattdessen zerreißt man sich jetzt das Maul über mich. Weil Duncan die Verlobung von sich aus gelöst hat, denken nun alle, dass mit mir etwas nicht stimmt. Warum sonst sollte er sich eine Frau wie mich, die er ja schon so gut wie sicher hatte, zurückstoßen?«

Sabrina schüttelte seufzend den Kopf. »Nun verstehe ich wirklich gar nichts mehr. Ich dachte immer, es sei dein sehnlichster Wunsch, dass er eure Verlobung beendet.«

»Nicht *er* sollte das tun. Das wäre die Aufgabe meiner unglückseligen Eltern gewesen. Schließlich waren sie es, die diese unsägliche Verbindung eingefädelt haben. *Er* hätte mir von Anfang bis Ende zu Füßen liegen sollen, ganz gleichgültig, wie ich mit ihm umspringe. Aber dieser schottische Bauerntölpel ist viel zu unzivilisiert, um sich wie ein echter Gentleman zu benehmen. Und jetzt kann ich mich nicht mehr unter die Leute wagen, bis Gras über die Sache gewachsen ist. Oder bis er sie wieder in Ordnung bringt.«

Das erklärte zumindest, warum Ophelia glaubte, sich verstecken zu müssen. Doch Sabrina konnte sich nicht vorstellen, wie gerade Duncan Ophelia aus ihrer misslichen Lage befreien sollte.

»Womit hast du ihn denn eigentlich so verärgert?«, wollte Sabrina zunächst einmal wissen. Wie gewohnt, versuchte sie erst einmal die Hintergründe zu erforschen und sachlich zu denken.

»Ach, das war nur eine nichtige Kleinigkeit. Es ist mir unbegreiflich, wie er sich so darüber aufregen konnte. Gut, vielleicht war ich etwas gedankenlos. Aber als ich ihn plötzlich in seiner barbarischen Aufmachung vor mir stehen sah, bestätigten sich all meine schlimmsten Befürchtungen. Stell dir vor, er trug tatsächlich einen Schottenrock! Du kannst dir gar nicht vorstellen, welch einen schrecklichen Schock mir das versetzt hat. Sonst hätte unsere erste Begegnung vielleicht ganz anders verlaufen können.«

Diese Ansicht teilte Sabrina durchaus. Es musste schon mit dem Teufel zugehen, wenn zwei so auffallend schöne Menschen keinen Gefallen aneinander fanden. Doch inzwischen kannte sie Ophelia gut genug, um zu wissen, dass diese ihre Unschuld an der Misere viel zu sehr betonte. Sie fragte sich, was wohl wirklich vorgefallen war. Aber es hatte wohl keinen Sinn, noch weiter zu bohren, denn Ophelia schien nur ausweichende Antworten auf Sabrinas direkte Fragen bereitzuhalten.

»Du bleibst also bei uns, bis der Tratsch über Duncan und dich etwas abgeklungen ist?«

»Oh, großer Gott, nein. Das könnte ewig dauern. Schließlich bin ich eine beliebte Zielscheibe für alle möglichen Schandmäuler. Nein. Wir werden hier nicht tatenlos herumsitzen, sondern die Sache schleunigst wieder in Ordnung bringen.«

Sabrina blinzelte verwirrt. »Wir?«

»Ja«, nickte Ophelia. »Nach allem, was ich bei deinem Aufenthalt in London für dich getan habe, ist es das Mindeste, was ich von dir verlangen kann. Wer hätte sich denn dort um dich gekümmert, wenn nicht ich? Und denk nur an all die wichtigen Leute, denen ich dich vorgestellt habe. Nur weil ich von jeher in diesen gehobenen Kreisen verkehre, wurdest du dort als meine Freundin ebenfalls willkommen geheißen. Du musst mir jetzt einfach helfen.«

»Meinst du denn wirklich, dass ich das überhaupt kann –«

»Kannst du«, versicherte Ophelia eifrig. »Es ist ganz einfach. Du sollst nur ein Treffen zwischen uns arrangieren.«

»Wen willst du denn treffen?«

»Meinen Ex-Verlobten, natürlich!« Ophelia drehte entnervt über so viele einfältige Fragen die Augen zur Zimmerdecke. »Wir werden ihn dazu überreden, mir einen zweiten Antrag zu machen. Dann müssen doch all die gehässigen Lästermäuler glauben, dass es sich bei dem Vorfall auf Summers Glade letzte Woche nur um einen dummen kleinen Zank zwischen zwei verliebten jungen Leuten gehandelt hat. So etwas kommt vor, dafür hat man Verständnis – und der Tratsch ist vorbei!«

16

»Du stehst einfach plötzlich vor der Tür.«

Sabrina war hell entsetzt über Ophelias neuesten Plan. Dass sie Ophelias eigennütziges Spiel mitspielen sollte, war ihr ohnehin zuwider. Und ihre Aufgabe dabei empfand sie als Verstoß gegen den guten Geschmack und damit ziemlich anstandslos.

»Ich bin genauso wenig eingeladen wie du«, erinnerte sie die schöne Londonerin.

»Aber du bist doch eine Nachbarin. Seit wann brauchen Nachbarn denn eine ausdrückliche Einladung für einen harmlosen kleinen Höflichkeitsbesuch?«

»Die brauchen sie sehr wohl, wenn in dem Haus, das sie besuchen sollen, gerade ein Fest gefeiert wird.«

Ophelia wischte Sabrinas Einwendungen mit einer ungeduldigen Handbewegung weg. »Das ist nur ein kleiner Schönheitsfehler. Außerdem wirst du ja gar nicht ins Haus hineingehen. Dort könnte womöglich einer der Gäste hören, was du zu sagen hast. Nein, du wirst schön draußen vor der Tür bleiben und unter vier Augen mit ihm sprechen.«

Sabrina musste sich im Stillen eingestehen, dass das ein verlockender Gedanke war. Nur zu gerne wollte sie noch einmal ein paar Minuten allein mit Duncan MacTavish verbringen. Andererseits gehörte es sich einfach nicht, einen Nachbarn aufzusuchen, wenn dieser gerade ein Fest gab, zu dem man selbst nicht eingeladen war. Das galt zu Recht als überaus unhöflich. So etwas konnte sie unmöglich tun.

Es war ihr mehr als peinlich, worüber sie mit Duncan sprechen sollte. Sie hatte nicht die geringste Ahnung, wie man Leute miteinander verkuppelte. Und genau das verlangte Ophelia von ihr.

Überdies mochte sie Duncan MacTavish nach allem, was bisher war. Wie konnte sie ihm da eine Frau wie Ophelia an den Leib wünschen? Eine Frau, die nur zufrieden war, wenn stets alle Menschen nach ihrer Pfeife tanzten, und die, ohne auch nur mit der Wimper zu zucken, Gerüchte in die Welt setzte, die andere in Verruf brachten und ihnen schadeten. Sabrina wusste nur allzu gut, dass sie sich selbst keine Hoffnungen auf Duncan machen durfte. Doch gerade deshalb wünschte sie ihm eine Frau, die vielleicht genauso schön war wie Ophelia und darüber hinaus auch noch ein Quäntchen Anstand und Aufrichtigkeit besaß.

Aus all diesen Gründen hätte sie mit Ophelias offenbar so simplem Plan am liebsten gar nichts zu schaffen gehabt. Auf der anderen Seite konnte sie ihr ihre Hilfe auch nicht so ohne weiteres verweigern. Schließlich hatte Ophelia sich in London tatsächlich um sie gekümmert. Dafür musste Sabrina sich nun wohl oder übel erkenntlich zeigen. Über einen Punkt jedoch wollte sie sich zumindest Klarheit verschaffen, bevor sie Ophelias Drängen endgültig nachgab und sich auf deren Schnapsidee – denn für nichts anderes hielt sie Ophelias viel gerühmten Plan – einließ.

»*Willst* du ihn denn jetzt tatsächlich heiraten, oder suchst du nur nach einer Möglichkeit, dem Klatsch über dich ein Ende zu bereiten?«

Mit dieser Frage hatte sie bei Ophelia anscheinend den wunden Punkt getroffen. Dass jene über die Antwort erst eine ganze Weile nachdenken musste, erfüllte Sabrina mit Unbehagen.

Endlich erklärte Ophelia: »Natürlich will ich das. Ich habe dir ja bereits erklärt, dass mich bei unserem ersten Zusammentreffen eigentlich nur sein Kilt so schockiert hat. Wäre er anständig angezogen gewesen, könnten wir uns jetzt all diese Umstände sparen. Für einen Schotten sieht er ja ziemlich gut aus. Das habe ich aber leider erst gemerkt, als es zu spät war.«

»Musstest du denn nicht von Anfang an mit der Möglichkeit rechnen, dass er gut aussehen könnte?«, fragte Sabrina vorsichtig.

»Aber ganz und gar nicht«, widersprach Ophelia. Dabei schüttelte sie energisch den Kopf. »Meine Mutter kennt Lord Neville von früher, als sie noch hier in der Gegend lebte. Als ich sie einmal danach fragte, musste sie zugeben, dass er schon immer ganz abscheulich aussah. Wie hätte ich da ahnen sollen, dass sein Enkel ihm überhaupt nicht ähnelt? Am meisten hat mich ja immer Duncans schottische Abstammung gestört. Oder soll ich sagen, seine Herkunft aus dem verlassensten, nördlichsten Winkel Schottlands, wo – wie man ja weiß – die Menschen noch wie im finstersten Mittelalter leben. Und jetzt ist es gerade die schottische Seite, der er sein gutes Aussehen verdankt. Ziemlich paradox, findest du nicht?«

Dass die Verhältnisse im schottischen Hochland wirklich so rückständig waren, glaubte Sabrina kaum. Engländer drangen nun einmal nur ganz selten so weit in den Norden vor. Deshalb gab es auch so wenige verlässliche Schilderungen über das Leben dort. Aber wenn Ophelia Duncans gutes Aussehen wirklich beeindruckt hatte, hatte sie sich möglicherweise sogar in ihn verliebt. Vielleicht würde sie ihm dann doch noch eine gute Ehefrau werden. All die Lügen und Intrigen der Londonerin waren schließlich auch aus der Not geboren. Sonst wäre Ophelia ihrem Schicksal ja hilflos ausgeliefert gewesen. Schließlich hatten ihre Eltern sie nicht nach ihrer Meinung oder ihren Gefühlen gefragt, bevor sie die Zukunft ihrer einzigen Tochter freudig in die Hände eines Fremden gelegt hatten. Inzwischen wusste Ophelia aber wohl, welch ein großer Fehler es gewesen war, ihren schottischen Bewerber von vornherein abzulehnen. Ihr Bräutigam, den sie im Augenblick leider nur ihren

Ex-Bräutigam nennen konnte, hatte ihr wider Erwarten gefallen.

Also machte sich Sabrina am Nachmittag trotz ihrer Zweifel auf den Weg nach Summers Glade. Unterwegs war sie mehr als einmal versucht, wieder umzukehren. Duncans Glück bedeutete ihr einfach zu viel, während sie für Ophelia kein echtes Mitgefühl entwickeln konnte – so sehr sie sich auch darum bemühen mochte. Zudem fühlte sie sich in der Rolle einer Heiratsvermittlerin äußerst unwohl. Sich so in das Leben anderer Leute einzumischen war ihr zutiefst zuwider. Sie würde sich ewig Vorwürfe machen, wenn sich eine Verbindung, die durch ihr Zutun zustande gekommen war, als unglücklich erweisen sollte.

Sabrina versuchte sich einzureden, dass sie Ophelia keinen Freundschaftsdienst erwies, sondern ihr nur gezwungenermaßen half, weil sie in ihrer Schuld stand. Und je schneller sie ihren Auftrag hinter sich brachte, desto besser. Dann würde sie vielleicht auch bald wieder frei atmen können.

In Duncan wuchs das Gefühl innerer Ermüdung, als Nevilles Gäste nacheinander auf Summers Glade eintrafen. Schon die Tage zuvor waren schlimm genug gewesen. Er hatte den endlosen Streit der beiden alten Männer über sich ergehen lassen müssen. Mittlerweile zweifelte er nicht mehr daran, dass die beiden, wenn sie nur ein paar Jahre jünger gewesen wären, wohl die ganze Sache mit Fäusten ausgetragen hätten. So folgte nun ein hitziges Wortgefecht dem anderen.

Als endlich Gäste im Haus waren, hatte Duncan zunächst erleichtert aufatmen wollen. Bestimmt achteten die beiden Streithähne doch wenigstens vor all diesen fremden Leuten darauf, sich und ihren Enkel nicht durch ihr Gezänk der Lächerlichkeit preiszugeben. Doch anstatt mit Neville zu streiten, führte Archie jetzt seinen Enkel von einem Zimmer zum anderen, um ihn auf die körperlichen Vorzüge der jeweils dort versammelten jungen Damen aufmerksam zu machen. Danach zog Neville Duncan ständig zur Seite und gab ihm flüsternd Hinweise auf die familiären Hintergründe, den Vermögensstand und die lückenlosen Ahnenreihen der Mädchen, die allesamt bis zu Wilhelm dem Eroberer zurückzureichen schienen. Neville kannte den gesellschaftlichen Rang und sämtliche Titel jeder einzelnen jungen Dame. Nach ein paar Stunden in der Gesellschaft seiner unablässig auf ihn einflüsternden Großväter platzte Duncan schließlich der Kragen und er erhob Einspruch. Wie sollte er sich all die Einzelheiten über die vielen hübschen Mädchen, die sie ihm vorführten, merken? Die beiden Alten indessen ließen sich nicht so leicht unterkriegen und schickten ihm durch den Butler kleine Zettelchen, die über und über mit mehr oder weniger dezenten Hinweisen auf die herausragenden Eigenschaften bestimmter weiblicher Wesen beschriftet waren. Der Butler war inzwischen beinahe so entnervt wie Duncan selbst.

Dieser stellte sich inzwischen nicht zum ersten Mal die Frage, wann es aus der Mode gekommen war, sich in jemanden zu verlieben und diese Liebe dann eines Tages durch Heirat zu besiegeln. Eine junge Dame nur deshalb zu erwählen, weil sie die Hübscheste von allen war oder die eindrucksvollste Ahnentafel aufzuweisen hatte, wäre ihm selbst nie in den Sinn gekommen.

Der Schönsten aller Frauen war er ja bereits vor Tagen begegnet. Daher wusste er, dass Schönheit allein ein Mädchen nicht gleich zu einer wünschenswerten Ehefrau machte. Archie versuchte ihn unter Aufbietung all seiner Beredsamkeit davon zu überzeugen, dass nicht alle Schönen auch gleich so dumm und eingebildet waren wie Ophelia Reid. Für den alten Schotten war das Äußere einer Dame viel ausschlaggebender als ihre sonstigen Eigenschaften. Neville hingegen war überzeugt, dass Schönheit meist mit übermäßiger Eitelkeit und unbegründetem Stolz gepaart war. Aus diesem Grund lag ihm vor allem die Herkunft des

Mädchens am Herzen. Duncan merkte schnell, dass die beiden sturen Böcke sich nie auf eine gemeinsame Favoritin würden einigen können.

Allerdings musste er zugeben, dass seine Großväter ihm wirklich die lieblichsten, elegantesten und reizendsten jungen Geschöpfe nach Summers Glade geholt hatten, die sich ein junger Mann in seiner Lage nur wünschen konnte. Seit er in einem ihm inzwischen unerklärlichen Anflug geistiger Umnachtung einer baldigen Heirat zugestimmt hatte, waren ihm nun bald fünfzig hübsche junge Damen bester Herkunft vorgestellt worden. Wenn er unter all diesen Mädchen keine fand, die ihm gefiel, konnte das nur daran liegen, dass er sich gar nicht recht bemühte, sie kennen zu lernen. Noch immer kamen neue junge Frauen mit ihren Anstandsdamen oder sonstigen Begleitern im Hause an. Voller Hoffnung suchte Duncan unter den Neuankömmlingen nach einem lilafarbenen Augenpaar, doch er wurde enttäuscht.

Im Grunde wollte er natürlich auch die, die er suchte, nicht gleich vom Fleck weg heiraten. Doch er hatte sich in ihrer Gesellschaft so herrlich unbeschwert und wohl gefühlt. Es war ihr gelungen, ihn mit ihren Scherzen aufzuheitern. Eine solche Aufheiterung hatte er inzwischen wieder einmal dringend nötig.

Er wusste, dass das zerzauste Geschöpf, das so herrlich zu scherzen verstand, eine Nachbarin sein musste. Sonst hätte er sie wohl kaum auf dem Hügel in der Nähe des Hauses angetroffen. Üblicherweise lud man seine Nachbarn zu Festen und Bällen ein. Warum also war das Mädchen mit den auffallenden Augen nicht erschienen? Duncan beschloss, diese Frage seinem Großvater Neville zu stellen.

Es war das erste Mal seit seiner Ankunft, dass er den alten Mann von sich aus ansprach. Bei den Mahlzeiten oder wenn sie einander zufällig im Haus begegneten, hatten sie mit der steifen Reserviertheit von Fremden gerade einmal das Nötigste miteinander gesprochen. Schließlich kannten sie einander ja auch kaum. Noch immer fühlte sich Duncan in der Gegenwart seines englischen Großvaters unbehaglich. Duncans Wut und seine Bitterkeit verbargen sich lediglich unter einer dünnen Decke aus Höflichkeit und Anstand. Er wollte nicht riskieren, in einem Gespräch mit dem Alten ein weiteres Mal seine Selbstbeherrschung zu verlieren. Also ging er ihm lieber aus dem Weg.

Nach dem Mittagessen traf er Neville in seinem privaten Wohnzimmer an. Dort oben verbrachte der Marquis den größten Teil des Tages, fast so, als verstecke er sich. Zu den Mahlzeiten und auch am Abend gesellte er sich für kurze Zeit zu seinen Gästen. Ansonsten überließ er sie sich selbst.

Duncan hatte den Eindruck, als wäre Neville nach jahrelanger Zurückgezogenheit die Gesellschaft so vieler Menschen eher lästig. Er glaubte indes nicht, dass Neville die festliche Menschenansammlung fürchtete, denn sein englischer Großvater war keineswegs einzuschüchtern. Jedenfalls empfand Duncan das so. Der Alte wollte einfach seine Ruhe haben. Nicht umsonst stand er in dem Ruf, ein Leben wie ein Einsiedler zu führen.

Duncan wollte seinen Großvater keineswegs lange stören. Daher kam er sofort zur Sache und fragte ihn ohne Umschweife nach der Nachbarin mit den fliederfarbenen Augen.

Neville hatte verwirrt geblinzelt, als Duncan eingetreten war. War es ihm etwa gelungen, den alten Thackeray bei einem Nickerchen zu ertappen? Seine Antwort auf Duncans Frage nach dem Mädchen kam dann jedoch mit großer Bestimmtheit: »Es gibt keine adeligen jungen Frauen in der Nachbarschaft, die für eine Heirat taugen würden. Sonst hätte ich sie auf jeden Fall eingeladen. Mir wäre das gleich recht gewesen, denn ein solches Mädchen hätte bei sich zu Hause wohnen und täglich mit der Kutsche hin und her fahren können. Uns geht hier nämlich langsam der Platz aus«, brummte der Alte.

Duncan dachte daran, wie das Mädchen mit ihm gesprochen hatte. Er erinnerte sich an jedes Wort. Ihre reine Aussprache und ihre sorgfältige Wortwahl ließen eindeutig auf einen höheren Stand schließen. Auch hatte die Gegenwart eines Lords sie nicht merklich beeindruckt. Ein Bauernmädchen oder eine junge, ungebildete Arbeiterin hätte anders gesprochen und wäre wahrscheinlich verschüchtert vor ihm ausgewichen. »Sie muss eine Adelige sein oder wenigstens aus einer guten Familie stammen«, beharrte Duncan.

»Dann war sie vielleicht nur zu Besuch hier im Haus. Vielleicht eine von den dummen Gänsen, die ich zusammen mit den Reids aus dem Haus habe werfen lassen. Lilafarbene Augen, sagtest du?« Neville schüttelte den Kopf. »Ich kenne niemanden mit einer solchen Augenfarbe. Aber wenn dir das Mädchen gefallen hat, werde ich nachforschen lassen, wer sie ist.«

Duncan winkte ab. »So dringend ist es nun auch wieder nicht. Es war einfach nett, mit ihr zu plaudern. Sie hat mich sogar zum Lachen gebracht. Und noch kurz bevor sie mir über den Weg lief, war mir ganz und gar nicht nach Lachen zumute.«

Die Bedeutung seiner letzten Worte ging Duncan erst auf, nachdem sie gesagt waren. Neville schienen sie beinahe so peinlich zu sein wie ihm. Duncan verfluchte seine Gedankenlosigkeit. Wie hatte er nur so ins Schwatzen geraten können? Wenn er schon den Finger auf eine wunde Stelle legte, wollte er es wenigstens mit Absicht tun. Verärgert über seine Ungeschicklichkeit verabschiedete er sich abrupt und verließ das Zimmer.

Er war enttäuscht, dass das Mädchen, nach dem er suchte, nicht unter den Gästen sein würde. Daher wollte er sich etwas Zeit lassen, bevor er sich wieder zu der ausgelassenen Festgesellschaft gesellte. Das Klopfen an der Haustür kam ihm da gerade recht. Wenn er selbst nachsah, wer draußen stand, konnte er die lärmende Menschenansammlung noch guten Gewissens einen Augenblick lang meiden. Der Butler, der eigentlich bereitzustehen hatte, um alle Neuankömmlinge zu empfangen, war nirgends zu sehen. Sicherlich suchte er den jungen Herrn gerade verzweifelt im ganzen Haus, weil er ihm wieder einmal ein Zettelchen von Archie zuzustecken hatte. Bei dem Gedanken daran konnte Duncan ein Grinsen nicht unterdrücken.

Schwungvoll öffnete er die Tür und hatte es sogleich zu bereuen. Draußen stand nämlich ein junger Mann, der ihn ungeniert von oben bis unten musterte und dann ausrief: »Großer Gott, Sie müssen der Wilde sein! Ja, ganz ohne Zweifel! Das Haar würde passen. Ich habe nicht zu hoffen gewagt, Ihnen so bald gegenüberzustehen. Man lässt Sie also an Stelle des Butlers die Türe öffnen und die Besucher empfangen?«

Duncan musste sich erst noch an die für seine Ohren ziemlich gestelzt klingende, näselnde Aussprache der Engländer gewöhnen und hatte Mühe, jedes Wort gleich beim ersten Anlauf zu verstehen. Die Bezeichnung »der Wilde« hatte er allerdings seit seiner Ankunft in England schon viel zu oft hören müssen. In seiner gegenwärtigen Verfassung, einem explosiven Gemisch aus Enttäuschung, Verlegenheit und Ärger, hatte er gute Lust, auf das betreffende Wort mit einem Fausthieb zu antworten.

»Sie meinen also, ich sei ein Wilder?«, fragte er den Fremden drohend. Dabei machte er keinerlei Anstalten, den Neuankömmling ins Haus zu bitten.

»Ich? Nein, so etwas käme mir nie in den Sinn. Auf eine wilde Art gut aussehend vielleicht. Aber Sie wissen ja sicher, was man sich so erzählt. Oder vielleicht wissen Sie es ja gerade nicht? Jedenfalls sind Sie schon seit Wochen das bevorzugte Gesprächsthema in den allerhöchsten Gesellschaftskreisen.«

Die gespreizte Redeweise des Engländers klang für Duncan fast wie eine Fremdsprache. Den letzten Teil hatte er allerdings recht gut verstanden.

»Man redet also über mich?«, hakte er bedrohlich ruhig nach.

»Klatsch, mein bester Junge, absolut verleumderischer Klatsch von der allerfeinsten Sorte«, war die Antwort. »Aus zuverlässigen Quellen – wenn es so etwas im Zusammenhang mit Gerüchten überhaupt geben kann – habe ich erfahren, dass Ihre teure Verlobte oder, wie man hört, wohl inzwischen schon Ex-Verlobte selbst die unglaublichsten Lügenmärchen über Sie in die Welt gesetzt hat.«

Duncan wusste bereits, dass die wildesten Gerüchte über ihn kursierten. Hatte nicht selbst das Mädchen auf dem Hügel gesagt, sie habe *gehört*, er sei ein Wilder? Allerdings hatte er sich durch ihre Worte nicht angegriffen gefühlt. Bei diesem aufgeplusterten Fremden hier verhielt sich das ganz anders.

Der Mann musste beinahe so groß wie er selbst sein. Auch wenn er vielleicht nicht ganz so breite Schultern hatte, wirkte er doch sehr athletisch und kraftvoll. Seinen Reisemantel hatte er sich wie einen Umhang über die Schultern geworfen. Die Kleidung darunter war aus erlesenen Stoffen gefertigt und schien unter der Reise kaum gelitten zu haben. Der Fremde sah einfach blendend aus. Er war blond und blauäugig – Duncan glaubte langsam, dass nahezu alle Engländer so aussahen – und mochte etwa Mitte zwanzig sein. Die unbekümmerte Selbstsicherheit, die er mit jeder Faser seines Wesens ausstrahlte, konnte nur bedeuten, dass er den höchsten Adelskreisen angehörte und gewohnt war, mit Respekt und Ehrerbietung behandelt zu werden.

Selbst wenn er der König persönlich gewesen wäre, hätte Duncan nicht weniger beeindruckt sein können. Die Art, wie der Engländer mit ihm sprach, gefiel ihm nicht. Mühsam beherrscht fragte er dennoch weiter: »Würden Sie mir vielleicht freundlicherweise mitteilen, was genau man sich über mich erzählt?«

»Selbstverständlich nur absoluten Schwachsinn. Jeder, der einen Funken Intelligenz besitzt, weiß, welch lächerlichen

Klatsch die holde Damenwelt gerne verbreitet. Auch meine kleine Schwester bildet da leider keine Ausnahme.«

Dabei nickte der Mann über seine Schulter hinweg zu einem blonden Mädchen hin. Es war gerade damit beschäftigt, nicht weniger als vier Hausdienern Anweisungen zu geben, wie sie die sechs schweren Reisekisten, die soeben in einer separaten Kutsche angekommen waren, zu behandeln hatten. Immerhin fand Duncan es sehr hübsch.

Schon dämpfte der Bruder des Mädchens mit seinen nächsten Worten Duncans aufkeimendes Interesse. »Ich musste mein Schwesterherz geradezu an den Haaren hierher zerren. Das dumme Ding glaubte tatsächlich, dass Sie Keulen schwingend und mit Bärenfellen behängt über das Anwesen hier toben würden. Mandy nimmt jeden noch so abstrusen Tratsch für bare Münze. Dabei weiß jeder, dass es sich dabei nur um eine segensreiche Erfindung handelt, mit der sich die privilegierte Schicht, die es nicht nötig hat, für ihren Lebensunterhalt zu arbeiten, ihre quälende Langeweile vertreibt.«

»Warum sind Sie denn überhaupt hergekommen, wenn Ihre Schwester gar nicht kommen wollte?«

»Aber ich bitte Sie! Um nichts auf der Welt hätte ich diese einmalige Gelegenheit verpassen wollen, den Einsiedler Neville Thackeray einmal persönlich kennen zu lernen. Seit Jahren hört man die interessantesten Geschichten über ihn. Aber mit eigenen Augen hat ihn kaum je ein Mensch gesehen. Ach, und außerdem ist meine kleine Schwester noch zu haben. Meine Eltern wollten deshalb unbedingt, dass sie bei dieser Landpartie der besten Londoner Kreise zugegen ist. Aber nicht dass Sie, mein bester Junge, jetzt glauben, unsere alten Herrschaften hätten sich ausgerechnet Sie als Bräutigam für ihr Töchterlein in den Kopf gesetzt. Nein, sie reichen Mandy grundsätzlich auf jedem leidlich Erfolg versprechenden Fest, Empfang oder Ball der laufenden Saison herum. Mir fällt dabei für gewöhnlich die unerträglich langweilige Aufgabe zu, ihren Anstandswauwau zu spielen.«

Nach und nach verstand Duncan das Näseln des Engländers besser. Doch erfreut war er nicht gerade über dessen Ausführungen. Besonders dass er ihn »mein bester Junge« nannte, stieß Duncan sauer auf. Verärgert über diese Arroganz des Fremden presste er hervor: »Es mag Ihnen entgangen sein, aber ein Junge bin ich inzwischen nicht mehr. Und Ihr ›bester‹ schon gar nicht. Ich habe schon Männer für weniger unverschämte Worte niedergeschlagen.«

»Ach, tatsächlich?«

Der Engländer gab sich völlig unbeeindruckt. Dann begannen seine Mundwinkel plötzlich zu zucken. Aus dem anfänglichen unterdrückten Glucksen wurde bald schallendes Gelächter. Als er sich endlich wieder etwas gefangen hatte, fuhr der Mann fort: »Ich möchte Ihnen einen Rat geben, mein Freund. Sie sollten lernen, zwischen einer absichtlichen Beleidigung und unverfänglichem Geplänkel zu unterscheiden. Das würde Ihnen viel Aufregung ersparen und vielleicht auch so manches unschuldige Nasenbein retten.«

Es hatte Duncan noch nie gefallen, wenn man sich auf seine Kosten amüsierte. So auch diesmal. »Passen Sie nur auf, dass Ihre eigene Nase nicht gleich etwas abbekommt, Mann!«, gab er wütend zurück. »Wer zum Teufel sind Sie eigentlich?«

Der Engländer schien Duncans mühsam im Zaum gehaltene Wut nicht besonders ernst zu nehmen. Grinsend antwortete er: »Ich habe ein paar Titel, mit denen ich aber nur selten um mich werfe. Nennen Sie mich doch einfach Rafe, *alter* Junge.«

Damit war er nun eindeutig einen Schritt zu weit gegangen. Zornig warf Duncan dem begehrtesten Junggesellen des englischen Königreichs die Tür vor der Nase zu. Dieser unermesslich reiche junge Mann, der eines Tages den Titel eines Herzogs tragen würde und die kühnsten Träume jeder Gastgeberin und jeder Mutter einer heiratsfähigen Tochter beherrschte, stand plötzlich ausgesperrt im Hof.

Hätte Duncan in diesem Augenblick gewusst, wem er da so rüde den Zutritt zum Herrenhaus von Summers Glade verwehrte, er hätte gleichwohl nicht anders gehandelt. Er hoffte nur inständig, diesem aufgeblasenen Engländer nie wieder begegnen zu müssen. Doch die beiden jungen Männer sollten im Laufe der nächsten Wochen noch gute Freunde werden, auch wenn keiner von ihnen das in diesem Moment für möglich gehalten hätte.

17

»Miss Sabrina, was für eine nette Überraschung!«, rief Richard Jacobs, der Butler von Summers Glade, aus. »Bis hierher sind Sie ja auf Ihren Spaziergängen noch nie vorgedrungen. Es ist doch hoffentlich nichts passiert?«

Sabrina lächelte Lord Nevilles Butler tapfer an, um ihm zu zeigen, dass es keinen Grund zur Besorgnis gab. Richard Jacobs und seine Familie waren keine Fremden für sie. Sie kannte ohnehin jeden Menschen in der näheren und weiteren Umgebung von Oxbow und jeder dort kannte sie. Die Hausangestellten der umliegenden herrschaftlichen Anwesen bildeten da keine Ausnahme. Auf ihren ausgedehnten Spaziergängen drang sie häufig auch in recht entlegene Gegenden vor. Freundlich und aufgeschlossen, wie sie nun einmal war, nahm sie sich stets die Zeit, mit den Menschen, die ihr begegneten, eine Weile über Gott und die Welt zu plaudern. So hatte sie im Laufe der Jahre fast jeden Bewohner dieses beschaulichen Winkels von Yorkshire kennen gelernt. Nur Lord Neville Thackeray selbst hatte sie nie gesehen.

Diesmal war es ihr allerdings zum ersten Mal peinlich, vor Jacobs zu stehen und höfliche Belanglosigkeiten mit ihm austauschen zu müssen. Schließlich war er der Butler von Summers Glade und wusste sicher ganz genau, dass der Hausherr sie mit voller Absicht nicht zu dem Fest eingeladen hatte, das allem Anschein nach in vollem Gange war. Immerhin verwies Jacobs gerne mit Stolz darauf, dass ihm selten etwas von dem, was im Hause Neville Thackerays vor sich ging, verborgen blieb. Ferner gehörte es zu seinen Pflichten, alle neu ankommenden Gäste zu empfangen. Folglich musste er auch die Gästeliste genau kennen.

Sabrina brauchte etwas Zeit, um sich zu fangen. Warum also nicht zuerst ein wenig harmlos plaudern, um ihre Verlegenheit zu überspielen? »Wie geht es denn Ihrer lieben Frau? Ich hoffe, besser!«

»Oh, danke der Nachfrage, Miss Sabrina. Sie hat sich bereits recht gut erholt. Sie müssen Ihrer Tante Alice unbedingt nochmals für das Teerezept danken. Er hat wirklich Wunder gewirkt. Der hartnäckige Husten war nach kurzer Zeit wie weggeblasen.«

Sabrina wollte es nicht gelingen, sich auf diese Unterhaltung mit Jacobs zu konzentrieren. Ihre Gedanken kreisten unablässig um ein ganz anderes Thema. Sie fühlte, wie ihre Wangen glühten, und bevor die Röte ihr bis unter die Haarwurzeln steigen konnte, fasste sie sich ein Herz. »Das werde ich meiner Tante gerne sagen. Und es ist auch nichts passiert. Man hat mich nur gebeten – wo ich doch sowieso einen Spaziergang machen wollte –, Lord Duncan eine vertrauliche Nachricht zu überbringen.«

Warum der Butler bei diesen Worten die Augen verdrehte, war Sabrina schleierhaft. Dann erklärte er: »Seit gestern Abend tue ich selbst fast nichts anderes mehr. Der junge Lord wird langsam schon ungehalten, wenn er mich nur kommen sieht. Mir würde es an seiner Stelle wahrscheinlich auch nicht anders gehen.« Nach einem wachsamen Blick über seine Schulter beugte er sich zu Sabrina hinunter und flüsterte ihr in verschwörerischem Ton zu: »Schuld sind seine beiden Großväter. Nicht eine Minute Ruhe gönnen sie dem armen Jungen. Dauernd zerren sie an ihm herum. Und natürlich jeder in eine andere Richtung.«

»Sein schottischer Großvater ist auch hier bei Ihnen?«

»O ja, das ist er. Und er ist ein ziemlich ... lautstarker Gentleman. Es ist nicht zu überhören, wenn er und Lord Neville gemeinsam in einem Zimmer sind. Die beiden scheinen einander nicht besonders zu mögen, wenn Sie wissen, was ich meine.«

Sabrina fand das bedauerlich. Selbst der sonst so diskrete Jacobs schien durch die Missstimmung, die offenbar im Hause herrschte, verwirrt zu sein. Es gehörte sonst nicht zu seinen Gewohnheiten, Einzelheiten über seinen Arbeitgeber und dessen Familie auszuplaudern. Hätte man denn nicht erwarten sollen, dass Duncans beide Großväter sich blendend verstanden? Schließlich wollten sie doch wohl nur das Beste für ihren gemeinsamen Enkel. Widerwillig besann Sabrina sich auf ihr Anliegen.

»Wenn Lord Duncan zu beschäftigt ist, dürfen Sie ihn nicht stören. Dann komme ich ein andermal zurück. So dringend ist die Nachricht auch gar nicht. Aber vielleicht hat er ja einen Augenblick Zeit. Länger nimmt das, was ich ihm sagen soll, bestimmt nicht in Anspruch. Dann wäre mein Auftrag erledigt, und ich könnte guten Mutes nach Hause gehen.«

»Aber gewiss, Miss Sabrina. Ich werde den jungen Herrn gleich für Sie suchen gehen. Wollen Sie denn nicht so lange hereinkommen –«

»Nein!« Das Wort kam viel zu laut und zu schnell über Sabrinas Lippen. Verlegen bemühte sie sich um einen ruhigeren Ton. »Ich … Sie haben doch das Haus voller Gäste. Ich warte bei dem schönen Wetter lieber draußen.«

Von schönem Wetter konnte nun wirklich keine Rede sein. Schwere Wolken bedeckten den Himmel und Regen lag in der Luft. Doch jeder, der Sabrina kannte, wusste, dass sie sich im Freien aufhielt, wann immer es ging. Selten kümmerte sie dabei das Wetter. Ein Tag, den andere Leute als kalt und scheußlich empfanden, konnte für sie erfrischend und wunderbar belebend sein.

Jacobs nickte. Um nicht unhöflich zu sein, ließ er die Haustür ein Stück weit offen stehen, als er sich auf die Suche nach Duncan machte. Sabrina zog sich etwas zurück. Sie wollte nicht zufällig von einem der Gäste im Haus entdeckt werden. Nun konnte sie nur hoffen, dass Duncan ein wenig Zeit für sie hatte, damit sie ihre leidige Mission erfüllen konnte. Sie war so aufgewühlt und durcheinander, dass ihr fast übel wurde.

Quälend langsam schleppten sich die Minuten dahin. Nach einer knappen Viertelstunde stand Sabrina noch immer allein vor der Tür im nasskalten Wind und glaubte schon, sich vor Nervosität und Verlegenheit übergeben zu müssen, wenn sie noch lange untätig herumstand. Gerade als sie sich entmutigt zum Gehen wenden wollte, näherten sich ihr von hinten Schritte.

Sie fuhr herum und hielt unwillkürlich den Atem an. Duncan stand zum Greifen nahe vor ihr. »Der Butler sagte mir, eine Dame –« Überrascht hielt er inne. Ein Lächeln glitt über seine finsteren Züge, als er sie erkannte. »Ach, Sie sind es! Was für eine Überraschung! Ja, dann sind Sie also doch aus der Gegend hier?«

»O ja. Wir wohnen nur etwa zwanzig Minuten weit entfernt am Rand von Oxbow.«

»Wir? Sie sind doch nicht verheiratet, oder etwa doch?«

Einen Moment lang war Sabrina verwirrt. Doch dann lachte sie. »Nein, ich glaube, das wäre mir aufgefallen. Ich lebe bei meinen beiden ledigen Tanten.«

Duncan legte die Stirn in Falten. »Dann müssen Sie ganz neu in der Gegend sein. Sonst hätte mein Großvater Sie bestimmt zu seinem Fest eingeladen.«

Damit hatte Duncan, ohne es zu wissen, gleich ein heikles Thema angeschnitten. Warum Lord Neville ihr keine Einladung hatte zukommen lassen, wollte sie Duncan lieber nicht in allen Einzelheiten erklären. Außerdem ging es hier nicht um sie, sondern um die leidige Botschaft, deretwegen sie eigentlich hier war.

»Lord Neville und ich sind einander nie begegnet. Also kann er mich gar nicht kennen«, antwortete Sabrina knapp.

Sie hoffte, dass der junge Schotte sich mit dieser Erklärung zufrieden geben würde.

»Wie dem auch sei«, sagte er lächelnd. »Ich kenne Sie ja jetzt. Also spreche ich eine verspätete Einladung an Sie aus und –«

Sabrina hob die Hand, um ihn zu unterbrechen. So schnell schien er sich nicht von einem einmal gefassten Entschluss abbringen zu lassen.

»Ich glaube, ich habe mich nicht deutlich genug ausgedrückt. Es stimmt schon, Ihr Großvater und ich sind einander nie begegnet. Aber er weiß von mir und meinen Tanten. Und ich glaube nicht, dass er mich als passenden Gast für diese Art von Fest betrachten würde.«

Sabrina fühlte, dass sie bei dieser Rede feuerrot angelaufen war. Duncan schien sie jetzt endlich verstanden zu haben, denn er nickte nachdenklich. Gleich darauf überraschte er sie jedoch mit seinen nächsten Worten. »Aber Sie werden trotzdem kommen, wenn ich Sie darum bitte, nicht wahr? Der Teufel soll mich holen, wenn der alte Mann es dann noch wagt, Sie aus seinem Haus zu verbannen.«

»Nein, bitte. Das kann ich nicht tun. Ich soll Ihnen nur schnell eine Nachricht überbringen. Es ist wirklich höchste Zeit, dass ich mich auf den Rückweg mache.«

Duncan öffnete den Mund, als wolle er ihr widersprechen, seufzte dann aber und sagte nur: »Also gut. Lassen Sie hören, was Sie mir zu sagen haben.«

Sabrina suchte verzweifelt nach den richtigen Worten. So schwer hatte sie sich ihre Rolle als Ophelias Botschafterin in Sachen Eheanbahnung wirklich nicht vorgestellt. Ihr Kopf leuchtete wahrscheinlich scharlachrot, und Duncan wartete bestimmt inzwischen gespannt darauf, dass sie endlich hervorbrachte, was sie von ihm wollte.

Verzweifelt suchten ihre Blicke etwas, woran sie sich festhalten konnten, und blieben an den Pferdeställen hängen, in denen man Kutschen und Karossen aller Art untergestellt hatte.

»Unglaublich! Durch dieses Fest sieht man hier fast mehr Kutschen als Pferde. Hat man sie auf die Weide gebracht?« Sabrina wollte nun doch lieber noch ein wenig unverfänglich plaudern, bevor sie das Unvermeidliche aussprach.

»Kutschen? Auf die Weide?« Duncan musste über ihre verwirrende Ausdrucksweise lachen. Hörte man Sabrinas stockend vorgebrachte Sätze, so konnte man sich leicht fünfzig Kutschen vorstellen, die munter wiehernd über eine Koppel tobten.

Sabrina fragte sich verzweifelt, was ihn so belustigte. Indes, sie war froh, dass er einen Moment lang abgelenkt war. Bevor sie der Mut verlassen konnte, sagte sie schnell: »Lady Ophelia würde gerne unter vier Augen mit Ihnen sprechen. Sie möchte sich im Hinterzimmer des Gasthauses von Oxbow mit Ihnen treffen, um sich zu entschuldigen.«

Einen Moment lang war Duncan sprachlos. Damit hatte er nicht gerechnet. Er sah sie an, als wäre sie von allen guten Geistern verlassen. Dann endlich stieß er hervor: »Wohl eher, um mich wieder einmal zu beleidigen und sich auf meine Kosten zu amüsieren.«

»Nein, wirklich. Sie hat mir hoch und heilig versichert, wie sehr sie den Vorfall bedauert. Was immer sie auch zu Ihnen gesagt haben mag, es tut ihr herzlich leid. Und das möchte sie Ihnen unbedingt persönlich sagen. Werden Sie ihr den Gefallen tun und in das Gasthaus kommen?«

»Nein.«

Die Bestimmtheit, mit der er dieses Wort, ohne auch nur eine Sekunde lang nachzudenken, ausgesprochen hatte, beeindruckte Sabrina. Erstaunt bemerkte sie, dass ihre Verlegenheit etwas nachließ. Dennoch fühlte sie sich verpflichtet, noch einen weiteren Vorstoß zu unternehmen.

Sie nahm ihren ganzen Mut zusammen und sagte: »Ist das ein ›Ich-werde-es-mir-überlegen-Nein‹ oder ein ›Ich-möchte-mich-erst-noch-ein-wenig-bitten-lassen-Nein‹?«

»Es ist ein einfaches, klares Nein, und dabei wird es auch bleiben.«

»Oh, wie schade. Und ich dachte, diese Sorte sei längst aus der Mode gekommen.«

»Was für eine Sorte denn?« Langsam klang Duncan doch ziemlich ungehalten. »Was faseln Sie denn da überhaupt?«

»Ich meine Ihr ›Ich-denke-überhaupt-nicht-daran-Nein‹. Heutzutage lässt sich doch jeder gerne etwas Spielraum für den Fall, dass er seine Meinung doch noch ändert. Es macht vieles im Leben einfacher, wenn man sich für alle Fälle ein Hintertürchen offen hält.«

»Klar, aber noch mehr Scherereien kann man sich ersparen, wenn man gleich von Anfang an gut über seine Entscheidungen nachdenkt und dann auch dazu steht.«

Sabrina merkte, dass sie diesen Disput nicht gewinnen konnte, und versuchte es auf andere Art. »Wäre es wirklich ein so großes Opfer für Sie, sich einmal anzuhören, was Ophelia Ihnen sagen möchte?«

»Kein Opfer. Nur reine Zeitverschwendung.«

Erneut stieg Sabrina die Röte ins Gesicht. Wusste sie doch nur allzu gut, dass sie hier eigentlich auch nur seine Zeit verschwendete. »Es tut mir Leid. Ich hätte wissen müssen, dass Sie gerade viel zu beschäftigt sind, um sich auch noch mit einer Bittstellerin herumzuschlagen. Ich glaube, ich gehe jetzt besser. Leben Sie wohl, Duncan MacTavish. Es war schön, Sie wiederzusehen.«

»Warten Sie!«

Sie war schon ein gutes Stück die Auffahrt hinuntergeeilt, um dieser peinlichen Situation endlich entfliehen zu können. Sie meinte zu hören, dass er ihr nachgerufen hatte; fast glaubte sie, dies sei nur ihrer Einbildung entsprungen und ihrem überraschend heftigen Wunsch, ihn noch nicht verlassen zu müssen. Doch er kam ihr tatsächlich hinterhergelaufen. Mit einem Gesicht, als habe er von sauren Weintrauben gekostet, blieb er vor ihr stehen.

»Also gut. Ich werde mich mit ihr treffen. Aber unter einer Bedingung«, sagte er.

Sabrina war überrascht über diesen raschen Gesinnungswandel. »Oh, wie schön«, hauchte sie erleichtert. Dabei drohten ihr vor Aufregung die Knie weich zu werden. »Und die Bedingung?«

»Sie packen Ihre Siebensachen und kehren noch vor dem Abendessen hierher zurück.«

Sabrina machte große Augen. »Sie laden mich zum Abendessen ein?«

»Ich lade Sie zu dem ganzen verdammten Fest ein! Ganz egal, wie lang es noch dauert.«

Sie lächelte. Wie zornig er klang. Es musste ihm sehr schwer fallen, diesen Kompromiss einzugehen, um seinen Willen doch noch zu bekommen.

»Packen muss ich dazu nicht. Ich wohne doch ganz in der Nähe.«

»Dann werden Sie also kommen?«

»Meine Tanten müssten aber auch dabei sein. Ich kann unmöglich ganz ohne Begleitung zu einem Fest gehen.«

»Bringen Sie mit, wen Sie wollen. Nur *sie* nicht.«

Sabrina nickte. »Aber Sie werden sich mit ihr treffen?« Er nickte nur kurz, doch sie wollte es schon ganz genau wissen. »Wann?«

»In einer Stunde. Wenn Ophelia nicht pünktlich ist, werde ich keine Minute lang auf sie warten. Und später werden Sie mir erst einmal erklären, wie Sie dazu kommen, für diese Dame solche Botendienste zu tun.«

Abrupt wandte er sich ab und ging ins Haus zurück. Sabrina konnte kaum glauben, dass ihr Bittgang doch nicht umsonst gewesen war. Nun musste sie so schnell wie möglich Ophelia die gute Nachricht überbringen. Damit hatte sie ihre Verpflichtung mehr als erfüllt. Grenzenlose Erleichterung überkam sie. Nie wieder würde sie etwas so Abscheuliches tun. Einen solchen Gefallen konnte und wollte sie keinem Menschen mehr erweisen müssen.

Sie war schon fast am Fuß des Hügels angelangt, auf dem sie Duncan zum ersten Mal begegnet war, als sie endlich die Rufe von Lord Nevilles Butler hinter sich hörte.

Sie blieb stehen und staunte über das ungewöhnliche Bild, das der sonst stets so gemessen schreitende Mann im Laufschritt bot. Völlig außer Atem und weit weniger würdevoll als sonst stand Jacobs schließlich vor ihr. »Lord Nevilles Kutsche wird Sie heute Abend abholen«, japste er.

»Nicht nötig«, entgegnete sie. »Wir haben doch selbst ein gutes Gespann.«

»Gewiss doch, Miss Sabrina. Aber ich glaube, der junge Lord will ganz sichergehen, dass Sie auch kommen.«

Schon wieder wurde Sabrina rot. Sicher war dies nur eine Vermutung von Jacobs gewesen, doch wäre sie vor Freude darüber am liebsten den Hügel hinauf getanzt.

18

Duncan hätte sich dafür ohrfeigen können, dass er das Mädchen schon wieder nicht nach dessen Namen gefragt hatte. Dieses Missgeschick wurde ihm allerdings erst bewusst, als Lord Neville wissen wollte, wer die Dame mit den lilafarbenen Augen denn nun sei. Duncan kam sich in diesem Augenblick vor wie ein dummer kleiner Junge. Als er Neville zum zweiten Mal an diesem Tag aufsuchte, war er schon auf eine heftige Auseinandersetzung mit dem Alten gefasst gewesen. Immerhin musste er seinem Großvater sagen, dass er kurzerhand eine Dame eingeladen hatte, die wahrscheinlich keine Adelige war. Duncan hatte noch einmal über alle Einzelheiten seines Gesprächs mit dem Mädchen nachgedacht, und es wollte ihm sonst einfach kein Grund einfallen, warum Nevilles Nachbarinnen nicht eingeladen worden waren. Zudem hatte das Mädchen nur gesagt, es wohne bei ihren ledigen Tanten. Es hatte weder den Namen eines Landsitzes noch den eines Herrenhauses genannt.

Duncan war Sabrinas gesellschaftlicher Stand völlig gleichgültig. Er fand sie einfach bezaubernd. Besonders gefiel ihm ihr ganz eigener Humor, mit dem sie ihn so mühelos aus seiner düsteren Stimmung herauslocken konnte. Und schließlich hatte er ja nicht vor, sie gleich zu heiraten. Also konnte Neville eigentlich nichts gegen die Einladung haben, die er eigenmächtig ausgesprochen hatte. Dass Neville nicht der Einzige sein könnte, der Anstoß an einem bürgerlichen Gast nahm, versuchte Duncan aus seinem Bewusstsein zu verbannen.

Er wusste indes nur zu gut, dass die Lords und Ladys, die der alte Thackeray eingeladen hatte, normalerweise nur Angehörige ihrer eigenen Klasse in ihren Reihen duldeten. Die Anwesenheit von Dienstboten wurde gerade noch als lästige Notwendigkeit hingenommen, aber einen Gast aus einer niedrigeren gesellschaftlichen Schicht empfand man auf einer so festlichen Veranstaltung als Zumutung. Duncan musste annehmen, dass auch Neville in diesen Dingen nicht anders dachte, doch er würde dem Alten die Stirn bieten.

Nun, zu einer Auseinandersetzung mit Neville konnte es schon allein deshalb nicht kommen, weil Duncan ja nicht einmal wusste, wie es um Sabrinas gesellschaftlichen Rang bestellt war. Warum sollte er Neville dann überhaupt sagen, dass das Mädchen wahrscheinlich keine Adelige war? Das würde er noch früh genug erfahren. Wie der Alte sich wohl in einer solchen Situation verhielt? Es würde sich zeigen, ob er einer jener alten, verknöcherten Aristokraten war, die sich nur mit Menschen ihres eigenen Standes abgaben und andere Erdenbürger geflissentlich übersahen. Vielleicht gehörte er aber auch zu den wenigen fortschrittlich denkenden Adeligen, die den Wert eines Menschen nicht allein an dessen Titel maßen.

Duncan war fast enttäuscht, dass er seiner inneren Anspannung nun nicht mit Hilfe einer Auseinandersetzung mit seinem Großvater Luft machen konnte. Die Aussicht, nun bald mit Ophelia zusammenzutreffen, versetzte ihn in eine geradezu mörderische Laune. Doch auch sein sonst oft so unbändiger Hengst verzichtete an diesem Tag darauf, seinen Herrn zu einem Kräftemessen herauszufordern. Als spürte das Tier Duncans nur mühsam gezügelte Wut, trabte es brav genau da hin, wo sein Reiter es hinlenkte. So blieb Duncan nichts anderes übrig, als all seinen Ärger hinunterzuschlucken.

Eine Zeitlang lenkte er sich auf seinem Ritt damit ab, die Gegend nach dem »einfachen Häuschen« abzusuchen, in dem das Mädchen mit den fliederfarbenen Augen mit seinen Tanten lebte. Doch sein Weg führte nur an einem schmucken Landsitz und einigen Bauernhöfen vorbei.

Vielleicht wohnte das für ihn noch immer namenlose Mädchen ja auch an der Straße, die auf der anderen Seite wieder aus Oxbow hinausführte. In den engen Gässchen und auch entlang der Hauptstraße gab es etliche bescheidene kleine Häuser, die Duncan passend schienen, um die junge Dame und ihre alten Tanten zu beherbergen. Lange konnte er sich allerdings mit diesem Gedanken nicht ablenken, da es bis zum Ort nicht mehr allzu weit war.

Der Ärger darüber, dass er nun bald Ophelia gegenüberstehen würde, bohrte sich wie ein spitzer Dolch in Duncans Eingeweide. Dabei hatte er dieses unverschämte Weibsstück doch nie wieder sehen wollen. Wahrscheinlich hatte sie nur ein schlechtes Gewissen und hoffte auf Absolution. Auf eine Entschuldigung aus ihrem Mund legte er jedoch keinerlei Wert. Sie hatte ihm ihr wahres Gesicht gezeigt, und ihre üblen Beleidigungen konnte sie ohnehin nicht mehr zurücknehmen. Überdies hatte Duncan inzwischen von diesem Burschen namens Rafe erfahren müssen, dass vor allem Ophelia selbst die lächerlichen Geschichten über den unzivilisierten Wilden aus Schottland ausgebrütet und in die Welt gesetzt hatte.

Die Dame war noch nirgends zu sehen. Er war ja auch ein paar Minuten früher am Wirtshaus angekommen. Da sie etwas gutzumachen hatte, konnte er doch wohl annehmen, dass sie lieber zu früh als zu spät am verabredeten Ort einträfe. Sie ließ ihn nun warten, als handle es sich um ein romantisches Stelldichein und nicht um ein widerwillig gewährtes, kurzes Gespräch. Fünf Minuten wollte er ihr geben, und keine Sekunde länger.

Ungeduldig winkte Duncan dem diensteifrigen Wirt ab und wartete am knisternden Kaminfeuer in der Gaststube. Eigentlich stand ihm der Sinn nach einem ordentlichen

Schluck Whisky, doch er wollte einen klaren Kopf behalten. Das schien ihm bei dieser Frau mehr als ratsam.

Sie betrat den Raum durch die Hintertür. Also war sie tatsächlich schon vor ihm da gewesen und hatte nur ihren Auftritt haben wollen. Anders konnte man die Vorstellung, die Ophelia jetzt gab, beim besten Willen nicht nennen. Sie trug einen taubenblauen, langen Samtmantel, und um ihre Schultern schmiegte sich ein kurzes Cape aus erlesenem weißen Pelz. Die Kapuze des Capes hatte sie so über ihr seidig schimmerndes blondes Haar drapiert, dass sie es gerade halb bedeckte. Als sie Duncan sah, blieb sie einen Herzschlag lang still stehen und schenkte ihm ein atemberaubendes Lächeln. Dann ging sie betont langsam, gerade so als schwebe sie, auf ihn zu. Er sollte genügend Zeit haben, ihre Schönheit ausgiebig zu bewundern. Der schneeweiße Pelz und der flackernde Schein des Feuers gaben ihr einen Schimmer von ätherischer Schönheit. Wie eine Erscheinung aus höheren Sphären glitt sie durch die Wirtsstube auf Duncan zu.

Und nicht nur er allein war wie hypnotisiert von ihrem Anblick. Den wenigen anderen Gästen, allesamt gestandene Männer, die sich zu dieser Tageszeit in der Schankstube aufhielten, war der Mund offen stehen geblieben. Duncan beobachtete die bühnenreife Darbietung, die Ophelia aus ihrer Ankunft machte, zwar ein klein wenig nüchterner als die braven Handwerker und müden Reisenden, die mit ihren Bechern an den Tischen saßen, doch einen Augenblick lang musste er sich energisch daran erinnern, dass sich hinter ihrem zutiefst beeindruckenden Äußeren ein gemeiner Zug verbarg. Wenn man sie so lieblich lächeln sah, wollte man das fast nicht glauben. Sobald sie den Mund aufmachte und ihre schneidende Stimme erhob, war ihr Zauber gebrochen.

Noch immer lächelnd blieb sie vor ihm stehen und strahlte ihn an. Nur einen Lidschlag lang hatten sich ihre Züge verhärtet, als ihr Blick auf seinen Kilt gefallen war. Dieses exotische Kleidungsstück hatte Duncan mit voller Absicht angelegt. Wenn Ophelia auch nur einen Funken Verstand besaß, musste schon die Tatsache, dass er zu diesem Treffen den Kilt trug, ihr zeigen, dass sie sich die Mühe hätte sparen können.

»Wie ich sehe, haben Sie meine Nachricht erhalten«, hauchte sie.

»Hm. Und warum musste das Mädchen sie mir bringen?«

Das hatte er sie eigentlich gar nicht fragen wollen. Wenigstens jetzt noch nicht. Erst sollte sie ihr Anliegen vorbringen. Es lag ihm daran, dieses Treffen nicht unnötig in die Länge zu ziehen.

Ophelia zuckte die Schultern. »Warum auch nicht? Die meisten Leute fühlen sich geehrt, wenn sie etwas für mich tun können.«

Einen Moment lang war Duncan sprachlos. Wie hätte er auch etwas sagen sollen, wo er doch nur mit größter Mühe ein Lachen unterdrücken konnte? Ihre Antwort hatte, so kurz sie auch gewesen sein mochte, bereits alles über sie gesagt. Ihr selbst schien allerdings gar nicht aufzufallen, wie sie auf ihn wirkte. So viel Herablassung, Hochmut und Eitelkeit in einer Person vereint zu sehen versetzte Duncan in stummes Erstaunen.

Sein Schweigen schien sie etwas zu verunsichern. Doch schließlich war es ja an ihr, den Grund für ihr Treffen zu erklären. Duncan frage sich bereits, ob sie ihm überhaupt etwas mitzuteilen hatte. Für eine Entschuldigung war er in das Gasthaus bestellt worden. Aber wusste Ophelia Reid überhaupt, was eine Entschuldigung war?

Als sie keine Anstalten machte, von sich aus etwas zu sagen, wandte Duncan sich achselzuckend von ihr ab. Er selbst empfand das nicht als unhöflich, jedenfalls nicht ihr gegenüber. Nach Ophelias gehässigen Beleidigungen hatte Duncan sie für sich im Stillen zu einer nicht weiter beachtenswerten Person erklärt. Damit war sie noch gut weggekommen. Ein Mann, der solche Dinge zu ihm gesagt hätte, wäre dadurch für alle Zeiten zu seinem Feind geworden und wäre Duncan MacTavishs versengender Wut wohl nicht so leicht entkommen.

Dass ihr Ex-Verlobter ihr die kalte Schulter zeigte, brachte Ophelia nun doch zum Sprechen. »Warten Sie! Wo wollen Sie denn hin?«

Sie klang tatsächlich verwirrt. Nur halb zu ihr hingewandt erklärte er ihr kurz angebunden: »Ich bin nicht hergekommen, um Ihre Schönheit zu bestaunen, meine Dame. Das erledigen schon die anderen Männer in diesem Raum. Wenn Sie mir etwas zu sagen haben, dann sollten Sie es schnell tun.«

Die sanfte Röte, die Ophelia daraufhin in die Wangen stieg, stand ihr gar nicht schlecht. »Ich wollte Ihnen erklären, warum ich Ihnen bei unserem ersten Zusammentreffen vielleicht etwas unfreundlich erschienen sein mag.«

»Ach, so nennt man das hier bei Ihnen in England! Etwas unfreundlich? Das muss ich mir merken, falls ich einmal das Bedürfnis habe, jemanden absichtlich tödlich zu beleidigen.«

»Es war keine Absicht«, versuchte sie ihn zu beschwichtigen. »Ich war einfach zu schockiert.«

»Ach, tatsächlich?«, antwortete er ungnädig. Er machte sich nicht die Mühe, seine Zweifel an ihrer Erklärung zu verbergen. »Worüber denn? Dass ich rede wie ein Schotte? Oder dass ich aussehe wie einer? Was hatten Sie denn erwartet?«

Sie seufzte. »Sie haben mich nicht recht verstanden. Ich war mir so sicher gewesen, dass wir nicht zusammenpassen würden.«

»Und dass ich ein ungehobelter, barbarischer Wilder bin.«

»Nun ja, davor hatte ich tatsächlich Angst. Aber meine Befürchtungen waren unbegründet. Das weiß ich inzwischen. Sie sind überhaupt nicht wild und unzivilisiert.«

»Da wäre ich mir an Ihrer Stelle nicht so sicher, mein Fräulein«, entgegnete Duncan. Dabei übertrieb er absichtlich seinen altertümlich anmutenden schottischen Akzent.

»Was ich eigentlich sagen will, ist, dass ich falsche Vorstellungen von Ihnen hatte.«

Duncan ging davon aus, dass diese Worte aus ihrem Mund schon beinahe einer Entschuldigung gleichkamen. Für jemanden, der sich selbst für so außerordentlich großartig hielt, wie Ophelia Reid es tat, war es wohl unmöglich, eine echte Entschuldigung über die Lippen zu bringen. »Es tut mir Leid« schien nicht zu ihrem Wortschatz zu gehören.

»Schön, dann haben Sie sich also getäuscht. Wollten Sie mir sonst noch etwas sagen?«

Am liebsten hätte Duncan das Gasthaus auf der Stelle verlassen. Ophelia jedoch schien seine Ungeduld gar nicht zu bemerken.

»Nun, eigentlich dachte ich, wir könnten jetzt gemeinsam einen neuen Anfang wagen«, antwortete sie. »Sie wissen schon. Wir vergessen einfach unser erstes Zusammentreffen und tun so, als hätte es nie stattgefunden.«

»Und betrachten uns als glückliche Verlobte und planen eine Hochzeit, die so prachtvoll wird, dass man sich noch in hundert Jahren daran erinnert.«

Ophelia nickte eifrig und schenkte Duncan erneut ein strahlendes Lächeln. »Ja, ganz genau. Ist das nicht eine großartige Idee?«

Er hatte einen sarkastischen Witz machen wollen. Sie aber hatte es ernst gemeint. Es war einfach unglaublich! Erwartete sie wirklich, dass er einfach so vergaß, wie sehr er von ihr beleidigt und erniedrigt worden war? Vor dutzenden von fremden Menschen hatte sie ihn zum Gespött gemacht. Kein Mann hätte ihm ungestraft solche Dinge sagen können. Da sie nun eine Frau war, hatte er sich zurückhalten und wie ein geprügelter Hund den Salon verlassen müssen. Das würde er ihr nie verzeihen.

Im Übrigen gab es noch einige andere Gründe, warum Duncan nicht im Traum daran dachte, Ophelia zu heiraten. Einen davon wollte er sie noch hören lassen, bevor er diese leidige Unterredung beendete. »Ich möchte um nichts in der Welt eine Frau haben, bei der ich nie weiß, ob sie außer sich selbst auch noch jemand anders bemerkt.«

»Was meinen Sie damit?«

Es überraschte Duncan nicht, dass sie ihm nicht folgen konnte. Die wenigsten Menschen, die so selbstverliebt und egozentrisch waren wie Ophelia, waren sich dessen voll bewusst. In ihrem Fall konnte man getrost behaupten, dass in dieser Beziehung wirklich Hopfen und Malz verloren war.

Duncan war bereit gewesen, sie anzuhören, und sie hatte es noch nicht einmal für nötig befunden, sich wirklich zu entschuldigen. Mehr Zeit wollte er ihr nun wirklich nicht opfern. Mit einem kurzen »Guten Tag« ließ er sie stehen.

Ophelia starrte schockiert auf seinen Rücken. Männer entfernten sich nicht ungebeten aus ihrer Gegenwart. Das war völlig undenkbar. Dieser Schotte hätte ihr dankbar zu Füßen liegen sollen, weil sie ihre Meinung über ihn geändert hatte.

Immerhin hatte sie ihm, großzügig, wie sie nun einmal war, angeboten, ihr erstes verunglücktes Treffen zu vergessen. Wäre er darauf eingegangen, dürften sie sich jetzt wieder als Verlobte betrachten. Wie hatte er dieses Angebot, um das ihn die gesamte englische Männerwelt beneiden würde, ausschlagen können? Am Ende war er wohl doch nur ein begriffsstutziger Barbar! Sonst hätte er doch intelligent genug sein müssen, zu erkennen, dass er gerade die einzigartige Chance verspielt hatte, die seit Jahrzehnten schönste aller Debütantinnen zur Frau zu bekommen.

19

Noch wusste Ophelia nicht, dass Sabrina inzwischen zum Fest nach Summers Glade eingeladen war. Als sie erfuhr, dass Duncan eingewilligt hatte, sich mit ihr zu treffen, hatte sie sich eilig zurechtgemacht und nicht nach Details über das Gespräch, das Sabrina mit Duncan geführt hatte, gefragt. Dass er zugestimmt hatte, noch einmal mit ihr zu reden, war für die Londonerin geradezu eine Selbstverständlichkeit gewesen. Sie hatte keine Sekunde lang gebangt, dass Duncan sie vielleicht gar nicht sehen wollte. Sabrina tat den Gedanken ab, Ophelia dafür zu verurteilen.

Jetzt erst wurde Sabrina bewusst, wie unhöflich es war, eine Einladung anzunehmen, solange man selbst einen Gast im Hause hatte. Das schickte sich einfach nicht: Sie durfte Ophelia nicht allein zurücklassen. Eine ihrer Tanten musste auf jeden Fall bei ihr zu Hause bleiben. Dabei brannten, nun, da sie eine Einladung dazu hatten, bestimmt beide darauf, auf Nevilles Fest zu erscheinen.

Sabrina sagte sich, dass sie sich bestimmt umsonst den Kopf zerbrach. Natürlich würde Ophelia von ihrer Unterredung mit Duncan mit einer eigenen Einladung zum Fest auf Summers Glade zurückkommen. Vielleicht war sie sogar schon wieder mit ihm verlobt. So deprimierend dieser Gedanke auch sein mochte – die Möglichkeit bestand durchaus. Sabrina hatte mehr als einmal miterleben können, wie Ophelia auf Männer wirkte. Die meisten waren von ihrer Schönheit so geblendet, dass ihnen der Verstand getrübt wurde, sobald sie nur den Raum betrat.

Sabrina wollte bis zu Ophelias Rückkehr warten, bevor sie ihren Tanten von der überraschenden Einladung erzählte. Dann würden sie sowieso alle gemeinsam nach Summers Glade aufbrechen können. Umso mehr erschrak sie, als Ophelia die Haustür heftig ins Schloss warf. Als kurz darauf auch die Tür ihres Zimmers im oberen Stockwerk heftig knallte, wusste Sabrina, dass das Treffen nicht so verlaufen war, wie Ophelia es erwartet hatte. Jetzt blieb ihr nichts anderes übrig, als doch allein zu ihren Tanten zu gehen.

Diese konnten ihr Glück kaum fassen und waren sich ausnahmsweise einmal sofort einig. Sabrina sollte natürlich zum Fest gehen, zumindest an diesem Abend. Die unverhoffte verspätete Einladung stellte eine willkommene Gelegenheit dar, ihre Nichte einigen heiratsfähigen jungen Gentlemen vorzustellen. Für diese Fügung des Schicksals musste man dankbar sein und das Beste daraus machen. Ein unerwarteter Gast, der unverhofft eingetroffen war, musste dann eben zurückstehen. Der Anstand verlangte es allerdings, dass Sabrina eben nur einen einzigen Abend außer Haus verbrachte. Sie sollte dem jungen Lord gegen Ende des Abends höflich erklären, dass sie erst nach der Abreise ihres eigenen Gastes wieder Einladungen annehmen konnte.

Sabrina amüsierte sich im Stillen über ihre Tanten. Die beiden hätten es wohl nie offen zugegeben, doch unter diesen neuen Voraussetzungen hofften sie, dass Ophelia nach London zurückkehren würde – und zwar je schneller, desto besser.

»Ich werde mit ihr zusammen zu Hause bleiben«, erbot sich Alice, nicht ohne ihren Worten ein sehnsuchtsvolles Seufzen hinzuzufügen. Nur allzu ungern verpasste sie das große Fest. »Ich werde ihr sagen, wohin du gegangen bist, meine Liebe. Aber nur, wenn sie mich danach fragt. Vielleicht merkt sie auch gar nicht, dass du weg bist. Dann sehe ich keinen Grund, sie zu kränken.«

Erstaunlicherweise war Hilary schon wieder der gleichen Meinung. »Du hast Recht. Warum soll man das Mädchen unnötig damit belasten? Es ist ja nur der eine Abend. Und falls du es ihr doch sagen musst, wird sie eben verstehen müssen, dass Sabrina in ihrer Aufregung einen Moment lang nicht an ihre Besucherin gedacht hat.«

Sabrina hätte genauer erklären können, wie es zu ihrer Einladung nach Summers Glade gekommen war. Doch sie konnte sich nicht vorstellen, dass es Ophelia recht wäre, wenn bekannt würde, worum sie Sabrina gebeten hatte. Zudem war sie alles andere als stolz auf ihre – dem Himmel sei Dank, kurze – Karriere als Heiratsvermittlerin. Wenn es unbedingt sein musste, würde sie Ophelia unter vier Augen sagen, dass Duncan sich nur unter der Bedingung mit ihr getroffen hatte, dass Sabrina zum Abendessen auf das Fest kam.

Für Ophelia war das bestimmt nicht gerade schmeichelhaft. Deshalb wollte Sabrina ihren kleinen Handel mit dem jungen Lord lieber für sich behalten. Wenn sie Glück hatte, schmollte Ophelia für den Rest des Abends in ihrem Zimmer vor sich hin und merkte gar nicht, dass sie weggegangen waren.

Sabrina und Hilary stiegen, als Lord Nevilles Kutsche vorfuhr, eilig ein und hofften, dass Alice mit Ophelia allein zurechtkommen würde. Schon kurz nach ihrer Ankunft auf Summers Glade hatten die beiden festlich gewandeten Damen ihren schwierigen Hausgast beinahe vergessen.

Auf Summers Glade tummelten sich inzwischen mehr illustre Gäste als selbst auf den größten Abendgesellschaften, denen sie in London beigewohnt hatten. Es verstand sich von selbst, dass keine der über fünfzig jungen Damen, die Neville eingeladen hatte, allein erschienen war. So etwas gehörte sich für eine Dame von Rang einfach nicht. Manche wurden von ihren Eltern begleitet, viele waren mit einem oder gar zwei Brüdern angereist und wieder andere hatten ihre Schwestern oder gar Vettern im Schlepptau. Leicht kamen auf diese Weise bei einer solchen Feier auf jeden geladenen Gast noch drei weitere, und so drängten sich auch weit über zweihundert aufs Feinste herausgeputzte Menschen in den festlich geschmückten Salons von Summers Glade.

Sabrina rätselte, wo man sie alle untergebracht hatte. Summers Glade war das größte Anwesen der ganzen Gegend. Doch selbst hier gab es sicherlich keine fünfzig Schlafgemächer, ganz zu schweigen von zweihundert. Hilary, die in ihrer Jugend nur ein einziges Mal an einem so großen Fest auf einem Landsitz teilgenommen hatte, lachte leise vor sich hin. »Wir haben Glück, dass man uns nicht wie fast alle anderen Nachbarn gebeten hat, einen Teil der Festgäste bei uns aufzunehmen.«

Jetzt wusste Sabrina auch, warum bestimmte Leute, die sie von ihren Spaziergängen her gut kannte, auf dem Fest waren, obwohl sie keine ledige Tochter im passenden Alter hatten. Man brauchte sie, um einen Teil der Besucher, die ja allesamt länger blieben, bei ihnen unterbringen zu können. Auch das Gasthaus in Oxbow war wohl zur Abwechslung einmal bis unters Dach ausgebucht.

»Und glaub nur nicht«, fügte Hilary hinzu, »dass jeder Gast ein eigenes Zimmer erhält. Dieses unverschämte Glück haben nur die allerwichtigsten Gäste. Ich musste mir damals mit sechs anderen Mädchen ein Zimmer teilen. Und mein Vater, der Alice und mich begleitete, hat es noch schlechter getroffen. Wenn ich mich recht erinnere, steckte man ihn zusammen mit neun weiteren Gentlemen in einen Schlafraum. Dabei können sich solche Feste auf den abgelegeneren Landsitzen wochenlang hinziehen. Aber wenn man dabei sein will, muss man eben gewisse Unannehmlichkeiten in Kauf nehmen.«

»Sie sind tatsächlich gekommen!«

Sabrina wandte sich um und sah Duncan vor sich stehen. Gerade hatte sie über die Erklärungen ihrer Tante gelächelt.

So blitzten ihre Augen noch immer fröhlich, als sie zu dem jungen Lord aufsah.

»Dachten Sie denn, ich käme nicht?«

»Nun ja, so wie das Treffen, das Sie eingefädelt haben, verlaufen ist, hatte ich gewisse Zweifel.«

»Ein Treffen? Wovon redet der junge Gentleman denn da, mein Kind?«, fragte Hilary an ihrer Seite leicht beunruhigt.

Sabrina konnte nur hoffen, dass sie bei ihrer ausweichenden Antwort nicht knallrot wurde. »Ach, das war nichts Wichtiges, Tante Hilary«, sagte sie schnell. »Darf ich dir Duncan MacTavish vorstellen?«

Duncan verbeugte sich in vollendeter Höflichkeit. Ganz wie es sich für einen Gentleman gehörte, trug er die dem Anlass entsprechende korrekte Abendgarderobe. Sein mitternachtsblauer Frack unterstrich wirkungsvoll das tiefe Blau seiner Augen.

»Sie sehen Ihrem Großvater kein bisschen ähnlich, junger Mann«, richtete Hilary das Wort an ihn. Und ganz wie es ihrer äußerst direkten Art entsprach, fügte sie noch hinzu: »Da haben Sie ja wirklich noch einmal Glück gehabt!«

Duncan lachte. Schon hörte man eine andere Stimme sagen: »Ach, tatsächlich? Und mit wem habe ich das Vergnügen, Madame?«

Mit hochgezogenen Augenbrauen musterte Hilary den alten Herrn, der sich zu ihnen gesellt hatte. »Erkennst du mich denn nicht mehr, Neville? Das überrascht mich eigentlich kaum. Es muss mehr als zwanzig Jahre her sein, seit wir einander zuletzt begegnet sind.«

»Hilary Lambert! Natürlich!«

»Natürlich.«

»Du hast ein paar Pfund zugelegt, altes Mädchen«, versetzte Neville.

»Und du siehst aus, als wärst du dem Tod gerade noch einmal von der Schippe gesprungen. Will sagen, du hast dich kaum verändert.«

Sabrina musste sich die Hand auf den Mund pressen. Am liebsten wäre sie in einem der weitläufigen Flure verschwunden, um dort lauthals lachen zu können. Duncans Blicke flogen zwischen den beiden älteren Herrschaften hin und her. Diese musterten einander kampfeslustig. Sicher würde die zweite Runde dieses Schlagabtausches nicht lange auf sich warten lassen. Duncan musste sich also beeilen, wenn er noch eine vernünftige Information aus seinem Großvater herausbekommen wollte. »Du kennst das Mädchen also doch«, schaltete er sich ein.

»Welches Mädchen denn?«, knurrte Neville ungeduldig. »Du meinst doch nicht etwa diese alte Spinatwachtel hier?«

»Ich glaube, der Junge spricht von meiner Nichte, du alter Schafskopf«, klärte Hilary ihn mit unbewegter Miene auf.

Neville musterte Sabrina aufmerksam. Dieser war soeben das Lachen im Halse stecken geblieben. Sie mochte Hilarys spöttische Art, aber den Herrn des Hauses offen zu beleidigen ging vielleicht doch etwas zu weit.

Neville schien daran jedoch keinen Anstoß zu nehmen. Mit kaum verhohlener Neugier blickte er erstaunt das Mädchen an, das vor ihm stand. »Der Teufel soll mich holen! Sie sind tatsächlich lilafarben!«, murmelte er schließlich. »Und ich habe geglaubt, der Junge übertreibt!« Plötzlich fiel es ihm wie Schuppen von den Augen. »Gütiger Himmel, Sie sind eine Lambert?«

Sabrina wusste sofort, warum er so erschrocken aussah. Doch die vielen Jahre in Gesellschaft ihrer Tanten hatten auf sie abgefärbt. Daher kam ihr die Antwort über die Lippen, bevor sie recht darüber nachgedacht hatte: »Ja, das bin ich, wenn man mich recht informiert hat. Und erstaunlicherweise lebe ich sogar noch.« Bei diesen Worten stieg dem alten Herrn so etwas wie Schamesröte ins Gesicht.

Schockiert über ihre wenig diplomatische Antwort, errötete Sabrina ihrerseits.

Duncan legte verwirrt die Stirn in Falten. »Entschuldigt uns einen Augenblick«, sagte er schließlich und zog Sabrina mit sich in den nächsten Salon.

Hier, in dem riesenhaften, prächtig geschmückten Ballsaal glitzerten die Kronleuchter mit den feinsten kristallenen Trinkgefäßen um die Wette. Da an diesem Abend nicht getanzt wurde, hatte man hier das Buffet aufgebaut. Unzählige Menschen hielten sich in der Nähe der Tische, die sich unter den köstlichsten Speisen bogen, auf. Doch Duncan gelang es, einen etwas stilleren Winkel zu entdecken. Dorthin führte er seine Begleiterin kurz entschlossen. Er musste Sabrina wenigstens ein paar Minuten lang unter vier Augen sprechen.

»Würden Sie mir vielleicht erklären, worum es eben ging?«, fragte er hastig, noch bevor er ihren Arm losgelassen hatte.

Sie wand sich unter seinem durchdringenden Blick. Sah er denn nicht, wie peinlich ihr das Ganze war? »Muss das wirklich sein?«, fragte sie.

Statt einer Antwort starrte er Sabrina nur stumm an. Schließlich hielt sie die spannungsgeladene Stille nicht mehr aus. »Also gut«, seufzte sie. »Aber die Geschichte wäre viel interessanter und sensationeller, wenn jemand anders sie erzählen würde. Ich denke da an Ihren Großvater. Der könnte all die schauerlichen Einzelheiten bestimmt wunderbar ausschmücken. Das tun im Übrigen fast alle Leute mit größter Hingabe.«

»Höre ich da einen bitteren Unterton?«, wollte Duncan sogleich wissen.

Sabrina blinzelte ihn an und lächelte dann. »Sie haben soeben mein Geheimnis gelüftet.«

»Ich hoffe immer noch darauf, es zu entdecken.«

»Aber das haben Sie doch gerade.«

Stirnrunzelnd schlug der junge Lord sich einige Male mit der flachen Hand an die Seite des Kopfes. »Dann stimmt mit meinen Ohren irgendetwas nicht. Ich habe jedenfalls nichts Geheimnisvolles gehört.«

»Sie selbst haben doch gerade erst von einem bitteren Unterton gesprochen. Diese leichte Verbitterung, die ist mein Geheimnis«, erklärte sie. »Den Rest der Geschichte kennt ohnehin jeder. Da gibt es keine verborgenen Abgründe mehr.«

Duncans ernstes Gesicht sagte ihr, dass er sich diesmal nicht auf ihre Wortspielereien einlassen würde. Um wirklich keinerlei Missverständnisse aufkommen zu lassen, setzte er noch eine Erklärung hinzu. »Ich möchte Sie daran erinnern, dass ich erst seit kurzem in England bin. Vieles, was hier die Spatzen von den Dächern pfeifen, ist mir ganz neu oder sogar noch völlig unbekannt.«

»Dann werde ich Ihnen eine Kurzversion der Geschichte erzählen. So aufregend ist sie nämlich auch wieder nicht. Nun gut. Die Lamberts, meine engste Verwandtschaft, sind, wie man überall zu wissen glaubt, keines natürlichen Todes gestorben. Man nimmt an, dass sie allesamt freiwillig aus dem Leben schieden. Daraus zogen dann Außenstehende den fatalen Schluss, dass in den Adern der Lamberts ›schlechtes Blut‹ fließe. Und nun wartet alle Welt darauf, dass ich es meinen Vorfahren nachtue und meinem jämmerlichen Dasein ein frühes Ende setze. Viele Leute sind ganz erstaunt, wenn sie mich noch lebend antreffen. Es gibt sogar welche, die schwören würden, dass ich längst gestorben bin und das, was Sie hier vor sich sehen, nur –«

»– ein Gespenst sein kann.«

»Ah, Sie erinnern sich also, dass ich dieses Wort erwähnt habe?«

Er nickte und erwiderte: »Ich glaube, ich würde jetzt gerne noch die lange Version hören. Denn ich muss leider zugeben, noch ist mir nicht ganz klar, wo die Gründe für Ihre Bitterkeit liegen.«

»Ich bin ja gar nicht wirklich verbittert, Duncan. Manchmal kann ich sogar selbst darüber lachen. Zum Beispiel, als die überaus stattliche Lady Marlow einen hysterischen Anfall bekam und dann in Ohnmacht fiel, nur weil ich den Raum betrat. Wer ihre spitzen Schreie nicht gehört hat, muss auf jeden Fall die heftige Erschütterung gespürt haben, als sie auf dem Boden aufkam. Einer der anwesenden Gentlemen gratulierte der Gastgeberin gar zu der Bausweise ihres Hauses. Ein weniger solider Bau hätte dem Aufprall nicht standgehalten – bei dem Umfang der Lady!« Sabrina grinste und setzte nach einem forschenden Blick in Duncans Augen hinzu: »Ach, haben Sie sich doch nicht so! Sie wollen doch längst wieder lächeln!«

Duncan erlaubte sich ein verhaltenes Glucksen, nur um dann unter größter Anstrengung wieder eine ernste Miene aufzusetzen. Sabrina wusste, wie zerbrechlich diese finstere Maske war und dass sie ihn jetzt jederzeit mit Leichtigkeit zum Lachen bringen konnte. Dann wäre er abgelenkt und würde vielleicht gar nicht mehr daran denken, dass er die lange Version ihrer Geschichte hatte hören wollen. Doch irgendwann fiel ihm wahrscheinlich ohnehin alles wieder ein. Also konnte sie es genauso gut hinter sich bringen und dann den Rest des Abends auf Summers Glade unbeschwert genießen.

»Der Skandal begann, als mein Urgroßvater Richard sich erschoss. Niemand weiß genau, warum. Seine Frau zerbrach an seinem Tod und nahm sich kurze Zeit später ebenfalls das Leben. Sie hatten nur ein einziges Kind, meine Großmutter. Die war damals schon verheiratet und selbst Mutter von zwei Töchtern. Das sind die beiden Tanten, bei denen ich nun lebe. Meine Großmutter schien die Tragödie verkraftet zu haben. Doch als sie ihr drittes Kind, meinen Vater, zur Welt gebracht hatte, ist sie bald darauf auf der Treppe zu Tode gestürzt. Meine Tanten behaupten steif und fest, dass das ein Unfall war. Doch bis zum heutigen Tage teilt fast niemand ihre Meinung. Das Gerücht vom ›schlechten Blut‹

muss in dieser Zeit entstanden sein. Als dann auch meine Eltern gemeinsam starben, war es nicht mehr aus der Welt zu schaffen.«

»Es tut mir Leid, dass Sie Ihre Eltern verloren haben.«

»Mir auch. Ich bedaure sehr, dass ich sie nie richtig kennengelernt habe. Ich war noch sehr klein, als sie starben. Aber sie haben sich nicht umgebracht. Eine verdorbene Mahlzeit wurde ihnen zum Verhängnis. Sogar der Arzt, der leider viel zu spät kam, hat das bestätigt. Doch das ist den Leuten nicht schauerlich und aufregend genug. Lieber verbreiten sie, dass meine beiden armen Eltern gemeinsam Gift genommen hätten. Meine Tanten stammen übrigens aus derselben Blutlinie und erfreuen sich bester Gesundheit. Ich habe auch nicht den Eindruck, dass sie planen, sich demnächst von irgendeiner Klippe zu stürzen. Aber alle Welt erwartet nun von mir, dass ich genau das tue.«

»Ich habe noch nie jemanden kennengelernt, der so viel Lebensfreude ausstrahlt wie Sie. Sie sind die Letzte, die daran denken würde, sich etwas anzutun.«

»Oh, vielen Dank. Mit anderen Worten, Sie halten mich für ein flatterhaftes, oberflächliches Dummchen.«

»Das habe ich nicht gesagt«, schnaubte Duncan.

»Ich bin zutiefst beleidigt.«

»Den Teufel sind Sie!«

Sabrina zuckte die Schultern. »Na schön. Aber ich wollte so etwas schon immer gerne einmal sagen.«

Duncan brach in schallendes Gelächter aus. Einige Gäste drehten sich erstaunt um und schauten interessiert in ihre Richtung. Ein Mann, der einen Teller voll erlesener Köstlichkeiten in der Hand hielt, kam auf sie zugeschlendert. Da Neville keine zweihundert Stühle besaß, mussten einige seiner Gäste im Stehen essen – wie jener Mann, der nun zu ihnen kam. Sabrina merkte, wie Duncan wieder ernst wurde. Sie ärgerte sich, dass ihre Bemühungen, ihn aufzuheitern, jetzt doch vergeblich gewesen waren.

»Hier sind Sie also! Und mit wem habe ich sonst noch das Vergnügen?«, fragte der Fremde Duncan mit einem neugierigen Blick auf Sabrina. »Ich glaube, wir sind einander noch nicht vorgestellt worden.«

Erwartungsvoll sah der vollendet gekleidete junge Mann Duncan an. Dessen Aufgabe war es nun wohl oder übel, Sabrina und den unsensiblen Störenfried miteinander bekannt zu machen. Doch Duncan stand steif und sprachlos, ja beinahe etwas verlegen neben ihr. Erst jetzt fiel ihr ein, dass er ja ihren vollen Namen gar nicht kannte. Schnell kam sie ihm zu Hilfe, indem sie selbst das Wort ergriff. »Sabrina Lambert.«

Der Mann schien etwas überrascht, aber auch erfreut zu sein. »Das umherstreifende Gespenst? Es ist mir das allergrößte Vergnügen! Ich war ja so enttäuscht, dass ich Ihnen in London nie begegnet bin. Dabei wollte ich schon immer gerne die junge Dame kennenlernen, wegen der sich so viele erwachsene Menschen so albern benehmen.«

Sabrina lächelte. Hier hatte sie jemanden vor sich, der die morbiden Gerüchte, die sich um sie rankten, nicht ernst zu nehmen schien. »Und Sie sind?«

»Raphael Locke, höchst erfreut und stets zu Ihren Diensten.«

»Jedenfalls stets ziemlich aufdringlich«, brummte Duncan mit finsterem Blick.

Raphael Locke gab sich gänzlich unbeeindruckt. Eine andere Bemerkung schien er gar nicht erwartet zu haben. »Ach, haben Sie ein Herz, alter Junge! Sie werden doch nicht die interessanteste Dame des Abends ganz für sich allein beanspruchen wollen?«

»Müssen Sie denn nicht auf Ihre kleine Schwester aufpassen?«, gab Duncan herausfordernd zurück.

Raphael verzog verdrießlich das Gesicht. »Das süße kleine Täubchen ist von einer schnatternden Schar kichernder Freundinnen umringt. Das ist nun weiß Gott mehr, als ein Mann ertragen kann. Also geben Sie sich einen Ruck und haben Sie etwas Mitleid mit mir! Wenn ich es recht bedenke, müssten Sie sich eigentlich viel mehr unter die jungen Damen mischen. Sie sind doch auf Brautschau, nicht ich! Wie wollen Sie die Richtige finden, wenn Sie nicht einmal mit den Mädchen reden?«

»Vielleicht habe ich mich ja schon entschieden.«

»Dann behalten Sie das unter allen Umständen für sich! Meine Schwester wird sonst unendlich enttäuscht sein.«

»Ich glaube eher, sie wäre erleichtert.«

»Ich glaube, das sollten Sie selbst herausfinden.«

»Und ich glaube, Sie sollten sich jetzt schleunigst zum Teufel scheren.«

Raphael Locke grinste breit. Offensichtlich hatte er genau das erreicht, was er sich vorgenommen hatte. Duncan zu reizen schien eine sportliche Herausforderung für ihn zu sein. Im Weggehen bemerkte er noch: »Schon gut, ich lasse Sie allein und suche den alten Schotten, der behauptet, auch einer Ihrer Großväter zu sein. Sehr amüsant, was er so über Sie erzählt. Und man weiß ja nie, wozu solche Informationen aus erster Hand noch einmal gut sein können.«

Als Raphael Locke sich entfernt hatte, dauerte es geraume Zeit, bis die Zornesröte von Duncans Wangen gewichen war. Sabrina hielt sich zurück und versuchte erst gar nicht, ihn wieder aufzuheitern. Sie wollte seine Wut nicht durch eine unabsichtlich geäußerte falsche Bemerkung noch mehr anstacheln. Von männlicher Rivalität verstand sie nichts. Deshalb fiel es ihr auch schwer, sich vorzustellen, dass die beiden jungen Adeligen sich ihren spannungsgeladenen Wortwechsel gerade ihretwegen geliefert hatten.

Bald war Sabrina sogar überzeugt, dass es ziemlich eingebildet von ihr wäre, so etwas überhaupt anzunehmen. Inzwischen war die steile Zornesfalte schon fast wieder von Duncans Stirn verschwunden. »Kannten Sie diesen Mann denn schon?«, wollte er jetzt von Sabrina wissen.

»Nein, sollte ich das?«

Achselzuckend erklärte Duncan: »Der alte Neville ist hocherfreut, dass er gekommen ist. Muss wohl der Sohn eines Herzogs sein.«

Sabrina lächelte. »Das bedeutet immerhin, dass seine Schwester eine gute Partie für Sie wäre.«

»Finden Sie wirklich? Mir kommt sie etwas flatterhaft und oberflächlich vor. Tja, diesmal habe ich es wirklich gesagt. Ihr Bruder ist übrigens derselben Ansicht. Vielleicht sollte ich sie schon deshalb heiraten. Er würde sich schwarz ärgern.«

»Oje. Sie mögen ihn wohl tatsächlich nicht besonders, nicht wahr?«

»Wie kommen Sie nur darauf? Wo ich meine Faust doch nur mit Mühe davon abhalten kann, nähere Bekanntschaft mit seinem Gesicht zu schließen.«

20

Sabrina genoss den Abend in vollen Zügen. Erst nach einiger Zeit merkte sie, dass das vor allem daran lag, dass Duncan nicht eine Sekunde lang von ihrer Seite wich. Sie hatten gemeinsam gespeist. Es war ihnen gelungen, im Musikzimmer zwei freie Stühle zu ergattern. Dorthin hatten sie sich mit ihren Tellern zurückgezogen. Dann hatten sie sich den Kartenspielern zugesellt. Sabrina hatte Duncan während des Spiels die ihm noch unbekannten Regeln beigebracht, ohne dass die anderen Spieler etwas davon ahnten. Das hatte Sabrina eine diebische Freude bereitet. Was für ein herrlicher Spaß! Sie wusste nicht, wann sie zum letzten Mal so viel gelacht hatte.

Langsam dämmerte ihr, dass sie der Ehrengast des Abends war. Ja, vielleicht fand sogar das ganze Dinner nur ihretwegen statt. Musste sie Duncan da nicht ermuntern, sich ein wenig mehr um seine anderen Gäste zu kümmern? Oder durfte sie ihn selbstsüchtig einmal ein paar kostbare Stunden lang ganz für sich beanspruchen? Nur dieses eine Mal wollte sie sich das erlauben. Sie wusste ja, dass dieser märchenhaft schöne Abend eine einmalige Ausnahme bleiben würde.

Was Duncans Gefühle für sie betraf, gab Sabrina sich keinen Illusionen hin. Er lachte oft und viel an diesem Abend und sie nahm an, dass er ihre Gesellschaft suchte, weil er sich in ihrer Gegenwart ganz natürlich geben konnte. Es fiel ihm deshalb wohl auch leicht, mit ihr zusammen unbeschwert diesen festlichen Abend zu genießen. Dass er sich ständig um sie kümmerte, hatte keinerlei romantische Hintergründe. Sie brachte ihn zum Lachen, das war alles.

Dennoch waren die kurzen Stunden auf Summers Glade für Sabrina wie ein wunderbarer Traum. Doch alle Träume mussten einmal enden. So wie diese Abendgesellschaft in Neville Thackerays Herrenhaus.

Nur allzu bald sah Sabrina, wie ihre Tante, die Mäntel schon über dem Arm, in der sich langsam auflösenden ausgelassenen Menschenmenge nach ihr suchte. Ein wenig traurig sagte sie zu Duncan: »Ich muss jetzt leider gehen.«

Er hatte keine Einwände, denn er nahm an, dass sie auch an den kommenden Tagen auf dem Fest erscheinen würde. »Also, dann sehe ich Sie morgen früh gleich zum Frühstück wieder hier«, erwiderte er.

»Nun ja. Ich bedaure es wirklich sehr, aber das wird nicht möglich sein.«

Sabrina konnte ein Seufzen nicht unterdrücken. Den ganzen Abend hatte sie diese Erklärung vor sich hergeschoben. Wie schade, dass die zauberhaften Stunden nun so enden mussten.

»Als Sie mich eingeladen haben, war ich so überrascht, dass ich einen Moment lang gar nicht an unseren eigenen Hausgast dachte. Aber meine Tanten und ich haben gerade selbst Besuch. Eigentlich hätte ich noch nicht einmal heute Abend herkommen sollen. Unser Gast hatte eigentlich damit gerechnet, dass ich zu Hause sein würde. Es wäre sehr unhöflich, noch ein weiteres Mal die Regeln der Gastfreundschaft zu verletzen.«

»Sie wollen anscheinend gar nicht mehr kommen.«

Sabrina lächelte nachsichtig. Sicher wusste Duncan selbst ganz genau, wie wenig seine Worte mit der Wahrheit zu tun hatten. »Oh, aber keineswegs. Es war ein traumhafter Abend für mich. Und ich würde auch zu gerne weiterhin an den Feierlichkeiten auf Summers Glade teilnehmen. Aber vielleicht reist unser Gast ja ab, bevor dieses Fest endet. Dann könnte ich –«

»Bringen Sie diesen Gast doch einfach mit«, fiel Duncan ihr ins Wort.

»Aber Duncan, wollen Sie denn gar nicht wissen, wer dieser Gast ist, bevor Sie eine Einladung aussprechen?«

»Solange es sich dabei nicht um Ophelia Reid handelt –«

Er brach ab. An Sabrinas Gesichtsausdruck konnte er unschwer ablesen, dass Ophelia wirklich der bewusste Gast war. Seine Miene wurde finsterer denn je.

Es klang fast wie ein bedrohliches Knurren, als er Sabrina fragte: »Was zum Teufel hat *sie* bei Ihnen zu suchen?«

Nun, das war einfach zu beantworten. »Sie genießt unsere Gastfreundschaft, so wie wir die Gastfreundschaft ihrer Familie in Anspruch nahmen, als wir uns vor kurzem für ein paar Tage in London aufhielten.«

»Dazu gehört dann wohl auch, dass Sie den Laufburschen für die Dame spielen«, versetzte Duncan grob.

»Nein«, entgegnete Sabrina fest. »Das war ein einmaliger Gefallen, mit dem ich eine Schuld abgegolten habe«, erklärte sie tapfer lächelnd. Sie ließ sich von Duncans gereiztem Ton nicht beirren. »Ophelia hat sich in London um mich gekümmert und mir dort viele Türen geöffnet. Wie sollte ich ihr da diese Bitte abschlagen? Vielleicht habe ich ihr nicht gerade gerne geholfen, aber ich fühlte mich dazu verpflichtet. Und damit sind wir quitt.«

»Dann tun Sie doch einfach so, als wäre sie gar nicht da. Eine ihrer Tanten kann ihr ja so wie heute Gesellschaft leisten.«

Sabrina schüttelte den Kopf. »Halten Sie mich wirklich für so bedenkenlos?«

Er sah sie lange nachdenklich an. Dann seufzte er. »Nein. Ich weiß genau, dass Sie das nicht sind. Und jetzt werde ich Sie gehen lassen. Sie müssen ja schon denken, dass ich ein schrecklich verwöhnter Flegel bin, so wie ich mich immer aufführe, wenn nicht alles gleich nach meinem Willen geht.«

»Nein, auf einen solchen Gedanken wäre ich nie im Leben gekommen«, entgegnete sie feixend. »Eher vielleicht, dass ein ungehobelter Wilder aus dem Hochland nun einmal –«

»Verschwinden Sie«, brauste er auf, doch dabei stand ihm das Lachen im Gesicht.

»Vielleicht treffe ich Sie ja wieder einmal auf einem meiner Spaziergänge«, sagte Sabrina zum Abschied hoffnungsvoll.

»Tja, und vielleicht reisen ungebetene Gäste früher oder später wieder ab«, war Duncans Antwort.

Er brachte sie und ihre Tante noch zur Tür und wartete, bis die beiden Frauen in die Kutsche gestiegen waren. Den scharfen Augen des Butlers entging diese Aufmerksamkeit nicht. »Ein nettes Mädchen, unsere Miss Sabrina«, bemerkte er.

Duncan wandte sich zu Mr. Jacobs um. »Unsere Miss Sabrina? Kennen Sie sie denn schon länger?«

»Ja, sie wohnt schon seit frühester Kindheit in der Nachbarschaft.«

»Und geht sie häufig spazieren?«, forschte Duncan weiter.

»Jeden Tag. Ganz gleich, wie garstig das Wetter auch sein mag«, antwortete Jacobs bereitwillig. »Im Übrigen scheint sie am liebsten morgens unterwegs zu sein. Aber manchmal sieht man sie auch nachmittags mutterseelenallein durch die Gegend streifen.«

Duncan nickte. Schon stand sein Entschluss fest, am nächsten Morgen unbedingt selbst ein wenig frische Luft schnappen zu gehen. Gleichzeitig wusste er bereits, dass es ihm nicht genügen würde, nur eine allzu kurze Stunde in ihrer Gesellschaft zu verbringen. Wenn er jedoch länger ausblieb, bekam er es mit seinen beiden Großvätern zu tun. Das Fest auf Summers Glade fand schließlich nicht zum Vergnügen statt, sondern damit er sich eine Frau aussuchte.

An diesem Abend hatte er sich beinahe zum ersten Mal, seit er nach England gekommen war, richtig wohl gefühlt und unbeschwert lachen können. Doch als er schließlich zu Bett ging, war er in einer unleidlichen Stimmung.

Die Kutsche rumpelte zu dem Haus, das romantisch an einer Biegung des Flusses lag. »Haus am Fluss« nannte man das schmucke kleine Herrenhaus der Lamberts schon seit den längst vergangenen Jahren, als es noch zum Anwesen des Herzogs gehört hatte.

Hilary schilderte die ganze Fahrt über ausführlich ihre Erlebnisse an diesem Abend. Sabrina aber war mit ihren Gedanken weit weg und schwelgte noch in ihren eigenen Erinnerungen an die schönen Stunden, die sie an Duncans Seite verbracht hatte. Plötzlich merkte sie, dass Hilary schon seit einiger Zeit schwieg und sie auffordernd ansah. Ihre Worte: »Du gefällst ihm«, klangen noch in der Stille nach.

Sabrina wurde jäh aus ihren Träumereien gerissen. Hilary musste nicht einmal näher erklären, wen sie gemeint hatte. Ihre Nichte verstand sofort. »Ja, da hast du wohl Recht. Aber es ist nicht so, wie du denkst.«

Hilary reagierte verschnupft. »Ach, und warum ist es nicht so, wie ich denke, wenn ich fragen darf?«

»Wir wollen uns doch nichts vormachen, Tante Hilary. Wenn ich neben jemandem wie Ophelia oder Amanda Locke stehe, übersieht man mich doch glatt. Nach Summers Glade hat man die Crème de la Crème der englischen Adelsdamen eingeladen, damit Lord Nevilles Enkel sich endlich zum Heiraten entschließt. Du hast ja selbst gesehen, dass heute zumeist ganz andere junge Damen anwesend waren als auf den Festen in London. Ich kannte nur ein paar wenige von ihnen vom Sehen. Und keins der Mädchen, die heute auf dem Fest waren, hat es nötig, sich auf den Londoner Bällen zu zeigen und anzupreisen. Diese vornehmsten aller jungen Damen kennen ihren Wert auf dem Heiratsmarkt.«

Hilary schnaubte verächtlich. »Papperlapapp! Was ändert das denn schon daran, dass du ihm gefällst?«

»Wir haben uns angefreundet, mehr nicht«, antwortete Sabrina. »Wenn er eins der Mädchen zur Frau nimmt, wird es sicher eine jener atemberaubenden Schönheiten sein –«

»Stell dein Licht doch nicht so unter den Scheffel, mein Kind. Du denkst vielleicht, du seist ein unscheinbares Mauerblümchen. Aber das ist ganz und gar nicht der Fall.«

Sabrina seufzte. Ihre Tante meinte es ja nur gut, doch sie selbst musste realistisch bleiben. Sie durfte sich keine Flausen in den Kopf setzen und ihr Leben damit vergeuden, auf etwas zu hoffen, was einfach unmöglich war.

»Du kannst mir glauben, dass ich schon merken würde, wenn Duncan wirklich an mir als Frau interessiert wäre. Aber er sieht in mir nicht die Erfüllung seiner romantischen Träume, sondern eher so etwas wie eine Vertraute. Ich könnte mir sogar vorstellen, dass er mich um Rat fragt, wenn er sich eines nicht allzu fernen Tages endgültig für eine der vielen hübschen Ladys entscheiden muss.«

»Warten wir's ab«, antwortete Hilary kurz angebunden. So leicht ließ sie sich ihre Hoffnung nicht nehmen.

Sabrina mochte nicht mit ihr streiten. Viel lieber wollte sie ihren Erinnerungen an den vergangenen Abend nachhängen, der ihr schon fast erschien wie ein wunderbarer Traum. Sie musste ihre Tante auf andere Gedanken bringen. »Warum bist du eigentlich so auf Lord Neville losgegangen? Was ist denn zwischen euch vorgefallen?«, fragte sie.

»Ach, nichts Besonderes. Wir sind nur alte Feinde.« Damit hüllte Hilary sich für den Rest der Fahrt in Schweigen.

21

Am nächsten Morgen geschah etwas äußerst Ungewöhnliches: Sabrina verschlief. Alice stürmte in ihr Zimmer, um sie zu wecken und zur Eile zu mahnen. Sie sagte etwas von einer Kutsche, die schon bereitstehe und auf sie warte. Verwirrt rieb Sabrina sich die Augen. Bevor sie einen klaren Gedanken fassen konnte, war Alice schon wieder hinausgeeilt.

Sabrina wollte sich noch ein paar ruhige Minuten gönnen. Sie kuschelte sich in ihre Kissen, um mit offenen Augen noch ein wenig vom vergangenen Abend zu träumen. Das hatte sie auch in der Nacht vor dem Einschlafen getan. Stundenlang. Erst im Morgengrauen war sie eingeschlummert und daher hatte Alice sie im Gegensatz zu sonst heute einmal wecken müssen.

Es dauerte nicht lange, da steckte auch Hilary den Kopf durch die Tür. »Wir sind schon alle fertig und stehen zur Abfahrt bereit. Wir warten nur noch auf dich. Du musst dich nun wirklich beeilen«, drängte sie ungeduldig. Und schon war sie wieder verschwunden.

Nun wurde Sabrina langsam doch neugierig. Sie sprang aus dem Bett und eilte auf den Flur hinaus, um Hilary einige Fragen zu stellen. Diese war bereits auf der untersten Treppenstufe angelangt. »Ihr seid alle fertig? Warum denn? Wollten wir heute etwas unternehmen? Ich kann mich an nichts erinnern.«

Hilary verdrehte die Augen. »Hat meine nutzlose Schwester dir denn nicht erklärt, was los ist? Sie sollte dich wecken und dir sagen, dass wir sofort abfahren müssen. Wenn man nicht alles selber macht!«

»Ich glaube, sie hat eine Kutsche erwähnt –«

»Dann weißt du ja Bescheid.« Hilary war ihre Enttäuschung anzuhören. Zu gern hätte sie einen Anlass für einen erfrischenden Zank mit ihrer Schwester gehabt. »Also, dann beeile dich, mein Kind. Der Kutscher wartet schon seit einer geschlagenen Stunde vor dem Haus auf uns.«

Sabrina war ratlos. Sollte sie hinuntergehen und fragen, wohin die überstürzte Reise eigentlich gehen sollte? Dann würde sie Hilary einen willkommenen Grund geben, um den ganzen lieben langen Tag lang auf ihrer Schwester herumzuhacken. Das wollte Sabrina weder ihrer lieben Tante Alice noch sich selbst zumuten. Also entschied sie sich für einen vorsichtigen Blick aus ihrem Fenster, das zur Vorderseite des Hauses hinausging. Lord Nevilles Kutsche stand vor der Tür. Warum nur?

Ihr fiel nur eine Erklärung dafür ein. Wie peinlich! Wahrscheinlich hatte Duncan vergessen, dem Kutscher zu sagen, dass er sie heute Morgen nicht mehr abzuholen brauchte. Und durch dieses Versehen glaubten ihre Tanten nun, dass sie alle einschließlich Ophelia nach Summers Glade eingeladen seien.

Ja, so musste es wohl sein. Ihre Tanten gingen davon aus, dass Duncan von Sabrina wusste, dass die Lamberts nicht mehr aus dem Haus konnten, solange sie selbst Besuch hatten. Und weil Lord Nevilles Kutsche jetzt dennoch für sie bereitstand, glaubten Alice und Hilary, dass die Einladung auf den ganzen Haushalt samt dem ungeliebten Gast ausgedehnt worden war.

Am liebsten hätte Sabrina sich für den Rest des Tages im Bett verkrochen. Dann wieder wollte sie Duncan gerne ihren Sonnenschirm auf den Kopf schlagen, weil er vergessen hatte, die Kutsche abzubestellen. Doch es war nicht die passende Jahreszeit für Sonnenschirme. Sie stellte sich vor, wie wütend er werden würde, wenn Ophelia plötzlich auf Summers Glade erschien. Er war schließlich selbst daran schuld.

Ihm und niemand anders war dieses Versehen zuzuschreiben. Warum hatte Sabrina dann das ungute Gefühl, der Fehler liege bei ihr? Vielleicht weil sie wusste, dass es Duncan ganz und gar nicht gefiel, dass Ophelia ihr Gast war.

Schließlich gab Sabrina sich doch einen Stoß und begann sich hastig anzukleiden. Sie wählte eines ihrer besten Morgenkleider. Nicht dass ein schönes Kleid die peinliche Situation irgendwie hätte bereinigen können, doch das Bewusstsein, dass sie sich von ihrer besten Seite zeigte, gab Sabrina wenigstens ein klein wenig mehr Mut. Sie musste unbedingt ihre Tanten warnen, ohne dass Ophelia etwas davon mitbekam. Zwar mochte sie das Mädchen aus London wirklich nicht besonders, doch absichtlich verletzen wollte sie sie auch nicht. Sicher glaubte Ophelia, sie wäre endlich doch wieder offiziell nach Summers Glade eingeladen worden. Wie sollte sie auch ahnen, dass alles nur ein Missverständnis war?

Alice, Hilary und Ophelia erwarteten Sabrina schon ungeduldig und ausgehbereit an der Tür. So war es ihr völlig unmöglich, mit ihren Tanten ein paar vertrauliche Worte zu wechseln, ohne dass Ophelia zuhörte. Diese griff auch sofort nach Sabrinas Arm und zerrte sie eilends hinaus zu der wartenden Kutsche. Sie konnte es gar nicht erwarten, endlich ihren Auftritt zu haben.

Die ganze Fahrt über saß Sabrina ganz beklommen und mit klopfendem Herzen in den weichen Polstern. Dabei malte sie sich die Katastrophe, die ihnen bevorstand, in den schrillsten Farben aus. Sie konnte sich sogar vorstellen, dass Duncan sie allesamt eigenhändig vor die Tür setzen würde. Das war dann allein ihre Schuld, denn sie hätte den Irrtum ja noch rechtzeitig aufklären können. Duncan selbst war es sicher ganz gleichgültig, ob er Ophelias Gefühle verletzte, wenn er ihr die Wahrheit ins Gesicht schleuderte. Sie war nicht eingeladen, und das würde auch für alle Zeiten so bleiben.

Schließlich war es Ophelias eigene Ungeduld, die Sabrina einen Moment lang Zeit gab, mit ihren Tanten allein zu sprechen. Kaum kam die Kutsche vor dem Herrenhaus von Summers Glade zum Stehen, schon drängte die Londonerin sich an den anderen vorbei ins Freie. Sabrina hielt Hilary am Arm fest und flüsterte: »Wir dürften gar nicht hier sein! Duncan hat Ophelia nicht eingeladen.«

Hilary schienen diese Worte nicht besonders aufzuregen. Beschwichtigend tätschelte sie Sabrinas Arm und raunte: »Dann muss er seine Meinung wohl geändert haben. Der Kutscher sagte jedenfalls, er solle uns alle mitsamt unserer Besucherin hierherbringen.«

Diese neue Wendung der Dinge verschlug Sabrina einen Augenblick lang die Sprache. Vor Erleichterung schlotterten ihr fast die Knie. Schließlich kletterte sie ein wenig unsicher als Letzte aus der Kutsche und kam nach den anderen am Haus an. Nun begriff sie überhaupt nichts mehr. Nur zu gern hätte sie angenommen, dass Duncan diesen Kompromiss eingegangen war, damit sie wieder zu dem Fest kommen konnte, aber sie musste den Tatsachen ins Auge sehen. Immerhin wusste sie nicht, was genau bei seinem Treffen mit Ophelia im Gasthaus geschehen war. Möglicherweise war er längst entschlossen, die bezaubernde Lady Reid doch zu heiraten, und hatte sie nur noch ein wenig für ihre Sünden büßen lassen wollen, bevor er ihr das sagte. In diesem Fall war Sabrinas Teilnahme an dem Fest wohl nur eine günstige Gelegenheit, um Ophelia auf diskrete Weise wieder ins Haus zurückholen zu können.

Die Londonerin hatte sich inzwischen längst unter die anderen Gäste gemischt. Sie konnte es kaum erwarten, ihren Freundinnen zu zeigen, dass man wieder mit ihr rechnen musste. Schließlich war sie es gewohnt, stets im Mittelpunkt jeder Gesellschaft zu stehen. Allein dass sie hier auf dem Fest ihres Ex-Verlobten erschien, war eine kleine Sensation, die es auszukosten galt.

Damit hatte Ophelia ihr Ziel schon fast erreicht. Endlich war sie zurück im pulsierenden Gesellschaftsleben der höchsten Kreise Londons. Kein Wunder, dass ihre Schönheit überwältigender strahlte denn je. Selbst in ihrem besten fliederfarbenen Kleid kam Sabrina sich dagegen wie ein bemitleidenswertes hässliches Entlein vor.

Nun, wozu mit etwas hadern, was nun einmal nicht zu ändern war? Sabrina beschloss, sich nicht zu grämen, sondern zu freuen. Das wollte ihr an diesem Morgen indessen nicht recht gelingen. Schon jetzt wusste sie, dass der Vormittag nicht annähernd so wunderbar sein würde wie der vergangene Abend, denn heute würde sich alles um Ophelia drehen.

Die Damen waren gerade noch rechtzeitig zur Frühstückszeit auf Summers Glade angekommen. Hilary und Alice hatten schon gefrühstückt, im Gegensatz zu Sabrina, die nach all der Aufregung richtig hungrig war. Sie schlenderte ins Frühstückszimmer, wo an diesem Morgen das Buffet stand. Anscheinend gab es noch andere Gäste, die erst vor kurzem aus dem Bett gekommen waren oder vielleicht auch schon ein zweites Frühstück einnahmen. Das Angebot an Speisen war auch zu verführerisch. Gerade ließen sich Raphael Locke und seine Schwester Amanda die Teller füllen, um sich dann nach freien Stühlen umzusehen.

»Endlich allein«, bemerkte Raphael, der sich wie selbstverständlich zu Sabrina gesellte.

»Was heißt endlich?«

»Nun, ich habe den ganzen gestrigen Abend lang darüber nachgesonnen, wie ich Sie aus den Fängen des Wilden befreien könnte. Und heute stehen Sie plötzlich völlig unverhofft ganz allein vor mir, weit und breit kein Barbar in Sicht.«

Sabrina errötete. Doch was ihr das Blut in die Wangen trieb, war eher Ärger als Verlegenheit. »Müssen Sie denn immer so von ihm sprechen? Sie tun ihm Unrecht mit dieser Bezeichnung.«

Raphael lachte leise. »Das weiß ich doch. Aber ich kann es einfach nicht lassen.«

»Aber warum denn?«, fragte sie geradeheraus.

»Nun, erstens finde ich es einfach zu köstlich, wenn er wütend wird, zweitens mag ich ihn ganz gerne, und drittens muss ihm ja irgendwer beibringen, was es mit dem berühmt-berüchtigten englischen Humor auf sich hat. Diese Aufgabe habe ich selbstlos übernommen.«

»Gütiger Himmel! Und ich dachte schon, Sie seinen einfach nur unverschämt«, antwortete Sabrina mit einem schelmischen Grinsen.

Das brachte Rafe zum Lachen, und schon drehten die anderen Leute im Frühstückszimmer die Köpfe nach ihnen. Raphaels Schwester Amanda gesellte sich ebenfalls zu ihnen. Sie konnte nur mühsam ein Gähnen unterdrücken. »Was in aller Welt bringt dich so früh am Tage denn schon zum Lachen, wenn ich fragen darf?«, wollte sie von ihrem Bruder wissen.

»Dass du heute Morgen beim Ankleiden wohl noch zu müde warst, um deiner Zofe auf die Finger zu sehen. Hätte sie sonst vergessen, die obersten Knöpfe deines Kleides zu schließen?«

Das arme Mädchen kreischte entsetzt auf und wäre wohl vor Verlegenheit am liebsten im Erdboden versunken. Schnell drehte sie ihrem Bruder den Rücken zu und zischte: »Steh nicht so herum! Bring mein Kleid in Ordnung!«

Raphael schien am liebsten laut herauslachen zu wollen, war aber wohl entschlossen, seine Schwester noch eine Weile in ihrer Verlegenheit schmoren zu lassen. Sabrina hatte mehr Mitgefühl mit Amanda als er und flüsterte ihr schließlich zu: »Das war nur ein Scherz. Alle Knöpfe sind ordentlich geschlossen, und Sie sehen wundervoll aus.«

Mandy fuhr herum und funkelte ihren Bruder zornig an. »Du erbärmliche Kreatur!«, schleuderte sie ihm aus tiefster Seele entgegen, bevor sie ihn stehen ließ.

Sabrina konnte nur den Kopf schütteln. Der junge Mann sah, genau wie seine Schwester, einfach blendend aus. Offensichtlich war er immer zu Schabernack aufgelegt. Dagegen hatte sie eigentlich nichts einzuwenden. Schließlich dachte auch sie sich gerne allerhand Scherze und Streiche aus. Doch es gab einen gravierenden Unterschied zwischen ihr und Lord Locke. Sie wollte die Menschen mit ihren Späßen zum Lachen bringen, während er sich freute, wenn sie sich ärgerten.

»Was passt Ihnen denn nicht?«, fragte er grinsend, als er ihren kritischen Blick und ihr Kopfschütteln bemerkte.

»Das war eben nicht sehr nett von Ihnen«, sagte sie missbilligend.

»Mag sein«, gab er zu. »Aber zumindest ist die kleine Mandy jetzt wach. Man kann das Mädchen schließlich nicht wie eine schläfrige Transuse herumlaufen lassen, wo sie sich doch einen Ehemann angeln soll. Je schneller sie das bewerkstelligt, desto besser für sie und mich. Dann bin ich endlich die leidige Aufgabe los, sie ständig überallhin als Anstandswauwau begleiten zu müssen. Sie glauben ja gar nicht, wie die Langeweile auf all diesen gesellschaftlichen Großereignissen einem zusetzen kann.«

»Soso. Dann war es also nur zum Besten Ihrer Schwester, sie so auf den Arm zu nehmen?«, fragte Sabrina so ernsthaft wie nur möglich.

»Aber gewiss doch!«, erwiderte Raphael Locke mit unbewegter Miene. »Sie halten mich doch nicht etwa für hinterhältig und gemein? Das würde mir das Herz brechen, so wahr ich hier vor Ihnen stehe.«

Sabrina biss herzhaft von einem Würstchen ab, und deutete dann auf einen bestimmten Tisch in der Nähe. »Ich glaube, Herz, Nieren und sonstige Innereien werden dort drüben gereicht, falls Sie Ersatz brauchen sollten.«

»Touché«, antwortete er grinsend. »Aber Sie haben Glück, dass ich mich nicht so schnell entmutigen lasse. Es wird eben einfach noch ein paar Tage dauern, bis ich Sie davon überzeugt habe, dass es zu *Ihrem* Besten wäre, mich zu heiraten. Wenn Sie erst gemerkt haben, wie wunderbar wir zueinander passen, werden Sie schon nachgeben.«

Sabrina kicherte über diesen Scherz. »Wir passen überhaupt nicht zu einander, und das wissen Sie sehr gut.«

»Aber natürlich tun wir das«, widersprach er. »Wir stammen beide in direkter Linie von Herzögen ab.«

»Ja, das vielleicht schon. Aber vergessen Sie nicht meinen Familienskandal.«

»Solche Skandale verspeist man in unserem Hause zum Frühstück«, gab Lord Locke fröhlich zurück.

»Roh oder gut durchgebraten?«, fragte sie ihn.

Er lachte laut genug, um erneut die Aufmerksamkeit der anderen Leute im Raum zu erregen. Langsam begann Sabrina den Morgen zu genießen. Gleichzeitig fragte sie sich jedoch, warum Raphael Locke sich so um sie bemühte. Wenn sie nicht zur Zielscheibe des neuesten Gesellschaftstratsches werden wollte, durfte sie sich nicht mehr lange mit ihm zusammen sehen lassen. Er war einfach zu bekannt und zu begehrt.

Bald kam sie zu dem Schluss, dass er sich nur langweilte und sich in ihrer Gesellschaft ein wenig die Zeit vertreiben wollte. Wer an eine Verbindung zwischen ihm und ihr dachte, musste völlig hirnlos sein. Also würde sie sich auch nicht darum scheren, was die Leute dachten.

22

»Ich habe es von seiner eigenen Schwester gehört«, flüsterte Edith Ward verschwörerisch. »Er umgibt sich gerne mit solchen bemitleidenswerten Geschöpfen. Und auf wen würde diese Beschreibung besser zutreffen als auf die arme Sabrina?«

»Wenn *er* mir dadurch seine Aufmerksamkeit schenken würde, wäre ich auch gerne ein bemitleidenswertes Geschöpf«, gab Jane zurück.

»Unmöglich, meine Liebe«, wandte Edith ein. »Dazu bist du viel zu hübsch.«

Jane errötete, doch insgeheim war sie enttäuscht. Zu jedem anderen Zeitpunkt hätte sie sich über das Kompliment ihrer Freundin gefreut. Doch jetzt wollte es sie nicht so recht in Jubelstimmung versetzen. Seufzend bemerkte sie: »Wenn er erst Ophelia sieht, wird er sowieso nur noch Augen für sie haben.«

Beide Mädchen waren vollauf damit beschäftigt, Ophelias Eifersucht zu besänftigen. Den Grund dafür hatte wieder einmal die ahnungslose Sabrina geliefert, die bis vor kurzem im Frühstückszimmer in ein angeregtes Gespräch mit dem unverschämt gut aussehenden Raphael Locke vertieft gewesen war. Ophelia war bei diesem Anblick der Mund offen stehen geblieben und ihre Freundinnen wussten, dass das nichts Gutes zu bedeuten hatte.

Einzig Mavis freute sich, dass Sabrina nun offensichtlich doch wieder zu Festen und Bällen eingeladen wurde. Als Ophelia von ihrem unerwünschten Bräutigam schließlich abserviert worden war, hatte Mavis keinerlei Mitleid mit ihr empfunden. Sie hatte schon geglaubt, dass es doch so etwas wie eine ausgleichende Gerechtigkeit im Leben gab. Doch nun musste sie zu ihrer Enttäuschung miterleben, dass Ophelia bereits wieder ihre Rolle als huldvolle Königin der Ballsaison spielte.

Aus Mavis' Sicht hatte Ophelias Anwesenheit auf dem Fest jedoch auch etwas Gutes. Die Lady würde hier mit eigenen Augen sehen, wie gut Sabrina bei den jungen Männern ankam. Ophelias gehässige Intrigen gegen das Mädchen aus Yorkshire hatten damit ihr Ziel verfehlt. Sabrinas Einführung in die vornehme Gesellschaft war doch nicht zu einer völligen Katastrophe geraten. Zumindest MacTavish und Locke schienen sich nicht von den Schauermärchen beeindrucken zu lassen, die Ophelia großzügig unters Volk gestreut hatte.

Zudem kannte Ophelia Raphael Locke noch nicht einmal. Die beiden waren einander noch nicht vorgestellt worden. Auch die anderen Mädchen hatten ihn am Tag zuvor, als er zusammen mit seiner Schwester auf Summers Glade angekommen war, zum ersten Mal gesehen. Amanda waren sie natürlich schon früher auf anderen Bällen begegnet. Schnell hatten sie alle wichtigen Informationen aus ihr herausgelockt. Der junge Mann war ihr Bruder, der zukünftige Erbe des sagenhaften Locke'schen Vermögens, sämtlicher Adelstitel und des herrschaftlichen Anwesens seines Vaters. Erst vor kurzem war er nach einigen Jahren in der Ferne wieder nach England zurückgekehrt. Aus diesem Grund kannten ihn die Mädchen auch noch nicht von anderen Festen her.

Kaum eine von ihnen machte sich Hoffnungen darauf, jetzt noch seine Aufmerksamkeit erlangen zu können. Wenn er erst einmal Ophelia Reid zu Gesicht bekam, würde er, wie jeder andere Mann vor ihm, schlagartig den Verstand verlieren und sich ihr zu Füßen werfen. Duncan MacTavish bildete, was das betraf, die einzige bisher bekannte Ausnahme. Dafür bewunderte Mavis ihn von ganzem Herzen. Edith und Jane hatten Ophelia gerade erst alle Neuigkeiten erzählt und ihr natürlich Raphael Locke ausführlich beschrieben. Sie wusste nun, dass er ein ganzes Herzogtum erben würde, blendend aussah, unbeschreiblich reich war und somit einfach rundum perfekt zu ihr passte – wenn sie sich doch nur ihren Ex-Verlobten aus dem Kopf schlagen wollte. Kaum hatten die Mädchen ausgesprochen, als auch schon Sabrina an der Seite des jungen Lord Locke erschien. Angeregt plaudernd durchquerten die beiden miteinander das Frühstückszimmer und verließen mit ihren Tellern in der Hand gemeinsam den Raum, um irgendwo ungestört essen zu können.

Mavis, Jane und Edith erinnerten sich nur zu gut an den vergangenen Abend, als Sabrina fast pausenlos Duncans ungeteilte Aufmerksamkeit genossen hatte. Jane und Edith waren sich beinahe schon in die Haare geraten, wer von ihnen beiden den gar nicht so furchtbar unzivilisierten Duncan MacTavish denn nun, da Ophelia aus dem Rennen war, bekommen sollte. Als er dann den ganzen Abend lang nicht von Sabrinas Seite gewichen war, hatten sie ihre Hoffnungen begraben und sich wieder versöhnt.

Davon sollte Ophelia natürlich nichts erfahren. Jane und Edith hofften nun inständig, dass niemand anders ihr irgendwelche Einzelheiten über den Verlauf des vergangenen Abends zutragen würde. Doch da hatten sie ihre Rechnung ohne Mavis gemacht. »Sabrina, ein bemitleidenswertes Geschöpf? Dass ich nicht lache«, schnaubte die. »Ich habe schon immer gesagt, dass das Mädchen auf andere Menschen sehr anziehend wirkt. Aber ihr habt mir nie geglaubt. Und nun schaut euch das an! Die beiden begehrtesten Junggesellen weit und breit wetteifern um ihre Gunst.«

Ophelia merkte sofort auf. Ihre blauen Augen glichen nur noch schmalen Schlitzen, als sie sich erkundigte: »Von wem sprichst du? Wer ist der andere Mann, der sich um sie bemüht?«

»Du kannst fragen! Dein Duncan natürlich«, gab Mavis

mit dem größten Vergnügen Auskunft, bevor Jane und Edith eingreifen konnten.

Mavis gelang es nur mit Mühe, bei diesen Worten nicht auch noch schadenfroh zu grinsen. Was sie nicht wissen konnte, war, dass Ophelia den ganzen Abend zuvor in ihrem Zimmer vor sich hin geschmollt hatte. Viele qualvolle Stunden lang waren ihre Gedanken allein um die große Frage gekreist, warum ihr Treffen mit Duncan einen so katastrophalen Verlauf genommen hatte.

»Hat Sabrina dir denn nicht erzählt, dass Duncan ihr gestern den ganzen Abend lang nicht von der Seite gewichen ist?«, setzte Mavis noch betont unschuldig hinzu. Dabei wusste sie genau, dass sie mit ihrer Bemerkung Öl in Ophelias bereits gefährlich loderndes Feuer gegossen hatte.

Ophelia wusste ja noch nicht einmal, dass Sabrina überhaupt auf Summers Glade gewesen war. Einen Moment lang verschlug es ihr die Sprache. Mühsam bezwang sie die Gefühle, die in ihrem Innersten tobten. Sie versuchte ganz unbekümmert zu klingen, als sie sagte: »Sabrina spricht nicht viel über persönliche Dinge.« Doch das Gesicht, das sie bei diesen Worten aufsetzte, sprach Bände.

»Ihre Erfolge beim starken Geschlecht hängt sie wohl auch nicht an die große Glocke. Eigentlich schade«, schürte Mavis weiterhin das Feuer. »Ich hätte zu gern gewusst, worüber sie und Duncan sich so wunderbar amüsiert haben. Sie haben fast den ganzen Abend lang miteinander gelacht.«

»Ach, spar dir doch die Andeutungen, Mavis«, unterbrach Edith sie endlich unwirsch. Sie wollte verhindern, dass Ophelia in Zorn geriet. Im Grunde ihres Herzens wusste sie natürlich, dass ihre Bemühungen ohnehin keine Aussicht mehr auf Erfolg hatten. Mavis hatte schon zu viel gesagt. »Das ist doch alles völlig bedeutungslos. Bestimmt denkt keiner der beiden Männer auch nur im Traum daran, Sabrina zu heiraten. Oder habt ihr vergessen, dass sie schlechtes Blut hat?«

»Aber nein, wie könnten wir das?«, entgegnete Mavis mit gespielter Betroffenheit. »Und dabei wirkt sie so glücklich und – lebendig. Ob die ganzen morbiden Selbstmordgeschichten vielleicht doch nur ein dummes Gerücht waren?«

»Du scheinst vergessen zu haben, wer uns zuerst davon erzählt hat«, schaltete sich nun auch Jane ein. Ophelia sollte sehen, dass sie auf ihrer Seite stand.

»O nein, das habe ich nicht vergessen. Ich erinnere mich noch ganz genau daran, wer aus lauter Gemeinheit und Boshaftigkeit dafür gesorgt hat, dass der schon fast vergessene Skandal wieder ans Tageslicht gezerrt wurde.«

Nun war es heraus. Sie hatte Ophelia ganz offen beleidigt. Noch dazu im Beisein von zwei anderen Mädchen. Mavis war fast stolz darauf, dass sie den Mut dazu gefunden hatte. Offensichtlich hatte ihre Beleidigung Ophelia auch getroffen. Ihr Gesicht war jedenfalls feuerrot vor Wut – und das, wo Dunkelrot ihr doch gar nicht stand.

Edith schnappte entsetzt nach Luft. Jane hatte es vorübergehend die Sprache verschlagen. Ophelia selbst keifte schrill: »Boshaftigkeit? Du wagst es, mich –?«

»Ach ja, mach doch bitte eine Szene! Möglicherweise wirft man dich dann gleich zum zweiten Mal hinaus«, fiel Mavis ihr süß lächelnd ins Wort. »Vielleicht können wir anderen dann wieder in Ruhe das Fest genießen.«

Mit diesen Worten wandte sie sich ab. Sie wusste, dass es nun kein Zurück mehr gab. Mit diesen drei Mädchen würde sie nichts mehr zu tun haben, und sie war stolz darauf, den entscheidenden Schritt endlich gewagt zu haben. Edith und Jane hatte sie gemocht, zumindest wenn sie nicht gerade wie aufgescheuchte Hühner um Ophelia herumgeflattert waren. Deshalb setzte sie noch hinzu: »Wann werdet ihr beiden endlich merken, dass Ophelia euch nur ausnutzt? Sie wird euch, ohne mit der Wimper zu zucken, von einer Sekunde zur anderen fallen lassen, wenn sie sich davon einen Vorteil verspricht.«

Dann ließ Mavis die drei jungen Damen endgültig stehen. Mit beschwingtem Schritt und einem stolzen Lächeln auf den Lippen ging sie davon. Sie wusste, dass sie nun unverzüglich ihre Sachen packen konnte, denn in kürzester Zeit würden die übelsten Gerüchte über sie kursieren. Doch es war ihr vollkommen gleichgültig.

»Das hätte ich nie von ihr gedacht«, japste Jane schockiert. Ihr fehlten nach Mavis' Rede noch immer die passenden Worte.

»Ich auch nicht«, pflichtete ihr Edith eifrig bei.

»Nun, ich bin eigentlich nicht besonders überrascht«, versetzte Ophelia schnippisch. Sie hatte sich wieder etwas gefangen und gab sich äußerlich ruhig, wenn es auch tief in ihrem Inneren gefährlich brodelte. »Sie ist und bleibt eine Lügnerin. Ich selbst habe sie bestimmt schon ein halbes Dutzend Mal oder sogar noch öfter dabei ertappt. Ich war nur zu gutmütig, sie deswegen bloßzustellen. Die Ärmste! Vielleicht kann sie gar nicht anders. Na ja, für manch bedauernswerte Menschen ist das Lügen wie eine Krankheit, gegen die kein Kraut gewachsen ist.«

23

»Setz dich, Archibald. Wir haben ein Problem.«

Der Schotte nahm auf dem Stuhl vor Nevilles Schreibtisch Platz. Widerwillig betrachtete er sein Gegenüber. Es passte ihm gar nicht, dass der Alte ihn zu sich zitiert hatte. Archibald hatte die halbe Nacht wach gelegen und hatte noch nicht gefrühstückt. Die Hitze in Nevilles privatem Wohnzimmer setzte ihm über die Maßen zu. Auf weitere Probleme konnte er im Moment also verzichten.

»Wir?«, fragte er. »Wie können *wir* ein Problem haben, wo unsere einzige Gemeinsamkeit doch die Sorge um den Jungen ist? Und der tut doch im Moment genau das, was wir von ihm verlangen. Ich muss ausnahmsweise einmal neidlos zugeben, dass es dir gelungen ist, eine ganz vorzügliche Auswahl an den süßesten jungen Dingern in dieses alte Gemäuer zu locken. Hätte ich gewusst, dass es hier bei euch in England solche appetitlichen Schönheiten gibt, wer weiß, vielleicht wäre ich nach dem Tod meiner lieben Frau hierher gekommen und hätte am Ende wohl gar noch eine für mich selbst gefunden.«

»Wenn du es doch nur getan hättest! Dann müssten wir uns jetzt nicht um Duncan streiten«, brummte Neville.

»Wer streitet denn hier? Ich hätte schwören können, dass wir uns nun endlich einig waren, wer welchen Erben bekommt.«

»Aus meiner Sicht kaum eine glückliche Lösung. Aber darum geht es im Augenblick gar nicht«, antwortete Neville. »Für den Fall, dass du gelegentlich einmal eine Pause eingelegt hast, als du gestern Abend damit beschäftigt warst, einer möglichst großen Zahl von Damen schöne Augen zu machen, ist dir vielleicht nicht entgangen, dass Duncan selbst auch eine junge Frau eingeladen hat. Ich spreche von einer gewissen Sabrina Lambert, an die er nun schon einen ganzen Abend verschwendet hat.«

»Du meinst das dralle kleine Ding? Gute Figur, aber sonst nicht gerade eine Schönheit, wenn ich mich recht erinnere. Mach dir keine Gedanken. Am Ende wird der Junge sich für eine Hübschere entscheiden.«

Neville seufzte hingebungsvoll und sagte in gequältem Ton: »Wenn du dich doch nur nicht so auf diese unwichtigen Äußerlichkeiten versteifen wolltest. Nur weil eine ein hübsches Gesicht hat, ist sie doch nicht gleich die ideale Ehefrau für den Jungen. Das haben wir doch nun weiß Gott aus der Sache mit der jungen Miss Reid gelernt.«

»Ach, was weißt du denn schon von Frauen?«, brauste Archie auf. »Man muss seiner Gattin ja nicht immer zuhören, aber anschauen muss man sie doch hin und wieder. Also ist ein hübsches Gesicht wichtiger als das, was sie im Kopf hat.«

Neville verdrehte gequält die Augen, bevor er weiter sprach. »Duncan ist da wohl etwas anderer Meinung. An dem besagten Mädchen scheint er jedenfalls ziemlich interessiert zu sein. Vielleicht fühlt er sich in ihrer Gesellschaft auch einfach nur wohl. So etwas in der Art hat er jedenfalls gesagt. Sie bringt ihn zum Lachen. Wenn das wirklich alles ist, haben wir auch kein Problem.«

Archie runzelte die Stirn. »Ich weiß gar nicht, was du hast, Mann. Wenn es dir gleichgültig ist, ob er eine Schöne oder eine Unscheinbare heiratet, wozu dann das Gejammer? Fehlt ihr etwa der richtige Adelstitel?«

Neville kam aus dem Seufzen gar nicht mehr heraus. »Ich rede gar nicht von Sabrina Lamberts Aussehen, Archibald. Außerdem finde ich sie eigentlich recht hübsch. Ihre Augen sind jedenfalls einzigartig.«

»Schöne Augen hat sie also? Ist mir gar nicht aufgefallen.«

»Das muss daran liegen, dass du den Damen immer nur auf den Busen starrst. Deshalb entgehen dir auch so manche nicht ganz unwichtige Details. Und ob eine junge Dame auch nur einen Hauch Intelligenz besitzt, ist dir scheint's ohnehin einerlei.«

Archie lächelte über Nevilles gereizten Ton. »Reg dich nicht auf, Alter! Ich habe das Mädchen, von dem du sprichst, noch gar nicht aus der Nähe gesehen. Wie hätte ich ihr da in die schönen Augen schauen sollen? Aber ich nehme an, ihr nicht ganz lückenloser Stammbaum macht dir Sorgen.«

»Nein, ganz und gar nicht. Richard, ihr Urgroßvater, war ein Herzog, ihr Großvater ein Graf. Ihr eigener Vater hätte diesen Titel geerbt, wenn er nicht vor seinem Vater gestorben wäre. Titel sind also nicht das Problem. In dieser Hinsicht hat sie weit mehr zu bieten als die meisten anderen jungen Dinger hier im Haus. Was mich viel mehr stört, ist, dass sie zwei streitlustige alte Jungfern zu Tanten hat –«

Archie unterbrach ihn lachend. »Das ist dein Problem, nicht meins. Wenn die Hochzeit erst vorbei ist, fahre ich wieder in mein friedliches, stilles Schottland zurück.«

»Und dem Himmel sei Dank für diese Gnade«, warf Neville mit unverhohlener Erleichterung ein. »Aber Sabrina Lamberts Tanten sind noch lange nicht das Schlimmste an der Sache. Ich mache mir Sorgen wegen des Skandals, der seit Generationen mit dem Namen dieser Familie verbunden ist. Seit kurzem spricht man wieder überall davon.«

Das Grinsen wich aus Archies Gesicht. Jetzt wollte er es doch genau wissen. »Was für ein Skandal?«

»Ach, ich habe der Sache bisher keine besondere Bedeutung beigemessen. Immerhin kannte ich Richard Lambert persönlich und wusste, wie achtlos er im Umgang mit Waffen sein konnte. Einmal hat er mir bei einer Jagd verdammt knapp am Fuß vorbeigeschossen. Es war ihm also durchaus zuzutrauen, dass er sich nur aus reiner Schusseligkeit und nicht, wie man sagt, mit Absicht selbst erschossen hat. Seine Frau war eine einfältige dumme Gans, und ich bin mir sicher, dass sie sich tatsächlich selbst umbrachte, als sein vermeintlicher Selbstmord zum Skandal aufgebauscht wurde. Sie hatte einfach nicht genug Rückgrat, um sich dem Gerede zu stellen.«

»Tragisch. Aber besonders skandalös kommt mir das alles nicht vor«, knurrte Archibald.

»Wenn das schon alles wäre, hättest du ja Recht. Aber die beiden hatten eine Tochter, die sich später ebenfalls etwas antat. Und deren Sohn und ihre Schwiegertochter, Sabrinas Eltern also, sind auch keines natürlichen Todes gestorben. Es heißt, diese mysteriöse Neigung, seinem Leben eigenhändig ein Ende zu setzen, werde von einer Generation auf die nächste weitervererbt. Verstehst du mich jetzt endlich, Archibald? Unser wichtigstes Anliegen ist es doch, bald noch einen Erben und überhaupt so viele Enkel wie nur möglich zu bekommen, damit auch wirklich beide Linien unserer Familie fortgeführt werden können. Dürfen wir denn da wirklich das Risiko eingehen, dass an der traurigen Familiengeschichte des Mädchens etwas dran ist?«

»Weiß Duncan das alles?«

»Glaubst du, er spricht ausgerechnet mit mir über solche Dinge? Ich habe keine Ahnung, ob er davon weiß. Den Tratsch hat er inzwischen bestimmt schon gehört. Aber würde ihn solches Gerede überhaupt kümmern?«

Archibald dachte einen Moment lang angestrengt nach. »Ich glaube kaum. Jedenfalls nicht, wenn du ihm die Geschichte erzählst.«

Neville wusste genau, worauf der Schotte hinauswollte. Er musste sich bemühen, nicht hörbar mit den Zähnen zu knirschen. »Ich dachte, dieses Thema hätten wir bereits ausführlich besprochen. Du glaubst also immer noch, dass der Junge aus reinem Trotz jeden Funken gesunden Menschenverstandes unterdrücken würde, nur um mir damit eins auszuwischen. Nun, ich halte ihn ganz und gar nicht für so dumm. Allerdings geht es hier ums Heiraten. Da hört er vielleicht wirklich eher auf dich. Du musst also herausfinden, was er weiß, und ihm klarmachen, dass dieses Mädchen für ihn nicht in Frage kommt.«

Ohne sich dessen bewusst zu sein, nickte Archie zustimmend. Doch er sah lange nicht so schwarz wie Neville. »Wahrscheinlich mag er die Kleine wirklich nur deshalb, weil sie ihn zum Lachen bringt.«

»Du solltest die Sache nicht auf die leichte Schulter nehmen. Was mich nämlich beunruhigt, ist, dass wir seit heute Morgen auch Lady Ophelia Reid wieder hier im Haus haben –«

»Der Teufel soll mich holen!«, rief Archie dazwischen.

Neville fuhr unbeirrt fort: »Sie ist hier, weil sie im Augenblick als Hausgast bei den Lamberts wohnt. Duncan hat das aber offensichtlich nicht davon abgehalten, die Damen dennoch einzuladen. Das kann nun einerseits bedeuten, dass er von Lady Ophelia Reids Schönheit ganz hingerissen ist. Ich weiß, das würde dich freuen. Er hat ihr also verziehen und möchte sie trotz allem, was vorgefallen ist, noch heiraten. Oder aber die junge Lambert hat es ihm angetan. Welche es auch sein mag, mir sind beide Mädchen nicht recht.«

Archie schnaubte verächtlich. »Ich glaube eher, Duncan wird aus allen Wolken fallen, wenn er sieht, wen die Lamberts ihm da ins Haus schleppen. Ich möchte fast meinen Bart darauf verwetten, dass er gar nicht wusste, wer bei ihnen zu Besuch ist, als er sie eingeladen hat. Und wenn er seinen Fehler bemerkt, wird er die Weibsleute alle miteinander kurzerhand vor die Tür setzen.«

Neville kicherte leise vor sich hin. »Alles nur Wunschdenken. Damit kommst du nicht weit. Sabrina Lambert hat ihm gestern Abend bestimmt erzählt, wen sie zu Gast hat. Ihre Familie mag durch einen Skandal belastet sein, aber dumm ist die Kleine deswegen noch lange nicht. Sie weiß ganz genau, was es bedeutet, wenn sie Duncans Ex-Verlobte mit zu einem Fest bringt, das nur veranstaltet wird, damit er sich endlich eine Braut aussuchen kann.«

»Hör schon auf«, knurrte Archie verstimmt. »Ich gehe ihn jetzt suchen und werde herausfinden, wie die Dinge wirklich liegen. Wenn ich noch länger hier mit dir zusammenhocke und mir deine Grübeleien anhöre, bekomme ich nur Kopfschmerzen.«

24

Duncan konnte sich lange nicht dazu durchringen, zu der fröhlichen Festgesellschaft ins Erdgeschoss hinunterzugehen. Seine Entscheidung lag ihm schwer im Magen. Er hatte darüber schlafen wollen, doch daraus war nichts geworden. Stundenlang hatte er sich auf seinem Bett hin und her geworfen, bis er schließlich zu einem Entschluss gekommen war. Der Kutscher hatte am Ende nur noch mit den Achseln gezuckt. Die sonderbaren Launen des jungen Herrn schienen genauso schnell zu wechseln wie das Wetter in dem Land, aus dem er kam. Erst sollte der Kutscher die junge Lady Lambert täglich abholen und nach Summers Glade bringen, dann war sie nach nur einem Abend von der Liste seiner Fahrgäste gestrichen worden. Nur wenige Stunden später hatte Lord Nevilles Enkel ihm mitteilen lassen, dass Sabrina Lambert nun doch wieder abgeholt werden sollte. Diesmal gemeinsam mit ihren Tanten und einem Hausgast.

Nachdem Duncan diese Entscheidung getroffen hatte, war er doch noch eingeschlafen. Inzwischen bezweifelte er allerdings, dass er wirklich klug gehandelt hatte. Diese Unsicherheit versetzte ihn nun schon wieder in eine entsprechend düstere Stimmung.

Er hoffte nur, nicht bald bitter zu bereuen, dass er Ophelia Reid wieder ins Haus gelassen hatte. Sie würde sofort annehmen, dass ihre Unverschämtheiten nun vergessen und vergeben waren. Doch Duncan war weit davon entfernt, ihr zu verzeihen.

Sicher hätte es noch andere Möglichkeiten gegeben, hin und wieder ein paar unterhaltsame Stunden mit Sabrina zu verbringen. Er hätte sich einfach jeden zweiten Tag für eine Weile davonstehlen können. Das wäre wahrscheinlich gar nicht weiter aufgefallen. Und selbst wenn – schließlich war er ein erwachsener Mann, der selbst entscheiden konnte, wohin er ging und wie lange er wegblieb. Niemand konnte von ihm verlangen, dass er vierundzwanzig Stunden am Tag mit den lärmenden Gästen auf Summers Glade plauderte. Was hatte ihn dann nur zu dieser vertrackten Einladung veranlasst?

Im Grunde kannte Duncan die Antwort auf diese Frage bereits. Wenn Sabrina zu dem Fest nach Summers Glade kam, war sie den ganzen Tag über in seiner Nähe. So konnte er jederzeit mit ihr sprechen. Falls er eine Aufheiterung brauchte, würde sie sofort zur Stelle sein. Er konnte sie dann sogar um Rat fragen, wenn er in den nächsten Wochen eine der wichtigsten Entscheidungen seines Lebens treffen musste. Zudem hatte schon ihre bloße Gegenwart eine beruhigende Wirkung auf ihn. Der Preis, den er dafür bezahlen musste, war nun einmal, dass Ophelia jetzt vielleicht glaubte, sie habe ihren Willen bekommen. Nun, Duncan konnte immerhin noch dafür sorgen, dass sie sich nicht allzu sicher fühlte. Allerdings hatte er nicht bedacht, was die anderen Gäste davon halten mussten, wenn seine Ex-Verlobte plötzlich auf dem Fest erschien. Schließlich war allen bekannt, dass es Duncan war, der die Verbindung gelöst hatte.

Als wären seine eigenen Gedanken nicht schon quälend genug, stand plötzlich auch noch Archie in seinem Zimmer. Der kam ohne Umschweife zur Sache und wollte wissen, ob Duncan seine Meinung über Ophelia Reid geändert habe. Die Antwort auf diese Frage war einfach genug. Doch als Nächstes erkundigte Archie sich, welche Absichten er mit der Einladung von Sabrina Lambert verfolge. Das war schon viel schwerer zu erklären. Duncan sah in Sabrina keine Heiratskandidatin. Aber was ihn tatsächlich mit dem Mädchen verband, konnte Archie weder verstehen noch glauben.

»Freunde?«, schnaubte er. »Männer können sich mit anderen Männern anfreunden, aber nicht mit jungen Mädchen.«

»Aber warum soll das denn nicht gehen?«

»Weil du ein Mann bist und sie eine Frau – mit allem, was nun eben einmal dazu gehört. Oder willst du behaupten, dass du noch nicht einen einzigen Gedanken daran verloren hast, wie es wäre, das Mädchen in den Armen zu halten und mit ihr die Freuden der körperlichen Liebe zu erleben? Dann müsste ich dich glatt einen Lügner nennen.«

Duncan war belustigt über Archies Gedankengänge. »Dann nenn mich eben so. Bisher war ich jedenfalls viel zu sehr damit beschäftigt, über Sabrinas Scherze zu lachen, um an irgendetwas anderes zu denken, wenn wir uns unterhalten haben.«

Das brachte Duncan nur ein weiteres und noch verächtlicheres Schnauben seines Großvaters ein, doch Duncan wunderte sich nicht, dass Archie ihn nicht verstand. Für ihn gab es zwischen Männern und Frauen nur »das, wofür die Natur sie bestimmt hat«, wie er immer gerne sagte.

Duncan versuchte dennoch, Archie seine Gefühle für Sabrina zu erklären. »Stell dir vor, du hast einen wirklich guten Freund, der in deiner Nähe wohnt. Und du gibst ein Fest. Dann würdest du doch wollen, dass dein Freund dabei ist und mit dir feiert, nicht wahr?«

Archie ließ sich auf das Gedankenspiel ein. »Aber mein Freund hat noch eine andere Verpflichtung, von der er sich nicht so leicht befreien kann.«

»Na ja, aber dieses Problem ist einfach zu lösen, denn er kann seine Verpflichtung einfach mitbringen. Die Einladung gilt dann eben für seine ganze Familie samt Hausgästen. Du selbst hättest an meiner Stelle nicht anders gehandelt. Das weiß ich genau.«

»Nicht wenn die ›Verpflichtung‹ eine giftspeiende Schlange ist, die das ganze verdammte Fest verderben kann. Und das weiß *ich* nun ganz genau.«

Duncan seufzte. Darauf konnte er nichts erwidern, denn Archie hatte nicht ganz Unrecht. Ophelia war durchaus zuzutrauen, dass sie das Fest ohne größere Anstrengung zu einem Fiasko werden ließ. Doch dann grinste Duncan. Wenigstens hatte sein Großvater ihn jetzt verstanden.

»Mach dir keine Sorgen wegen Ophelia. Wenn sie klug ist, wird sie sich im Hintergrund halten. Schließlich hat sie sich mit ihrem gemeinen Schandmaul selbst am meisten geschadet. Und wegen meiner Absichten Sabrina gegenüber brauchst du dir auch keine Gedanken zu machen. Wir sind einfach nur gute Freunde. Es gibt kein romantisches kleines Geheimnis zwischen uns. Sprich doch heute einmal mit ihr. Dann wirst du schon sehen, wie lustig sie sein kann. Sie lässt einen mir nichts, dir nichts alle finsteren Gedanken vergessen.«

Archies zerfurchte Stirn zeigte, dass er noch beträchtliche Zweifel an Duncans Worten hegte. »Solange du dabei nur nicht vergisst, wozu all die anderen jungen Mädchen überhaupt hier sind.«

»Ich habe dir doch bereits mehrmals versichert, dass ich gar nichts dagegen habe, mir eine Frau zu suchen. Aber ich werde mich nicht zu einer Wahl drängen lassen. Ich höre mir auch keinerlei Klagen an, wenn ich am Ende des Festes nicht gleich meine Verlobung bekannt gebe. Oder erwartest du etwa, dass ich die wahrscheinlich folgenschwerste Entscheidung meines Lebens überhastet treffe und mich auf irgendein Mädchen festlege, nur damit meine Großväter endlich zufrieden sind?«

»Niemand verlangt, dass du dich gleich Hals über Kopf verliebst«, brummte Archie kleinlaut. »Das braucht Zeit. So etwas muss wachsen.«

»Von Liebe rede ich ja gar nicht. Ich rede nur von *Sympathie*. Es ist doch wohl nicht zu viel verlangt, wenn ich die Frau, die ich heiraten werde, auch leiden kann. Schließlich liegt eine lange gemeinsame Zukunft vor mir und meiner

Zukünftigen. Eine Frau, für die ich gar nichts empfinde, kann auf keinen Fall die richtige für mich sein, Archie.«

»Vielleicht hast du ja Recht. Aber so eine, wie du sie suchst, wirst du nicht finden, wenn du dich die ganze Zeit mit deinen *Freunden* beschäftigst. Und was sollen die anderen Mädchen denken? Sie können ja nicht wissen, dass du für die kleine Lambert lediglich freundschaftliche Gefühle hegst. Wenn die jungen Damen annehmen müssen, du hättest dich bereits entschieden, packen sie wahrscheinlich umgehend ihre Sachen und fahren nach Hause.«

Duncan verzog das Gesicht. Er konnte Archies Befürchtungen durchaus verstehen, doch zugeben wollte er das nicht.

»Ich habe mir gerade einmal einen einzigen Abend von der Brautschau frei genommen, um einfach ein wenig Spaß zu haben«, sagte er finster. »Gönnst du mir das etwa nicht?«

»Aber nicht doch, mein Junge. Das gönne ich dir schon – solange es bei dem einen Abend bleibt. Aber dieses Fest kann nun einmal nicht bis in alle Ewigkeit weitergehen. Und eine bessere Gelegenheit als diese, deine Wahl zu treffen, wirst du kaum jemals wieder finden. Noch nie in meinem Leben habe ich so viele hübsche junge Dinger an einem Ort versammelt gesehen. Der alte Neville hat sich sehr gut überlegt, wer für dich in Frage kommt und wer nicht. Und genau das solltest du auch tun. Gehe klug mit deiner knappen Zeit um! Das ist alles, was ich von dir verlange.«

Duncan versprach seinem Großvater, sich zu bemühen. Er würde die reichlich vertretene Damenwelt würdigen und sich mit möglichst vielen netten Mädchen unterhalten. Doch als er bald darauf durch die Räume im Erdgeschoss wandelte, suchte er, unbewusst mit seinen Blicken alle Winkel nach Sabrina ab. Unglücklicherweise fand er bei seiner Suche nur Ophelia oder, besser gesagt, sie fand ihn. Sie stellte sich ihm kurzerhand in den Weg. Es gab nur zwei Möglichkeiten: Er musste stehen bleiben oder schlicht unhöflich sein und sie bewusst übersehen.

Das hätte er auch jederzeit ohne das geringste Zögern getan. Schon gestern hatte er ihr alles gesagt, was es zu sagen gab. Jedes weitere Wort war zu viel. Doch sie war nicht allein. Zwei andere Mädchen standen bei ihr, und Archies Ermahnungen klangen Duncan noch im Ohr.

Er erinnerte sich vage daran, dass er schon einmal ein paar Worte mit Ophelias beiden Begleiterinnen gewechselt hatte. Doch ihre Namen wollten ihm beim besten Willen nicht mehr einfallen. Immerhin waren ihm in den vergangenen zwei Tagen mehr als zweihundert Leute vorgestellt worden. Die beiden Mädchen fand er allerdings recht hübsch. Also musste er sich doch wohl etwas näher mit ihnen befassen. Da war eine bewusst begangene Unhöflichkeit gegenüber Ophelia im Moment fehl am Platze. Also beschloss Duncan, einen Moment lang bei den dreien stehen zu bleiben. Doch schon Ophelias erste Worte ließen ihn an der Klugheit seiner Entscheidung zweifeln.

»Ich glaube, meine beiden besten Freundinnen Edith und Jane sind Ihnen bereits vorgestellt worden.«

Duncan wollte nun wirklich keine Frau kennenlernen, die Ophelia zu ihren engsten Freundinnen zählte. Sabrina bildete da die einzige Ausnahme. Doch sie hatte auch nie behauptet, Ophelias Freundin zu sein. Sie hatte nur von einer Schuld, die es zu begleichen galt, und von Verpflichtungen gesprochen.

»Ja, in der Tat«, sagte er, ohne Ophelia dabei auch nur eines Blickes zu würdigen. Er sah ihre Begleiterinnen an, während er um sie herum ging. »Schön, Sie wiederzusehen, meine Damen. Aber Sie werden mich entschuldigen müssen. Ich habe noch nicht gefrühstückt.«

»Er ist ziemlich –« Jane suchte verzweifelt nach einem Wort, mit dem sie Duncans Verhalten beschreiben konnte, ohne es schlichtweg unhöflich zu nennen. Schließlich vollendete sie: »– wortkarg. Nicht wahr?« Die Mädchen sahen ihm nach, als er das Zimmer verließ.

»Ich nehme an, das ist sein schottisches Erbteil«, erklärte Ophelia betont gelangweilt.

Eigentlich war sie ganz froh, dass Duncan nicht lange bei ihnen stehen geblieben war. Man hatte sie miteinander sprechen sehen. Mehr erwartete sie im Augenblick gar nicht.

»Wirst du annehmen, wenn er noch einmal um deine Hand anhält?«, wollte Edith wissen.

Ophelia gab sich nachdenklich. »Ich weiß noch nicht recht. Schließlich gibt es ja auch noch Lord Locke.«

»Natürlich«, antwortete Jane. »Noch kennt ihr einander ja gar nicht. Aber das lässt sich schnell ändern. Sabrina könnte dich ihm vorstellen. Ich glaube, die beiden frühstücken gerade miteinander.«

Nach diesen Worten war es um Ophelias zur Schau getragene Langeweile mit einem Schlag geschehen. »Ich brauche niemanden, der mich vorstellt«, bemerkte sie barsch. »Und Sabrina am allerwenigsten. Mit Raphael Locke werde ich genau dann zusammentreffen, wenn mir danach ist. Vielleicht schon heute Abend. Sagtet ihr nicht, dass nach dem Abendessen im Ballsaal getanzt werden soll?«

»So war es zumindest geplant.«

»Wunderbar. Zufällig habe ich ein himmlisches neues Ballkleid in meiner Reisekiste, das mir sehr gut steht. Es ist ein Kleid für ganz besondere Anlässe.«

»Ach, liebste Ophelia, ich glaube, der Tanz heute Abend ist eigentlich gar kein richtiger Ball«, gab Jane zu bedenken. »Man hat lediglich von einer Art Tanzvergnügen gesprochen. Hier auf dem Land ist eben alles ein wenig schlichter als bei uns zu Hause in London.«

»Papperlapapp! Ball ist Ball, egal wo er veranstaltet wird. Und ich möchte mich von meiner besten Seite zeigen, wenn Lord Locke mich zum ersten Mal sieht. Wozu sind Ballkleider denn sonst da?«

Jane wollte noch weitere Bedenken anmelden, doch ein Blick von Edith ließ sie verstummen. Ophelia war schließlich immer noch ihre Freundin, und sie wollten sich gerne weiterhin im Glanz ihrer Beliebtheit sonnen. Doch auch Mavis war ihre Freundin gewesen. Deren Worte klangen Edith und Jane noch im Ohr. Sie wussten, welch eines geringen Anlasses es bedurfte, Ophelias Zorn zu erregen. Und Gnade derjenigen, die ihre Rachsucht traf!

Wenn sich Ophelia also für diesen Abend unbedingt wie für einen großen Ball herausputzen wollte, dann war das ihre Sache. Es war allein ihre Sache, wenn sie sich dadurch in Verlegenheit brachte. Die Freundinnen hatten ihre Pflicht getan und sie gewarnt. Doch Ophelia hörte, wie üblich, nur auf sich selbst.

25

Nach dem Frühstück war Duncan überzeugt, dass seine Großväter nun allen Grund zur Zufriedenheit mit ihm hätten. Es war ihm gelungen, sich wie selbstverständlich unter die Gäste zu mischen, indem er einfach das getan hatte, was alle taten. Mit seinem Teller in der Hand war er durch die Räume im Erdgeschoss gewandert, hatte sich zu dem einen oder anderen Grüppchen gesellt und Komplimente verteilt. Er hatte über das Wetter geredet, und der Sturm, der inzwischen wild wütend an den Fenstern rüttelte, war ihm dafür gerade recht gekommen.

Keiner der Gäste dachte auch nur im Traum daran, Regen und Wind zu trotzen und eine Kutschfahrt oder einen Spaziergang zu unternehmen. Jetzt im Winter blieb man ohnehin lieber im Haus und ging dort allerlei Zerstreuungen nach.

Überall waren bereits Kartenspiele im Gange. Manche nur zum Spaß, die meisten jedoch um Geld. Glücksspiele und Wetten galten in der Londoner Gesellschaft gerade als die große Mode der Saison. Aus einem der Salons drang fröhliches Gelächter. Dort war man gerade dabei, Scharaden zu inszenieren. Im Billardzimmer hatte man noch einen zusätzlichen Spieltisch aufgestellt. Vor allem die älteren Gentlemen versammelten sich dort, um miteinander zu wetteifern. Hier fand man auch Archie, der an dem mit grünem Filz bezogenen Tisch einen besonderen Ehrgeiz zu entwickeln schien. Nur Neville selbst machte sich rar. Er schien an den Umtrieben in seinem sonst so stillen Haus einfach keinen Gefallen zu finden.

Duncan schlenderte weiter ins Musikzimmer. Dort beglückte gerade ein junges Mädchen einige ältere Damen mit ihrer Sangeskunst. Ihre Schönheit erregte einen Moment lang Duncans Aufmerksamkeit. Besonders gefiel ihm der Rotschimmer in ihrem blonden Haar. Doch um ihren Gesang zu ertragen, hätte man schon taub sein müssen. Sobald er sich mit Anstand zurückziehen konnte, verabschiedete er sich von den Damen und ging weiter.

In einem der Salons hätte er gerne etwas mehr Zeit verbracht. Doch dort hielt inzwischen Ophelia Hof. Duncan bedauerte das umso mehr, weil sich auch Amanda Locke unter den jungen Damen in diesem Raum befand. Mit ihr wollte er sich gerne einmal etwas ausführlicher unterhalten. Nur weil er ihren Bruder nicht mochte, wollte er nicht gleich eines der schönsten Mädchen im Hause links liegen lassen. Amanda sah zwar nicht ganz so überwältigend aus wie Ophelia, doch welche Frau konnte das schon von sich behaupten? Ophelias Schönheit galt als einzigartig, und leider wusste sie das nur zu gut.

Duncan hatte nun bald das ganze Erdgeschoss durchmessen, ohne Sabrina irgendwo entdeckt zu haben. Er hatte überall nachgesehen außer im Ballsaal, der aber tagsüber nicht benutzt wurde, und im Arbeitszimmer. Dort regierte normalerweise Nevilles Verwalter, der jedoch für die Dauer des Festes beurlaubt worden war. Sabrinas Tante, die ihre Nichte am Abend zuvor begleitet hatte, saß mit einer anderen, etwa gleich alten Dame im Musikzimmer. Von Sabrina fehlte jede Spur.

Vielleicht war sie ja gar nicht nach Summers Glade gekommen? Duncan erschien es furchtbar ungerecht, dass er nun Ophelias Anwesenheit ertragen sollte, ohne dafür durch Sabrinas Gesellschaft belohnt zu werden. Aber warum war sie selbst nicht zugegen, wo sich doch ihre Tanten und sogar ihr Hausgast inzwischen hier auf Summers Glade amüsierten?

Duncan beschloss, auch noch die beiden letzten Räume nach ihr abzusuchen. Erst dann wollte er ihre Tante nach ihr fragen. Das Arbeitszimmer hatte man in weiser Voraussicht abgeschlossen. So konnte kein naseweiser Gast auf die Idee kommen, in Nevilles geschäftlichen Angelegenheiten zu stöbern. Eine der Türen zum Ballsaal stand einen Spaltbreit offen. Der Sturm, der draußen tobte, hüllte den Raum in schummriges Dämmerlicht. Auf den ersten Blick schien er leer zu sein. Aber dann nahm Duncan plötzlich aus den Augenwinkeln eine Bewegung wahr. Und da stand sie, mit dem Rücken zu ihm, an einer der großen Glastüren, die auf den Balkon hinausführten. Die fliederfarbene Tapete an der Wand neben ihr hatte beinahe denselben Farbton wie ihr Kleid. Dadurch war Sabrina in dem nur vom inzwischen recht fahlen Tageslicht beleuchteten Raum kaum auszumachen.

Sabrina hörte Schritte hinter sich. Auch ohne sich umzudrehen, wusste sie, dass Duncan in den Saal getreten war. Da war etwas an seinem forschen Schritt, das sie wieder erkannte. Ihr Herz begann schneller zu schlagen. Eigenartigerweise tat es das nun immer, wenn er in ihre Nähe kam. Sie fragte sich, was Duncan hier im Ballsaal suchte. Sicher war er nicht aus demselben Grund hier wie sie.

Als hoch aufgetürmte Wolkenriesen den Sturm angekündigt hatten, war Sabrina durchs ganze Haus gelaufen, um einen Ort zu finden, von dem aus sie das Losbrechen der Naturgewalten von Anfang an genau beobachten konnte. Sie liebte die Stürme mit all ihrer ungezügelten Kraft und Wildheit mindestens genauso sehr wie den sanften warmen Sommerregen. Sabrina wusste, dass manche Leute sich vor Donner und Blitzschlag fürchteten, doch sie selbst wollte sich diesen Urkräften am liebsten stets schutzlos entgegenwerfen.

Natürlich konnte sie so etwas heute nicht tun. Aber wenigstens wollte sie zusehen, wie Wind und Regen über das Land peitschten. Die großen verglasten Flügeltüren des Ballsaales waren wie geschaffen dafür. Von hier aus hatte sie einen großartigen Ausblick ins Freie und genoss das Gefühl, dabei in dem düsteren, großen Raum allein zu sein.

Von Duncan ließ sie sich jedoch gerne stören. Sie freute sich, dass sie nun dieses gewaltige Schauspiel der Natur mit ihm teilen konnte.

»Herrlich, nicht wahr?«, sagte sie, als er neben ihr stehen blieb.

Sie hatte angenommen, dass sie ihm erklären müsste, wovon sie sprach. Doch an seiner Antwort erkannte sie, dass er sie sofort verstanden hatte. »Würden Sie das alles nicht viel lieber ganz aus der Nähe betrachten?«

Lächelnd blickte sie zu ihm auf, schüttelte dann aber traurig den Kopf. »Meine Tanten wären von einer nassen, zerzausten Nichte wohl kaum begeistert. Schon gar nicht so kurz vor dem Mittagessen, wo keine Zeit mehr bliebe, nach Hause zu fahren und mich umzuziehen.«

Duncan lächelte zurück, nahm Sabrina wortlos an der Hand, öffnete eine der Balkontüren und zog sie mit sich hinaus in den Wolkenbruch, der wahre Wassergüsse zur Erde niederschickte. Dann blieb er mitten auf der Terrasse stehen und hob sein Gesicht dem peitschenden Regen entgegen, so wie Sabrina es selbst gerne tat.

In diesem Moment war es endgültig um sie geschehen. Sie verliebte sich hoffnungslos in ihn.

Duncan wollte sich selbst schon für verrückt halten, weil er seiner plötzlichen Eingebung einfach nachgegeben hatte. Dann sah er zu Sabrina hinunter. Sie strahlte vor Glück. Und dieses Strahlen machte sie wunderschön. Ihr Haar war bereits klatschnass und umrahmte in triefenden Strähnen ihr Gesicht. Doch Duncan starrte nur wie gebannt auf ihre einzigartigen Augen. Ein Regentropfen hing einen Lidschlag lang in ihren Wimpern, bevor er herabfiel und über ihre Wange glitt. Ein kleines Rinnsal sammelte sich dort in einem Grübchen und rann dann weiter über ihr vorwitziges kleines

Kinn. Welch ein seliges Lächeln auf ihren weichen, vom Regenwasser glänzenden Lippen lag! Jetzt konnte Duncan seine Augen nicht mehr von ihrem Mund lassen …

Er nahm Sabrinas strahlend schönes Gesicht zwischen beide Hände und küsste sanft ihre Lippen. Wieder war er einer Eingebung gefolgt. Das bedauerte er keine Sekunde lang. Der Regen war eiskalt, aber Duncan fühlte nur die lebendige Wärme ihres noch immer lächelnden Mundes und die versengende Hitze an den Stellen, wo ihre Körper sich berührten. Sabrinas Lippen schmeckten wie Nektar, wie ein Hauch Sommer im tiefsten Winter.

In der Ferne rollte Donner. Ein Gewitter mitten im Winter! Welch ein seltenes, aufregendes Schauspiel. Instinktiv zog Duncan Sabrina enger an sich. Ein greller Blitz zerriss die Wolkendecke, als Duncan Sabrinas Lippen tief und leidenschaftlich küsste. Sie standen allein mitten in dem Sturm, der fast so gewaltig tobte wie die Leidenschaft, die so plötzlich über sie hereingebrochen war.

Als Duncans Verstand schließlich wieder einsetzte, drohten ihn Schuldgefühle und Verlegenheit fast zu überwältigen. Noch eine andere beklemmende Empfindung ließ ihm die Brust eng werden: Angst. Grimmig dachte er an Archie. Schließlich hatte sein Großvater ihn erst auf den Gedanken gebracht, in Sabrina nicht nur eine Freundin, sondern auch eine Frau aus Fleisch und Blut zu sehen. Wenn seine Unbeherrschtheit ihn nun ihre Freundschaft kostete, trug ganz allein Archie dafür die Verantwortung.

Duncan ließ Sabrina los und trat einen Schritt zurück. Vor Scham und Verlegenheit wagte er nicht einmal, ihr in die Augen zu schauen. Am liebsten wäre er weggelaufen, bevor sie etwas sagen konnte. Sicher würde sie jetzt ihre Freundschaft für beendet erklären. Aber zuerst musste er sich entschuldigen. Sonst dachte sie am Ende noch, er sei in Wirklichkeit doch genau der Wilde, von dem alle immer gesprochen hatten.

»Das war – es hätte nicht –« Duncan stöhnte innerlich. Wann hatte er jemals in seinem Leben so verzweifelt nach den richtigen Worten gesucht? »Es tut mir Leid. Ich weiß nicht, warum ich das getan habe. Aber es wird nie wieder vorkommen. Das verspreche ich dir.«

26

Sabrina schwebte nach Duncans Kuss noch eine ganze Weile wie auf Wolken. Als sie langsam wieder wahrnahm, was um sie her vorging, glaubte sie zuerst, geträumt zu haben. Doch das klatschnasse Kleid, das, vom eiskalten Regen getränkt, an ihrem Körper klebte, brachte sie langsam wieder auf den Boden der Wirklichkeit zurück. Sie war nass, sie fror und sie war allein. Doch ins Haus wollte sie in ihrer Verfassung auf keinen Fall zurückgehen. Es blieb ihr also nichts anderes übrig, als zu den Stallungen hinüber zu rennen. Dort suchte sie nach dem Kutscher, der sie hergebracht hatte.

Zu ihrer Erleichterung fand Sabrina den Mann fast sofort, und er erklärte sich auch, ohne viele Fragen zu stellen, bereit, sie nach Hause zu fahren. Sie musste sich so schnell wie möglich umziehen. Wenn ihre Tanten nicht erfuhren, dass sie nass geworden war, musste sie ihnen auch nicht erklären, warum. Wie hätte sie auch erklären sollen, was mit ihr geschehen war, wo sie doch selbst kaum wusste, ob sie wachte oder träumte.

Duncans Kuss hatte sie überrascht und Gefühle in ihr geweckt, die ihr ganz neu und auf angenehme Weise aufregend waren. Doch gleich darauf hatte Duncan geschworen, so etwas nie wieder zu tun. Was sollte sie davon halten? Betrachtete er ihre Umarmung und den Kuss etwa als eine Art Unfall, der nie hätte geschehen dürfen? Hatte er sie aus der spontanen Laune eines Augenblicks heraus geküsst, nur um dann sofort zu bereuen, was er getan hatte? Und welche Rolle hatte der Sturm, der seine Kräfte über ihnen entfesselt hatte, dabei gespielt? Sabrina empfand Stürme eigentlich als etwas sehr Beruhigendes. Duncan schien Mutter Natur, wenn sie sich in ihrer ganzen ungezähmten Wildheit zeigte, eher aufzuwühlen. Aber war ein Gewitter im Winter tatsächlich aufregend genug, um die Leidenschaft eines Mannes zu entfachen?

Bald wünschte Sabrina sich inständig, es wäre nie zu diesem Kuss gekommen. Zu wissen, wie wunderbar, ja überwältigend es sich anfühlte, Duncans erst zärtlichen, dann fordernden Mund auf dem ihren zu spüren, machte alles nur noch schlimmer. Aber das Schlimmste überhaupt war, dass sie sich in ihn verliebt hatte.

Im Grunde überraschte sie das nicht. Nur hatte sie bisher versucht, alle Anzeichen dafür zu ignorieren. Doch nun musste sie sich ihre Gefühle für ihn eingestehen ... Duncan zu lieben würde sie nur unglücklich machen, das wusste sie schon jetzt. Sie durfte sich keinerlei Hoffnung darauf machen, seine Frau zu werden. Ja, sie würde sogar eines nicht allzu fernen Tages zusehen müssen, wie er eine andere heiratete. Und dabei lebte sie auch noch in seiner direkten Nachbarschaft! Ständig würde er ihr über den Weg laufen. Und nicht nur er, sondern auch seine glückliche Ehefrau und die vielen süßen Kinder, die die beiden dann bald haben würden.

Sabrina kehrte erst lange nach Beginn des Mittagessens nach Summers Glade zurück. Doch genau wie das Frühstück, das fast den ganzen Vormittag lang gedauert hatte, zog sich auch diese Mahlzeit über Stunden hin. Der Andrang an den langen Tischen mit den Schüsseln und Platten voller verlockender, dampfender Speisen hielt sich daher in Grenzen. Sabrina gelang es nicht, auch nur den kleinsten Bissen von diesen verführerischen Köstlichkeiten hinunterzubekommen. Bald gab sie ihre Bemühungen auf. Sie, die sich normalerweise eines gesegneten Appetits erfreute, war viel zu aufgewühlt, um essen zu können.

Sie fand ihre Tanten in einem der Salons. Die beiden hatten gerade vorzüglich gespeist und schienen von dem guten Essen ein wenig schläfrig geworden zu sein. Sie erkundigten sich nur beiläufig, warum Sabrina jetzt ein anderes Kleid anhabe, und gaben sich zu ihrer Erleichterung ausnahmsweise einmal mit einer knappen Antwort zufrieden. Sabrina erklärte einfach, sie habe sich umziehen müssen. Ihre Tanten waren schließlich daran gewöhnt, dass sie in ihrer unbekümmerten Art öfter einmal ein Kleid beschmutzte oder gar ruinierte. Zudem gab es viel wichtigere Neuigkeiten zu berichten.

Alice kam Hilary zuvor. »Ophelia möchte lieber hier auf Summers Glade wohnen als bei uns. Sie hat schon nach ihren Sachen geschickt«, sprudelte sie hervor.

Sabrina war weniger darüber überrascht, dass Ophelia auf Summers Glade bleiben wollte, als vielmehr davon, dass das überhaupt möglich sein sollte. »Ich dachte, das Haus sei jetzt schon überfüllt«, wandte sie ein.

»Genau genommen ist tatsächlich jeder Winkel belegt. Aber sie hat schließlich Freundinnen. Und die haben ihr angeboten, noch ein wenig enger zusammenzurücken und ihr in ihrer gemeinsamen Schlafstube noch ein Plätzchen freizuräumen.«

Dazu musste Hilary unbedingt einen Kommentar abgeben. »Ich kann mir nicht vorstellen, warum gerade Ophelia sich mit einer Schar anderer Mädchen in eine Kammer pferchen lassen will, wo sie doch kaum zwanzig Minuten von hier ein Zimmer ganz für sich allein haben könnte.«

Sabrina wusste schon, was dahinter steckte. »Sie hat Angst, dass sie etwas verpasst, wenn sie nicht hier im Haus wohnt.«

Sie wollte nicht auch noch hinzufügen, dass Ophelia die Gesellschaft möglichst vieler Menschen einem etwas größeren Platzangebot vor allem deshalb vorzog, weil sie nur so das nötige Publikum hatte. Wer sollte denn sonst ihre Schönheit bewundern oder ihren neuesten Klatschgeschichten lauschen? Diese unfreundlichen Gedanken behielt Sabrina allerdings lieber für sich. Auf jeden Fall würde dem Gerede über Ophelias gescheiterte Verlobung ein Ende gesetzt, wenn sie auf Summers Glade wohnte. Das konnte nicht schaden.

Alice bestätigte Sabrinas Vermutungen auch sofort, indem sie sagte: »Man munkelt allenthalben, dass die Unstimmigkeiten zwischen ihrer Familie und den Thackerays bereits wieder bereinigt sind. Manche Gäste scheinen sogar zu glauben, dass der junge Herr seine Meinung geändert hat und ihr nochmals einen Antrag machen wird. Meinst du, wir sollten den Leuten sagen, dass Ophelia ganz allein deshalb wieder hier ist, weil sie zufällig gerade unser Gast war, als du von Lord Duncan eingeladen wurdest?«

Sabrina unterdrückte ein Seufzen. Es war ihr herzlich egal, was man sich über Ophelia erzählte, aber sie wollte auf keinen Fall selbst in dieser Gerüchteküche mitmischen.

»Ich glaube, das sollten wir Lord Neville überlassen. Wenn er seine Gäste wissen lassen möchte, dass er Ophelia gar nicht persönlich eingeladen hat, wird er es ihnen schon selbst mitteilen. Es ist sicher besser, wenn wir uns nicht einmischen. Sollen die Leute doch denken, was sie wollen. Daran können wir ohnehin nichts ändern.«

Damit hatte Sabrina wieder einmal, ohne es zu wollen, ihre eigenen Erfahrungen mit den Spekulationen anderer Menschen aufs Tapet gebracht. Um die Gedanken ihrer Tanten bloß nicht auf ihren Familienskandal zu lenken, fragte sie schnell: »Man sagte mir, heute Abend würde hier getanzt? Bleibt es denn dabei?«

»O ja«, erwiderte Alice. »Wir alle freuen uns schon darauf. Aber unsere Ballkleider können wir getrost in den Schränken hängen lassen. Es soll ein ganz ungezwungener Abend werden, kein steifer, formaler Ball, wie es zur Zeit in London große Mode zu sein scheint.«

»Man könnte hier ja auch gar keinen richtigen Ball veranstalten«, bemerkte Hilary. »Auf einem so großen Fest wie diesem ist es immer besser, nur einen vergnüglichen Tanzabend zu veranstalten, denn für einen echten Ball müssten sich ja alle Besucher gleichzeitig stundenlang herrichten und herausputzen. Könnt ihr euch vorstellen, wie acht Mädchen in einem Zimmer zur selben Zeit ihre Ballkleider auslegen lassen und dann von acht oder zehn Zofen angekleidet werden? Unmöglich! Das Chaos wäre perfekt und es würde reihenweise unschöne Szenen geben.«

Sabrina versuchte sich das ganze Durcheinander bildlich vorzustellen und lachte. »Vielleicht wäre es ja ganz lustig, die Damen dabei zu beobachten, wenn sie mit Bürsten und Haarnadeln aufeinander losgehen!«

Alice wechselte das Thema. »Hast du eigentlich Lord Archibald MacTavish schon kennen gelernt, meine Liebe?«

»Nein, noch nicht«, antwortete Sabrina. »Aber ich habe gehört, dass er hier sein soll. Hast du denn schon mit ihm geredet?«

»Noch nicht. Aber vielleicht klappt es ja heute einmal.«

»Sie kann es gar nicht erwarten«, stichelte Hilary. »Sie bildet sich ein, dass der Witwer MacTavish nun selbst auf Freiersfüßen wandelt.«

Sabrina hob mit gespieltem Erstaunen die Augenbrauen. »Aber Tante Alice, willst du etwa heiraten?«

Alice errötete, und an ihre Schwester gerichtet, brummte sie: »Ganz gewiss nicht. Ich denke nur, dass er sich in seinem frostigen, düsteren schottischen Hochland sehr einsam fühlen muss, wo sein Enkel doch jetzt in England bleiben wird.«

»Wir wissen ja gar nicht, wie er dort lebt«, gab Hilary zurück. »Wahrscheinlich hat er das Haus bis unters Dach voll von Angehörigen des legendären MacTavish-Clans.«

»Anscheinend nicht. Nur ein paar Angestellte gibt es dort noch, sonst niemanden. Das habe ich von Lord Duncan höchstpersönlich erfahren«, entgegnete Alice nicht ohne

Stolz. Sie freute sich immer, wenn sie etwas mehr wusste als ihre Schwester.

Sabrina beschloss, diesem Hin und Her ein Ende zu bereiten, bevor sich ein ausgewachsener Streit daraus entwickeln konnte. Lieber wollte sie ihrer eigenen Neugier ein wenig nachgeben. »Du hast mit Duncan gesprochen?«, fragte sie Alice.

»Ja, gleich nach dem Mittagessen. Aber leider nicht sehr lange. Der arme Junge schien mir irgendwie verstört. Er suchte nach dir und wollte wissen, wo du seist. Doch ich konnte es ihm nicht sagen. Ich nehme an, du warst zu dieser Zeit gerade zu Hause, um dich umzuziehen.«

»Ja, das kann sein«, antwortete Sabrina und hoffte, dass man ihr die Verlegenheit nicht ansah. Sie erkundigte sich ganz beiläufig: »Weißt du, ob er aus einem bestimmten Grund nach mir gesucht hat? Oder wollte er nur höflich sein und sich ganz allgemein nach mir erkundigen?«

»Ich habe keine Ahnung«, gestand Alice. »Aber es ist bestimmt nichts dagegen einzuwenden, wenn du jetzt gleich einmal zu ihm gehst und das selbst herausfindest.«

»Das meine ich auch«, mischte Hilary sich wieder ein. »Auf einem Fest wie diesem kannst du so etwas ruhig tun. Schließlich sind wir ja langjährige Nachbarn seines Großvaters und unterliegen damit immerhin nicht der allerstrengsten Etikette.«

Sabrina hatte längst durchschaut, was in den Köpfen ihrer Tanten vorging. »Wenn er ein wichtiges Anliegen hatte, wird er es mir schon noch sagen. Aber hört um Gottes willen auf, euch etwas einzubilden. Er sieht in mir nicht mehr als eine Freundin. Schließlich bin ich ja eine langjährige Nachbarin seines Großvaters.«

Hilary und Alice sahen Sabrina nach, als sie davonging. »Das hat sie schön gesagt, nicht wahr?«, bemerkte Alice.

»Ja, nur ein wenig zu deutlich. Ich habe da so ein Gefühl... Und ich glaube, unser Mädchen gefällt dem jungen Lord aus Schottland.«

»Das kommt mir auch so vor. Aber sie scheint ihn nicht besonders zu mögen«, murmelte Alice. Dabei legte sie nachdenklich die Stirn in Falten.

»Ich kann ihre Zurückhaltung ja verstehen. Schließlich war London ja eine einzige Katastrophe für sie.«

»Das war doch keine Katastrophe, höchstens eine –«

»Katastrophe.«

»Hilary, um Himmels willen! Kannst du nicht einmal einer Meinung mit mir sein? Was Duncan MacTavish betrifft, sind wir uns doch einig. Aber wenn Sabrina tatsächlich glaubt, dass es ihm nur um eine harmlose, nette Freundschaft geht, wird sie gar nicht merken, wie sehr er sich um sie bemüht. Wir müssen verhindern, dass sie die größte Chance ihres Lebens verpasst.«

27

Jede andere Frau an ihrer Stelle wäre im Erdboden versunken, doch Ophelia war es nicht übermäßig peinlich, an diesem Abend die einzige Dame zu sein, die ein Ballkleid trug. Vielleicht hätte sie sich noch einmal umgezogen, doch nun befand sie sich schon im Ballsaal und konnte nicht wieder umkehren. Sie war so sehr damit beschäftigt gewesen, nach Raphael Locke Ausschau zu halten, dass sie gar nicht auf die Abendgarderobe der anderen Damen geachtet hatte.

Die meisten von ihnen trugen eher schlichte, wenn auch teure und sehr elegante Kleider. Doch Ophelia ließ sich von solchen Kleinigkeiten nicht so leicht beirren. Sie wusste, wie hinreißend sie in ihrem Traum aus feinster Seide und kunstvoll gearbeiteten Spitzen aussah, und darauf kam es ihr schließlich an. Auf diese Weise würde sie eben einfach noch mehr als sonst die anderen Mädchen im Hause ausstechen.

Aufmerksam hielt sie Ausschau nach dem Locke-Erben. Doch zu ihrem Ärger sah sie als Erstes, dass Mavis noch immer unter den Gästen weilte. Wie konnte die heimtückische Hexe es wagen, sich weiterhin auf Summers Glade aufzuhalten? Dass sie als notorische Lügnerin und hinterhältige Verräterin entlarvt worden war, schien noch nicht schändlich genug zu sein, um sie zu vertreiben. Ophelia würde sich etwas anderes einfallen lassen müssen, damit Mavis endlich mit Schimpf und Schande davongejagt wurde.

Als Ophelia nach längerem ungeduldigem Warten endlich Raphael Locke zu Gesicht bekam, wurde sie gleich noch erzürnter. Stand doch schon wieder diese schreckliche Sabrina an seiner Seite. Ein absolut unerträglicher Zustand!

Was fanden Lord Locke und Duncan MacTavish nur an diesem unscheinbaren Mädchen? Ihr Aussehen konnte es nicht sein. *Anziehend* hatte Mavis sie genannt. Interessant. Womöglich gewährte sie den Männern gewisse Freiheiten, die sich für eine echte Dame einfach nicht gehörten. Ja, genau, so musste es sein! Wer hätte gedacht, dass diese kleine graue Landmaus es mit der Moral nicht so genau nahm? Aber warum auch nicht? Schließlich durfte sie ohnehin nicht auf einen Ehemann hoffen. Dann konnte es ihr auch egal sein, wenn sie einen zweifelhaften Ruf hatte.

Ophelia stolzierte zu Sabrina und Lord Locke hinüber, als wäre sie eine Königin. Sie hoffte nur, dass keiner der anderen Gentlemen sie auf ihrem Weg durch den Saal ansprechen würde. Sie hatte Glück und gelangte ausnahmsweise einmal zu ihrem Ziel, ohne dass sich ihr ein Schwarm von Verehrern anschloss. Sie schenkte Sabrina ein kurzes Lächeln, bevor sie Lord Locke einen scheuen Blick zuwarf. Ophelia wusste, wie vorzüglich ihr dieser schüchterne Augenaufschlag stand, denn sie hatte ihn erst vor wenigen Stunden sorgfältig vor dem Spiegel einstudiert.

»Ich glaube, wir hatten noch nicht das Vergnügen«, säuselte sie. »Würdest du uns bitte bekannt machen, Sabrina?«

»Aber gerne«, antwortete Sabrina schelmisch grinsend. »Lady Ophelia, darf ich vorstellen, Lord Raphael Locke, edelster Spross der Locke-Dynastie und jüngster Vertreter einer langen Linie von Herzögen, die er mit Sicherheit eines Tages ruhmvoll fortsetzen wird – wenn eine Frau ihn nicht vorher wegen seiner hemmungslosen Poussagen niederschießt.«

Lord Locke reagierte nicht, wie Ophelia erwartet hatte, beleidigt, sondern lachte nur laut. Aber was hätte er auch anderes tun sollen, ohne dabei unhöflich zu erscheinen? Diese lächerliche Vorstellung musste dem Ärmsten unendlich peinlich sein. Wie kam Sabrina nur dazu, etwas so Albernes über ihn zu sagen?

»Ich glaube kein Wort«, sagte Ophelia spitz. Es wurde langsam Zeit, dass Lord Locke ihr seine Aufmerksamkeit schenkte.

»Aber es stimmt schon. Ich kenne kaum einen amüsanteren Zeitvertreib als einen kleinen Flirt mit einer charmanten Dame. Allerdings bin ich mit ›hemmungslos‹ in diesem Zusammenhang nicht ganz einverstanden. Ich flirte ausnahmslos äußerst diskret und zurückhaltend. So wahr ich hier stehe.«

Ophelia war überzeugt, dass Lord Locke aus reinem Edelmut versuchte, gute Miene zum bösen Spiel zu machen und Sabrinas Unverschämtheiten wie einen Scherz erscheinen zu lassen. Wie liebenswürdig von ihm. Eigentlich wäre es sein gutes Recht gewesen, die Kleine in aller Deutlichkeit zu maßregeln. Ophelia hätte das an seiner Stelle jedenfalls sofort getan. Gerade wollte sie sich mit strenger Miene an das Mädchen wenden, da machte Sabrina Anstalten, sie mit Lord Locke allein zu lassen. Das kam Ophelia nun wiederum sehr gelegen. Deshalb beschloss sie, die andere nicht durch eine Rüge aufzuhalten.

»Bitte entschuldigt mich«, sagte Sabrina. »Ich glaube, ich muss meine Tanten retten.«

Raphael war den beiden Lambert-Schwestern bereits vorgestellt worden und sah zu ihnen hinüber. »Aber vor wem denn? Sie sind doch ganz alleine.«

Sabrina kicherte. »Das ist es ja eben. Wenn Sie sie besser kennen würden, wüssten Sie, dass man die beiden gerade dann ziemlich häufig retten muss, wenn sie miteinander alleine sind. Sogar bei einem Fest wie diesem, wo sich meine Tanten nur ganz harmlos amüsieren könnten, finden sie alle fünf Minuten einen neuen Anlass, sich zu streiten. Es ist auch völlig gleichgültig, worum es dabei geht. Sie zanken sich wegen jeder noch so nichtigen Kleinigkeit.«

»Nun, wenn Sie unbedingt den rettenden Engel spielen wollen, kann ich Sie wohl nicht aufhalten«, seufzte Lord

Locke. Dabei zog er ein geradezu verzweifeltes Gesicht. »Aber glauben Sie nicht, ich werde deshalb vergessen, dass Sie mir noch einen Tanz schulden! Ich werde Sie später auf jeden Fall daran erinnern.«

Sabrina zog sich lächelnd zurück und ärgerte sich ein wenig darüber, dass sie bei Raphael Lockes schmeichelhaften Worten rot geworden war. Ophelia hätte am liebsten verächtlich geschnaubt. Aber ein solches Geräusch gehörte sich für eine Dame nun wirklich nicht. Wenn sie es irgendwie verhindern konnte, würden die beiden weder jetzt noch später miteinander tanzen.

Doch immerhin war sie nun mit Raphael Locke allein. Selbst die zahlreichen anderen Gäste standen oder saßen zu weit von ihnen entfernt, um sie hören zu können. Nun endlich tat der junge Mann das, was er schon längst hätte tun sollen. Er musterte Ophelia mit seinen durchdringenden blauen Augen eingehend von Kopf bis Fuß. Sie empfand das keinesfalls als unangenehm. Schließlich war sie daran gewöhnt, dass Männer sie ständig anstarrten. Wenn auch vielleicht nicht ganz so forschend, wie Raphael Locke das tat. Im Grunde jedoch hatte sie von einem Mann wie ihm nichts anderes erwartet.

»Sie sind in der Tat überwältigend schön«, bemerkte er schließlich. Dabei schwang jedoch nicht etwa Bewunderung, sondern eher so etwas wie Überraschung in seiner Stimme. »Aber das hat man Ihnen sicher schon so häufig gesagt, dass es keinerlei Bedeutung mehr für Sie hat.«

Das stimmte zwar tatsächlich aufs Wort, doch Ophelia fand, dies sei nicht der richtige Zeitpunkt, das zuzugeben. Stattdessen widersprach sie: »Aber nein, ganz und gar nicht. Solche Komplimente kann eine Dame gar nicht oft genug hören. Ganz besonders, wenn sie von einem so gut aussehenden Gentleman wie Ihnen kommen.«

Eigenartigerweise verhärteten sich bei diesem Kompliment Lord Lockes Züge. Ja, es lag sogar so etwas wie Misstrauen in seinem Blick. »Sparen Sie sich die Mühe, meine Teuerste. In meiner vielleicht etwas altmodischen Familie ist es üblich, dass ein Mann einer Frau den Hof macht. Die Nachstellungen heiratswütiger Damen lässt sich ein Locke nicht gerne gefallen.«

Nun hätte Ophelia allen Grund gehabt, beleidigt zu sein, doch das würde sie keinen Schritt weiter bringen. »Aber Lord Locke, was wollen Sie denn damit sagen? Sie glauben doch nicht etwa, ich denke gleich an Heirat, wenn ich einen schmucken jungen Mann vor mir stehen sehe? Ich werde vielen charmanten jungen Männern vorgestellt, und wenn sie mir Komplimente machen, gebe ich gerne auch einmal eins zurück. So und nicht anders sollten Sie das eben Gesagte verstehen. Jegliche Hintergedanken lagen mir dabei ganz fern. Das dürfen Sie mir glauben.«

»Wunderbar!«, rief Raphael daraufhin wie aus tiefstem Herzen. »Ich bin erleichtert, das zu hören. Vielen Dank.«

Das Missverständnis hätte ihm eigentlich peinlich sein sollen. Doch er gab sich gänzlich unbeeindruckt und lächelte nur kühl. Ganz gleich, was er jetzt über sie denken mochte, sie würde ihn heiraten. Dazu hatte Ophelia sich in dieser Sekunde entschieden. Er war jung, sah blendend aus, und auch die hohen Adelstitel und die Reichtümer, die er sicher bald erben würde, passten perfekt in ihre Planung. Sie würde nicht zulassen, dass er weiterhin seine Zeit mit Sabrina vergeudete. Was immer die beiden auch miteinander trieben – dem musste jetzt sofort ein Ende gesetzt werden.

»Im Übrigen finde ich, Sie sollten etwas diskreter sein«, flüsterte sie verschwörerisch.

»Diskreter? Wovon reden Sie denn überhaupt?«

»Von Sabrina. Oder soll denn jeder mitbekommen, dass Sie mit dem Mädchen im Bett waren? Sicher wollen Sie doch nicht auch noch den guten Ruf des armen Dings ruinieren.«

Raphael Locke reagierte auch jetzt wieder ganz und gar nicht so, wie Ophelia es erwartet hatte. Jeder andere Mann hätte an seiner Stelle sofort beteuert, dass er nie mit Sabrina das Bett geteilt habe. Ganz egal, ob das nun stimmte oder nicht, ein echter Gentleman musste einfach so antworten. Und von dieser Minute an würde er Sabrina meiden, als habe sie die Pest, um damit seiner Aussage Nachdruck zu verleihen.

Statt sich nun aber wie ein ganz normaler Gentleman zu verhalten, trat Raphael Locke entsetzt einen Schritt zurück. Ungläubig blickte er Ophelia an. Der Ärger färbte sein Gesicht langsam dunkler. Im ersten Augenblick schien er sich einfach wortlos abwenden zu wollen. Dann besann er sich und baute sich bedrohlich vor der blonden Schönheit auf. Mit versteinerter Miene blickte er auf sie herunter.

»Großer Gott, was für ein niederträchtiges Klatschweib Sie doch sind«, sagte er voller Verachtung. »Ich habe ja schon des öfteren gehört, dass Sie sich für keine noch so gemeine Lüge zu schade sind. Doch ich wollte nie glauben, dass eine Dame von Rang wirklich so hinterhältig und boshaft sein kann. Aber was man über Sie sagt, muss wohl wirklich wahr sein. Und ich warne Sie, Lady Ophelia. Wenn Sie diese infame Lüge über Sabrina verbreiten, werden Sie das bitter bereuen. Dafür sorge ich höchstpersönlich. Ich verspreche Ihnen jetzt schon, dass Sie sich nirgends, aber auch gar nirgends in der gehobenen Gesellschaft mehr sehen lassen können, wenn Sie Ihr Schandmaul nicht halten. Und dann wird Ihnen auch Ihre oberflächliche Schönheit nicht mehr weiterhelfen. Ich denke, Sie haben mich verstanden.«

Damit wandte er sich ab und ließ sie stehen. Nicht ein einziges Mal war er laut geworden. Eiskalt und beherrscht hatte er ihr diese vernichtenden Worte entgegengeschleudert. Ophelia stand einen Moment lang wie gelähmt. Dass er es wagte, so mit ihr zu reden, und sogar die Unverfrorenheit besaß, ihr zu drohen! Und alles nur, um ein so unscheinbares Wesen wie Sabrina zu schützen. Unglaublich! Nun, dann würde sie ihn eben nicht heiraten. Das geschah ihm ganz recht! Dieser Einfaltspinsel hatte gerade seine Chancen bei ihr gründlich verspielt.

Blieb also Duncan MacTavish.

Ophelia seufzte. Eigentlich wollte sie ihn ja gar nicht haben. Doch sie musste zugeben, dass er nicht annähernd so abstoßend war, wie sie geglaubt hatte. Mit seinem eigenartigen schottischen Akzent, dem braunroten Haarschopf und seinem etwas unberechenbaren Temperament unterschied er sich zwar etwas von den vornehmen englischen Gentlemen, die Ophelia sonst gewohnt war, aber er sah ganz annehmbar aus. Noch dazu schienen alle anderen Frauen auf dem Fest ihn für eine gute Partie zu halten. Schon allein diese Tatsache machte ihn für Ophelia interessant.

Doch sie wusste nicht, ob sie die unendliche Geduld aufbringen würde, dem Schotten in all seiner Begriffsstutzigkeit beizubringen, wie er sich seiner Zukünftigen gegenüber zu benehmen hatte. Wenn man bedachte, dass er bei ihrem gestrigen Zusammentreffen noch nicht einmal ihre Entschuldigung verstanden hatte, musste sie sich mit Duncan noch auf ein hartes Stück Arbeit gefasst machen. Außerdem wurde ihr sein verletzter Stolz langsam lästig. Dabei war er doch in Wirklichkeit ganz versessen auf sie. Daran gab es nicht den geringsten Zweifel. Jedenfalls sah Ophelia das so. Warum hätte er sie sonst wieder einladen sollen? Wahrscheinlich gab er nur vor, nichts mehr von ihr wissen zu wollen, während er in Wirklichkeit seine Wunden leckte und ganz verzweifelt war. Bestimmt wusste er nur noch nicht, wie er es anstellen sollte, sie wieder für sich zu gewinnen, ohne dabei das Gesicht zu verlieren.

Es war sicher das Klügste, wenn sie so tat, als hätte es nie die geringste Missstimmung zwischen ihnen gegeben. Sie konnte ihn aber auch selbst noch eine Weile zappeln lassen. Im Grunde hatte er genau das verdient, weil er so nachtragend war. Doch sie durfte dabei die anderen jungen Damen nicht unterschätzen. Es war höchste Zeit, sie wissen zu lassen, dass sie ihre Hoffnungen auf Duncan MacTavish getrost begraben konnten. Von all den schmachtenden Blicken und sehnsüchtigen Augenaufschlägen, mit denen die Mädchen den jungen Schotten bedachten, konnte einem direkt übel werden.

Was Duncan damit bezweckt hatte, den ganzen gestrigen Abend mit Sabrina zu verbringen, wusste Ophelia inzwischen auch ganz genau. Er wollte sie damit eifersüchtig machen, weil er ja davon ausgehen musste, dass Sabrina ihr alles erzählte. Sie mit Sabrina eifersüchtig machen! Wie absurd! Doch wenigstens hatte Ophelia ihn jetzt durchschaut und sie wusste auch schon, wie sie ihm seine Flausen austreiben würde.

28

Das Fest auf Summers Glade dauerte nun schon mehrere Tage. Man aß, trank, tanzte und spielte, musizierte und debattierte den lieben langen Tag und die halbe Nacht hindurch. Inzwischen war Duncan auch endlich allen Gästen vorgestellt worden, manchen sogar mehrmals. Der junge Schotte galt nicht länger als exotischer Neuling auf dem gesellschaftlichen Parkett. Im Gegenteil – all die Reichen und Schönen, die sich in Nevilles Haus vergnügten, hatten Duncan in ihre Reihen aufgenommen und betrachteten ihn nun als einen der ihren.

Für Duncan hieß dies, dass er nun nicht mehr einfach unbeachtet im Haus oder auf dem Anwesen umherwandern konnte. Wo immer er sich zeigte, wurde er von Gästen angesprochen und in deren meist belanglose Unterhaltungen einbezogen. Eifersüchtig beobachteten die verschiedenen Grüppchen, ob er vielleicht anderen mehr Zeit widmete als ihnen. Es war ein wahrer Wettbewerb um Duncans geschätzte Aufmerksamkeit entbrannt. Inzwischen wünschte er sich schon die Zeit zurück, als er für die Engländer noch ein exotischer Wilder gewesen war, von dem man sich besser fernhielt.

Auch an diesem Abend war Duncan keine ruhige Minute vergönnt. Er hatte unbedingt allein mit Sabrina sprechen wollen. Es drängte ihn, seinen unverzeihlichen Ausrutscher wieder gutzumachen. Das, was zwischen ihm und Sabrina auf der Terrasse vorgefallen war, kostete ihn sonst womöglich ihre Freundschaft. Und das wollte er auf keinen Fall riskieren. Doch schon auf dem Weg zum Ballsaal war Duncan ständig von Gästen umlagert. Die einen schleppten ihn in den großen Salon, wo er einen Streit schlichten sollte. Andere wieder glaubten, er müsse unbedingt an der hitzigen politischen Debatte teilnehmen, die im Kaminzimmer im Gange war.

Duncan wollte nicht unhöflich erscheinen, indem er die Leute, die plötzlich so großen Wert auf sein Urteil zu legen schienen, brüskierte und stehen ließ. So dauerte es am Ende etliche Stunden, bis er auch nur einen Fuß in den Ballsaal setzen konnte. Doch auch hier ließ man ihm keine Ruhe. An diesem Abend noch ein Gespräch unter vier Augen mit Sabrina führen zu können erschien Duncan langsam als aussichtsloses Unterfangen.

Zwar suchten und fanden seine Blicke Sabrina am anderen Ende des langen Raumes, doch übersah er dabei, ohne es zu beabsichtigen, ausgerechnet Ophelia. Deren scharfen Augen entging diese Tatsache nicht. Duncan arbeitete sich hartnäckig Schritt für Schritt durch die Menschenmenge, grüßte und lächelte nach links und nach rechts und war entschlossen, sich nun nicht mehr aufhalten zu lassen. Doch auch hier wurde er immer wieder festgehalten und in Gespräche verwickelt. Als er endlich bei Sabrina ankam, klang seine Begrüßung schon fast etwas missmutig.

Doch wie schon so oft zuvor, spürte sie instinktiv, wie ihm zumute war. Ein Blick in sein angespanntes Gesicht genügte ihr, und schon sagte sie lachend: »Du musst dich erst noch daran gewöhnen, plötzlich so beliebt zu sein, nicht wahr?« Nach dem Kuss auf der Terrasse, so unwirklich er Sabrina auch inzwischen erscheinen mochte, konnte sie nicht wieder zum förmlichen Sie zurückkehren und Duncan schien es ähnlich zu gehen.

»Ach, das ist ja noch das kleinste Problem. Bei uns im Hochland plappert man nun einmal nicht nur, um sich selbst reden zu hören, allerhand belangloses Zeug. Man macht erst dann den Mund auf, wenn man auch wirklich etwas zu sagen hat. Hier bei euch in England gehört es aber anscheinend zum guten Ton, ununterbrochen alles von sich zu geben, was einem gerade so in den Kopf kommt – auch wenn es der größte Blödsinn ist.«

»Du Ärmster«, antwortete Sabrina feixend. »All die überflüssigen Gespräche, die wir bisher geführt haben, müssen eine fürchterliche Qual für dich gewesen sein. Sie waren ja auch allesamt albern und oberflächlich.«

Duncan wurde rot bis unter die Haarwurzeln. Schnell versuchte er, den Schaden zu begrenzen. »Ich meinte doch nicht –«

»Ach hör schon auf, Duncan«, fiel sie ihm ins Wort. »Inzwischen solltest du es eigentlich merken, wenn ich dich auf den Arm nehme.«

Duncan seufzte. Sie hatte ja Recht. Er hätte es wissen müssen. Aber nach dem, was er vor ein paar Stunden draußen auf der Terrasse angerichtet hatte, überraschte es ihn doch einigermaßen, dass sie noch zu Scherzen aufgelegt war. Eher hatte er mit Kühle oder vielleicht sogar wütenden Vorwürfen gerechnet. Aber konnte man sich Sabrina wirklich schroff oder zornig vorstellen? Eine Sabrina mit lauter Stimme, roten Wangen und vor Wut funkelnden Augen – welch ein Anblick das sein musste. Wie wohl die fliederfarbenen Augen aussahen, wenn heiße Leidenschaft aus ihnen blitzte?

Schnell wandte er den Blick von ihr ab. Er fürchtete, sie könnte sonst seine Gedanken erraten. Doch leider fielen seine Augen dabei direkt auf Ophelia, die nur auf eine solche Gelegenheit gewartet hatte. Sie setzte ihr liebenswürdigstes Lächeln auf und marschierte zielstrebig auf ihn zu.

Dass er bei Sabrina stand, die sie ja gut kannte, lieferte Ophelia genug Vorwand, um sich zu ihnen zu gesellen. Doch Duncan wollte alles andere, als sich mit der aufdringlichen blonden Schönheit unterhalten.

»Ich bin bald wieder zurück«, rief er Sabrina noch hastig über die Schulter zu, bevor er zu deren Erstaunen davoneilte.

Es dauerte fast eine ganze Stunde, bis er es schaffte, wieder zu ihr zurückzukehren. Inzwischen war ihm klar geworden, dass es unmöglich war, Ophelia auf Dauer zu meiden, auch wenn er ihre Gegenwart ganz und gar unerträglich fand. Immerhin würde sie sich nun tagtäglich hier im Haus aufhalten und ihm ständig begegnen. Es blieb ihm wohl doch nichts anderes übrig, als ihr noch viel deutlicher als bisher zu verstehen zu geben, dass er nichts mit ihr zu tun haben wollte, denn sie ließ es ja nicht zu, dass er ihr um des lieben Friedens willen schlicht aus dem Weg ging.

»Ich glaube, jetzt schulde ich dir schon eine ganze Reihe von Erklärungen und Entschuldigungen«, sagte er zu Sabrina, als er sie an einem Tisch, an dem Erfrischungen gereicht wurden, wieder fand. Langsam bekam sie nach den Aufregungen des Vormittags wieder etwas Appetit.

»Eine ganze Reihe ist gut«, antwortete sie und hob dabei eine Augenbraue. »Nach meiner letzten Zählung müssen es inzwischen genau sieben sein.«

Diese exakte Zahl und Sabrinas ernste Miene ließen Duncan glauben, dass sie diesmal nicht scherzte. »Oje, was habe ich denn sonst noch alles verbrochen?«

»Nun, erstens hast du mich noch nicht zum Tanzen aufgefordert. Zweitens solltest du dich dafür entschuldigen, dass du glaubst, es gäbe etwas, wofür du dich entschuldigen musst. Und drittens darfst du nicht so überrascht dreinblicken, wenn dich jemand auf den Arm nimmt. Sonst könnte der Eindruck entstehen, dass du noch ein paar Übungsstunden in der Kunst der Albernheit brauchst, und du wirst womöglich verschleppt.«

»Verschleppt? Wie meinst du das?« Verzweifelt versuchte Duncan, den verwirrenden Gedankengängen dieses rätselhaften Mädchens zu folgen.

»Na ja, was man ohnehin schon auf dem Arm hat, kann man auch gleich wegtragen.«

Dabei sah sie ihn noch immer mit solch gespieltem Ernst an, dass sein Lachen umso heftiger aus ihm herausbrach. Es war ihm ganz einerlei, dass alle Gäste im Ballsaal die Hälse nach ihnen reckten. Wieder einmal hatte Sabrina es geschafft, ihn aufzumuntern und ihn all die kleinen Ärgernisse der letzten Stunden vergessen zu lassen.

»Eines schönen Tages werde ich herausfinden, was die anderen vier Dinge sind, für die ich mich entschuldigen muss.«

»Wunderbar. Dann habe ich ja noch ein wenig Zeit, mir etwas Passendes auszudenken. Wenn ich mir ein wenig Mühe gebe, kann ich wirklich sehr albern sein.«

Schmunzelnd sah er sie an, wurde dann aber ernst. »Aber für eines muss ich dich tatsächlich um Verzeihung bitten. Ich hätte dich heute Mittag nicht einfach so buchstäblich im Regen stehen lassen dürfen. Zumindest hätte ich dich selbst in der Kutsche nach Hause fahren sollen, damit du dich umziehen kannst. Dich einfach so dir selbst zu überlassen war mehr als unhöflich von mir. Ich bin auch gleich noch einmal in den Ballsaal zurückgelaufen, als mir klar wurde, wie furchtbar ich mich benommen habe, aber du warst bereits verschwunden.«

»Wer ist denn jetzt hier albern? Ich musste ja nicht gerade bis London fahren, um mir ein trockenes Kleid zu holen. Schließlich wohne ich nur einen Steinwurf von hier entfernt. Warst du deshalb heute Mittag so durcheinander?« Als Duncan fragend die Augenbrauen hob, fügte sie schnell hinzu: »Meine Tanten hatten den Eindruck, dass du etwas auf dem Herzen hast.«

»Ja, mein schlechtes Gewissen, weil ich dich allein gelassen hatte, war wohl das eine. Aber es gibt auch noch ein paar andere Dinge, die mich ständig beschäftigen. Meine beiden Großväter bestehen darauf, dass ich noch vor dem Ende dieses Festes die Frau benenne, mit der ich fortan mein Leben teilen will. Das bringt mich in eine ziemlich vertrackte Situation, denn eine Enttäuschung wird es auf jeden Fall geben. Entweder für die beiden alten Herren, weil ich doch noch mehr Zeit brauche, um eine so wichtige Entscheidung zu treffen – oder für mich selbst. Dann nämlich, wenn ich irgendwann feststelle, dass ich eine überstürzte Wahl getroffen habe. Ich hätte, ehrlich gesagt, kaum Skrupel, Neville vor den Kopf zu stoßen. Aber in dieser Sache ist er sich mit Archie einig. Und den möchte ich nur sehr ungern enttäuschen. Archies Vorstellung, welche Eigenschaften die Frau fürs Leben haben muss, ist allerdings – gelinde gesagt – nicht besonders ernst zu nehmen. Aber erklär das einmal einem sturen alten Schotten.«

»Sieht aus, als wärst du wirklich in einer misslichen Lage«, antwortete Sabrina nachdenklich. »Aber vielleicht wird es etwas einfacher, wenn du nicht so krampfhaft versuchst, diese wichtige Zukunftsentscheidung übers Knie zu brechen. Lass die Dinge doch einfach ein wenig auf dich zukommen. Dann löst sich vielleicht manches wie von selbst.«

»Und Weihnachten und Ostern fallen auf einen Tag«, warf Duncan düster ein.

»Sei doch nicht so skeptisch! Manchmal ist das wirklich die beste Möglichkeit, mit Problemen umzugehen. Das habe ich schon öfter erlebt. Anstatt mir endlos den Kopf über eine Sache zu zerbrechen, warte ich einfach erst einmal ein wenig ab. Und plötzlich zeigt sich, fast wie aus heiterem Himmel, ein Ausweg aus der Misere. Natürlich funktioniert das nicht immer. Das wäre ja auch zu einfach. Aber ich versuche meistens, erst einmal ganz still abzuwarten, wenn ein neues Problem auftaucht. Wenn ich Glück habe, ist alles gar nicht so schlimm, wie es im ersten Moment aussieht, und es findet sich doch eine Lösung. Es wäre natürlich traumhaft, wenn sich immer alles so leicht in Ordnung bringen ließe«, beendete Sabrina lächelnd ihren kleinen Vortrag.

»Bist du nicht ein wenig zu jung für solche tiefgründigen Philosophien?«

»Das glaube ich kaum«, antwortete sie mit großen, unschuldig blickenden Augen. »Schon ganz kleine Kinder verstehen sich wunderbar darauf, die Dinge zunächst einmal so zu nehmen, wie sie kommen. Doch wenn man erwachsen wird, vergisst man seltsamerweise diese einfachen Erkenntnisse.«

Duncan lachte leise. Seine kleine Freundin war wirklich ein Geschenk des Himmels. Und heute Abend sah sie in dem schlichten blauen Kleid und mit ihren wunderbaren Augen, in denen das Lachen blitzte, besonders anziehend aus. Sie hatte sich vorher scherzhaft beklagt, dass er noch nicht mit ihr getanzt hatte. Dieses Versäumnis wollte er nun so schnell wie möglich nachholen. Es war höchste Zeit für einen kleinen Tanz. Ein wenig erschrocken musste Duncan sich eingestehen, warum er plötzlich den brennenden Wunsch verspürte, mit Sabrina über die Tanzfläche zu wirbeln: Er sehnte sich danach, sie zu berühren.

Duncan seufzte insgeheim. So konnte das nicht weitergehen. Sabrina wollte doch nichts anderes, als seine Freundin sein. Ein schöner Freund wäre er, wenn er sich bei jeder sich bietenden Gelegenheit auf sie stürzte!

Er würde sie nur erschrecken und letztlich ihre Freundschaft verlieren, wenn er der Gefühle, die er so plötzlich für sie entdeckt hatte, nicht Herr würde. Nur zu gerne hätte er ihr noch weitere Küsse geraubt, doch er wollte die kostbare Freundschaft mit ihr nicht gefährden. Sie war ihm inzwischen ungeheuer wichtig geworden.

Gegen ein Tänzchen hatte sie bestimmt nichts einzuwenden. Nur ein einziges Mal wollte er mit ihr über die Tanzfläche wirbeln. Gleich danach würde er wieder pflichtschuldig nach einer passenden Ehefrau Ausschau halten.

29

»Sollten wir nicht so bald wie möglich heiraten, Sabrina?«

Sie nahm an, dass er mit dieser Frage absichtlich gewartet hatte, bis sie sich auf der Tanzfläche befanden. So konnte sie ihn nicht einfach entrüstet stehen lassen. Das hätte sie nämlich in diesem Augenblick am liebsten getan. Sabrina kam einen Moment lang aus dem Takt und brachte damit ihren Tanzpartner zum Stolpern. Sie war alles andere als belustigt über seine Frage. Übers Heiraten machte man keine albernen Scherze.

»Machen Sie sich doch nicht lächerlich«, entgegnete sie schließlich ärgerlich. »Sie wissen genau, dass das völlig ausgeschlossen ist. Ihre Familie wäre empört. Wahrscheinlich würde man Sie sogar auf der Stelle enterben. Aber das muss ich Ihnen doch nicht erst erklären.«

»Wenn das der einzige Grund für Ihre Ablehnung wäre, könnten wir jetzt gleich unsere Hochzeitsreise planen.«

Sabrina verdrehte die Augen. Er machte tatsächlich Witze. Sie wünschte, sie könnte darüber lachen. Sie müsste sich wirklich über die Maßen geschmeichelt fühlen, wenn es ihm tatsächlich ernst wäre. Aber sie sah die Dinge genau so, wie sie nun einmal waren, und wusste, dass sie im Gegensatz zu ihm nicht als besonders gute Partie galt. Selbst ohne ihren Familienskandal hätte sie wohl kaum die Wunschliste der zukünftigen Ehegattinnen und begehrtesten Schwiegertöchter angeführt. Der Skandal war nun einmal eine Tatsache, die sich nicht wegreden ließ. Besonders die besten und ältesten Adelsfamilien Englands, die mit Stolz auf ihre über unzählige Generationen zurückreichenden makellosen Ahnentafeln blickten, würden es als Katastrophe betrachten, Sabrina in ihre Verwandtschaft aufnehmen zu müssen.

Ganz abgesehen davon stand für Sabrina seit heute Nachmittag endgültig fest, dass sie niemals heiraten würde, denn sie hatte schweren Herzens einsehen müssen, dass sie den Mann, dem ihre ganze Liebe gehörte, nicht bekommen konnte. Unter diesen Umständen jemand anders zu heiraten wäre dem Betreffenden gegenüber mehr als unfair. Das galt sogar für Raphael Locke, der es vielleicht gar nicht anders verdient hatte, wo er doch anscheinend mit Herzensangelegenheiten so leichtfertig umging.

»Warum glauben Sie mir eigentlich nicht, dass ich Sie zur Frau haben möchte?«, fragte Raphael in ihr Schweigen hinein.

»Weil ich Augen im Kopf habe, Rafe«, antwortete Sabrina nun etwas verlegen.

Damit wollte sie auf unverfängliche Weise auf ihr unspektakuläres Aussehen anspielen. Doch er ging nicht darauf ein. »Sie sind einfach wunderbar. Und das sage ich nicht nur so dahin. Lieber möchte ich eine Frau heiraten, in deren Gegenwart ich mich wohl fühle, als irgendeine eingebildete Gans, die den ganzen Tag vor dem Spiegel verbringt.«

Sabrina lachte. »Nun, ich muss zugeben, dass ich für Spiegel nicht besonders viel übrig habe. Aber selbst wenn ich Sie ernst nehmen könnte, müsste ich Ihnen mit nein antworten.«

»Ich wüsste doch zu gerne, warum.«

Wie sollte sie ihm darauf wahrheitsgetreu antworten, ohne dabei ihr tiefstes Inneres vor ihm auszubreiten? Es war einfach unmöglich, ihm den wahren Grund zu nennen, weshalb sie seinen Antrag ablehnen musste. Aber sagte man nicht, Angriff sei die beste Verteidigung? Sie würde den Spieß einfach umdrehen.

»Besonders bestürzt scheinen Sie über meine Ablehnung ja nicht zu sein. Das beweist doch, dass Sie mich gar nicht wirklich lieben.«

»Sie haben Recht. Aber ich mag Sie sehr gerne und ich bin überzeugt, unsere Liebe würde innerhalb kürzester Zeit aufblühen.«

Sabrina atmete tief durch. »Nennen Sie mir einen triftigen Grund, warum Sie sich auf eine so unsichere Sache einlassen wollen, anstatt sich ganz einfach eines schönen Tages in ein nettes Mädchen zu verlieben und dann in der üblichen Reihenfolge vorzugehen. Ja, und warum wollen Sie denn in Ihrem grünen Alter überhaupt schon heiraten? Noch dazu, wo Sie noch nicht einmal verliebt sind!«

Daraufhin sah er sie mit einem Blick, der beinahe etwas verletzt wirkte, an und fragte: »Halten Sie es denn wirklich für ganz unmöglich, dass Sie lernen könnten, mich zu lieben?«

»Wenn Sie doch merken, dass ich keinerlei Interesse daran habe, Ihnen mein Herz zu schenken, müssen Sie dann nicht annehmen, dass mein Herz bereits vergeben ist?«

»Aha! Dachte ich mir's doch. Ich glaube, es wird Zeit, dass Sie mir verraten, wer der Glückliche ist. Wollen Sie mir nicht den Namen dieses beneidenswerten Menschen nennen?«

Der verletzte Ausdruck in Lord Lockes Gesicht war einem triumphierenden Lächeln gewichen, das Sabrina ärgerte.

»Langsam verstehe ich, was wirklich hinter Ihrem Antrag steckt. Sie wussten, dass ich nein sagen würde, und hofften, dass ich dann vor lauter schlechtem Gewissen zerknirscht eine Beichte ablege und Sie ins Vertrauen ziehe –«

»Sachte, sachte. Sagen Sie jetzt nichts, was uns noch beiden Leid tun könnte. Nein, ich hoffe lediglich, dass zwei Menschen, die ich aufrichtig schätze, endlich die Augen öffnen und sich eingestehen, was sie einander bedeuten – bevor es zu spät ist.«

Raphael Locke konnte auch ernst sein, wie Sabrina jetzt bemerkte. Ausnahmsweise spielte er einmal nicht die Rolle des ironischen Spötters. Und diese Ernsthaftigkeit ließ ihn noch attraktiver wirken, als er es ohnehin schon war. Sabrina hingegen hatte in diesem Augenblick ganz andere Sorgen.

»Und von welchen beiden Menschen ist hier die Rede?«, fragte sie misstrauisch.

»Von Ihnen natürlich. Und von dem begriffsstutzigen Hochlandschotten«, antwortete Rafe ohne Umschweife.

Sabrinas lief feuerrot an. Großer Gott, wie hatte er nur ihre Gefühle erraten können, wo sie sie doch selbst erst vor wenigen Stunden als das erkannt hatte, was sie waren? War sie denn so leicht zu durchschauen? Hatte sie Duncan mit ihren Blicken vielleicht allzu sehnsuchtsvoll verfolgt? Wie unendlich peinlich das wäre! Oder lag es nur daran, dass sie so viel Zeit in Duncans Nähe verbracht hatte? Ja, genau so musste es sein. Dann hatte Raphael wahrscheinlich nur geraten und dabei eher unabsichtlich ins Schwarze getroffen. Doch sie würde ihm nicht den Gefallen tun, ihm zu sagen, dass seine Vermutung, wenigstens was ihre Gefühle für Duncan betraf, genau richtig war. Auf Raphael Lockes vieldeutiges »Aha!« konnte sie gerne verzichten.

»Da haben Sie sich leider geirrt«, erwiderte sie deshalb ein wenig schnippisch. »Duncan und ich sind einfach nur Freunde.«

Nun war es an ihm, verächtlich zu schnauben. Er schien ihr einfach nicht glauben zu wollen. Sie musste ihm die Sache wohl noch genauer erklären. Anscheinend machte er sich ganz falsche Vorstellungen, zumindest was Duncans Gefühle für sie betraf. Und was sie selbst für Duncan empfand, zählte ja wohl kaum, wenn ihre Liebe nicht erwidert wurde.

»Wie Sie auf diese sonderbare Idee kommen konnten, ist mir völlig schleierhaft«, sagte Sabrina nun. »Duncan wollte sogar meinen Rat, weil es ihm so schwer fällt, sich auf diesem Fest für eine Frau zu entscheiden. Ich würde ihm gern Ihre Schwester empfehlen. Wenn Sie Duncan, wie Sie sagen, tatsächlich mögen, müsste Ihnen das doch entgegenkommen.«

Raphael lachte leise vor sich hin. »Das Problem ist nur, ich kann ihn so gut leiden, dass ich ihm meine Schwester keinesfalls an den Hals wünsche. Sie würde ihn innerhalb kürzester Zeit in den Wahnsinn treiben.«

Sabrina runzelte ungläubig die Stirn. »Unsinn! Sie beten Ihre Schwester doch an. Amanda ist ja auch eine wirklich bezaubernde Frau. Und wenn sie ihren Bräutigam eines Tages tatsächlich um dem Verstand bringen sollte, sind Sie mit Ihren ständigen Streichen und Sticheleien daran bestimmt nicht ganz unschuldig.«

Raphael lächelte. »Schon möglich. Aber ich glaube, wir sind ein wenig von unserem eigentlichen Thema abgeschweift. Übrigens tanzt Duncan sogar gerade mit Mandy.« Einen Augenblick lang beobachteten Sabrina und Raphael das schöne Paar, das sich elegant über die gut gefüllte Tanzfläche bewegte. »Glauben Sie einem Mann, der über die entsprechende Erfahrung verfügt, meine Liebe. Duncan interessiert sich nicht im Geringsten für meine kleine Schwester«, konstatierte Lord Locke schließlich nüchtern.

»Und wie kommen Sie dann darauf, dass gerade ich ihm gefallen könnte?«

»Vielleicht weil er nach Ihnen sucht, wenn Sie nicht an seiner Seite sind. Oder weil er mich schon die ganze Zeit, seit ich mit Ihnen tanze, so finster anstarrt. Und außerdem ist auch Lady Ophelia wieder auf Summers Glade, obwohl sie gar nicht hier sein sollte. Sicher durfte sie nur deshalb wieder einen Fuß über die Schwelle dieses Hauses setzen, weil Duncan es nicht ertragen hat, dass Sie sonst auch nicht in seiner Nähe sein könnten.«

Sabrina starrte Rafe einen Augenblick lang verwirrt an. Wie kam er nur auf all diese abstrusen Gedanken? Schließlich seufzte sie.

»Sie haben Duncan gründlich missverstanden. Aber Sie kennen ja auch die Zusammenhänge nicht alle.«

»Als da wären?«

»Nun, zum einen ist mir nicht entgangen, wie ich auf manche Menschen wirke. Ich bin mir dessen sehr bewusst, ja ich bemühe mich sogar mit voller Absicht darum.«

Nun war es an Rafe, verwirrt dreinzuschauen. »Ich glaube, ich verstehe Sie nicht ganz. Von welcher Art von Wirkung sprechen Sie?«

»Viele Leute fühlen sich in meiner Gegenwart einfach wohl. Ob sie angespannt, entmutigt oder auch richtig verärgert sind – ich bringe es irgendwie fertig, sie mit meinen Scherzen und meinem Geplauder, manchmal mit kleinen Albernheiten oder auch nur einem Lachen zum richtigen Zeitpunkt aus ihrer dunklen Stimmung zu reißen. Sie glauben ja gar nicht, wie segensreich ein wenig Fröhlichkeit wirken kann. Aber Duncan ist ein schwieriger Fall. Er sieht alles schwarz, weil er eigentlich gar nicht hier sein möchte. Dass seine beiden Großväter ihn ständig bedrängen, er solle sich endlich für eine Frau entscheiden, macht die Sache auch nicht besser. Und um ehrlich zu sein …« Jetzt flüsterte sie. »Ich glaube, er kann Lord Neville nicht ausstehen. Es steht mir nicht zu, Duncan nach seinen Gründen dafür zu fragen. Aber ich schließe das aus ein paar Bemerkungen, die er gemacht hat.«

»Und was wollen Sie nun mit all dem sagen?«

Sabrina verdrehte mit gespielter Verzweiflung die Augen. »Großer Gott, Sie wissen doch längst, worauf ich hinauswill. Duncan ist zur Zeit einfach chronisch verärgert oder wenigstens missgestimmt, und es gelingt mir eben, ihn immer wieder aus seinen düsteren Grübeleien zu reißen. Das ist alles. Würden Sie sich denn nicht auch an jemanden halten, der Sie für eine Weile Ihr Schicksal vergessen lässt, bevor Sie am nächsten Morgen das Schafott besteigen müssen?«

Das brachte Rafe zum Lachen. »Touché. Sie haben Recht. Ich würde Sie mir sofort einpacken lassen und Sie mit nach Hause nehmen.«

Sabrina schmunzelte. »Sehen Sie, so weit muss Duncan gar nicht gehen, denn ich wohne ja direkt in der Nachbarschaft. Er weiß, dass er jederzeit zu mir kommen kann, wenn er eine Aufmunterung braucht.«

»Das würde aber bedeuten, dass Sie ihm auch in Zukunft ständig zur Verfügung stehen. Aber was, wenn Sie eines Tages selbst heiraten und dann diese schöne Gegend verlassen? Ob er wohl daran schon gedacht hat?«

»Aber warum sollte er? Höchstwahrscheinlich werde ich in die Fußstapfen meiner Tanten treten und ledig bleiben.«

»Gott, was für eine unverzeihliche Verschwendung das wäre!«, rief Raphael mit gespielter Bestürzung aus. Doch dann wurde er wieder ernst. »Sie glauben doch nicht wirklich, dass die dummen alten Geschichten jemanden davon abhalten werden, Sie zu heiraten, wenn es ihm damit wirklich ernst ist?«

»Der leidige Skandal ist tatsächlich ein Hindernis. Und das wissen Sie sehr gut. Die meisten Ehen, die in unseren Kreisen geschlossen werden, haben doch nur den Zweck, den Fortbestand der Familie zu sichern und gesunde Erben hervorzubringen. Und bisher ist noch fast jeder, der sich ein wenig mit meiner Familiengeschichte befasst hat, zu dem Schluss gekommen, dass ich gar nicht lange genug leben werde, um überhaupt Kinder in die Welt setzen und großziehen zu können.«

Das ließ Raphael nicht gelten. »Sie wissen so gut wie ich, dass Sie keinerlei Absicht haben, sich eigenhändig den Garaus zu machen. Und jeder, der auch nur einen Funken Verstand besitzt, wird derselben Meinung sein. Ihre Lebenslust und Fröhlichkeit sind Ihnen doch schon von weitem anzusehen. Schwermütigkeit gehört weiß Gott nicht zu Ihren herausragenden Charakterzügen, meine Liebe.«

Sabrina sah unschuldig lächelnd zu ihm auf. »Da mögen Sie wohl Recht haben. Doch was bringt Sie auf den Gedanken, dass außer uns beiden noch irgendjemand anders einen Funken Verstand besitzen könnte?«

Darüber lachte er herzlich. »Zugegeben, bei genauerer Betrachtung muss ich Ihnen Recht geben. Aber nehmen wir doch einfach einmal an, wir tun nur so, als wenn wir beide heiraten wollten. Was denken Sie? Wie würde Duncan darauf reagieren?«

»Ich denke, er wäre der Erste, der mir gratulieren und von Herzen Glück wünschen würde.«

Raphael schüttelte energisch den Kopf. »Da bin ich ganz anderer Meinung. Ich glaube, die Eifersucht würde ihn um den Verstand bringen. Aber vielleicht ist das ja schon geschehen. Er wirft mir schon seit geraumer Zeit jede Menge mordlustige Blicke zu, nur weil ich mit Ihnen tanze. Aber wollen Sie denn nicht einen Versuch wagen und wirklich herausfinden, was er täte, wenn er glauben müsste, wir beide seien verlobt?«

»Sie verzeihen, aber das ist nun wirklich die wahnwitzigste Schnapsidee, die Sie mir gegenüber bislang geäußert haben. Langsam mache ich mir echte Sorgen um Sie. Können Sie denn an nichts anderes mehr denken? Eifersucht gibt es schließlich nicht nur unter Liebenden, sondern auch unter Freunden. Oder haben Sie noch nie erlebt, dass ein guter Freund plötzlich keine Zeit mehr für Sie hatte und gleichwohl die Gesellschaft anderer Leute suchte? Wenn Sie dieses Verhalten eifersüchtig machte, war dann etwa Liebe im Spiel? Ganz im Gegenteil! Neid nimmt eben auch manchmal die sonderbarsten Formen an.«

»Ja, ja, ja«, antwortete Raphael ungeduldig. »Aber muss man denn immer so vernünftig sein? Warum versuchen wir es nicht einfach einmal? Wir gönnen uns einen harmlosen Spaß und überraschen die staunende Versammlung mit unseren Eheplänen. Ich glaube kaum, dass wir dadurch unseren Ruf für alle Zeiten ruinieren würden. Und Sie können ja in ein paar Tagen verkünden, dass Sie es sich anders überlegt haben und mich doch nicht heiraten wollen.«

»Dagegen spricht, dass es vielleicht wider Erwarten tatsächlich irgendwo einen jungen Mann gibt, der gerne um meine Hand anhalten würde. Wenn er aber glauben muss, ich sei bereits mit Ihnen verlobt, wird er sich wahrscheinlich schnellstens anderweitig umsehen. Schließlich stehen wir nicht mehr am Anfang der Saison. Es ist zwar ziemlich unwahrscheinlich, dass es diesen unbekannten Verehrer tatsächlich gibt, doch ich könnte mich auch täuschen. Und dann würde ich wegen eines albernen Spaßes die einzige Chance auf eine Heirat verspielen, die ich in meinem Leben je haben werde.«

Seufzend führte Raphael Locke Sabrina von der Tanzfläche. An Sturheit stand sie dem jungen schottischen Dickschädel in nichts nach. Zu dieser Überzeugung war Rafe im Laufe dieses Gespräches gelangt. Gleichwohl sagte er: »Lassen Sie sich meinen Vorschlag durch den Kopf gehen, Sabrina. Ich halte eine solche Scheinverlobung wirklich für ein ganz harmloses, amüsantes Spiel. Wer weiß, welch positive Überraschungen sich daraus für Sie ergeben könnten.«

30

Sich den Vorschlag durch den Kopf gehen lassen? Seit einer geschlagenen Stunde dachte Sabrina an nichts anderes mehr. Was, wenn Raphael Recht hatte und Duncan nur selbst noch nicht wusste, dass er im Begriff war, sich in sie zu verlieben? Immerhin hatte er sie geküsst. Zugegeben, er war anschließend bestürzt und wohl auch ziemlich verlegen gewesen. Aber küsste ein Mann eine Frau tatsächlich auf diese Weise, wenn er nur eine harmlose Freundschaft im Sinn hatte?

Nachdem sie, fast ohne es zu merken, eine geschlagene Stunde lang ihren mädchenhaften Träumereien nachgehangen hatte, verbot Sabrina sich schließlich energisch, sich weiterhin solchen Hirngespinsten hinzugeben. Sie durfte keine falschen Hoffnungen in ihrem Herzen nähren. Es galt, einen kühlen Kopf zu bewahren und Duncans Kuss keine tiefere Bedeutung zuzumessen, als er tatsächlich haben konnte. Bald hatte sie sich endgültig gegen Lord Lockes abstruses Verwirrspiel entschieden, denn solchermaßen wollte sie Duncan auf keinen Fall hinters Licht führen. Aus Raphaels Mund hatte alles ganz logisch und einfach geklungen. Aber wer wusste denn schon, was man mit solch pikanten Spielchen anrichten konnte? Für Sabrinas Geschmack war der Ausgang eines solchen Unterfangens viel zu unsicher. Mit Herzensangelegenheiten trieb man keine Scherze.

Ophelia kurierte sie dann endgültig von jeder Versuchung, Raphaels Angebot anzunehmen.

»Ist dir schon aufgefallen, was er alles anstellt, nur um mich eifersüchtig zu machen?«, raunte sie Sabrina plötzlich ins Ohr. »Ich finde das im Grunde ja ziemlich albern. Aber das kann man einem Mann so nun wirklich nicht sagen. Und er würde den wahren Grund für sein Benehmen wohl auch niemals zugeben.«

Sabrina war heftig erschrocken. Ophelia hatte sich von hinten an sie herangeschlichen. Wie aus dem Nichts war urplötzlich ihre Stimme ertönt. Gerade hatte Sabrina noch über Raphaels Ausführungen zum Thema Eifersucht nachgesonnen, und jetzt redete auch noch Ophelia über dieses schreckliche Gefühl.

Verdutzt, wie sie war, frage Sabrina, ohne weiter nachzudenken: »Von wem sprichst du denn überhaupt?« Doch sie bereute diese Frage schon in der nächsten Sekunde, denn Ophelias Antwort darauf ließ sich unschwer erraten.

»Von unserem lieben Freund Duncan natürlich«, antwortete Ophelia mit einem scheinheiligen Grinsen. »Aber warum tust du denn jetzt so überrascht?«

Das war zwar gar nicht der Fall, doch Ophelia wollte es gerne so haben. »Du glaubst doch nicht etwa, er hat sich so ausgiebig mit dir beschäftigt, weil er wirklich an dir interessiert ist?« An dieser Stelle kicherte sie leise. »Ach, meine Liebe, ich hätte dich für klüger gehalten.«

»Aber das denke ich doch gar nicht«, antwortete Sabrina. Wie kam sie eigentlich dazu, sich zu verteidigen? Dazu gab es nun wahrhaftig keinen Grund. »Duncan und mich verbindet nur eine harmlose Freundschaft, nicht mehr und nicht weniger.«

»Dir mag es vielleicht so vorkommen. Doch das beweist lediglich, wie naiv du im Grunde bist. Ich sage dir, er tut nur so, als wolle er dein Freund sein, weil er hofft, dass ich ihn dann beachte.«

Sabrina war tief getroffen. Und sie hatte den Eindruck, dass Ophelia damit schon beinahe erreicht hatte, was sie wollte. Vielleicht entsprach Sabrina nicht gerade dem Idealbild einer Ehefrau, doch sie wollte gerne glauben, dass man ihre Freundschaft schätzte. Und nun behauptete dieses

Mädchen, Duncan benutze sie nur, um damit ein ganz anderes Ziel zu erreichen.

Tapfer schluckte Sabrina das lähmende Angstgefühl hinunter, das ihr plötzlich wie ein dicker Kloß in der Kehle saß und entgegnete: »Eine harmlose Freundschaft würde dich doch wohl kaum eifersüchtig machen, Ophelia. Oder etwa doch?«

»Natürlich nicht«, antwortete Ophelia ungeduldig. »Aber Duncan möchte gerne, dass ich denke, es steckt mehr dahinter. Oder ist dir das noch gar nicht aufgefallen?«

»Nein, in der Tat. So habe ich die Dinge bisher noch gar nicht betrachtet«, sagte Sabrina, die sich wieder etwas gefangen hatte, trocken. »Aber ich hoffe, deine Eifersucht verursacht dir keine allzu großen Qualen.«

Im ersten Moment wollte Ophelia auf Sabrinas Worte verärgert reagieren. Doch dann beschloss sie, gar nicht darauf einzugehen. Sie säuselte: »Ich wollte dir nur eine Enttäuschung ersparen, meine Teuerste. Es hätte ja sein können, dass du die Aufmerksamkeit, die Duncan dir gewidmet hat, ganz falsch verstanden hast. Aber da du ja sowieso nur dachtest, er sei dein Freund, wird es dich auch nicht weiter schmerzen, wenn er mich nun bald heiratet.«

»Aber ganz und gar nicht«, zwang Sabrina sich zu antworten. Am liebsten hätte sie noch hinzugefügt, *es täte mir nur schrecklich leid für ihn*. Doch sie schwieg.

»Wie schön!«, rief Ophelia mit gespielter Erleichterung aus. Dann setzte sie plötzlich einen nachdenklichen Blick auf. »Ich glaube, ich sollte Amanda Locke auch einen kleinen Hinweis geben. Denn auch mit ihr treibt Duncan sein durchsichtiges kleines Spiel. Das ist dir doch nicht etwa ebenfalls entgangen?« Auf diese Frage erwartete Ophelia keine Antwort von Sabrina. In einem Atemzug fuhr sie fort: »Amanda hat, im Gegensatz zu dir, natürlich allen Grund, Duncans gespieltes Interesse für echt zu halten. Wie sollte sie auch ahnen, dass er sich nur verstellt, um mich eifersüchtig zu machen?«

Sabrina hatte von Ophelias wie zufällig eingestreuten Beleidigungen langsam genug. Schließlich war sie nicht auf den Kopf gefallen und merkte genau, dass die Londonerin ihre Stiche gegen sie mit voller Absicht und Berechnung setzte. Offensichtlich hielt sie Sabrina für dumm oder arglos, als dass diese ihre boshaften Absichten durchschauen könnte.

»Ich weiß genau, worauf du hinauswillst«, entgegnete Sabrina knapp. »Und ich weiß auch, dass Amanda Locke all die Vorzüge zu bieten hat, die mir deiner Meinung nach fehlen. Aber hast du dir eigentlich schon einmal überlegt, dass Duncan vielleicht tatsächlich Interesse an Amanda haben könnte?«

Ophelia stieß ein kurzes, hochmütiges Lachen aus. »Ja, genau! Könnte! Aber es ist nicht so.«

»Da wäre ich mir an deiner Stelle nicht so sicher«, beharrte Sabrina.

Ophelia schüttelte nur mitleidig den Kopf. »Wie naiv du doch bist, meine Liebe. Aber du warst ja auch bei unserem Treffen im Gasthaus nicht dabei. Du hättest sehen sollen, wie Leid es Duncan tat, dass er unsere Verlobung gelöst hat. Aus jedem seiner Worte, ja sogar aus jeder seiner Gesten sprach sein Bedauern, dass wir nun in den Augen der Öffentlichkeit kein Paar mehr sind. Aber er wird das sicher bald in Ordnung bringen. Natürlich kämpft er noch mit seinem Stolz. Denn meine Bemerkungen müssen ihn wohl unglücklicherweise wirklich getroffen haben. Dafür will er mich noch ein klein wenig büßen lassen, bevor er sich mit mir versöhnt. Und der gute Kerl meint anscheinend tatsächlich, er könne mich strafen, indem er mich eifersüchtig macht. Welch ein absurder Gedanke! Damit wird er keinen Erfolg haben. Aber Hauptsache, er selbst glaubt, dass es funktioniert.«

Sabrinas Kehle war plötzlich wie ausgetrocknet. Sie musste sich heftig räuspern, bevor sie sagen konnte: »Und wenn

Duncan erreicht hat, was er will, bittet er dich dann wieder um deine Hand?«

»Genau das wird er tun. Ich weiß gar nicht, warum sich die Männer immer so viel auf ihren Stolz einbilden. Doch so ist es nun einmal, und warum sollte gerade Duncan eine Ausnahme sein? Es ist nur noch eine Frage der Zeit, teuerste Sabrina, bis wir wieder offiziell verlobt sind.«

»Bist dir wirklich ganz sicher, dass du dir da keine falschen Hoffnungen machst?«

Sabrina staunte einen Moment lang selbst darüber, dass sie diese Frage wirklich gestellt hatte. Immerhin sprach sie ja nicht mit irgendjemandem, sondern mit Ophelia Reid, der ungekrönten Königin der Ballsaison. Sie galt als schönste und begehrteste Debütantin der letzten Jahre.

Ophelia warf Sabrina für ihre Unverfrorenheit einen zornigen Blick zu, erklärte dann aber kühl: »Man muss es schon selbst erlebt haben, wie die Männer einen umwerben, um die Feinheiten dieses Spiels zu durchschauen. Wie soll ich das jemandem wie dir denn bloß erklären? Nun gut, ich werde es versuchen.« Bevor sie fortfuhr, legte Ophelia einen Augenblick lang ihren Finger an ihre Lippen, als dächte sie nach. Dann flüsterte sie: »Duncan hat mich im Gasthaus sehr leidenschaftlich geküsst. Dann erst stürmte er zurück auf die Straße. Wahrscheinlich wollte er ursprünglich seine Gefühle gar nicht auf so deutliche Weise offenbaren. Doch er konnte wohl einfach nicht anders. Zum Glück hat uns niemand dabei gesehen. Nicht auszudenken, was das für meinen guten Ruf bedeuten würde. Duncan wäre schlichtweg gezwungen, mich zu heiraten. Aber das würde ich nun wiederum nicht wollen. Deshalb habe ich auch bisher niemandem etwas davon erzählt – außer dir. Und das auch nur, weil du mich partout nicht verstehen willst. Siehst du jetzt, wie die Dinge wirklich liegen?«

Es war wohl die lange unterdrückte Wut, die nun aus Sabrina herausplatzte und sie in scharfem Ton sagen ließ:

»Erspar mir die Details. Ich glaube, ich komme ganz gut ohne deine Vorträge über die Feinheiten des Liebeswerbens zurecht.«

»Aber ganz und gar nicht«, schnurrte Ophelia. »Ich gebe doch gerne meinen Erfahrungsschatz an dich weiter. Ach, und habe ich dir schon gesagt, dass ich Duncan ständig dabei ertappe, wie er mich anschaut, wenn er glaubt, dass ich es nicht merke?«

»Das bedeutet wohl kaum –«, begann Sabrina.

»Ich war noch nicht fertig«, unterbrach Ophelia sie ruppig. Dann räusperte sie sich, um in ihrem süßesten Ton fortzufahren: »Seine Blicke, verbunden mit dem Kuss, den er mir geradezu aufgezwungen hat, sind mehr als ein Beweis für seine wahren Gefühle mir gegenüber. Dazu kommen dann noch seine Bemühungen, mich eifersüchtig zu machen. Siehst du jetzt endlich ein, dass er mich zurückhaben will? Er hat unsere Verlobung völlig überstürzt abgebrochen. Und genau das wollte ich ja ursprünglich auch. Jetzt bedauert Duncan diesen Schritt allerdings zutiefst und möchte ihn gerne rückgängig machen. Doch sein Stolz ist ihm dabei im Weg. Nur deshalb tut er so, als ob ihn auch andere Mädchen interessieren würden.«

»Wenn hier jemand so tut, als ob, Ophelia, dann bist du es. Hör doch endlich auf vorzugeben, dass du meine Freundin bist und nur mein Bestes im Sinn hast. Und vielleicht sollte *ich* dir jetzt einmal etwas sagen. Mich hat Duncan auch geküsst – nur bilde ich mir nicht ein, dass das irgendetwas zu bedeuten hat. Man hat mich auch schon darauf hingewiesen, dass er mich häufig anstarrt, aber ich bin nicht so dumm, daraus voreilige Schlüsse zu ziehen. Wahrscheinlich interessiert er sich tatsächlich für Amanda Locke. Denn wenn irgendeine junge Dame auf diesem Fest die passende Frau für ihn ist, dann mit Sicherheit sie. Und was uns beide angeht: Du hast dir nun wahrlich die größte Mühe gegeben, mir mit deinen kaum verhohlenen Unverschämtheiten zu zeigen, dass du keinerlei Zuneigung oder Achtung für mich empfindest. Also erspar mir in Zukunft deine ›freundschaftlichen‹ Belehrungen. Und überhaupt – bleib mir verdammt noch mal vom Leibe! Mehr habe ich dir nicht zu sagen.«

31

Noch nie in ihrem Leben hatte Sabrina etwas Derartiges getan. Es ging einfach gegen ihre Natur, mit anderen Menschen in der Art zu streiten, wie eben mit Ophelia. Das Gespräch mit der Londonerin hatte in Sabrina ganz unbekannte Gefühle, eine Mischung aus versengender Wut und tiefster Empörung ausgelöst. Ihr Ärger war so groß, dass sie am ganzen Leib zitterte. Kurz entschlossen ließ sie sich ihren Mantel bringen. Sie wollte nicht einmal mehr mit ihren Tanten reden. Es musste für diesmal reichen, wenn ihnen Mr. Jacobs mitteilte, dass ihre Nichte auf dem Heimweg sei. Doch noch ein anderes Gefühl ließ Sabrinas Wangen wie im Fieber glühen: abgrundtiefe Scham. Der innere Aufruhr, in dem sie sich befand, quälte sie schließlich so sehr, dass selbst das Warten auf die Kutsche ihr zu lange wurde. So rannte sie schließlich Hals über Kopf in die dunkle Nacht hinaus.

Wie hatte sie nur solche unglaublichen Dinge sagen können? Gleiches mit Gleichem zu vergelten war nie ihre Art gewesen, so verlockend das vielleicht auch gelegentlich erscheinen mochte. Ja, Ophelia verdiente tatsächlich jedes Wort, das Sabrina ihr an den Kopf geworfen hatte. Doch warum hatte sie sich überhaupt dazu hinreißen lassen, so gegen ihre innersten Überzeugungen und Prinzipien zu verstoßen?

Die kalte Schulter hätte sie Ophelia zeigen sollen. Durch eine solch deutliche Geste wäre wahrscheinlich selbst dieser heuchlerischen Schlange klar geworden, dass Sabrina ihre Bosheiten satt hatte und nichts mehr mit ihr zu tun haben wollte. Aber nein, sie hatte sich von ihrer Wut dazu hinreißen lassen, sich auf Ophelias Ebene hinabzubegeben.

Sabrina konnte sich nicht vorstellen, noch einmal nach Summers Glade zurückzukehren. Zumindest nicht, solange Ophelia dort war. Aber wie sollte sie das ihren Tanten erklären? Sie konnte ihnen natürlich erzählen, was vorgefallen war. Doch wahrscheinlich führte das nur zu noch mehr Verdruss. Hilary würde sich bestimmt Vorwürfe machen, weil ihre Freundschaft mit Ophelias Mutter die beiden Mädchen ja erst zusammengebracht hatte. Außerdem glaubte Hilary dann vielleicht, sie müsse Lady Mary über das abscheuliche Verhalten ihrer Tochter Bericht erstatten. Und das würde mit Sicherheit zu hässlichen Szenen zwischen Mutter und Tochter oder gar zwischen den beiden alten Freundinnen führen. Sabrina wollte ihrer Tante all diese Unannehmlichkeiten gerne ersparen und beschloss, den ganzen scheußlichen Vorfall für sich zu behalten.

Atemlos rannte sie weiter. Dabei klangen ihr, sosehr sie sich auch dagegen wehren mochte, Ophelias Worte im Ohr. Um wie viel lieber wollte sie Raphael glauben! Doch das fiel ihr immer schwerer. War Duncans Kuss im strömenden Regen denn tatsächlich so leidenschaftlich gewesen, oder bildete sie sich das am Ende nur ein? Sicher hatte nur der Sturm, der in diesem Moment erst richtig losgebrochen war, einen Augenblick lang den Eindruck von Leidenschaftlichkeit heraufbeschworen. Sabrina dachte an ihre Überraschung und an die zärtlichen Gefühle, die sie durchströmt hatten, als Duncan seine Lippen erst zart, dann immer heftiger auf die ihren gepresst hatte. Leidenschaft war dabei wohl nicht im Spiel gewesen. Ophelia hingegen behauptete, Duncan habe sie leidenschaftlich geküsst, obwohl er es eigentlich gar nicht gewollt hatte. Es musste also einfach so über ihn gekommen sein. Und das sagte doch wohl alles über seine wahren Gefühle aus.

Langsam wurde Sabrina sich immer sicherer, dass Ophelia wirklich Recht hatte. Er wollte Ophelia Reid zur Frau und war nur zu ärgerlich und zu verletzt, um es zuzugeben. Wie hätte es auch anders sein können? Die blonde Londonerin war nun einmal so schön, dass kein Mann ihr widerstehen konnte. Gleichzeitig glaubte Sabrina jedoch nicht, dass sie von Duncan nur benutzt worden war, um Ophelia eifersüchtig zu machen. Amanda vielleicht. Aber sie nicht. Ihre Freundschaft war echt. Daran bestand nicht der geringste Zweifel. So sehr konnte sie sich in Duncan unmöglich getäuscht haben. Das wollte sie schon ihrem eigenen Selbstwertgefühl zuliebe glauben.

Plötzlich fühlte Sabrina nur noch abgrundtiefen, bohrenden Schmerz. Die Erkenntnis, dass der Mann, den sie aus ganzem Herzen liebte, eine andere, die das noch nicht einmal verdient hatte, zur Frau nehmen würde, drohte ihr Herz zu zerreißen. Sie hatte geahnt, dass ihr so etwas eines Tages passieren würde. Und nun war es viel früher eingetreten als erwartet. Der Schmerz war viel größer, als sie es je für möglich gehalten hätte.

Die Tränen, die in Sabrinas Augen brannten, machten sie bald so blind, dass sie fast orientierungslos dahintaumelte. Erst als sie über eine Wurzel stolperte und beinahe gefallen wäre, hielt sie inne. Sabrina wischte sich mit der Hand über die Augen und sah sich um. Sie musste wie ein gehetztes Tier im Kreis gerannt sein, denn durch die kahlen Bäume hindurch konnte sie bereits wieder die Lichter von Summers Glade funkeln sehen. Und eine Kutsche fuhr von dort direkt auf sie zu.

»Was zum Teufel machst du denn hier?«, hörte sie Duncans Stimme vom Kutschbock herunter rufen. Schon war er herabgesprungen und schob sie, ohne ihre Antwort abzuwarten, ins Innere des Gefährts.

Dort war es still und dunkel. Duncan hatte sich auf den erstbesten Wagen geschwungen, den er ihm Hof entdeckt hatte. Mit dieser Kutsche hätte man Sabrina und ihre Tanten ohnehin bald nach Hause gebracht.

Duncan konnte Sabrinas Tränen nicht sehen, als er hinter ihr in die windgeschützte Kabine kletterte. Seine zweite Frage klang deshalb auch fast so ärgerlich wie seine erste. »Was ist denn so Schlimmes passiert, dass du einfach weggerannt bist?«

»Nichts.«

»Nichts? Und deshalb warst du so durcheinander, dass du nicht einmal auf die Kutsche warten konntest?«

»Ich gehe gerne zu Fuß –«

»Du bist gerannt!«

»Es ist kalt –«

»Schluss mit den Ausflüchten. Du wirst mir jetzt die Wahrheit sagen. Ich habe doch gesehen, wie Ophelia auf dich einredete. Was hat sie zu dir gesagt? Was hat sie dir angetan?«

»Ach, Duncan, ich möchte einfach nur noch nach Hause. Wenn du nicht willst, dass ich alleine gehe, dann bring mich hin.«

Diesmal hatte er sie lange genug sprechen lassen, um die Verzweiflung in ihrer zitternden Stimme zu hören. Seine Finger berührten ihre tränennasse Wange. Und schon schloss er sie in seine Arme und drückte sie so heftig an sich, dass er ihr fast den Atem nahm.

»Es tut mir so Leid, meine Kleine«, murmelte er in Sabrinas Haar. »Du brauchst nicht darüber zu reden, wenn du nicht willst. Was für ein ungehobelter, grober Rüpel ich doch bin.«

Das war er nicht. Zart tupfte er mit den Lippen die Tränen aus ihren Augenwinkeln und von ihren Wangen. Und von diesen zärtlichen Berührungen bis zu richtigen Küssen war der Weg nicht weit. Sabrina dachte keine Sekunde lang daran, Duncan zurückzustoßen. Nie im Leben könnte sie Duncans Küsse verschmähen. Ganz gleich, ob sie nun aus Zuneigung oder Freundschaft gegeben wurden oder auch aus …

Leidenschaft war ein überwältigendes Gefühl, das ebenso schnell von einem Menschen Besitz ergreifen konnte wie Wut. Im Inneren der Kutsche herrschte so tiefe Dunkelheit, dass man nicht die Hand vor Augen sehen konnte. Umso geschärfter waren Sabrinas andere Sinne. Und dem, was sie nun auf ihrer prickelnden Haut spürte und im Innersten aufwallen fühlte, konnte sie sich nur widerstandslos hingeben.

Sabrina wollte sich auch gar nicht dagegen wehren. Sie wusste sehr gut, was jetzt geschehen konnte. Ja, eigentlich geschah es ja bereits – und sie wollte es so. Ob es nun richtig oder falsch war, es kümmerte sie nicht, denn ihre Entscheidung, dass sie niemals heiraten würde, stand inzwischen endgültig fest. Jetzt ließ der Mann, den sie liebte, sie einen kurzen Moment lang erahnen, was es bedeuten würde, seine Frau zu sein. Wer konnte da verlangen, dass sie freiwillig darauf verzichtete? Sie wollte freudig alles nehmen, was er ihr gab. Dazu gehörten auch diese kurzen, gestohlenen Augenblicke voller Leidenschaft, die Erfüllung all ihrer Träume.

Ja, eine Zeitlang wollte es Sabrina wirklich scheinen, als träume sie. Etwas so Wunderbares konnte unmöglich Wirklichkeit sein. Doch ganz gleich, ob Traum oder Realität, sie musste ihr Glück auskosten, solange es anhielt. Das war alles, woran sie in diesem Augenblick dachte.

Ihr Haar hatte sich bereits gelöst, als sie über Stock und Stein geeilt war. Und jetzt flocht Duncan seine Finger in die wirren Strähnen. Er zog ihr Gesicht dicht zu sich heran und presste seine fordernden Lippen auf ihren Mund. Seine Zunge spielte erst sanft, dann immer drängender mit Sabrinas Sinnen. Ein Spiel, an dem sie schnell Gefallen fand. Bald schien es, als wolle Duncan sie verschlingen, doch Sabrina schreckte nicht vor der Heftigkeit seiner Küsse zurück. Sie drängte sich an ihn und sog all die verwirrenden und aufregenden Gefühle, die er in ihr weckte, in sich auf.

Das Atmen fiel ihr schwer, denn was hier mit ihr geschah, war einfach zu überwältigend schön, um dabei an etwas so Nebensächliches wie das Luftholen zu denken. Ab und an musste sie aber doch hastig ein paar Atemzüge tun. Das wurde ihr etwas leichter, als Duncans Lippen begannen, ihre Kehle zu liebkosen. Doch ließen die ganz neuen und völlig ungeahnten Gefühle, die Duncan damit in ihr auslöste, Sabrina bald noch schwerer atmen. Wohlige Schauer begannen ihr über den ganzen Körper zu rinnen.

Duncan schob ihren Mantel, den sie bei ihrer überstürzten Flucht aus dem Herrenhaus erst gar nicht zugeknöpft hatte, auseinander. Seine Lippen arbeiteten sich unendlich langsam an ihrem Hals hinab. Sein heißer Atem berauschte dabei zunehmend Sabrinas Sinne. Groß wie er war, machte es ihm jedoch Schwierigkeiten, die Stelle zu erreichen, auf die er zustrebte. Sabrina überraschte es deshalb auch nicht weiter, als sie spürte, wie er von der Sitzbank glitt, um vor ihr niederzuknien.

Seine Küsse zeichneten jetzt den Ausschnitt ihres schlichten Kleides nach, das im Gegensatz zu einem Ballkleid nur sehr zurückhaltend dekolletiert war. So kam er ihren Brüsten zwar nicht allzu nahe, aber Sabrina glaubte dennoch, unter der Berührung seiner Lippen vergehen zu müssen. Zum ersten Mal wurde sie an dieser Stelle geküsst. Ja, eigentlich waren die Küsse eines Mannes überhaupt etwas ganz Neues für sie.

Ihre Hände lagen auf Duncans Schultern, griffen zögernd in sein Haar und fielen dann wieder auf seine Schultern zurück. Sie wusste nicht recht, wohin mit ihnen. Eigentlich wollte sie sich nur an ihm festklammern und ihn noch näher zu sich heran ziehen.

Langsam wurde es ziemlich warm in der dunklen Kutsche. Auch Duncan musste das bemerkt haben, denn er begann, Sabrina den Mantel auszuziehen. Als er ihr aus dem lästigen Kleidungsstück geholfen hatte, warf er auch seinen eigenen dicken Mantel ab. Doch es war noch immer viel zu heiß. Die langen Ärmel und der dicke Stoff von Sabrinas Kleid hatten in dieser kalten Jahreszeit durchaus ihre Berechtigung. Doch nun glaubte sie, darin ersticken zu müssen. So war sie ihm geradezu dankbar, als er ihr auch das Kleid auszog – und gleich darauf aus seinem Hemd schlüpfte.

Himmel, was hätte sie jetzt für eine Kerze oder auch nur ein wenig Mondlicht gegeben! Doch nicht der kleinste Lichtstrahl durchbrach die samtschwarze Dunkelheit, die sie umfing. Sabrina hatte schon manchmal die steinerne Brust marmorner Statuen betrachtet, wie wohlhabende Engländer sich gerne in ihren Gärten aufstellten. Doch jetzt spürte sie die warme Haut eines lebendigen Mannes unter ihren Fingerspitzen. Wie gerne wollte sie auch sehen können, was sie fühlte.

Duncan musste es wohl ähnlich gehen. Denn er benutzte seine Hände, um sich eine Vorstellung von ihrem Körper zu verschaffen. Und diese Hände waren überall. Er strich an ihren Armen entlang, über ihre Schultern, ihren Hals und ihre Brust.

Überrascht hielt Sabrina einen Moment lang die Luft an, als er gleich darauf beide Hände auf ihre Brüste legte. Nur der dünne Stoff ihres Leibchens lag noch zwischen ihr und Duncans liebkosenden Handflächen. Doch seine Finger strahlten eine so große Hitze aus und sein Griff wurde bald so fordernd, dass Sabrina fast das Gefühl hatte, nackt zu sein. Schon presste Duncan seinen Mund wieder auf ihren. Gleichzeitig massierten seine Hände unablässig ihre vollen Brüste. Sabrina spürte, wie eine mächtige heiße Welle sie erfasste und mit sich trug. Die Hitze breitete sich in ihrem Inneren aus und erfüllte bald jeden Winkel ihres Körpers. Mit einem langen, lustvollen Seufzer verschaffte sie sich Luft. Aber verglichen mit dem, was noch kommen sollte, war das nur ein kleiner Vorgeschmack dessen, was ihr noch an neuen, aufregenden Gefühlen bevorstand. Denn schon fühlte Sabrina sich ganz von Duncans starken Armen umschlungen und hochgehoben. Sanft legte er sie dann auf die Sitzbank der Kutsche. Sofort machte er sich daran, Sabrina zu zeigen, welche Genüsse die Liebe noch für sie bereithielt.

Der Wagen war für eine Kutsche sehr geräumig und überaus luxuriös ausgestattet. Schließlich handelte es sich um das private Fahrzeug des Marquis, das auf den Türen weithin sichtbar sein Wappen trug. Die breiten Bänke waren gut gepolstert und mit weichem Samt bezogen. Glasscheiben in den Fensteröffnungen hielten die Kälte ab. So glich das Innere des Wagens einem richtigen kleinen Zimmer – mit sehr schmalen Betten. Trotz seiner bequemen Ausstattung hätte Sabrina sich diesen Ort nicht ausgesucht, um dort ihre Jungfräulichkeit zu verlieren. Aber hatte sie denn eine andere Wahl? Was jetzt geschah, geschah aus dem Augenblick heraus und nicht nach langer, sorgfältiger Planung.

Tief in ihrem Inneren fühlte Sabrina in diesen Minuten nur eine einzige Angst – dass Duncan plötzlich aufhören könnte, all diese wunderbaren Dinge mit ihr zu tun. Wie schrecklich, wenn er wie aus heiterem Himmel wieder zur Vernunft kommen würde! Nur zu gut erinnerte Sabrina sich an Duncans Verlegenheit und an seine ernüchternden Worte nach dem Kuss am Vormittag. Aber vielleicht wachte sie auch einfach bald auf und merkte, dass sie alles nur geträumt hatte. Diese Angst stachelte die Gefühle, die Sabrina in sich spürte, nur noch heftiger an. Einerseits wollte sie ganz in Ruhe all das in sich aufnehmen, was sie an Unglaublichem und Neuem erlebte. Andererseits aber wollte sie vorwärts drängen, damit sie auch wirklich alles bekam, was Duncan zu geben hatte.

Wenn er nur einfach gesagt hätte: »Ich werde jetzt mit dir schlafen«, hätte sie sich entspannt zurücklegen und jede Sekunde genießen können. Doch vielleicht hatte er auch nur einem ganz spontanen Gefühl nachgegeben, das ebenso schnell wieder verebben konnte, wie es gekommen war. Sabrina durfte ihm keine Chance geben, darüber nachzudenken. Doch in ihrer Unerfahrenheit wusste sie nicht, wie sie ihn dazu ermutigen konnte, einfach zu vollenden, was er begonnen hatte. Ihn direkt darum zu bitten kam überhaupt nicht in Frage. Schon ein einziges Wort von ihr konnte den Zauber, der sie beide einhüllte, zerstören und Duncan schlagartig in die Realität zurückholen. Dann würde die grausame Wirklichkeit Sabrina selbst dieses kurze Glück rauben.

Noch immer fuhren Duncans Hände über ihren Körper, wie um sich ein Bild von ihr zu erschaffen. Sie umspannten erst ihre Taille, dann ihre Hüfte. Bald glitten sie an ihren Schenkeln entlang nach unten. Auf ihrem Weg zurück nach oben verfingen sie sich in ihren Unterröcken. Er schob ihr die seidenen Hüllen bis zur Hüfte hoch. Doch das merkte Sabrina kaum, denn zu überwältigend war das Gefühl seiner heißen Handflächen direkt auf ihrer Haut. Wie ein Bildhauer schien er ihre Schenkel, ihre Waden und Kniekehlen modellieren zu wollen. Er zog ihr sogar die Schuhe aus und massierte sanft ihre Füße. Keinen Winkel ihres Körpers ließ er aus. Dabei waren seine Hände viel forscher als die ihren, mit denen sie zaghaft und etwas unbeholfen seine Zärtlichkeiten erwiderte.

Einen Moment lang fragte sie sich, ob seine Unerschrockenheit für Hochlandschotten typisch war. Welch ein dummer Gedanke! Engländer konnten wahrscheinlich genauso kühn sein. Allerdings waren nicht wenige von ihnen dermaßen steif und auf die korrekte Etikette bedacht, dass sie wahrscheinlich um Erlaubnis baten, bevor sie ein Knie küssten oder auch nur berührten, oder …

Es geschah ganz überraschend. Nie hätte Sabrina erraten, wo Duncan sie nun als Nächstes berührte. Plötzlich lag seine Hand einfach an der Stelle, drückte heiß und schwer auf den

Hügel zwischen ihren Beinen, rieb und streichelte. Zugleich bedeckte er ihren Mund mit leidenschaftlichen Küssen. Er erstickte ihre Seufzer mit seinen fordernden Lippen. Erwartete er vielleicht Protest? Nein, nie hätte sie angesichts der Gefühle, die sie jetzt durchströmten, protestieren können! Sabrina hatte nicht geglaubt, dass eine Steigerung der zuvor erlebten Wonnen noch möglich war. Doch die heiße Leidenschaft, die Duncan nun in ihr entfachte, übertraf alles bisher Erlebte.

Duncan schien keine Eile zu haben. Unendlich dehnte er seine gewagten Liebkosungen und Zärtlichkeiten aus. Die Angst, dass doch noch alles in einem plötzlichen Anfall von Ernüchterung enden könnte, versetzte Sabrina in höchste Anspannung. So war sie überglücklich, als Duncan endlich wieder bei ihr auf der Bank lag und mit seiner Gegenwart all ihre Sinne füllte. Sein herber männlicher Geruch war so anders als der Duft nach Rosenwasser und Puder, der einen Haushalt durchwehte, in dem nur Frauen lebten. Wie aufregend seine straffe Haut und das störrische Haar auf seiner Brust sich unter ihren Fingern anfühlten! Und wie unglaublich groß und muskulös er war! Sabrina fühlte sich plötzlich sehr zerbrechlich, zart und klein, aber auch sehr weiblich. Dann spürte sie, wie sein Körper anhob, den ihren zu bedecken. Sie war erstaunt über diese massige Schwere, genoss atemlos die Schauer, die die Berührung seiner Haut über ihre Haut jagte, und öffnete sich der samtenen Härte, die sie auszufüllen begann, dem …

Sie schrie auf – weniger vor Schmerz als vor Überraschung. Doch schon bedeckte Duncan, als wolle er sie um Vergebung bitten, ihr Gesicht mit den zärtlichsten Küssen. Dabei murmelte er leise Schwüre, dass der Schmerz nun einmal nicht zu vermeiden sei, sie ihn aber nur ein einziges Mal ertragen müsse.

Sabrina vertraute ihm blind. Denn bald spürte sie nur noch, wie er sie allmählich ganz und gar ausfüllte. Sie empfand tiefes Glück. Als Duncan sich vorsichtig in ihr bewegte, seufzte sie vor Wonne. Und schon wurde Sabrina von ungeahnt heftigen und überwältigenden Sinnestaumeln mitgerissen. Sie überließ sich diesen Empfindungen mit Haut und Haar und wurde unaufhaltsam einem atemberaubenden Höhepunkt entgegengetragen. Dieser Gipfel war so unglaublich beglückend und gleichzeitig so schockierend schön, dass sie gar nicht fassen konnte, was mit ihr geschah.

Dann küsste Duncan sie wieder zärtlich. Auch er hatte fast zur gleichen Zeit wie sie den Gipfel ihrer gemeinsamen Leidenschaft erreicht, doch Sabrina war von ihren eigenen lustvollen Gefühlen so überwältigt gewesen, dass sie Duncans jähes Aufbäumen, das seinen Höhepunkt begleitete, kaum bemerkt hatte. Würde sie sich nun, da alles vorüber war, vor ihm schämen? Nein, sie merkte nur, wie eine unsägliche Müdigkeit und Schwere von ihr Besitz ergriff. Einzig seine Küsse hielten sie noch wach.

Zum Glück half Duncan ihr beim Ankleiden, denn sie hatte Mühe ihre Augen offen zu halten. Jetzt spürte sie die Auswirkungen dieses langen Tages, der so voller unerwarteter Ereignisse gewesen war. Wie viele überraschende, schockierende, aufregende und einfach wunderbare Augenblicke hatte sie heute erlebt! Einen schöneren Tag hatte es in ihrem Leben noch nie gegeben, und nun war sie zu müde, um ihn noch länger zu genießen.

Dieses Mal entschuldigte Duncan sich nicht dafür, was er getan hatte. »Wir werden morgen miteinander reden«, sagte er leise. Dann ließ er Sabrina im Inneren der Kutsche allein, um wieder auf den Kutschbock zu klettern. Sie schaffte es nur mit größter Mühe, die wenigen Minuten, die die Fahrt bis zu ihr nach Hause dauerte, wach zu überstehen.

Duncan brachte sie noch bis zur Tür, wo er sie ein letztes Mal sanft küsste und ihr eine gute Nacht wünschte. Sabrinas Tanten waren noch nicht zu Hause. Sicher wollten sie den festlichen Abend auf Summers Glade bis zur letzten Minute auskosten. Der Schlaf überwältigte Sabrina noch fast, bevor ihr Kopf auf ihr Kissen gesunken war. Wie es ihr überhaupt gelungen war, noch bis zu ihrem Bett zu gelangen, würde ihr immer ein Rätsel bleiben.

32

Sabrina erwachte mit einem seligen Lächeln auf den Lippen. Doch statt wie sonst aus dem Bett zu springen und den Tag zu begrüßen, blieb sie still in ihren Kissen liegen. Sie öffnete ihre Augen nicht gleich, denn sie wollte ihren letzten Traum noch eine Weile festhalten. Dass sie in Duncan MacTavishs Armen lag, musste sie einfach geträumt haben. Dieses Gefühl war nun einmal zu märchenhaft schön, um wahr zu sein. Sabrina schwebte eine Zeit lang zwischen Wachen und Träumen, bis sie sich endlich dazu durchrang, unter halb geschlossenen Lidern hervorzuspähen, und ihr schläfriger Blick auf ihre Kleider fiel, die sie unachtsam zu Boden hatte fallen lassen. Ganz zuoberst lag einer ihrer Unterröcke. Wie waren die Blutflecken auf den schneeweißen Stoff gelangt?

Sabrina war schlagartig hellwach. Sie setzte sich in ihrem Bett auf und versuchte, all die verwirrenden Gedanken, die ihr plötzlich durch den Kopf wirbelten, zu ordnen. Langsam kehrte die Erinnerung an all die unglaublichen Dinge, die in der letzten Nacht geschehen waren, in allen Einzelheiten zurück. Und mit der Erinnerung durchrieselte Sabrina ein unsägliches Glücksgefühl. Ein Klopfen an ihrer Tür riss sie jäh aus ihren Tagträumen. Das musste die Zofe sein, die schon seit Sabrinas früher Kindheit Hilary und Alice tagtäglich beim Ankleiden zur Hand ging und gelegentlich auch nach Sabrina sah. Sabrina gelang es gerade noch, in aller Hast den verräterischen Unterrock zu verbergen, bevor die Tür zu ihrem Zimmer aufgestoßen wurde.

Wie Sabrina es schaffte, das Ankleiden zu überstehen und später wie an jedem Tag zu ihren Tanten nach unten zu gehen, ohne dabei laut zu jubeln, war ihr selbst ein Rätsel. Ihr Leben hatte sich verändert, nichts war mehr wie zuvor. Sie glaubte vor Glück bersten zu müssen. Am liebsten hätte Sabrina laut in die Welt hinausgerufen, wie großartig sie sich fühlte. Sie wünschte sich, all diese wunderbaren Gefühle mit ihren Tanten teilen zu können, die immer so besorgt um ihre Nichte waren. Doch dazu hätte sie erzählen müssen, was mit ihr geschehen war, und das war völlig ausgeschlossen. Vielleicht würden ihre Tanten sie sogar verstehen – um gleich darauf in helle Aufregung zu geraten. Sabrina traute ihnen ohne weiteres zu, dass sie dann unverzüglich mit den Hochzeitsvorbereitungen begannen. Somit stand also fest, dass Sabrina wenigstens im Moment noch schweigen musste.

Duncan hatte schließlich noch nicht um ihre Hand angehalten. Doch hatte er nicht gesagt, er wolle heute Morgen mit ihr reden? Wahrscheinlich würde er sie bitten, seine Frau zu werden. Genau das erwartete Sabrina nun auch von ihm. Deshalb war sie so unsagbar glücklich. Gleichzeitig war sie entschlossen, ihn wissen zu lassen, dass er ihr gegenüber zu nichts verpflichtet war. Wenn er wirklich nur einem spontanen Impuls nachgegeben hatte, wollte sie ihn nicht dazu zwingen, sie zu heiraten, indem sie voreilig jemandem erzählte, was geschehen war. Ganz gleich, was auch passieren würde, sie bereute nichts. Warum auch, wo sie ihn doch liebte? Und wenn er sie zur Frau haben wollte, sollte das aus freien Stücken geschehen und nicht etwa, weil ihre Tanten es erbost von ihm forderten.

Sabrina hatte es an diesem Morgen sehr eilig, wieder nach Summers Glade zurückzukehren. Nie hätte sie geglaubt, dass sie sich so bald in das Haus, das sie am gestrigen Abend geradezu fluchtartig verlassen hatte, zurücksehnen würde. Sicher erwartete Duncan sie bereits voller Ungeduld.

Sabrina schob ihre verdutzten Tanten regelrecht zur Tür hinaus. Die Kutsche, die das Wappen des Marquis zierte, stand zum Glück schon bereit. Ein wenig eigenartig war Sabrina aber dann doch zumute. Da saß sie nun in demselben Gefährt, in dem in der letzten Nacht das Unbegreifliche geschehen war, und konnte ihre Erinnerungen mit niemandem teilen. Sie hoffte nur, dass ihre Tanten ihre glühenden Wangen nicht bemerkten.

Diesmal kamen die Lamberts pünktlich zu Beginn des Frühstücks auf Summers Glade an. Hilary und Alice ließen sich auch nicht lange bitten und widmeten sich unverzüglich dem Buffet. Sabrina verspürte wenig Hunger. Sie wollte lieber gleich nach Duncan suchen. Doch kaum war sie im Haus, stand auch schon Raphael Locke vor ihr. Natürlich konnte sie nicht einfach an ihm vorbeistürmen, als habe sie ihn nicht gesehen. Es blieb ihr also nichts anderes übrig, als ihre Ungeduld noch einen Augenblick lang zu bezähmen und ihm einen guten Morgen zu wünschen.

Am liebsten hätte sie ihm gleich gesagt, dass ihn sein Gefühl dafür, was Duncan für sie empfand, doch nicht getrogen hatte. Es war gar nicht mehr nötig gewesen, dass Duncan »die Augen aufmachte«, wie Raphael sich ausgedrückt hatte. Wahrscheinlich hatte er nur auf die passende Gelegenheit gewartet, um ihr zu zeigen, dass er an mehr als eine harmlose Freundschaft mit ihr dachte. Als sie so fluchtartig in die Nacht hinausgestürzt war, hatte sie ihm genau diese Gelegenheit gegeben. Daran konnte man wieder einmal deutlich sehen, wie wichtig ein zuverlässiger Begleiter, der über die Ehre einer jungen Dame wachte, doch war. Denn kaum ließ man so ein Mädchen mit dem Mann ihrer Träume allein, schon lief sie Gefahr, unwiderstehlichen Versuchungen zu begegnen. Und wohin so etwas führen konnte, wusste man ja.

Natürlich sagte Sabrina nichts von alledem. Sie war viel zu sehr damit beschäftigt, nach Duncan Ausschau zu halten, und hörte Raphael nur mit halbem Ohr zu. Erst nach und nach sickerten seine trockenen Kommentare und der eigenartige Ton, der in seiner Stimme lag, zu ihr durch. War es Missbilligung oder gar Abscheu? Sabrina zwang sich nun dazu, genauer hinzuhören.

»Diese Veranstaltung scheint ihren Zweck inzwischen voll und ganz erfüllt zu haben«, sagte Rafe gerade. »Ob das aber wirklich ein Grund zum Feiern ist, muss wohl jeder für sich selbst entscheiden. Aus meiner Sicht besteht jedenfalls kein Anlass zur Freude. Wenn jemand dumm genug ist, sich Hals über Kopf in eine eiskalte Schlange zu verlieben, ist das seine Sache. Aber dieses Unglück auch noch durch die Fortsetzung des Festes zu besiegeln, grenzt wirklich an Geschmacklosigkeit. Natürlich werden nun alle jungen Damen, die sich Chancen bei unserem Neuankömmling ausgerechnet hatten, tief enttäuscht sein. Das gilt auch für Sie, meine Liebe.«

Sabrina wurde nicht ganz schlau aus Raphaels angewidert hingeworfenen Ausführungen. Verwirrt fragte sie: »Wovon reden Sie denn eigentlich?«

»Ich rede von Ereignissen, die aus meiner Sicht alles andere als freudig sind.«

»Oh, haben Sie vielen Dank für diese umfassende Erklärung.«

»Üben Sie Nachsicht mit mir, teuerste Sabrina. Ich möchte wirklich nicht derjenige sein, der Ihnen die frohe Kunde überbringt«, sagte er seufzend und ging mit hängenden Schultern davon.

»Das war ja wirklich sehr aufschlussreich«, murmelte Sabrina kopfschüttelnd.

Sie wollte Rafe schon nachlaufen und eine Erklärung von ihm verlangen, da sah sie ihre Tante Hilary mit hochrotem Kopf aus dem Frühstückszimmer stürzen. Sofort erspähte sie ihre Nichte und eilte an deren Seite. »Ich kann es einfach nicht glauben!«, rief sie aus.

Sabrina erkannte sofort, dass die Zeichen bei ihrer Tante auf Sturm standen. Schon fast gewohnheitsmäßig bemühte Sabrina sich darum, das nun unausweichlich folgende Gewitter aus schrillen Anschuldigungen und aufgebrachtem Geschnatter abzumildern. »Ich auch nicht«, sagte sie deshalb beschwichtigend. Mit einem schelmischen Grinsen fragte sie sodann: »Und was ist es, was wir nicht glauben können?«

»Ach lass doch deine Scherze! Damit hast du bei mir heute keinen Erfolg. Das Ganze ist einfach zu unerhört, um es auf die leichte Schulter zu nehmen. Und ich war mir so sicher! Das zeigt nur wieder einmal, dass man das Spekulieren den Finanzgenies an der Londoner Börse überlassen sollte.«

Sabrina runzelte die Stirn. Worüber war ihre Tante nur so aufgebracht? »Du hast Wertpapiere gekauft? Das wusste ich gar nicht!«

Hilary schnaubte verächtlich. »Ich spreche nicht von irgendwelchen Geldgeschäften. Nein, ich spreche von den Irrungen der Liebe. O ja, du selbst hast es eine harmlose Freundschaft genannt. Doch ich hätte schwören können, dass mehr dahinter steckt –«

»Jetzt immer schön der Reihe nach«, unterbrach Sabrina die aufgebrachte Hilary. »Worüber bist du denn so erbost? Und von welcher Freundschaft sprichst du?«

Hilary zog eine Grimasse. »Heißt das, du weißt noch gar nichts davon? Man hat es gestern Nacht noch offiziell bekannt gegeben. Kurz nachdem Alice und ich nach Hause gefahren waren. Du selbst lagst mitsamt deinen Kopfschmerzen natürlich längst im Bett. Aber hat dir denn wirklich noch niemand etwas davon gesagt? Das ganze Haus redet doch von nichts anderem!«

Was Hilary erregt hervorsprudelte, klang allmählich genauso unsinnig wie das, was Sabrina von Raphael gehört hatte. In Sabrina reifte langsam, aber sicher ein schrecklicher

Verdacht. »Was hat man denn nun gestern Nacht offiziell bekannt gegeben?«

»Dass die ehemaligen Verlobten es sich anders überlegt haben und nun wieder ein glückliches Paar sind.«

Schlagartig wich alle Farbe aus Sabrinas Gesicht. Sie wurde leichenblass. Hätte sie sich nicht am Arm ihrer Tante fest gehalten, sie wäre ins Taumeln geraten. Hilary aber bemerkte in ihrer Empörung den Zustand ihrer Nichte gar nicht.

»Mir ist das alles vollkommen schleierhaft. Warum erst unter größten Kosten und Mühen dieses aufwendige Fest veranstalten und scharenweise junge Frauen einladen, damit der Junge seine Wahl treffen kann? Und das alles, obwohl er wahrscheinlich von Anfang an wusste, dass es sich nur um eine kleine Meinungsverschiedenheit unter Liebenden handelte.«

»Wenn wer das wusste?«

»Der alte Mistkerl natürlich. Der werte Marquis von Birmingdale, Neville Thackeray. Ich hoffe, jemand sagt ihm in aller Deutlichkeit, wie enttäuscht all seine Gäste über seine Bekanntmachung sind. Und jetzt auch noch feiern? Pah! Das Ganze ist doch nichts weiter als ein jämmerliches Trauerspiel. Und ein abgekartetes dazu.«

Ein Trauerspiel. Und ein schwerer Schock dazu. Unfähig, noch einen klaren Gedanken zu fassen, hing Sabrina geradezu am Arm ihrer Tante. Sie wusste nicht, ob ihre Beine sie noch lange tragen würden. Ein paar glückliche Stunden lang hatte sie sich erlaubt, völlig absurde Hoffnungen zu hegen. Sie hätte wissen müssen, dass es ein grausames Erwachen aus diesen naiven Kleinmädchenträumen geben würde. Alles war genau so, wie Ophelia es gesagt hatte. Was in der Kutsche zwischen ihr, der unscheinbaren Sabrina, und Duncan, dem reichen, gut aussehenden Erben eines kleinen Imperiums geschehen war, betrachtete er wohl nur als unterhaltsame Episode. Eine unverhoffte Gelegenheit, die sich kein normaler junger Mann aus Fleisch und Blut entgehen lassen würde. Sabrina hatte nichts getan, um ihn davon abzuhalten – ja, selbst jetzt in all ihrem Schmerz konnte sie es nicht bereuen.

Was Sabrina jedoch tief verletzte, war, dass er nach dem Liebesakt mit ihr auf dem schnellsten Wege zu Ophelia geeilt sein musste, um sich mit ihr zu versöhnen und ihr einen Heiratsantrag zu machen. Vielleicht wäre Sabrina nicht so am Boden zerstört gewesen, wenn zwischen den beiden Ereignissen etwas mehr Zeit verstrichen wäre. Eine Woche oder vierzehn Tage hätten bereits einen großen Unterschied gemacht. Nun schien es Sabrina, als habe ihr gemeinsames Liebesspiel Duncan nur erkennen lassen, dass er in Wirklichkeit Ophelia haben wollte. Anders konnte Sabrina sich sein Verhalten nicht erklären.

In diesem Moment stolzierte die glückliche Verlobte den Korridor entlang. Einige der Anwesenden gratulierten ihr halbherzig. Ophelia nahm die Glückwünsche huldvoll entgegen und bemerkte dabei die Zurückhaltung der anderen Gäste gar nicht. Sie strahlte vor Genugtuung über ihren Triumph. Raphael hatte sich also doch in Duncan getäuscht. Wenigstens in einem behielt er Recht: Niemandem war mehr zum Feiern zumute. Die jungen Männer würden sehr enttäuscht, manche vielleicht sogar untröstlich darüber sein, dass Ophelia jetzt wieder ganz offiziell unerreichbar für sie war. Raphael selbst war wohl der Einzige, den das völlig kalt ließ. Überdies gab es da zumindest noch eine junge Dame mit zerstörten Hoffnungen …

Sabrina wollte sich auf keinen Fall Ophelias Häme aussetzen. Sie wusste genau, dass die zukünftige Herrin von Summers Glade sich keine Gelegenheit entgehen lassen würde, sie zu peinigen. Es gab nur eine Möglichkeit, ihrer spitzen Zunge und den zu erwartenden Gemeinheiten zu entkommen: Sabrina musste das Fest unverzüglich verlassen.

»Ich fühle mich nicht besonders gut, Tante Hilary«, murmelte sie leise.

»Das kann ich gut verstehen, Liebes. Mir ist auch schon ganz übel. Sollen wir nach Hause fahren?«

»Ja, bitte.«

33

Ein heftiges Klopfen an seiner Zimmertür riss den jungen Schotten aus dem Schlaf. Duncan brummte, dass er den Störenfried mit Freuden eigenhändig im Höllenfeuer rösten würde, wenn er das Klopfen nicht unverzüglich einstelle. Doch den Verursacher des penetranten Geräusches schien dies nicht im Geringsten zu beeindrucken. Ganz im Gegenteil: Er stieß unaufgefordert die Türe auf. Duncan konnte allerdings noch keinen Blick auf den Eindringling riskieren. Er saß mit geschlossenen Augen aufrecht im Bett und glaubte, sein Kopf müsse in tausend Stücke zerspringen.

»Gestatten Sie mir eine Feststellung, alter Freund? Sie sehen nicht allzu gut aus. Wohl gestern beim Feiern ein wenig zu tief in das ein oder andere Glas geschaut?«

Duncan gelang es, ein ziemlich gerötetes Auge zu öffnen und Raphael Locke zu fixieren. »Ich werde einen Kessel mit siedendem Öl bringen lassen, damit ich Sie darin langsam gar kochen kann. Gewöhnliche heiße Kohlen reichen in Ihrem Fall nicht aus.«

Raphael lachte leise vor sich hin und zog sich einen Stuhl an Duncans Bett. Der Schotte musste wohl oder übel erkennen, dass sein ungebetener Besucher sich nicht abschrecken ließ, und vergrub stöhnend das Gesicht in den Kissen.

Raphaels Stimme drang nun zwar gedämpft, aber doch noch immer deutlich hörbar zu ihm durch. »Warum mir selbst an diesem trostlosen Morgen speiübel ist, weiß ich genau. Aber was ist denn Ihre Entschuldigung dafür? Seit Sie Ihre Meinung über Ophelia geändert haben –«

»Warum zum Teufel sollte ich so etwas tun?«

»Vielleicht weil die Dame so schön ist, dass sie Ihnen den Verstand geraubt hat?«

Duncan setzte sich verächtlich schnaubend auf. »Was für euch Engländer die Schönheit in Person sein mag, erscheint einem Mann aus dem Hochland bestenfalls blass und kränklich. Ein Schotte wie ich bevorzugt robustere Mädchen, die genug Fleisch auf den Rippen haben, um unsere stürmischen Winter im hohen Norden zu überstehen. Jemand wie Ophelia wäre dem rauen Hochland nie und nimmer gewachsen. Beim ersten Anzeichen von wirklich schlechtem Wetter würde sie eingehen wie eine Primel. Und schlechtes Wetter ist bei uns da oben so normal wie bei euch der Fünfuhrtee. Schon allein deshalb hätte ich sie nicht genommen. Sie hätte sich also sparen können, ihr Gift zu verspritzen.«

»Aber Sie werden doch hier in England leben. Wo ist dann das Problem?«

»Wenn ich annehmen müsste, dass ich meine Heimat nie wieder sehe, würde ich selbst auf der Stelle eingehen und sterben.«

»Dann erklären Sie mir doch bitte einmal, wie es kommt, dass Sie jetzt wieder mit Ophelia verlobt sind, alter Freund.«

Die barsche Erwiderung, die Duncan auf diese unsinnige Behauptung hin auf der Zunge lag, schluckte er nach kurzem Nachdenken lieber ungesagt hinunter. Raphael war sich wohl ganz sicher, dass er seine Meinung über Ophelia geändert hatte, ja sogar wieder mit ihr verlobt war. In einem finsteren Winkel in Duncans Gehirn begann sich ganz zaghaft eine Erinnerung zu regen. Vielleicht lag dort auch die Erklärung versteckt, warum er in der vergangenen Nacht sturzbetrunken in sein Bett gefallen war. Wie durch einen Nebel hindurch sah er seine beiden Großväter vor sich, die sich drohend vor ihm aufbauten und ihm unerbittlich erklärten, dass er Ophelia jetzt heiraten müsse. Schon zu diesem Zeitpunkt musste er so betrunken gewesen sein, dass ihn deren Worte kaum noch geschert hatten. Was war gleich seine Antwort auf die strenge Rede seiner Großväter gewesen? Ihm sei alles egal?

Seine Anstrengungen, die bruchstückhaften Erinnerungen zu einem klaren Bild zu ordnen, verschlimmerten Duncans Kopfschmerzen bis ins Unerträgliche. Schließlich gab er sich geschlagen und antwortete nur schwach: »Das war bestimmt nicht meine eigene Entscheidung. So viel ist sicher.«

»Na großartig. So ist das also«, bemerkte Raphael kühl. Er machte sich erst gar nicht die Mühe, seine Abscheu und Enttäuschung zu verbergen. »Ich muss sagen, ein bisschen mehr Rückgrat hätte ich schon von Ihnen erwartet. Aber Sie springen anscheinend immer gleich wie ein folgsames Hündchen, wenn einer der beiden alten Herrschaften nach Ihnen pfeift.«

»Seit wann geht es Sie etwas an, was ich tue oder lasse?«

»Seit ich mich dazu entschlossen habe, Sie ein wenig unter meine Fittiche zu nehmen«, antwortete Raphael.

»Wo Sie Ihre Fittiche ausbreiten, ist mir gleichgültig. Solange Sie nur mich damit verschonen.«

Raphael lachte. »Zu spät. Ich lasse doch einen Freund nicht einfach fallen, nur weil sich herausstellt, dass er schwachsinnig ist.«

»Das ist meine letzte Warnung an Sie, mein *Freund.* Verschwinden Sie auf der Stelle und lassen Sie mich in Frieden sterben, oder –«

»Na, na! Sie sollten keine Drohungen ausstoßen, die Sie in Ihrer gegenwärtigen Verfassung sowieso nicht in die Tat umsetzen könnten.«

Da hatte der Mann wohl nicht Unrecht. Duncan beschloss, seine fruchtlosen Versuche, ihn loszuwerden, vorübergehend aufzugeben. Er beschränkte sich darauf, seinen Kopf wieder in den Kissen zu vergraben. Vielleicht gab dieser unverschämte Lord Locke ja auf und verzog sich, wenn er ihn einfach nicht beachtete. Diese Strategie erschien Duncan so Erfolg versprechend, dass er auf der Stelle wieder einschlief. Das war wohl auch das Beste, was er tun konnte, um den Schmerzen, die ihn plagten, noch einmal eine Zeit lang zu entkommen.

Als Duncan Stunden später wieder zu sich kam, wusste er nicht, wie lange er diesmal geschlafen hatte. Er musste sofort erkennen, dass seine Hoffnung vergeblich gewesen war, denn Raphael hatte keineswegs das Feld geräumt. Der aufdringliche Engländer saß in aller Gemütsruhe auf dem Stuhl neben Duncans Bett und las in einem Buch, das er sich wohl aus einem der Regale im Zimmer genommen hatte. Die Bücher waren wohl Teil der Ausstattung des Zimmers. Duncan hatte sie jedenfalls nicht aus Schottland mitgebracht. Denn er wusste ja gar nicht, wie lange er in England bleiben würde – wenn er es überhaupt hier noch aushielt.

»Wie spät ist es?«, murmelte er, während er sich vorsichtig aufsetzte. Er wollte nicht riskieren, dass der Dampfhammer in seinem Kopf wieder zu dröhnen begann.

»Nicht zu spät«, antwortete Raphael und legte das Buch beiseite. »Ich nehme an, Sie könnten sogar noch etwas zu Mittag essen, falls Sie Hunger haben. Es gibt köstlichen gedünsteten Fisch, und ich glaube, man hat ein paar fette Enten geschlachtet.«

Allein der Gedanke an Essen ließ Duncans Gesichtsfarbe leicht grün werden. Gedünsteter Fisch und fetttriefendes Entenfleisch! Es gelang ihm gerade noch, den Nachttopf unter dem Bett hervorzuzerren, bevor ein Schwall von saurem Erbrochenen aus ihm hervorbrach. In den nächsten Minuten wurde er auf diese Weise einen ansehnlichen Teil der flüssigen Gifte los, die er sich am Abend zuvor einverleibt hatte. Welch ein Segen! Als er sich schließlich erschöpft in die Kissen zurückfallen ließ, fühlte er sich schon viel besser.

»Sie sind ja immer noch da«, stöhnte Duncan. Raphael saß, das Kinn auf die gefalteten Hände gestützt, reglos an seinem Bett und musterte ihn eingehend. Duncans vorwurfsvollen Ton ignorierte er.

»Schlafen Sie öfter in Ihren Kleidern?« wollte er wissen.

»Nur wenn ich nicht einmal weiß, wie ich überhaupt ins Bett gekommen bin.«

»Ah ja. Das erklärt einiges«, war Raphaels trockene Antwort.

»Warum können Sie mich denn nicht einfach in Ruhe lassen?«

»Oh, das ist wahrscheinlich pure Neugier. Ich muss gestehen, dass ich gerne erfahren möchte, was genau gestern vorgefallen ist. Oder soll ich sagen, ich suche nach einer Erklärung dafür, warum Sie anscheinend über Nacht den Verstand verloren haben? Je schneller Sie mir also alles erzählen, desto früher sind Sie mich los.«

»Wenn ich mich daran erinnern könnte, was gestern passiert ist, würde ich Ihnen ja gerne weiterhelfen. Aber leider weiß ich selbst nicht mehr viel ...«

»Sie werden mir verzeihen, dass ich diese Ausrede einfach nicht gelten lassen kann. Sobald Sie wieder etwas zu sich nehmen können, wird es Ihnen schon wieder einfallen. Ich kann warten.«

»Dann seien Sie doch so freundlich und warten Sie woanders«, beharrte Duncan.

»Damit Sie sich noch länger in Ihren selbst verschuldeten Qualen bemitleiden und sich dabei vor der Wahrheit drücken können? Nein, nein, mein Lieber. Ich glaube, Ihr Gedächtnis wird sich viel schneller erholen, wenn ich hier bei Ihnen sitze. Und sei es auch nur, dass Sie sich zusammenreißen, um mich ein wenig schneller loszuwerden.«

Lediglich sein pochender Schädel hielt Duncan davon ab, den lästigen Engländer eigenhändig hinauszuwerfen. Solchen Handgreiflichkeiten fühlte er sich im Augenblick noch nicht gewachsen. Er konnte nur still auf dem Bett liegen und sich in sein Schicksal ergeben. Mit geschlossenen Augen versuchte er, sich an die Ereignisse des vergangenen Abends zu erinnern. Langsam begannen die Nebel, die sein Gehirn umlagerten, sich zu lichten.

»Sie werden ja ganz rot«, rief Raphael bald lachend aus. »Und ich finde, das steht Ihnen bedeutend besser als der grünliche Farbton, den Sie vorher im Gesicht hatten.«

Duncans wurde abwechselnd heiß und kalt. Was hätte er darum gegeben, jetzt allein sein zu können! Es war völlig ausgeschlossen, die lebhaften Erinnerungen, die ihn in diesem Moment geradezu überfluteten, mit jemandem zu teilen. Seufzend beschloss er, sich den Gedanken an jenen ganz besonderen Teil des gestrigen Abends etwas später zu widmen.

»Sie hat sie zum Weinen gebracht, und darüber bin ich in Wut geraten. Schließlich habe ich am eigenen Leib erfahren, wie scharf und verletzend ihre Zunge sein kann. Also wollte ich herausfinden, was sie gesagt hat.«

»Ich kann mir schon vorstellen, wer die Person mit der scharfen, verletzenden Zunge ist. Aber wen hat sie denn diesmal zum Weinen gebracht?«

Der Blick aus verengten Augen, mit dem Raphael seine Worte begleitete, zeigte deutlich, dass seine Beschützerinstinkte geweckt worden waren. Duncan beeilte sich zu antworten: »Ihre Schwester war es nicht. Es war Sabrina. Ich habe versucht, aus ihr herauszubekommen, was geschehen ist. Aber ich hatte kein Glück. Sie war zu verstört, um darüber zu sprechen. Also habe ich mich an die Verursacherin des Übels gehalten. Ich erinnere mich, dass ich sehr zornig war, als ich Ophelia endlich fand, denn ich musste erst eine Ewigkeit nach ihr suchen. Eine Zofe sagte mir schließlich, sie sei in ihrem Zimmer. Ich nahm an, dass sie dort etwas holen wollte, denn es war noch nicht allzu spät. Die meisten Gäste tanzten noch im Ballsaal. Ich ahnte, dass es zwischen Ophelia und mir zu einem hässlichen Streit kommen würde. Das sollte besser weit entfernt von den anderen geschehen. Also bin ich ins obere Stockwerk gegangen und habe dort sämtliche Zimmer nach ihr abgesucht. Woher hätte ich auch wissen sollen, dass sie schon zu Bett gehen wollte?«

»Warum beschleicht mich gerade das ungute Gefühl, dass Sie sie im Bett liegend vorfanden?«

»Ganz so weit war sie noch nicht. Nun ja, aber fast. Sie hatte nur noch ihre Unterwäsche an. Und ihre Unterröcke natürlich. Aber das fiel mir zunächst nicht auf –« Raphaels verächtliches Schnauben unterbrach Duncans Redefluss und bewegte ihn zu der Beteuerung: »Ich schwöre Ihnen, ich war viel zu wütend, um sie wirklich anzusehen. Irgendwann habe ich dann durchaus bemerkt, dass sie ihr Kleid nicht mehr anhatte. Aber ich bitte Sie! Was sieht man schon von einer Frau in ihren Unterkleidern? Es gibt Abendkleider, die viel gewagter sind als all das Zeug, das Frauen um sich herum drapieren, bevor sie ihr eigentliches Kleid überstreifen. Nur weil diese undurchsichtigen Hüllen nun einmal den Namen Unterwäsche tragen, darf kein Mann sie je sehen.«

»Ja, ja, da mögen Sie schon Recht haben. Aber ersparen Sie mir Ihre Abhandlungen über Schicklichkeit, Schamgefühl und Damenunterbekleidung und kommen Sie endlich zum Kern Ihrer Geschichte.«

»Das ist keine Geschichte, Mann. Ich versuche, Ihnen zu erklären, wie es dazu kam, dass ich das Mädchen beinahe kompromittiert hätte, ohne sie überhaupt je berührt zu haben.«

»Nicht zu fassen! Das soll alles sein? Ophelia hat Sie dazu gebracht, ihr die Ehe zu versprechen, nur weil Sie sie zufällig in Unterwäsche überrascht haben? Haben Sie denn ganz und gar den Verstand verloren? Sie hätte doch nie einer Menschenseele ein Wort davon erzählt. Wozu also das Ganze? Sie sind doch wohl nicht tatsächlich auf den ältesten Trick hereingefallen, den –«

»Könnten Sie vielleicht einmal versuchen, wenigstens so lange den Mund zu halten, bis ich Ihnen auch noch den Rest erzählt habe?«, fiel Duncan Raphael ins Wort. »Sie war genau so erschreckt und wütend über das, was dann folgte wie ich. Ich wünschte, ich könnte ihr die Schuld für alles geben. Aber das wäre zu einfach.«

»Ich glaube Ihnen kein Wort«, warf Raphael ein. »Natürlich musste sie sich empört geben. Wenn sie triumphierend gestrahlt hätte, wäre selbst Ihnen irgendwann aufgefallen, dass Sie ihr ins Netz gegangen sind.«

Duncan legte die Stirn in Falten. Angestrengt versuchte er, sich die wenigen Minuten, die er in Ophelias Zimmer verbracht hatte, wieder ins Gedächtnis zu rufen. Am besten konnte er sich noch daran erinnern, wie er zornig in ihre Kammer gestürmt war. Und an seine unbändige Wut, mit der er sie wenig später eilends wieder verlassen hatte, um sich umgehend hemmungslos zu betrinken.

»Zuerst habe ich kräftig an Ophelias Zimmertür gepocht. Sie sah ziemlich verärgert aus, als sie die Tür schließlich aufriss und ›Was fällt Ihnen ein?‹ keifte. Sie zeigte sich überrascht, mich zu sehen. Und sie fürchtete, jemand könnte uns beobachten. Deshalb hat sie mir auch gleich die Türe vor der Nase zugeschlagen. Doch so einfach wollte ich mich von ihr nicht abspeisen lassen und bin in meiner Wut, ohne noch einmal anzuklopfen, in ihr Zimmer eingedrungen. Die Tür habe ich hinter mir zugeworfen. Vorher hatte sie noch einen Morgenmantel getragen. Aber weil sie nicht damit rechnen konnte, dass ich unaufgefordert hereinkommen würde, hatte sie ihn schon wieder abgelegt. Ich dachte keine Sekunde lang daran, wie unschicklich es ist, im Zimmer einer halb entkleideten Dame zu stehen. Ich war einfach zu zornig.«

Doch selbst in seinem Zorn hatte Duncan irgendwann verstanden, dass Ophelia glaubte, er sei aus einem ganz bestimmten Grund zu ihr gekommen. Seinen Ärger schien sie gar nicht zu bemerken.

Mit gespielter Schüchternheit hatte sie zunächst die Augen niedergeschlagen und wies ihn sodann mit aufgesetzter Strenge zurecht: »Das hätte doch sicher bis morgen Zeit gehabt. Aber ich kann deine Ungeduld ja verstehen. Nur solltest du dich beeilen, bevor eins der Mädchen, mit denen ich dieses Zimmer teile, hier auftaucht. Ich werde es dir sogar ganz leicht machen. Meine Antwort lautet: ja.« Dass er sie in ihrer Unterwäsche sah, hatte sie wohl zum Gebrauch des vertraulichen Du bewogen. Duncan war aber nicht darauf eingegangen.

»Ja ist überhaupt nicht die Antwort, die ich von Ihnen hören möchte«, hatte er wütend entgegnet.

Nach kurzem Nachdenken war Ophelia schließlich zu einer anderen Erkenntnis gelangt: »Du willst doch nicht etwa erst noch ein weiteres Schuldbekenntnis von mir hören? Ich weiß wirklich nicht, wie ich mich noch für den unglücklichen Verlauf unseres ersten Zusammentreffens entschuldigen soll. Da hast du's! Ich habe es schon wieder gesagt. Dann können wir jetzt wohl endlich zur Sache kommen und –«

»Nein. Alles, was ich von Ihnen hören will, ist, was Sie Sabrina angetan haben. Was haben Sie zu ihr gesagt? Warum ist sie weinend weggelaufen?«

»Sabrina?«, hatte Ophelia ungläubig gejapst. Doch dann war sie selbst wütend geworden. »Du bist nur gekommen, um mit mir über die liebe kleine Sabrina zu reden? Verschwinde auf der Stelle aus meinem Zimmer! Mit dieser Gans habe ich nichts mehr zu schaffen!«

»Sie werden mir jetzt sagen –«

»Was willst du hören? Wie sehr sie mich beleidigt hat? Wie sie mir dermaßen zugesetzt hat, dass ich mich hierher zurückziehen musste, damit niemand *meine* Tränen bemerkt? *Ich* soll ihr etwas angetan haben? Sie hatte nur einen Grund, weinend aus dem Haus zu laufen: Sie wird sich geschämt haben, dass sie so gemein zu mir war. Und jetzt –«

In diesem Moment war die Tür aufgegangen. Eine junge Dame hatte Duncan und Ophelia fassungslos angestarrt, sich dann kichernd entschuldigt, auf dem Absatz kehrtgemacht und war wieder verschwunden.

Duncan war im ersten Moment viel zu verdutzt gewesen, um daran zu denken, in welch einer verfänglichen Situation Ophelia und er überrascht worden waren. Erst Ophelias schrille Stimme hatte ihn wieder in die Wirklichkeit zurückgeholt. »Da siehst du, was du angerichtet hast! Warum konntest du nicht einfach gehen, als ich dich vor der Tür stehen ließ? Jetzt ist mein Ruf ruiniert, und wir sind gezwungen zu heiraten. Von allen Leuten hier im Haus musste gerade sie hereinplatzen. Meine ärgste Feindin! Ich kann es nicht glauben!«

»Auf keinen Fall –«

»Versuch ja nicht, dich aus deiner Verantwortung zu stehlen, Duncan MacTavish. Du wirst Mavis nie dazu bringen, den Mund zu halten. Und selbst wenn sie dir das hoch und heilig versprechen würde, wäre es nur eine hinterhältige Lüge. Mavis hasst mich wie die Pest. Hast du nicht gesehen, wie sie sich gefreut hat, dass sie nun endlich eine Handhabe besitzt, mit der sie meinen Ruf ruinieren kann? Wir müssen auf der Stelle unsere Verlobung bekannt geben.«

Duncan wollte nur zu gerne glauben, dass er einem abgekarteten Spiel aufgesessen war, doch er wusste, dass er das ganze Dilemma nur seiner eigenen Ungeduld zu verdanken hatte. Er hätte bis zum Morgen warten können, um Ophelia zur Rede zu stellen. Oder er hätte wenigstens auf der Stelle das Zimmer verlassen müssen, als er endlich wahrgenommen hatte, dass sie nur noch unvollständig bekleidet war. Warum war er dem anderen Mädchen nicht nachgelaufen, um sich ihr Stillschweigen zu sichern? Vielleicht weil er ohne weiteres glauben konnte, dass es Menschen gab, die Ophelia so sehr hassten, dass sie nicht davor zurückschrecken würden, Ophelias Zukunft zu zerstören. Anstatt etwas zu unternehmen, war er davongerannt und hatte sich maßlos betrunken. Das schien ihm hervorragend gelungen zu sein, denn noch immer konnte er sich nur schemenhaft an seine beiden Großväter erinnern, die plötzlich in seinem Zimmer aufgetaucht waren. Mit versteinerten Mienen hatten sie verkündet, dass er Ophelia Reid jetzt doch heiraten müsse und sich das ganz allein zuzuschreiben habe.

Raphaels Verdacht, dass Ophelia die ganze Sache eingefädelt hatte, war unbegründet – so bedauerlich das auch sein mochte. »Glauben Sie mir jetzt endlich, dass Ophelia mir keine Falle gestellt hat? Sie konnte doch gar nicht wissen, dass ich nach ihr suchte und mit ihr reden wollte. Diesmal trifft sie keine Schuld, da bin ich mir sicher. Die Verantwortung für diese Katastrophe liegt allein bei mir. Ich habe mit meiner Ungeduld und meiner ungezügelten Wut im Bauch ihre Ehre in Gefahr gebracht. Deshalb muss ich jetzt auch zu meiner Dummheit stehen. Sonst könnte ich mein Leben lang nicht mehr in den Spiegel sehen.«

»Sie sind ein verdammter Narr! Aber die Ehre geht Ihnen anscheinend tatsächlich über alles andere«, murmelte Raphael resigniert, bevor er Duncans Zimmer verließ.

34

Tränenblind starrte Sabrina durch das Fenster ihres Zimmers auf die Kutsche, die vor dem Haus stand. Ihr Anblick brachte sie unweigerlich zum Weinen. Seit Tagen ging das nun schon so. Jeden Morgen hielt das Gefährt vor dem Haus. Stundenlang stand es dann im Hof und der Kutscher wartete darauf, dass die Damen einstiegen. Schließlich lenkte er unverrichteter Dinge die Pferde nach Summers Glade zurück.

Das Fest auf Summers Glade schien gleich bis zu Duncans Hochzeit mit Ophelia Mitte nächster Woche weiterzugehen. Neville wollte wohl keine Zeit verschwenden. Warum erst wieder aufs Neue Gäste einladen, wo man doch das Haus schon voll hatte und die Besucher gleich bis zur Hochzeitsfeier dabehalten konnte?

Das war zumindest die einhellige Meinung der Nachbarschaft. Was den neuesten Klatsch betraf, wurde Sabrina von ihren Tanten auf dem Laufenden gehalten, ob sie wollte oder nicht. Die beiden empfingen wie gewöhnlich viel Besuch, doch Sabrina war nicht nach Gesellschaft und belanglosem Geplauder zumute. Sie verbrachte die meiste Zeit in ihrem Zimmer. Selbst Duncan hatte sie nicht sehen wollen, als er am Tag nach der Bekanntgabe seiner Verlobung plötzlich zu Besuch ins Haus kam. Gestern Morgen hatte sie ihn ebenso wenig empfangen wollen. So war auch Ophelias Besuch später am Nachmittag umsonst gewesen – sie hatte sich wahrscheinlich ohnehin nur an Sabrinas Elend ergötzen wollen.

Nach drei Tagen voller Tränen und Verzweiflung fühlte Sabrina sich jetzt eigenartig ausgebrannt und leer. Dieser

Zustand brachte ihr eine gewisse Erleichterung. Die Trauer um ihr verlorenes Glück hatte sie ihre ganze Kraft gekostet. Doch wer nichts mehr fühlen konnte, spürte auch keinen Schmerz. Wie betäubt stand Sabrina nun am Fenster und sah zu, wie der Kutscher die Peitsche schwang und Neville Thackerays edles Gespann antraben ließ. Ihre Tränen versiegten. Das sich entfernende Hufgetrappel drang wie aus einer anderen Welt zu ihr herauf. Sie hoffte, irgendwann einmal über ihren unbeschreiblichen Verlust und ihre tiefe Enttäuschung hinwegkommen und dann vielleicht wieder ein normales Leben führen zu können. Dann würde sie nur noch manchmal in einer stillen Stunde seufzend an ihren Kummer denken. Bis dahin musste noch viel Zeit vergehen, das wusste sie. Einstweilen zog sie die Leere, die nun in ihr war, der abgrundtiefen Verzweiflung der letzten Tage und Nächte vor. Zögernd wagte Sabrina sich aus ihrer Zurückgezogenheit.

Der Zeitpunkt war allerdings schlecht gewählt. Als sie vorsichtig den Kopf in das Wohnzimmer im Erdgeschoss steckte, fand sie dort nicht, wie eigentlich erwartet, ihre Tanten, sondern Ophelia vor. Ein Hausmädchen hatte sie hereingelassen und war dann davongeeilt, um die Lambert-Schwestern zu suchen.

Erstaunt bemerkte Sabrina, dass nicht einmal Ophelias Anblick eine Empfindung in ihr auslöste. Stumm blieb sie mitten im Zimmer stehen.

»Fühlst du dich etwas besser?«, fragte Ophelia statt einer Begrüßung mit gespielter Anteilnahme.

»Besser?«

»Als ich dich gestern besuchen wollte, sagte mir Lady Alice, du würdest dich nicht wohl fühlen und hättest dich hingelegt. Ich wäre gerne zu dir hinaufgegangen, doch sie behauptete steif und fest, du würdest schlafen.«

»Ach, das war nichts weiter«, antwortete Sabrina mit einer matten Handbewegung. »Ein wenig Schlaf und Schonung, und alles ist wieder im Lot. Aber was führt dich zu uns? Ist das Fest auf Summers Glade etwa doch schon zu Ende?«

»Nun, viele Gäste sind tatsächlich in den letzten Tagen abgereist«, antwortete Ophelia. Die Verärgerung darüber war ihr deutlich anzuhören. »Ich nehme an, die meisten jungen Damen empfanden es als reine Zeitverschwendung, noch länger zu bleiben.«

Das überraschte Sabrina keineswegs. Fast alle heiratsfähigen Mädchen, die Neville Thackerays Einladung gefolgt waren, hatten auf einen zukünftigen Marquis als Bräutigam gehofft. Da dieser begehrte Junggeselle nun vergeben war, mussten sie sich notgedrungen auf anderen Festen umtun. Sie konnten es sich einfach nicht leisten, noch mehr Zeit zu vergeuden und weitere wichtige Bälle und Empfänge in London und auf anderen Landsitzen zu versäumen.

Zwischen Ophelia und Sabrina breitete sich lähmendes Schweigen aus. Aufgesetzte Höflichkeitsfloskeln konnten nun einmal nicht über die Abneigung hinwegtäuschen, die die beiden füreinander hegten. Seit ihrem unerfreulichen letzten Gespräch wusste ja auch jede, woran sie mit der anderen war.

Schließlich brach Ophelia das Schweigen. Sie seufzte laut und lange. Wenn sie überhaupt noch etwas bewirken wollte, musste sie den ersten Schritt tun. Sie räusperte sich entschlossen. »Ich möchte mich entschuldigen«, sagte sie. Dabei errötete sie leicht und senkte den Blick. »Ich glaube, ich war neulich abends auf dem Fest nicht besonders freundlich. Und deshalb bist du wohl auch, nun ja, ein wenig wütend geworden. Ich möchte dir gerne erklären, warum –«

»Spar dir die Mühe«, unterbrach Sabrina sie mit tonloser Stimme. »Das ist doch alles völlig bedeutungslos.«

»Dir mag es so vorkommen. Aber ich bedaure die harten Worte, die zwischen uns gefallen sind, zutiefst«, fuhr Ophelia unbeirrt fort. »Schließlich sind wir doch Freundinnen.«

Wäre Sabrina nicht so unendlich müde und erschöpft gewesen, hätte sie gelacht. Ophelia und sie waren niemals auch nur im Entferntesten so etwas wie Freundinnen gewesen.

Ophelia hatte Sabrina ihrem illustren Bekanntenkreis vorgestellt. Doch was hätte sie auch anderes tun sollen, wo Sabrina ja in ihrem Haus in London zu Gast gewesen war? Die blonde Schönheit hatte sich also dazu herabgelassen, sich ein wenig um Sabrina zu kümmern. Nicht aus Freundschaft, sondern weil es die ach so gepflegten Umgangsformen der Londoner Kreise nun einmal so vorsahen. Von Freundschaft war nur ein einziges Mal die Rede gewesen – als Ophelia einen Gefallen von Sabrina verlangt hatte.

Doch wie üblich blieb die Londonerin vom ablehnenden Schweigen ihres Gegenübers unbeeindruckt und redete einfach weiter. »Du musst wissen, dass ich mir, was Duncans Gefühle für mich betraf, an jenem Abend lange nicht so sicher war, wie ich vorgab. Ich weiß selbst nicht recht, warum. Nun, vielleicht hat er es ja doch geschafft, mich ein wenig eifersüchtig zu machen. Wie dem auch sei, meine Zweifel machten mich wohl ein wenig nervös und reizbar. Und das hast du bedauerlicherweise zu spüren bekommen. Tatsächlich an mir zweifeln zu müssen war ja auch eine ganz ungewohnte Erfahrung für mich. Und natürlich habe ich mir ganz umsonst den Kopf zerbrochen. Ich hätte es besser wissen müssen. Denn schon kurze Zeit später benahm Duncan sich wieder ganz normal, und wir konnten uns ein zweites Mal verloben.«

Diese letzte Bemerkung drang nun doch durch Sabrinas dicken, schützenden Panzer aus Gleichgültigkeit und Teilnahmslosigkeit.

»Wann genau fand denn diese Verlobung statt?«, fragte sie.

»Ach, darauf kommt es doch gar nicht an –«

»Wann sie stattfand, will ich wissen!«

Ophelia hob erstaunt den Kopf. Die Schärfe in Sabrinas Stimme konnte über die Verzweiflung, die darin schwang, nicht ganz hinwegtäuschen. Nach kurzem Nachdenken antwortete Ophelia: »Lass mich überlegen – das muss schon bald, nachdem du gegangen warst, gewesen sein. Wie du sicher verstehen wirst, war ich zutiefst erschüttert und schockiert und beschloss, mich zurückzuziehen. Duncan beobachtete mich wohl dabei, wie ich die Treppe hinaufstieg. Denn er kam mir nach und bestand darauf – ja wirklich, er bestand darauf, dass wir uns erneut verloben. Ach, dieses überschäumende schottische Temperament! Ich nehme an, er konnte einfach nicht länger so tun, als bedeute ich ihm nichts. Vielleicht ist er auch einfach nur ungeduldig. ›Je schneller wir wieder verlobt sind, desto schneller kann ich sie heiraten‹, muss er sich wohl gedacht haben.« Ophelia hielt inne und blickte Sabrina forschend ins Gesicht. Zu gerne hätte sie gewusst, wie ihre Worte auf das andere Mädchen wirkten, doch Sabrina stand nur da und starrte sie mit unbewegter Miene an. »Und er ist ja so leidenschaftlich«, fügte Ophelia mit einem scheuen Lächeln noch hinzu. »Der Himmel weiß, was noch alles passiert wäre, wenn wir nicht überrascht worden wären.«

Sabrina musste sich setzen. Der Schock über das Gehörte ging tief. Sie war fast noch verzweifelter als in dem Moment, als sie von Duncans neuerlicher Verlobung mit Ophelia gehört hatte. Wenn Ophelia die Wahrheit sagte, hatte sie Duncan in den Zustand höchster Leidenschaft versetzt. Dann waren die beiden gestört worden, bevor er bekommen hatte, wonach er sich verzweifelt sehnte. Noch in der Hitze seiner Gefühle war er hinter Sabrina hergeeilt, hatte sie allein angetroffen und sich kurz entschlossen das genommen, was sie ihm so bereitwillig gegeben hatte. Dabei war es ihm ganz gleichgültig gewesen, wen er dabei in den Armen hielt. In der undurchdringlichen Dunkelheit in der Kutsche war es ihm wohl leichtgefallen, sich vorzustellen, dass er seine Leidenschaft mit der Frau seiner Träume teilte.

Nach diesem Gedankengang kam Sabrina schweren Herzens zu dem Schluss, dass sie Ophelia glauben musste. Wäre sie selbst nur ein kleines bisschen hübscher oder Ophelia etwas weniger schön gewesen, so hätte sie zweifeln dürfen. Doch sie konnte und wollte sich, was ihr Äußeres betraf, nichts vormachen. Jeder halbwegs normale Mann musste sich einfach für Ophelia entscheiden.

Sabrina fragte sich, ob sie Duncan einen Vorwurf machen durfte. Er hatte mit ihr nur seine Lust gestillt, obwohl erst Minuten zuvor seine Verlobung mit der schönen Ophelia bekannt gegeben worden war. Doch welcher Mann hätte die sich unverhofft bietende Gelegenheit nicht beim Schopfe gepackt? Und hatte sie es nicht selbst so haben wollen? Nein, sie konnte ihn nicht dafür hassen. Ganz abgesehen davon liebte sie ihn ja. Sie wünschte, sie könnte ihre Gefühle für ihn ein für alle Mal tief in ihrem Herzen vergraben und dort vergessen. Aber das war ganz und gar unmöglich. Und wen kümmerte es schon, was sie fühlte oder über Duncans Verhalten dachte? Er würde Ophelia heiraten. Damit galt es sich abzufinden, auch wenn Sabrina fürchten musste, dass ihr Herz an seinem Hochzeitstag unter unermesslichen Qualen ein Stück mehr brechen würde.

Ophelia plapperte unaufhaltsam weiter, als plaudere sie über die Mode des vergangenen Herbstes oder einen neuen Gesellschaftstanz und als hätte sie nicht gerade mit ihrem Bericht über die Geschehnisse an jenem Abend Sabrina auch noch den letzten Strohhalm genommen, an den sie sich geklammert hatte. »Ich bin so froh, dass wir uns ausgesprochen haben und jetzt wieder Freundinnen sind. Edith und Jane müssen ja schon fast wieder in London sein. Sie haben zwar versprochen, rechtzeitig zu meiner Hochzeit wieder zurückzukommen – doch wer weiß. Wenn sie erst einmal wieder in das turbulente gesellschaftliche Treiben in dieser wunderbaren Stadt eingetaucht sind, werden sie vielleicht gar keine Zeit mehr haben, noch einmal nach Summers Glade zu fahren. Mir würde es an ihrer Stelle auch nicht anders gehen. Aber ich langweile mich so schrecklich ohne sie. Du solltest wirklich wieder herüber zum Herrenhaus kommen, Sabrina. Willst du mir dort nicht Gesellschaft leisten?«

Tante Alice rettete Sabrina schließlich aus Ophelias Fängen. Sie kam gerade in diesem Moment ins Zimmer und war überrascht, ihre Nichte hier vorzufinden. Deren blasses, wie versteinert wirkendes Gesicht sprach Bände. Alice schickte Sabrina mit liebevoller Strenge ins Bett zurück, als habe sie die letzten Tage tatsächlich dort verbracht. Dann murmelte sie etwas von »Rückfall« und »viel zu früh wieder aufgestanden«, um Sabrina einen würdigen Abgang zu ermöglichen. Doch im Grunde war es Alice herzlich egal, was Ophelia sich dachte. Offenbar hatte sie alles gesagt und würde hoffentlich so schnell nicht wieder kommen.

35

Je näher Ophelia auf ihrer kurzen Rückfahrt Summers Glade kam, desto ärgerlicher wurde sie. Sie ließ den Verlauf ihres Besuches bei Sabrina noch einmal Revue passieren. Immerhin hatte sie das getan, was sie vorgehabt hatte. Die lästige Pflicht, sich zu entschuldigen, betrachtete sie somit als erledigt. Mit Sabrina war demnach jetzt wieder alles beim Alten. Das hoffte Ophelia zumindest, denn sie begann langsam, sich auf Summers Glade unendlich zu langweilen. Und Sabrina, so unscheinbar sie auch sein mochte, galt immerhin als sehr kurzweilige Gesellschafterin.

Inzwischen waren fast alle ihre Londoner Bekannten abgereist. Das Fest hatte für Ophelia damit seinen Glanz verloren. Duncan ging ihr hartnäckig aus dem Weg oder ignorierte sie gar ganz offen. Wahrscheinlich war er noch ein wenig wütend über ihre erzwungene zweite Verlobung. Nun, das war sein Problem. Schließlich hatte sie ihn nicht gebeten, zu ihr ins Zimmer zu kommen. Der Zufall war ihr zu Hilfe gekommen und hatte die Dinge zu ihren Gunsten gewendet.

Dass Duncan einfach so in ihr Schlafgemach eingedrungen war, erstaunte Ophelia noch immer. So etwas gehörte sich nicht – noch nicht einmal, wenn die Dame dabei vollständig bekleidet war. Sie hatte wirklich geglaubt, er sei so unverhofft in ihr Zimmer gestürmt, um ihr ein Friedensangebot zu machen. Dann hätte sie ihm vielleicht auch die voreilige Auflösung ihrer ersten Verlobung verzeihen können. Doch er war nur wegen Sabrina gekommen. Das brachte das Fass doch wirklich zum Überlaufen! Dabei hatte die kleine graue Landmaus doch erst an diesem Abend bewiesen, wie leicht sie all ihre Liebenswürdigkeit und Freundlichkeit vergessen und sich in eine beißwütige Ratte verwandeln konnte.

Dann war Ophelia plötzlich die Geschichte über Duncans leidenschaftlichen Kuss im Gasthaus eingefallen, die sie kurz zuvor Sabrina aufgetischt hatte. Nun, vielleicht konnte man in diesem Fall von einer leichten Abwandlung der Tatsachen sprechen, doch plötzlich hatte Duncan durch sein unbedachtes Eindringen in ihr Schlafzimmer tatsächlich eine pikante Situation heraufbeschworen.

Es wäre Ophelia wahrscheinlich nie selbst in den Sinn gekommen, die Dinge so auf die Spitze zu treiben. Doch wo er nun schon einmal da war ... Sie hatte nur noch dafür sorgen müssen, dass er lange genug bei ihr blieb. Früher oder später musste ja eins der Mädchen zurückkommen und ihn bei ihr entdecken. Und dann war ausgerechnet Mavis aufgetaucht. Geradezu perfekt. Alles lief, als hätte Ophelia jeden Schritt selbst geplant. Doch diese Mühe war ihr erspart geblieben. Durch seine Unbesonnenheit hatte Duncan ihr die Arbeit abgenommen.

Nachdem er aus ihrem Zimmer gestürmt war, hatte Ophelia nur noch den alten Neville finden müssen. Die Fakten lagen klar auf der Hand. Und der Marquis galt zu Recht als Gentleman vom alten Schlag. Er musste nicht erst davon überzeugt werden, dass durch Duncan ihre Ehre verletzt, ja beinahe unwiderruflich zerstört worden war. Zwar hatte er noch eine Weile erfolglos nach Mavis suchen lassen, doch dann war ihm nichts anderes übrig geblieben, als noch am selben Abend die Verlobung seines Enkels mit Ophelia bekanntzugeben.

Schon am darauf folgenden Nachmittag hatten Edith und Jane eilig ihre Koffer gepackt und waren abgereist. Eine ganze Schar anderer junger Damen hatte sich ihnen mitsamt ihren Eltern, Brüdern, Vettern und sonstigen Begleitern gleich angeschlossen. Inzwischen bewohnte Ophelia das

Zimmer, das sie sich ursprünglich mit acht anderen Mädchen hatte teilen müssen, ganz allein.

Mavis war noch in der Nacht von Ophelias zweiter Verlobung abgefahren und folglich nicht mehr auffindbar gewesen. Auf diese Weise hatte sie es geschickt vermieden, von Duncan oder dem Marquis verhört und dann zum Stillschweigen verpflichtet zu werden. Bestimmt wollte sie lieber mit dem Gesehenen prahlen. Sie war sogar ohne ihr Gepäck abgereist, hatte nur ihren Vetter, der zu ihrer Begleitung mitgekommen war, rufen und ihre Kutsche anspannen lassen. Dann hatte sie sich schleunigst fortbegeben und war auf Nimmerwiedersehen verschwunden. Ophelia hätte an ihrer Stelle genauso gehandelt. Eine so wunderbare Gelegenheit, dem Tratsch in London frische Nahrung zu geben und damit für eine Weile im Mittelpunkt sämtlicher Feste und Gesellschaften zu stehen, ergab sich schließlich nicht jeden Tag.

Die einzige Möglichkeit, den Gerüchten, die Mavis zweifellos in die Welt setzen würde, von Anfang an jede Glaubwürdigkeit zu nehmen, war die Bekanntgabe der Verlobung. Das musste unbedingt geschehen, bevor der Klatsch richtig begonnen hatte. Verstießen Liebende gegen die strengen moralischen Grundsätze, die heutzutage bis ins kleinste Detail festlegten, was zwischen Männern und Frauen schicklich war, so wurde der Fall natürlich mit gespielter Empörung und größter Begeisterung in allen Einzelheiten erörtert. Doch wenn es sich bei den Betroffenen um Verlobte handelte, ließ man meist Gnade walten. Waren die Turteltäubchen jedoch nicht einmal verlobt, so ruinierte jeder noch so kleine Verstoß gegen die strengen Sitten unwiederbringlich den Ruf der Dame. Vorausgesetzt, es gab Zeugen. Mavis konnte sich ihre Mühe jetzt sparen. Sicher war sie schon ganz erpicht darauf gewesen, Ophelia in Verruf zu bringen. Nun hatte sie ihr, ohne es zu wollen, geholfen, genau das zu bekommen, was sie sich in den Kopf gesetzt hatte. Einfach zu komisch!

Kurz bevor die Gebäude von Summers Glade vor ihr im Wintersonnenschein auftauchten, beschlich Ophelia das ungute Gefühl, dass es ihr vielleicht doch nicht ganz gelungen war, Sabrina wieder freundlich zu stimmen. Das Mädchen hatte sich weder bemüht, besonders höflich zu sein, noch hatte sie sich für Ophelias Besuch dankbar gezeigt. Besonders gut schien es Sabrina wirklich nicht zu gehen. Das geschah der dummen Pute nur recht – hatte sie Ophelia doch tatsächlich Duncan ausspannen wollen! Für Schuldgefühle auf Ophelias Seite bestand also kein Anlass. Sie wollte gerne, dass Sabrina ihr in Zukunft Gesellschaft leistete. Vielleicht hätte sie sie fragen sollen, warum sie sich so sehr dafür interessierte, wann genau Duncan an jenem Abend in ihr Zimmer gekommen war. Hatte sie sich mit ihrer kleinen Lüge über den genauen Zeitpunkt am Ende selbst geschadet, ohne es zu wissen?

Kaum war Ophelia durch die Eingangstür des Herrenhauses getreten, teilte ihr Mister Jacobs auch schon mit, dass Lord Neville sie erwartete. Sie beschloss, unverzüglich zu ihm zu gehen.

Eigentlich hatte sie schon viel früher ein Gespräch unter vier Augen mit dem Alten erwartet. Doch sie wurde den Eindruck nicht los, dass auch Lord Neville sie aus irgendeinem Grunde absichtlich ignorierte. Nun wollte er sich wohl bei ihr entschuldigen. Dafür war es aus Ophelias Sicht auch höchste Zeit. Schließlich war sie völlig unschuldig daran, dass eine zweite Verlobung anstand. Nicht auszudenken, um wie viel schlimmer die ganze Situation sein könnte, wenn sie gar nicht Duncans Frau werden wollte. Dann müsste sie, das eigentliche Opfer, lebenslang für das ungehörige Verhalten eines unbeherrschten jungen Mannes büßen. Doch sie hatte ja gar nichts dagegen, Duncan zu heiraten. Nur brauchte Lord Neville das nicht zu wissen. Jedenfalls nicht, bevor er sich bei ihr entschuldigt hatte.

Ophelia sollte indes eine Überraschung erleben. Nichts lag dem Marquis so fern wie eine Entschuldigung bei dem blonden jungen Mädchen. Kaum saß sie ihm an seinem Schreibtisch gegenüber, begann er mit eisiger Miene: »Ihre Eltern sind inzwischen benachrichtigt worden. Sie wissen, was sich hier zugetragen hat, und werden in Kürze auf Summers Glade eintreffen. Aber das ist nicht der eigentliche Grund, warum ich Sie habe rufen lassen. Ich möchte vielmehr einige Dinge ein für alle Mal klarstellen.«

»Aber natürlich«, antwortete Ophelia etwas hilflos. Das Gespräch begann ganz anders, als sie erwartet hatte.

»Aus verschiedenen zuverlässigen Quellen habe ich erfahren, dass Sie für ihr Leben gerne tratschen und Gerüchte in die Welt setzen.«

Ophelia war empört. Wie konnte dieser schreckliche alte Mann sich erdreisten, ihr solche Dinge vorzuwerfen, wo sie doch noch nicht einmal miteinander verwandt waren?

»Ich denke doch, dass jeder sich hier und da gerne ein wenig an harmlosem Klatsch beteiligt, Lord Neville«, entgegnete sie reserviert.

»Nicht jeder. Und längst nicht alle Menschen, die an diesem fragwürdigen Gesellschaftsspiel mitwirken, tun das aus Boshaftigkeit und Gehässigkeit. Ich möchte Sie nur wissen lassen, Lady Ophelia, dass ein solches Verhalten auf Summers Glade nicht erwünscht ist. Wenn Sie in diese Familie einheiraten wollen, werden Sie sich in Zukunft vorbildlich benehmen.«

Ophelia war schockiert und beleidigt. Boshaft? Gehässig? Sie? Wie kam dieser dürre Alte nur auf einen so absurden Gedanken? Natürlich musste man die Leute hin und wieder in ihre Schranken weisen. Oder man gestattete sich eine kleine Revanche für eine erlittene Ungerechtigkeit. Aber Boshaftigkeit und Gehässigkeit? Welch eine maßlose Übertreibung!

Ophelia konnte sich schon denken, worauf er anspielte. Es ging um ihre Bemühungen, Duncan so lächerlich zu machen, dass ihre erste Verlobung, die man schließlich ohne ihr Einverständnis arrangiert hatte, platzen musste. Vielleicht konnte man noch verstehen, wenn Neville das ein wenig persönlich nahm. Doch boshaft konnte man sie deshalb nun wahrlich nicht gleich nennen. Oder war Duncan durch sie etwa in irgendeiner Weise verletzt worden? Sie hatte sich doch nur ein lebenslanges Unglück an der Seite eines ungehobelten Wilden ersparen wollen.

»Wenn Ihnen an meinem Verhalten etwas nicht zusagt, Lord Neville, dann sagen Sie es doch bitte frei heraus. Aber werfen Sie mir nicht vor, dass –«

»Mein liebes Kind«, unterbrach der Marquis Ophelia betont ruhig. »Wenn Sie mir richtig zugehört hätten, wüssten Sie bereits, wie sehr mir Ihr Verhalten tatsächlich missfällt. Allein schon, dass eine Vielzahl unterschiedlichster Menschen glaubte, mich auf Ihre verwerflichen Gewohnheiten aufmerksam machen zu müssen, spricht für sich. Mehr noch, man klatscht auch über Sie selbst, und das kann ich mitnichten dulden. Setzen Sie sich!«, bellte er, als Ophelia sich entrüstet erheben wollte.

Ophelia ließ sich wieder auf ihren Stuhl zurücksinken. Mit feuerroten Wangen starrte sie Neville an. Wäre er keine so hoch gestellte Persönlichkeit gewesen, sie hätte ohne ein weiteres Wort den Raum verlassen. Nur sein gesellschaftlicher Rang ließ sie noch länger ausharren. Nein, sein eisiger Ton und seine finsteren Blicke beeindruckten sie nicht im Geringsten.

»Damit Sie mich richtig verstehen«, fuhr der Marquis auf seine beherrschte, aber unerbittliche Art fort. »Dieses Gespräch wäre schon viel früher geführt worden, wenn Duncan sich nach seinem ersten Zusammentreffen mit Ihnen nicht sofort geweigert hätte, Sie zu heiraten. Es muss Ihnen klar sein, welch eine große Verantwortung es mit sich bringt, wenn Sie in diese Familie einheiraten. Möglicherweise sind Sie darauf nur unzureichend vorbereitet. Oder Sie haben sich mit diesem Gedanken noch gar nicht befasst.«

»Ich bin die Tochter eines Grafen!«, gab Ophelia hochmütig zurück. »Ich kann Ihnen versichern, dass man alles getan hat, um mir eine entsprechende Erziehung angedeihen zu lassen.«

Der kritische Blick, den der alte Mann ihr daraufhin zuwarf, trug nicht dazu bei, die Wogen zu glätten. Ja, er setzte sogar noch hinzu: »Sie haben fast Ihr ganzes bisheriges Leben im Haus Ihrer Eltern in London verbracht. Was Sie dort gelernt haben, ist vielleicht nicht das, was Sie für Ihre Aufgabe hier benötigen werden. Dies ist ein großes Anwesen. Zahllose Landpächter und Angestellte leben auf und von Summers Glade und den weitläufigen Ländereien, die zu diesem Besitz gehören. Auf Sie als zukünftige Marquise kommen also ganz bestimmte Pflichten zu. Diese werden einen großen Teil Ihrer Zeit in Anspruch nehmen, und Sie werden es mit den unterschiedlichsten Menschen zu tun bekommen. Das beginnt beim Schornsteinfeger und geht über den Dorfpfarrer bis zur Königin höchstpersönlich. Ganz gleichgültig, wer vor Ihnen steht, wir erwarten, dass Sie sich jederzeit so benehmen, wie es sich für eine Marquise von Birmingdale gehört.«

»Darf ich fragen, von welcher Art Pflichten Sie hier sprechen?«, erkundigte Ophelia sich stirnrunzelnd.

»Nun, die üblichen Aufgaben, die ein so großes Anwesen wie Summers Glade mit sich bringt. Ich nehme an, man hat Ihnen zumindest beigebracht, wie man einen großen Haushalt mit entsprechend vielen Bediensteten führt. Was sonst noch hinzukommt, wird Ihnen mein Sekretär erklären. Für den Moment nur so viel: Sie werden sehr wenig Zeit haben, sich irgendwelchen Zerstreuungen zu widmen, Feste zu geben, Damenkränzchen zu veranstalten – oder zu tratschen.«

»Keine Feste? Keine Besuche?« Ophelia war bestürzt. Das konnte Lord Neville unmöglich ernst meinen. Sicher war das Haus eines Marquis doch das Zentrum des gesellschaftlichen Lebens der ganzen Grafschaft. Die Marquisen, die Ophelia von London her kannte, galten dort jedenfalls als die rührigsten Gastgeberinnen der ganzen Stadt. Man drängte sich geradezu danach, eine Einladung zu einem ihrer Tees, ihrer Empfänge oder gar zu einem ihrer viel gerühmten Bälle zu ergattern. So und nicht anders hatte sich Ophelia das Leben als Ehefrau eines hoch angesehenen, überaus wohlhabenden Adeligen vorgestellt. Sie wollte die vornehmste unter all diesen Damen werden, die Königin der Gastgeberinnen.

Doch Lord Neville klang sehr entschlossen, als er fortfuhr: »Wir empfangen hier nur äußerst selten Gäste. Das opulente Fest, das wir gerade geben, ist seit Jahrzehnten das erste seiner Art. Es dient ja einem ganz bestimmten Zweck und wird daher eine einmalige Ausnahme bleiben. Wir leisten uns auch seit geraumer Zeit kein Stadthaus in London mehr. Das wäre nur eine unnötige Ausgabe, wo wir doch sowieso nie dort hinfahren.«

»Meine Familie lebt in London«, erinnerte Ophelia ihn. »Natürlich werde ich sie oft be–«

»Ihre Familie ist hier auf Summers Glade jederzeit willkommen«, fiel Lord Neville ihr ins Wort. »Ich meine es ernst. Sie werden kaum Zeit für eigene Reisen oder Fahrten zu irgendwelchen Einladungen finden. Das gilt im Übrigen auch für Duncan. Wobei ich allerdings glaube, dass er auf solche Dinge ohnehin keinen großen Wert legt. Für Sie heißt es jetzt, sich möglichst schnell an den Lebensstil auf Summers Glade anzupassen. Betrachten Sie sich von nun an als Angehörige des Landadels.«

Ophelia wusste leider nur zu gut, was das bedeutete. Die bedauernswerten Adeligen, die ihre eigenen abgelegenen Anwesen bewohnten, anstatt dort nur gelegentlich nach dem Rechten zu sehen, kamen kaum jemals in die Stadt. Sie schienen London nicht einmal besonders zu vermissen. Nur selten nahmen sie in der Ballsaison an den ausgelassenen Festen und vornehmen Empfängen in den feinen Stadtvierteln Londons teil. Im Grunde gaben sie mehr oder weniger jede Kultiviertheit auf und wurden fast so etwas wie *Bauern.* Die vornehme Gesellschaft in London rümpfte die Nase über ihre Vettern und Cousinen vom Lande und setzte sie im schlimmsten Falle sogar mit der Arbeiterklasse gleich.

Ophelia hatte das dringende Bedürfnis, sich in die Hand zu zwicken, um endlich aus diesem schrecklichen Alptraum erwachen zu können, doch sie wusste, dass das kein Traum sein konnte. Bei ihrem Entschluss, doch mit Duncan MacTavish vorlieb zu nehmen, hatte sie sich das Leben einer Marquise beileibe nicht so vorgestellt, wie Lord Neville es eben beschrieben hatte. Duncans gutes Aussehen und der Titel, den er erben würde, wogen die Schrecken, die seine zukünftige Ehefrau erwarteten, bei weitem nicht auf.

Mit wachsender Verzweiflung stellte Ophelia fest, dass sie in einer bösen Falle saß. Und schuld daran war allein Mavis. Wäre Mavis, die inzwischen die größte Bedrohung für Ophelias Ruf darstellte, noch ihre Freundin gewesen, so hätte Ophelia ihr das Versprechen abnehmen können, über die Szene in ihrem Schlafzimmer Stillschweigen zu bewahren. Wahrscheinlich wäre Mavis auch darauf eingegangen. Im Grunde war ja auch nichts wirklich Unschickliches vorgefallen.

Ophelias Ehre hatte ja noch nicht einmal einen kleinen Kratzer abbekommen. Schließlich waren Duncan und sie ja nicht im Bett überrascht worden. Aber Mavis würde sich bestimmt nicht dazu überreden lassen, das, was sie in Ophelias Schlafzimmer gesehen hatte, für sich zu behalten. Warum sollte sie auch? Wo sie Ophelia doch abgrundtief hasste. Im Augenblick schwieg sie ja nur, weil sie von der Verlobung und der bevorstehenden Hochzeit gehört hatte. Die Verbindung ein zweites Mal aufzulösen würde Ophelias Feindin Mavis die Gelegenheit geben, die übelsten Gerüchte über Ophelias Lebenswandel zu verbreiten.

»Ist Ihnen nicht gut?«, fragte Neville in Ophelias sich überschlagende Gedanken hinein.

»Nur eine kleine Unpässlichkeit«, krächzte sie verstört. Ihre Stimme klang selbst für ihre eigenen Ohren eigenartig fremd. »Sie erlauben, dass ich mich zurückziehe?«

Nevilles Antwort hörte Ophelia schon gar nicht mehr, denn sie hatte nichts Eiligeres zu tun, als das Arbeitszimmer des Marquis schnurstracks zu verlassen.

36

Mit einem lauten Knall fiel die Tür hinter der davoneilenden Ophelia ins Schloss. Neville zuckte zusammen. Derlei war er nicht gewohnt. Dann lehnte er sich gedankenverloren in seinem Sessel zurück. Hatte er das Mädchen vielleicht doch etwas zu hart angepackt?

»Jetzt kommen dir wohl ein paar kleine Zweifel?«, bemerkte Archie mit einem schiefen Grinsen. Er hatte die ganze Zeit über mit dem Rücken zu den beiden in dem großen Ohrensessel am Fenster gesessen und das Gespräch mit angehört. Ophelia wusste nicht, dass sie nicht mit Neville allein gewesen war.

»Kleine, mittlere und große«, antwortete dieser müde.

»Ach, hör schon auf zu grübeln, Mann. Du glaubst doch nicht, dass sie an der ganzen Sache so unschuldig ist, wie sie vorgibt. Die Lady muss etwas angestellt haben, was den Jungen so geärgert hat, dass er einfach Hals über Kopf zu ihr ins Zimmer gestürzt ist. Er war viel zu wütend, um an die Folgen zu denken.«

»Hat er dir eigentlich gesagt, was genau vorgefallen ist, oder wenigstens, worüber er so zornig war?«

Archibald erhob sich seufzend und setzte sich Neville gegenüber an dessen Schreibtisch. »Er will nicht darüber reden, was in jener vermaledeiten Nacht vorgefallen ist. Noch nicht einmal mit mir. Ich habe ihn schon mehr als einmal danach gefragt. Aber er wird nur jedes Mal wieder wütend. Er behauptet steif und fest, allein seine eigene Unbeherrschtheit sei schuld an dem ganzen Dilemma. Mehr bekomme ich nicht aus ihm heraus. Aber es bricht mir fast das Herz, wenn er die ganze Zeit so bedrückt durch die Gegend läuft.«

»Glaubst du, mir gefällt das?«, fragte Neville. »Du hast doch immer behauptet, es käme gar nicht auf den Charakter des Mädchens an, solange es nur schön sei. Merkst du jetzt, wie Unrecht du damit hattest?«

»Und deine größte Freude besteht offenbar darin, mir das ständig unter die Nase zu reiben«, murrte Archie. »Was glaubst du wohl, warum ich vorgeschlagen habe, dass du einmal ein ernstes Wörtchen mit ihr redest? Für meinen Geschmack war sie über die Folgen des Fiaskos verdammt erfreut. Inzwischen macht sie schon einen deutlich kleinlauteren Eindruck. Duncan meidet sie, und auch du gibst dir keine besondere Mühe mit dem hübschen Kind. Und das, was du ihr eben gesagt hast, wird für sie schwer verdaulich sein. Wenn jemand einen Ausweg aus der Misere findet, dann sie. Mit Hintertürchen und Intrigen kennt diese Dame sich bestimmt bestens aus. Ach übrigens, ich fand es sehr interessant zu hören, wie mühsam das Leben einer Marquise hier bei euch in Yorkshire anscheinend ist. Oder hast du vielleicht hier und da die Tatsachen ein bisschen ausgeschmückt?«

»Ausgeschmückt nicht, nur ein wenig nachdrücklich darauf hingewiesen. Natürlich weiß ich längst, dass sie für dieses Leben nicht geeignet ist. Das habe ich gleich gemerkt, als ich sie zum ersten Mal selbst sah. Deshalb war ich auch so froh, dass Duncan sich von ihrem Äußern nicht blenden ließ.« Neville seufzte tief. »Aber ich glaube nicht, dass das, was ich ihr eben gesagt habe, noch irgendetwas ändern wird. Es gibt einfach keinen Ausweg. Sie kann die Verlobung nicht platzen lassen – selbst wenn sie das jetzt am liebsten täte. Wenn der Zwischenfall in ihrem Schlafzimmer je an die Öffentlichkeit gerät, ist ihr Ruf für alle Zeiten ruiniert. Das weiß sie so gut wie wir.«

»Aber bis jetzt haben wir von keinem Außenstehenden auch nur das kleinste Sterbenswörtchen über den Vorfall gehört. Das Mädchen – wo immer es auch sein mag –, das Duncan und Ophelia miteinander gesehen hat, muss bis jetzt geschwiegen haben. Hast du schon einmal daran gedacht, dass Mavis vielleicht gar nicht von der Sorte ist, die Gerüchte in Umlauf bringt und sich über andere das Maul zerreißt? Sogar wenn sie Ophelia tatsächlich hasst und alles tun würde, um ihr eins auszuwischen, könnte sie doch gewisse Skrupel haben. Vielleicht liegt ihr gar nichts daran, mit ihrem Wissen gleich die blendenden Zukunftsaussichten unserer Prinzessin zu zerstören.«

»Ja, ja, vielleicht. Aber so etwas kann man nicht dem Zufall überlassen, Archie. Es ist völlig gleichgültig, ob Mavis Newbolt nun mit Freuden einen Skandal inszeniert hätte oder nicht. Wir mussten einfach davon ausgehen, dass sie genau das versuchen wird, und das Schlimmste verhindern. Nur weil wir sofort gehandelt und die Verlobung unverzüglich bekannt gegeben haben, gibt es keinen Anlass mehr, über Duncan und Ophelia Gerüchte zu verbreiten. Man wird das Treffen in ihrem Schlafzimmer unter diesen Umständen vielleicht missbilligen, aber nicht mehr verdammen können. Die Verlobung hat allen potenziellen Lästermäulern den Wind aus den Segeln genommen.«

»Aber du weißt noch immer nicht, wo sich diese Mavis aufhält?«, bohrte Archie unverdrossen weiter.

Neville fuhr sich ratlos mit der Hand durch sein weißes Haar. »Sie ist wie vom Erdboden verschluckt. Sogar ihre Eltern sind inzwischen verschwunden.«

Archibald runzelte die Stirn. »Haben sie vielleicht Angst vor dir?«

Neville schnaubte. »Wenn es doch nur so wäre. Aber da muss ich dich enttäuschen. Lord Newbolt ist ein Mann, der nicht gerne irgendwelche Fragen beantwortet. Schon gar nicht, wenn er keine Ahnung hat, worum es dabei eigentlich geht. Er reagierte ziemlich ungehalten, als mein Bote ihn vor zwei Tagen zum vierten Mal aufsuchte, um mit ihm zu sprechen. Gleich darauf ist er dann zusammen mit Lady Newbolt aus London abgereist, wahrscheinlich um sich weitere Belästigungen zu ersparen. Wenn die Newbolts überhaupt wissen, wo ihre Tochter ist, werden sie es uns kaum sagen. Aber ich glaube, die junge Dame hat ihre Eltern gar nicht eingeweiht. Deshalb sind sie auch so gereizt. Es wäre ja auch ungeheuer peinlich für die Newbolts, wenn sie zugeben müssten, dass sie nicht wissen, wo sich ihre hübsche und zudem unverheiratete Tochter aufhält.«

»Warum zum Teufel ist das alles nur so schrecklich kompliziert? Kann es denn wirklich so schwierig sein, ein einzelnes junges Mädchen aufzuspüren? Sind die Leute, die du ausgesandt hast, denn allesamt nichts anderes als unfähige Tagediebe?«

Neville zog es vor, Archies letzte Frage zu überhören, und sagte: »Es ist bestimmt kein Zufall, dass wir die junge Dame noch nicht gefunden haben. Ich glaube eher, sie versteckt sich absichtlich vor uns. Und wenn dem so ist, sollten wir unsere Kräfte lieber auf andere Dinge konzentrieren. Nämlich darauf, wie wir unsere zukünftigen Enkel dem Einfluss ihrer egozentrischen Mutter weitgehend entziehen können.«

Archibald machte eine wegwerfende Handbewegung. »Du schickst die Bälger einfach, sobald sie laufen können, zu mir hinauf nach Schottland. Ins Hochland wird die gute Ophelia nicht reisen wollen, das darfst du mir glauben.«

»Das könnte dir so passen«, knurrte Neville. »Ich soll hier die Anwesenheit dieser eingebildeten Lady ertragen, und du bekommst die Erben frei Haus geliefert.«

»Wollen wir unsere alten Querelen jetzt etwa wieder aufwärmen?«, gab Archie gelangweilt zurück.

»Beileibe nicht«, antwortete Neville steif. »Ich möchte nur klarstellen, dass Duncans Kinder als Engländer aufwachsen und dieses Land lieben lernen werden. Ja, sie werden sogar lernen, unser schönes Englisch richtig zu sprechen, bevor du sie in die Finger bekommst und sie nur noch deine schottischen Grunztöne hören.«

»Du solltest mit deinen Beleidigungen sparsamer umgehen, Mann. Man könnte sonst am Ende noch glauben, du magst mich nicht«, versetzte Archie kichernd.

Neville warf ihm einen finsteren Blick zu. »Es freut mich, dass du mich auf Anhieb verstanden hast. Aber wie du in dieser Situation noch lachen kannst, ist mir schleierhaft.«

»Ich lache nicht über unser Problem, sondern über dich. Es ist einfach zu komisch, wenn du dich so ereiferst. Das passt nicht recht zu einem vornehmen englischen Lord. Jetzt reg dich doch nicht schon wieder auf, Alter! Wir sind uns ja einig über die junge Miss Reid. Sie passt nicht in unsere Familie. Sag, warum schieben wir die Hochzeit eigentlich nicht einfach so lange auf, bis wir das andere Mädchen gefunden haben?«

Neville kam aus dem Seufzen gar nicht mehr heraus. »Weil das überhaupt nichts ändern würde. Es ist viel zu gefährlich, den Heiratstermin zu verzögern. Stell dir vor, Mavis Newbolt kommt dahinter, dass die zweite Verlobung nur eine Farce ist, und fängt an, herumzuerzählen, was sie gesehen hat. Darauf könnten wir dann nur mit einer unverzüglich stattfindenden Hochzeitsfeier reagieren.«

»Ist dir eigentlich schon aufgefallen, dass wir hier unter größten Opfern und Mühen versuchen, den Ruf einer Dame zu schützen, die unseren beiden Familien höchstwahrscheinlich nichts als Verdruss und Unglück bringen wird?«

»Du meinst, wir sollen Ophelia Reid ihrem Schicksal überlassen oder am besten gleich den adeligen Klatschbasen zum Fraß vorwerfen? Daran habe ich auch bereits gedacht, denn sie verdient weiß Gott nicht die Mühe, die wir uns um ihretwillen geben. Ich habe sogar bei Duncan schon einmal ein wenig in dieser Richtung vorgefühlt. Aber was glaubst du, war seine Antwort? Er ist der festen Überzeugung, die

Verantwortung für die ganze verfahrene Situation liege allein bei ihm.«

Jetzt war es an Archie zu seufzen. »Er ist wirklich ein guter Junge. Selbst wenn er Ophelia nicht ausstehen kann, möchte er nicht, dass sie für einen Fehler, den er begangen hat, büßen muss. Uns bleibt also nichts anderes übrig, als weiter nach dem Newbolt-Mädchen zu suchen – oder zu hoffen, dass Ophelia selbst einen Ausweg findet. Den nötigen Ansporn dazu hast du ihr ja mit deinem Vortrag über das entbehrungsreiche Leben des weiblichen Landadels gegeben.«

»Du traust ihr ja wirklich einiges zu. Aber ich werde mich lieber auf die Suche nach dieser verflixten Mavis konzentrieren. Glaub mir, wenn ich sie nur finden kann, werde ich alles Erdenkliche tun, damit sie schweigt. Wenn es sein muss, überhäufe ich sie mit Reichtümern und Kostbarkeiten, drohe ihr mit den schrecklichsten Konsequenzen oder falle sogar vor ihr auf die Knie. Was immer sie verlangt, sie soll es haben. Aber dafür muss sie erst einmal gefunden werden. Und uns läuft langsam die Zeit davon.«

37

Je näher der Tag seiner Hochzeit rückte, desto schwerer fiel es Duncan, mir irgendjemandem auf Summers Glade zu reden, ohne seinen Gesprächspartner zu brüskieren. Daher ging er den verbliebenen Gästen wenn möglich aus dem Weg. Glücklicherweise war er inzwischen nicht mehr die Hauptattraktion des Festes und musste sich daher auch nicht ständig zeigen und präsentieren. So konnte er es sich erlauben, jeden Tag für einige Zeit dem Haus den Rücken zu kehren. Die Stunden, die er nicht auf dem Anwesen verbrachte, empfand er als eine Art Flucht, durchaus, obwohl sich kaum noch jemand für sein Kommen und Gehen interessierte.

Seine beiden Großväter ließen ihn inzwischen in Frieden. Schließlich hatten sie bekommen, was sie wollten – eine Braut für ihren Enkel. So richtig glücklich schienen sie über Duncans Zukünftige jedoch nicht zu sein. Vielleicht war sie ihnen ja genauso zuwider wie ihm. Freiwillig hätte er sie jedenfalls nie auch nur in die engere Wahl gezogen. Aber was blieb ihm denn anderes übrig, als dieses eitle, egoistische Wesen zu heiraten?

Noch nie zuvor in seinem Leben hatte Duncan sich so machtlos einer höheren Gewalt ausgeliefert gefühlt. Hier gab es keinen greifbaren Feind, den er bekämpfen, keine schwere Aufgabe, die er mit seiner Hände Arbeit bewältigen konnte. Er musste sich in sein Schicksal fügen. Noch nicht einmal die Nachricht, dass er von nun an in England bei seinem ihm bisher unbekannten Großvater mütterlicherseits leben müsse, hatte ihm so zugesetzt. Wütend war er über diese Missachtung seiner persönlichen Wünsche gewesen.

Doch eine Frau heiraten zu müssen, deren Gegenwart er kaum ertrug und die er sicher nie in seinem Leben lieben und schätzen lernen würde, stürzte ihn in tiefe Hoffnungslosigkeit.

Duncan fürchtete, für immer in einer erdrückenden Dunkelheit versinken zu müssen, wenn er nicht bald wenigstens einen kleinen Lichtstrahl erkennen konnte, der ihm den Weg wies. Er kannte nur eine Person, die die Gabe hatte, ihm die Augen für einen Ausweg zu öffnen, den er allein nicht fand: Sabrina. Doch langsam gelangte er zu der Überzeugung, dass er sie wohl nie mehr wieder sehen würde. Und dieser Gedanke ließ ihn fast verzweifeln.

Er fürchtete, ihre Freundschaft für immer verloren zu haben. Wahrscheinlich mied sie ihn absichtlich, weil sie ihn so sehr verachtete. Und wer wollte ihr das vorwerfen? Er hatte sie in einem Augenblick überrumpelt, als sie viel zu durcheinander gewesen war, um einen klaren Gedanken fassen zu können. Schon allein dafür verdiente er ihren Zorn, vielleicht sogar ihren Hass. Und nicht genug damit. Kaum eine Stunde, nachdem Sabrina und er sich in der Kutsche den höchsten Wonnen der Liebe hingegeben hatten, war seine Verlobung mit Ophelia bekannt gegeben worden. Was Sabrina darüber dachte, wagte Duncan sich nicht einmal auszumalen. Zweifellos hielt sie ihn für einen charakterlosen Schurken. Nicht einmal den Versuch einer Erklärung hatte sie ihm gestattet. Sie weigerte sich standhaft, ihn zu empfangen.

Er war immerhin bis zu ihr nach Hause vorgedrungen, aber man hatte ihn abgewimmelt. Sabrina sei krank und ihr Zustand erlaube keinen noch so kurzen Besuch, war die knappe Auskunft ihrer Tanten gewesen. Wahrscheinlich hatten sie ihm damit nur auf halbwegs höfliche Art sagen wollen, er solle sich zum Kuckuck scheren. Ob sie Sabrina die Briefe ausgehändigt hatten, die er in seiner Not an sie geschrieben hatte, wusste nur der Teufel selbst – und

Sabrinas resolute Tanten. Die Spaziergänge, die Sabrina sonst bei jedem Wetter täglich, ja manchmal sogar mehrmals am Tag unternommen hatte, schien sie aufgegeben zu haben. Verzweifelt war Duncan tagelang durch die ganze Gegend geritten, immer wieder die Straße zu ihrem Haus passierend, hatte Stunden im eisigen Wind auf der Anhöhe verbracht, auf der sie einander zum ersten Mal begegnet waren – ohne Erfolg. All seine Anstrengungen waren vergeblich gewesen.

Dann sah er sie plötzlich völlig unerwartet vor ihm die Straße entlang gehen. Sie war ein gutes Stück von ihm entfernt, doch er erkannte sie sofort. Der gnadenlose Winterwind riss wild an ihrer Haube und an dem hellbraunen Haar, das darunter hervorlugte. Ihr dicker Mantel hüllte sie fast völlig ein und schützte sie vor der beißenden Kälte. Doch er verdeckte auch ihre wunderbaren Rundungen und verbarg unter seinem groben Stoff Sabrinas eigene, sehr weibliche Schönheit. Duncan gab seinem Pferd die Sporen. Erschreckt fiel der Hengst in gestreckten Galopp. In einer wirbelnden Staubwolke kamen Ross und Reiter bei Sabrina an. Duncan wollte abspringen, Sabrina in seine Arme schließen und nie wieder loslassen. Doch das durfte nicht sein. Also rief er zu ihr hinunter: »Ich denke, du bist krank? Was machst du dann bei dieser Kälte hier draußen? Und warum, zum Teufel, wolltest du nicht mit mir sprechen, als ich zu euch nach Hause kam?«

All seine lang angestaute Verzweiflung brach mit diesen Worten aus ihm heraus. Doch Sabrina blieb stumm. Nur einen eigenartigen Blick warf sie ihm zu. Einen Augenblick lang verhielt sie ihren Schritt. Es schien, als wolle sie etwas sagen. Doch dann wandte sie sich schweigend ab und ging weiter. Wie konnte sie das nur tun?

Fassungslos starrte Duncan hinter ihr her. Es dauerte einen kurzen Moment, bis er selbst merkte, wie vorwurfsvoll und ungerecht er eben geklungen hatte. Was für ein unverbesserlicher grober Rüpel er doch war! Selbst ein so liebenswürdiger, freundlicher Mensch wie Sabrina musste irgendwann die Geduld mit ihm verlieren.

Seufzend trieb er sein Pferd wieder vorwärts. Bald hatte er die zerzauste kleine Gestalt erneut eingeholt. »So warte doch«, rief er flehend. Sie ging weiter. »Willst du mich denn nicht wenigstens ein paar Minuten lang mit dir sprechen lassen?«

Sabrina blieb stehen und sagte ernst: »Wir sollten nicht miteinander gesehen werden, Duncan.«

»Aber warum denn das?«

»Du bist verlobt. Da schickt es sich nicht, andere Frauen zu besuchen oder sie auf der Straße anzusprechen. Es könnte ein falscher Eindruck entstehen. Und wir wollen doch nicht, dass Ophelia davon erfährt, oder?«

Und schon ging sie weiter. Das Staunen und die Empörung, die er über diese kalte Zurückweisung empfand, ließ ihn den bitteren Ton in ihrer Stimme sofort vergessen. »Verdammt, wen kümmert schon, was sie denkt?«, rief er hinter ihr her. »Ich besuche meine Freunde, wann immer es mir passt. Oder sind wir keine Freunde mehr?«

Diese Worte brachten Sabrina nun doch dazu, abrupt anzuhalten. Sie machte auf dem Absatz kehrt und kam zu ihm zurück, doch nur um zu sagen: »Ophelia wird es nicht dulden, dass du eine andere Frau deine Freundin nennst. Oder hast du vergessen, wie eifersüchtig sie ist oder wie schnell sie ohne Rücksicht auf Verluste Gift und Galle spuckt, wenn ihr etwas gegen den Strich geht?«

»Deshalb warst du neulich nachts so verletzt und durcheinander! Sie hat ihr wüstes Schandmaul wieder einmal nicht halten können.«

Sabrina seufzte. »Nein, das war nicht der eigentliche Grund für meine Bestürzung. In Wirklichkeit war ich vor allem deshalb so bestürzt, weil ich die Beherrschung verloren habe. Ich habe mich auf ihre Ebene herabgelassen und mich keinen Deut besser benommen als sie. Und das ist nun einmal nicht meine Art. Ich lasse meinen Zorn sonst nicht so leicht mit mir durchgehen.«

Eine Sabrina, die die Beherrschung verlor? Schwer vorstellbar. Das hätte Duncan gerne mit eigenen Augen gesehen. Oder vielleicht doch lieber nicht? Die steife Reserviertheit, die sie ihm gegenüber gerade an den Tag legte, war schon schlimm genug.

Er sprang aus dem Sattel, um ihr näher zu sein. »Wenigstens ist dein Wutausbruch ohne schlimme Folgen geblieben. Man kann durch eine Unbeherrschtheit im falschen Moment nämlich auch gleich sein ganzes Leben zerstören.«

Die Resignation, die aus seiner Stimme klang, ließ Sabrina aufhorchen. Sie musste ihn einfach fragen: »Sein Leben zerstören? Wie meinst du das? Was ist passiert?«

»Ich war furchtbar wütend auf Ophelia, weil sie dich zum Weglaufen und zum Weinen gebracht hat. Ich wusste, dass deine Tränen etwas mit ihr zu tun haben mussten, denn du bist ja gleich nach deinem Gespräch mit ihr in die Nacht hinaus gestürzt.«

»Aber ich war ja gar nicht wegen Ophelia so außer mir. Ihre Sticheleien und Beleidigungen prallen schon seit geraumer Zeit einfach an mir ab. Mein eigenes armseliges Verhalten hat mich viel mehr erschreckt.«

»Nun ja, du wolltest mir in jener Nacht nicht sagen, was geschehen war«, erinnerte er sie. »Und auf meiner Rückfahrt nach Summers Glade schwor ich mir, dass ich den Grund für deine Verzweiflung aus Ophelia herausbekommen würde. Dann konnte ich sie zunächst nirgends finden und wurde dadurch nur noch zorniger. Als mir dann endlich eine Zofe sagte, wo sie war, dachte ich keine Sekunde lang daran, dass es falsch ausgelegt werden könnte, wenn ich sie dort aufsuchte.«

»Wo war sie denn?«

»In ihrem Schlafzimmer.«

In Sabrinas Kopf wirbelten die Gedanken durcheinander.

Es gab so viel, was sie sagen und wissen wollte. Doch schließlich brachte sie nur ein »Oh« heraus.

»An sich wäre das nicht einmal so schlimm gewesen. Doch plötzlich ging die Tür auf, und ein anderes Mädchen stand im Zimmer.«

»Hat dieses Mädchen einen Namen?«

»Sie heißt Mavis Newbolt. Ophelia behauptet, Mavis hasse sie wie die Pest und würde liebend gerne jedem erzählen, dass wir beide uns allein in ihrem Schlafzimmer aufhielten. Ich kann nur hoffen, dass Mavis schweigt. Aber sie ist wie vom Erdboden verschluckt, und keiner weiß, ob sie in ihrem Versteck vielleicht nur auf den passenden Moment wartet, um einen riesigen Skandal auszulösen.«

»Willst du damit sagen, dass du nur deshalb wieder mit Ophelia verlobt bist?«

»Warum denn sonst?«, fragte Duncan erstaunt. »Du glaubst doch nicht etwa, ich *will* sie heiraten?«

»Und das Ganze ist passiert, *nachdem* du mich ... heimgefahren hast?«

»Genau.«

Sabrina wandte ihr Gesicht ab und stierte finster in die Ferne. Duncan wollte seinen Ohren nicht trauen, als er das kurze, tiefe Grollen hörte, das plötzlich aus ihrer Kehle stieg. Ein solches Geräusch passte nicht zu Sabrina. Sicher hatte er es sich nur eingebildet. Nach einigen Minuten, die ihm wie eine Ewigkeit erschienen, sah sie ihn wieder an. Dabei war ihr Gesicht eigenartig starr und ausdruckslos. Mit ruhiger Stimme sagte sie: »So leicht Ophelia eine Lüge über die Lippen gehen mag – dass Mavis sie nicht ausstehen kann, ist leider wahr. Daran ist Ophelia allerdings selbst schuld. Noch bis vor kurzem waren die beiden gute Freundinnen. Doch dann hatten sie einen hässlichen Streit. Das war sogar erst vor ein paar Tagen bei euch auf Summers Glade. Danach hat Ophelia mit allen Mitteln versucht, Mavis Newbolt zu verleumden.«

»Wie gut kennst du dieses Mädchen denn? Glaubst du, sie will sich um jeden Preis an Ophelia rächen? Auch wenn sie damit jemand anders schrecklich schaden würde?«

»Tut mir leid, Duncan. Um diese Frage zu beantworten, weiß ich zu wenig über Mavis. Ich mochte sie eigentlich immer ganz gerne. Sie kann recht nett sein – zumindest, wenn sie nicht in Ophelias Nähe ist. In Ophelias Gesellschaft war sie oft ziemlich schnippisch, ja sogar giftig. Aber diese Wirkung scheint Ophelia auf viele Menschen zu haben. Sie bringt mühelos die schlechtesten Seiten ihres Gegenübers zutage. Eigenartig, nicht wahr?«

»Nein, eigentlich nicht. Ich finde es viel erstaunlicher, dass irgendjemand im Ernst glauben könnte, ich hätte etwas Unschickliches mit Ophelia getan. Und das nur, weil man uns zusammen in einem Zimmer gesehen hat. Dabei habe ich sie noch nicht einmal mit dem kleinen Finger berührt. Und jetzt scheint es keinen anderen Ausweg zu geben, als sie zu heiraten, außer …«

»Außer?«

Duncan sprach nicht weiter. Wie hatte er überhaupt auf diesen abwegigen Gedanken kommen und ihn dann auch noch beinahe laut aussprechen können? Damit würde er nur Sabrina benutzen, um seine eigene Haut zu retten. Doch um wie unendlich viel lieber wollte er … Aber wie konnte er auch nur daran denken, ihre Gutmütigkeit so schamlos auszunutzen. Das hatte er schon mehr als einmal getan.

»Ach, es war nur so ein Gedanke«, sagte er schließlich seufzend. »Etwas, was man besser ungesagt vergisst.«

»Man sollte eigentlich annehmen, dass du nichts unversucht lassen möchtest – wenn du Ophelia tatsächlich nicht heiraten willst.«

Der kühle Unterton, mit dem Sabrina sprach, war nicht zu überhören. Wie um sich zu verteidigen, antwortete Duncan: »Ich zermartere mir deswegen Tag und Nacht den Kopf, das kannst du mir glauben. Und ich weiß sehr gut, dass ich nicht sie kompromittiert habe, sondern dich. Wenn ich schon gezwungen bin, irgendjemanden zu heiraten, dann solltest du das sein, nicht sie. Oh, verdammt! So meine ich es doch gar nicht.«

Als Sabrina nun antwortete, hatte sich ihre Kühle schon fast in eisige Kälte verwandelt. »Egal, wie du es meinst, das ist ausgeschlossen. Ophelias Ruf wäre für alle Zeiten ruiniert, wenn es irgendwie an die Öffentlichkeit dringt, dass du allein mit ihr in ihrem Schlafzimmer warst. Dabei kommt es gar nicht darauf an, ob du sie nun überhaupt berührt hast oder nicht. Die Leute glauben immer nur das, was sie glauben wollen. Das weiß ich selbst am besten. Die Wahrheit interessiert sie im Grunde nicht im Geringsten, solange das, was man ihnen erzählt, nur skandalös und unterhaltsam genug ist, um ihnen die Langeweile zu vertreiben. Und obwohl ich für Ophelia inzwischen nur noch Verachtung empfinden kann, möchte ich auf keinen Fall dazu beitragen, ihre Zukunft zu zerstören.«

Damit ließ Sabrina Duncan endgültig stehen. Er machte keinen weiteren Versuch, sie aufzuhalten. Das Gespräch mit ihr hatte nicht, wie erhofft, dazu beigetragen, ihm einen Ausweg zu weisen oder wenigstens seine Stimmung zu heben. Im Gegenteil. Er war noch niedergeschlagener und mutloser als zuvor. Denn Sabrina schien genauso verzweifelt zu sein wie er.

38

Endlosen bleiernen Schnüren gleich fiel der Regen nun schon seit Stunden aus einem von dunkelgrauen Wolken verhangenen Himmel. Es schien fast, als wolle die Sonne ihre wärmenden Strahlen nie wieder auf die vom eisigen Regenwasser getränkte Erde hinunterschicken. Duncan stand am Wohnzimmerfenster und blickte hinaus auf die grauen Wasserfäden. Ob Sabrina jetzt wohl auch aus dem Fenster sah? Sie liebte den Regen, ja sogar die gewaltigen Stürme. Sabrina betrachtete jede Art von Wetter, ganz gleich zu welcher Jahreszeit, als ein Geschenk der Natur. Duncan musste an ihr vor Glück strahlendes Gesicht denken, als er sie bei Regen und Wind auf die Terrasse hinausgezogen hatte …

»Du kannst mir nicht ewig aus dem Weg gehen.«

Ophelias Stimme ging ihm durch Mark und Bein. Dabei hatte sie ihn nicht einmal erschreckt, denn er hatte die Widerspiegelung ihrer Gestalt im Fenster gesehen, als sie sich ihm von hinten genähert hatte. Die dunklen Wolken und der dichte Regen machten es notwendig, dass an diesem Nachmittag bereits überall im Haus Lampen angezündet werden mussten. Aber selbst ohne das künstliche Licht hinter ihr hätte Ophelias Abbild sich deutlich auf dem Fensterglas abgezeichnet. Es war, als strahle sie von innen heraus in einem eigentümlich gleißenden Licht. Das konnte unmöglich nur an ihrem hellblonden Haar oder ihrem fast weißen Teint liegen.

Duncan drehte ihr absichtlich weiterhin den Rücken zu. Er wollte Ophelia nicht sehen und nicht mit ihr sprechen. Und erst recht wollte er sich vor ihr nicht dafür rechtfertigen müssen, dass er sie mied. Er hatte ihr nichts zu sagen. Ganz davon abgesehen wusste Duncan einfach noch nicht recht, wie er sich ihr gegenüber in Zukunft verhalten sollte.

Vielleicht war es am einfachsten, ihr die Wahrheit zu sagen, nämlich dass er ihre Gegenwart beinahe unerträglich fand. Das war wahrscheinlich die sicherste Art, dafür zu sorgen, dass Ophelia Reid und er, einmal verheiratet, wie zwei Fremde zusammen unter einem Dach leben würden. Aus Duncans Sicht ein durchaus akzeptabler Zustand. Oder er konnte versuchen, sich irgendwie mit ihr zusammenzuraufen und das Beste aus ihrem erzwungenen Zusammenleben zu machen. Er wusste nur nicht, ob er das wirklich wollte. Vielleicht war es ja einen Versuch wert. Aber früher oder später würde Ophelia ohnehin seine wahren Gefühle für sie erraten. Das musste unweigerlich zu Spannungen und letztendlich zu eisiger Distanz zwischen ihnen führen. Wozu sich also überhaupt die Mühe machen?

Die Antwort auf diese Frage kannte Duncan nur zu gut. Archie hatte schließlich kein Blatt vor den Mund genommen. Was er von ihm erwartete, war Duncan nur allzu schmerzlich bewusst. Archie zuliebe musste er sich zusammenreißen. Sein Großvater wollte, dass er heiratete und ihm so schnell wie möglich ein paar Urenkel schenkte, die er dann zu seinen Erben machen konnte. Diese Urenkel würde es nicht geben, wenn Duncan sich von seiner eigenen Frau fern hielt.

»Was sollen die Leute denken?«

Konnte sie ihn denn nicht einfach in Frieden lassen? Duncan unterdrückte ein Seufzen und wandte sich Ophelia widerstrebend zu.

»Dass wir vielleicht in Wirklichkeit gar nicht heiraten wollen?«

Duncan überraschte seine spontan gegebene Antwort beinahe genauso sehr wie Ophelia. Die Worte waren wie von selbst aus seinem Mund gekommen. Damit hatte sich wohl jeder Versuch, Ophelia gegenüber freundliche Gefühle vorzutäuschen, erübrigt. Ihm war es ohnehin lieber, sich nicht verstellen zu müssen. Vielleicht konnten sie ja offen miteinander sein und auf diese Weise irgendwie zu einem für sie beide erträglichen Zusammenleben gelangen.

Duncan fragte sich, ob Ophelia sich wohl noch ändern konnte. Oder war ihre Selbstverliebtheit dafür einfach zu groß? Wollte er überhaupt versuchen, sie zu ändern? Wenn er sich diese Frage ehrlich beantwortete, brauchte er ein so schwieriges Unterfangen erst gar nicht in Angriff zu nehmen.

»Nun, ich möchte dich jedenfalls nicht heiraten«, sagte sie hochnäsig. »Zumindest nicht mehr. Seit mir dein Großvater eröffnet hat, wie schrecklich anstrengend und eintönig das Leben hier für mich sein wird, ist mir jede Lust darauf, deine Frau zu werden, gründlich vergangen. Aber du könntest langsam wirklich aufhören, so zu tun, als wäre diese Heirat ein Opfer für dich. Du kannst es ja kaum erwarten, mich endlich zum Traualtar führen zu dürfen. Was dir nicht passt, ist doch nur die Art und Weise, wie es zu unserer zweiten Verlobung kam.«

Einen Augenblick lang war Duncan sprachlos. Doch er fing sich schnell wieder. »Hast du eigentlich je daran gedacht, Ophelia, dass die äußere Erscheinung einer Frau durchaus nicht für alle Männer dieser Welt ausschlaggebend dafür ist, ob sie sie lieben und bewundern? Es soll tatsächlich Männer geben, denen der Charakter eines Mädchens wichtiger ist als ein hübsches Gesicht.«

Nur einen Lidschlag lang starrte Ophelia Duncan mit zusammengekniffenen Lippen an. Dann ließ sie ein abfälliges, spitzes Lachen hören. »Die zahllosen Heiratsanträge, die man mir bereits gemacht hat, beweisen das Gegenteil. Denn die meisten Bewerber, die um meine Hand anhielten, waren Männer, die mich kaum kannten. Welche Schlüsse auf die Vorlieben des starken Geschlechts lässt das denn nun zu?«

»Ich schließe daraus nur, dass dich diese Verehrer glauben machten, es käme sämtlichen Männern tatsächlich einzig und allein auf Schönheit an. Schon bald nach deiner Hochzeit mit einem von ihnen wäre es für beide Seiten zu einem bösen Erwachen gekommen. Du hättest nämlich gar nicht anders gekonnt, als dem Mann binnen Tagen oder Stunden dein wahres Gesicht zu zeigen. Ich will ehrlich mit dir sein, Ophelia. Die üblen Gemeinheiten, zu denen du fähig bist, und die Art, wie du alle Menschen um dich herum spüren lässt, dass du dich im Grunde nur für dich selbst interessierst – das alles ist mir zuwider.«

»Wenn du glaubst –«

Zutiefst empört hatte sie Duncan eine Erwiderung entgegen schleudern wollen, doch er war noch nicht fertig. Unter Aufbietung all seiner Selbstbeherrschung sagte er im ruhigsten Ton, den er zustande brachte: »Halte noch einen Augenblick ein und hör dir an, warum ich dir das alles sage. Wenn wir heiraten müssen – und es sieht leider ganz danach aus –, haben wir hinterher nur zwei Möglichkeiten. Wir können friedlich zusammenleben oder uns gegenseitig das Leben zur Hölle machen. Und wenn wir uns vertragen sollen, musst du dich ändern. Glaubst du, dass du das vermagst?«

»Ich sehe überhaupt keinen Grund, mich zu ändern. Was ich tue oder lasse, geht nur mich allein etwas an«, beharrte sie.

Duncan seufzte. »Wenn du noch nicht einmal begreifst, wie sehr deine Hochmütigkeit und dein Hang zur Boshaftigkeit mich anwidern, hat es wohl keinen Sinn, dass wir überhaupt noch miteinander reden.«

»Ach, eine klitzekleine Beleidigung, und schon bin ich boshaft? Interessiert es dich eigentlich, dass ich dich niemals heiraten wollte und dass ich vor lauter Wut nicht aus noch ein wusste, als man mich einfach eines Tages zu deiner Verlobten erklärte? Nach meinen Gefühlen, meinen Plänen oder gar nach meinen Befürchtungen hat dabei nie jemand gefragt. Ich musste eben einen Weg finden, um aus dieser erzwungenen Verlobung zu entkommen. Ist das wirklich so verwerflich?«

»Du hättest andere Möglichkeiten gehabt, dein Ziel zu erreichen«, antwortete Duncan ungerührt. »Die einfachste wäre gewesen, dich mir anzuvertrauen. Dann hätten wir die Verbindung in beiderseitigem Einvernehmen lösen können.«

»Das kann nicht dein Ernst sein! Ich wusste doch ganz genau, dass dich nichts auf der Welt mehr von einer Heirat mit mir abbringen würde, wenn du mich erst einmal gesehen hattest. Meine einzige Chance war, dich so wütend zu machen, dass du dich zu einer unbedachten Handlung hinreißen lässt und von dir aus die Verlobung abbrichst.«

Duncan musste zugeben, dass Ophelias Vermutungen nicht völlig aus der Luft gegriffen waren. Als er zum ersten Mal vor sie hingetreten war, hatte er sich zunächst für einen echten Glückspilz gehalten. Ihre Schönheit hatte ihn sofort in Bann gezogen – dadurch unterschied er sich in nichts von all den anderen Männern, die ihr zu Füßen lagen. Hätte sie ihm in diesem Augenblick erklärt, dass sie ihn um keinen Preis heiraten wollte – er hätte alles daran gesetzt, sie umzustimmen. Mit Sicherheit wären ihm schon Tage oder Wochen danach die Augen aufgegangen. Nur allzu bald hätte er gemerkt, dass Ophelia nicht die richtige Frau für einen Mann wie ihn war.

Anstatt offen mit ihm zu sprechen, hatte Ophelia ihr übles Spiel mit ihm gespielt. Ihre Rechnung war aufgegangen, denn mit ihren Beleidigungen hatte sie ihr Ziel erreicht. Und was hatte sie sich dafür nicht alles einfallen lassen …

»Musstest du dazu tatsächlich auch noch all diese hanebüchenen Gerüchte über mich in die Welt setzen und mich mit deinen erfundenen Geschichten über den rohen Wilden aus dem finsteren Hochland überall der Lächerlichkeit preisgeben?«

»Sei doch nicht albern«, schalt Ophelia ihn, als wäre er ein dummes Kind. »Um dich ging es dabei doch gar nicht. Ich wollte, dass meine Eltern erkennen, welch eine schlechte Wahl sie für mich getroffen haben. Sie sollten von selbst darauf kommen, dass du kein geeigneter Kandidat für mich bist, und dann von sich aus die Verlobung rückgängig machen. Doch sie stellten sich einfach taub. Ihre Entscheidung für dich als Schwiegersohn stand von Anfang an unverrückbar fest. Jetzt tu doch nicht so, als hätten dich die paar läppischen Gerüchte wirklich getroffen. Schließlich war ja kein Wort davon wahr. Jeder, der dich persönlich kennen lernt, kann sich selbst davon überzeugen, dass du ganz anders bist, als man es sich erzählt hat.«

Duncan konnte nur ungläubig den Kopf schütteln. »Fällt dir denn gar nicht auf, wie schäbig du dich benimmst? Wo doch ein klein wenig Offenheit gereicht hätte, um –«

»Um zu nichts zu führen?«, unterbrach sie ihn bitter. »Das habe ich versucht, Duncan. Ich habe meine Eltern mehr als einmal wissen lassen, dass ich keinen Mann heiraten möchte, den ich gar nicht kenne. Aber sag du mir doch ganz ehrlich, was in dir vorging, als man dir erklärte, dass du eine Frau heiraten musst, die du noch nie gesehen hast!« Sie seufzte resigniert. »Ach nein, lass es lieber. Dir war das wohl ganz recht, denn schließlich hast du dich ja nicht dagegen gewehrt.«

Duncan stieg das Blut in den Kopf. Seine Gefühle, als man ihm eröffnet hatte, dass er eine Unbekannte zur Frau nehmen sollte, waren den ihren nicht unähnlich gewesen. Zumindest wenn es stimmte, was sie ihm erzählte. Wie konnte sie annehmen, dass er so etwas guthieß?

»Was meine Großväter ausgeheckt hatten, erfuhr ich selbst erst ein paar Stunden, bevor ich nach England reisen musste. Ich bin alt genug, um mir selbst eine Frau auszusuchen. Dass Neville glaubte, er könne diese Aufgabe für mich übernehmen, war ein großer Fehler. Ich wollte die Verlobung mit dir zunächst rundweg ablehnen, doch man hat mich gebeten, dich wenigstens erst einmal kennen zu lernen. Das habe ich getan.«

Nun errötete auch Ophelia. »Das konnte ich doch alles gar nicht wissen«, verteidigte sie sich. »Aber wenn dir Wahrheit und Offenheit so wichtig sind, dann sag mir doch, ob du die Verlobung auch ohne meine Beleidigung aufgelöst hättest.«

Darüber hatte Duncan gerade erst ausführlich nachgedacht. Somit konnte er sofort antworten: »Nein, zumindest nicht gleich. Du bist wirklich von außergewöhnlicher Schönheit, Ophelia. Das muss ich zugeben. Aber ich hätte sicher in kürzester Zeit entdeckt, was sich hinter diesem schönen Schein verbirgt. Und diese Entdeckung hätte mir nicht gefallen. Jetzt ist es für diese Überlegungen ohnehin zu spät. Und inzwischen weiß ich, dass du sogar an unserer erzwungenen zweiten Verlobung indirekt schuld bist. Denn du hast dich mit dem Mädchen, das uns gesehen hat, zerstritten und verfeindet. Wenn nicht gerade Mavis Newbolt in dein Zimmer gekommen wäre, wären wir beide jetzt nicht in dieser üblen Lage.«

»Das glaube ich kaum«, widersprach Ophelia. »Es war noch nie besonders einfach oder Erfolg versprechend, sich das Schweigen anderer Menschen zu erkaufen.«

Duncan verdrehte ungeduldig die Augen. »Es soll auch vorkommen, dass man jemanden gar nicht erst kaufen muss, Ophelia. Du wirst es vielleicht nicht glauben, aber manche Leute haben einfach ein Quäntchen Anstand im Leib und schon deshalb kein Interesse daran, anderen zu schaden.«

»Du glaubst anscheinend an den Weihnachtsmann«, warf Ophelia schnippisch ein.

»Und du erwartest von jedem nur, dass er genauso berechnend und hinterhältig ist wie du. Nun, wie dem auch sei, es scheint für uns keine andere Möglichkeit zu geben, als zu heiraten. Außerdem will ich immer noch von dir wissen, ob du dich ändern wirst. Kannst du aufhören, dir andere

Menschen zu Feinden zu machen, nur weil sie nicht das tun oder sagen, was du dir in den Kopf setzt? Kannst du aufhören zu lügen, um deine Interessen durchzusetzen oder –«

»Ach, hör doch auf«, unterbrach sie ihn ungeduldig. »Soll ich vielleicht auch gleich noch das Atmen lassen?«

»Sarkasmus bringt uns keinen Schritt weiter.«

»Das war nicht sarkastisch«, erwiderte sie. »Du bist einfach viel zu edel für meinen Geschmack, Duncan MacTavish. Nennen wir die Dinge doch beim Namen. Wir passen nicht zueinander und das wird auch so bleiben. Als ich dich zum ersten Mal sah, dachte ich eine Zeitlang, es wäre vielleicht doch nicht so übel, deine Frau zu werden. Doch ich habe meine Meinung gründlich geändert. Vor allem, nachdem Lord Neville mich endlich einmal über das grauenhaft anstrengende und langweilige Leben, das die Herrin von Summers Glade erwartet, aufgeklärt hat. Glaub mir, ich möchte nichts lieber, als einer Zukunft an deiner Seite entkommen. Ich würde sogar vor Mavis auf die Knie fallen, jawohl, auf die Knie fallen, damit sie den Mund hält. Doch ich weiß genau, dass selbst eine solche Geste nichts nützen würde. Sie hasst mich und das wahrscheinlich schon seit jeher.«

»Aber warum denn?«, wollte Duncan wissen. »Hast du ihr denn einen Grund dafür gegeben?«

»Bist du denn tatsächlich so naiv? Ich habe ihr nie etwas zuleide getan. Mein einziger Fehler besteht darin, dass ich bereits als Schönheit zur Welt gekommen bin. Darum war ich schon seit frühester Kindheit die Zielscheibe für den Neid und die Eifersucht anderer Frauen. Natürlich versuchen sie, das vor mir zu verbergen, aber es gelingt ihnen selten auf Dauer. Wie so viele andere auch tat Mavis so, als möge sie mich. In Wirklichkeit wollte sie nur in meiner Nähe sein, um sich in meinem Glanz zu sonnen und von meiner Beliebtheit zu profitieren. Denkst du, ich merke nicht, wenn man mich benutzt? Glaubst du, das lässt mich kalt?«

»Wenn ich nicht annehmen müsste, dass du wahrscheinlich etwas getan hast, was Mavis' Hass auf dich rechtfertigt, würde ich dich jetzt bemitleiden.«

»Untersteh dich!«, fuhr sie Duncan an. »Und hör endlich auf, wie ein verzogenes Kind über unsere verfahrene Situation zu jammern! Darf ich dich daran erinnern, dass du allein daran schuld bist? Schließlich hat uns deine vermaledeite Unbeherrschtheit erst in diese Lage gebracht. Also tu etwas! Ich bin eine Frau und kann nicht durch die Gegend reiten und nach Mavis suchen. Aber du kannst es! Worauf wartest du denn noch?«

Nach diesen Worten rauschte Ophelia davon. Sie hatten sich im Kreis gedreht. Duncans Zukunft lag noch genauso dunkel vor ihm wie vor diesem hitzigen Gespräch. Mavis Newbolt suchen? In einer Gegend, die er überhaupt nicht kannte? Es gab keinerlei Anhaltspunkte dafür, wo sie sich aufhielt. Aber Ophelia hatte Recht. Schluss mit dem Gejammer! Er durfte sich nicht einfach seiner düsteren Stimmung überlassen. Wenn es auch nur die geringste Chance gab, der Hölle, die ihn erwartete, zu entrinnen, musste er versuchen, sie zu nutzen.

Ein wenig Hoffnung gab Duncan die Tatsache, dass Neville seine besten Männer ausgeschickt hatte, um das Newbolt-Mädchen zu suchen. Sein Großvater setzte großes Vertrauen in den Spürsinn dieser Leute. Aber sollte Duncan sich allein auf Nevilles Leute verlassen, wo sein Hochzeitstag doch schon so bald bevorstand?

39

Als Duncan sich einmal entschieden hatte, Mavis Newbolt selbst zu suchen, wäre er am liebsten sofort aufgebrochen. Doch schon allzu bald schmolz seine gerade erst gefasste Hoffnung dahin wie ein Häuflein Schnee in der Frühlingssonne. Es war, als wolle man die sprichwörtliche Stecknadel in einem Heuhaufen finden. Unzählige Adressen, die auch noch über sämtliche Grafschaften Englands verteilt waren, kamen für Mavis' Unterschlupf in Frage. Wie die Ironie es wollte, war Ophelia beim Zusammentragen dieser Informationen Duncans größte Hilfe. Sie kannte Mavis Newbolts gesamten Freundeskreis und wusste, wo diese Leute lebten. Duncan konnte nur hoffen, dass sie sich gegenwärtig alle in ihren Stadthäusern in London aufhielten, um an den Bällen der laufenden Saison teilnehmen zu können. Wenn sie sich auf ihren Ländereien aufhielten, würde er Wochen oder gar Monate brauchen, um sie alle aufzusuchen.

Nun hieß es erst einmal auszuwählen, welche der Adressen am vielversprechendsten waren, denn in den wenigen Tagen, die ihm bis zu seiner Hochzeit noch blieben, musste Duncan möglichst viele wichtige Hinweise auf Mavis' Verbleib sammeln oder am besten das Mädchen gleich selbst finden. Er brauchte jemanden, der ihm half, aus der langen Liste von Namen und Adressen die entscheidenden herauszufiltern.

Raphael Locke war schnell gefunden. Er war unterwegs zu Duncan und erklärte ihm auch gleich: »Ich weiß, Sie werden es sehr ungern hören, doch ich muss mich von Ihnen verabschieden. Alle guten Dinge – und glücklicherweise auch alle schlechten – müssen irgendwann einmal ein Ende haben. Ich werde also in Kürze nach London aufbrechen. Nichts für ungut, alter Freund, aber dieser Aufenthalt auf Summers Glade beginnt langsam, mich zu bedrücken. Man könnte glauben, hier wird eine Beerdigung vorbereitet und keine Hochzeit.«

»Da kann ich Ihnen leider nicht widersprechen«, gab Duncan zu. »Aber ich muss selbst auch unverzüglich nach London und wollte Sie fragen –«

»Sie suchen Ihr Heil in der Flucht?«, fiel Rafe ihm ins Wort. Dann fügte er kopfschüttelnd hinzu: »Sieh an! Das hätte ich nun wieder nicht von Ihnen gedacht.«

Duncan war nicht zu Späßen aufgelegt, doch er bemühte sich um eine freundliche Tonlage, denn er brauchte den Rat dieses Engländers, der sicherlich in den vornehmsten Häusern der gehobenen Gesellschaft ein und aus ging. »Ich werde Mavis Newbolt suchen, das Mädchen, das den Schlüssel zu dem vermaledeiten Skandal in der Hand hält. Das ist der einzige Ausweg, der mir noch bleibt.«

»Suchen? Heißt das, die junge Dame ist verschwunden?«

Duncan nickte. »Sie ist nicht zu ihrer Familie zurückgefahren, als sie Summers Glade verließ. Und ihre Eltern sind über die Nachforschungen, die inzwischen angestellt wurden, so erbost, dass sie London verlassen haben. Nevilles Leute suchen fieberhaft nach Mavis. Bislang leider ohne jeden Erfolg.«

»Tja, mein Lieber, das klingt fast, als wolle sie gar nicht, dass man sie findet«, stellte Raphael nachdenklich fest.

»Genau das vermute ich inzwischen auch. Aber es muss doch irgendeinen Menschen geben, der weiß, wo sie sich verschanzt hat. Ich habe die Adressen all ihrer Freunde und Bekannten und werde –«

»Sie werden vor allem Ihre Zeit verschwenden«, beendete Raphael den Satz. »Wenn Mavis sich tatsächlich versteckt hält – aber warum sollte sie so etwas tun? –, wird sie ihren Bekannten bestimmt nicht gesagt haben, wo. Und falls sie sich guten Freunden anvertraut hat, werden die sie wohl kaum verraten.«

Duncan seufzte. »Ich nehme an, Sie wissen nicht zufällig etwas über das Mädchen, das uns auf ihre Spur bringen könnte?«

»Ich? Nein, mein Bester, ich fürchte, wir sind einander nie vorgestellt worden. Aber ihren Vetter, John Newbolt, kenne ich flüchtig. Er hatte während des Festes auf Summers Glade als der sie begleitende männliche Verwandte das Vergnügen, über die Ehre seiner Kusine zu wachen. Man könnte auch sagen, er war ihr Anstandswauwau. Ich würde wahrscheinlich erst einmal ihn suchen, denn schließlich sind die beiden gemeinsam von hier weggefahren.«

»Man hat mir bereits gesagt, dass John Newbolt seither ebenfalls nicht mehr aufgetaucht ist.«

Raphael hob verwundert seine goldblonden Augenbrauen und schüttelte den Kopf. Dann murmelte er vor sich hin: »Nein, sie sind Vetter und Cousine ersten Grades. Sie werden wohl kaum – nein, ganz bestimmt nicht. Das beweist aber zumindest, dass die Leute, die Ihr Großvater ausgeschickt hat, gründlich vorgehen. Es war sicher richtig, erst einmal nach John zu suchen. Das sollte Sie doch ein wenig beruhigen.«

Duncan nickte, doch beruhigt war er ganz und gar nicht. Schließlich hatten die Männer mit ihrer Suche bisher nur erreicht, dass Mavis' Eltern verärgert aus London abgereist waren. Er zwang sich, ein wenig Optimismus an den Tag zu legen, und sagte: »Archie behauptet, dass der alte Neville weder Kosten noch Mühen scheut, um Mavis aufspüren zu lassen.«

Raphael kicherte leise. »Das wundert mich nicht. Ich nehme an, der Gedanke, dass Lady Ophelia Reid die Herrin von Summers Glade werden könnte, erfüllt ihn mit

Angst und Schrecken. Inzwischen weiß er ja, wozu sie fähig ist.«

»Ich habe keine Ahnung, was er denkt«, antwortete Duncan achselzuckend. »Ich halte mich, so gut es geht, von ihm fern.«

»Hört, hört!«, äußerte Rafe und lachte in sich hinein. »Der Alte flößt Ihnen wohl gewaltigen Respekt ein. Nun, das kann ich in gewisser Weise verstehen –«

»Ach, lassen Sie doch Ihre Scherze! Ich mag ihn einfach nicht besonders.«

»Ihren eigenen Großvater? Aber warum denn?«

Das ging Raphael nun wirklich nichts an. Duncan beschloss, ihm die Antwort auf diese Frage schuldig zu bleiben, und erkundigte sich: »Wissen Sie vielleicht, wo wir Mavis' Vetter finden können?«

Raphael ließ Duncans Ausweichmanöver diesmal durchgehen und legte nachdenklich die Stirn in Falten. »Ich kenne ihn eigentlich auch nur vom Sehen. Wir nehmen unseren Lunch gerne im selben Club ein. Und Sie wissen ja, wie Männer sich in die Brust werfen und mit gewissen Dingen angeben, wenn keine Damen in der Nähe sind. Ich habe gehört, dass er ein kleines Stadthaus in Manchester besitzt. Dort lässt der lebenslustige junge Lord dann die augenblicklich favorisierte Geliebte wohnen. Man sagt, er habe dieses nützliche kleine Haus beim Kartenspielen gewonnen. Es ist übrigens nichts Ungewöhnliches, dass Männer ihren Mätressen Häuser oder sogar ganze Anwesen einrichten. Ich kenne so manchen biederen Ehemann, der sich auf diese Weise schon an den Rand des Ruins gebracht hat, aber in Johns Fall weiß ich wirklich nicht, was ich davon halten soll. Denn er lebt noch zu Hause bei seiner Mutter in London. Man sollte doch annehmen, dass er dort selbst einzieht, wenn er unverhofft zu einem Besitz in Manchester kommt. Stattdessen bringt er in dem Haus seine Gespielinnen unter. Dabei ist Manchester doch so weit von London entfernt!«

»Ist es denn überhaupt denkbar, dass er seine Cousine dort versteckt? Würde der Anstand das nicht verbieten?«

»Ganz außer Frage, alter Freund. Selbstverständlich ist dem so – es sei denn, das Haus stünde gerade leer.«

Raphael zuckte die Achseln. »Ich habe Ihnen das alles ja auch nur erzählt, weil ich glaube, dass sich dieser Ort als Zufluchtsstätte anbietet. Stellen Sie sich vor, Sie haben eine junge Cousine, die einen Unterschlupf sucht. Und Sie besitzen rein zufällig ein Haus in Manchester, von dem Ihre Familie nichts weiß. Noch dazu haben Sie im Moment gar keine rechte Verwendung für dieses Haus. Dann könnten Sie Ihre verzweifelte Cousine doch dort wohnen lassen, und diese wäre solchermaßen weit weg von London, wo man sie kennt. Und der Weg von Summers Glade nach Manchester ist noch nicht einmal besonders weit.«

»Kennen Sie vielleicht sogar die genaue Adresse von John Newbolts Haus?«

»Habe ich behauptet, ich sei Johns Freund?«

Duncan seufzte. Dann fragte er: »Wie groß ist denn die Stadt überhaupt?«

Raphael lachte. »Groß genug, um für alle Zeiten darin unterzutauchen. Wir sprechen von einer Großstadt, nicht von einem Dorf oder einem Marktflecken.«

Nur mühsam unterdrückte Duncan den Drang, dem Mann an die Gurgel zu gehen. Da machte ihm dieser geschniegelte Engländer Hoffnungen auf einen schnellen Erfolg, nur um sie dann gleich wieder zu zerstören! Duncans Gesicht musste seine Gedanken wohl überdeutlich widergespiegelt haben, denn Raphael hielt plötzlich etwas mehr Abstand von ihm.

Dann grinste er frech und sagte: »Ich glaube, ich könnte Ihnen helfen.«

»Angenommen, das stimmt tatsächlich, warum sollten Sie so etwas tun?«

»Bei Gott, seien Sie doch nicht immer gleich so misstrauisch! Sie müssen mir schon glauben, dass ich dabei keine finsteren Hintergedanken habe. Ich werde nur einfach das Gefühl nicht los, dass Sie lieber eine andere Dame zur Frau nehmen würden.«

Raphael sprach bestimmt wieder einmal von seiner kleinen Schwester. Seine Aufgabe als deren Beschützer langweilte ihn inzwischen wohl unsäglich. Kam Amanda endlich unter die Haube, war er diese lästige Pflicht los. Also ging Duncan davon aus, dass Raphael bei der Frau, die Duncan angeblich heiraten wollte, an niemand anders dachte als an seine Schwester.

Duncan wollte bei Raphael Locke auf keinen Fall falsche Vorstellungen aufkommen lassen. »Da muss ich Sie leider enttäuschen, Locke. Ich möchte die bewusste Dame nicht heiraten«, beeilte er sich zu sagen.

»Wirklich nicht? Nun, ich hätte schwören können – aber Sie scheinen sich ziemlich sicher zu sein. Egal – ich werde Ihnen trotzdem helfen.«

»Wie wollen Sie das denn anstellen?«

»Indem ich Ophelia bitte, meine Frau zu werden. Ich bin wahrscheinlich der Einzige, für den sie Sie ziehen lassen würde.«

Duncan schnaubte verächtlich. »Sie scheinen nicht unter mangelndem Selbstvertrauen zu leiden, Mann! In dieser Beziehung können Sie es ohne weiteres mit Ophelia aufnehmen.«

Raphael lachte verschmitzt. »Kaum vorstellbar, mein Freund. Aber ich sprach eigentlich von unseren Adelstiteln. Und natürlich von den Besitztümern, die in unserem Fall mit diesen klangvollen Bezeichnungen verbunden sind. Oder glauben Sie etwa, Ophelia möchte Sie heiraten, weil sie Sie so sehr liebt? Tja, und rein zufällig ist der Titel, den ich eines Tages tragen werde, noch ein kleines bisschen hochtrabender als Ihrer.«

»Ihr Plan klingt verlockend. Doch selbst wenn wir damit Aussicht auf Erfolg hätten, was ich übrigens nicht glaube – ein solches Opfer könnte ich nie von Ihnen verlangen.«

»Was für ein Opfer denn? Ich will die liebe Ophelia ja nicht wirklich heiraten«, erwiderte Raphael. Dabei schüttelte er sich, als liefe ihm ein kalter Schauer über den Rücken. »Ich werde ihr nur einen förmlichen Antrag machen, dann eine Weile den glücklichen Verlobten spielen und die Beziehung nach einer angemessenen Zeit in die Brüche gehen lassen. Als echter Gentleman beabsichtige ich sogar, ihr die Beendigung unserer Verlobung zu überlassen. Damit kann sie ihr Gesicht wahren und wir schaden niemandem. Sie sind aus der Falle eines düsteren Schicksals befreit, ich wende mich wieder meinen üblichen Ausschweifungen zu, und schon sind alle glücklich und zufrieden.«

»Außer Ophelia, die immer noch ihre Feindin zu fürchten hat, die sie jederzeit ruinieren kann. Mavis muss nur ein wenig aus dem Nähkästchen plaudern«, gab Duncan zu bedenken. »Was sollte sie auch davon abhalten, jedem Damenkränzchen in London die leidige Schlafzimmergeschichte aufzutischen, wenn ich Ophelia nicht heirate? Verloben wir Ophelia mit Ihnen, so geben wir Mavis erst recht die Gelegenheit, die Sache zu einem ausgewachsenen Skandal aufzubauschen. Und genau das versuchen wir ja die ganze Zeit zu verhindern!«

Raphael legte erneut die Stirn in Falten. Er musste erkennen, dass sein scheinbar so genialer Plan tatsächlich einen großen Haken hatte. »Tja, dann sitzen Sie wohl immer noch bis zum Hals in der Tinte. Also, worauf warten wir noch? Nach Manchester wollte ich schon lange wieder einmal fahren. Ich werde Sie begleiten. Zu zweit haben wir eine bessere Chance, das Mädchen zu finden. Mein Schwesterlein muss dann eben ein paar Tage lang ohne meinen besonderen Schutz auskommen. Sie ist hier ja gut aufgehoben. Und erzählen Sie Ihrem Großvater ruhig, was Sie von mir erfahren haben. Dann kann er seine Leute ebenfalls nach Manchester schicken, damit sie uns dort bei der Suche unterstützen. Also hurtig, alter Freund!«

Duncan gab es nur ungern zu, aber langsam begann er diesen Engländer, der immer so gestelzt daherredete, zu mögen.

40

Sabrina versuchte, so weiterzuleben, als sei nichts geschehen. Wenn es ihr einmal gelang, jeden Gedanken an Duncan lange genug aus ihrem Kopf zu verbannen, konnte sie sogar manchmal wieder ein wenig lachen. Gleichwohl ließ ihr jeder noch so nichtige Anlass die Tränen in die Augen schießen. Sie kämpfte tapfer dagegen an und bemühte sich, wieder die Sabrina zu sein, die alle kannten und mochten: ein unscheinbares Mädchen, das heiter und gelassen durchs Leben ging.

An besonders dunklen Tagen konnte es jedoch geschehen, dass sie ihre Selbstbeherrschung trotz aller Bemühungen einmal verlor. Der arme Robert Wilson hatte Sabrina aus dem Haus treten sehen und nichts ahnend bei ihr angehalten, um ein wenig mit ihr zu plaudern, bevor er seinen Ritt nach Oxbow fortsetzte. Sabrina war plötzlich aus unerfindlichen Gründen in Tränen ausgebrochen und hatte so herzzerreißend geschluchzt, dass er schnell vom Pferd gesprungen und zu ihren Nachbarn gerannt war, um Hilfe zu holen.

Als Sabrina sich kurz darauf von einer ganzen Schar hilfsbereiter Geister umringt sah, schluckte sie ihre Tränen mit aller Macht hinunter. Sie verkündete, das Pferd habe mit seinen Hufen Staub aufgewirbelt und ihr sei ein Körnchen davon ins Auge gefallen. In einem solchen Falle, erklärte sie ihrem verdutzten Publikum, sei eine herzhafte Tränenflut das einzig Heilsame. Natürlich bemerkte sie die zweifelnden Blicke, die ihre Zuhörer einander zuwarfen. Doch sie war daran gewöhnt, dass die Leute sie für ein wenig wunderlich hielten. Was konnte man von einer jungen Dame, die sich bei jedem Wetter im Freien herumtrieb und von zwei verschrobenen alten Jungfern aufgezogen worden war, auch anderes erwarten?

Sabrinas Tanten zeigten sich über die Genesung ihrer Nichte erleichtert. Zwar war über die Krankheit, die Sabrina befallen hatte, nie gesprochen worden, doch Hilary und Alice waren überzeugt, dass sie etwas mit Duncan zu tun haben musste. Jede hatte still für sich beschlossen, das Mädchen nicht mit Fragen zu quälen, doch hin und wieder kam die Rede trotz aller Vorsicht auf den jungen Schotten. Schließlich sprach die ganze Nachbarschaft von fast nichts anderem mehr als von seiner bevorstehenden Hochzeit mit Lady Ophelia Reid.

Indes kreisten die Gedanken der Lambert-Schwestern längst wieder um andere Gentlemen, die als Ehemänner für ihre Nichte in Betracht kommen könnten. Eines Abends brachte Alice fast beiläufig das Gespräch auf einen neuen Nachbarn.

»Sein Name ist Albert Shinwell, Sir Albert Shinwell. Gerade lässt er sich auf der anderen Seite von Oxbow ein Haus bauen. Gleich am Rand der wunderbaren großen Wiese dort. Die hat dir doch schon immer ganz besonders gut gefallen, Sabrina! Man sagt, er habe unverhofft eine größere Erbschaft gemacht und wolle sich nun gerne hier bei uns einen Landsitz errichten lassen.«

Hilary nickte und fügte hinzu: »Diese neureichen jungen Herren werfen mit ihrem Geld nur so um sich. Aber das scheint ja heutzutage niemanden mehr zu stören.«

»Ich habe gehört, dass Sir Albert auch in Bath und Portsmouth Häuser bauen lässt. Das Vermögen, das er geerbt hat, muss beträchtlich sein.«

»Verheiratet ist er jedenfalls nicht. Und er war es wohl auch nie«, steuerte Hilary ein wenig widerstrebend bei. Es fiel ihr schwer, mit ihrer Schwester an einem Strang zu ziehen, doch sie gab sich einen Stoß, denn es ging schließlich um

Sabrinas Zukunft. »Das hat man mir bereits mehrfach versichert«, fügte sie noch hinzu.

»Ja, und jung ist er auch noch«, spann Alice den Faden weiter. »Noch nicht einmal dreißig.«

Sabrina wusste längst, worauf ihre beiden besorgten Tanten hinaus wollten. »Ich werde diesem Sir Albert schon eines Tages begegnen. Aber lasst euch bloß nicht einfallen, ihn hierher einzuladen, damit ihr uns einander vorstellen könnt.«

»So etwas würden wir nie tun, meine Liebe. Zumindest ich nicht«, sagte Hilary beschwichtigend.

»Das soll wohl heißen, ich täte es?«, empörte sich Alice. »Ich bin doch keine gefühllose Bestie. Glaubst du, ich weiß nicht, wie unglücklich unsere Kleine über die große Hochzeit, die nächste Woche auf Summers Glade gefeiert wird, ist?«

»Du bist jedenfalls gefühllos genug, um darüber zu reden«, keifte Hilary zurück.

Sabrina stand auf. Sie wollte nicht, dass die beiden sich wegen ihres Kummers stritten. »Regt euch nicht auf«, sagte sie tapfer. »Ihr müsst dieses Thema wirklich nicht krampfhaft vermeiden. Es ist ja wahr. Genau wie Tante Hilary dachte ich eine Zeit lang, dass zwischen Duncan und mir etwas entstehen könnte, das tiefer geht als eine harmlose Freundschaft. Doch das war ein Irrtum. Ich werde darüber hinwegkommen. Duncans zweite Verlobung mit Ophelia kam nur so überraschend. Aber inzwischen habe ich mich von diesem Schrecken schon beinahe wieder erholt. Glaubt mir, es ist alles in Ordnung.«

Sabrina verließ eilig den Raum, damit die Tränen, die ihre Lippen beben ließen, sie nicht verraten konnten. Doch so leicht ließen ihre Tanten sich nicht täuschen.

»Sie versucht uns etwas vorzumachen«, seufzte Hilary. »In Wirklichkeit ist sie noch immer ganz verzweifelt.«

»Ich weiß.« Alices Seufzen geriet noch etwas herzhafter. »Am liebsten würde ich einen dicken Prügel nehmen und –«

»Und ich erst!«, fiel ihr Hilary ins Wort. »Aber würde das denn helfen? Ich kenne kein anderes Mädchen, das es mit Ophelia Reid aufnehmen könnte. Selbst ein so wunderbares Kind wie unsere Sabrina hat da keine Chance. Was für blinde Dummköpfe Männer doch sind!«

Alice hätte über diese Bemerkung beinahe gekichert. Doch ihr war nur allzu schmerzhaft bewusst, dass auch sie und ihre Schwester im Grunde Opfer dieser beklagenswerten männlichen Einstellung waren. »Ach, wahrscheinlich ist es besser so. Ich hätte es nicht ertragen, ständig der Arroganz dieses alten Gockels von einem Marquis ausgesetzt zu sein. Und hätte Duncan Sabrina zur Frau genommen, wären wir ja jetzt zu allem Überfluss auch noch mit Neville verwandt. Dabei hat er damals, als unser Familienskandal in aller Munde war, doch keinen Zweifel daran gelassen, dass er nie wieder etwas mit uns zu tun haben will.«

»Nur bin ich mir inzwischen gar nicht mehr so sicher, dass er damit den Skandal in unserer Generation meinte«, entgegnete Hilary nachdenklich. »Er hat da auf seinem Fest so eine Bemerkung gemacht. Seine Enttäuschung und Verachtung schien demnach vor allem unserem Großvater zu gelten. Schließlich waren die beiden einmal so etwas wie Freunde. Jedenfalls sind sie häufig zusammen zur Jagd gegangen.«

»Was war denn das für eine Bemerkung?«

»Er fragte mich, ob Hirnrissigkeit sich in unserer Familie noch immer weitervererbt«, antwortete Hilary bereitwillig.

»Und das aus seinem Munde!«, brauste Alice auf. »Wer hat denn seiner Tochter erlaubt, einen dahergelaufenen Hochlandschotten zu heiraten, um dann für den Rest seines Lebens darüber zu jammern und sich zu bemitleiden? *Das* nenne ich hirnrissig.«

Hilary schüttelte den Kopf. »Da war ohnehin nichts zu machen. Neville hätte schon verhindern müssen, dass die beiden sich überhaupt je begegnen. Als seine Tochter den baumlangen Kerl erst einmal gesehen hatte, war sie doch gleich unsterblich in ihn verliebt.«

»Ich hoffe, du hast den alten Spinner in seine Schranken gewiesen«, knurrte Alice, die noch immer tief empört war.

»Worauf du dich verlassen kannst. Doch je länger ich darüber nachdenke, desto sicherer werde ich mir, dass er wirklich unseren Großvater meinte. Selbst wir beide haben es schon als ausgemachten Schwachsinn bezeichnet, dass er sich damals erschossen hat. Das musst du zugeben.«

»Ach, lassen wir doch die alten Geschichten«, beendete Alice das Thema. Das bedeutete jedoch nicht, dass damit auch gleich jeder Zank zwischen den beiden streitlustigen Schwestern beigelegt war. »Du hättest dem Mädchen eben nie einreden dürfen, dass sie bei dem jungen Herrn Duncan Chancen hat«, warf Alice Hilary nach einer kurzen Atempause vor. »Neville hätte ihm sowieso nie erlaubt, Sabrina zu heiraten.«

»Was heißt denn hier eingeredet?« Hilary funkelte ihre Schwester wütend an. »Schließlich habe ich Augen im Kopf. Und es war nicht zu übersehen, dass der Junge von unserer Nichte sehr angetan war. Und zwar zu Recht, wie du mir hoffentlich zustimmen wirst. Wie sollte ich denn wissen, dass er nur eine harmlose Freundschaft im Sinn hatte?«

»Dass er sie zur Freundin haben möchte, kann man Duncan kaum vorwerfen«, seufzte Alice. »Es ist einfach eine Freude, sie um sich zu haben.«

»Natürlich. Aber was Neville betrifft, irrst du dich. Vielleicht wäre er nicht gerade übermäßig begeistert gewesen, wenn Duncan Sabrina geheiratet hätte. Er will vor allem einen weiteren Erben – und zwar so bald es nur geht. Wer es jedoch so eilig hat, kann es sich nun einmal nicht leisten, wählerisch zu sein.«

»Gestatte, dass ich deine Meinung hierzu nicht teile«, widersprach Alice. »Aus welchem Grund hätte er denn sonst auf Summers Glade dieses riesige Fest veranstalten sollen?

Es sollte doch nur dem einzigen Zweck dienen, Duncan eine möglichst große Auswahl an Heiratskandidatinnen zu bieten. Und wozu das geführt hat, wissen wir ja leider. Jetzt ist er doch ganz unbegreiflicherweise mit derjenigen verlobt, die Neville von Anfang an für ihn ausgesucht hatte.«

»Aber will Duncan Ophelia tatsächlich heiraten?«

»Wie meinst du das?«

»Du kennst doch Mary Pettys Tochter? Du weißt schon, das magere Ding mit den schiefen Zähnen, das als Zimmermädchen auf Summers Glade arbeitet. Heute Morgen habe ich Mary Petty zufällig beim Schuster getroffen. Und sie behauptet, ihre Tochter habe ihr erzählt, dass keine Menschenseele auf Summers Glade sich auf die bevorstehende Hochzeit freut – Braut und Bräutigam am allerwenigsten.«

»Sie freuen sich nicht?«

»Genau das hat Mary Petty gesagt.«

»Also das verstehe ich nicht. Warum heiraten die beiden denn dann überhaupt?«

Statt einer Antwort wiegte Hilary nur vielsagend den Kopf hin und her.

»Ach, Blödsinn! Wo doch noch nicht einmal der Hauch eines Skandals in der Luft liegt«, schnaubte Alice, die sofort wusste, was ihre Schwester mit ihrem beredten Schweigen ausdrücken wollte.

»Sei doch nicht so naiv«, versetzte Hilary. »Überstürzte Hochzeiten finden doch meist nur statt, um Gerüchte oder gar Skandale gar nicht erst aufkommen zu lassen.«

»Ach, das sind in diesem Fall doch alles nur Hirngespinste und wilde Vermutungen«, widersprach Alice.

»Mein gesunder Menschenverstand –«

»Du willst also tatsächlich behaupten, dass du über so etwas verfügst?«, stichelte Alice.

Hilary fuhr auf. »Anstatt mit dir könnte ich genauso gut mit einem Türknauf reden.«

»Würdest du mir freundlicherweise erklären, wie ich das verstehen darf?«

»Mit dem größten Vergnügen. Der Türknauf dreht sich vielleicht. Aber er ist nicht in der Lage, die Tür auch selbst aufzustoßen.«

»Vielleicht weiß er auch nur, dass sich hinter dieser ganz speziellen Tür nichts Nennenswertes verbirgt«, erwiderte Alice triumphierend.

Hilary neigte lächelnd den Kopf und gab sich in Würde geschlagen. Sie beschloss, ausnahmsweise einmal darauf zu verzichten, das letzte Wort zu haben. Es wäre ihr zwar nie in den Sinn gekommen, das zugegeben, doch sie war sogar ein klein wenig stolz auf ihre Schwester und deren Schlagfertigkeit.

41

Sabrina hatte beschlossen, ihre Spaziergänge wieder zu einer regelmäßigen Einrichtung zu machen. Sie musste sich Bewegung verschaffen, unter freiem Himmel tief durchatmen und Wind und Wetter spüren. Ihre Streifzüge durch winterliche Wiesen und Felder entfalteten heilende Kräfte für ihr noch immer viel zu trauriges Herz. Allerdings wollte sie nicht Gefahr laufen, auf ihren einsamen Wanderungen gleich wieder mit Duncan zusammenzutreffen. Wie sollte sie vergessen und ihr Leben ohne ihn meistern, wenn die frischen Wunden ständig wieder aufgerissen wurden? Deshalb lenkte sie an diesem sonnigen Wintermorgen ihre Schritte nach Oxbow. Selbst wenn Duncan durch einen dummen Zufall in dem geschäftigen Marktflecken Besorgungen machen sollte, würde sie ihm in den belebten kleinen Straßen dort kaum je allein gegenüberstehen. Doch Sabrinas Vorsichtsmaßnahme war nur teilweise von Erfolg gekrönt, denn auf ihrem Weg durch das Städtchen hatte sie gleich vier Begegnungen, die ihr zu schaffen machten. Wenn das so weiterging, konnte sie sich bald nicht mehr vor die Türe wagen. Wozu all die Mühe, die sie sich gab, um Duncan aus ihren Gedanken zu verbannen, wenn die Leute, die sie traf, von nichts anderem redeten? Duncan und seine Hochzeit würden die Nachbarschaft noch eine ganze Weile beschäftigen. Man gab sich zwar ebenso wilden Spekulationen über Sir Alberts sagenhaften Reichtum hin, doch das Hauptinteresse galt nach wie vor dem jungen Schotten. Schließlich war er der Erbe von Summers Glade und würde als der zukünftige Marquis einer der wichtigsten Männer der Grafschaft werden.

Gleich die ersten beiden langjährigen Bekannten, bei denen Sabrina an diesem Tag anhielt, erzählten ihr, dass Duncan nach London aufgebrochen sei. Sicher, um dort ein ganz besonderes Geschenk für seine Braut auszusuchen. Dann traf Sabrina die uralte Mrs. Spode, die sich ebenfalls schon ihre Gedanken über Duncans Ausflug nach London gemacht hatte.

Mrs. Spode war eine streitbare alte Dame, und Sabrina freute sich immer, wenn sie ihre Tanten besuchen kam. Mit diesem scharfzüngigen Trio wurde jeder Nachmittagstee zu einem turbulenten Ereignis. Die Vermutung, dass die Suche nach einem geeigneten Hochzeitsgeschenk Duncan nach London trieb, entlockte Mrs. Spode denn auch lediglich ein verächtliches Schnauben. Sie hegte nicht den geringsten Zweifel daran, dass der junge Schotte vor allem deshalb in die Stadt gefahren war, um dort noch einmal nach Herzenslust den süßen Versuchungen des Junggesellendaseins zu frönen, bevor er im sicheren Hafen der Ehe vor Anker ging. Wäre denn sonst Lord Locke, dieser weit gereiste und für seine Ausschweifungen berüchtigte Lebemann, mit ihm gefahren?

»Ich glaube kaum, dass Lord Locke weiß, wo man in London Hochzeitsgeschenke kauft. Aber bestimmt kennt er die Gegenden, in denen sich Damen von zweifelhaftem Ruf zu unsäglichen Dingen hergeben, wie seine Westentasche. Wenn der junge MacTavish seiner Zukünftigen ein Geschenk mitbringt, dann sicher nur eine dieser unaussprechlichen Krankheiten.« Die Alte lachte krächzend über ihren eigenen Witz.

Sabrina war ganz und gar nicht nach Lachen zumute. Mit einer runzeligen alten Klatschtante über Duncans Liebesleben zu spekulieren war so ziemlich das Letzte, was Sabrina in diesem Augenblick brauchte. Also ging sie mit keinem Wort auf Mrs. Spodes gewagte Theorien ein. Da sie nicht wusste, wie sie dieses verunglückte Gespräch in unverfänglichere Bahnen lenken sollte, verabschiedete Sabrina sich hastig. Es war eigentlich nicht ihre Art, Leute stehen zu lassen, bevor diese zu Ende gesprochen hatten. Aber sie hoffte, dass die alte Dame ihr diese Unhöflichkeit als einmaligen Ausrutscher verzeihen würde. Kaum war Sabrina eilig ein paar Schritte weiter gegangen, da wurde sie schon wieder von jemandem angehalten.

Diesmal kam es noch schlimmer, denn der Mann, der ihr nun heftig zuwinkte, war kein anderer als Duncans schottischer Großvater. Lord Neville zu begegnen hätte Sabrina zwar überrascht, doch sie wäre mit der Situation wahrscheinlich ganz gut zurechtgekommen. Nun aber sah Sabrina sich völlig unverhofft Archibald MacTavish, dem sie ja noch nicht einmal vorgestellt worden war, gegenüber. Der alte Schotte schien sie sofort zu erkennen. Er hatte gerade dem einzigen Gasthaus von Oxbow einen Besuch abgestattet und kam direkt auf sie zu.

»Sie sind doch Miss Sabrina, die Freundin meines Enkels, oder?« Sabrina konnte nur stumm nicken. »Ich hoffte immer, Ihnen einmal auf Summers Glade zu begegnen. Aber Sie sind ja in letzter Zeit gar nicht mehr zu uns herüber gekommen. Das hat mich ein wenig stutzig gemacht. Die meisten anderen Mädchen fuhren zwar Hals über Kopf nach London zurück, als sie merkten, dass es hier für sie nichts mehr zu holen gibt. Aber ich hatte eigentlich nicht den Eindruck, dass Sie in derselben Absicht wie diese Damen auf das Fest nach Summers Glade gekommen waren.«

»Das stimmt. Ihr Eindruck hat Sie nicht getäuscht.«

»Warum sind Sie dann von einem Tag auf den anderen weggeblieben?«

Diese direkte Frage, noch dazu in einem so unerbittlichen Ton gestellt, trieb Sabrina die Röte in die Wangen. Archibald MacTavish entging ihre plötzlich allzu rosige Gesichtsfarbe nicht. Die Schlüsse, die er daraus zog, trafen ziemlich genau zu.

»So ist das also«, stellte er mit unbewegter Miene fest. »Sie haben sich gestattet, für den Jungen mehr als nur Freundschaft zu empfinden.«

Wenn Sabrina das nun Duncans Großvater gegenüber zugab, konnte sie sicher sein, dass er es seinem Enkel erzählen würde, sobald dieser wieder aus London zurück war. Und unter den gegebenen Umständen hielt Sabrina das nicht für angebracht. Sosehr ihr Lügen und Ausflüchte auch zuwider sein mochten – sie konnte dem Schotten einfach nicht die Wahrheit sagen.

»Nein, nein, Sie irren sich«, erwiderte sie etwas zu hastig. Dabei überzog die Röte, die bisher nur ihre Wangen gefärbt hatte, schlagartig ihr ganzes Gesicht. »Duncan war immer sehr aufmerksam und freundlich zu mir, und ich mag ihn auch wirklich gerne – als Freund.«

Einen Augenblick lang zog Archibald MacTavish zweifelnd die Augenbrauen zusammen, dann sagte er: »Es freut mich, das zu hören. Nicht, dass Sie kein nettes Mädchen wären. Aber der alte Neville war schon ganz besorgt, weil Duncan so viel Zeit mit Ihnen verbrachte. Der Junge hat uns allerdings selbst auch versichert, dass Sie lediglich eine Freundin wären, wenn auch eine sehr gute. Vielleicht könnte man sogar sagen, seine beste. Gerade deshalb fand ich es ja so eigenartig, dass Sie ihn einfach im Stich gelassen haben –«

»Im Stich gelassen?«, fragte Sabrina ungläubig dazwischen. Sie wusste genau, dass Lord Neville vor allem deshalb so besorgt gewesen war, weil er ihren Familienskandal kannte. Langsam hatte sie wirklich die Nase voll von diesen alten Geschichten. »Was heißt denn, im Stich gelassen? Nur weil ich mich nicht wohl fühlte und ein paar Tage lang das Bett hüten musste, heißt das noch lange nicht, dass damit gleich unsere Freundschaft beendet ist. Wir haben nach Duncans neuerlicher Verlobung bereits wieder miteinander gesprochen.«

»So? Das wusste ich nicht«, antwortete Archibald. Dann trat er nervös von einem Bein auf das andere, bevor er schließlich fragte: »Hat er, ich meine, sagte er etwas von der Dummheit, die dazu geführt hat, dass –«

Er hustete. Wie konnte er nur aus dem Mädchen herauslocken, was sie wusste, ohne ihr dabei Dinge zu verraten, von denen sie bislang vielleicht nichts ahnte? Wenn die ganze Sache für Sabrina nicht so schmerzlich gewesen wäre, hätte sie über Archibalds Gesichtsausdruck, der seine inneren Kämpfe deutlich widerspiegelte, gelacht.

Bald bekam sie Mitleid mit dem offensichtlich um die richtigen Worte verlegenen Alten und lenkte ein: »Sie wollen wissen, ob Duncan mir erzählt hat, wie es überhaupt zu dieser zweiten Verlobung kam? Ja, das hat er.«

Archibald seufzte erleichtert. »Dann kann ich ja offen mit Ihnen reden. Gut, denn es ist mir zuwider, wie eine Katze um den heißen Brei herumzuschleichen. Ich glaube, dass Duncan jetzt dringend gute Freunde braucht. Konnten Sie ihn denn etwas aufheitern, als Sie mit ihm gesprochen haben?«

Ihn aufheitern? Sabrina erinnerte sich nur zu deutlich an den Schmerz und die Verzweiflung, die sie bei ihrem letzten unverhofften Treffen mit Duncan empfunden hatte. Erfahren zu müssen, dass der Mann, den sie mehr liebte als alles andere in der Welt, nun gezwungen war, ausgerechnet Ophelia zu heiraten, war schlimm. Beinahe so schlimm, als hätte er sich aus freien Stücken dafür entschieden. Zudem hatte sie zwei sehr unterschiedliche Versionen über den Verlauf des Verlobungsabends gehört. Einerseits wusste sie, dass Ophelia es mit der Wahrheit nicht so genau nahm. Also war es möglicherweise eine Lüge, dass Duncan in ungezügelter Leidenschaft beinahe über sie hergefallen wäre. Zu gerne wollte Sabrina Duncans Version der Geschichte glauben. Aber auch er war ein Mann aus Fleisch und Blut.

Duncan hatte selbst gesagt, dass er nicht Ophelia, sondern allein sie, Sabrina, kompromittiert hätte. War er am Ende etwa nur aus Berechnung zu ihr in die dunkle Kutsche gestiegen? Vielleicht hatte er ja Ophelia in einem unbedachten Augenblick voller erhitzter Gefühle gebeten, seine Frau zu werden, es dann aber sofort wieder bereut. Hatte er gehofft, sich durch ein kurzes Liebesabenteuer mit Sabrina von Ophelia befreien zu können?

So wollte sie nicht von ihm denken. Doch es war durchaus möglich, dass sich alles genau so zugetragen hatte. Warum sollte Ophelia, was den Zeitpunkt von Duncans Besuch in ihrem Zimmer betraf, lügen? Vielleicht, weil sie gemerkt hatte, dass für Sabrina die Antwort auf diese Frage geradezu lebenswichtig war?

Sabrina war klar, dass sie sich bewusst etwas einredete. Sie wollte Duncan in einem schlechten Licht sehen, um die tiefe Liebe, die sie für ihn empfand, ersticken zu können. Das war indes vollkommen unmöglich, denn diese Liebe füllte inzwischen ihr ganzes Dasein aus. Tief in ihrem Herzen glaubte Sabrina nicht eine Sekunde lang, dass Duncan sie angelogen hatte. Und wenn er das, Sabrinas innerem Gefühl zum Trotz, doch getan haben sollte – nun, dann schien es ihm inzwischen zumindest unendlich Leid zu tun.

Sie hatte ihn bei jenem so bedrückend verlaufenen Treffen auf der Straße tatsächlich aufheitern wollen. Doch wie sollte sie einen anderen Menschen zum Lachen bringen, wenn in ihr selbst nichts als Verzweiflung und Leere herrschte?

Das konnte sie Archibald MacTavish nun wirklich nicht erzählen. Deshalb ging sie auf seine Frage erst gar nicht ein. Sie wollte das Gespräch lieber in eine andere Richtung lenken. »Gerade habe ich gehört, dass Duncan nach London gefahren ist. Vielleicht wird dieser Ausflug ihn etwas ablenken –«

»Nein. Er sucht nach Miss Newbolt. Ich glaube kaum, dass er dabei an irgendetwas anderes als seine bevorstehende Hochzeit mit Ophelia denken wird.«

Sabrina war überrascht. Ein klein wenig Hoffnung keimte in ihr auf. »Heißt das, er weiß, wo Mavis ist?«

»Leider nicht«, antwortete der Schotte zu ihrer Enttäuschung. »Duncan hielt es nur nicht mehr aus, untätig auf Summers Glade herumzusitzen. Also hat er sich selbst auf die Suche gemacht. Es ist ziemlich unwahrscheinlich, dass er das Mädchen findet, und ich denke, das weiß er auch. Die Zeit bis zur Hochzeit ist einfach zu kurz.«

»Wahrscheinlich haben Sie Recht«, antwortete Sabrina. Sie hatte alle Mühe, dabei nicht zu seufzen.

»Ich wollte den Termin noch ein wenig hinausschieben. Aber Neville glaubt, das sei zu gefährlich. Er denkt, dann lässt Mavis Newbolt die Katze aus dem Sack, und schon hätten wir den schönsten Skandal.«

»Dann können Sie also nur hoffen, dass Duncan Glück hat.«

»Ja, aber besonders rosig sieht es wirklich nicht aus. Wenn er es allerdings irgendwie schaffen sollte, aus dieser Zwickmühle doch noch herauszukommen, wird er bestimmt um Ihre Hand anhalten.«

»Um meine?«

»Nun ja, aber nicht aus dem richtigen Grund. Er möchte Sie in seiner Nähe haben. Wie wichtig ihm Ihre Gesellschaft ist, hat er ja schon bewiesen, als er Sie zu dem Fest ins Herrenhaus einlud, obwohl er damit gleichzeitig Ophelia Reid eine triumphale Rückkehr nach Summers Glade ermöglichte. Wenn er könnte, würde er Ihnen einfach einen Flügel von Summers Glade als Wohnung zur Verfügung stellen. Und ich glaube, er würde Sie sogar heiraten, nur um Sie ständig bei sich zu haben. So viel bedeutet ihm Ihre Freundschaft. Aber mehr empfindet er auch wirklich nicht für Sie. Lassen Sie sich von ihm nicht einreden, dass er vielleicht doch tiefere Gefühle für Sie hegt. Sie beide würden es früher oder später bitter bereuen.«

Sabrina war kurz davor, die Beherrschung zu verlieren und in Tränen auszubrechen. Sie musste dieses schreckliche Gespräch, so schnell es nur ging, beenden. Als Archibald zum ersten Mal gesagt hatte, Duncan sehe sie nur als Freundin, war es ihr noch beinahe gelungen, diesen Satz zu überhören. Doch mit seinen letzten Worten hatte er die harten Tatsachen noch einmal gnadenlos ans Licht gezerrt. Sie war im besten Fall Duncans Vertraute, galt aber wohl eher als harmlose kleine Freundin. Und mehr als eine Freundin würde sie niemals sein können.

»Sie machen sich unnötige Sorgen über etwas, das ohnehin mehr als unwahrscheinlich ist. Es sind ja nur noch zwei Tage bis zur Hochzeit«, sagte sie steif.

»Wohl wahr«, seufzte MacTavish. »Ich hoffe, Sie verzeihen mir meine Offenheit, liebes Kind. Ich wollte Sie nur warnen – für alle Fälle. Aber zur Hochzeit werden Sie doch kommen, oder?«

Dabeisitzen und zusehen, wie Duncan und Ophelia einander für ein ganzes Leben angetraut wurden? Niemals. Sabrina suchte nach einer ausweichenden Antwort.

»Sicher wird sich niemand, der eine Einladung zu diesem festlichen Ereignis erhält, die Hochzeit entgehen lassen. Aber jetzt muss ich sehen, dass ich nach Hause komme. Bestimmt machen sich meine Tanten bereits Sorgen ...«

Sie hörte nicht mehr, wie Archibald seufzte, als sie davoneilte. Er bedauerte bereits einiges von dem, was er ihr gesagt hatte, zutiefst. Zwar hatte er ihr die Dinge genau so geschildert, wie sie nun einmal waren, doch warum überhaupt etwas sagen? Er hatte das Pferd wohl am Schweif aufgezäumt. Es war eigentlich gar nicht notwendig gewesen, Sabrina zu warnen, wo Duncan doch mit ziemlicher Sicherheit die schöne Lady Ophelia Reid heiraten würde. Wenn der Junge es wider Erwarten schaffte, diesem Schicksal zu entkommen, wäre noch mehr als genug Zeit für eine Warnung gewesen.

42

Am folgenden Nachmittag erhielt Sabrina einen Brief. Sie wusste nicht recht, was sie davon halten sollte. So etwas konnte doch nur ein schlechter Scherz sein. Wenn eine nicht ganz unvermögende Person entführt wurde, dann doch nicht wegen eines Lösegeldes von vierzig Pfund. Vierzigtausend hätte schon glaubwürdiger geklungen. Aber vierzig Pfund? Dieser eigenartige Betrag deutete mit Sicherheit darauf hin, dass es sich um einen dummen Streich handeln musste.

Am liebsten hätte Sabrina die ganze Sache einfach vergessen. Sie wusste noch nicht einmal, ob die Unterschrift auf dem Brief tatsächlich von der Person stammte, von der sie angeblich sein sollte. Sabrina besaß keine Briefe oder andere Schriftstücke, mit denen sie den Schriftzug vergleichen konnte. Doch so unwahrscheinlich es auch sein mochte, es bestand immerhin eine kleine Möglichkeit, dass der Brief echt war. Also musste sie doch irgendetwas tun.

Zunächst zeigte sie das Schreiben ihren Tanten. Zwar stand dort deutlich zu lesen, dass sie keiner Menschenseele sagen durfte, was in dem Brief stand, doch sie konnte nicht einfach klammheimlich das Haus verlassen und sich ohne Wissen ihrer Tanten in ein dubioses Detektivspiel stürzen. Hilary und Alice waren sich erstaunlicherweise sehr schnell einig, dass sich mit dem Brief jemand einen geschmacklosen Scherz erlaubt hatte. Aber sie witterten auch sofort ein kleines Abenteuer, das sie sich nicht entgehen lassen wollten. Von einer Art Jagdfieber gepackt, beschlossen sie, den Dingen, von denen in dem Brief die Rede war, auf den Grund zu gehen. Und selbst wenn sich herausstellen sollte, dass hinter dem geheimnisvollen Schreiben nur ein dummer Ulk steckte, so hatten sie doch wenigstens ihre Neugier befriedigt. Der Kutscher wurde beauftragt, unverzüglich die Pferde anzuspannen, und schon wenig später verließen die drei Damen ihr kleines Anwesen.

Die Tanten wussten, dass sie Sabrina nicht den ganzen Weg begleiten konnten, denn die Anweisungen in dem Brief waren eindeutig: Ihre Nichte musste das Geld allein übergeben. Dennoch durften sie Sabrina auf keinen Fall ganz auf sich gestellt in geheimer Mission in die Fremde ziehen lassen, selbst wenn es sich nur um das nicht allzu weit entfernte Manchester handelte. Daher wollten die beiden Frauen wenigstens in ihrer Nähe bleiben. Vielleicht konnten sie dann gemeinsam herausfinden, wer der Urheber dieses dummen Streiches war.

Sabrina betrachtete ihre Fahrt keineswegs als großes Abenteuer, in dessen Verlauf sie sich vielleicht gar bislang ungeahnten Gefahren gegenübersehen konnte. Für sie war dieser Ausflug in die Stadt vielmehr eine gute Gelegenheit, einem ganz bestimmten Hochzeitsfest, das am kommenden Vormittag stattfinden würde, fernbleiben zu können. Selbst wenn jemand sie nur zum Narren hielt und sie unverrichteter Dinge sofort wieder zurückfuhren, würden sie mitten in der Nacht oder sogar erst frühmorgens wieder zu Hause eintreffen. Dann konnte sie die Hochzeit einfach verschlafen.

Als das Gefährt der Damen schließlich über das Kopfsteinpflaster der Straßen von Manchester rumpelte, war es bereits dunkel. Daher hatten sie zunächst einige Schwierigkeiten, die im Brief genannte Adresse zu finden. Nur noch wenige Passanten strebten eiligen Schrittes an bereits geschlossenen Geschäften vorbei unbekannten Zielen zu. Längst nicht jeder, den man zu dieser fortgeschrittenen Stunde auf Straßen und Gassen antraf, war Vertrauen erweckend genug, um ihn nach dem Weg zu fragen. Zweimal schickte jemand die drei Frauen in eine falsche Richtung, und der Kutscher hatte die größte Mühe, das Gespann wieder aus dem Labyrinth der engen Gassen heraus zu lenken. Kurz vor Mitternacht waren die Lamberts beinahe so weit, ihre Suche nach dem ominösen Haus für aussichtslos zu erklären und für diesen Abend aufzugeben – da zügelte der Kutscher plötzlich die Pferde. Fast schon zufällig waren die reisenden Damen nun doch noch an der richtigen Adresse angelangt.

Alice und Hilary wollten in der finsteren Gasse vor dem Haus in der Kutsche warten. In dem Brief stand schließlich ausdrücklich, dass Sabrina allein kommen musste, damit niemandem ein Leid geschähe. Es stand jedoch außer Frage, dass sie Sabrina nicht einfach absetzen und auf gut Glück ihrem Schicksal überlassen konnten. Für den Fall, dass ihre couragierte Nichte doch Hilfe brauchte, galt es, in Rufweite zu sein. Mickie, der Kutscher der Lamberts, war so weit wie nötig eingeweiht worden. Er hatte vorsichtshalber eine ziemlich alt wirkende Pistole mitgebracht, und für alle Fälle lag ein dicker Prügel griffbereit neben ihm auf dem Kutschbock. Sogar Sabrinas Tanten waren bewaffnet. Jede der beiden hatte sich zu Hause eine winzige Pistole in die Handtasche gesteckt.

Sabrina konnte über all diese Vorsichtsmaßnahmen nur lächeln. Für sie stand bereits fest, dass sie einem einfallsreichen Witzbold aufgesessen waren und nichts als ein leer stehendes Haus vorfinden würden. Vielleicht lag dort auch irgendwo ein zweiter Brief für sie bereit, in dem sie für ihre Dummheit und Leichtgläubigkeit verspottet wurde. Die dunklen Fenster des Gebäudes schienen ihre Annahmen bereits zu bestätigen. Kein noch so schwacher Lichtstrahl drang aus dem Gebäude auf die Straße hinaus. Das Haus sah eigentlich recht manierlich aus. Es mochte nicht besonders groß sein, hatte aber immerhin zwei Stockwerke und wirkte zwar verlassen, aber keinesfalls schäbig oder verfallen. So stellte man sich keinen Ort vor, an dem finstere Dinge geschahen oder an dem gar ein Gefangener in der Finsternis darauf wartete, mit Lösegeld freigekauft zu werden.

Allerdings sah Sabrina auch nirgends einen zweiten Brief. Sie rüttelte an der Haustür. Diese schien fest verschlossen zu sein, was bei einem unbewohnten Haus natürlich nichts Ungewöhnliches war. Sabrina überlegte sich, ob sie um das Gebäude herumgehen und ihr Glück an der Hintertür versuchen sollte. Doch die ganze Umgebung war so dunkel, dass sie fürchtete, auf ihrem Weg über unsichtbare Hindernisse zu stolpern. Überdies wollte sie sich ja auch nicht anschleichen wie ein Dieb und womöglich von einem aufmerksamen Nachbarn für einen Verbrecher gehalten werden. Also klopfte sie noch einmal beherzt an die verschlossene Haustür. Je früher sich herausstellte, dass niemand da war, desto eher konnten sie und ihre Tanten sich wieder auf den Heimweg begaben.

Zu Sabrinas großer Überraschung öffnete sich die Tür jedoch plötzlich einen Spalt breit. Noch erstaunter war sie, als sie gleich darauf am Arm gepackt und ins Innere des Hauses gezerrt wurde. Die Tür fiel hinter ihr ins Schloss. Um sie herum war es stockdunkel. Sabrina konnte zwar noch nicht einmal ihre eigene Hand vor Augen sehen, doch sie hörte das Geräusch scharrender Füße und das Atmen von Menschen. Sodann erhellte ein schwacher Lichtschein einen kleinen Ausschnitt des Raumes. Der flackernde Lichtstrahl kam von einer fast vollständig mit einem Lappen abgedeckten Laterne, die jemand entzündet hatte. Sabrinas Augen gewöhnten sich nach und nach an das Dämmerlicht, das sie nun umgab.

Sie wurde von dem unguten Gefühl beschlichen, in eine Art Falle getappt zu sein, denn sie war im wahrsten Sinne des Wortes umzingelt. Von vier Männern. Sabrina musste sich rundherum drehen, um alle vier Gestalten, die sie umstanden, in Augenschein nehmen zu können. Von dem, was sie sah, war sie allerdings nicht sonderlich beeindruckt. Sie musste sich jedoch eingestehen, dass es sich bei dem Brief allem Anschein nach wohl doch nicht um einen harmlosen Streich handelte.

Drei der Männer sahen ziemlich abenteuerlich aus. Ihre ärmlichen Kleider hingen in Fetzen an ihnen herunter. Sie sahen regelrecht ausgezehrt, ja eigentlich sogar halb verhungert aus. Zudem mangelte es ihnen wohl nicht nur am Essen, sondern auch an Badewasser. Das Alter dieser seltsamen, zerlumpten Gesellen konnte Sabrina unmöglich schätzen, denn ihre Gesichter waren unter einer dicken Schmutzschicht fast nicht zu erkennen.

Der vierte Mann unterschied sich auffallend von seinen drei Kumpanen. Offensichtlich legte er mehr Wert auf die äußere Erscheinung. Jedenfalls war er deutlich sauberer als die anderen. Sabrina schätzte ihn auf Mitte zwanzig. Sein Haar hatte er mit Wasser oder Pomade zurückgekämmt und im Nacken zusammengebunden. Seine Kleider waren zwar aus billigen Stoffen gefertigt, waren aber immerhin nicht in einem so erbärmlichen Zustand wie die der anderen Kerle. Zudem wirkte er regelrecht stattlich und wohlgenährt. Er war der Einzige, der keine Pistole auf Sabrina richtete. Die drei gezogenen Waffen der anderen Männer waren auch der Grund, warum sie sich so still verhielt.

Offensichtlich hatte sie es mit Verbrechern zu. Sehr erfolgreich konnten sie in ihrem Gewerbe allerdings nicht sein. Genau genommen ließen nur ihre blanken Pistolen die armseligen Figuren bedrohlich erscheinen. Dem Anschein nach waren sie schon geraume Zeit ohne ehrliche Arbeit, hatten keine Bleibe, kein Essen und keine Menschenseele, die sich ein wenig um ihr zerlumptes Äußeres kümmerte. Sie wirkten alle fehl am Platz in diesem hübschen Haus.

Sabrina erholte sich langsam ein wenig von ihrer Überraschung. Die Männer schienen allerdings ebenfalls etwas verwirrt zu sein. Der Grund für ihre Verwirrung war Sabrina ein Rätsel. Vielleicht gelang es ihr ja, herauszufinden, was es mit dieser eigenartigen kleinen Truppe auf sich hatte und was die Männer im Schilde führten. Doch im Augenblick redeten alle durcheinander.

»Jetzt haben wir noch eine Dame.«

»Ja, tatsächlich. Denkst du das Gleiche wie ich?«

»Ich denke, wir können jetzt die andere losschicken, um für diese hier ein Lösegeld zu kassieren.«

»Genau das habe ich mir auch gerade gedacht.«

»Schön, dass wir alle das Gleiche denken.« Jemand kicherte.

»Das könnte sich zu einem einträglichen Geschäftszweig entwickeln, meint ihr nicht?«

»Ganz abgesehen davon habe ich noch lange nicht genug von den weichen Betten hier.«

»Haben Sie das Geld, Lady?«

Zum ersten Mal hatte einer der Männer Sabrina direkt angesprochen. Sie überlegte gerade angestrengt, ob diese Gestalten es ernst meinten und sie tatsächlich hier behalten wollten. Das glaubte sie zumindest verstanden zu haben. Wenn dem so war, musste sie einen Weg finden, um diese Kriminellen von ihrem Vorhaben abzubringen. Doch noch hatte Sabrina keinen Plan, wie sie das einfädeln sollte. Also galt es zunächst einmal, Zeit zu gewinnen.

»Tut mir Leid, aber ich weiß gar nicht, wovon Sie reden«, antwortete sie und wagte dann einen Bluff. »Könnten Sie mir zunächst einmal sagen, wie Sie in mein Haus gekommen sind?«

»In Ihr Haus? Der Gentleman hat behauptet, es wäre seines.«

»Welcher Gentleman?«

»Der, den wir in den Keller geworfen haben. Und da werden auch Sie gleich landen, wenn Sie das Geld nicht auf der Stelle herausrücken.«

»Nun, unter diesen Umständen wird sich wohl etwas Geld finden lassen«, sagte Sabrina zu demjenigen, der zuletzt gesprochen hatte. »Wie viel, sagten Sie gleich, wollten Sie haben?«

»Hält sie uns zum Narren?«, fragte einer der Männer seine Kumpane. Dann wandte er sich an Sabrina: »Haben Sie denn keinen Brief bekommen, in dem stand, dass Sie hierher kommen sollen?«

»Einen Brief? Ja, schon. Aber denken Sie nur, vor ein paar Tagen habe ich meine Augengläser zerbrochen. Wie ungeschickt von mir. Deshalb konnte ich den Brief nicht lesen. Wollten Sie mir vielleicht mitteilen, dass Sie einen Einbruch in mein Haus verhindert haben? Wenn das so ist, muss ich Sie wirklich loben. Und natürlich haben Sie sich dann auch eine Belohnung verdient. Ach, das ist sicher das Geld, von dem Sie eben sprachen.«

Einen Augenblick lang starrten die Männer einander hilflos an. Dann brach einer von ihnen das Schweigen und sagte: »Sie werden jetzt einfach mit ja oder nein antworten, Lady. Haben Sie vierzig Pfund bei sich?«

Sabrina dämmerte nun langsam, was es mit diesem seltsamen Betrag auf sich hatte. Vierzig Pfund auf vier Leute verteilt … Doch diese Summe erschien ihr lächerlich niedrig. »Wir wollen einmal sehen. Ich habe in der Tat –«

»Ja oder nein!«

»Ich glaube, sie meinte ja«, stellte einer der Männer fest.

Der erste Sprecher knurrte zurück: »Das habe ich schon selbst verstanden. Aber ich wollte, dass sie sich klar ausdrückt.«

»Ich glaube, sie ist nicht ganz bei Trost«, sagte der, der hinter Sabrina stand. »Wahrscheinlich sollten wir ihr Gerede gar nicht ernst nehmen.«

»Hauptsache, sie hat das Geld.«

Jemand entriss Sabrina mit einem Ruck ihre Handtasche. Sie gab sich empört. »Also, ich muss doch sehr bitten –«

»Die Tasche ist ja leer!«, beschwerte sich der Mann, der

sie ihr abgenommen hatte. »Warum, zum Teufel, läuft ein Mensch mit einer leeren Handtasche durch die Gegend?«

»Ich habe euch doch gesagt, dass sie nicht alle beisammen hat.«

Der Kerl zu Sabrinas Linken wurde ungeduldig. »Wo ist das Geld, Lady?«, knurrte er.

»In meiner Manteltasche natürlich. Jeder Dummkopf weiß doch, wie leicht einem heutzutage ein frecher Dieb die Handtasche entreißen kann. Da wäre es doch töricht, auch noch Geld darin herumzutragen.«

Wieder starrten die Männer einander einen Augenblick lang verunsichert an. Aber jetzt schienen sie langsam ärgerlich zu werden. Daher war Sabrina auch nicht besonders überrascht, als einer von ihnen sie plötzlich hart am Arm packte und die Treppe hinauf schob.

Wahrscheinlich war es doch falsch gewesen, sich dumm zu stellen. Die Männer waren jedenfalls nicht zu Scherzen aufgelegt. Sabrina hatte mit ihren Verstellungskünsten ja auch nur etwas Zeit gewinnen wollen. Sie überlegte schon die ganze Zeit fieberhaft, wie sie den vier finsteren Gesellen wieder entkommen konnte.

Wenn sie nämlich nicht bald wieder auf der Straße erschien, würden ihre Tanten sicherlich versuchen, ins Haus zu gelangen. Bestimmt nahmen die Männer dann auch noch Hilary und Alice gefangen. Und wer löste dann die Lamberts wieder aus? Bestimmt nicht jener entfernte Verwandte, der den Titel ihres Urgroßvaters geerbt hatte und sich weigerte, mit dem Rest der Familie zu sprechen oder auch nur Briefe auszutauschen.

Sabrina wurde unsanft die Treppe hinaufgeschoben und dann in ein Zimmer im ersten Stock gestoßen. Die Männer warfen die Tür von außen zu. Der Schlüssel drehte sich im Schloss. Sabrina glaubte schon, sie habe jetzt viel Zeit, sich einen Fluchtplan auszudenken. Doch sie war nicht allein.

43

In dem Zimmer herrschte absolute Finsternis. »Und was wollen Sie jetzt wieder von mir?«, fauchte jemand aus dem undurchdringlichen Dunkel. Sabrina erkannte die Stimme, die zu ihr sprach, sofort.

»Ich bin's – Sabrina«, antwortete sie zur Zimmermitte hin gewandt. »Sag bloß, du hast mich gar nicht erwartet?«

»Ach, du bist es! Wo bist du denn nur so lange gewesen? Es muss Tage her sein, seit ich ihnen den Brief an dich gegeben habe.«

»Er wurde mir erst heute überbracht.«

»Gott, diese Schwachköpfe«, stöhnte Mavis verächtlich. »Ich hätte mir denken können, dass sie keine Ahnung haben, wie man einen Brief aufgibt. Aber jetzt bist du ja hier. Das ist die Hauptsache. Ich kann dir gar nicht sagen, wie dankbar ich dir dafür bin.«

»Schon gut«, antwortete Sabrina. »Wie kommt es, dass du dich ausgerechnet an mich gewandt hast? Zuerst dachte ich sogar, der Brief sei nur ein dummer Scherz.«

Mavis seufzte. »Wenn es doch nur so wäre! Es tut mir wirklich Leid, dass ich dich in diese Sache hineinziehen musste. Aber du bist die einzige Person, die ich kenne, die auch nur halbwegs in der Nähe wohnt. Mit meinen Eltern Kontakt aufzunehmen hätte viel zu lange gedauert. Außerdem meinen sie sicher, ich befände mich noch auf Summers Glade. In diesem Glauben möchte ich sie auch gerne noch eine Weile lassen. Sie würden nicht verstehen, warum ich nicht sofort zu ihnen nach London gefahren bin, nachdem ich Summers Glade verlassen hatte. Und dann musste das hier passieren.«

Sabrina beschloss, Mavis noch nicht mitzuteilen, dass ihre Eltern bereits wussten, dass ihre Tochter nicht mehr dort war, wo sie sein sollte. Sie wollte erst genau wissen, in welcher Verfassung Mavis war. Doch dazu musste Sabrina sie sich erst einmal richtig ansehen.

»Gibt es hier denn nirgendwo eine Lampe? Ich finde es ziemlich eigenartig, mich hier in einer stockdunklen Kammer mit dir zu unterhalten, als wäre das die normalste Sache der Welt.«

»Lampen gibt es schon. Aber sie sind inzwischen alle leer gebrannt, und die Kerle weigern sich, sie mir wieder zu füllen. Wahrscheinlich sind sie zu faul dazu«, erklärte Mavis.

Doch schon ein paar Sekunden später erhellte blasses Mondlicht das Zimmer. Mavis hatte die Vorhänge vor den Fenstern aufgezogen. Nach der völligen Dunkelheit, die noch wenige Augenblicke zuvor im ganzen Raum geherrscht hatte, erschien Sabrina das Zimmer jetzt fast wie in Licht getaucht.

»Besser so?«, fragte Mavis und setzte sich wieder auf die Bettkante.

»Viel besser«, antwortete Sabrina. Sie rückte dicht an Mavis heran, um sie sich besser aus der Nähe ansehen zu können.

Ihr schien nichts zu fehlen. Nur ihre Kleidung sah ziemlich lädiert aus. Mavis trug noch immer das Abendkleid, in dem sie Summers Glade verlassen hatte, doch es hatte viel von seiner ursprünglichen Eleganz eingebüßt. Sie musste es die ganzen letzten Tage über getragen und auch darin geschlafen haben. Wahrscheinlich hatte sie sich darin nur auf das Bett gelegt, anstatt unter die Decke zu schlüpfen. Allzu kalt schien die Kammer auch nicht zu sein. Im Kamin glühten noch Reste eines heruntergebrannten Feuers und Mavis' Mantel hing griffbereit über einem Bettpfosten. Sicher deckte sie sich damit zu, wenn es ihr nachts zu kalt wurde.

»Haben sie dir genug zu essen gegeben?«, fragte Sabrina besorgt. »Man hat dich doch nicht etwa misshandelt?«

»Sie bringen mir Brot. Wahrscheinlich stehlen sie es irgendwo, denn ich kann mir nicht vorstellen, dass sie es selbst backen. Es war ohnehin nicht viel zu essen im Haus. Das bisschen, das es gab, haben sie bestimmt längst vertilgt. Und was meine Behandlung betrifft – ich wurde hier eingesperrt und saß dann fast die ganze Zeit über allein im Dunkeln.«

»Aber wie konnte denn das alles passieren?«, wollte Sabrina wissen. »Und wem gehört denn dieses Haus?«

»Es gehört meinem Vetter John. Nachdem wir Summers Glade verlassen hatten, kamen wir mitten in der Nacht hier an. Wir fanden ein ziemliches Durcheinander vor. Deshalb dachte John auch sofort an Einbrecher. Doch wir wussten nicht, dass die Eindringlinge noch da waren und im oberen Stockwerk genüsslich in den Betten lagen und schliefen. Sie schienen jedenfalls genauso überrascht zu sein wie wir selbst, als sie feststellten, dass sie nicht allein waren. Die Kerle hatten wohl herausbekommen, dass das Haus gerade unbewohnt war, und wollten anscheinend den ganzen Winter hier verbringen. Ich nehme an, wir haben es mit Landstreichern zu tun.«

Das glaubte auch Sabrina. »Ihr hattet wohl keine Möglichkeit, Hilfe zu holen?«

»Dazu ging alles viel zu schnell. Wir hatten gar keine Zeit zum Nachdenken. Ich weiß, wir hätten weglaufen und unverzüglich die Polizei alarmieren müssen. Doch dazu war John viel zu aufgebracht. Er hatte Einbrecher in seinem Haus überrascht, und die Eindringlinge lagen schnarchend in seinen Betten. Er dachte gar nicht daran, das Haus noch einmal zu verlassen. Aber mein fabelhafter Herr Vetter hätte vielleicht nicht gleich versuchen sollen, die ganze Bande eigenhändig hinauszuwerfen.«

»Wie bitte? Er wollte allein mit vier anderen Männern fertig werden?«

»Ich weiß. Es war töricht. Selbst ein Preisboxer, und ein solcher ist der gute John ja nun keineswegs, hätte seine liebe Not mit den Kerlen gehabt. Trotzdem wäre vielleicht noch einmal alles gut gegangen, denn anfangs suchten die Schufte ihr Heil auch in der Flucht. Aber John stürzte wie ein Irrsinniger hinter den Männern her und nahm die Verfolgung auf. Als er schließlich einen von ihnen gepackt und niedergeworfen hatte, kamen die anderen ihrem Kumpan zu Hilfe. Und nun war es mein Vetter, der zu Boden ging.«

»Sie haben ihn doch nicht etwa verletzt?«

»Ich glaube, es ist ihm nichts Ernstes geschehen. Sein Stolz hat wohl am meisten abbekommen. Doch ihr Triumph über John brachte die Männer auf ganz neue Gedanken. Sie fesselten ihn und warfen ihn kurzerhand in den Keller. Dann schlossen sie mich hier oben ein. Es dauerte ein paar Stunden, bis sie den Plan mit dem Lösegeld ausgeheckt hatten. Dann befahlen sie mir, den Brief zu schreiben, und sie wollten tatsächlich nur vierzig Pfund. Ist das nicht geradezu lächerlich?« Mavis schnaubte verächtlich. »Wo doch das Vermögen meiner Eltern –«

»Stimmt, das ist ein eigenartiger Betrag«, fiel Sabrina ihr ins Wort. »Aber für diese Männer müssen vierzig Pfund sehr viel Geld sein. Ist ja auch einerlei. Viel wichtiger ist im Augenblick die Tatsache, dass sie bewaffnet sind. Hatten sie die Pistolen denn von Anfang an?«

Mavis legte nachdenklich die Stirn in Falten. »Ich glaube nicht. Jedenfalls habe ich bisher keine Waffen an ihnen gesehen. Aber sie scheinen sich langsam zu echten Kriminellen zu mausern. Wahrscheinlich haben sie die Pistolen ebenso gestohlen wie das Brot. Wie dumm von ihnen. Jetzt könnte es also wirklich ernsthaft Verletzte geben.«

»Solange das nur nicht wir beide sind.«

»Oh, da mache ich mir keine großen Sorgen. Diese unfähigen Tölpel werden sich viel eher aus Versehen gegenseitig umbringen. Ich glaube, das ist ihr erster Erpressungsversuch. Und nun wissen sie nicht, wie sie ihn zu Ende führen sollen. Ich wäre nicht einmal besonders überrascht, wenn sie die ganze Sache mit dem Lösegeld nur eingefädelt hätten, um noch eine Weile hier wohnen zu können. Sie möchten zu gerne in Johns Haus bleiben. Wenn man bedenkt, dass sie sonst wahrscheinlich unter irgendeinem Torbogen schlafen, ist das auch kaum verwunderlich.«

»Ich glaube, du hast Recht. Sie haben sich auch schon wieder etwas Neues überlegt, um Zeit zu gewinnen. Nun wollen sie mich hier behalten und dich losschicken, um Lösegeld zu besorgen.«

Mavis verdrehte verzweifelt die Augen. »Um Himmels willen! Ich habe dich doch nicht hergebeten, damit du dann genauso in der Patsche sitzt wie ich. Die Kerle müssen wirklich völlig schwachsinnig sein. Anders ist das alles nicht mehr zu erklären. Müssen wir ihnen vielleicht auch noch sagen, was der Sinn einer Erpressung und einer Lösegeldforderung ist?«

»Ich werde ihnen zuerst noch etwas ganz anderes mitteilen müssen«, antwortete Sabrina, die nun doch ziemlich unruhig wurde. »Nämlich dass man sich Sorgen um mich machen wird, wenn ich nicht in den nächsten Minuten wieder aus dem Haus komme. Und dann dauert es nicht mehr lange, bis Hilfe eintrifft. Du kennst die Kerle nun doch schon ein wenig. Wird sie das beeindrucken? Werden sie das Geld nehmen und die Gelegenheit nutzen, zu verschwinden?«

»Hm, das kommt ganz darauf an. Wer sind denn deine Beschützer?«

»Meine beiden Tanten«, seufzte Sabrina. »Sie warten draußen vor dem Haus in unserer Kutsche auf mich.«

»Du liebe Zeit«, stöhnte Mavis auf. Und schon hörten die beiden Mädchen, wie unten energisch an die Tür gepocht wurde.

44

Dann überschlugen sich die Ereignisse. Als die Tür nicht sofort geöffnet wurde, stemmte Raphael seine Schulter gegen das morsche Holz. Das Schloss gab unter seinem energischen Druck nach. Ächzend sprang die Tür nach innen auf. »Was zum Teufel …?«, murmelte er noch, bevor er zu Boden sank.

Im flackernden Schein der Laterne, die sie auf der Veranda am Hintereingang abgestellt hatten, sah Duncan Raphael fallen. Ohne nachzudenken, warf er sich auf den Kerl, der Rafe die Pistole auf den Schädel geschlagen hatte. Ein Schuss fiel.

Schreckensschreie erschollen aus dem vorderen Teil des Hauses, aus dem oberen Stockwerk und aus einigen Gebäuden in den umliegenden Gassen. Der laute Knall zu dieser nachtschlafenen Zeit hatte die ganze Nachbarschaft aufgeschreckt. Der brandige Geruch des Pulverdampfes erfüllte die Luft. Die todbringende Kugel hatte Duncans Kopf nur knapp verfehlt. Ihr Pfeifen klang ihm noch im Ohr. Voll unbändiger Wut drosch er auf den Schützen ein.

Ihm war bewusst, dass er und sein Begleiter viel zu unvorsichtig vorgegangen waren, aber in ihrer Ungeduld hatten sie nicht noch mehr Zeit mit langwierigen Überlegungen vergeuden wollen. Zwei Tage ermüdender, vergeblicher Suche lagen hinter ihnen. Oft genug war ihnen die Tür vor der Nase zugeschlagen worden, hatten kläffende Köter sie verfolgt. Schließlich war wie aus dem Nichts dieser geheimnisvolle Geselle erschienen, hatte sie durch Hinterhöfe, über Zäune, Mauern und durch finstere Gassen geführt, bis sie vor der verschlossenen Hintertür dieses Hauses angekommen waren. Und dann die Enttäuschung, nach all der Mühe vor einem scheinbar verlassenen Gebäude zu stehen. Wer dachte da noch an Gefahren, die im Verborgenen lauern konnten? Wer brachte da noch die Vorsicht für besonnenes Handeln auf?

Duncan hielt einen Moment lang inne, um festzustellen, wer es war, den er gerade bewusstlos geschlagen hatte. John Newbolt schien es nicht zu sein. Vielleicht war es einer seiner Hausangestellten, der vorsichtshalber mit einer Waffe zur Hintertür gekommen war? Sicher hatte er angenommen, dass jemand versuchte, gewaltsam ins Haus einzudringen – was eigentlich auch stimmte. Verdammt! Was sollten sie nur sagen, wenn nun gleich die Polizei kam? Nach dem ganzen Geschrei in der Nachbarschaft konnte das nicht mehr allzu lange dauern.

Duncan berührte vorsichtig Raphaels Schulter. Erleichtert hörte er den Engländer leise stöhnen. Zumindest lebte er noch! Der junge Schotte ging hinaus auf die Veranda, um die Lampe zu holen. Ihr zwielichtiger Führer hatte sich bereits aus dem Staub gemacht. Kein Wunder.

Zurück im Haus, sah Duncan im Schein der Laterne, dass der Raum, in dem der kurze Kampf stattgefunden hatte, die Küche sein musste. Doch bevor er noch entscheiden konnte, was nun zu tun sei, erschienen schon zwei weitere Gestalten, die aus dem vorderen Teil des Hauses in die Küche geeilt sein mussten. Einer zielte mit einer Pistole auf Duncan. Zu spät erinnerte er sich an die Waffe, mit der Raphael niedergeschlagen worden war. Sicher lag sie irgendwo in der Nähe auf dem Küchenboden.

»Verdammt, was ist hier los?«

»Was zum Teufel geht hier vor?«

»Ich glaube, es handelt sich um ein kleines Missverständnis«, erklärte Duncan. »Ich muss zu John Newbolt. Oder besser noch zu seiner Cousine. Und Sie sind bestimmt die Angestellten der Newbolts.«

Die beiden Männer tauschten einige unsichere Blicke aus, bevor einer von ihnen antwortete: »Natürlich. Genau so ist es. Aber um diese Zeit empfangen wir hier keine Besucher mehr. Kommen Sie doch morgen früh wieder, junger Herr.«

»Ich möchte lieber jetzt gleich mit John Newbolt reden, wenn es Ihnen nichts ausmacht.«

»Das wird nicht möglich sein. Und ich glaube, Sie gehen jetzt besser«, erwiderte der Mann, der immer noch seine Waffe auf Duncan gerichtet hielt. Um seinen Worten Nachdruck zu verleihen, begann er, damit drohend vor Duncan herumzufuchteln.

Nun schaltete sich der andere ein. »Nein, nein, kommen Sie nur«, sagte er betont freundlich. »Wir bringen Sie zu Mister Newbolt. Wahrscheinlich freut er sich über etwas Gesellschaft.«

Dass der Mann seine Worte mit einem gewissen Kichern begleitete, erschien Duncan ziemlich eigenartig. Doch schon, als der Kerl einfach Mr. Newbolt gesagt hatte, war er stutzig geworden. Normalerweise verwendeten Hausangestellte in der Gegenwart von Besuchern stets den vollen Titel ihrer Arbeitgeber. John Newbolt anstatt Lord einfach Mister zu nennen, stellte eine Respektlosigkeit dar, die sich kein Angestellter herausnehmen würde.

Dennoch beschloss Duncan, auf den Vorschlag des Mannes einzugehen und ihm ins Innere des Hauses zu folgen. Die Laterne ließen sie in der Küche zurück, und bald erleuchtete deren Schein den Weg der Männer nur noch sehr schwach. Duncan fiel auf, dass im Haus keinerlei andere Lichter brannten. Anscheinend hatten die Bewohner noch nicht geschlafen, denn sie waren allesamt vollständig bekleidet. Spätestens seit dem Schuss schlief sicher auch im oberen Stockwerk niemand mehr. Duncan glaubte sogar, aus dem Augenwinkel auf dem oberen Treppenabsatz die Umrisse einer weiblichen Gestalt wahrzunehmen, doch als er sich umdrehen wollte, um genauer nachzusehen, spürte er den

Lauf der Pistole in seinem Rücken. Damit gab ihm der Bewaffnete unmissverständlich zu verstehen, dass er sich nicht umzuwenden, sondern nur geradeaus weiterzugehen habe. Nun wusste Duncan mit letzter Sicherheit, dass hier etwas nicht mit rechten Dingen zuging. Wenn es sein musste, würde er seine Handlungen später erklären. Aber im Augenblick gab es für ihn nur eins: Er warf sich herum, schlug dem Mann hinter ihm zuerst auf den Arm, um die Pistole von sich weg zu lenken, und dann mit großer Wucht auf die Nase. Der Kerl fiel hintenüber, riss einen kleinen Tisch mit sich zu Boden und blieb reglos liegen.

Den anderen Gesellen, der ihm vorher vorangegangen war, hatte Duncan nun im Rücken. Der Mann sprang ihm auch gleich fauchend wie eine wütende Katze ins Genick und schlang seine dünnen Arme mit aller Kraft um Duncans Hals, um ihm die Luft abzudrücken. Schon wollte der Angreifer siegessicher auflachen, doch er hatte seine Rechnung ohne den wachsenden Zorn des jungen Schotten gemacht. Duncan griff hinter sich, packte den dürren Gesellen und zerrte ihn von seinem Rücken. Er holte kräftig aus und sah mit Erstaunen, wie der Mann den Mund aufmachte, als wolle er schreien, dann aber ohnmächtig in sich zusammensank, bevor Duncans Faust ihn überhaupt getroffen hatte. Angewidert ließ er den Kerl zu Boden fallen.

Noch überraschter war Duncan, als er gleich darauf eine Stimme hörte, die er an jedem Ort der Welt sofort erkannt hätte. Sogar wenn sie so ärgerlich klang wie jetzt. »Wie konntest du das nur tun, wo er doch eine Waffe in der Hand hatte?«

Duncan blieb ihr die Antwort darauf schuldig. »Und was zum Teufel machst du hier?«, fragte er.

Sabrina ließ sich nicht ablenken. »Er hätte dich umbringen können!«

Langsam ging Duncan auf, warum Sabrina sich so ereiferte. »Wenn man eine finstere Zukunft vor sich hat, empfindet man die Gefahr nicht als so schlimm. Es wäre wahrscheinlich etwas anderes, wenn man sich auf die kommenden Lebensjahre freuen würde«, erklärte er sachlich.

»Das war bodenloser Leichtsinn, sonst nichts«, beharrte Sabrina steif.

Duncan wollte nicht mit ihr über die Beweggründe für sein Tun streiten. Im Übrigen war sie ihm noch eine Antwort schuldig. »Jetzt sag mir endlich, wie du hierher kommst.«

»Das ist eine längere Geschichte. Ich werde sie dir gerne erzählen. Aber erst, wenn du sie alle erledigt hast«, antwortete Sabrina.

»Alle?«

»Ja, die armen Irren, die in das Haus eingebrochen sind und Mavis und John schon die ganze Woche hier gefangen halten. Sie sind zu viert.«

»Bisher habe ich erst drei gesehen.«

»Dann schließen wir uns hier oben ein, bis du den vierten auch noch hast. Aber sei bitte vorsichtig. Mindestens drei von ihnen hatten Pistolen und –«

Von der Haustür her erscholl ein ungeduldig klingendes Klopfen.

»Das ist wahrscheinlich Mickie, unser Kutscher. Lass ihn am besten gleich herein. Er wird dir helfen, den letzten Einbrecher auch noch zu finden. Ach, und John Newbolt ist im Keller eingeschlossen. Sieh doch bitte nach, wie es ihm geht.«

Damit verschwand Sabrina in der Dunkelheit. Duncan konnte kaum glauben, dass sie sich wirklich hier, ganz in seiner Nähe, befand. Fast noch unglaublicher erschien ihm der gebieterische Ton, in dem sie ihm gerade ihre Anweisungen erteilt hatte. Dann wiederum erinnerte er sich daran, wie aufgebracht und ärgerlich sie gewesen war – und das nur, weil er sich ein wenig in Gefahr begeben hatte. Ein glückliches Lächeln glitt über seine Züge.

45

Sabrina kehrte zurück in die dunkle Kammer, wo Mavis auf sie wartete. Sie schloss die Tür und tastete nach dem unauffälligen kleinen Riegel unter dem Schloss. Damit konnte sie die Tür auch ohne einen Schlüssel von innen absperren. Nun fühlten sich die beiden Mädchen in dem finsteren Raum ziemlich sicher. Sabrina wollte noch immer kaum glauben, dass die Tür nicht von außen abgeschlossen gewesen war. Wahrscheinlich hatte ihr Gerede die Männer so verwirrt und verärgert, dass sie einfach vergessen hatten, die Tür wieder hinter ihr abzusperren. Wenn sie und Mavis das geahnt hätten, hätten sie sich in einem günstigen Augenblick aus dem Haus stehlen können und säßen nun in der Kutsche bei Sabrinas Tanten. John Newbolt zu befreien wäre dann die Aufgabe einiger tüchtiger Polizisten gewesen. Wieder einmal war alles anders gekommen als erwartet.

»Wir sind gerettet«, flüsterte Sabrina zuversichtlich. »Zumindest beinahe. Unsere endgültige Befreiung ist gerade noch im Gange. Wir müssen uns noch so lange hier verborgen halten, bis sämtliche Verbrecher dingfest gemacht sind.«

»Gerettet? Wer ist denn unser Helfer in der Not?«, erkundigte Mavis sich erstaunt.

»Duncan MacTavish höchstpersönlich.«

»Wie kommt denn unser schottischer Freund nun plötzlich hierher?« Mavis war nun mehr als verdutzt.

»Wie mir scheint, ist er auf der Suche nach dir. Übrigens hat Lord Neville seit deiner unerklärlich hastigen Abreise von Summers Glade seine Leute landauf, landab nach dir suchen lassen. Darum wissen nun leider auch deine

Eltern, dass du nicht mehr an dem Ort bist, wo sie dich wähnten.«

»O Graus! Das wird mir eine Menge Schwierigkeiten einbringen«, stöhnte Mavis. »Aber warum lässt der Marquis von Birmingdale denn nach mir suchen? Dafür gibt es doch gar keinen Grund – außer vielleicht ... ach nein, das ist doch völlig ausgeschlossen!«

»Schon gut«, bemerkte Sabrina, die genau wusste, woran Mavis gerade dachte. »Ich habe bereits erfahren, was du kurz vor deiner Abfahrt auf Summers Glade gesehen hast.«

»Du weißt also Bescheid?«

»Ja, ganz recht. Duncan hat mir alles haarklein erzählt.«

»Wenn ich es mir recht überlege, überrascht mich das eigentlich nicht besonders. Es war ja nicht zu übersehen, dass ihr euch ziemlich gut versteht. Ich nehme an, ihr seid Freunde?«

»Ja, genau das sind wir«, antwortete Sabrina. Ihre Stimme klang fast ein wenig traurig. Sie musste sich jetzt zusammenreißen. Es war wirklich nicht der geeignete Zeitpunkt, um darüber nachzugrübeln, was es bedeutete, einfach nur Duncans Freundin zu sein. Sie wollte lieber noch mehr über Mavis' Abenteuer erfahren. Es gab noch so viele Fragen, auf die sie keine Antwort hatte. Vielleicht konnte Mavis ja etwas Licht in das Dunkel bringen, während sie hier geduldig darauf warteten, dass Duncan dem Spuk im Hause Newbolt ein für alle Mal ein Ende setzte. »Warum hast du eigentlich in jener Nacht Summers Glade so überstürzt verlassen?«, wollte Sabrina nun erst einmal wissen.

»Das Gleiche könnte ich dich fragen.« Mavis drehte den Spieß einfach um.

Sabrina fragte ungläubig vor Staunen: »Wie bitte? Wie meinst du das?«

»Ich sah, wie du plötzlich wegranntest und wie Duncan dir bald darauf folgte. In diesem Augenblick glaubte ich eigentlich, dass ihr euch nun finden würdet. Ich nahm wirklich an, er wolle dich bitten, seine Frau zu werden.« Mavis seufzte. »Aber wahrscheinlich wollte er nur sichergehen, dass du unversehrt nach Hause kommst. Denn kaum eine Stunde später überraschte ich Duncan im Zimmer dieser Hexe. Das bedeutet wohl, dass die beiden sich wieder versöhnt haben. Ophelia ist, wie so oft, die Siegerin geblieben. Sie bekommt einfach ausnahmslos alles, was sie will.«

»Es sieht ganz danach aus«, seufzte Sabrina nun ihrerseits.

»Und als Duncan zum ersten Mal die Verlobung mit Ophelia auflöste, war ich nahe dran zu glauben, es gäbe tatsächlich so etwas wie eine ausgleichende Gerechtigkeit auf der Welt. Die Verhinderung dieser Verlobung war zwar ihr erklärtes Ziel gewesen, doch der Schuss ging, wie du ja weißt, für Ophelia nach hinten los, und am Ende stand sie als die Blamierte da. Wo sie inzwischen festgestellt hatte, dass Duncan MacTavish wider Erwarten doch ein guter Fang gewesen wäre. Ich gestehe offen, dass ich diesem Früchtchen den Fehlschlag von Herzen gönnte. Dann aber kehrte sich plötzlich doch wieder alles um, und man erfuhr, sie wird, all ihren boshaften Intrigen zum Trotz, am Ende ihren MacTavish bekommen. Das war einfach zu viel für mich. Was soll man davon halten, wenn solche Niedertracht auch noch belohnt wird? Wieder einmal ging alles ganz nach Ophelias Kopf. Und das, obwohl sie gerade noch mit aller Macht versucht hatte, meinen Namen zu verunglimpfen, indem sie überall herumerzählte, ich sei eine notorische Lügnerin, was allein die dickste Lüge ist, aber ... Ich war so unsagbar wütend und enttäuscht, dass ich einfach unverzüglich abfahren musste. Ich konnte doch nicht als ein vor ohnmächtiger Wut schluchzendes Häufchen Elend vor der versammelten Festgesellschaft erscheinen.«

Das verstand Sabrina nur zu gut. Schließlich war sie ja selbst aus eben dem Grund von Summers Glade fortgerannt. Auch sie hatte sich nicht vor den Gästen des Festes blamieren wollen, indem sie in aller Öffentlichkeit in Tränen ausbrach.

»Und dann bist du auf dem schnellsten Wege hierher gekommen?«, fragte sie weiter.

»Ja. Ich wollte ein wenig allein sein, um meine Gedanken zu ordnen und meine Wut auf Ophelia zu verdauen. Mein ursprünglicher Plan war es, ein oder zwei Tage lang hier zu bleiben. Aber diese nichtsnutzigen Trottel von Landstreichern haben mir einen Strich durch die Rechnung gemacht.«

»Was die Dauer deines Aufenthaltes angeht, vielleicht schon. Aber hattest du auf diese Weise nicht jede Menge Zeit zum Nachdenken?«

»O ja, gewiss. Und mir ist jetzt vollkommen klar, dass ich Ophelia für alle Zeiten abgrundtief hassen und verachten werde. Sie ist einfach zu weit gegangen, und ich kann ihr nicht mehr verzeihen. Aber ich möchte eigentlich gar nicht mehr an all diese schlimmen Dinge denken. In Zukunft werde ich einen riesigen Bogen um diese falsche Schlange machen und versuchen zu vergessen, dass sie überhaupt auf der Welt ist.«

»Eine Zeit lang wart ihr aber doch ganz gut befreundet?«

»Unser Verhältnis hat sich eingetrübt. In Kindertagen waren wir enge Freundinnen. Als kleines Mädchen verbrachte ich viel Zeit im Hause der Reids und konnte dort mit eigenen Augen sehen, wie sehr die süße kleine Ophelia von ihren Eltern verhätschelt wurde. Aus diesem Grund verstehe ich auch, wie sie zu dem Menschen werden konnte, der sie jetzt ist. Und so verzieh ich ihr stets, wenn sie sich wieder einmal unmöglich benahm – bis ich Alexander kennen lernte.

»Alexander?«

»Der Mann, in den ich mich verliebte. Ich muss ihm auch gefallen haben, denn er hat mir den Hof gemacht. Ophelia kannte er zwar flüchtig, aber er versicherte mir immer wieder, dass ihre Schönheit ihn nicht übermäßig beeindrucken würde. Doch Ophelia konnte es nicht ertragen, dass er sie kaum beachtete. Alexanders Gleichgültigkeit ihr gegenüber betrachtete sie als persönlichen Affront. Natürlich ließ ihr das keine Ruhe – dieser unerträgliche Zustand musste geändert werden. Und kaum schenkte sie Alexander ein paar Stunden lang huldvoll ihre ungeteilte Aufmerksamkeit, schon verlor er genauso den Verstand wie all die anderen Männer, die sich danach verzehren, Ophelia die Füße küssen zu dürfen. Das war das Ende seiner Besuche in unserem Haus. Vielmehr schwirrte er jetzt tagtäglich um Ophelia herum. Eine Zeitlang war ich untröstlich. Und das Schlimmste war, dass ich genau wusste, dass Ophelia Alexander gar nicht für sich haben wollte. Sobald er begann, sie zu verehren und um sie zu werben, verlor sie jegliches Interesse an ihm. Zu spät! Er versuchte mich wieder zu gewinnen, doch nun wollte ich ihn nicht mehr. Andere Leute mögen mit den armseligen Krümeln, die von Ophelias Teller fallen, vorlieb nehmen, aber nicht Mavis Newbolt. Ach, ich weiß – ich hätte Alexander verzeihen sollen! Im Grunde liebte er Ophelia ja gar nicht – allein ihre Schönheit hatte ihn vorübergehend geblendet. Aber ich war einfach zu starrköpfig, und nun hat er eine andere geheiratet.«

»Das tut mir Leid für dich.«

»Schon gut«, winkte Mavis ab. »Ich bin mit meinem verflixten Stolz größtenteils selbst schuld daran, dass es so gekommen ist.«

»Aber du warst doch danach immer noch mit Ophelia befreundet. Oder ist das Ganze erst ein paar Tage her?«

»Nein. Ich ging ihr damals tatsächlich erst einmal aus dem Weg. Sie jedoch kam bald darauf zu mir und bat mich um Verzeihung. Sie schwor bei allem, was ihr heilig war, dass sie mir Alexander nicht habe wegnehmen wollen. Und wenn er sich so schnell von mir ab- und jemand anderem zuwenden könne, sei er sowieso keinen Pfifferling wert, meinte sie. Es ist ja auch einerlei, ich habe mich jedenfalls von ihr beschwatzen lassen. Schließlich waren wir alte Freundinnen. Aber es war zwischen uns nicht mehr so wie früher. Ich vertraute Ophelia nicht mehr und sah nun immer deutlicher, wie sie andere Menschen für ihre Zwecke benutzte. Ihre Eifersuchtsanfälle, wenn irgendjemand ihren Neid weckte, fand ich nun einfach lächerlich und nach und nach entwickelte ich geradezu eine Abneigung gegen sie. Aber wo wir gerade von Ophelias Eifersucht sprechen – du bist ja auch eins ihrer Opfer.«

»Ich?« Sabrina musste beinahe lachen, wenn sie daran dachte, dass jemand wie Ophelia ausgerechnet auf sie eifersüchtig sein sollte.

»In Ophelias Fall ist Eifersucht nicht das, was man üblicherweise darunter versteht«, erklärte Mavis. »Eigentlich mochte sie noch nie einen Mann so gerne, dass man von wirklicher Eifersucht sprechen könnte. Neid ist wohl wirklich das bessere Wort. Ich weiß nicht, ob du mir noch glauben kannst, nach Ophelias Anstrengungen, mich öffentlich als zwanghafte Lügnerin darzustellen. Nun, sie war es, die den Skandal, der deiner Familie scheinbar anhaftet, wieder in die Öffentlichkeit gebracht hat. Sie tat zunächst, als habe sie sich aus Versehen verplappert, doch in Wirklichkeit plauderte sie die ganze Geschichte mit voller Absicht aus. Und zwar sobald sie sah, dass einige ihrer Verehrer plötzlich Interesse an dir zeigten. Sie hält es einfach nicht aus, wenn sich einmal nicht alles, aber auch wirklich alles um sie dreht. Ich dachte, du solltest das wissen, wo ihr doch auch ganz gut befreundet zu sein scheint.«

Sabrina traute ihren Ohren nicht. Zwar glaubte sie Mavis jedes Wort von dem, was sie gesagt hatte, doch es wollte ihr nicht in den Kopf, dass Ophelia im Stande war, wegen eines so nichtigen Anlasses zu so drastischen Mitteln zu greifen. Dass nun allerorts über Sabrina und das Schicksal ihrer Familie getuschelt wurde und dass ihre Heiratsaussichten daher drastisch gemindert waren, schien noch nicht einmal das Schlimmste. Es war nicht auszuschließen, dass ein labileres oder weniger selbstbewusstes Mädchen an Sabrinas Stelle vielleicht verzweifelt wäre und sich vor Scham gar etwas angetan hätte. Dachte Ophelia denn niemals über die Folgen ihrer Handlungen nach? War es ihr völlig gleichgültig, ob sie mit ihren Boshaftigkeiten andere Menschen verletzte oder gar deren Zukunft zerstörte?

»Ich weiß schon länger, dass Ophelias Freundschaft niemals echt war«, sagte Sabrina leise.

»Zum Glück. Dann ergeht es dir wenigstens nicht so wie Edith und Jane. Die Ärmsten merken gar nicht, dass sie von Ophelia nur benutzt und hintergangen werden. Als ich die eitle Schlange einmal durchschaut hatte, wuchsen meine Abneigung und Verachtung für sie immer mehr. Ich wartete nur noch darauf, dass es irgendwann einmal zum Eklat kommen und ihr jemand in aller Öffentlichkeit an den Kopf schleudern würde, wie verabscheuungswürdig ihr Verhalten ist. Dieses Schauspiel wollte ich mir auf keinen Fall entgehen lassen. Das war ziemlich hässlich von mir, ich weiß. Aber bislang hat es niemand fertig gebracht, Lady Ophelia Reid einmal gründlich in die Schranken zu weisen. Und wahrscheinlich wird das auch niemals geschehen.«

»Tröstet es dich ein wenig, wenn ich dir sage, dass Duncan sie eigentlich gar nicht heiraten will?«

»Und warum dann das Liebesgeflüster in Ophelias Zimmer?«

»Von Liebesgeflüster kann hier gar keine Rede sein. Es sah für dich nur so aus.«

»Also, Sabrina, ich bitte dich! Für so naiv hätte ich dich nun wirklich nicht gehalten«, erwiderte Mavis kopfschüttelnd. »Ophelia trug nur noch ihre Unterwäsche und ein paar Unterröcke. Die beiden waren im Begriff, genau das miteinander zu tun, wonach es aussah.«

»In einem Zimmer, das Ophelia sich mit mehr als einem halben Dutzend anderer Mädchen teilte und in dem sie jeden Augenblick jemand überraschen konnte?«

Mavis legte nachdenklich die Stirn in Falten. »Daran habe ich noch gar nicht gedacht. Aber was wollte Duncan denn sonst bei ihr?«

»Soweit ich weiß, stürmte er einfach wutentbrannt in ihr Zimmer, um sie zur Rede zu stellen. Mehr steckt nicht dahinter.«

»Dass Duncan wütend war, überrascht mich nun wiederum gar nicht. Es ist eine von Ophelias Spezialitäten, andere Leute so zornig zu machen, dass sie sich zu unüberlegten Worten oder Taten hinreißen lassen.«

Sabrina konnte Mavis' Beobachtung nur bestätigen. Es war ihr noch immer peinlich, wenn sie daran dachte, was sie Ophelia an jenem ereignisreichen Abend alles an den Kopf geworfen hatte. »Nun, jedenfalls sind die beiden jetzt wieder verlobt. Aber nur, weil Ophelia Duncans Großväter davon überzeugen konnte, dass du überall herumerzählen würdest, was du gesehen hast. Und wie es sich für den alten Adel gehört, fürchtet man nun den schrecklichen Skandal, den du damit auslösen könntest. Darum lässt Lord Neville auch seine Leute nach dir suchen. Er will keinesfalls, dass Duncan Ophelia heiratet. Und Duncan selbst möchte nichts lieber, als seine wunderschöne Braut mit dem eiskalten Herzen wieder loswerden. Sein Gewissen erlaubt es ihm nicht, weil er mit seiner Unbeherrschtheit ja ganz allein an der verfahrenen Situation schuld ist, in der sich die beiden jetzt befinden. Er weiß, dass Ophelias Ruf für alle Zeiten ruiniert wäre, wenn er sie jetzt nicht zur Frau nehmen würde.«

»Gütiger Himmel! Willst du damit etwa sagen, sie hat ihren schottischen Bräutigam nur bekommen, weil ich zufällig im falschen Augenblick ins Zimmer geplatzt bin? Dann habe ich ihr Duncan ja geradezu auf einem silbernen Tablett serviert. O nein, so nicht! Wenn er sie wirklich nur heiraten möchte, um ihren Ruf zu retten, werde ich das zu verhindern wissen. Ich kann ihm versprechen, dass ich in diesem Fall bis in alle Ewigkeit für mich behalten werde, was ich gesehen habe. Wenn geboten, kann ich schweigen wie ein Grab. Und wenn Ophelia damit auch nur ein einziges Mal nicht das bekommt, was sie sich in den Kopf gesetzt hat, werde ich in Gottes Namen auch noch ihren guten Ruf und ihre kostbare Ehre schützen.«

Sabrina lächelte. Sie dachte voller Freude an Duncan. Zu Mavis sagte sie erleichtert: »Ich hatte gehofft, dass du so denken würdest.«

46

Lange würde es nun nicht mehr dauern, bis Duncan die beiden Mädchen aus ihrer finsteren Kammer erlöste. Sabrina lauschte auf seine Schritte und wusste, er konnte nun jeden Augenblick an die Tür klopfen. Entsprechend groß war ihre Überraschung, als diese stattdessen wie von selbst aufsprang. Die Mädchen hatten in der Aufregung über ihre Rettung gar nicht mehr daran gedacht, dass es einen Schlüssel zu ihrem Gefängnis gab.

Nun stand plötzlich völlig unerwartet der vierte Mann, der Duncan bislang entgangen war, vor ihnen. Es war derjenige der vier Männer, der noch am kräftigsten und am wenigsten heruntergekommen aussah. Wie sich Sabrina erinnerte, war er der Einzige unter den Erpressern, der keine Waffe besaß. Vielleicht hielt er sie aber auch nur irgendwo in den Falten seiner Kleidung oder an seinem Körper verborgen. Der Geselle war Sabrina bisher ziemlich harmlos erschienen.

Was er nun sagte, klang in ihren Ohren nicht besonders bedrohlich. »Kommen Sie, meine Damen! Ich werde Sie in Sicherheit bringen. Im Erdgeschoss wütet gerade ein riesiger Schotte.«

»Dieser Schotte ist zufällig einer unserer Freunde«, entgegnete Sabrina.

»Das hätte ich mir fast denken können«, antwortete der Mann und biss besorgt auf seine Unterlippe. »In diesem Fall werde ich eine von Ihnen zu meiner eigenen Sicherheit mitnehmen müssen. Aber ich glaube, Miss Plappermaul lasse ich lieber hier.«

Sabrina fand diese Beschreibung ihrer Person ziemlich respektlos. Empört gab sie zurück: »Sie werden meine Freundin nicht weiterhin für Ihre niedrigen Zwecke benutzen. Es ist schon unverschämt genug, dass Sie sie hier seit einer Woche gegen ihren Willen festhalten. Wenn Sie sich allerdings selbst retten wollen, sollten Sie das tun, bevor es zu spät ist. Das Fenster befindet sich dort drüben.«

»Und wir befinden uns im ersten Stock«, erinnerte der Mann sie mürrisch.

»Na und? Ich nehme an, dass ein Sprung aus diesem Fenster, zumal wenn Sie es vorher öffnen, weitaus weniger Schaden anrichten wird als Duncan MacTavish, wenn er Sie in die Finger bekommt.«

Doch so leicht ließ der Kerl sich nicht überzeugen. Sabrinas Unerschrockenheit schien ihn zu reizen. Dieses dreiste Weibsstück glaubte anscheinend tatsächlich, ihn herumkommandieren zu können.

»Hören Sie, Miss! Hier bestimme allein ich, was zu tun ist. Und es wäre doch ziemlich unklug, wenn ich nicht eine von Ihnen mitnehmen würde, um mich zu schützen. Ganz abgesehen davon schulden Sie uns noch immer vierzig Pfund!«

»Also, wenn das Ihre einzige Sorge ist, dann –«

Weiter brauchte Sabrina nicht zu sprechen. Mavis, die sich in dem Zimmer, das eine Woche lang ihr Gefängnis gewesen war, inzwischen auch im Dunkeln bestens zurecht fand, hatte einen schweren Gegenstand ertastet, den sie wie einen Knüppel einsetzen konnte. Sie nutzte die Gelegenheit, als er ihr den Rücken kehrte, und schlug ihm den Gegenstand über den Schädel. Der Mann sank, ohne ein weiteres Wort von sich zu geben, ohnmächtig zu Boden.

Mavis ließ die etwa einen Fuß hohe Bronzestatue, die sie dem Erpresser übergezogen hatte, fallen. »Das war mein Dank dafür, dass ich nur Brot zu essen bekommen habe«, sagte sie zu dem Ohnmächtigen.

Sabrina wollte gerade erleichtert aufatmen, da ging die Tür erneut auf. Diesmal drohte allerdings keine Gefahr. Duncan trat ins Zimmer und starrte verdutzt auf den am Boden liegenden Mann. Dann sah er Sabrina an und sagte in vorwurfsvollem Ton: »Ich dachte, du wolltest dich hier mit Mavis einschließen.«

»Das habe ich auch getan«, antwortete Sabrina verlegen. »Aber er muss wohl einen Schlüssel gehabt haben.«

»Ja, sieht ganz danach aus«, bemerkte Duncan knapp, bevor er sich den besinnungslosen Mann so mühelos über die Schulter warf, als handle es sich um einen leeren Sack. Auf dem Weg zur Tür wandte er sich noch einmal um und fügte hinzu: »Ihr könnt jetzt hinunterkommen. Lord Newbolt ist bereits unterwegs und holt die Polizei. Die kann sich dann um die Kerle hier kümmern.«

»Dann geht es John also gut?«

»Nun ja, er hat nicht viel abbekommen. Nur sein Stolz ist etwas angekratzt, weil er sich von diesem Gesindel überwältigen ließ. Überdies steht es auch mit seiner Laune nicht zum Besten. Immerhin lag er eine Woche lang ziemlich hilflos in seinem eigenen Keller. Zeit genug, um eine ordentliche Portion Wut anzusammeln.«

»Wissen meine Tanten auch schon, dass hier im Haus nun alles in Ordnung ist?«, fragte Sabrina ein wenig verspätet.

»Wir hatten doch den letzten Mann noch gar nicht dingfest gemacht. Und dass deine Tanten ebenfalls hier sind, ist mir neu.«

Sabrina errötete leicht. Wie hatte sie nur vergessen können zu erwähnen, dass Alice und Hilary in ihrer Kutsche auf sie warteten? Solche Abenteuer lagen ihr wohl nicht unbedingt, hatte sie doch den Eindruck, sie mache einen Patzer nach der anderen.

»Sie sitzen vor dem Haus in unserer Kutsche. Ich bin also gleich wieder da«, antwortete Sabrina und eilte aus der

Haustür, bevor Duncan ihr anmerken konnte, wie verlegen sie war.

Es dauerte geraume Zeit, bis es Sabrina gelang, ihre Tanten zu beruhigen. Sie waren völlig aufgelöst, weil ihre Nichte so lange weggeblieben war. Nur allmählich setzte die Erleichterung über Sabrinas unversehrte Rückkehr ein. Gleich begannen Hilary und Alice darüber zu streiten, ob sie nun umgehend nach Hause fahren oder zu dieser späten Stunde lieber ein Gasthaus suchen sollten. Dieser Zank würde wohl noch ein wenig dauern. Sabrina hatte also genügend Zeit, noch einmal in John Newbolts Haus zurückzukehren.

Sie wollte Duncan unbedingt noch die gute Nachricht überbringen, dass Mavis über Duncans Besuch in Ophelias Schlafzimmer für alle Zeiten den Mantel der Verschwiegenheit breiten würde. Aber vielleicht hatte Mavis ja schon selbst mit Duncan gesprochen, und er wusste bereits von seinem Glück. Sabrina war recht erstaunt, ihn allein vorzufinden. Er sah auch nicht gerade aus wie jemand, der soeben eine Heldentat vollbracht hat und dadurch selbst vor einem großen Unglück bewahrt wurde. Ganz im Gegenteil, er machte ein Gesicht, als könne jeden Moment die Welt untergehen.

»Was ist denn los?«, fragte Sabrina besorgt.

Duncan stand mit hängenden Schultern vor ihr und schien nicht einmal die Kraft zu haben, den Kopf zu heben, als er mit schleppender Stimme antwortete: »Sie will mir nicht helfen. Sie droht, alles auszuplaudern, wenn ich Ophelia nicht heirate.«

Sabrina schüttelte verwirrt den Kopf. »Aber sie hat mir doch fest zugesichert, dass sie alles, was sie gesehen hat, für sich behalten wird.«

»Dann hat sie dich wohl angelogen. Sie ist ganz versessen darauf, Ophelia ihre Bosheiten auf diese Weise heimzuzahlen. Genau so hat sie sich jedenfalls ausgedrückt. Sie lässt einfach nicht mit sich reden.«

Sabrina musste sich auf die Treppe setzen. Sie wurde nicht schlau aus der ganzen Sache. »Das verstehe ich nicht. Mavis glaubte, du wärst schon wieder mit Ophelia verlobt, als sie dich in ihrem Zimmer sah. Sie war unsagbar wütend darüber, dass Ophelia nun schon wieder genau das bekam, was sie wollte. Deshalb ist sie auch auf der Stelle von Summers Glade abgereist. Mavis war furchtbar enttäuscht und niedergeschlagen, weil sie glaubte, dass Ophelia ihrer gerechten Strafe entgangen war und nun doch deine Frau werden würde. Aber dann erzählte ich ihr, was sich an jenem Abend in Ophelias Zimmer wirklich zugetragen hat und dass du Ophelia nur heiraten willst, um ihren Ruf zu schützen. Da schwor Mavis mir, dass sie schweigen würde wie ein Grab. Und jetzt das! Was hast du ihr denn überhaupt gesagt, Duncan?«

»Die Wahrheit.«

»Aber habe ich das nicht auch?«, fragte Sabrina mit einem Anflug von Panik in ihrer Stimme.

»Natürlich hast du das«, beschwichtigte Duncan sie. »Es gibt da nur eine Kleinigkeit, die du einfach nicht wissen konntest. Und nun hat Mavis es leider von mir erfahren. Ich habe nicht daran gedacht, wie sehr sie Ophelia hasst. Ich hoffte auf ihr Mitgefühl auf ihr Verständnis. Aber Mavis ist es wichtiger, dass Ophelia einmal im Leben das bekommt, was sie verdient.«

»Was ist das für eine ›Kleinigkeit‹, von der du da redest?«

»Ophelia will mich genauso wenig heiraten wie ich sie. Neville hat sie sich vorgeknöpft und ihr in aller Ausführlichkeit erklärt, was alles auf sie zukommt, wenn sie die Marquise von Birmingdale wird. Das ist Ophelia aber viel zu anstrengend. Rafe hatte ganz Recht. Sie war nur auf meinen Titel erpicht. Ich selbst bin ihr einerlei. Aber jetzt erst ist ihr klar, welche Pflichten ein solcher Titel mit sich bringt. So hat sie sich das Leben als Marquise nicht vorgestellt. Also möchte sie die Verlobung liebend gerne wieder lösen.«

Sabrina wusste nicht, ob sie lachen oder weinen sollte. Einerseits war sie unendlich erleichtert, dass Ophelia Duncan gar nicht wollte, ihn wohl auch nie wirklich gewollt hatte und nur auf seinen Reichtum und seinen gesellschaftlichen Rang versessen gewesen war. Doch nun würde Ophelia ihn trotzdem heiraten müssen, denn sie hatte mit ihrer Boshaftigkeit dafür gesorgt, dass ihre ehemals beste Freundin sie nun abgrundtief hasste. Und obwohl diese frühere Freundin tief in ihrem Herzen bestimmt genau wusste, dass es nur gut und richtig wäre, zu schweigen, konnte sie der Versuchung nicht widerstehen, sich an Ophelia zu rächen.

»Ich werde noch einmal in aller Ruhe mit Mavis reden.«

»Das kannst du gerne versuchen. Aber ich habe ihr Gesicht gesehen, als ich ihr sagte, dass Ophelia mich nicht haben möchte. Ich weiß, dass Mavis jetzt nur noch den einen Gedanken hat – Ophelia für ihre Untaten für den Rest ihrer Tage büßen zu lassen. Das scheint Mavis wichtiger zu sein als alles andere auf der Welt.«

47

Duncan sollte Recht behalten. Mavis' Entscheidung stand unverrückbar fest. Sie wollte nur eins: Rache. Überdies war sie furchtbar wütend, denn sie glaubte, Sabrina habe ihr absichtlich verschwiegen, dass Ophelia Duncan gar nicht heiraten wollte. Mavis hatte das Gefühl, man wolle ihre Wut auf Ophelia nur ausnutzen. Damit traf Sabrina mit allen weiteren Versuchen, sie doch noch umzustimmen, auf taube Ohren.

Dass sie mit ihrer Entscheidung auch Duncans Lebensglück zerstörte, schien Mavis nicht zu interessieren. Sie beharrte vielmehr steif und fest darauf, dass Männer ihre ehelichen Verpflichtungen ohnehin lange nicht so ernst nahmen wie Frauen. Schließlich war allgemein bekannt, wie häufig sie ihre Treueschwüre brachen und sich dabei noch nicht einmal bemühten, ihre Seitensprünge diskret zu verbergen. Man musste nur auf Festen und Empfängen ein wenig die Augen offen halten, fünf Minuten lang dem neuesten Klatsch lauschen und dabei ein wenig das Ungesagte deuten, und schon wusste man, wie sich verheiratete Männer gemeinhin benahmen.

»Duncan MacTavish leistet sich dann eben eine süße kleine Geliebte, mit der er allwöchentlich ein paar glückliche Stunden verbringt, während er gleichzeitig von sämtlichen Männern Englands um die wunderschöne Ehefrau beneidet wird, die zu Hause auf ihn wartet«, erklärte Mavis Sabrina ungerührt. »Er hat also keinen Grund, sich zu beklagen. Schließlich gibt es nicht einmal eine andere Frau, die er heiraten möchte. Sonst hätte er längst um ihre Hand angehalten und die ganze Sache mit Ophelia wäre nie geschehen.«

Diese Bemerkung, wenn auch ohne Hintergedanken ausgesprochen, verletzte Sabrina tief. Wieder einmal wurde sie unsanft daran erinnert, wie unglaublich naiv es von ihr gewesen war, sich Hoffnungen auf Duncan MacTavish zu machen. Doch noch wollte Sabrina Mavis' grausame Entscheidung nicht akzeptieren.

Mit Appellen an die Vernunft und das Mitgefühl des Mädchens kam sie nicht weiter, das wusste sie inzwischen. Sie musste es noch einmal auf andere Weise versuchen. »Ophelia wird Duncan die Hölle auf Erden bereiten. Und könntest du dir etwa vorstellen, den Rest deines Lebens an der Seite eines Menschen wie ihr zu verbringen?«

»Auf gar keinen Fall. Ich würde sie in einem hohen Turm einsperren und nur zu bestimmten Festtagen für ein paar Stunden herauslassen. Wenn überhaupt. Ich würde ihr meinerseits das Leben zur Hölle machen, und hätte nicht den Anflug eines schlechten Gewissens dabei, denn genau das hat sie verdient. Ich hoffe, und das meine ich wirklich ernst, dass Duncan MacTavish genau so mit ihr verfahren wird. Du, Sabrina, solltest nun nach Hause zurückfahren. Es war sehr freundlich von dir, mir zu Hilfe zu kommen. Aber jetzt verschwendest du hier nur noch deine Zeit.«

Nach diesem Gespräch fiel es Sabrina unendlich schwer, zu Duncan hinunterzugehen und ihm mit einem matten Kopfschütteln zu signalisieren, dass er all seine Hoffnungen für immer begraben musste. Durch Mavis' unverrückbaren Entschluss war sein weiteres Schicksal besiegelt.

Duncan hingegen hatte anscheinend gar keinen anderen Ausgang dieses Gespräches erwartet, denn sein inzwischen maskenhaft starrer Gesichtsausdruck blieb auch dann völlig unbewegt, als er Sabrinas Niedergeschlagenheit bemerkte. Seine Verzweiflung brach Sabrina fast das Herz. Dann zog Duncan sie ganz unverhofft in seine Arme, um ihr für ihre vergebliche Mühe zu danken. Sabrina fühlte sich, als wäre sie gleichzeitig in den Himmel und in die Hölle versetzt. Mit allen Sinnen sog sie diese widerstreitenden Empfindungen in sich auf. Wahrscheinlich würde sie der Liebe ihres Lebens nie wieder so nahe sein.

Zu Pferde begleiteten Duncan und Raphael die Kutsche der Lamberts zurück nach Oxbow. Alice und Hilary hatten nach langem Hin und Her beschlossen, die Heimfahrt anzutreten, obwohl es bereits weit nach Mitternacht sein musste. Dass Raphael auch mit von der Partie war, merkte Sabrina erst, als sie seine Stimme draußen vor der Kutsche hörte. Er klagte über starke Kopfschmerzen.

Die Heimreise erschien Sabrina viel kürzer als die Fahrt nach Manchester, und noch vor dem Morgengrauen lag sie zu Hause in ihrem Bett. Bisher hatte sie ihre Tränen mit aller Macht zurückgehalten, doch als sie ihren Kopf in den Kissen vergrub, war es mit ihrer Beherrschung vorbei. Das Auf und Ab der Gefühle, das sie in den letzten Wochen und Tagen durchlebt und durchlitten hatte, war einfach zu viel gewesen. Am schlimmsten jedoch wog die Gewissheit, dass Duncan verheiratet sein würde, wenn sie wieder aufwachte.

Als sie am Nachmittag dieses Tages die Augen aufschlug, wunderte Sabrina sich zunächst darüber, dass ihr Schmerz nun nicht noch größer war als zuvor. Immerhin war Duncan seit dem Vormittag ein verheirateter Mann. Mit dieser Tatsache hatte sie sich abzufinden. Sabrina blieb noch eine Weile liegen und versuchte, ihre widerstreitenden Gefühle besser zu verstehen. Im Grunde sollte es ihr einerlei sein, ob Duncan nun verheiratet war oder nicht. Sie sehnte sich nach ihm, weil sie ihn liebte, doch auch ohne Ophelia hätte sie ihn wohl nicht bekommen.

Schlimmer als zu Anfang dieser Woche konnte Sabrinas Schmerz nicht mehr werden. Damals hatte Duncans schottischer Großvater ihr klipp und klar erklärt, wie es um Duncans Gefühle für sie wirklich stand. Bis zu diesem Zeitpunkt hatte Sabrina sich noch den winzigen Hoffnungsschimmer bewahrt, dass Duncan, falls ein Wunder geschah und er Ophelia doch nicht heiraten musste, vielleicht um ihre Hand anhalten würde. Doch Archibald MacTavish hatte Recht: Duncans Gründe dafür wären die falschen gewesen. Mehr als eine Freundin konnte sie für ihn niemals sein. Und was für eine schlechte Freundin sie doch war! Noch nicht einmal zu seiner Hochzeit war sie erschienen.

Jetzt ärgerte Sabrina sich schon, dass sie nicht da gewesen war. Reumütig dachte sie an Archibald MacTavishs Worte. An diesem Tag, an dem sein Schicksal ganz offiziell und für alle Menschen sichtbar besiegelt wurde, brauchte Duncan seine Freunde wirklich so dringend wie nie zuvor. Sein unendlich trauriges Gesicht, bevor er sie am Abend zuvor in seine Arme geschlossen hatte, wollte ihr nicht aus dem Sinn gehen.

Sabrina konnte nur hoffen, dass wenigstens ihre Tanten zu der Hochzeit gefahren waren. Sie alle waren eingeladen gewesen. Aber wahrscheinlich lagen die beiden alten Damen nach den Aufregungen des vergangenen Tages ebenfalls noch in den Federn. Schade, dass Duncan nicht auch einfach seine eigene Hochzeit verschlafen konnte! Aber er war bestimmt geweckt worden – schließlich war er der Bräutigam.

Als Sabrina ein wenig später nach unten ging, fand sie am Fuß der Treppe ihre Tante Alice vor. »Ach, du bist ja schon wach«, stellte Alice fest. »Ich wollte gerade nach dir sehen.«

»Warst du bei der Hochzeit?«, fragte Sabrina sie sofort.

»Gütiger Himmel, nein! Ich habe geschlafen wie ein Murmeltier, und das war nach unserem Abenteuer in Manchester auch bitter nötig. Aber sicher werden wir im Laufe der nächsten ein, zwei Monate von nichts anderem mehr hören und auf diese Weise jede kleinste Einzelheit über diese unsägliche Vermählung erfahren. Im Augenblick haben wir allerdings Besuch von einer jungen Dame. Sie wartet im Wohnzimmer auf dich.«

Vielleicht dachte Sabrina vor allem deshalb sofort an Ophelia, weil sie ihre letzte Besucherin gewesen war. An ihrem Hochzeitstag würde sie doch wohl kaum Anstandsbesuche machen. Aber war ihr so etwas nicht durchaus zuzutrauen? Dann wollte sie sicher nur ihren Triumph auskosten. Doch hatte Duncan nicht in der vergangenen Nacht selbst behauptet, dass Ophelia ganz und gar nicht mehr darauf erpicht sei, seine Frau zu werden? Für Sabrina war so etwas absolut unvorstellbar. Wie konnte es irgendeine Frau auf der Welt geben, die ihr Leben nicht mit einem Mann wie Duncan teilen wollte? Da hatte Ophelia wohl ihre ganz eigenen Vorstellungen. Und Duncan passte anscheinend nicht mehr in ihre Pläne.

Dann war sie wahrscheinlich gekommen, um zu jammern und ihr schweres Schicksal zu beklagen – ein Schicksal, das ihr Sabrina liebend gerne abgenommen hätte. Aber diesmal würde sie Ophelia nicht anhören, sondern ihr ohne Umschweife die Tür weisen. Warum den Schein wahren und so tun, als bestünde zwischen ihnen eine Freundschaft, die es in Wirklichkeit nie gegeben hatte? Sabrina wusste inzwischen, dass sie von Ophelia nach Strich und Faden angelogen und benutzt worden war. Und dann auch noch wissentlich Sabrinas Zukunft zu belasten, indem sie den alten Familienskandal der Lamberts absichtlich wieder aufwärmte – das war wirklich der Gipfel der Boshaftigkeit!

Innerlich bereits auf eine kurze, heftige Szene mit Ophelia eingestellt, stieß Sabrina beherzt die Tür zum Wohnzimmer auf. Doch dort saß nicht die stolze Ophelia, sondern – Mavis. Sogleich schämte Sabrina sich ihrer Wut. Wie konnte allein die Erwartung, auf Ophelia zu treffen, sie so in Rage bringen?

Auch Mavis schien sich in ihrer Haut alles andere als wohl zu fühlen.

Wahrscheinlich war sie gekommen, um Sabrina zu erklären, warum sie Duncan ihre Hilfe verweigert hatte. Sie musste ein denkbar schlechtes Gewissen haben. Im Grunde war Mavis ja in Ordnung. Sie wollte sich nur ihre einzige Chance auf Rache an einer Person, die es in ihren Augen wirklich verdiente, nicht nehmen lassen. Was auch immer Mavis hergeführt haben mochte – für reumütige Erklärungen war es nun ohnehin zu spät.

»Ich möchte mich bei dir entschuldigen«, setzte Mavis an.

»Dazu gibt es keinen Grund.«

»O doch. Ich wusste sofort, dass ich das, was ich letzte Nacht angedroht habe, unmöglich in die Tat umsetzen konnte. Und ich hätte es dir auch noch vor deiner Heimfahrt sagen müssen. Weil ich das aber unterlassen habe, denkst du jetzt wahrscheinlich ziemlich schlecht von mir.«

»Ich weiß nicht, was du meinst.«

Mavis seufzte. »Ich wollte einfach das Gefühl noch ein wenig auskosten, Ophelias Lebensglück und ihre ganze Zukunft in meinen Händen zu halten, wenn auch nur für ein paar Stunden. Ich wollte, dass sie erfährt, welch ungeheure Macht ich über sie habe. Sie muss irgendwann einmal lernen, dass die schlimmen Dinge, die sie anderen Menschen bedenkenlos antut, sich auch gegen sie selbst wenden können. Und nun hatte ich die einmalige Gelegenheit, ihr diese Lehre zu erteilen.«

»Was meinst du mit ›wenn auch nur für ein paar Stunden‹?«

»Ich wollte heute auf meinem Weg nach London auf Summers Glade Halt machen und Duncan wissen lassen, dass er Ophelia nicht unbedingt heiraten muss. Zumindest nicht meinetwegen oder wegen dem, was ich gesehen habe. Würde ich nun tatsächlich meine Geschichte von der verfänglichen Situation in Ophelias Schlafzimmer herumerzählen, so wäre ich ja keinen Deut besser als sie. Ophelia würde an meiner Stelle natürlich keinen Augenblick zögern, ihr Wissen unter die Leute zu bringen, aber so boshaft und intrigant wie sie will ich auf keinen Fall werden. Sollte das je doch einmal passieren, so hoffe ich, dass mich noch am selben Tag jemand in ein dunkles Verlies sperrt und den Schlüssel wegwirft.«

Sabrina lächelte vorsichtig. Am liebsten hätte sie ihre Erleichterung laut herausgelacht, doch sie hielt sich zurück. Sie wollte nicht, dass Mavis sah, wie sehr sie sich mit Duncan freute.

»Dann warst du wohl schon bei Duncan und hast es ihm gesagt?«

»Nein«, antwortete Mavis verlegen. »Ich möchte dich eigentlich gerne dabeihaben. Ich fürchte, er ist ziemlich wütend auf mich. Immerhin habe ich ihn eine halbe Nacht und einen halben Tag lang glauben lassen, dass er diese Hexe nun tatsächlich heiraten muss.«

Sabrina hatte das Gefühl, plötzlich in einen bodenlosen Abgrund zu stürzen. Gerade hatte sie noch vor Erleichterung jubeln wollen – und nun dieser Schock!

»Du weißt also gar nicht, dass die Hochzeit bereits heute Vormittag stattgefunden hat?«, fragte sie mit tonloser Stimme.

Mavis wurde von einer Sekunde zur nächsten totenbleich, und das war Antwort genug. »Um Himmels willen, wie ist das möglich? Der Heiratstermin muss doch volle drei Wochen lang öffentlich bekannt sein!«, rief sie aus.

»Es sei denn, man besorgt sich eine Sondergenehmigung. Und um diese muss Lord Neville sich schon vor Monaten gekümmert haben. Er wollte keine Zeit verlieren. In seinem Alter kann er sich das nun einmal nicht mehr leisten. Schließlich möchte er gerne noch erleben, wie der eine oder andere Urenkel zur Welt kommt. Und so wie die Dinge sich inzwischen entwickelt haben, war Lord Neville wohl auch froh, mit Hilfe dieser Sondergenehmigung einen Skandal verhindern zu können. Er konnte ja nicht davon ausgehen, dass du schweigen würdest.«

»Du meine Güte, wenn ich nur gewusst hätte, dass uns die Zeit davonläuft ... Ich muss gestehen, ich wollte Ophelia eigentlich eine ganze Woche lang zappeln lassen. Aber dann tat mir Duncan doch zu sehr Leid. Ihn so lange in dem Glauben zu lassen, dass er dieses Weibsstück heiraten müsse, brachte ich nicht übers Herz. Aber ich dachte, ein paar Stunden würde er schon aushalten. Schließlich konnte er ja auch etliche davon verschlafen. O Gott, das werde ich mir nie verzeihen!«

Normalerweise hätte Sabrina jetzt versucht, die Unglückliche zu trösten. Das lag nun einmal in ihrer Natur. Aber in diesem Augenblick konnte sie einfach kein Mitgefühl für Mavis aufbringen. Schließlich war von deren Drang nach Vergeltung nicht nur Ophelia betroffen, die eine solche Strafe vielleicht sogar verdient hatte. Nein, Mavis' kurzer Auftritt als mächtige Rachegöttin hatte auch Duncans Lebensglück unwiederbringlich zerstört.

»Vielleicht ist es ja noch gar nicht zu spät«, murmelte Mavis kleinlaut. Sie wollte den Mut nicht ganz sinken lassen.

»Es ist zu spät. Sie sind verheiratet.«

»Ja, schon. Aber man kann so etwas auch rückgängig machen. Es sei denn, sie haben sich gleich nach dem Jawort eilends in ihr gemeinsames Schlafgemach begeben, um die Ehe umgehend zu vollziehen. Aber warum sollten sie so etwas tun, wo sie einander doch angeblich nicht ausstehen können? Vielleicht besteht ja die Möglichkeit, die Ehe zu annullieren. Das ist immer noch besser als eine Scheidung.«

Sabrina hatte ihre Zweifel. »So eine Annullierung ist keine einfache Sache. Womit sollten sie ihr Gesuch denn begründen?«

Mavis machte eine ungeduldige Handbewegung. »Woher soll ich denn das wissen? Irgendein Grund wird sich schon finden. Vielleicht können Ophelias Eltern ja sagen, ihre Tochter habe gegen ihren Willen geheiratet.«

»Nachdem sie diese Verbindung zuerst selbst arrangiert hatten?«, gab Sabrina zu bedenken.

»Mein Gott, Sabrina! Deine Zweifel bringen uns jetzt wirklich nicht weiter«, stöhnte Mavis. »Wir müssen Duncan und Ophelia unbedingt sagen, dass es noch eine Möglichkeit gibt, diese Ehe zu beenden, bevor sie vollzogen wurde.«

Wir? Sabrina fragte sich, wie Mavis auf den abwegigen Gedanken kommen konnte, dass sie sich aus freien Stücken auf ein solch unsinniges Unterfangen einlassen würde. Sie hatte wohl vergessen, dass längst alle Welt wusste, wie versessen Ophelias Eltern auf die Vermählung ihrer Tochter mit dem zukünftigen Marquis von Birmingdale gewesen waren. Bei dieser angestrebten Verbindung wurde noch nicht einmal das Herz ihrer Tochter befragt. Sabrina wollte auch nicht unbedingt dabei sein, wenn Duncan erfuhr, dass er nun nur wegen eines kleinen Versäumnisses sein Leben mit Ophelia verbringen musste. Er oder Sabrina hätte Mavis ja in der vergangenen Nacht sagen können, dass die Hochzeit schon in wenigen Stunden stattfinden würde.

48

Zu Sabrinas und Mavis' Glück verließen einige Gäste bereits das Haus, obwohl die Hochzeitsfeier sicher noch nicht zu Ende war. Als sie Summers Glade erreichten, trat soeben eine kleine Gruppe aus der Eingangstür. Sie gelangten unbemerkt ins Gebäude, weil auch Mister Jacobs wohl zu beschäftigt war, als dass er Portiersdienste versah.

Völlig unbeobachtet blieb ihre Ankunft jedoch nicht. Raphael Locke lehnte im Türrahmen zum großen Salon, in dem die meisten noch verbliebenen Gäste sich aufhielten. In seiner sehr korrekten, dem feierlichen Anlass entsprechenden Garderobe sah er heute blendend aus. Er hatte gerade noch einige der Gäste verabschiedet, die bereits in den Kutschen saßen und blickte ihnen durch den offenen Eingang nach. Er hielt ein halb gefülltes Glas in der Hand und seine leicht geröteten Augen ließen auf zu wenig Schlaf oder zu viele Drinks schließen. Mag sein, dass er darum die Stütze des Türrahmens suchte.

»Ich weiß, manche Frauen kommen gerne zu spät zu einem Fest, um die Aufmerksamkeit aller Versammelten auf sich zu ziehen. Aber glauben Sie nicht, dass Sie mit ihrer Verspätung etwas übertreiben?«

Raphaels Bemerkung lauthals durch den Salon gerufen, ließ die beiden Frauen erröten. Weder Mavis in ihrer Reisekluft noch Sabrina in ihrem einfachen Kleid und ihrem unförmigen, dicken Wintermantel war für eine Hochzeit passend angezogen. Dieser Umstand schon verursachte ihnen ein gewisses Unbehagen. Aber nachdem sie endlich übereingekommen waren, nach Summers Glade zu fahren, hatten sie nicht noch mehr kostbare Zeit verlieren wollen. Es war nun einmal aufwendig, elegante Festkleider anzulegen. Jetzt wollten Sabrina und Mavis in ihrem dem Anlass ganz und gar nicht angemessenen Aufzug so wenig wie möglich Aufmerksamkeit auf sich ziehen.

Rasch ging Sabrina zu dem zukünftigen Herzog hinüber, um leise mit ihm sprechen zu können. »Würden Sie bitte schweigen!«, zischte sie, während sie sich so vor ihm aufstellte, dass man sie vom Salon aus möglichst nicht sehen konnte. »Wir sind nicht gekommen, um zu feiern – falls es dazu überhaupt einen Grund gibt. Wir haben vielleicht einen Ausweg aus dieser unseligen Situation gefunden. Ich selbst halte es ja für Zeitverschwendung, aber Mavis will unbedingt retten, was zu retten ist. Deshalb sind wir hier und wir legen keinen Wert darauf, irgendwelches Aufsehen zu erregen. Vielen Dank.«

Sabrina hatte zwar geflüstert, doch in so zurechtweisender Art, dass Raphael unwillkürlich grinsen musste. »Ach, teuerste Sabrina! Wenn Sie wüssten, welch eine große Freude Sie mir mit Ihren Worten bereiten. Rätsel finde ich immer spannend. Wie oft darf ich denn raten, um herauszufinden, wovon Sie eben gesprochen haben?«

»Tz!« Sabrina verdrehte verständnislos die Augen. Der junge Mann schien wirklich ziemlich angetrunken zu sein. Dennoch fragte sie ihn: »Sind sie noch hier? Oder sind sie etwa schon zu ihrer Hochzeitsreise aufgebrochen?«

»Wenn Sie die Braut und den Bräutigam meinen, die sind noch im Hause und blasen an getrennten Orten Trübsal. Soweit ich weiß, schmollt Ophelia in ihrem Zimmer, und Duncan hat sich irgendwo in der Nähe des Tisches mit den geistigen Getränken verschanzt. Falls er heute noch heiraten sollte, wird er sich höchstwahrscheinlich niemals daran erinnern wollen. Aber vermutlich beabsichtigt er ja genau das. Das Tempo, in dem er nun schon zum wiederholten Male sein Glas leert, lässt jedenfalls darauf schließen.«

Sabrina glaubte eher, dass Raphael nach diesem Fest unter gewissen Erinnerungslücken leiden würde. Stirnrunzelnd fragte sie ihn: »Was soll das heißen, *falls* er heute noch heiraten sollte?«

»Dass die Hochzeit noch nicht stattgefunden hat, natürlich«, erwiderte Raphael mit derselben Gelassenheit, die normalerweise Bemerkungen über das typisch wechselhafte englische Wetter begleiten.

Sabrina unterdrückte das Gefühl der Erleichterung, das in ihr aufkeimte. Sie wollte nicht noch einmal enttäuscht werden, wenn sich später herausstellte, dass sie etwas missverstanden hatte. Bevor sie sich wirklich mit Duncan freuen konnte, musste sie sich erst ganz sicher sein.

»Die beiden sind also tatsächlich noch nicht verheiratet?«

Raphael schmunzelte vielsagend. »Nein, in der Tat nicht. So wahr ich hier vor Ihnen stehe und in Ihre strahlenden Augen schaue.«

Ganz so, als durchbrächen wärmende Sonnenstrahlen eine dicke Wolkendecke, breitete sich nun ein strahlendes Lächeln auf Sabrinas Gesicht aus. Sie versuchte nicht mehr, ihre Freude zu unterdrücken. Mit diesem befreienden Hochgefühl hatte sie allerdings an diesem Ort und an diesem Tag überhaupt nicht gerechnet. Was war nur geschehen?

»Aber warum denn nicht?«, fragte sie Raphael. »Ich dachte, alle seien sich einig, dass die Sache keinen Aufschub duldet, wenn Ophelias Ruf nicht gefährdet werden soll.«

»So ist es auch. Es geht hier wohl mehr um eine kurzfristige Verzögerung als um einen wirklichen Aufschub. Duncan sagte mir, Lord Neville sei völlig außer sich geraten, als er heute Morgen erfuhr, dass Mavis nicht bereit ist, ihr Wissen für sich zu behalten. Er hatte wohl einen kleinen Schwächeanfall. Und ich muss gestehen, es überraschte mich kaum, als er – welch ein glücklicher Zufall – gleich zu Anfang der Trauungszeremonie einen weiteren Zusammenbruch erlitt. Ich war wirklich überaus beeindruckt von seiner überzeugenden Darbietung. Man trug den Marquis sofort hinauf in seine Gemächer, legte ihn auf sein Bett und rief den Arzt.«

Sabrina legte die Stirn in Falten. »Welch ein glücklicher Zufall? Sind Sie denn sicher, dass es ihm nicht wirklich schlecht geht?«

Raphael lachte leise. »Nun, wenn wir Duncans Andeutungen Glauben schenken dürfen, können wir ganz beruhigt sein. Anscheinend haben seine beiden Großväter erbittert miteinander um die Ehre gestritten, diesen Zusammenbruch erleiden zu dürfen.«

»Oh!« Sabrina fehlten die Worte. Der ehrwürdige Lord Neville gab tatsächlich sein Einverständnis zu einem solchen Täuschungsmanöver, ja war sich nicht einmal zu schade, es höchstpersönlich auszuführen?

Ihr ungläubiger Gesichtsausdruck veranlasste Raphael zu einer weiteren Erklärung. »Es handelt sich ja nur um eine Verzögerungstaktik, um einen kurzfristigen Aufschub zu bewirken. Anscheinend ist der gute Neville überzeugt davon, dass Mavis in einem persönlichen Gespräch mit ihm einsehen wird, wie schrecklich die Konsequenzen wären, wenn sie plaudert. Er glaubt, dass das Mädchen zur Verschwiegenheit verpflichtet werden kann. Und falls ein Gespräch allein nichts bewirken sollte – nun, Mavis' Vater schuldet Lord Neville anscheinend noch einen größeren Gefallen. Darauf will der alte Fuchs sich notfalls berufen. Er hofft, dass Lord Newbolt seine Tochter unter diesen Umständen zur Vernunft bringt. Natürlich sind die Leute des Marquis längst nach Manchester gefahren, um Mavis zu holen. Schön von Ihnen, dass Sie sie nun gleich selbst vorbeibringen.«

Glücklicherweise stand Mavis ein Stück weit entfernt an der Tür und hatte dieses Gespräch nicht mithören können. »Ich habe sie gar nicht hergebracht. Vielmehr hat sie mich nach Summers Glade verschleppt. Mavis ist ganz verzweifelt, weil sie glaubt, sie käme zu spät, um die Hochzeit noch zu verhindern. Sie sieht eine Annullierung der Ehe als letzten Ausweg aus der Misere.«

»Wie bitte? In der vergangenen Nacht hatte ich den Eindruck, alles, was die junge Dame interessiert, ist ihre Rache an Ophelia. Wie kommt es denn zu diesem plötzlichen Gesinnungswandel?«

»Sie wollte Ophelia nur eine Weile zappeln lassen.«

»Das war aber nicht sehr freundlich von ihr. Dachte sie denn gar nicht daran, dass Duncan das eigentliche Opfer ihres grausamen Katz-und-Maus-Spieles sein könnte?«

»Eigentlich bin ich ganz Ihrer Meinung. Aber inzwischen verstehe ich Mavis ein wenig besser. Ich weiß jetzt, warum sie Ophelia so sehr hasst. Und Mavis plante wirklich von Anfang an, hierher zu kommen und Duncan zu versprechen, dass sie schweigen wird. Leider hatte ihr niemand mitgeteilt, dass die Hochzeit schon heute Vormittag stattfinden sollte. Sie nahm an, sie hätte noch reichlich Zeit, die Heirat zu verhindern, weil doch normalerweise eine Aufgebotszeit von drei Wochen besteht.«

Raphael schüttelte staunend den Kopf. »Ja, ja, was man so alles annimmt! Mit solchen Vermutungen kann man manchmal ganz schön auf den Hin- ähm, auf die Nase fallen, nicht wahr?«

Sabrina räusperte sich. Gleichzeitig musste sie grinsen. »Stimmt. Davon kann ich in letzter Zeit auch ein Lied singen.«

Raphael lachte laut heraus. Doch allem Anschein nach empfand man diesen Anfall von Heiterkeit in der bedrückenden Beerdigungsatmosphäre, die im ganzen Haus herrschte, als ziemlich unpassend. Immerhin warteten alle Anwesenden darauf zu erfahren, wie ernst es denn nun wirklich um Lord Neville stand. Unter diesen Umständen war Gelächter ganz und gar unangebracht, und Sabrina und Raphael zogen viele empörte Blicke auf sich.

Angeheitert, wie der junge Lord war, kümmerte ihn das wenig. Doch Sabrina errötete unter den missbilligenden Blicken der Anwesenden. Schnell trat sie zur Seite, entzog sich so den auf sie gerichteten Blicken.

Sabrina hätte Raphael am liebsten gescholten, weil er die Aufmerksamkeit der anderen Gäste auf sie gelenkt hatte. Er hatte mit seinen Erklärungen allerdings noch etwas ganz anderes und überaus Erstaunliches in Sabrina bewirkt: Sie war wieder zu Scherzen aufgelegt. Sonst hätte sie ihm auf seine gewagte Äußerung hin keine Antwort gegeben, die ihn zum Lachen brachte. Sabrina war, als sei in diesem Moment ein bleischwerer Umhang, der auf ihren Schultern gelegen hatte und mit seinem Gewicht all ihre Lebenslust erstickte, von ihr abgefallen. Wie lange war es eigentlich her, dass ihr zum Scherzen und Lachen zumute gewesen war? Im Grunde musste sie Raphael Locke dankbar sein. Das ewige Grübeln und Grämen schien doch langsam ein Ende zu nehmen…

49

Raphaels Lachen drang bis zu Duncan vor. Normalerweise hätte er dem Heiterkeitsausbruch des Engländers keine besondere Beachtung geschenkt, doch im Augenblick war er dankbar für jede noch so kleine Ablenkung. Alles war ihm lieber, als untätig herumzusitzen und auf den Beginn der Trauungszeremonie zu warten – oder nur scheinbar zu warten, denn der Tag war so gut wie vorbei, und die Hochzeit würde frühestens am kommenden Vormittag stattfinden.

Der alte Neville dachte gar nicht daran, sich zu erholen, bevor er nicht selbst mit Mavis Newbolt gesprochen hatte. Er beharrte darauf, dass eine Unterredung mit ihm das Mädchen zur Vernunft bringen würde. Erst wenn sie sich wider Erwarten sträubte, wollte er ihren Vater ins Spiel bringen. Dessen elterliche Autorität, unterstützt durch die in Erinnerung gerufenen Verpflichtungen Neville gegenüber würde dann sicherlich bewirken, dass seine Tochter schwieg. Um diesen Plan in die Tat umzusetzen, musste man das Mädchen erst einmal vor sich haben.

Duncan teilte Nevilles Zuversicht nur bedingt. Mavis' Vater war ja nicht gerade für seine Umgänglichkeit bekannt, und auch das Mädchen selbst schien alles andere als kooperativ und hilfsbereit zu sein. Hatte Neville wirklich genug Macht über die beiden dickköpfigen Newbolts, um ein Wunder zu vollbringen?

Duncan wusste nur zu gut, dass Mavis nur einem einzigen Menschen etwas von jener nächtlichen Beobachtung zu sagen brauchte, und schon wäre das zerstörerische Gerücht nicht mehr aufzuhalten. Es genügte wahrscheinlich schon, wenn sie nur behauptete, sie habe ihr Geheimnis bereits weitererzählt. In diesem Fall wären alle Mühen Nevilles umsonst gewesen.

Jede Verzögerung der Hochzeit war Duncan willkommen, selbst wenn sie nur durch ein eigentlich schändliches Täuschungsmanöver ermöglicht wurde. Man hatte ihn ja vorher nicht einmal nach seiner Meinung gefragt. Wie schon so häufig in den vergangenen Jahren trafen Neville und Archibald an seiner Stelle die Entscheidungen. Duncan würde eines nicht allzu fernen Tages Archie ohne Rücksicht auf dessen Gefühle sagen müssen, dass er sich aus seinem Leben herauszuhalten habe.

Für Archibald war er eben immer noch der kleine Junge. Da er seinen Großvater über alles liebte, wollte er ihn nicht vor den Kopf stoßen. Bei Neville war das etwas ganz anderes. Dessen Hilfe nahm Duncan mit eher gemischten Gefühlen wahr. Es war ihm zuwider, dass er dem Alten nun zum wiederholten Male dankbar sein musste. Neville hatte nun bereits öfter zu ihm gehalten.

Mit der Auflösung der verordneten ersten Verlobung war sein englischer Großvater sofort einverstanden gewesen, während Archie sich erst einmal darüber beklagt hatte. Auch nach dem Zwischenfall in Ophelias Schlafzimmer hatte Neville Duncan nicht im Stich gelassen. Er hatte ihm seine volle Unterstützung zugesagt, falls er sich gegen eine Heirat mit Ophelia entscheiden sollte. In diesem Fall wollte der Marquis alles in seiner Macht Stehende tun, damit der Ruf des Mädchens möglichst wenig Schaden nahm. Dafür jedoch konnte auch er nicht garantieren. Das war der einzige Grund, aus welchem Duncan diese Lösung nicht akzeptieren konnte, so gern er es getan hätte.

Selbst die Dankbarkeit, die der junge Schotte inzwischen für seinen vielleicht gebrechlichen, doch resoluten Großvater empfand, änderte nicht viel an seinen eigentlichen Gefühlen für den alten Engländer. Dieser mochte sich jetzt rührend um das Schicksal seines Enkels kümmern, doch wo hatte er in den ersten einundzwanzig Jahren seines Lebens gesteckt? Während all der Jahre hatte er es nicht ein Mal für nötig erachtet, mit seinem einzigen verbliebenen Nachkommen persönlichen Kontakt aufzunehmen. Also sah Duncan auch keinen Grund, Neville Thackeray gerade jetzt sein Herz zu öffnen.

Er stellte sein Whiskyglas ab und folgte dem Klang von Raphaels Lachen. Eigentlich hatte er sich bis zur Besinnungslosigkeit betrinken wollen, doch aus irgendeinem Grund schien der Alkohol an diesem Tag seine Wirkung nicht zu entfalten. Wahrscheinlich war der innere Aufruhr, in dem sich Duncan seit Tagen befand, einfach zu stark und ließ sich nicht betäuben. Doch unversehens war er heilfroh, noch Herr seiner Sinne zu sein, denn neben Raphael erblickte er Sabrinas strahlendes Gesicht.

Das erklärte nun allerdings Raphaels Heiterkeit. Die Ursache dafür konnte nur Sabrina sein. Sabrina und ihre Gabe, andere Menschen ihre Sorgen vergessen zu lassen. Jetzt kam Raphael in den Genuss der ansteckenden Lebensfreude dieses himmlischen weiblichen Wesens. Duncan unterdrückte die Eifersucht, die in ihm aufstieg. Er wollte sich seine Freude darüber, Sabrina so unverhofft auf Summers Glade zu sehen, nicht durch solche negativen Gefühle selbst verderben.

»Ich hatte nicht erwartet, dich heute hier anzutreffen«, sprach er sie an.

Das Lächeln, das sie ihm daraufhin schenkte, war so strahlend und so voller Freude, wie er es nur von ihr kannte. Duncan wurde schmerzlich bewusst, wie sehr er dieses herzerwärmende Lächeln seit seiner neuerlichen Verlobung mit Ophelia vermisst hatte.

Einen weiteren Stich versetzte ihm Sabrinas Antwort: »Wir sind doch immer noch Freunde, nicht wahr?«

»Das hoffe ich sehr«, antwortete Duncan leise.

Es gelang ihm nicht, seine Verwirrung zu verbergen. Warum war Sabrina gerade jetzt gekommen? Wie kam es, dass sie so gelöst und ausgelassen erschien? Sein Stirnrunzeln schien Sabrina lustig zu finden. Was machte sie nur plötzlich so glücklich? Sicher wusste sie von Raphael, dass die Hochzeit noch nicht stattgefunden hatte und wie es zu dieser Verzögerung gekommen war. Glaubte sie wirklich, dass mit Nevilles kleiner theatralischer Einlage alle Probleme gelöst waren? Sie selbst hatte doch entmutigt feststellen müssen, dass man mit Mavis nicht vernünftig reden konnte, wenn es um Ophelia ging.

Auch Raphael grinste breit. Allmählich verlor Duncan die Geduld. »Raus mit der Sprache! Warum kichert ihr beiden schon die ganze Zeit wie zwei beschwipste Putten?«

»Ich muss doch sehr bitten!«, wehrte Raphael sich. »Der Vergleich mit diesen kleinen, fetten Gipsengeln –«

»Also, mir gefällt diese Vorstellung«, unterbrach Sabrina ihn kichernd. »Ich glaube, ich hätte Spaß daran, mit einem Paar kleiner Flügel herumzuflattern und wahllos mit Glückspfeilen um mich zu schießen.«

Raphael verdrehte in gespielter Verzweiflung die Augen, Duncan starrte Sabrina finster an, und Sabrina selbst hatte die größte Mühe, nicht einfach laut herauszulachen.

Doch dann zwang sie sich, wieder einigermaßen ernst zu werden. Es war höchste Zeit, Duncan von seinen Qualen zu erlösen. »Ich habe Neuigkeiten für dich – wunderbare Neuigkeiten sogar.« Sie hielt inne und tat, als sei ihr plötzlich ein ganz neuer Gedanke gekommen. »Aber wer weiß, vielleicht ist es auch eine schlechte Nachricht für dich.«

»Eine schlechte Nachricht?«

»Ja, denn du wirst nun bald wieder auf Brautschau gehen müssen. Und das liegt dir ja nicht so besonders.«

Duncan wünschte, er könnte die Dinge so optimistisch sehen wie Sabrina. »Nur weil Neville keine Mühe scheut und noch nicht einmal vor den erstaunlichsten Täuschungsmanövern zurückschreckt, heißt das noch lange nicht, dass nun alles gut wird.«

»So warte doch, bis du meine Neuigkeiten hörst! Deine hat Raphael mich ja freundlicherweise bereits wissen lassen. Stell dir vor, Mavis hat uns heute Nacht an der Nase herumgeführt! Mit voller Absicht. Aber inzwischen tut ihr das ungeheuer Leid. Sie wollte in Wirklichkeit nie, dass du ihretwegen Ophelia heiraten musst.«

Es dauerte eine Weile, bis Duncan die Bedeutung dieser Worte ganz und gar verstanden hatte. Doch dann sah er Mavis neben der Eingangstür warten. Dort stand sie fast wie eine verzweifelte Bittstellerin mit hängenden Schultern im Schatten einer Säule, flocht nervös die Finger ineinander und sah ansonsten ganz so aus, als warte sie auf ein Hinrichtungskommando.

Sabrina war mit ihren Augen Duncans Blick gefolgt. »Geh bitte nicht zu hart mit ihr ins Gericht«, flüsterte sie ihm zu. »Sie glaubt, du seist schon verheiratet, und macht sich die schrecklichsten Vorwürfe. Mavis dachte, Ophelia bekäme wieder einmal, was sie will, weil du sie nun heiraten musstest. Aber als Mavis von dir erfuhr, wie sehr es Ophelia inzwischen davor graut, die Marquise von Birmingdale zu werden, wollte sie sie gerne noch ein wenig in ihrer Verzweiflung schmoren lassen. Sie wollte, dass Ophelia glaubt, ihr Schicksal sei besiegelt.«

»Und meins gleich mit.«

»Aber nein. Mavis' Plan war eigentlich, dich rechtzeitig vor der Hochzeit zu retten. Doch sie wusste nicht, dass die Vermählung schon so bald stattfinden würde. Sie glaubte, sie hätte wegen des Aufgebots noch tage- oder sogar wochenlang Zeit, mit dir zu reden, und wollte heute auf ihrem Rückweg nach London ohnehin auf Summers Glade Halt machen.«

»Und warum ist sie hier, wenn sie doch glaubt, ich sei bereits verheiratet?«

»Sie möchte retten, was zu retten ist, und wollte eine Annullierung deiner Ehe vorschlagen. Ich bezweifle allerdings, dass sie damit Erfolg gehabt hätte. Ophelias Eltern waren viel zu beglückt darüber, endlich ihren lang ersehnten Schwiegersohn mit all seinen Titeln und seinem zukünftigen Erbe zu bekommen. Aber dank Nevilles kleiner schauspielerischer Einlage brauchen wir uns deshalb nun zum Glück keine Sorgen mehr zu machen. Du bist frei, Duncan!«

Duncan konnte sein Glück kaum fassen. Er wollte Sabrina einfach in seine Arme schließen, sie fest an sich drücken und dann ausgelassen herumwirbeln. Und das tat er auch. Als Sabrina dabei herzlich zu ihm hinauflachte und seine Umarmung erwiderte, wurde ihm ganz schwindelig vor Freude. Dass Sabrina sich ihm gegenüber nicht mehr distanziert und abweisend verhielt, versetzte ihn genauso in Hochstimmung wie die Begeisterung darüber, Ophelia nun endgültig los zu sein.

Am liebsten hätte er mit Sabrina in seinen Armen einen Freudentanz vollführt, doch Ophelias schrille Stimme, die plötzlich von der Treppe her erklang, wirkte wie ein Kübel Eiswasser, der über ihm ausgegossen wurde. Duncan ließ Sabrina widerstrebend los.

»Du könntest wenigstens so tun, als wärst du ein Gentleman, und warten, bis wir diese Farce von einer Verlobung aufgelöst haben, bevor du deinen wahren Gefühlen in aller Öffentlichkeit freien Lauf lässt!« Ophelia bemühte sich nicht, ihre Abscheu zu verbergen. »Aber von jemandem, der gerade erst der Wildnis entsprungen ist, kann man zivilisiertes Benehmen wohl einfach nicht erwarten.«

50

Duncan wandte sich langsam nach Ophelia um. Sie war in der Mitte der Treppe stehen geblieben. Zwar ärgerte ihn ihre Bemerkung maßlos, doch er wusste ja nun, dass er mit dieser Frau bald nichts mehr zu tun haben würde.

Daher gelang es ihm auch, seine Abneigung gegen sie nicht allzu deutlich zu zeigen, als er zu ihr sagte: »Ach, liebes Mädchen, wenn ich wirklich solch ein Wilder wäre, wie du immer gerne behauptest, hätte es nie eine zweite Verlobung gegeben. Selbst wenn die ganze verdammte Festgesellschaft sich damals nachts in deinem Schlafzimmer versammelt hätte – ich hätte mich den Teufel um deinen guten Ruf geschert!«

Auf Ophelias Wangen bildeten sich unansehnliche rote Flecken, so sehr schockierte sie Duncans schonungslose Offenheit. »Aber du ganz allein trägst doch die Schuld an der Misere!«, fauchte sie prompt zurück.

»Willst du damit etwa sagen, dass unzivilisierte Wilde seit Neuestem die Verantwortung für ihr Tun übernehmen?«

»Also gut, wenn du es partout hören willst, dann bist du eben kein Wilder«, antwortete Ophelia, die wohl gemerkt hatte, dass sie auf verlorenem Posten stand.

»Welch ein Tag! Ich glaube, es ist an der Zeit, dass ich in Ohnmacht falle«, schaltete Raphael sich grinsend ein. »Unsere Eisprinzessin nimmt eine verletzende Behauptung zurück. Nein, dass ich das noch erleben darf!«

Ophelia wollte Raphael vernichtend anfunkeln, doch plötzlich bemerkte sie Mavis am Rande ihres Blickfeldes. »Mavis!« Überraschung und Erleichterung lagen in Ophelias kurzem Ausruf. Dann eilte sie die Treppe vollends hinunter und schien die drei anderen jungen Leute völlig vergessen zu haben. Sie stürzte auf ihre ehemalige Freundin zu und hauchte atemlos: »Mavis, ich wusste, du würdest kommen, bevor es zu spät ist! Wie hättest du auch all die Jahre unserer Freundschaft so mir nichts, dir nichts, vergessen können? Du musst mir einfach verzeihen. Du kannst mich doch nicht für den Rest meines Lebens für ein paar unbesonnene Worte, die ich auch gar nicht so gemeint habe, büßen lassen.«

Duncan verdrehte die Augen. Aus Ophelias Mund klang es wie eine Heimsuchung, die Pest und Cholera gleichkam, ihn heiraten zu müssen. Duncan, Raphael und Sabrina hatten sich inzwischen zu den beiden Mädchen gesellt und den größten Teil von Ophelias flehentlichen Worten mitgehört.

Verwirrt fragte Mavis: »*Bevor* es zu spät ist?«

Hilfe suchend sah sie sich nach Sabrina um. Die nickte nur bestätigend und warf ihr ein ermutigendes Lächeln zu. Man konnte förmlich sehen, wie von Mavis ein mächtiges Gewicht abfiel. Fast gleichzeitig wurde ihr bewusst, dass sie noch immer die Trümpfe in der Hand hielt und ihre Macht über Ophelia noch ein wenig auskosten konnte. Entschlossen straffte sie ihre Schultern.

Ophelia zog ihre eigenen Schlüsse aus Mavis' Frage. »Du dachtest also, ich sei schon verheiratet, und bist nur gekommen, um dich an meinem Unglück zu weiden?«

»Heiße ich etwa Ophelia Reid?«, gab Mavis eisig zurück. »Du würdest so etwas mit Sicherheit tun – ich nicht.«

Ophelia warf den Kopf zurück. Nur allzu gerne hätte sie Mavis eine passende Antwort gegeben, aber sie wagte es nicht, die andere zu brüskieren. Sie biss sich auf die Lippen, um die Worte, die ihr bereits auf der Zunge lagen, hinunterzuschlucken. Schließlich glaubte Ophelia, sie müsse Mavis erst noch überreden, ihr zu helfen. Und wenn sie jetzt nicht vorsichtig vorging, würde sie ihre letzte Chance, einer Ehe mit Duncan MacTavish noch einmal zu entkommen, verspielen.

»Was willst du denn sonst hier?«, brachte Ophelia schließlich hervor.

»Wie du inzwischen weißt, dachte ich ja, die Hochzeit sei schon vorbei. Was lag also näher, als dem glücklichen Paar meine besten Wünsche für die Zukunft zu überbringen?«

Ophelia schnaubte abfällig. »Glückliches Paar? Wir können einander nicht ausstehen.«

Mavis gab sich überrascht. »Willst du damit etwa sagen, dass es auf dieser Welt ein männliches Wesen gibt, das bei deinem Anblick nicht sofort in Anbetungsstarre verfällt? Nein, wie schockierend!«

Ophelia presste die Lippen zusammen und nickte vielsagend. Mavis schien sie also doch zu verstehen. Nun ja, schließlich waren sie auch von Kindesbeinen an befreundet. Ophelia beugte sich ganz zu ihr hinüber und flüsterte in verschwörerischem Ton: »Er ist nun mal kein Engländer.« Das schien ihr die einzig mögliche Erklärung für Duncans ganz und gar untypisches Verhalten zu sein.

»Diese Tatsache allein reicht also aus, um nicht von deiner Schönheit geblendet zu werden?«

»Oh, dazu reicht schon viel weniger«, schaltete Raphael sich grinsend ein.

Ophelia starrte ihn feindselig an und zischte: »Ich muss doch sehr bitten! Ich möchte mich gerne ungestört mit meiner Freundin unterhalten.«

»Tun Sie sich um Himmels willen keinen Zwang an, meine Liebe!«, gab Raphael zurück. »Aber erwarten Sie bitte nicht, dass ich mich zurückziehe. Ich fände es ganz unerträglich, hier auch nur ein einziges Wort zu verpassen.«

»Was wollen Sie denn erleben?«, fuhr Ophelia ihn an. »Dass ich mich erniedrige und auf die Knie falle? Sie scheinen wirklich nichts als Verachtung für mich zu empfinden.«

Falls Ophelia auf diese Worte hin Widerspruch erwartet hatte, wurde sie enttäuscht. Die roten Flecken auf ihren Wangen breiteten sich langsam über ihr bildhübsches Gesicht und ihren schlanken Hals aus. Am liebsten hätte sie den vier anderen jungen Leuten die kalte Schulter gezeigt und sie stehen lassen, doch sie musste unbedingt versuchen, Mavis wieder für sich zu gewinnen.

Also tat sie, als wären Sabrina, Raphael und Duncan Luft für sie, und konzentrierte sich ganz auf ihre alte Freundin. Diese wiederum musterte sie nun gerade mit einem ganz eigentümlichen Blick, den Ophelia zunächst nicht deuten konnte. Schließlich sagte Mavis: »Schon zwei Männer, Ophelia? Zwei Männer, die in deiner Gegenwart nicht in Verzückung geraten – gibt dir das nicht zu denken?«

»Worauf willst du denn jetzt wieder hinaus?«, fragte Ophelia ungeduldig.

»Dass das Problem vielleicht nicht bei den Herren liegt, sondern bei dir. Du wirst langsam etwas zu nachlässig, Pheli«, erklärte Mavis betont sachlich. Ganz bewusst wählte sie dabei die verkürzte Form von Ophelias Namen. Als kleines Kind hatten alle sie so genannt, doch inzwischen hatte Ophelia sich verbeten, mit diesem vertraulichen Kosenamen angesprochen zu werden. »Du zeigst dein wahres Gesicht inzwischen viel zu bald. Früher hast du damit wenigstens gewartet, bis man deiner falschen Liebenswürdigkeit auf den Leim gegangen war. Aber die Leute sind wohl gar nicht so einfältig und blind, wie du glaubst. Es gibt sogar einige, die innerhalb kürzester Zeit den eiskalten Kern hinter deiner hübschen Fassade erkennen.«

Ophelia war einen Moment lang sprachlos. Empört schnappte sie nach Luft. Sie konnte ja nicht einfach weggehen, so sehr sie es auch gewünscht hätte.

Auch Duncan wurde langsam etwas nervös. Mavis' Worte klangen, als dächte sie gar nicht daran, ihm und Ophelia aus der verfahrenen Situation zu helfen. Duncan konnte nur hoffen, dass Sabrina Recht behielt und Mavis wirklich hier war, um ihn zu erlösen. Andernfalls war dieser feindselige Wortwechsel zwischen den beiden ehemaligen Freundinnen nichts anderes als die endgültige Besiegelung seiner düstersten Zukunftsaussichten.

»Bist du nun fertig mit deinen Beleidigungen?«, fragte Ophelia Mavis in frostigem Ton. Sie schaffte es tatsächlich, ihre Betroffenheit nicht offen zu zeigen. Keiner der Umstehenden bemerkte das leichte Zittern, das bei ihren ersten Worten in ihrer Stimme gelegen hatte.

Auch Mavis entging diese kleine Nuance im Ton ihrer alten Freundin. Ganz abgesehen davon war sie ohnehin noch nicht bereit, ihrer Abrechnung ein Ende zu setzen. Zu lange hatte sie diese Stunde der Rache herbeigesehnt. Duncan wusste, dass er diesmal seine Ungeduld zügeln und sich zurückhalten musste, doch langsam tat ihm die blonde Schönheit schon fast ein wenig leid.

»Seit wann ist die Wahrheit eine Beleidigung?«, konterte Mavis.

»Schön, dann bin ich also die verabscheuungswürdigste Person weit und breit. Das hat mir auch mein Bräutigam bereits versichert. Sabrina sagt dasselbe, und selbst der gute Locke ist überzeugt davon. Wenn also so viele Menschen der gleichen Meinung sind, muss es wohl stimmen.«

Ophelia verbarg nicht länger, wie verletzt sie war, doch Mavis zeigte kein Mitleid. »Pheli, ich bitte dich«, sagte sie ungnädig. »Du glaubst doch nicht etwa, dass ich auf dein Selbstmitleid noch einmal hereinfalle. Vergiss nicht, ich kenne dich seit langem. Und ich weiß, dass du vor nichts, aber auch vor gar nichts zurückschreckst, um deinen Willen zu bekommen.«

»Ich kenne dich auch schon eine Weile, und wir wissen beide, dass du das, was du jetzt sagst, eines Tages bitter bereuen wirst. Du bist nun einmal nicht so kalt und nachtragend, wie du jetzt tust. Eigentlich möchtest du mir doch gerne verzeihen, schon unserer alten Freundschaft zuliebe.«

»Ich kann mich noch gut an das letzte Mal erinnern, als ich dir verziehen habe«, entgegnete Mavis unbeirrt. »Und was war das Ergebnis? Hast du dich geändert? Hast du danach nie wieder versucht, das Leben anderer Leute zu zerstören, so wie du meins zerstört hast?«

»Also wirklich, Mavis! Waren wir uns denn nicht einig, dass du für diesen Alexander viel zu schade warst?«

»Das wolltest du mir einreden. Aber es war nicht so. Ich wurde richtig krank vor Schmerz. Eine Zeitlang war ich nach diesem Vorfall so verbittert, dass ich mich fast selbst nicht wieder erkannte. Nur aus einem einzigen Grund habe ich deine Gegenwart danach noch länger ertragen: Ich wollte mit ansehen, wie du eines Tages selbst zugrunde gehst.«

Diese Eröffnung traf Ophelia wie ein Blitzschlag. Entsetzt rief sie aus: »Aber Mavis, du kannst mich doch unmöglich so sehr hassen!«

»Ach, kann ich das nicht? Weißt du denn nicht, Pheli, dass dich in Wirklichkeit kein Mensch mag? Du hast keine einzige wirkliche Freundschaft, weil du alle Leute nur benutzt. Und anders, als du denkst, sind wir nicht alle so dumm, dass wir das nicht merken.«

»Das ist nicht wahr«, widersprach Ophelia kleinlaut. »Denk doch nur an Jane und Edith. Sie sind beide meine Freundinnen.«

»Ach tatsächlich?«, Mavis ließ sich nicht einlullen. »Warum sind sie dann nicht zu deiner Hochzeit erschienen? Zur glanzvollen Hochzeit ihrer ›besten‹ Freundin?«

Ophelias Schweigen sagte mehr als tausend Worte. Der bittere Zug um ihren Mund tat ein Übriges. Mavis lächelte einen Moment lang triumphierend.

»Hab ich mir's doch gedacht!«, fuhr sie fort. »Sogar Jane und Edith sind endlich die Augen aufgegangen. Das hast du allein dir selbst zu verdanken. Warum sollten sie dir auch noch über den Weg trauen, nachdem sie mit ansehen mussten, wie du mich bei allen Leuten verleumdet hast. Die meiste Zeit waren sie ja doch nur damit beschäftigt, dir zu schmeicheln und dich zu beschwichtigen, wenn dir etwas gegen den Strich ging. Die Ärmsten lebten wahrscheinlich in ständiger Angst, dass sie eines Tages selbst einmal die Opfer deiner Boshaftigkeit werden könnten.«

»So würde ich nie mit Freundinnen umgehen, die treu zu mir halten!«

»Großer Gott, Ophelia! Versuch doch nicht auch noch, mich anzulügen. Ich war oft genug dabei, wenn du über Jane und Edith hergezogen hast. Mehr als einmal hatten sie unter deinen spitzen Bemerkungen zu leiden. Und warum? Meist war es eine nichtige Kleinigkeit, die dich reizte. Und dann hast du deine schlechte Laune an allen ausgelassen, die dir gerade in den Weg kamen. Wenn sich nicht immer restlos alles um dich dreht, empfindest du das doch gleich als persönliche Beleidigung.«

»Ich kann nun einmal nicht gegen mich an.«

Mavis schüttelte den Kopf. »Dagegen kann man etwas tun. Aber das ist dir zu anstrengend. Lieber erfindest du irgendwelche Ausreden – sogar vor dir selbst –, um deine Gemeinheiten zu rechtfertigen. Was sagt uns das denn nun über dich, Pheli? Dass du dich noch immer aufführst wie ein ungezogenes, verwöhntes Kind? Ist es nicht höchste Zeit, dass du endlich erwachsen wirst?«

»Es reicht! Du hast dich deutlich genug ausgedrückt.«

»Ach, wirklich? Aber ist es mir auch gelungen, dir die Augen zu öffnen? Ich glaube kaum! Meine Worte werden an dir abperlen wie Wassertropfen am Gefieder eines Schwans. Du wirst mich eine gemeine Lügnerin nennen und genauso rücksichtslos weitermachen wie bisher. Was andere Menschen wirklich denken und fühlen, interessiert dich einfach nicht.«

»Es wird ziemlich schwierig werden, so weiterzumachen wie bisher, wenn ich hier festsitze. Mavis, ich bitte dich, ich flehe dich an! So, nun ist es heraus. Bist du gekommen, um das zu hören? Um mich betteln zu hören? Bist du jetzt zufrieden? *Bitte* zwing mich nicht, einen Mann zu heiraten, der mich verachtet!«

Wieder schüttelte Mavis nur den Kopf, diesmal vor Staunen. »Da siehst du, wie egozentrisch du tatsächlich bist, Pheli. Du hast nicht einen Augenblick lang daran gedacht, dass ich vielleicht nur wegen Lord Duncan hier sein könnte. Allein seinetwegen habe ich diesen Entschluss gefasst. Dich heiraten zu müssen, ist nämlich die schlimmste Strafe, die ich mir vorstellen kann. Ich werde schweigen, das verspreche ich hoch und heilig. Aber nicht dir zuliebe. Nicht einmal wenn du am Ertrinken wärst, käme ich dir zu Hilfe. Ich tue das nur für Duncan, denn kein Mann verdient eine Frau wie dich.«

Damit hatte Mavis alles gesagt, was sie sagen wollte. Sie ließ Ophelia einfach stehen, drehte ihr den Rücken zu und wandte sich an Duncan.

»Lord Duncan, es tut mir entsetzlich Leid. Ich schäme mich. Gleich gestern hätte ich Ihnen meine Unterstützung zusichern sollen. Allein der Gedanke an Ophelia hat mich beinahe vergessen lassen, was gut und richtig ist. Das soll jedoch keine Entschuldigung für mein Versäumnis sein.«

»Machen Sie sich bitte keine Vorwürfe, Mavis«, beruhigte Duncan sie lächelnd. »Sie können sich nicht vorstellen, wie erleichtert ich bin. Ich danke Ihnen!«

Mavis nickte unsicher. Sie schämte sich unendlich dafür, dass sie Duncan so im Zweifel gelassen hatte, selbst wenn es nur ein paar quälende Stunden lang gewesen war. Dann wandte sie sich Sabrina zu, ergriff deren Hand und drückte sie fest.

»Danke, dass du mich daran erinnert hast, wie herzerwärmend und selbstlos wahre Freundschaft ist, Sabrina. Ich wäre sehr stolz, wenn ich dich von nun an meine Freundin nennen dürfte.«

»Das würde mich sehr freuen«, antwortete Sabrina. »Aber willst du denn schon gehen?«

»Ja. Es wird wirklich Zeit, dass ich zu meinen Eltern nach Hause fahre. Wahrscheinlich hat sich mein Vater bereits eine ganze Litanei von Strafen für mich ausgedacht. Und ich fürchte, ich habe jede einzelne davon verdient.«

Ophelia hatte sich in einem günstigen Moment unauffällig entfernt. Sie wusste, dass sie hier nicht mehr erwünscht war. Außerdem konnte sie sich nicht länger zurückhalten. Um jedoch ihren Gefühlen freien Lauf lassen zu können, musste sie allein sein. Sie lief, so schnell ihre Beine sie trugen, die Treppe hinauf. Ihr einziger Wunsch war es jetzt, ihre Zimmertür hinter sich abschließen zu können und niemanden mehr sehen zu müssen. Doch auf dem oberen Treppenabsatz prallte sie mit Raphael Locke zusammen.

Er hatte sich kurz vor Ophelia unbemerkt entfernt, weil er noch einen Augenblick allein mit ihr reden wollte. Er wusste, welchen Weg sie nehmen würde, und wartete auf sie. Die Vorwürfe von Mavis Newbolt gegen Ophelia hatte er angehört, und im Verhältnis zu dem Unheil, das sie angerichtet hatte, schien ihm Ophelia nicht reumütig genug.

Er wollte ihr selbst die Meinung sagen, doch auf die Tränen, die nun über ihr hübsches Gesicht strömten, war er nicht vorbereitet gewesen.

»Gütiger Himmel, sie sind tatsächlich echt!«, bemerkte er staunend. Dabei schob er Ophelia ein Stück von sich weg und strich dann mit einem Finger über ihre nasse Wange. »Und die wollten Sie tatsächlich niemanden sehen lassen? Ich muss sagen, ich bin beeindruckt.«

»Lassen Sie mich ... doch einfach in Frieden!«, stieß Ophelia mühsam hervor.

Das tat er aber nicht. Selbst überrascht über diese plötzliche eigenartige Anwandlung, zog er die widerstrebende Ophelia zu sich heran und bot ihr an seiner Schulter Schutz und Halt. Tränen, zumindest wenn es echte waren, brachten seine kühle Distanziertheit stets ins Wanken. Wie weggewischt war dann sein spöttischer Ton. Dabei wusste er genau, dass er das in Ophelias Fall bereuen würde.

Innerlich seufzte er über seine unerklärliche Schwäche, aber er konnte nicht anders. Ophelias gertenschlanker Körper wurde von Weinkrämpfen geschüttelt. Kraftlos lehnte sie an Raphael Lockes Schulter und weinte sich aus. Er glaubte aber noch lange nicht, dass das Eis im Inneren der blonden Schönheit bereits zu schmelzen begann. Nein, ein solcher Gedanke lag ihm fern. Ein Locke war schließlich kein einfältiger Dummkopf.

51

Es war erstaunlich, wie schnell Lord Neville sich von seinem Zusammenbruch erholte, nachdem er von Mavis Newbolts kurzem Besuch erfahren hatte. Er ließ es sich nicht nehmen, den Hochzeitsgästen selbst die gute Nachricht zu überbringen. Mit knappen Worten erklärte er der staunenden Versammlung, sein Enkel und Lady Ophelia Reid hätten sich nach reiflicher Überlegung entschlossen, nun doch nicht zu heiraten, und seien in aller Freundschaft auseinander gegangen.

Nach dieser kurzen Rede konnte er die verbliebenen Gäste gar nicht schnell genug loswerden. Mit kaum verhohlener Freude komplimentierte er sie aus dem Haus. Es dauerte nicht lange, und das Herrenhaus von Summers Glade war endlich wieder so menschenleer und still, wie Neville es seit Jahrzehnten schätzte. Nur einen einzigen ungebetenen Gast musste er weiterhin ertragen. Den konnte und würde er erst dann loswerden, wenn Duncan endlich die Frau fürs Leben gefunden hatte.

Dieser Gast saß nun gemeinsam mit Neville im großen Speisezimmer. Die beiden alten Männer genehmigten sich einen Aperitif, während sie darauf warteten, dass ihr Enkel zum Abendessen erschien. Nachdem nun keinerlei Gefahr mehr bestand, dass Duncan die schönste und gleichzeitig charakterloseste junge Dame Englands heiraten musste, gab es für Duncans Großväter auch keinen triftigen Grund mehr, ihren kurzfristigen Waffenstillstand aufrechtzuerhalten.

Neville und Archie hatten sich gratuliert und dem Himmel gedankt, dass Mavis Newbolt wohl doch ein ganz vernünftiges Mädchen war, und konnten sich jetzt wieder voll und ganz ihren Streitereien widmen.

Wie üblich ging es dabei um die Art und Weise, wie Duncan am schnellsten unter die Haube zu bringen sei.

»Er muss unverzüglich nach London fahren«, sagte Neville, dem keine andere Lösung für das Problem einfallen wollte.

Archie stöhnte. »Bei uns sagt man, der Teufel höchstpersönlich hause in London.«

»Was für ein einfältiges Gewäsch! Unser London ist auch nicht verkommener als euer Edinburgh.«

Archie schnaubte. »Woher willst du das wissen, wo du doch Edinburgh nie selbst gesehen hast?«

»Und ich kann mich nicht daran erinnern, dass du je in London warst!«, konterte Neville.

Archie hasste es, mit seinen eigenen Waffen geschlagen zu werden. Brummig gab er zurück: »Ist ja auch einerlei. Eine große Stadt, ob sie nun in Schottland oder in England sein mag, ist nicht das Richtige für Duncan. Warum veranstalten wir nicht einfach noch ein Fest hier auf Summers Glade?«

»Völlig ausgeschlossen! Ich habe die Nase gestrichen voll von den Heerscharen neugieriger fremder Leute in meinem Haus«, erwiderte Neville mit unerbittlicher Miene. »Eine Invasion von Wanderheuschrecken nimmt sich dagegen direkt harmlos aus. Nein, nein – in London ist die Ballsaison gerade auf ihrem Höhepunkt. Es wird mir ein Leichtes sein, Duncan Einladungen zu den wichtigsten Veranstaltungen und Festen zu verschaffen.«

»Aber in einer so großen Stadt gibt es viel zu viele hübsche Mädchen«, wandte Archie ein. »Wie soll der Junge sich da je für eines von ihnen entscheiden?«

»Haben wir das nicht schon oft genug diskutiert, Archibald?«, stöhnte Neville. »London ist nun einmal der Ort, an dem sich während der Saison die meisten heiratsfähigen jungen Damen tummeln. Nirgendwo im Lande gibt es einen

Heiratsmarkt, auf dem so viele Mädchen aus erstklassigen Familien nur darauf warten, dass ein gut gestellter junger Mann sein Herz für sie entdeckt. Seit vielen Jahrzehnten suchen sich englische Gentlemen während der Londoner Saison dort ihre Ehefrauen aus. Ich selbst habe meine Frau bei einem rauschenden Ball in der Stadt kennen gelernt. Warum sollte ausgerechnet Duncan das nicht gelingen? Du musst ihn ja nicht begleiten, wenn du fürchtest, in London dem Teufel zu begegnen.«

»Dann willst du wohl selbst mitfahren?«

Bei dem Gedanken an die große Stadt schüttelte Neville sich unwillkürlich. »Nein, ich dachte eigentlich an den jungen Locke. Er und Duncan scheinen sich angefreundet zu haben, und Lord Locke wird unseren Enkel schon mit den richtigen Leuten zusammenbringen.«

Duncan hörte gerade noch Nevilles letzten Satz, als er den Speisesaal betrat. »Wenn meine Freunde etwas für mich tun sollen, werde ich sie selbst darum bitten«, sagte er. »Ihr solltet wirklich langsam damit aufhören, mich wie ein Kleinkind zu behandeln. Im Übrigen weiß ich gar nicht, ob Rafe und ich nun wirklich Freunde sind. Was genau soll er denn für mich tun?«

»Er soll dir in London ein paar Türen öffnen.«

Duncan, der sich gerade auf einen leeren Stuhl zwischen seine Großväter hatte setzen wollen, blieb mit einem angewiderten Gesichtsausdruck stehen. »Und wozu soll das gut sein? Hast du nicht immer selbst gesagt, dass diese Stadt ein Höllenschlund ist und kein vernünftiger Mann sich je freiwillig dorthin begeben würde, Archie?«

Archibald räusperte sich verlegen. »Das mag schon sein, doch Neville meint, London sei der einzige Ort, an dem du eine passende Frau finden könntest. Und da muss ich ihm leider zustimmen.«

Neville hob erstaunt die Augenbrauen. Dass sein sonst so starrköpfiger Kontrahent ihm plötzlich offen zustimmte, kam etwas unerwartet. Zu Duncan gewandt fuhr Archie fort: »Wir haben mit dieser leidigen Ophelia-Reid-Geschichte schon viel zu viel Zeit vergeudet. Es wird Zeit, dass du dich ernsthaft nach einer Frau zum Heiraten umsiehst.«

»Dann freut dich das, was ich euch zu sagen habe, bestimmt«, erwiderte Duncan. »Ich habe mich bereits entschieden und muss nur noch herausfinden, ob die Betreffende mich auch heiraten möchte.«

»Wer ist sie denn?«, fragte Archie freudig überrascht.

Neville hatte die Antwort auf diese Frage bereits erraten und sah keinen Grund zum Jubeln. Er stützte den Kopf in seine Hand und murmelte: »Sie ist nicht von Stand. Du könntest etwas Besseres finden.«

»Um wen handelt es sich denn?«, beharrte Archie. Es ärgerte ihn, dass Neville anscheinend eingeweiht war und er selbst von nichts wusste.

»Um Sabrina Lambert natürlich«, antwortete Duncan bereitwillig.

Nun hoben sich Archibalds Augenbrauen beinahe bis zu seinem Haaransatz. »Was heißt hier ›natürlich‹, mein Junge? Sie ist eine Freundin. Und man heiratet seine Freunde nicht. Ihre Freundschaft wird dir auch so erhalten bleiben.«

»So gerne ich dich verheiratet sehen möchte«, schaltete sich nun auch Neville ein, »die Gründe dafür sollten schon die richtigen sein.«

Duncan konnte sich das Grinsen über seine beiden ewig nörgelnden Großväter nicht verkneifen. »Habt ihr beiden eigentlich schon einmal daran gedacht, dass ich für das Mädchen vielleicht mehr empfinden könnte als nur freundschaftliche Gefühle?«

»Blödsinn!«, schnaubte Archie. »Du selbst hast uns erst vor ein paar Tagen erklärt, sie sei nur eine Vertraute. Ich erinnere mich noch genau daran. Und hübsch ist Sabrina Lambert auch nicht. Es ist ja ehrenwert, wenn man sich seinen

Freunden verbunden fühlt, aber wir wollen doch nicht gleich übertreiben.«

»Ach, Archie! Sabrina hat eine ganz besondere Art von Schönheit, wie ich sie noch nie zuvor an einer Frau entdecken konnte. Übrigens bist du noch von Ophelias überwältigendem Äußeren geblendet. Deshalb kommen dir nun alle anderen Frauen unscheinbar vor. Ich hingegen kann Ophelia nichts abgewinnen. Dafür finde ich Sabrina wunderschön, ja geradezu vollkommen.«

»Sie hat sicher gute Eigenschaften«, räumte Neville ein. »Aber wir dürfen den Skandal nicht vergessen, der ihre Familie belastet, und der ist nun einmal nicht wegzureden.«

»Dieser so genannte Skandal beruht doch nur auf dem Geschwätz von ein paar sensationsgierigen Nachbarn«, erwiderte Duncan. »Seit wann fürchtest du denn das Gerede der Leute, Neville?«, fügte er herausfordernd hinzu.

»Das tue ich doch gar nicht. Ich bin genau wie du der Ansicht, dass wir es hier vor allem mit albernen Schauermärchen zu tun haben. Dennoch kann ein solcher Skandal unserer Familie schaden, und das möchte ich natürlich gerne vermeiden. Wenn du das Mädchen aber wirklich liebst, dann kann ich dich wohl nicht davon abbringen, es zu heiraten.«

»Zum Teufel, Neville!«, ereiferte sich Archie. »Siehst du denn nicht, dass der Junge sich etwas vormacht? Er wird in sein Unglück rennen! Wie kannst du ihn dabei auch noch unterstützen?«

Duncan staunte wieder einmal nicht schlecht, dass es Neville war, der zwar etwas widerstrebend, aber dennoch eindeutig für ihn Partei ergriff. Archibalds Sturheit überraschte ihn dagegen kaum.

»Was ich für das Mädchen empfinde, musst du schon mir überlassen, Archie«, erklärte Duncan seinem vor Erregung geradezu schäumenden schottischen Großvater. »Du hast mir schon vor Jahren, ohne zu zögern, die Regelung all deiner geschäftlichen Angelegenheiten überlassen. Jetzt solltest du mir auch zutrauen, dass ich in diesem Fall weiß, was ich will und warum ich es will. Und ich glaube, es wird Zeit, dass ich einen Besuch bei den Lamberts mache.«

Schon war Duncan zur Tür hinaus. Den dumpfen Aufprall, mit dem Archies Kopf auf die Tischplatte krachte, hörte er schon nicht mehr. Der alte Schotte schlug seine Stirn in seiner Verzweiflung gleich mehrmals auf das polierte Holz. Hier war er wohl völlig machtlos, und es fiel ihm unendlich schwer, das einzugestehen. Vor Zorn und Ratlosigkeit wusste er nicht ein noch aus. Neville ließ sich von Archibalds Vorführung nicht beeindrucken. Mit einer ungeduldigen Handbewegung scheuchte er seine Hausangestellten davon, die just in diesem ungünstigen Moment mit dem dampfenden Abendessen erschienen waren. Das Essen konnte warten. Im Moment war eher ein kräftiger Schluck Whisky gefragt. Vor allem der Hausgast aus dem Hochland erweckte den Eindruck, als brauche er jetzt genau diese Art von Medizin.

»Ich glaube, du nimmst die Entscheidung des Jungen viel zu schwer«, sagte Neville, als er und Archibald wieder allein waren.

»Zu schwer?« Archie hob den Kopf. »Siehst du denn nicht, dass der Junge im Begriff ist, einen schrecklichen Fehler zu begehen?«

»Nicht, wenn er das Mädchen wirklich liebt.«

»Ha! Das ist ja das Problem. Er liebt sie. Das bezweifle ich ja gar nicht. Aber es ist nicht die Art von Liebe, die man für seine Ehefrau empfinden sollte.«

»Liebe bleibt Liebe –«, begann Neville.

»Nein, da gibt es große Unterschiede«, fiel ihm Archie ins Wort. »Sabrina ist unserem Enkel eine gute Freundin, und aus diesem Grund liebt er sie. Einem männlichen Freund würde er dieselben Gefühle entgegenbringen, aber seine Ehefrau sollte man mit der besonderen Leidenschaft lieben, die es nur bei Paaren gibt. Das hat man nun davon, wenn man jungen Männern erlaubt, Freundschaft mit jungen Damen zu schließen.«

»Vielleicht irrst du dich ja, was Duncans Gefühle für das Mädchen angeht.«

»Ich irre mich nicht. Ich kenne den Jungen. Oben im Norden, auf unserem abgelegenen Fleckchen Erde, konnte er nie enge Freundschaften knüpfen. Nun hat er zum ersten Mal eine Vertraute gefunden und möchte sie nicht gleich wieder verlieren. Er will sie heiraten, damit er sie immer um sich hat. Aber das wird sein Unglück sein! Spätestens im ehelichen Bett werden ihm die Augen aufgehen. Dann wird er nämlich ziemlich schnell feststellen müssen, dass es um einiges aufregender ist, mit der Dame eine Partie Karten zu spielen.«

Neville brach in schallendes Gelächter aus. »Ich muss schon sagen, Archibald, deine Art, die Dinge zu sehen, bringt mich immer wieder zum Staunen. Ist es dir denn nie in den Sinn gekommen, dass aus der Freundschaft der beiden jungen Leute längst etwas viel Ernsteres und Tieferes geworden sein könnte? Es gibt nun einmal nicht nur die ungestüme Liebe auf den ersten Blick. Manchmal müssen Gefühle auch erst langsam wachsen.«

Archie schnaubte. »Das gilt vielleicht für die Liebe. Sicher, aber die Leidenschaft für eine Frau ist entweder vorhanden oder sie fehlt. Und Duncan begehrt das Mädchen nicht, so viel ist klar. Nun sag mir doch: Welche Hoffnung gibt es für eine Ehe, die nicht mit einer gesunden Portion fleischlicher Begierde begonnen wird? Einer solchen Verbindung fehlt doch eindeutig jede Grundlage für alle anderen Gefühle, die sich daraus einmal entwickeln könnten.«

Neville rollte mit den Augen. »Ophelia Reid hat oft und gerne behauptet, Duncan sei ein Wilder. Wir sind uns ja wohl einig, dass das nicht stimmt. Aber dich hätte sie mit Recht so nennen können. Gefühle ändern sich, Archibald. Aus Freunden können Liebende werden, und es soll durchaus schon vorgekommen sein, dass aus Feinden Freunde wurden. Natürlich gibt es auch den umgekehrten Fall. Wie langweilig wäre doch die Welt, wenn alles immer in so fest gefügten Bahnen verlaufen würde, wie du es gerne hättest.«

52

Duncan konnte von Glück sagen, dass ihn Alice Lambert zu so später Stunde überhaupt noch ins Haus ließ. Missbilligend schüttelte sie den Kopf und wies ihn darauf hin, dass er nicht lange bleiben dürfe und ohnehin besser am nächsten Morgen gekommen wäre. Dennoch führte sie ihn schließlich ins Speisezimmer und deutete auf die Glastür, die zu einem winzigen Garten hinausführte.

Dort saß eine kleine Gestalt in einem Strahl von silbrigem Mondlicht. Sabrina hatte sich bis zur Nasenspitze in ihren Wintermantel gehüllt und sich auf einer Steinbank niedergelassen. Allein der Mond erhellte mit seinem schimmernden Licht das Gärtchen und Sabrinas einsamen Sitzplatz ein wenig. Kein einziges Fenster auf dieser Seite des Hauses war beleuchtet, und Sabrina hatte wohl auch absichtlich keine Lampe mit hinausgenommen. Leer geräumte Blumenbeete und winterlich kahle Büsche schienen im Mondschein zu schlummern, als warteten sie nur auf den Frühling. Wenn sich in ein paar Wochen die ersten zarten Knospen öffneten, war dieser Ort bestimmt bezaubernd schön. Duncan lächelte.

Dass Sabrina mitten im Winter nachts im Garten saß, wunderte ihn schon längst nicht mehr. Inzwischen wusste er ja, wie gern sie sich im Freien aufhielt und dass sie sich davon weder vom Wetter noch von der Jahreszeit oder gar von der ungewöhnlichen Stunde abhalten ließ.

»Ist dir denn nicht kalt, Mädchen?«, fragte er sie, als er bei ihr stand.

Sie hatte schweigend zugeschaut, wie Duncan aus der Tür getreten und den schmalen Pfad entlang auf sie zugekommen war. Ihr Blick hatte dabei weder Überraschung noch Neugier verraten. Es schien fast, als habe sie seinen Besuch hier im Garten mitten in der winterlichen Nacht erwartet.

»Nein, gar nicht«, antwortete sie.

»Ich glaube, das schottische Hochland würde dir gefallen«, stellte Duncan sachlich fest.

»Wie kommst du denn darauf?«

»Nun, die meisten Leute, die Schotten aus dem Flachland mit eingeschlossen, nehmen sich nicht die Zeit, sich im Hochland wirklich umzusehen. Meistens verkriechen sie sich, so schnell es nur geht, in einem schützenden Haus. Das könnte dir nicht passieren.«

Sabrina lächelte. »Nein, wahrscheinlich nicht. Aber nicht nur in Schottland sitzen die Leute lieber an einem prasselnden Kaminfeuer als im Freien an der frischen Luft.« Dann zeigte sie himmelwärts und sagte: »Sieh nur, wie schön der Mond gerade jetzt im Winter alles verzaubert. Das ist in England sicher nicht anders als in Schottland. Aber nicht allzu viele Engländer lockt es nachts vor die Tür, um ihn zu bewundern. Und ich befürchte, die Schotten tun es ihnen gleich.«

Duncan lachte leise. »Du hast Recht. Mich wundert nur, dass der Mond an eurem wolkenverhangenen englischen Himmel überhaupt zu sehen ist.«

»Mir scheint, du bist immer noch genauso ungern hier wie am ersten Tag.«

»Nein, ganz so schlimm ist es nicht mehr«, beeilte Duncan sich zu versichern. »Es gibt hier sogar ein englisches Wesen, das ich inzwischen von Herzen liebe.«

Sabrina lächelte. Sie las aus seinen Worten keine versteckte Bedeutung heraus, sondern freute sich einfach, dass Duncan sich langsam ein wenig einzuleben schien. Als sie Summers Glade vor ein paar Stunden verlassen hatte, war ihr ganz leicht ums Herz gewesen, weil sie mit Duncan nun wieder zuversichtlich in die Zukunft blicken konnte.

Als er sich nun ganz dicht neben sie auf die Bank setzte, rückte sie nicht von ihm ab. Sabrina spürte ihn gern nahe bei sich. Nur wenn sie sich erlaubte, in ihm etwas anderes als einen Freund zu sehen, nahm seine Nähe ihr den Atem. Seit ihrem Gespräch mit Archibald MacTavish hatte sie diese Gefühle tief in einem entfernten Winkel ihres Herzens vergraben. Und wenn all die schmerzhaften Wunden in ihrem Herzen nicht immer wieder aufreißen sollten, musste ihre Liebe für immer dort versteckt bleiben.

Nur allzu bald würde Duncan eine andere Frau heiraten. Es war anzunehmen, dass er nun nach London fuhr, um dort eine Braut zu suchen. Sabrina dachte, er sei gekommen, um sich für eine Weile von ihr zu verabschieden. Er würde ihr dann schrecklich fehlen, aber es war ohnehin an der Zeit, dass sie sich daran gewöhnte, ihn nur noch selten zu sehen. Wenn er nach Summers Glade zurückkehrte, dann mit der Frau, die er heiraten wollte …

»Beobachten uns deine Tanten von einem der Fenster?«, fragte Duncan unvermittelt.

»Schon möglich.«

»Und wenn schon, ich will dich trotzdem küssen!«

Bevor Sabrina wusste, wie ihr geschah, hatte Duncan sie schon in seine Arme genommen und mit seinen Lippen die ihrigen bedeckt. Er küsste sie lange und leidenschaftlich. Während Sabrina sich langsam von ihrer Überraschung erholte, verbannte sie alle Gedanken aus ihrem Kopf. In diesem Augenblick zählte nur, dass Duncan sie fest in seinen Armen hielt.

Sie dachte nur an ihr eigenes Glück. Ihre Hingabe offenbarte ihm am Ende noch, was nicht sein durfte. Aber sie konnte nicht anders. Wahrscheinlich war dies das letzte Mal, dass sie ihn berühren, schmecken und fühlen konnte. Ein paar Herzschläge lang durfte sie noch davon träumen, wie es sein könnte, seine Frau zu werden, aber dann musste sie ihm deutlich sagen, dass er sie nie wieder küssen durfte. Wie sollte sie denn ihre freundschaftlichen Gefühle für ihn pflegen, wenn er immer wieder ganz andere Empfindungen in ihr weckte? Wahrscheinlich war das nicht einmal seine Absicht. Bestimmt wollte er nur seine Freude und Erleichterung mit ihr teilen. Aber, Himmel noch mal, küssten Hochlandschotten denn so tatsächlich ihre Freunde?

Die Antwort auf diese Frage bekam Sabrina schon kurze Zeit später. Duncan schob sie ein wenig von sich weg, um ihr in die Augen schauen zu können. Dann sagte er nur einen einzigen Satz: »Sabrina, mein Mädchen, willst du mich heiraten?«

Eine Ewigkeit schien zu vergehen, während der sie ihn nur sprachlos anstarren konnte. Seine Frage war die Erfüllung all ihrer süßesten Träume und kühnsten Hoffnungen. Sabrina wollte dieses Glück noch ein paar Sekunden lang auskosten, bevor sie ihm ihre Antwort gab. Sie wusste, dass der unerträgliche Schmerz sie dann fast zerreißen würde. Sie musste ihm schnell antworten, sonst brach sie, noch bevor sie überhaupt etwas sagen konnte, in Tränen aus.

Gern wollte sie Duncan erklären, warum es nur diese eine Antwort geben konnte, doch sie fand nicht die passenden Worte. So sagte sie schließlich einfach: »Nein.«

Damit hatte Duncan nicht gerechnet. Einen Augenblick lang standen ihm Schreck und Verwunderung ins Gesicht geschrieben. Dann verhärteten sich seine Züge, und er straffte seine Schultern. So leicht wollte er sich nicht abspeisen lassen. Mit belegter Stimme fragte er: »Und warum nicht?«

Seit sie Duncan zum ersten Mal gesehen hatte, war Sabrina seinetwegen schon öfter in schwierige Situationen geraten, aber diese Minuten mussten die schlimmsten sein, die sie je durchlebt hatte. Sie versuchte, ihre eigenen Qualen lange genug zu verdrängen, um ihm erklären zu können, was sie zu ihrer Antwort veranlasst hatte. »Du bist mein Freund, Duncan. Ja, sogar der beste Freund, den ich je hatte. Und ich möchte unsere Freundschaft um keinen Preis missen. Es wäre ein Fehler, mehr als das in unseren Gefühlen füreinander zu sehen.«

Damit war noch längst nicht alles gesagt und erklärt, das wusste Sabrina. Doch die unerbittlich aufsteigenden Tränen schnürten ihr die Kehle zu. Sie stand auf und wandte ihm den Rücken zu, damit er ihre wahren Gefühle nicht erraten konnte. Wenn sie ihm erlaubte, in ihr Gesicht zu sehen, würde er sofort wissen, dass sie selbst nicht an ihre Worte glaubte. Die heißen Tränenströme, die ihr nun über die Wangen flossen, konnten nicht lügen.

In Sabrinas Schmerz mischte sich die Wut auf Duncans Großvater. Sie hasste Archibald dafür, dass er sie gewarnt und ihr diesen Augenblick vorausgesagt hatte. War es denn wirklich nötig gewesen, ihr Duncans wahre Gefühle für sie so schonungslos zu offenbaren? Hätte der alte Schotte sie niemals angesprochen, so könnte sie nun Duncans Frage voller Freude und Zuversicht mit ja beantworten und ihn heiraten. Ihre Liebe würde für sie beide reichen, und sie würde ihm eine gute Ehefrau werden.

Doch wahrscheinlich machte sie sich da etwas vor. Eine Verbindung, in der die Liebe nur von einer Seite kam, konnte unmöglich auf Dauer glücklich sein. Freundschaftlich, aber distanziert würden sie nebeneinander her leben. Aber war das dann eine Ehe, wie Sabrina sie sich wünschte? Mit der Zeit käme dann doch die Bitterkeit, weil ihr Mann sie nicht so liebte, wie sie von ihm geliebt werden wollte.

Sabrina versuchte, sich unauffällig die Tränen abzuwischen. Sie musste vernünftig sein. Eine kleine Ewigkeit lang rang sie um Fassung und traute sich dann endlich, sich wieder zu Duncan umzudrehen. Doch sie hatte sich umsonst um Haltung bemüht. Duncan war still fortgegangen.

53

Duncan wollte nicht gleich nach Summers Glade zurückkehren. Dort würden sich seine beiden Großväter nur sofort gnadenlos auf ihn stürzen und wissen wollen, ob er nun mit seiner Auserwählten verlobt war oder nicht. Darauf konnte er im Augenblick gut verzichten. Also machte er am Gasthaus in Oxbow Halt und ließ sich in der Schankstube nieder. Dort gab er sich alle Mühe, sich einen Rausch anzutrinken. Als der Wirt zu vorgerückter Stunde die Schenke schließen und Duncan nach Hause schicken wollte, sorgte der junge Schotte mit einem ansehnlichen Trinkgeld dafür, dass er bleiben und weiterhin ein Glas nach dem anderen leeren konnte.

Erst weit nach Mitternacht fand er tatsächlich den Heimweg, was sich allerdings als überaus schwierig erwies: Duncan fiel gleich zweimal hintereinander vom Pferd – zumindest konnte er sich später an zwei Stürze erinnern. Wahrscheinlich hätte er die weitere Nacht auf dem kalten Erdboden gelegen, wenn sein Tier ihm nicht ständig heiße, übel riechende Luft ins Gesicht geblasen hätte. Vielleicht stieg ihm aber auch nur der säuerliche Geruch, der aus seiner eigenen Kehle kam, in die Nase. In seinem Zustand fiel es ihm schwer, die genaue Herkunft des unangenehmen Geruchs zu bestimmen.

Zu allem Überfluss waren seine beiden Großväter noch wach. Als Duncan über die Türschwelle stolperte, dauerte es nur wenige Augenblicke, bis sie auf ihn zustürzten. Sie hatten Jacobs zu Bett geschickt und auf ihren Enkel gewartet.

Archie hastete aus dem Salon, um Duncan aufzuhelfen, und Neville fragte betont sachlich vom oberen Treppenabsatz her, ob er einen Burschen kommen lassen solle, damit Duncan ins Bett geschafft werden konnte.

»Das werde ich gerade noch selbst fertig bringen«, knurrte Archie zu Neville hinauf.

»Worauf wartest du denn dann noch?«, wollte der wissen.

Duncan wäre am liebsten gleich auf dem harten Boden der Eingangshalle liegen geblieben, um seinen Rausch auszuschlafen. Doch er wurde den Verdacht nicht los, dass Archie wirklich versuchen würde, ihn die Treppe hinaufzuschleppen. Das sah dem sturen alten Schotten ähnlich! Lieber wollte er sich den betagten Rücken ruinieren, als einmal klein beizugeben. Duncan nahm alle ihm noch verbliebenen Kräfte zusammen und zog sich selbst am Treppengeländer Stufe für Stufe ins obere Stockwerk hinauf, wo seiner dumpfen Erinnerung nach sein Zimmer liegen musste. Als er, oben angekommen, an Neville vorbeistolperte, gelang es ihm nur mit größter Mühe, zum Gruß wenigstens eine Augenbraue zu heben. Sein englischer Großvater stand – in seinen Hausmantel gehüllt und mit einer Lampe in der Hand – wie ein Bild stummer Anklage an der Treppe. Das Schnauben, das er ausstieß, als sein Enkel sich an ihm vorbeischleppte, passte so gar nicht zu einem englischen Gentleman und brachte Duncan damit trotz seines erbärmlichen Zustandes zum Grinsen.

Dann aber musste er seine Konzentration voll und ganz darauf verwenden, sein Zimmer zu finden und auf dem Weg dorthin auf den Beinen zu bleiben. Hinter sich hörte er Neville zu Archie hinunterrufen: »Du behauptest doch immer, dass du weißt, was in ihm vorgeht. Dann sag mir doch, ob er vom Feiern so betrunken ist oder ob er versucht hat, seine Sorgen zu ersäufen.«

»Psst!«, zischte Archie ärgerlich. »Erinnere ihn jetzt bloß nicht an etwas, das er eigentlich vergessen wollte, indem er sich allerhand scharfes Zeug in die Kehle geschüttet hat.«

»Dann hat er also nicht gefeiert«, seufzte Neville.

Duncan konnte vielleicht nicht mehr richtig stehen, aber mit dem Hören hatte er keine Probleme. Er lehnte sich mit dem Rücken an die Wand vor einem Zimmer, von dem er nur hoffen konnte, dass es seins war, und sagte in Richtung seiner Großväter: »Sie will mich nicht. Hat meinen Heiratsantrag glattweg abgelehnt. Und dabei erwidert sie meine Küsse, als wolle sie mich auf der Stelle in ihre Schlafkammer zerren. Das verstehe ich einfach nicht, Archie.« Dann warf Duncan Neville einen vorwurfsvollen Blick zu. »Kann es sein, dass das eine Eigenheit eurer englischen Mädchen ist?«

»Dass sie dich in ihr Bett zerren wollen? Oder dass sie dich trotzdem nicht heiraten möchten?«

»Na ja, das Letztere.«

Der zierliche alte Mann sah aus, als könne er sich das Lachen kaum noch verkneifen. Es gelang ihm dennoch, mit einigem Ernst zu antworten: »Ich muss gestehen, davon habe ich nun wirklich keine Ahnung. Ehrlich gesagt, gab es nicht allzu viele Frauen, die je versucht haben, mich in ihr Schlafgemach zu locken.«

Archie war weniger zurückhaltend und lachte laut heraus. »Wie kommt es nur, dass mich das gar nicht wundert?«, fragte er dann zu Neville hinauf.

Der warf dem alten Schotten einen vernichtenden Blick zu, schnaubte verächtlich und schritt mit seiner Lampe davon. Bevor nun aber Duncan und Archibald in völliger Dunkelheit versinken konnten, überlegte Neville es sich anders und kam noch einmal zurück. Sorgsam platzierte er die Lampe auf einem kleinen Tischchen. »Für den Jungen«, brummte er. »Sonst bricht er sich womöglich noch das Genick. Und morgen früh werden wir die ganze Sache eingehend besprechen. Mir scheint, hier liegt ein Missverständnis vor.«

Bei seinen letzten Worten starrte Neville noch einmal feindselig auf Archie. Diesmal blieb Archie das Lachen im Halse stecken. Unangenehm berührt, versuchte er, dem bohrenden Blick des alten Thackeray auszuweichen. Duncan fragte: »Was für ein Missverständnis denn?«

»Ich spreche genau davon, worüber du dich eben beklagt hast«, antwortete Neville.

Für Duncans vom Alkohol umnebeltes Gehirn war diese Auskunft viel zu kompliziert. Er beschloss, alle Überlegungen auf den nächsten Morgen zu verschieben, und stolperte die letzten Schritte bis zu der Tür, von der er annahm, dass sie zu seinem Zimmer führte. Mit viel zu viel Schwung stieß er dieses letzte Hindernis aus dem Weg. Diesmal gelang es ihm aber wenigstens, anstatt auf einen harten Boden in ein weiches Bett zu fallen. Ob es sich dabei wirklich um sein eigenes handelte, würde er noch früh genug herausfinden. Da niemand rief, er solle sofort das Zimmer verlassen, sank Duncan sofort in einen ohnmachtartigen Schlaf.

Erst am folgenden Nachmittag kam er langsam wieder zu sich. Neben seinem Bett wartete schon jemand darauf, dass er erwachte. Archie saß dort still in einem Lehnstuhl und tat, als ob er schliefe, doch Duncan ließ sich nicht täuschen. Trotz der erbarmungslosen dröhnenden Hammerschläge in seinem Schädel kam ihm die ganze Situation nur allzu bekannt vor. Aber statt Raphael würde ihn diesmal sein Großvater ins Gebet nehmen.

Schon sah Archie ihn unter halb geöffneten Lidern hervor an. Dann sprach er die Gedanken aus, die auch Duncan durch den dröhnenden Kopf schwirrten. »Nach deiner zweiten Verlobung hast du dich voll laufen lassen, weil du die Frau nicht wolltest. Und diesmal hast du dich betrunken, weil die Frau, die du wolltest, dich nicht wollte. Lohnt es sich wirklich, all den Schmerz am Tag danach zu ertragen, nur um für ein paar Stunden alles vergessen zu können?«

»Nein, natürlich nicht«, stöhnte Duncan. »Aber dir wird es auch noch Leid tun, dass du die ganze Nacht über in diesem Stuhl gesessen hast. Sicher spürst du nun deine alten Knochen noch die ganze Woche lang.«

»Die Sorge um meine morschen Gebeine musst du schon mir überlassen, Junge«, antwortete Archie. Er richtete sich auf und begann sich zu strecken. Seine Gelenke knackten und ächzten tatsächlich unüberhörbar, doch über solche Zipperlein kicherte der alte Schotte nur.

Duncan setzte sich mit größter Vorsicht auf die Bettkante. Es half wenig. Duncans Körper hatte nicht genügend Zeit gehabt, den Alkohol in seinem Blut vollständig zu verarbeiten, völlig unschädlich zu machen. Vielleicht war es ja klüger, sich beim nächsten Mal, wenn er glaubte, seine Probleme im Whisky ersäufen zu müssen, gleich erschießen zu lassen.

Archie betrachtete ihn und sagte verlegen: »Wahrscheinlich sollte ich warten, bis es dir ein wenig besser geht. Aber ich habe ein verdammt schlechtes Gewissen.«

»Wenn du mich anschreien musst, könntest du es dann bitte ganz leise tun?«, murmelte Duncan mit geschlossenen Augen.

Archie zog eine verzweifelte Grimasse. »Wenn hier einer schreien wird, dann wahrscheinlich eher du selbst.«

Nun wurde Duncan langsam hellhörig. »Du und ein schlechtes Gewissen? Das ist ungewöhnlich. Was belastet dich denn so?«

»Dass du dir die Abfuhr, die dir dieses Mädchen erteilt hat, so zu Herzen nimmst.«

Duncan öffnete die Augen und wollte fragend die Brauen zusammenziehen. Doch schon der Versuch erwies sich als zu schmerzhaft. Er beschloss, seinen Großvater vorsichtshalber schon einmal grimmig anzublicken, aber auch das führte zu noch schlimmeren Kopfschmerzen. Schließlich stützte er die Ellbogen auf seine Knie, legte seinen brummenden Schädel in beide Hände und sah Archie nur abwartend an. »Soll ich mich etwa darüber freuen, dass Sabrina mich nicht auf die Art liebt, wie ich sie liebe?«

»Dann bist du dir also sicher, dass du sie wirklich so liebst, wie ein Mann eine Frau lieben sollte?«

»Meinst du denn, ich hätte ihr einen Heiratsantrag gemacht, wenn ich sie noch immer nur als Freundin betrachten würde?«

»Nun, genau das war meine Befürchtung. Ich glaubte, du wolltest die Heiraterei einfach nur so schnell als möglich hinter dich bringen«, seufzte Archie. »Du selbst hast mir doch versichert, Sabrina sei lediglich eine gute Freundin.«

»Damals war das ja auch noch so. Aber wie es das Schicksal wollte, hast du mich mit deinem Vortrag darüber, dass Männer und Frauen nicht einfach ohne Hintergedanken befreundet sein können, erst darauf gebracht, Sabrina mit anderen Augen anzusehen. Und was ich sah, gefiel mir. Es gefiel mir sogar außerordentlich gut. Von da an musste ich mich die ganze Zeit mit aller Gewalt dazu zwingen, meine Hände von ihr zu lassen.«

Archie schloss seufzend die Augen. »Dann ist es nun wohl an der Zeit, dass ich mich bei dir entschuldige. Ich fürchte, sie hat deinen Heiratsantrag meinetwegen abgelehnt.«

»Ach, sei nicht albern, Archie!«, seufzte Duncan. »Du kannst doch nichts für Sabrinas Gefühle.«

»Das mag wohl stimmen. Aber was ich ihr gesagt habe, hat sie vielleicht dazu veranlasst, ihre wahren Gefühle für dich nicht preiszugeben.«

Duncan starrte seinen Großvater eine Zeitlang stumm an. »Du hast mit Sabrina geredet?«

»Ich dachte, es wäre nur gut und richtig –«

»Wann war das? Was hast du ihr gesagt?«

»Nun, wenn ich mich recht entsinne, muss das letzte Woche in Oxbow gewesen sein. Ich sagte ihr, du würdest sie wahrscheinlich um ihre Hand bitten, wenn du es irgendwie anstellen könntest, aus der Verlobung mit Lady Reid ein zweites Mal herauszukommen. Aber der Grund für deinen Antrag wäre dann mit Sicherheit der falsche.«

»Verdammt, Archie – du hast ihr doch nicht etwa gesagt, ich würde lediglich freundschaftliche Gefühle für sie hegen?«

Archibald blickte verlegen zu Boden. »Doch, ich glaubte ja tatsächlich, es wäre so. Du hattest es mir immerhin selbst gesagt. Und ich wollte nicht, dass du oder sie einen schweren Fehler begeht und nur aus Freundschaft heiratet.«

Plötzlich huschte ein Lächeln über Duncans Gesicht. »Dann liebt Sabrina mich ja vielleicht doch«, sprach er seine Gedanken laut aus.

»Schon möglich, Junge.«

»Gott, was bin ich nur für ein Esel! Warum habe ich nicht einfach auf die Stimme meines Herzens gehört? Ich bin mir fast sicher, dass sie mehr für mich empfindet als nur freundschaftliche Zuneigung, aber ich habe mich von ihren Worten in die Irre führen und entmutigen lassen. Dabei hätte ich doch merken müssen, dass sie es gar nicht so meint!«

»Ich werde noch einmal mit ihr reden, mein Junge«, murmelte Archie leise. »Vielleicht kann ich meinen Fehler ja wieder gut machen.«

»Nein. Nichts da!« Duncan schüttelte sehr vorsichtig, aber lächelnd den Kopf. »Ich muss sie selbst davon überzeugen, dass ich sie wirklich liebe. Wenn mir das nicht gelingt, verdiene ich sie auch nicht.«

»Kannst du mir denn meine dumme Einmischung noch einmal verzeihen?«

»Mach dir keine Sorgen, Archie, ich weiß doch, dass du es gut gemeint hast. Wenn diese schrecklichen Kopfschmerzen und der Schwindel nicht wären, würde ich jetzt sofort zu ihr reiten. Bis ich so weit bin, dass ich mich auf mein Pferd schwingen kann, kannst du dir ja noch ein paar Vorwürfe machen. Schließlich bist du mit schuld an meinem beklagenswerten Zustand.«

Archibald schnaubte und ging zur Tür. »Wenn ich schon Schuldgefühle haben muss, kannst du auch noch ein wenig unter dem Brummschädel leiden, den du dir in deiner Dummheit selbst angesoffen hast«, grollte er. Dann verließ er das Zimmer und warf die Tür schwungvoll hinter sich zu. Der laute Knall ließ Duncan aufstöhnen. Mit beiden Händen umfasste er seinen Schädel, der durch das schreckliche Geräusch zu hämmern begonnen hatte, als wolle er platzen. Draußen im Korridor grinste Archie schadenfroh.

54

Ruhelos warf Sabrina sich auf ihrem Bett hin und her. Schon in der vergangenen Nacht hatte sie nicht schlafen können. Liebeskummer war schon ein ganz gemeines Gefühl. Man lag wach, grübelte und überlegte, durchlebte wieder und wieder jeden Augenblick, den man mit dem geliebten Menschen verbracht hatte und kam einfach nicht zur Ruhe. Dabei wünschte man sich nichts sehnlicher, als dem quälenden Schmerz, der einem tief im Herzen bohrte, durch ein paar Stunden Schlaf wenigstens für eine Weile entkommen zu können.

Sabrina versuchte sich die endlosen Nachtstunden mit Lesen zu vertreiben. Sie hatte sich eine besonders langatmige Schlummerlektüre ausgesucht, die sie zu jeder anderen Zeit mit Sicherheit hätte einschlafen lassen hätte. Doch diesmal blieb die Schlaf bringende Wirkung der verschachtelten Sätze aus. Hatte sie denn wirklich ernsthaft erwarten können, dass das Buch ihr den Schlaf bescherte, den sie sich so sehr wünschte? Die Zeilen verschwammen Sabrina vor den Augen, während sie daran dachte, dass nun allem Anschein nach ihre Freundschaft mit Duncan zu Ende war. Zwischen ihnen konnte nichts mehr so werden wie früher. Warum hatte er ihr nur diesen dummen Heiratsantrag gemacht, wo seine Gefühle für einen solchen Schritt doch gar nicht ausreichten?

Er machte sich etwas vor, und beinahe wäre es ihm gelungen, auch Sabrina zu täuschen. Und das alles, weil sie so gern *glauben* wollte, dass er sie liebte. Doch Schluss mit diesen Hirngespinsten! Die Tatsachen sahen nun einmal anders aus.

Sie war eben keine gute Partie. Kein Mann drehte sich bewundernd nach ihr um, wenn sie vorbeiging. Und einem so gut aussehenden jungen Lord wie Duncan konnte eine so unscheinbare Frau wie sie einfach nicht gefallen. Nur wegen ein paar Küssen durfte sie doch nicht gleich den Verstand verlieren und sich einbilden, dass …

Ganz so harmlos waren Duncans Küsse nun auch wieder nicht gewesen. Und was in der Kutsche geschehen war, konnte man unmöglich eine freundschaftliche Umarmung nennen. Bisher hatte Sabrina nicht daran gedacht, dass Frauen diese Dinge wohl viel ernster nahmen als Männer …

Ihr stundenlanges, ergebnisloses Grübeln war doch der beste Beweis dafür. Davon wurde ihr allerdings nur immer schwerer ums Herz. An ihren Gefühlen für Duncan änderte das nichts. Sie zwang sich, aus dem Bett zu steigen, und ging ein wenig auf und ab. Dann zog sie die Vorhänge auf und sah aus dem Fenster. Der Mond hatte sich hinter einer dicken Wolkenwand versteckt, sodass auch draußen nur undurchdringliche Finsternis herrschte. Ein langer Spaziergang vielleicht? Nein, dazu müsste sie sich erst wieder anziehen, eine Nachricht für ihre Tanten schreiben …

Noch immer brannte ein wärmendes Feuer im Kamin ihres kleinen Schlafzimmers. Eigentlich sollte sie es niederbrennen lassen und auch die Lampen löschen, aber schon in der vergangenen Nacht war sie in ihrer dunklen Kammer nicht zur Ruhe gekommen, sondern nur noch viel trauriger geworden. Vielleicht half ja ein Glas warme Milch. Sabrina wollte nichts unversucht lassen, um ihren quälenden Gedanken für eine Weile zu entkommen und schlafen zu können.

Sie warf sich ihren Hausmantel über und ging in die Küche hinunter, um sich dort ein wenig Milch anzuwärmen. Das Getränk zeigte nicht die erhoffte Wirkung. Es machte Sabrina kein bisschen schläfriger. Mutlos tappte sie die Treppe wieder hinauf. Als sie ihre Zimmertür öffnete, glaubte sie plötzlich zu träumen. Auf ihrer Bettkante saß ein ihr nur allzu bekannter Mann – Duncan selbst in Person.

Sabrina traute ihren Augen nicht. Ihre Phantasie spielte ihr wohl bereits Streiche! Kein Wunder, wo sie sich doch so sehr wünschte, er wäre bei ihr! Dass ihre Vorstellungskraft ihm sogar gleich aus dem Mantel geholfen hatte, ging vielleicht etwas zu weit. Doch sie wusste ja, wie schnell es ihm in geschlossenen Räumen zu warm wurde. Was einem die eigenen, tief empfundenen Wunschgedanken doch alles vorgaukeln konnten!

»Es war schon ziemlich spät am Tage, als ich mich so weit erholt hatte, dass ich aufstehen konnte«, begann Duncan. »Da hielt ich es für besser, noch eine Weile zu warten, bis sämtliche gestrengen Tanten zu Bett gegangen sind. Allerdings wusste ich nicht recht, wie ich ins Haus kommen sollte, ohne sie wieder aufzuwecken. Aber dann sah ich dich am Fenster stehen.«

Beim melodiösen Klang von Duncans schottischem Akzent wurde Sabrina schlagartig klar, dass der geliebte Mann, der auf ihrem Bett saß, nicht ihrer Einbildungskraft entsprungen sein konnte. Unmöglich hätte sie diese betörende Sprachmelodie nachahmen können. Noch nicht einmal in ihren Gedanken. Sie hatte den leibhaftigen Duncan aus Fleisch und Blut vor sich.

»Du bist durchs Fenster gestiegen?«

»Ja, und es war höllisch schwer, es zu erreichen. Der Baum da draußen war nicht von Nutzen. Ich glaube, ich habe bei der Kletterei ein paar dünnere Äste abgebrochen.«

Duncan machte ein zerknirschtes Gesicht. Sabrina war noch viel zu überrascht, um einen klaren Gedanken fassen zu können. Verwirrt stammelte sie: »Aber – warum?«

Er stand vom Bett auf, ging an ihr vorbei und schloss die Zimmertür, deren Klinke sie immer noch geistesabwesend in der Hand gehalten hatte. Nervös machte Sabrina ein paar Schritte von ihm weg und blieb am Kamin stehen. Sie wusste nicht, was sie von dieser Situation halten sollte. Doch Duncan ließ sich nicht beirren, kam ihr nach und ergriff ihre Hand, damit sie nicht wieder vor ihm fliehen konnte.

»Ich weiß, dass ich mich vor dir für alle Zeiten zum Idioten mache, falls ich mich täusche. Ich bin hergekommen, um dir zu sagen, dass ich viel mehr für dich empfinde als nur Freundschaft.«

Sabrinas Herz krampfte sich schmerzhaft zusammen. Wie sollte sie es nur aushalten, wenn er nun versuchte, sie von seiner Liebe zu überzeugen, wo sie doch genau wusste, dass er sich etwas vormachte? Archibalds warnende Worte hatten sich tief in ihr Herz gegraben und klangen ihr noch im Ohr, als hätte er sie erst in diesem Augenblick gesprochen.

Er möchte Sie in seiner Nähe haben. Wie wichtig ihm Ihre Gesellschaft ist, hat er ja schon bewiesen, als er Sie zu dem Fest ins Herrenhaus einlud, obwohl er damit gleichzeitig Ophelia Reid eine triumphale Rückkehr nach Sommers Glade ermöglichte. Wenn er könnte, würde er Ihnen einfach einen Flügel von Summers Glade als Wohnung zur Verfügung stellen. Und ich glaube, er würde Sie sogar heiraten, nur um Sie ständig bei sich zu haben. So viel bedeutet ihm Ihre Freundschaft. Aber mehr empfindet er auch wirklich nicht. Lassen Sie sich von ihm nicht einreden, dass er vielleicht doch tiefere Gefühle für Sie hegt. Sie beide würden es früher oder später bitter bereuen.

Wie ein schützendes Schild baute sie diese Worte vor ihrem Herzen auf, während Duncan fortfuhr: »Archie hat mir gesagt, was er dir erzählt hat. Das hätte er nicht tun dürfen –«

»Nein, bitte, Duncan«, unterbrach Sabrina ihn. »Ich habe ihn für seine Offenheit regelrecht gehasst. Aber er hat Recht. Wir –«

»Sei still und lass mich ausreden«, schalt er sie sanft. »Natürlich meint er es nur gut mit uns, aber er ging einfach von einer völlig falschen Annahme aus. Ich hatte ihm tatsächlich gesagt, wir seien nur Freunde, und damals stimmte das auch. Wenn ich mit dir zusammen war, fühlte ich eine Vertrautheit, wie ich sie noch nie zuvor mit jemandem gekannt hatte. Doch dann kam Archie mit seiner Predigt, dass es zwischen Männern und Frauen keine Freundschaft ohne gewisse Hintergedanken gibt. Er ist der festen Ansicht, dass sich nur allzu bald Leidenschaft und Begierde einstellen, und dann wird aus der anfangs harmlosen Freundschaft etwas ganz anderes. Du musst nicht verlegen werden. Ich finde einfach keine anderen Worte, um dir zu erklären, was Archies Worte in mir auslösten. Nach diesem Gespräch mit meinem Großvater sah ich dich mit völlig anderen Augen. Statt der lieben Freundin stand plötzlich eine anziehende, begehrenswerte Frau vor mit. Vielleicht sollte ich nun wütend auf Archie sein, aber dazu bin ich viel zu glücklich über das, was ich für dich empfinde. Und diese Gefühle sind viel stärker als Freundschaft.«

Der Schmerz zerriss Sabrina fast das Herz. Sie wollte Duncan so gerne glauben, doch es gelang ihr nicht. Archie hatte sich nicht getäuscht. Duncan wollte sie um sich haben. Um jeden Preis. Gerade hatte er doch selbst von der großen Vertrautheit gesprochen, die zwischen ihnen herrschte. Sie war seine beste Freundin. Und nur weil sie auch eine Frau war, versuchte er in ihrer gegenseitigen Zuneigung etwas anderes zu sehen.

Sabrina wandte sich von ihm ab und starrte in die Flammen. »Nein, Duncan, das Gefühl zwischen uns ist Freundschaft und nichts anderes«, sagte sie traurig. »Und außerdem kannst du nicht einfach zu jeder Tages- oder Nachtzeit hier auftauchen und mich besuchen, wenn es dir gerade einfällt. Vor allem kannst du mich nicht mitten in der Nacht aus dem Schlaf reißen, nur um deine Gedanken mir zu teilen und –«

Duncan lachte leise in ihren aufgebrachten Wortschwall hinein. Überrascht schnappte Sabrina nach Luft, als seine Arme sie nun von hinten umfingen. »Du siehst doch, dass ich das kann«, raunte er ihr leise ins Ohr.

»Du weißt genau, was ich meine! Einfach so an dem Baum da draußen hinaufzuklettern! Was, glaubst du, werden die Nachbarn dazu sagen, wenn dich jemand dabei beobachtet hat? Und wenn du ständig bei uns ein und aus gehst, werden sie sich ohnehin den Mund zerreißen. Nun tu bloß nicht so, als hättest du keine Ahnung –«

Diesmal nahm ihr der sanfte Druck seiner Arme den Atem. »Du bist schon ein unglaublich stures Weibsstück. Ich muss wohl noch deutlicher werden. Also gut! Jedes Mal, wenn ich dich sehe, will ich dich in meine Arme schließen und genau das mit dir tun, was wir in der Kutsche getan haben. Nennst du das vielleicht Freundschaft? Im Augenblick muss ich mich jedenfalls mit aller Macht zurückhalten, um dich nicht einfach zu küssen. Mädchen, ich bin so froh, dass wir zuerst wirklich nur Freunde waren! Und ich hoffe, dass wir das auch immer bleiben werden. Aber inzwischen reicht mir das schon lange nicht mehr. Ich will dein Geliebter sein, dein Beschützer, dein Mann *und* dein Freund. Aber all das geht nur, wenn du mich heiratest.«

»Du bringst mich um, Duncan!«, presste Sabrina mühsam hervor.

Er drehte sie zu sich um. »Schau mich an! Sieht so ein Mann aus, der nicht weiß, wovon er redet? Wenn du noch lange bei deinem Nein bleibst, werde ich dich ins schottische Hochland entführen und dort mit dir in Sünde leben, das schwöre ich dir! Und wenn du dann erst neun oder zehn Wildfänge mit mir hast, wirst du mir vielleicht glauben, dass ich dich so liebe, wie ein Mann seine Frau lieben sollte.«

»Ich wollte damit nur sagen, dass ich keine Luft bekomme.«

»Oh«, sagte er verlegen, doch dann sah er das schelmische Blitzen in Sabrinas fliederfarbenen Augen und zog sie lachend in seine Arme. »Du glaubst mir also!«

Dieser Satz war keine Frage und erforderte daher auch keine Antwort. Dennoch murmelte Sabrina: »Ein Mann, der so viele Kinder mit mir haben möchte, muss mich wirklich sehr lieben.«

»So sehr, dass es schon schmerzt, Mädchen.«

Sabrina nahm Duncans Gesicht zwischen ihre Hände und stellte sich auf die Zehenspitzen. Dann küsste sie ihn sanft auf den Mund. »Liebe schmerzt nur, wenn man sie mit niemandem teilen kann. Aber genau das werden wir jetzt für immer und ewig tun, Duncan.«

»Dann hoffe ich, du verstehst, dass ich das nun einfach nicht mehr lassen kann.«

»Das« waren seine Küsse. Und natürlich gab Duncan sich nicht mit sanft hingehauchten kleinen Tupfern auf Sabrinas Mund zufrieden. Wild verschlang er ihre Lippen. Es schien, als wollte er mit seinen Küssen all den Schmerz und die Hoffnungslosigkeit, die sie beide durchlebt hatten, ein für alle Mal auslöschen. Ungezügelte Leidenschaft flammte zwischen ihnen auf, doch die Freude und Erleichterung, die sich in dieses Gefühl mischte, machte es zu etwas ganz Einzigartigem, das nur ihnen allein gehörte.

Sabrina wollte lachen vor Glück, doch hätte sie dann Duncans Küsse nicht erwidern können, und so genoss sie nur. Duncan schien ihre Freude aus ganzem Herzen zu teilen, denn auch er lächelte beglückt, während er Sabrina wieder und wieder küsste.

Ohne dass sich ihre Lippen auch nur für einen Augenblick trennten, sanken die beiden eng umschlungen auf das weiche Fell vor dem Kamin. Schon die wenigen Schritte bis zu Sabrinas Bett erschienen ihnen zu weit, so drängend war die Begierde, die sie nun erfasst hatte. Nicht einmal während sie ihre Kleider abstreiften, konnten Duncan und Sabrina ihre Küsse zurückhalten. Die Knöpfe sprangen unter ihren ungeduldig zerrenden Händen ab, und Kleidungsstücke flogen durchs Zimmer.

Die Hitze des Kaminfeuers, die Wärme ihrer nackten Haut, das seidige Fell, auf dem sie eng umschlungen knieten – all das steigerte die Leidenschaft der beiden Liebenden ins schier Unerträgliche. Aber noch hielt Duncan sich zurück. Beim ersten Mal hatten sie in vollkommen undurchdringlicher Finsternis ihr Liebesfest erlebt. Diesmal tauchten das Feuer und die Lampen den Raum in ein warmes Licht, und Duncan wollte die Frau, die er liebte, nicht nur spüren, sondern auch sehen. Nicht allein sein Mund und seine Hände, auch seine Augen wollten nun ihren Körper besitzen.

»Ich bin froh, dass deine besondere Schönheit unter deinen Kleidern immer so gut verborgen war, mein Mädchen. Wenn andere Männer auch nur ahnen würden, welche Herrlichkeit sich unter all den Schichten von Stoff verbirgt, könntest du dich vor Heiratsanträgen gar nicht mehr retten.«

Dieses Kompliment ließ Sabrina erröten und machte sie zugleich sehr glücklich. Sie selbst fand sich immer zu üppig, wenn die Rundungen auch an den richtigen Stellen saßen. Doch nun sagten ihr Duncans Augen, dass ihre vollen Formen für seinen Geschmack vollkommen waren. Seine Hände waren hungrig nach ihr. Unablässig streichelten, kneteten, massierten, tasteten, griffen und forschten sie, bis Sabrina glaubte, vor Lust vergehen zu müssen. Immer wieder hielt Duncan inne, um den erlösenden Moment, den der Höhepunkt der Lust für sie bereit hielt, noch eine Weile hinauszuzögern. Zugleich verwöhnte sein Mund Sabrina mit den aufregendsten Liebkosungen. Duncan saugte abwechselnd einmal sanft und dann wieder ungestüm an ihren Brüsten, ihren Lippen, ihrer Kehle und ihren Ohrläppchen.

Noch immer knieten sie dicht aneinander gedrängt auf dem Fell vor dem Feuer. Plötzlich fühlte Sabrina sich emporgehoben. Duncan hielt ihre Hüften umschlungen und zog Sabrina fest an seine aufragende Härte. Vor Überraschung und Wonne stockte ihr der Atem. Duncan ließ sie die köstliche versengende Hitze, die sie jetzt durchströmte, nicht lange auskosten. Sanft legte er ihre Schenkel um seine Hüften. War es denn möglich, in dieser Position …? Da spürte sie schon, wie er langsam in sie eindrang.

Sogleich schlang sie ihre Arme und Beine, so fest sie konnte, um ihn. Auch ohne diese Hilfe hielt Duncan mühelos Sabrinas Gewicht mit seinen Armen, zog sie noch enger an sich heran und umfasste mit seinen kräftigen Händen ihre Pobacken, um mit sanftem Druck ihre Bewegungen zu unterstützen. Auch der Rhythmus und die Tiefe der Stöße waren auf diese Weise in seiner Hand. Langsam und hart bewegte er sich, doch für Sabrinas verzehrende Begierde nicht tief genug. Voller Verlangen drängte sie sich an Duncan, aber erst kurz vor ihrem Höhepunkt drang er mit seiner vollen Länge in sie ein. Seine Lippen dämpften den Lustschrei, der ihrer Kehle dabei entfuhr.

Hinterher lagen die beiden Liebenden eng umschlungen auf dem warmen Fell. Sabrina flüsterte: »So habe ich das eigentlich gar nicht gemeint, als ich davon sprach, dass wir nun unsere Liebe teilen würden.«

Duncan lachte leise. »Ich weiß.«

Noch immer streichelte er sie zärtlich, aber auch mit einem gewissen Stolz. Sabrina verspürte keinerlei Müdigkeit. Sie wollte wach und am liebsten die ganze Nacht lang eng an Duncan geschmiegt vor dem Feuer liegen.

Nach wenigen Minuten drang Brandgeruch in ihre Nase. »Du solltest vielleicht deine Stiefel vom Feuer wegnehmen. Besonders falls du sie noch an den Füßen hast.«

Duncan lachte über ihre Bemerkung. Was für lustige Einfälle dieses Mädchen doch immer hatte! Dann roch auch er das qualmende Leder und setzte sich schnell auf.

»Ich habe meine Stiefel schon eine ganze Weile nicht mehr an. Aber ich brauche sie noch für meinen Nachhauseweg.« Mit angespanntem Gesicht rettete er den Schuh, der wohl in der Eile vorher zu nahe am Feuer gelandet sein musste. »Wir heiraten gleich morgen, damit ich meine Stiefel in Zukunft ausziehen kann, bevor ich in unser Schlafzimmer komme. Neville hat eine Sondergenehmigung. Es gibt also keinen Grund, noch länger zu warten.«

»Doch, den gibt es«, sagte Sabrina.

»Du glaubst mir wohl noch immer nicht, dass ich es ernst meine«, rief Duncan ungläubig, warf sich auf Sabrina und drückte sie auf das Fell nieder. Falls es notwendig war, würde er seine Überzeugungsarbeit auf der Stelle fortsetzen.

»Doch, es gibt noch einen Grund, die Hochzeit aufzuschieben«, beharrte Sabrina und lächelte dabei zu ihrem Geliebten hinauf. »Wir lassen nämlich meine Tanten unsere Hochzeit ausrichten. Schon seit Jahren schmieden sie Pläne für diesen großen Tag. Und diese Freude möchte ich ihnen nicht nehmen. Sicher möchten sie gerne all ihre Freunde und Bekannten einladen und damit angeben, was für einen tollen Fang ich gemacht habe.«

»Na gut, wenn du meinst«, stimmte Duncan widerstrebend zu. Vorsichtshalber fragte er: »Wie lange werden die beiden denn brauchen, um das alles zu arrangieren?«

»Mindestens zwei oder drei Wochen.«

Duncan stöhnte. »Können wir uns nicht nach Gretna Green aufmachen, uns dort in der Dorfschmiede auf der Stelle trauen lassen und dann hierher zurückkommen und noch einmal richtig feiern? Du hast bestimmt schon gehört, dass der Schmied dieses schottischen Dörfchens eine Lizenz besitzt, die es ihm gestattet, eilige junge Paare in den Stand der Ehe zu versetzen.«

»Ich weiß davon. Aber ich glaube, ein sofortiger Aufbruch nach Gretna Green wäre keine gute Idee. Nun mach nicht so ein Gesicht! Ich werde dafür sorgen, dass ein paar längst überfällige Reparaturen am Dach unseres Hauses nun endlich einmal durchgeführt werden.«

»Du bist wirklich ein unglaublich stures junges Weib. Aber was haben denn Dachreparaturen mit dem Heiraten zu tun?«

»Eigentlich gar nichts. Doch auf diese Weise steht wenigstens in der Zwischenzeit immer eine lange Leiter in der Nähe meines Fensters herum!«

Glücklich lächelte Duncan seine Sabrina an. »Passt du dann auch auf, dass meinen Stiefeln nichts passiert?«

»Aber natürlich! Wenn du willst, sorge ich auch noch dafür, dass mein Zimmer immer schön kalt ist.«

Er lachte leise. »Du und deine Scherze. Aber wenn ich in deiner Nähe bin, brauchst du sowieso kein Feuer, Mädchen. Das kann ich dir versprechen.«

»Das war kein Scherz«, widersprach Sabrina ihm. »Ich rechne einfach ganz fest damit, dass du mich von nun an in jeder kalten Nacht wärmst.«

55

Für Duncan vergingen die kommenden Wochen viel zu langsam. Er verbrachte die meiste Zeit gemeinsam mit Sabrina, war aber dennoch ruhelos und ungeduldig. Seine Angst, dass noch etwas Unvorhergesehenes passieren und seine Hochzeit mit Sabrina gefährden könnte, würde sich erst an dem Tage legen, an dem das Mädchen mit den fliederfarbenen Augen endlich seine Frau wurde. Nach allem, was er in den letzten Wochen erlebt hatte, war Duncans Nervosität durchaus verständlich. Nur an Sabrinas Gefühlen für ihn hatte er keinerlei Zweifel.

Dass sie ihn sehr liebte, war ihm inzwischen bewusst. Er wunderte sich nur, dass er das nicht schon viel früher gemerkt hatte. All die Hindernisse, die ihnen in den Weg gelegt worden waren, mussten ihn blind gemacht haben. Nun wollte er seine Verlobte einfach nur so schnell wie möglich vor den Traualtar führen, damit nicht wieder etwas geschehen konnte, was ihr Glück in Gefahr brachte.

Auch zum Lachen fand Duncan in diesen Wochen oft einen Anlass. Dazu musste er nur ein Gespräch zwischen Sabrinas Tanten und seinen Großvätern mit anhören. Ständig gab es Sticheleien und Zank zwischen diesen streitlustigen alten Sturköpfen, und jeder von ihnen hatte seine eigenen Ideen, wie der große Tag der Hochzeit von Duncan MacTavish und Sabrina Lambert zu begehen sei. Duncan entging nicht, dass am Ende fast jedes Mal Sabrinas Tanten die Oberhand behielten und ihre Vorstellungen durchsetzen konnten. Es sei denn, die beiden resoluten Damen wurden sich untereinander nicht einig.

Die Hochzeit sollte natürlich auf Summers Glade gefeiert werden. Nur dort gab es genügend Platz für die unzähligen Gäste, die zu diesem großartigen Fest erwartet wurden. Ganz Oxbow stand auf der Gästeliste, und auch viele auswärtige Besucher wurden für die Dauer der Feierlichkeiten erwartet. Diesmal erlitt Neville beinahe einen echten Zusammenbruch, denn die Lambert-Schwestern erklärten ihm kurzerhand, dass alle seine Nachbarn, die er nun jahrzehntelang erfolgreich gemieden hatte, sich bald in seinem Haus tummeln würden.

Seine vehementen Proteste verhallten ungehört, denn Archie stellte sich auf die Seite von Sabrinas Tanten und verkündete mit einem gehässigen Seitenblick auf den vor Wut zitternden Neville: »Du solltest dieses große Fest genießen, alter Mann – wer weiß, vielleicht ist es ja dein letztes!« Von da an wollte der Marquis mit den Hochzeitsvorbereitungen nichts mehr zu tun haben. Es genügte doch wohl, wenn er duldete, dass sein schönes Haus von wildfremden Menschen bevölkert wurde! Mehr konnte man wirklich nicht von ihm verlangen.

Missgelaunt und mit finsterer Miene bewegte er sich durch die langen Gänge und knurrte nur ärgerlich, wenn ihn jemand ansprach, bis Sabrina ihn in einem günstigen Moment beiseite nahm. »Es hätte doch noch viel schlimmer kommen können«, sagte sie lächelnd zu dem verstimmten alten Mann. »Nachdem Sie jahrelang keine besonders gutnachbarschaftlichen Beziehungen mit meinen Tanten gepflegt haben, können Sie von Glück sagen, dass Sie selbst nicht von der Gästeliste gestrichen worden sind!«

»Mein liebes Kind! Das Fest findet immerhin in meinem eigenen Haus statt!«, rief Neville ungläubig aus.

»Das mag schon sein, aber Sie glauben doch nicht, dass eine so nebensächliche Kleinigkeit meine Tanten von einem Vorhaben abbringen könnte, wenn sie sich einmal etwas in den Kopf gesetzt haben?«

Erstaunlicherweise brach der Marquis daraufhin in schallendes Gelächter aus und antwortete: »Es tut mir ja schon fast Leid, dass die Damen und ich diesen Streitpunkt bisher ausgelassen haben.«

Sabrina zwinkerte Neville zu und stimmte in sein Lachen ein. In diesem Moment hatte sie das Herz des Alten für immer erobert.

Archie kämpfte noch immer mit seinem schlechten Gewissen, weil seine unselige Einmischung die beiden jungen Leute beinahe ins Unglück gestürzt hätte. Also entschuldigte er sich alle paar Stunden überschwänglich bei Sabrina. Sie jedoch in ihrer gewohnt herzlichen Art gab ihm bald zu verstehen, dass er sich dazu nun wirklich keine weiteren Gedanken mehr zu machen brauchte. Und so fraß nun sozusagen auch der alte schottische Brummbär Sabrina aus der Hand. Duncan musste regelrecht darum kämpfen, seine Braut auch einmal für sich zu haben, wenn sie mit ihren Tanten nach Summers Glade kam, denn seine Großväter überboten einander gegenseitig im Kampf um ihre Gunst.

Dann endlich kam der lang ersehnte Tag der Hochzeit. Mit Schaudern erinnerte Duncan sich an den Tag einige Wochen zuvor, an dem um ein Haar Ophelia seine Frau geworden wäre. Wie völlig anders war ihm doch diesmal zumute! Er wollte singen und tanzen vor Glück und hätte am liebsten die ganze Welt umarmt. Natürlich kam auch Raphael, um dabei zu sein, wenn Duncan und Sabrina nach all den Irrungen und Wirrungen, die sie überstanden hatten, den Bund fürs Leben schlossen. Und natürlich konnte der junge Lord es nicht lassen, zahllose ironische Witze über Duncan und dessen Begriffsstutzigkeit in Sachen Liebe zu machen. Für alle Anwesenden gut hörbar verkündete er, er habe von Anfang an gewusst, von wem Duncan sich eigentlich ins Joch der Ehe spannen lassen wollte.

Duncan grinste zähneknirschend über die Scherze des Engländers. Er war entschlossen, sich an diesem schönen

Tag über nichts und niemanden zu ärgern, doch das erwies sich als schwieriger, als er gedacht hatte.

Soeben kleidete er sich in seinem Zimmer für die Hochzeit an. Dieses Mal erlaubte er seinem Kammerdiener sogar, ihm dabei zu helfen. Der kleine Mann war vor Glück darüber ganz außer sich. Archie saß ebenfalls in Duncans Zimmer, um seinem Enkel Gesellschaft zu leisten und ihm beizustehen, wenn ihm im letzten Moment doch noch Zweifel kommen sollten. Solche Krisen gab es schließlich vor jeder Hochzeit. Doch Duncan strahlte nur glücklich und schien nicht einmal besonders nervös zu sein.

Nur seine eigene drängende Ungeduld machte ihm wie immer zu schaffen. Dieses Gefühl wurde langsam unerträglich, denn schon seit vier Nächten war er nun nicht mehr die Leiter zu Sabrinas Zimmer hinaufgestiegen. Das lag nicht etwa daran, dass er freiwillig auf die nächtlichen Besuche bei seiner Braut verzichtet hätte. Sabrina hatte an den vergangenen Abenden unendlich lange mit ihren Tanten zusammen im Salon gesessen. Gemeinsam hatten die Damen Details besprochen und die letzten Vorbereitungen für die Hochzeit getroffen. Duncan wollte Sabrina nach diesen stundenlangen Sitzungen nicht noch länger wach halten. Es war ihm nicht leicht gefallen, sich von ihr fern zu halten, und nun hoffte er inständig, dass er sich lange genug beherrschen konnte. Er konnte sie ja kaum direkt im Anschluss an die Trauungszeremonie hierher in sein Zimmer schleifen.

Nun schaute noch unerwartet Neville vorbei. Zögernd trat er ein. Seit sicher war, dass sein Enkel und Sabrina heiraten würden, sah der Alte viel glücklicher aus als früher. Zwar beklagte er sich bei jeder sich bietenden Gelegenheit darüber, dass er von nun an viel zu häufig mit Alice und Hilary Lambert zusammentreffen würde, doch abgesehen davon schien er sich für Duncan zu freuen. Der war seinem englischen Großvater inzwischen auch etwas freundlicher gesinnt – zumindest im täglichen Umgang.

Er trat Neville nicht mehr, wie noch vor ein paar Wochen, kühl und abweisend gegenüber und das hatte er vor allem Sabrina zu verdanken. Sie füllte Duncans Herz so sehr mit Liebe und Freude, dass für Zorn und Ärger kein Platz mehr war. Für ihn bedeutete das nicht, Neville Thackeray schon verziehen zu haben, dass der sich einundzwanzig Jahre lang nicht um ihn gekümmert hatte. An diesem Morgen jedoch war Duncan viel zu glücklich, um deshalb in düstere Gedanken zu verfallen.

Neville wollte nicht lange stören. Er war nur gekommen, um Duncan auf die rasch fortschreitende Zeit hinzuweisen und ihn zur Eile zu mahnen. Als ob Duncan nicht selbst ständig zur Uhr geschaut hätte! Zudem wollte Neville noch einige Weisheiten loswerden. Ob seine Worte allerdings scherzhaft oder ernst gemeint waren, blieb sein Geheimnis. Mit unbewegter Miene sagte er: »Ich möchte dir gerne den Rat geben, den auch mein Vater mir gab, als ich deine Großmutter heiratete: Liebe deine Frau, aber lass dich von ihr nicht um den Finger wickeln. Wenn sie es aber trotzdem tut, solltest du es wenigstens genießen.«

Archie lachte, und auch Duncan konnte ein Grinsen nicht unterdrücken. Als Neville gegangen war, blieb in Duncans Gesichtszügen ein Anflug von ernstem Ausdruck zurück, der, wie Archie sofort erriet, etwas mit seinem englischen Großvater zu tun hatte.

»Inzwischen kann ich den alten Halunken eigentlich ganz gut leiden, auch wenn ich ihm das nie sagen würde. Ich konnte mich ja mit eigenen Augen davon überzeugen, dass er nur dein Bestes im Sinn hat«, begann Archibald vorsichtig. »Aber das hast du vielleicht inzwischen schon selbst bemerkt. Ja, und dann gibt es noch ein oder zwei Dinge, die du über den alten Engländer wissen solltest.«

Damit hatte Archie es geschafft, Duncan an diesem Freudentag doch noch zu verärgern. »Ich glaube nicht, dass jetzt der richtige Zeitpunkt ist, um über Neville zu reden«, grollte er.

»Falsch! Einen passenderen Moment könnte es dafür kaum geben, mein Junge. Ich habe nämlich das ungute Gefühl, dass du ihn noch immer nicht so ins Herz geschlossen hast, wie man seine nächsten Anverwandten nun einmal ins Herz schließen sollte. Und er ist immerhin genau so eng mir dir verwandt wie ich.«

»Schon, aber übersiehst du da nicht eine Kleinigkeit? Du warst mein ganzes Leben lang wie ein Vater für mich. Du hast mir alles beigebracht, was ich kann und weiß, standest mir immer zur Seite, hast mir, wenn es einmal nötig schien, die Ohren lang gezogen, mich –«

Duncan stockte. Seine Gefühle drohten ihn zu überwältigen, und es ärgerte ihn kolossal, dass er nicht gelassen bleiben konnte, wenn es um seine beiden Großväter ging. Er kam einfach nicht über die Tatsache hinweg, dass Neville nie von ihm Notiz genommen hatte. Erst als der Zeitpunkt gekommen war, an dem Duncan ihm als sein versprochener Erbe sozusagen übergeben werden sollte, hatte er Interesse an seinem Enkel gezeigt.

»Ach, mein Junge«, seufzte Archie gerührt und legte seinen Arm um Duncans Schultern. »Ich hatte ja keine Ahnung. Es bedrückt dich wohl ziemlich, dass der alte Neville sich erst jetzt persönlich mit dir beschäftigt. Und ich dachte, du wärst vor allem deshalb so wütend, weil du nicht nach England wolltest!«

»Wenn ich nicht hierher gekommen wäre, hätte ich Sabrina nie kennen gelernt. Darüber darf ich mich also nicht mehr beklagen. Sogar auf meine Aufgabe hier freue ich mich nun schon ein wenig. Du weißt ja, wie sehr es mir gegen die Natur geht, untätig herumsitzen zu müssen.«

Archie nickte. Doch er wollte sich nicht von seinem ursprünglichen Thema ablenken lassen. Also fuhr er fort: »Es lag nicht an Neville, dass ihr euch nicht schon viel früher einmal begegnet seid. Er wollte dich bereits, als du noch ein ganz kleiner Junge warst, liebend gerne sehen. Aber deine

Mutter bat sich aus, dass du an einem festen Ort aufwachsen solltest. Wenn es nach Neville gegangen wäre, wäre dieser Ort natürlich hier in England gewesen, aber davon wollte dein Vater nichts wissen. Und das mit Recht. Neville hat sich schließlich gefügt, weil er einsah, dass es zu deinem Besten sei.«

»Deshalb musste ich ja nicht gleich an zwei verschiedenen Orten aufwachsen. Neville hätte mich doch mal besuchen können. So weit ist der Weg zu uns ins Hochland nun auch wieder nicht. Er war nicht älter, als du es jetzt bist, als ich geboren wurde. Und du hast diese Reise ja auch auf dich genommen. Aber so ein dummer kleiner Junge hat Neville wohl einfach nicht interessiert. Erst als ich alt genug war, um ihm von Nutzen zu sein, trat er plötzlich ohne Vorankündigung in mein Leben. Für ihn bin ich doch nicht mehr als eine weitere verflixt exotische Neuerwerbung in seiner vermaledeiten Sammlung!«

Alle Verbitterung, die sich in Duncan angestaut hatte, brach mit diesen Worten aus ihm heraus. Archie hatte Duncans Gefühle erahnt, ja, hatte sich sogar ein wenig darüber gefreut, weil er so nicht in Gefahr geriet, seinen angestammten Platz im Herzen seines Enkels mit jemandem teilen zu müssen. Wie hatte er nur so egoistisch und selbstsüchtig sein können?

Leise fügte er nun hinzu: »Er reiste tatsächlich nach Schottland, mein Junge. Mehr als einmal.«

Duncan schüttelte ungläubig den Kopf. »Wann denn? Als ich noch zu jung war, um mich später daran erinnern zu können?«

»Nein. Er versuchte es öfter. Aber er hat es nie bis zu uns ins Hochland geschafft. Zweimal geriet er auf seiner Reise in so starke Stürme, dass er umkehren musste. Beim dritten Mal hat ihn unser menschenfeindliches Wetter fast umgebracht. Er wurde sterbenskrank, und es grenzt an ein Wunder, dass er damals dem Tod noch einmal von der Schippe springen konnte. Seither verträgt er überhaupt keine Kälte mehr. Noch nicht einmal das laue Lüftchen, das sie hier unten in England Winter nennen. Du glaubst doch nicht, ihm gefällt es, sich ständig in diesen überheizten Räumen aufhalten zu müssen? Er hasst die stickige Wärme im ganzen Haus genauso sehr wie wir. Aber seine Ärzte bestehen darauf, dass in jedem Zimmer, das Neville betritt, zuvor stundenlang ein ordentliches Feuer gebrannt haben muss. Und all das nur, weil er seinen Enkel in Schottland sehen wollte.«

»Verdammt! Warum hat er mir denn nie etwas davon gesagt?«, schrie Duncan mit hochrotem Kopf. In seinen Ärger mischte sich bereits Verlegenheit. Er hatte seinem englischen Großvater mit seiner eisigen Zurückweisung Unrecht getan.

»Wahrscheinlich wusste er gar nicht, was dich so bedrückt. Und außerdem habe ich ihm gesagt, du seist nur deshalb so wütend, weil du England hasst und nie freiwillig hierher gekommen wärst. Aber du musst mir glauben, dass er immer regen Anteil an deinem Leben genommen hat. Früher schrieb ihm deine Mutter jede Woche lange Briefe. Und später wollte er von mir über jede Kleinigkeit, die dich betraf, genau unterrichtet werden. Wehe, wenn ich ihm nicht alles haarklein mitteilte.«

»Ich bin gleich zurück«, presste Duncan hervor, während er bereits zur Tür hastete. Aus unerklärlichen Gründen erschwerte ein dicker Kloß in seiner Kehle ihm das Sprechen.

»Du kannst dich gerne ein paar Minuten lang an meiner breiten Schulter ausweinen –«, bot Archie an.

»Aus dem Weg!«

Archibald war recht zufrieden mit sich. Nun hatte er auch dieses Missverständnis aufgeklärt. Er nahm an, der Junge müsse nur ein paar Minuten allein sein, um sich wieder zu fangen. Doch das genügte Duncan nicht.

Neville kam gerade aus seinem Zimmer und wollte die Treppe hinuntergehen. Die Trauungszeremonie musste nun jeden Augenblick beginnen. Er versuchte, seinem Enkel noch etwas zu sagen, doch dazu ließ Duncan ihm keine Zeit. Gerade als wäre Neville ein zerbrechliches kleines Kind, zog der baumlange junge Mann den schmächtigen Körper seines Großvaters in seine Arme und drückte ihn vorsichtig, doch von ganzem Herzen an sich. Und in dieser einen liebevollen Umarmung schmolzen aller Ärger und alle Verbitterung in Duncans Seele dahin wie ein Klumpen Schnee in der warmen Frühlingssonne.

Zuerst war Neville so überrascht, dass er gar nicht wusste, wohin mit seinen Armen. Doch dann schlang er sie fest um die breiten Schultern seines Enkels und blinzelte verschämt die verräterische Feuchtigkeit aus seinen Augenwinkeln. Neville war nie ein Freund großer Worte oder Gesten gewesen, doch diese Umarmung bedeutete ihm mehr als alles andere auf der Welt.

Als Großvater und Enkel einander schließlich losließen, lächelten beide. Es gab keine Spur von Verlegenheit mehr zwischen ihnen. Ohne ein einziges Wort sagen zu müssen, hatte jeder dem anderen gezeigt, dass er ihn schätzte und Respekt und Zuneigung für ihn empfand. Was konnte es Schöneres geben?

Dann räusperte sich Duncan und sagte: »Ich wünschte, ich hätte dich schon viel früher kennen gelernt. Wenn du einmal nicht mehr da bist, werde ich das Gefühl haben, um etwas betrogen worden zu sein.«

Neville lächelte. »Dann lass es mich mit Archibalds für gewöhnlich sehr ausdrucksstarken Worten sagen: Mach dir doch deswegen nicht ins Hemd, Junge! Ich habe beschlossen, noch ein paar Jahre zu leben.«

Duncan grinste. »Und diese Entscheidung liegt natürlich allein bei dir.«

»Nun ja«, antwortete Neville leise. »Ich muss zugeben, dass ich bisher glaubte, ich hätte keinen Grund mehr, noch viel länger am Leben zu hängen. Vielleicht bin ich ja auch deshalb so hinfällig geworden. Vor kurzem wollten mir die Ärzte ja nicht mal mehr ein Jahr geben.«

»Dann fühlst du dich also inzwischen etwas besser?«

Neville zwinkerte Duncan verschwörerisch zu. »Sag bloß Archie nichts davon! Aber ich werde nun alles daran setzen, ihn zu überleben!«

Dann hörte man sie gemeinsam lachen.

56

Sabrina und Duncan gaben einander im Kreise ihrer Familie und ihrer Freunde das Jawort, und so manche Freudenträne wurde an diesem glücklichen Tag vergossen. Natürlich gab es auch viel ausgelassenes Gelächter. Alle waren bester Laune, und sogar Sabrinas Tanten schafften es, sich nur gelegentlich zu zanken.

Nach dem zweiten Glas Champagner konnte man Hilary zu Neville sagen hören: »Wenn du deiner Tochter nicht verboten hättest, nach dem Skandal noch mit uns zu verkehren, wäre vielleicht alles ganz anders gekommen.«

»Meine Tochter war damals den ganzen Sommer lang krank. Ihr einziger Besucher war der Arzt, du dumme Gans!«

»Ach, und das konnte man uns nicht sagen, bevor man uns die Tür vor der Nase zuschlug?«

»Zum Teufel, warum müsst ihr Frauen eigentlich aus jeder kleinen Mücke einen ausgewachsenen Elefanten machen? Ich kann mich nicht daran erinnern, dass euch damals irgendjemand je die Tür vor der Nase zugeknallt hat. Aber ich werde Mister Jacobs umgehend darin unterweisen, wie man das macht.«

»Pah!«, machte Hilary nur, bevor sie mit hoch erhobenem Kopf davon stolzierte. Doch Sabrina sah, wie die Mundwinkel ihrer Tante dabei zuckten, weil sie sich mit aller Macht das Lachen verkneifen musste. Gleich darauf flüsterte Alice Sabrina zu: »Sicher freut Hilary sich schon darauf, den alten Mistkerl in Zukunft öfter einmal an seinem Ziegenbart zu ziehen. Er kann auch gut etwas Würze in seinem faden Leben vertragen!«

Sabrina kicherte. »Wo wir gerade beim Thema sind: Du hast dich ja vorher sehr angeregt mit Archibald MacTavish unterhalten. Ich glaube fast, du gefällst ihm, Tante Alice.«

»Tz! Dieser Mann flirtet doch mit allem, was einen Rock trägt«, gab Alice zurück. Dabei leuchteten ihre Augen, und ihre Wangen glühten.

»Da bin ich mir nicht so sicher«, beharrte Sabrina. »Es würde mich gar nicht wundern, wenn die ärmste Tante Hilary bald mutterseelenallein in eurem schönen Haus in Oxbow sitzen müsste!«

»Um meine Schwester brauchst du dir nun wirklich keine Sorgen zu machen, liebes Kind. Schon vor etlichen Jahren hat sie sich dazu entschlossen, das Leben mit allem, was es zu bieten hat, in vollen Zügen zu genießen. Sie wollte nun einmal keine alte Jungfer werden.«

»Du meinst doch nicht etwa –« Sabrina fehlten die Worte.

Alice nickte. »Es gibt da einen recht ansehnlichen Gentleman, einen Witwer namens Sir Norton Aimsley. Er lebt in der Nähe von Manchester. Ich glaube, er und Hilary waren gar nicht begeistert, als du kürzlich die Leiter auf deine Seite des Hauses hast bringen lassen.«

Sabrina wurde feuerrot. Ihre gestrenge Tante Hilary empfing einen heimlichen Liebhaber zu nächtlichen Treffen! Und niemand hatte auch nur einen Augenblick lang geglaubt, dass das Dach auf Sabrinas Seite des Hauses tatsächlich dringend repariert werden musste. Was würde sie heute noch für Überraschungen erleben?

»Warum heiraten die beiden denn nicht einfach?«, fragte sie schnell, um von ihrer eigenen Verlegenheit abzulenken.

»Weil Hilary mich nicht allein lassen möchte. Und ich will nicht mit ihr und ihrem Ehemann unter einem Dach leben. Doch nun wissen wir dich ja bestens versorgt, und da sieht die Sache doch wieder etwas anders aus. Nun, wir werden sehen, mein Kind.«

Sabrina wurde den Verdacht nicht los, dass ihre Tante bei ihren Gedanken an die Zukunft auch Archibald MacTavish mit in ihre Planung einbezog. Wenn die beiden tatsächlich eines Tages ein Paar werden sollten, würde Alice bestimmt dafür sorgen, dass sie und Archie öfter einmal eine Reise nach England unternehmen konnten. Und darüber freute Duncan sich bestimmt.

Doch bevor Sabrina ihre Tante noch weiter aufziehen konnte, blickte ihr frisch angetrauter Gatte zu ihr herüber und gab ihr durch Gesten zu verstehen, dass er sie gern allein sprechen wollte. Gott, wie überwältigend glücklich es sie machte, Duncan jetzt vor allen Leuten ihren Mann nennen zu dürfen! Er trat zu ihr, nahm sie wortlos an der Hand und zog sie aus dem Ballsaal, in dem sie vor wenigen Stunden getraut worden waren. Dort wurden zu den fröhlichen Klängen einer kleinen Musikkapelle köstliche Erfrischungen gereicht.

Duncan schien weder Hunger zu haben, noch mit weiteren Gratulanten plaudern zu wollen. Vielmehr schickte er sich an, zusammen mit seiner frisch angetrauten Ehefrau das Fest zu verlassen. Aber sie konnten doch nicht einfach mitten am Tag von ihrer eigenen Hochzeitsfeier verschwinden! Ein paar Stunden lang mussten sie sich schon noch unter ihre Gäste mischen. Das gebot doch der Anstand.

Duncan schien sich darüber keine Gedanken zu machen, denn er bewegte sich zielstrebig mit seiner Gattin an der Hand auf die Treppe zu. Dann blieb er plötzlich wie angewurzelt stehen. Auf der untersten Stufe saßen seine beiden Großväter. Auch Sabrina war überrascht, Neville und Archie gerade hier anzutreffen. Wieder einmal stritten die beiden um eine Sache, die ihnen sehr wichtig sein musste. Hätten sie sich sonst von den anderen Gästen entfernt und in die Eingangshalle zurück gezogen?

Sabrina und Duncan mussten nicht lange raten, worum es in dieser hitzigen Diskussion ging. Archie, der Sabrinas zierliche Hand in Duncans mächtiger Pranke liegen sah, nahm kein Blatt vor den Mund. »Los, Junge! Sag dem verschrumpelten Alten hier, dass er noch vor Ende des Jahres den ersten kleinen MacTavish in seinem Haus schreien hören wird!«

»Je schneller ihr den Weg freigebt, desto früher können wir euch diese Freude bereiten!«, antwortete Duncan.

Archie kicherte und erhob sich. Sabrina glaubte im Erdboden versinken zu müssen und wurde schon wieder rot bis unter die Haarwurzeln. Neville verdrehte die Augen und erhob sich umständlich.

Doch anstatt eilig weiterzugehen, blieb Duncan am Fuß der Treppe stehen. Er wollte die Gelegenheit beim Schopf packen und gleich noch etwas Wichtiges loswerden. Zur Überraschung seiner Großväter, vor allem von Archie, erklärte er mit fester Stimme: »Aber ganz egal, wann das erste Kind kommt und ob es ein Junge oder ein Mädchen ist, ihr solltet euch mit dem Gedanken vertraut machen, dass ihr eure mühsam ausgehandelten Pläne getrost begraben könnt. Ihr werdet unsere Kinder nicht unter euch aufteilen, wie es euch gerade einfällt. Euer gemeinsamer Erbe ist derzeit durchaus in der Lage, all eure Ländereien, Höfe, Minen und sonstigen Besitztümer in England und in Schottland gewissenhaft zu verwalten. Und wenn einer *meiner* Erben dann eines Tages alt genug ist, wird er seinen Teil der Verantwortung übernehmen. Aber keinen Tag früher. Also spart euch euer Gezänk und lasst die Erben in Zukunft unsere Sorge sein.«

Bevor die beiden Alten etwas erwidern konnten, führte Duncan Sabrina zwischen ihnen hindurch die Treppe hinauf.

Feixend hörten die beiden jungen Leute, wie Archie an Neville gewandt verkündete: »Genau wie ich immer gesagt habe. Er kann sehr wohl unser beider Erbe sein.«

»Etwas Derartiges habe ich nie von dir gehört! Ich war derjenige, der dem Jungen diese Aufgabe von Anfang an zugetraut hat«, entgegnete Neville störrisch.

»Aber ich hatte die Idee schon lange vor dir«, maulte Archie.

Sabrina flüsterte Duncan zu: »Gut, dass die beiden Streithähne nun wissen, dass sie nicht einfach über ihre Urenkel verfügen können. Wer weiß, was ihnen noch alles eingefallen wäre.«

Duncan zog seine Frau in den dämmrigen Flur des oberen Stockwerks und küsste sie. Ein sehr besitzergreifender Kuss. Ein verspielter Kuss. Ein Kuss, der die Lust weckte. »Das möchte ich lieber gar nicht wissen«, erwiderte Duncan, als sich ihre Lippen für einen Augenblick trennten. Etwas später raunte er: »Aber ich bin gespannt, was du zu dem sagst, was mir für uns beide eingefallen ist. Oh, meine Frau, du weißt ja gar nicht, wie sehr ich dich vermisst habe.«

»Aber wir waren doch jeden Tag beisammen!«, wandte Sabrina arglos ein.

»Beisammen schon. Aber nicht allein.«

Und schon begann Duncan seine Ankündigung in die Tat umzusetzen. Eigentlich erwartete Sabrina jetzt noch ein paar mehr von Duncans herrlich aufregenden Küssen, doch ihr Erstaunen war groß, als ihr Gatte sie einfach auf seine Schulter packte und sie kurzerhand in sein Schlafzimmer entführte.

Sabrina mochte es nicht laut sagen, aber ein klein wenig barbarisch kam er ihr in diesem Augenblick schon vor. Leise lachte sie in sich hinein. Es würde sicher sehr spannend werden, die Ehefrau eines Hochlandschotten zu sein. Interessant und unsagbar wundervoll. Sie würde ihr Leben lang nicht aufhören zu staunen, dass ihre kühnsten Träume Wirklichkeit geworden waren.